감성남자,

힐링
여행

감성남자, 힐링여행

발행일	2017년 12월 27일		
지은이	정 회 찬		
펴낸이	손 형 국		
펴낸곳	(주)북랩		
편집인	선일영	편집	권혁신, 오경진, 최예은, 오세은
디자인	이현수, 김민하, 한수희, 김윤주	제작	박기성, 황동현, 구성우
마케팅	김회란, 박진관, 김한결		
출판등록	2004. 12. 1(제2012-000051호)		
주소	서울시 금천구 가산디지털 1로 168, 우림라이온스밸리 B동 B113, 114호		
홈페이지	www.book.co.kr		
전화번호	(02)2026-5777	팩스	(02)2026-5747

ISBN   979-11-5987-909-8 03810(종이책)   979-11-5987-910-4 05810(전자책)

이 도서의 국립중앙도서관 출판예정도서목록(CIP)은 서지정보유통지원시스템 홈페이지(http://seoji.nl.go.kr)와
국가자료공동목록시스템(http://www.nl.go.kr/kolisnet)에서 이용하실 수 있습니다.
(CIP제어번호 : CIP2017034924)

감성 남자,

힐링 여행

실연의 아픔을 여행으로 극복한
한 30대 이야기

정희찬 지음

북랩 book Lab

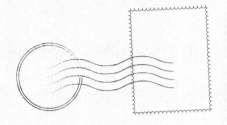

예전에 심리 상담소에서 컬러 테라피를 받아본 적이 있습니다. 색이 가진 에너지와 성질을 이용해 몸과 마음을 치유하는 치료법인데, 그 효과가 아주 괜찮았었습니다.

저는 일상이 전부 회색같이 느껴질 때 여행을 갑니다. 무채색의 일상에 컬러를 더하는 꿈만 같은 여행, 사실 그래서 저는 이 책을 여러가지 색으로 꾸미고 싶었습니다. (하지만 역시 비용문제로 수정을 했죠.)

여행이라는 꿈에서 깨어나면 다시 회색이 되어가는 일상, 하지만 다채로운 색깔이 나오는 꿈은 잠성술에서 여러가지 일을 다채 다능하게 추진해 나갈 것이라는 예지몽이라고 합니다. 그래서 우리는 여행을 다녀오면 당분간은 에너지 넘치는 삶을 살아가는 걸까요?

당신이 여행을 하는 목적은 무엇인가요? 여기 연인과의 이별 후 여행을 통해 극복을 하고 돌아온 남자가 있습니다. 그리고 그 여행을 토대로 경험한 일들을 이 책에 고스란히 담아냈습니다.

힐링여행 지침서라고 하기엔 너무 거창합니다. 그저 동행하듯 124일간의 꿈만 같았던 동남아 배낭여행을 함께 공감해 주시고, 자신만의 느낌으로 받아들여주시면 그걸로 족합니다.

혹시 제 책이 여행을 결심하는 데에 도움이 되셨다면 더할 나위 없는 영광이겠지요. 궁금한 점이 있으시다면 언제든 함께 소통하겠습니다.

자, 이제 감성남자, 힐링여행을 시작합니다!

-감성남자 올림-

Chapter 1 시작

이별한 남자는 그렇게 여행을 결정했다 12
청승맞은 남자, 여행의 시작점 호치민으로 가다 13
'여행 첫날=바가지'는 나의 여행공식 16
끝까지 징글징글했던 호치민을 떠나다 20
사막에서 뒷걸음질로 걷는다는 건 22

Chapter 2 집중

28 붉은 색 압생트, 딸기 향에 취하다
30 나짱 보트투어! 짱짱짱!
35 어마어마하게 미친 아이를 만나다
42 나 자신에게 집중하기로 결심하다
43 내가 이러려고 다낭에 왔나 자괴감 들고 괴로워
48 미처 다 보여주지 못한 베트남(p)

Chapter 3 섭외

시작하는 연인, 손주호 50
시작하는 인연, 박경호와 서원일 53
방비엥 에메랄드빛 호수에 빠지다 57
라오스 클럽은 몸치도 춤추게 한다 60
시원시원한 라오스의 마무리 65
미처 다 보여주지 못한 라오스(p) 70

Chapter 4 안정

72 태국의 시작에서 평안을 찾다
76 치앙마이 고산 트레킹, 쏟아지는 별빛샤워
83 격렬했던 투어의 마지막

Chapter 5 빈틈

You better wake up and pay attention! 88
방콕 좋다고 했던 사람 누구니? 91
여행자의 천국을 떠나 인도를 향하는 심정이란 96
자, 이제 시작이야~ 인디아! 99
미처 다 보여주지 못한 태국(p) 102

* (p) : 사진으로만 이루어진 포토 에피소드

Chapter 6 탄생

104 부러움과 행복 사이에서
107 '미션 인파서블'과 빅토리아 메모리얼
111 본격적으로 인디아에 빠져들 준비 완료!
114 감성남자, 힐링여행 탄생기

Chapter 7 고난

시작부터 순탄하지 않은 우리의 인도는 120
인도에서 공포영화는 비추, 별점도 아깝다! 124
心安茅屋穩(심안모옥온), 性定菜羹香(성정채갱향) 128
평안하지 못한 보드가야의 마지막 132

Chapter 8 휴식

136 바라나시의 시간은 그대로 멈춰 있다
139 강물은 흘러갑니다, 새벽 바라나시를
142 바라나시 일기, 끊임없는 의식의 흐름
145 불교유적의 폐허 사르나트, 머릿속에 남은 건 '고기 모모'
149 남은 3일간의 바라나시 이야기
152 바라나시의 시간은 그대로 멈춰 있다(p)
154 바라나시의 사람들(p)

Chapter 9 진부

왜 슬픈 예감은 틀린 적이 없나 156
타지마할은 우릴 보고 웃지 160
나는 델리가 싫어요! 164
델리관광 패키지? 169

Chapter 10 진보

174 뉴델리에서 만난 진짜 '뉴' 인도
177 빠라바 빠빠, Dancing in the train!
183 인도는 Yes, 인도인은 No!
188 숨겨진 보석 같은 도시를 발견한다는 건
192 애정하는 인도 영화가 생겼다, 'Befikre'
194 어린아이처럼 중세의 유적을 누비는 남자
198 짬빠네르 빠우거드 고고학 공원(p)

힐링여행

Chapter 11 차비

남자는 영웅담을 늘어놓기 마련이다 200
우리는 무사히 코치까지 갈 수 있을까? 205
여유가 넘치는 남인도에서의 이틀 207
세 친구의 아주 평범한 마지막 이야기 211
아라비아해의 추억(p) 216

Chapter 12 석별

218 Yes, I'm a loser
222 홀로 여행의 끝판 왕, 고독 즐기기
224 남인도의 여인들
229 지루한 하루인 줄만 알았던 오늘은
232 커다란 신전, 커다란 생각
236 굿바이 인디아!
238 번외 1: 경호와 원일이의 조드뿌르(p)
240 번외 2: Train of India(p)

Chapter 13 비탈

실론향에 취하다 242
친구를 만나러, 200㎞ 질주 245
Boom, Boom, Pow! 249
매드맥스: 분노의 도로 253

Chapter 14 중화

262 천공의 성 시기리야
266 내 귀에 캔디, 꿀처럼 달콤했니?
269 같은 중국인, 다른 느낌
274 이 거대한 호수를 돌아, 너에게 돌아갈 수 있을까?
276 미필리마나, 뜻밖의 여정

Chapter 15 가족

라트나뿌라 정글 라이프 284
스리랑카에서 맞이한 설날 287
보석보다 찬란한 290
미처 다 보여주지 못한 스리랑카(p) 296

Chapter 16 인연

298 모성애를 자극하는 허당
300 쿠알라룸푸르는 사랑을 싣고
307 짧지만 강렬했던 우리의 시간은
311 필리핀 생활, 과연 시작할 수 있을까?
315 내가 필리핀과 작별하게 된 이유
322 상륙 전에 알면 좋은 말라카 이야기(p)

Chapter 17 상륙

거지여행 하기엔 너무나 먼 당신 324
말라카에서 보낸 사흘의 긴 이야기 328
150 링깃으로 섹시함을 얻다 331
미처 다 보여주지 못한 말라카(p) 334

Chapter 18 발전

336 자, 떠나자! 랑카위로!
341 파도 위를 달리는 우리의 관계
346 Essence of Malaysia
349 KL 먹방
354 나에게 잭팟이란 있을 수 없다
358 미처 다 보여주지 못한 KL(p)

Chapter 19 애정

KL에서의 마지막 J 360
청승맞은 남자, 여행의 마지막 타이베이로 가다 361
펑시선은 또 다른 사랑을 싣고? 365
마지막 나 홀로 여행 이야기 369

Chapter 20 마감

376 가정이 있는 남자의 대만 여행
380 여행은 나에게

Chapter 21 애벌

384 3월의 제주, H
390 4월의 서울, J

* (p) : 사진으로만 이루어진 포토 에피소드

힐링여행

"Among the therapeutic agents not to be found bottled up and labelled on our shelves, is Travelling.; a means of prevention, of cure, and of restoration, which has been famous in all ages."

from an article in Western Medical and Physical Journal, 1827
-Daniel Drake-

약통에 담겨 있거나 약으로 표기되지 않은 치료제 중 하나, 바로 여행이다.
여행은 모든 연령에게 매우 유용하며 병의 예방, 치료, 회복에 효과적이다.

1827, Western Medical and Physical Journal에 실린
미국 의학자 겸 작가 Daniel Drake의 글 중

Chapter 1

시작

1. 어떤 일이나 행동의 처음 단계를 이루거나 그렇게 하게 함. 또는 그 단계.
2. 시골 지음. 또는 그 시.

이별한 남자는 그렇게 여행을 결정했다

현실을 외면하기 위한 도피였을지도 모른다. 아니면 모든 사람들이 그러하듯 '힐링여행'이랍시고 그럴싸한 핑계거리를 붙여 여행을 결정했을지도. 혹은 내가 좋아하는 배낭여행을 극도로 반대하던 M에 대한 반발심리가 작용한 것일 수도 있다.

나는 연인이었던 M과 이별을 경험하였다. 한 달 동안 흘린 눈물의 양으로 치자면 내가 근 10년간 울었던 양보다 많았을 것이다. 남자는 태어나서 세 번 운다는 말을 콧방귀 뀌며 무시하며 그저 감정에 솔직하게 살아온 나였던 터라 더욱 힘들었다.

그리고 헤어진 지 한 달이 지나 슬픔의 포박에서 조금 벗어난 나는 그동안 하지 못했던 배낭여행을 결심했다. 너무나 쉬운 결정이었다. 헤어지고 난 뒤 처음 든 생각이 '아, 여기서 도망가고 싶다'이었으니까. 그만큼 나에게 여행이란 익숙한 존재였고, 나에게 천성으로 부여된 자유로움을 만끽하게 해주던 유일한 안식처였다.

처음엔 익숙했던 인도를 출발지로 결정했다. 그러다가 문득, '익숙하지만 늘 새롭다는 핑계로 또 한 번 같은 곳으로 발걸음을 옮기고 있구나'라는 생각이 들었다. 다음날 나는 바로 행선지를 변경했다. 아직 가보지 않았던 곳, 그러나 행여 새로움에 적응하지 못하였을 때 언제든 부담 없이 인도로 떠날 수 있는 곳, 바로 동남아를 일주하기로 한 것이었다.

그래도 배낭여행에는 나름의 준비가 필요하다. 여행지에 대한 정보, 환율 정보, 비자, 교통수단 등등. 그리고 가장 중요한 건 내가 어떠한 목적을 가지고 이 여행을 떠나는가이다. 이것이 그 여행에 대한 자료를 찾는 데에 큰 도움이 된다. 그러나 나의 이번 여행은 사랑을 찾기 위해서도, 유적지를 둘러보기 위해서도, 맘껏 클럽을 다니며 즐거움을 얻기 위해서도 아니었다. 그렇다고 해서 그동안 내 여행의 수차례 목적이 되었던 자유로움을 위해 떠나는 것도 아니었기에 사뭇 다른 이 여행을 준비하며 난 무엇을 해야 할지 몰라 머릿속이 하얘졌다.

사실 이러한 이유에는 자꾸 눈앞에 아른거리는 M과, 내 머릿속을 지배하고 있는 이별에 대한 생각들이 크게 한몫 했다. 이별한 친구들이 오랫동안 폐인처럼 살아가는 것을 보고 뭘 저렇게까지 사람이 바뀌나 했던 나였다. 결국 다른 것보단 여행 자금 마련이 제일 시급한 사안이었기에 잠깐 동안 급전을 당길 일자리를 알아보았다. 다행히 운이 좋았던 것인지 결심을 한 지 얼마 지나지 않아 한 달 동안 200만 원 이상을 벌 수 있는 일자리를 구하게 되었다. 물론 직장생활을 하는 사람들에게 200만 원은 적은 돈이지만 나같이 프리랜서로 일하는 사람에게 200만 원은 인도에서 3개월 간 살 수 있는 큰 자금이었다.

일을 시작하니 오히려 폐인같이 지내던 내 생활이 점차 안정궤도에 올라섰다. 물론 매일같이 술을 마시며 오지 않는 밤잠을 억지로 끌고 오는 일상은 일하는 동안에도 계속 되었다. 들이붓는 술 때문에 뱃살은 더욱 늘어났지만 그건 늘 그래왔듯 여행을 한 번 다녀오면 다시 사라지는 마술 같은 존재였기에 별로 신경 쓰지 않았다. 물론 이놈이 30대에 들어서면서 나에 대한 집착이 훨씬 심해졌음을 알게 된 건 여행한 지 한 달쯤 지났을 때였다.

'지금은 청승맞은 이별한 남자이지만 한 달 뒤엔 이놈과의 이별도 시작하겠구나.'

일에 몰두하며 정신없이 지낸 지 한 달, 드디어 떠날 날이 코앞으로 다가왔다.

청승맞은 남자, 여행의 시작점 호치민으로 가다

나의 이별은 서로의 자의에 의한 것이 아니라, 외압에 의한 어쩔 수 없는 안타까운 이별이었다. 우리 둘은 여전히 사랑하고 있었으며, 몰래 문자나 메일을 주고받으면서 반강제적 이별에 대해 서로만의 방법으로 저항을 하고 있었다. 서로 준비나 정리가 되지 않은 작별이었기에 더 힘들었던 것도 사실이다.

출국 전날 밤에 문자가 하나 왔다. 출국일 낮에 잠깐 보자는 M의 연락이었다. 나는 잠을 설칠 수밖에 없었다. 다음날 우린 서울에 위치한 고급 한식당집에서 만남을 가졌다. 올해의 마지막 한식이라며 배가 꽉 차도록 먹여주고, 나를 공항까지 바래다 준 M에게 너무 고마웠다.

연신 미안하다며, 몸 건강히 잘 다녀오라고. 나 때문에 여행하는 건데 여기까진 꼭 바래다주고 싶었다는 M과 뜨거운 포옹을 하고 작별을 했다. 집으로 돌아가는 차를 뒤로하고서 또 다시 흐르는 눈물을 주체 못해 오랫동안 화장실에 숨어 꺽꺽대며 체크인 시간이 빨리 오기만을 기다리는 울보 남자가 여기에 있었다.

출국 수속을 받는데 한국으로 돌아오는 티켓이 없으면 불이익을 받을 수 있다는 직원의 말에 돌아오고 싶지 않은 나의 맘을 얼굴에 다 드러낸 채 서약서를 하나 작성하곤 출국 게이트를 통과했다. 첫날부터 이러면 안 되는데, 마음 같아선 M에게로 돌아가고 싶은데 갈 수가 없었다. 게이트를 다시 나와 밖으로 나간다한들 그저 방황만 하게 될 뿐, 이제 내가 갈 수 있는 곳이라곤 이 이야기를 시작하게 될 호치민뿐이었다.

출국 한 시간 전, M으로부터 문자가 끊긴 지는 1시간이 지났다. 집엔 잘 들어갔을까 걱정이 된다. 이제 곧 휴대폰을 정지하고 나면 더 이상 연락하지 못할 거란 생각에 울리지도 않는 문자함을 계속 들어가 본다. 조금 있으면 담배나 한 대 피우고서 출국을 기다리게 될 것이다. M에게 보낼 문자를 썼다 지웠다 반복하며 30분을 소비했다. 그러나 M의 연락은 없다. 게이트가 열리고 사람들이 입장하기 시작한다. 결국 답장을 받지 못하고, 나는 휴대폰 일시정지 버튼에 손을 올렸다.

그때 마침 울리는 문자소리. 집에 잘 도착했으며 잘 다녀오라는 M의 문자에 괜스레 미소가 지어진다. 하지만 그 뒤에 느껴지는 안타까움은 '쓴웃음'이라는 단어가 무엇인지 정확하게 알려주고 있었다. 답장을 마치고 휴대폰을

나는 달님과 같은 위치의 하늘에서 호치민으로 이동 중이었다.

급하게 정지한 뒤 비행기에 탑승했다.

며칠 전 나는 나 혼자밖에 안 보는 우리 둘의 커플 어플에다 '슬픈 노래 듣지 않기'라고 써놨었다. 그런데 한국에서 휴대폰에 담아간 노래들은 왜 전부 슬픈 노래인지, 비행기를 타고선 2시간 동안은 고개를 푹 숙이고 눈물을 감춰야 했다. 괜찮으시냐는 승무원의 질문에 궁상도 이런 궁상이 없어서 그저 고개만 끄덕인다. 누가 보면 한국에 사연을 남기고 떠나가는 사람처럼 비행 내내 슬픈 눈으로, 건조한 기내에서조차 계속 촉촉하게 젖어있던 내 눈이 드디어 여길 떠난다는 걸 실감하게 해준다.

몇 시간이 지났을까. 나는 달님과 같은 위치의 하늘에서 그렇게 호치민으로 이동 중이었다. 초승달로 시작한 달은 점점 옅어져 베트남에 도착하기 직전엔 그저 노랗게 한 줄기 빛으로 나를 반기고 있었다.

새벽 1시쯤 드디어 호치민 공항에 도착했다. 하지만 이번 여행은 입국심사부터 말썽이다. 리턴 티켓이 없다고 거절을 당한 것이다. 결국 영어를 잘하는 직원을 찾아 헤맨 끝에, 그나마 나의 말을 알아들을 수 있는 친절한 여직원에게 내가 버스를 타고 방콕까지 갈 거라는 걸 설명하고서야 무사히 나올 수 있었다.

호치민엔 마치 내 마음처럼 비가 오고 있었다. 가랑비를 맞으며 도착한 호텔방에 누워서 어찌나 잠이 안 오던지 무심결에 M에게 메일을 보내고, 몇 분 뒤 "나도 너 떠나고 못자고 있어"라는 답장을 받았을 때는 한국은 새벽 3시가 넘은 시간이었다.

너무 힘든 길을 걷게 하는 것 같다며 미안하다고 하는 M에게 무슨 답장을 해야 할지 몰라, 비에 젖은 몸을 씻어내러 무작정 화장실로 들어왔다. 마치 드라마에나 나올 법한 샤워씬을 재현했다. 비록 권상우 같은 몸은 아니지만 감성만큼은 그에 못지않았다. 체크인을 늦게 해서 호텔방이 업그레이드된 덕에 마음은 편하지 않지만 몸은 편한 밤을 보내며 호치민에서의 첫날을 시작했다.

다음날 아침, 담배를 피우려고 방에서 한 발짝 나오는 것조차 두렵고 떨린다. 그래도 용기를 내어 발을 내딛어야 한다. 오던 비는 그쳤다. 후덥지근한 날씨, 정말 11월이 맞나 싶은 동남아의 겨울에 한 남자의 이야기가 시작됐다.

'여행 첫날=반나절'는 나의 여행공식

드디어 시작한 호치민 관광, 정말 아무런 정보도 없이 온 여행이기 때문에 경계 태세를 단단히 하고 호텔 밖을 나서야 했다. 한국에서도 온갖 잡놈들이 들러붙는 나인지라, 버스를 타고 시내에 내리자마자 오토바이 한 대가 붙더니 자기가 일일 가이드를 해주겠다며 한국인들이 쓴 방명록을 보여준다. 계속 거절을 하는데도 한 10분간 나를 따라다닌다.

우선은 숙소가 급했다. 인도에선 돌아다니다가 게스트 하우스가 있으면 들어가서 흥정을 하면 그만이다. 하지만 첫 동남아 여행, 내 눈에만 보이지 않았던 것인지 게스트 하우스가 하나도 보이질 않는다. 그러다가 졸졸 따라오던 오토바이의 한마디가 나를 붙잡는다.

"칩 호텔?"

이 말에 현혹되면 안 되는 걸 잘 알면서도, 배낭이 너무 무겁게만 느껴졌다. 어디가 시내이고 관광지인지 하나도 검색을 하지 않고 와서 잔뜩 쫄아 있던 나는 결국 그의 말을 믿기로 한다.

그는 오토바이 뒤에 나를 태우고 시내와 동떨어진 3구역으로 이동을 했다. 그래도 체감상으론 싼 호텔을 소개받고, 체크인을 마친 뒤 짐을 내려놓고서 호텔 밖으로 나왔다. 물론 이것이 눈탱이의 시초가 될 줄은 몰랐다. 그가 이 먼 곳으로 날 데리고 온 이유는 하나였다. 나 혼자선 도보 이동이 불가능하도록 만들기 위한 계략이었던 것이다. 결국 나는 이 아저씨의 의도대로 바이크 투어를 시작했다.

나는 랜드 마크와 인증 샷을 찍고 다니는 게 아주 의미 없다고 생각하는 1인이다. 근데 동남아 여행일정을 빡빡하게 잡아놓은 탓에 딱히 다른 방법이 떠오르지 않았다. 특히 호치민은 아직 물가 적응도 안 된 곳이어서 섣불리 돌아다니기엔 너무나 모르는 것이 많았다. 그저 오토바이가 이끄는 대로 내 경로를 가야만 했다.

우선 커피를 한잔 마시자는 기사 양반의 성화에, 나도 모닝커피가 당기던 터라 그가 끌고 간 허름한 커피숍에 들어섰다. 떨리는 마음을 진정시키며 한잔 들이킨다. 커피를 마시고 계산을 하는데, 기사가 자기 커피 값까지 계산을 해달라고 한다. 우선은 말없이 내주었지만 생각해보면 이 사람에겐 나만한 호구도 없었을 것 같다.

첫 번째 장소는 한국에서도 안 가는 전쟁기념관이었다. 물론 한국전쟁을 배운 우리 민족이라면 공감하는 부분들이 있겠지만 그래도 내가 여길 왜 왔나 싶다. 빠르게 관람을 마치고 나와, 두 번째로 노트르담 성당과 호치민 우체국으로 갔다. 도착해서 주변을 보니 그래도 최소한 랜드 마크에 왔구나 싶은 느낌이 든다. 인증 샷 하나만 남기고 다시 오토바이에 올라탔다. 가는 길에 있었지만 호치민 펠리스엔 입장료가 아까워서 들어가지도 않았다.

산산조각난 나의 미래였을지도 모르는 그들을 바라보며, "뷰티풀!"을 외쳐본다.

그가 다음으로 이름 모를 사원까지 날 끌고 간 시각은 4시쯤이었다. 정신없이 돌아가는 일정에 난 누구고 여긴 어디인가 하는 생각마저 든다. 빨리 정신을 차리고 내가 타지에 나왔음을 깨달아야 한다. 사원에 들어서서 부처님께 무탈하게만 돌아가게 해달라고 기도드리고 마지막 장소인 메콩 강으로 이동했다.

그래도 메콩 강은 최소한 여유 있는 여행을 추구하는 나에게 좋은 장소였다. 강물이 더러워서 볼 건 별로 없었지만 나는 지금 그저 강가를 거닐며 여유롭게 담배 한 대 피울 수 있는 시간이 필요했다. 최대한 그곳에서 시간을 벌었다. 흐르는 강을 바라보니 수많은 생각이 든다.

'이번 나의 여행은 어떻게 흘러갈까?'
'한국에 있는 M과 가족들, 친구들은 잘 지내고 있을까?'

이런 사념들을 늘어놓으며 시간을 보내는 게 내가 원했던 바이다. 한 시간쯤 산책을 하다가 5시 반쯤 기사 양반에게로 돌아갔다. 체력이 저질이라 이젠 그냥 호텔방에 누워 쉬고 싶은 생각만 든다. 역시 이런 패키지 여행 같은 투어는 나에게 맞질 않는다. 다른 데 안가도 좋으니 호텔로 바래다 달라고 말했다.

가는 길에 지나치게 된 노트르담 성당 앞에는 웨딩 사진을 찍고 있는 부부들이 많이 보인다. 마음이 뒤숭숭하다. 난 이별을 하고 이곳에 왔는데, 저 사람들은 행복의 시작점에서 아름다운 모습으로 활짝 웃으며 밝은 미래를 기대하고 있다는 생각에 마음이 울적해진다. 잠시 기사 양반에게 내려달라고 한 뒤 그들의 사진을 찍었다. 어쩌면 부러운 마음이었을지도 모르겠다. 산산조각 난 나의 미래였을지도 모르는 그들을 바라본다. 내 시선이 느껴졌는지 나를 의식하는 신부를 향해 "뷰티풀!"이라고 외치곤 다시 오토바이에 올라탔다.

여행사에 들러 다음날 바로 무이네로 가는 버스를 예매했다. 정말 호치민에는 더 이상 있고 싶지가 않다. 기억에 남는 것 하나 없는 최악의 5시간이었다. 예매를 마치고 호텔로 돌아가려고 하다가, 정산을 할 시점이 온 것 같아서 기사에게 얼마를 주면 되냐고 물어봤다. 혹시나 했지만 역시나 기사는 미칠 듯한 바가지를 씌운다.

그땐 베트남 시세에 적응이 되지 않아서 당시엔 바가지인지도 몰랐다. 조금 비싸다고만 느껴졌지 사실 한국에서 데이트할 때 한 끼만 먹어도 나오는 가격이었다. 결국 정신을 못 차린 나는 선뜻 돈을 내주었다. 내가 별 말 없이 돈을 내니까 그 양반도 미안했는지 다음날 호텔에서 버스 스탠드 픽업과 오늘 못 간 호치민 투어까지 해주겠다고 하고선 돌아선다.

호텔방에 들어가 피곤한 몸을 눕히고 베트남 물가를 알아볼 겸 와이파이를 잡아 검색을 시작했다. 그러다가 호치민 1일 버스투어 상품이 눈에 들어온다. 17달러, 내가 그 기사에게 준 돈은 1,200,000동이었다. 단위가 엄청나 보이지만 한국 돈으로 약 6만 원 정도, 즉 엄청난 바가지였던 것이다. 너무 준비 없이 온 여행이다 보니 첫날부터 바보짓으로 시작했다.

난 언제나 여행 첫날엔 엄청난 눈탱이를 얻어맞고 정신을 차린다. 어쩌면 일종의 세리머니가 되어버린 건 아닐까 생각하며 자기위안을 해본다.

세수를 하고 나오니 도마뱀 한 마리가 후다닥 도망가고 있다. 베트남에선 호텔방에 도마뱀이 들어오면 복이 들어온다며 잡거나 쫓기보단 그냥 두는 게 좋다고 어디선가 읽었던 기억이 있다. 천장에 붙은 도마뱀을 바라보며 복 된 여행이 되기를 바라본다.

끝까지 징글징글했던 호치민을 떠나다

전날 못간 호치민 관광지를 데리고 돌아다녀주겠다던 바가지 아저씨는 한 시간이나 일찍 도착해서 곤히 자고 있던 날 괴롭힌다. 솔직히 호치민에 더 볼 게 뭐 있나 싶어서 기대도 안 했다. 곧바로 오토바이를 타고, 내 의사는 묻지도 않고서 전날 그 커피숍으로 향한다. 끝까지 날 호구로 보는 것 같다.

화딱지가 나서 담배 심부름을 시켰다. 엄청난 돈을 받았는데 이 정도는 해주겠지 하는 마음이었다. 그러나 난 결국 또 한 번 당하고 말았다. 멘솔 담배 1보루라고 설명했는데, 그가 사온 담배는 보통 담배였고 심지어 2보루나 사왔다. 베트남 담배 값이 싸긴 하지만 라오스로 넘어갈 때 걸리면 어쩌려고 2보루나 사왔냐고 타박하니 하는 말이 가관이다. 여기 있는 10일 동안 한 보루를 다 피우면 된다고 한다.

내가 정말 이 사람 때문에 담배가 늘겠다. 하루에 반 갑도 안 피는 사람에게 두 배로 양을 늘리라고 하는 이 어처구니없는 양반을 어찌해야 할까. 거기다 왜 75,000동은 본인 심부름 값으로 알아서 떼어 가는지 이해할 수 없었다. 그러나 그냥 내 업보려니 생각하고 주섬주섬 담배를 가방에 넣는다.

이젠 일말의 기대도 없다. 하지만 큰돈을 내고 가이드를 받는 건데, 부려먹을 대로 부려먹어야겠다는 생각이 든다. 오늘은 멀리에 있는 관광지까지 가보자고 얘기했다. 어눌한 영어로 "오케이"를 하더니 한 30분을 오토바이로 달려 도착한 곳은 또 사원이었다. 그래도 전날 다녀온 사원들과는 사뭇 다른 느낌이라 신발을 벗고 절까지 하고 나왔다.

'제발 저 녀석이 그만 눈탱이 치게 좀 해주세요.'

여기가 좋았던 건, 이 사원에서 바라보는 메콩 강이 정말 아름다웠다는 점이다. 한 꼬맹이가 수영을 하면서 물고기를 잡고 있다. 아마 절에서 팔고 있는 방생용 물고기를 잡는 것 같다. 시간도 많이 남아서 유유히 흐르는 강물만 바라보며 시간을 때웠다. 찬란하게 강물에 반사되는 햇빛을 응시하다 보니 마음이 편안해진다.

1. 사원에서 바라본 아름다운 메콩 강.
2. 관짝같은 편안함, 슬리핑 버스.

버스 시간이 다가와서 슬슬 출발 준비를 하고 오토바이에 올라탔다. 그러나 버스 스탠드로 가는 길에 기사가 기름이 떨어졌다며 나보고 내달라고 한다. 정말 진심으로 폭발해서 욕을 하며 화를 냈다. 사원에서 여유를 갖고 편안해졌던 마음이 다시 자극되어 사람의 욕심이 끝이 없음을 느꼈다. 내가 좀 진정을 하고 째려보니 결국 기름 값을 내고선 눈치를 슬슬 살핀다. 그나마 내가 화난 걸 알고는 가는 내내 조용히 운전만 해서 나도 다시 평정심을 찾을 수 있었다.

악수를 청하며 작별인사를 하는 기사를 무시하고 옆에 있던 버거킹으로 들어가 버렸다. 행여 또 팁을 달라고 하면 기껏 진정된 마음이 분노로 휩싸일 수 있기 때문이다. 출발 시간이 조금 남아서 요기라도 할 겸 햄버거 세트를 주문했다. 꼴에 다이어트를 한답시고 라이트 콜라로 바꿨더니 한국에서처럼 공짜로 바꿔주지 않는다. 이젠 어디를 가나 돈을 쓰고 다니는 듯싶다.

호치민에 정이 뚝 떨어진다. 정말 운이 좋지 않아 나쁜 사람을 만났다고 생각하며 버스를 기다렸다. 돈을 아끼려고 보통 버스를 예약했는데, 버스 시간이 엇갈려서 슬리핑 버스로 변경됐다고 했다. 호치민에서의 역경을 보상받는 느낌이다. 덕분에 무이네로 가는 길만큼은 편하게 갈 수 있었다. 베트남의 슬리핑 버스는 아주 안락하다. 웃프게도 이럴 땐 작은 키가 도움이 된다. 내 신장에 딱 맞는 사이즈의 슬리핑 버스는 마치 관 속에 들어간 듯 평안을 선사한다.

5시간 반 정도 달리고 나니 버스가 미리 예약한 무이네 숙소 근처에 도착했다. 하지만 호텔에 도착해서 나는 또 한 번 난관에 부딪친다. 무이네 정보를 많이 알아보지 않고 숙소를 예약한 탓에 관광지와 1시간 떨어진 거리의 호텔을 잡아서 다음날 꽤나 고생하게 생긴 것이다. 호치민에서 그렇게 당해 놓고 여전히 정신을 못 차렸다.

심지어 다음날 어떻게 관광을 해야 할지도 갈피를 못 잡았다. 그저 지프투어라는 상품이 있다는 것, 혹은 오토바이를 빌려서 나 혼자 다녀도 괜찮다는 정보만 알고 있다. 하지만 호치민부터 계속 시달린 탓에 머리가 지끈거려서 더 이상 생각할 기력도 없다. 내일 아침이 되면 생각이 나겠지 하고선 호텔방에 널브러졌다.

혼자 하는 여행이라 더 그렇겠지만 오늘따라 유난히 M이 보고 싶었다. 늘 무엇이든 준비하고 대비하도록 해주었던 사람인데, 역시 대책 없이 온 동남아 여행은 날 너무 괴롭게 한다.

사막에서 뒷걸음질로 걷는다는 건

오늘은 아침부터 엄청 걸을 수밖에 없었다. 시내에서 워낙 먼 호텔이다 보니 무거운 배낭을 들쳐 메고 부킹센터가 있는 곳까지 40분가량을 걸어갔다. 투어 시간에 맞추기 위해서 조금 일찍 나와 해변 도로를 거닐며 아름다운 무이네 바다를 감상했다. 귀에 이어폰을 꽂을 채 무거운 걸음을 옮겼다.

도착하자마자 바로 나짱으로 가는 버스를 예약하고 오늘의 투어를 위해 이것저것 물어봤다. 오토바이 대여료는 얼마인지, 지프투어는 다른 사람이 가는 투어에 조인해서 갈 수 있는지. 다행히 전날 걱정했던 것보다 쉽게 일이 풀린다. 인터넷에서 본 것과 다르게 적은 인원수 단위로 투어를 신청하는 사람들을 위해 조인 지프투어가 있다는 것이다. 여행사 직원이 적극적으로 나를 도와주었고, 투어까지 남은 시간 동안 먹을 맛있는 로컬 음식점도 소개해 주었다.

나와서 점심을 먹는데 로컬 푸드 가격에 매우 놀랐다. 베트남에선 우리나라 돈으로 2,500원도 안 하는 가격에 맛있는 볶음밥과 쌀국수까지 맛볼 수 있었다. 거지여행치곤 호사를 누리며 무이네에서 첫 점심을 해결한다.

밥을 먹고 드디어 지프투어를 출발했다. 베트남인 1명, 스페인인 4명, 프랑스인 1명, 포르투갈인 1명과 나까지 총 8명이서 한 차에 올라탔다. 스페인인 4명은 전부 일행인지 서로 떠들기 바빴고, 신기했던 건 베트남인이 포르투갈어를 할 줄 알아서 둘이 또 대화를 하고 있었다는 점이다. 사실 난 학부에서 불어를 전공했다. 가만히 있을 수만은 없어서 프랑스 여자에게 조심스레 말을 꺼낸다.

"봉주르, 마드무아젤."
"봉주르."

이게 나와 그녀의 처음이자 마지막 프랑스어 대화가 되었다. 사실 졸업한 지 8년이 지난 지금 나에겐 불어보단 영어가 더 편하다. 이 말을 불어로 그녀에게 얘기를 하니 자긴 한국어를 모른다며 재밌다는 듯 웃는다. 그래도 여행을 와서 처음으로 이야길 나눈 친구이다.

서로 소개를 하며 대화를 하는 사이 우린 요정의 샘에 도착했다. 이곳이 그렇게 예쁘다는 정보를 보고, 꼭 와보고 싶었던 터라 기대가 크다. 흐르는 계곡물을 따라 올라가다 보니 역시 탄성을 자아내게 하는 광경이 펼쳐진다. 붉은 흙으로 협곡을 이룬 요정의 샘은 마치 뭉툭하게 생긴 진흙 요정들이 살 것만 같은 풍경을 자랑했다. 바닥의 모래도 부드러워 신발을 벗고 걸어도 편안하게 갈 수 있었다.

그러나 방심은 금물이었다. 괜찮겠지 하고 뻗은 급류에 엄청나게 날카로운 바위 하나가 날 기다리고 있었고, 허우적거리다가 결국 넘어지기 직전까지 건디던 내 종아리 한쪽을 스크래치로 장식하게 되고 만 것이다. 가는 동안 계속 피가 나고 절뚝거렸지만, 그래도 요정의 샘을 끝까지 구경한 뒤 입구로 돌아왔다.

다음 장소 이동을 위해 머리에 걸쳤던 선글라스를 찾았다. 그러나 머리 위에는 아무것도 없다. 아무래도 아까 급류에서 잃어버린 듯하다. 물가에서 허우적거리다가 M이 예전에 선물했던 소중한 물건을 잃어버리다니, 마음이 아프다. 추억이 깃든 물건을 하나를 잃어버린 게 아니라, 마치 내 머릿속에서 조금씩 M을 지우고 있는 것 같은 느낌마저 든다. 분실물 찾기에 시간을 마냥 할애할 수 없어서, 포기하고 화이트 샌듄으로 이동했다.

화이트 샌듄은 말 그대로 장관이었다. 하얀색 모래 사구는 마치 사막처럼 큰 산을 이루고 있었고, 아까 대화를 나눈 프랑스 친구와 함께 ATV를 빌려 샌듄 꼭대기까지 올라갔다. 호기심이 많은 나는 30분 뒤 같은 자리에서 만나기로 약속하고, 조금 더 사람이 없는 곳으로 걸어 이동을 했다. 모래 산을 넘고 넘어 아무도 없는 곳에 도착해 조용히 눈을 감고 모래밭을 맨발로 걷는다. 발가락 사이로 스며드는 모래가 나를 간지럽게 한다. 눈을 떠 부드러운 모래에 찍히는 하얀색 발자국을 보니 문득 시 한 편이 생각난다.

> 사막 - 오르텅스 블루
>
> 그 사막에서
> 그는 너무나 외로워
> 때로는 뒷걸음질로 걸었다
> 자기 앞에 찍힌 발자국을
> 보려고
>
> -류시화, 『사랑하라 한 번도 상처받지 않을 것처럼』 중-

외로움의 극치이다. 혼자 하는 여행에서 갑자기 밀려오는 외로움을 즐길 줄 알아야 한다고 여행 고수들은 말한다. 그러나 나는 결국 견디지 못하고, 터벅터벅 모래 산을 내려오며 이은미의 '녹턴'을 웅얼거렸다. 우리의 사정이 담긴 노래를 부르다 보니 나는 이별로 인한 외로움의 감정을 억제할 수 없었다. 잠시 사구에 주저앉아 고개를 푹 숙이고 다시 한 번 눈물을 쏟는다.

몇 분을 애수에 빠져들다가, 프랑스 친구와 약속 시간이 다 된 것을 확인하고 감정을 추슬렀다. 다시 정상으로 올라가 화이트 샌듄의 입구로 복귀하여 마지막 장소인 레드 샌듄으로 이동했다. 마침 레드 샌듄에선 일몰이 한창이었다. 레드 샌듄에는 이미 많은 사람들이 자리를 꿰차고 해가 지는 빨간 모래언덕을 구경하기 위해 앉아 있었다. 나도 한 자리를 맡아 오늘 하루를 마무리하며 길고도 짧았던 무이네의 일정에 작별을 고했다. 일몰을 감상하고 레드 샌듄을 내려오는 길에 프랑스 친구가 나에게 묻는다.

"무슨 일 있었어? 화이트 샌듄부터 네 눈이 빨개."
"알잖아. 혼자 여행하다 보면 갑자기 외로워질 때가 있는 거."
"이해해. 그럼 너도 혼자 여행 중이니?"
"응. 너는?"
"나도야. 태국에서 기자 인턴쉽을 마치고 여행 중이야."

알고 보니 이 친구도 나와 비슷한 경로로 베트남을 여행 중이었다. 우린 내려오는 내내 자신의 여행계획을 이야기하며 어떤 일을 하는지, 돌아가면 무엇을 할 것인지 시시콜콜한 대화를 나눴다. 특별한 이야기는 아니었지만 그동안 누군가와의 대화가 필요했던 나의 욕구를 채워주기엔 충분했다.

"일정이 같으니 언젠가 또 볼 수 있겠다. 그때 또 만나!"

빈말로 던지는 이야기였겠지만 참 고마운 한마디이다. 돌아오는 길엔 그저 창밖을 바라보면서 무이네의 아름다운 해변을 만끽했다. 그리고 화이트 샌듄에서 느꼈던 감정들을 추스르는 시간을 가진다. 부킹센터에 거의 도착해서는 고맙게도 프랑스 친구와 둘만 남아 편하게 작별인사를 할 수 있었다.

"봉 부아이아주! 오흐부아으!" (좋은 여행 해! 또 만나!)

나도 똑같이 대답을 건네고 프랑스식 인사를 나누며 안녕을 고했다. 여행사로 돌아와 촐싹거리며 재밌었냐고 물어보는 젊은 직원에게 최고였다며 찬사를 보내준다. 호치민에서 크게 당해서 그런지 정말 무이네에서의 하루는 왠지 기분 좋게 마무리가 된 듯하다.

1. 그 사막에서 그는 너무나 외로워 때로는 뒷걸음질로 걸었다.

2. 요정의 샘(상). / 레드 샌듄(하).

3. 이미 유럽인들 사이엔 '아시아의 하와이'라는 별명이 붙을 만
   큼 무이네의 자연은 아름답기 그지없다.

Chapter 2

집중

1. 한 가지 일에 모든 힘을 쏟아 부음.
2. 지나치거나 모자람이 없이 또는 한쪽으로 치우침이 없이 마땅하고 맞갖한 도리를 취함.

붉은 색 암생트, 딸기 향에 취하다

무이네에서 지프투어를 마치고 밤 12시에 출발하는 나짱행 버스를 탈 때까지는 아직 5시간 정도 여유가 있었다. 저녁도 먹을 겸 아까 마음에 들었던 로컬 식당에 들어가 조금은 사치를 부려볼 요량으로 가리비 요리와 볶음밥을 시켰다.

나 같은 주당이 이런 맥주와 어울리는 요리를 시킨 것은 곧 스스로에게 과음을 선사하겠다는 의미였다. 베트남의 맥주 가격은 한국과 비교하면 착하다 못해 이 돈으로 술을 만들 순 있을지 의문이 들 정도로 싸다. 한 병이 두 병이 되고, 두 병이 세 병이 되어, 나 홀로 여행의 외로움에 취해 끊임없이 맥주를 들이킨다. 평소 주량과 다르게 금방 취기가 오르는 게 느껴진다. 하지만 이미 시작한 레이스는 멈출 줄을 모르고 큰 병으로 5병쯤 마셨던 것 같다.

'아, 그만 멈춰야겠다.'

뇌리를 스치는 생각이었다. 그래도 아직 자제력은 있는 놈이구나 하는 생각을 하며, 주인아주머니에게 취중진담으로 사람들에게 이 가게를 꼭 추천하겠다며 베트남어로 번역기를 돌려 보여드린다. 배낭여행 중 팁은 '사치 of 사치'라 생각하는 내가 얼마 안 되지만 팁까지 챙겨주고 나왔으니 술이 취하긴 한 것이다.

가게를 나와 슬슬 여행사로 이동했지만 아직 버스 시간이 남아서인지 여행사는 문이 닫혀 있다. 하긴 3시간이나 남았으니, 터벅터벅 걸어 마트들과 마사지숍들이 즐비한 거리로 이동을 했다. 술을 깰 겸 산책을 하자는 요량이었는데, 내 행동력은 점점 가관이다.

마트에서 싼 가격에 팔고 있는 딸기 럼주의 캐릭터는 왜 그렇게 반짝이는 눈으로 날 바라보던지, 마치 캐릭터가 내 앞에서 춤을 추고 있는 것 같다.

45,000동에 럼주 한 병이라니 이 엄청난 가성비를 어디서 만끽하겠는가! 결국 그놈을 집고야 말았다. 옆에서 같이 춤추던 망고 캐릭터와 둘 중 누구를 뽑을지 잠시 고민했지만 점원의 추천은 역시 첫 만남부터 끼를 발산하던 딸기 럼주였다.

여행사 앞 테이블에 조촐한 과자 안주와 럼주를 깔아 놓고 젊은 여행사 직원을 기다리며 나만의 무이네 파티를 시작했다. 내 입 안을 럼주 잔 삼아 다이렉트로 털어 부어 마치 폭포수처럼, 그러나 뜨거운 목넘김으로 딸기 향을 만끽한다.

영화 '물랑루즈'에 악마의 녹색 술 압생트가 있었다면 난 지금 녹색 요정이 아닌 빨간 요정에 취해 한 쪽에는 음악을 틀어놓고, 흡연이 가능한 술집 바에 앉아 바다를 바라보며 술을 마시고 있다. 술은 역시 외로움이고 우울함이고 다 잊게 해주는 마취제이다. 내가 정신이 든 시각은 30분 정도 지나 젊은 여행사 직원이 도착했을 때이다.

그런데 오히려 문제는 이 직원이 도착하고부터 시작되었다. 애도 어디서 술을 마시다가 내 버스 시간 때문에 어쩔 수 없이 몸을 이끌었는지 내 남은 술을 보더니 마치 아까의 나처럼 눈이 반짝거린다.

"우리 같이 마실까?"

어차피 버스 시간은 아직 2시간이나 남았다. 혼자 마시기엔 다소 부담스러운 양이었기에, 술상대도 필요했는데 잘됐다 싶다. 서로 통성명을 하고 소개를 마쳤다. 자, 이제 우린 프렌드다! 나보다 7살은 어린 친구였지만 외국에서 나이가 뭐 그리 중요하겠는가.

이름은 부 호앙, 그런데 직업을 물어보니 나처럼 예술을 하던 친구였다. 여행사에서 아르바이트를 하며 힙합 프로듀서로서 자신의 길을 걷고 있는 중이라 한다. 어딘지 모르는 깊숙한 곳에서 끓어오르는 동질감과 동료애가 나를 자극시킨다. 자신이 만든 곡을 들려주며 나에게 조언을 구하기에, 다 좋은데 피처링이 필요할 것 같다고 힙알못(힙합을 알지 못하는 사람)인 내가 한 훈수를 뒀다. 그랬더니 나보고 해달라 한다.

노래 실력을 검증 받을 겸, 내 애창곡인 'Can't fight the moonlight'을 열창했다. 이미 둘 다 취해서 실력 따윈 안중에도 없다. 물개박수를 쳐주는 부호앙과 신나게 예술 이야기를 하다 보니 어느새 버스 출발 시간이 다 되었다. 내가 다음에 무이네에 오면 오토바이 렌탈부터 투어 예약까지 전부 무료로 해주겠다고 한다.

"하하하하하! 우리 다음에 또 만나!"

나의 무이네에서 기억은 여기까지이다. 최대한 그때의 느낌을 살려 매우 업된 상태로 기억을 더듬었더니 이야기 자체가 엉망이다. 어쨌든 눈을 떠 보니 나는 나짱에 도착해 있었다. 아니, 정확하게 말하면 곯아떨어진 나를 버스 기사가 흔들어 깨워 무사히 내릴 수 있었다.

시계를 보니 아침 6시 30분을 가리키고 있다. 술은 아직 덜 깼지만 다행히 배낭과 소가방은 무사하다. 자전거 자물쇠로 의자에 잠가 놓았었는데 그래도 챙길 정신은 있었나 보다. 나짱에 내려 숙소를 찾아가는 길에 쌀국수 집하나가 일찍 문을 열었다. 아침 해장을 마치고 호텔로 들어갔다. 사실 이 기억도 왜곡된 건 아닌지 의심이 든다. 그리고 그날 하루는 숙취와 피로함에 지배당해 그대로 날려버리고 말았다.

나짱 보트투어! 짱짱짱!

무슨 정신이 있었는지 숙취가 심한 와중에도 다음날 보트투어를 예약해놓고 잠이 들었었나 보다. 베트남에 살고 있는 한국 분의 강력한 추천으로 술이 깬 다음날 보트투어를 가게 되었다.

내가 탄 보트는 펑키몽키보트로, 이미 타는 순간부터 큰 재미를 줄 것 같은 비주얼의 스텝들과, 그들의 잔망스런 입담이 나의 귀를 사로잡는다. 어디서 배워 온 건지 아주 익숙한 영어식 농담을 던지며 3개 국어를 구사하는 스태프장의 진행 능력으로 보아 보트 위의 유재석이라 해도 과언이 아닐 정도 이다. 이동하는 내내 지루할 새가 없을 정도로 계속해서 말하는 탓에, 언제 도착했는지도 모르게 이미 배는 첫 번째 코스인 수족관에 와 있었다.

"유 아 베리 퍼니!"
"어? 한국 분이시네요?"

내 옆에 앉은 동양인 여성 한 분의 발음이 영락없는 한국인임을 눈치 채고 먼저 말을 걸었다. 화들짝 놀라며 오히려 나에게 한국인이셨냐며 묻는다. 내 가 복장이나 헤어스타일을 좀 튀게 하고 다니긴 했나 보다. 이 친구는 홍 모 양, 본인은 실명으로 써도 괜찮다고 했지만 이후의 이야기를 위해 가명을 써 주는 것이 홍양을 위한 최선일 것 같다는 생각이 크게 든다. 왜냐하면 이 친 구가 정말 어마어마한 미친 아이였기 때문이다. 더 심한 욕을 써도 된다는 허락까지 받았지만 정말 이렇게 격한 언어를 선택한 것이 잘하는 짓인가도 싶다.

"수족관이 그렇게 볼 게 없대요."
"정말요?"
"보고 와서 알려주세요."

난 이미 인터넷에서 주위들은 얘기로 들어가면 돈이 아깝다는 정보를 많 이 보고 온 터라, 보트에서 내려 옆에 있는 커피 집으로 발길을 돌렸다. 30분 도 안 되는 시간 동안 재빠르게 수족관을 횡 둘러보고 나오는 것 또한 내 스 타일이 아니다.

밀크커피를 한잔 주문하고 바닷가를 바라볼 수 있는 해먹 자리에 누워 출 렁이는 바다를 바라본다. 아침 햇살에 일렁이는 파도가 비로소 내가 여행을 떠나왔구나 하는 생각이 들게 만들어 준다. 카페 옆에 위치한 돌섬에도 다녀 왔다. 우리나라 동해에서 흔히 볼 수 있는 풍경인 듯싶었지만 베트남의 바다 냄새는 어딘지 모르게 내가 알던 것과 사뭇 다른, 상쾌함을 가져다주는 것 같다.

남은 10분 동안 돌섬 깊은 곳까지 들어가다가 샌들이 미끄러져 날카로운 돌부리에 긁혔다. 이제 30대가 넘었는데 몸 좀 사리면서 여행해야겠다는 생각이 든다. 짧은 모험을 마치고 보트로 복귀하니 홍양을 포함해 이미 수족관 조깅(?)을 마치고 온 사람들이 꽤나 들어와 있었다.

"어때요?"
"정말 볼 거 없네요."

내 정보가 맞았다는 생각과 입장료를 아꼈다는 생각에서 오는 얕은 쾌감에 괜스레 신이 난다. 다음 코스로 이동하며 바닷바람을 맞으러 도크로 나갔다. 홍양도 함께 앞으로 나가니, 갑자기 보트 DJ가 영화 '타이타닉'의 메인 테마음악인 셀린 디온의 'My heart will go on'을 튼다. 순식간에 나는 디카프리오, 홍양은 케이트 윈슬렛이 되었다. 계속 안 하겠다고 하는데도, 보트에 앉아 우리만 바라보는 50여 명의 승객들을 그냥 무시할 수가 없다. 결국 민망해하며 모션을 취해 주니 수많은 관객들의 박수가 쏟아진다.

부끄러움도 잠시, 다시 보트 유재석이 나와 신나게 노래를 하며 분위기를 띄웠다. 그러고 나니 두 번째 코스인 다이빙 및 수영 포인트에 와 있다. 이곳에선 5미터가 훌쩍 넘는 보트 위에서 다이빙을 해 깊은 바닷물 속으로 풍덩 빠져드는 것이 하이라이트이다. 용기를 내고 할 높이도 아니다. 과감히 바닷속으로 내 몸을 던졌다. 왠지 이걸 뛰고 나면 나의 여행은 순탄할 것 같다는 부질없는 생각이 들기도 한다.

바다에서 실컷 놀다 보니 어느새 점심 시간이다. 소개 브로슈어에 돼지고기, 새우 등의 먹거리가 나온다고 해서 많이 기대했다. 그러나 나온 점심이 매우 실망스럽다. 장조림만 한 고기 쪼가리와, 새우깡만 한 새우가 대여섯 마리 들어간 야채볶음. 그나마 두부조림이 먹을 만해서 다행이었다. 선상 레스토랑에서 해산물을 사다 먹을 수 있다고는 했지만 나에게 그런 사치를 부릴 여유는 없었다.

점심을 먹고 다음 코스는 문 아일랜드로, 스노클링을 하며 해수욕을 즐길 수 있는 아름다운 해변이었다. 스노클링 장비를 빌리려면 100,000동을 내라고 해서 그냥 입장료만 내고 바다에서 뛰어 놀았다.

홍양은 자신의 SNS에 올릴 사진들을 찍어달라며 성화이다. 이 느낌이 아니라며 직접 시범까지 보이고, 그놈의 하트를 받는 게 뭐 그리 중요한지, 그냥 일본인인 척 하고 혼자 다닐 걸 그랬나 보다. 그러던 중 구세주가 나타난다. 해변에서 전날 예약한 여행사의 오너 친구가 와서 자기를 기억하냐며 아는 척을 해주는 것이었다. 사실 술김에 예약한 거라 잘 기억은 안 났지만 어렴풋이 기억을 더듬어 인사했다.

"무슨 일로 여기에 왔어요?"
"스노클링 가이드를 하러 왔어요. 혹시 스노클링 하려면 내가 장비를 무료로 빌려줄게요."
"정말요? 고마워요! 장비를 빌려주세요."

장비를 받아 홍양에게서 도망쳐 물고기가 많다는 오른쪽 해변으로 이동했다. 잔재주로 배워놓은 것이 많아 수영 실력도 나름 나쁘지 않다. 저질 폐활량 때문에 깊게는 들어가지 못했다. 그래도 바닷물이 맑은 덕에 숨을 쉴 수 있는 수면에서도 바닥에 있는 해초와 돌 사이를 헤엄치는 물고기들을 구경할 수 있었다. 바다 속에는 각종 열대어들이 나를 반기고 있다. 그 중에서도 도리를 닮은 파란색 물고기는 너무 예뻐서 한참 동안 헤엄치는 걸 구경하며 시간을 보냈다.

운이 좋았던 덕분에 문 아일랜드에서 즐거운 시간을 보내고, 이제 마지막 코스인 바다 위 칵테일 바로 이동할 차례였다. 처음엔 이게 무슨 소린가 싶었다. 알고 보니 스태프 중 한 명이 바다 위에 튜브를 띄우고 그 위에서 환타와 알 수 없는 보드카를 섞어 바다로 뛰어든 사람들만 술을 내어주는 시스템이었다.

칵테일이 준비되는 동안 각 나라별로 나와서 장기자랑을 하는 시간이 펼쳐진다. 그 나라에서 유명한 노래를 스텝들이 연주하면 거기에 맞춰 춤을 선보이는 것이었는데, 난 역시 우리나라하면 '강남 스타일'이겠거니 하며 몸을 풀고 있었다. 그러나 막상 우리 차례에 들려오는 노래는 '아리랑'이었다. 다소 당황스러웠지만 홍양과 함께 우아하게 스텝을 밟으며 한국무용을 펼친다. 사실 나중엔 에라 모르겠다 싶어 말 춤으로 넘어가 버렸다. 제일 재미있던 건 러시아의 전통 춤이었다. 러시아 할머니가 어찌나 익살스런 표정으로 춤을 추시던지 그 모습을 보고 한참을 배를 움켜잡고 웃었다.

모든 나라의 장기자랑 시간이 끝나고 우린 너나 할 것 없이 바다 위로 뛰어들어 칵테일 파티를 즐겼다. 술이라고 하기에는 환타와 물맛이 강했지만 그래도 언제 내가 바다 한가운데에서 튜브를 타며 술을 마시겠는가 하며 그 시간을 즐겼다. 베트남 스텝이 오바마를 찾아대길래, 내가 미국 친구들을 놀릴 겸 "포 트럼프!"라고 외치며 건배 제의를 하니 모든 미국인들이 "노우!"라고 대답한다.

보트투어의 일정이 끝나고 몸은 너무 피곤했지만 즐거운 여행의 한 페이지를 장식한 것 같았다. 보트에서 내려 숙소로 돌아가는 길에, 홍양이 나에게 여기서 더 놀 곳이 있는지 물어본다. 나는 근처에 '세일링 클럽'과 '와이낫 바'

1. 나의 첫 술 친구 부 호앙, 둘 다 눈이 풀려 있다.
2. 보트투어는 나짱의 명물 중 하나이다.

가 유명하다고 소개해주었다. 홍양이 이따 같이 가자고 했지만 몸 상태를 봐서 연락한다고 말한 뒤 숙소로 돌아왔다. 그리고 정말 나이는 못 속이는지, 방에 도착하자마자 침대 위에 기절하고 말았다.

어마어마하게 멋진 아비를 만나다

잠시 잠을 청하고 일어나니 저녁 8시가 되어 있었다. 몸이 몹시 고단하다. 클럽에 가고 싶은 기분도 아니고, 그저 호텔에서 쉬고 싶은 마음뿐이다. 홍양에게 나는 이른 잠을 청하겠다고 문자를 보낸 뒤, 침대에 누워 천장만 멀뚱멀뚱 바라보았다.

몸은 피곤한데 잠이 안 온다. 경험상 이러다간 뜬 눈으로 밤을 지새다 새벽에 겨우 잠이 들 게 뻔했다. 잠깐 야시장이라도 돌아보고 올 생각으로 귀찮은 몸을 이끌고 주섬주섬 짐을 챙겨 밖으로 나왔다. 그러나 역시 피로로 인해 아무리 예쁜 걸 봐도 눈에 들어오질 않는다. 정처 없이 시내를 돌아다니다가, 뭔가 아쉬운 마음이 든다. 망고 주스라도 하나 마실 생각으로 한 가게에 걸음을 멈췄다.

"오빠, 여기서 뭐해요?"

화들짝 놀라 옆을 돌아보았다. 홍양이다. 호텔에서 잔다고 하고 밖에 나와 망고 주스를 사먹는 걸 들켰으니 뭔가 둘러댈 핑계가 필요하다.

"오빠 저랑 클럽 가기 싫어서 거짓말한 거예요?"
"아니, 자려고 누웠다가 너무 잠이 안 와서 산책이라도 할 겸 잠깐 나온 거야."
"근데 신기하다. 오빠랑 인연은 인연인가 봐요. 우연히 이렇게 만나게 되다니."

이 아이는 순수한 건지 눈치가 없는 건지 내 의중을 눈치 채지 못한다. 그러고선 하는 말이 더 가관이다.

"그러니까 오빠 이왕 나온 김에 같이 클럽가요."

마땅히 둘러대고 들어갈 형편도 아니었다. 거짓말까지 하고 들킨 와중에 거절하기도 쉽지 않았다. 결국 그러자고 했다. 처음 간 곳은 세일링 클럽으로, 해변 근처에 자리 잡은 유명한 클럽이다. 그러나 목요일이라 그런지 사람이 적어서 썰렁한 분위기만 맴돌 뿐이었다. 그래도 혹시나 하는 마음에 다른 클럽인 와이낫으로 자리를 옮겨본다. 와이낫에 들어서자마자 홍양의 표정에서 생기가 돌더니 신나 하며 말을 꺼낸다.

"오빠, 여기가 바로 제가 찾던 곳이네요."

와이낫은 화려한 네온사인으로 가게 이름을 비추며 수많은 외국인들과 베트남 사람들이 어울려 술을 마시고 있었다. 물론 클럽답게 스테이지에선 흥에 겨운 사람들이 알 수 없는 춤을 추고 있고, 그 분위기가 한국클럽과는 사뭇 다른 느낌이다. 사실 스테이지라고 하기엔 열악한 마룻바닥 위에서 신나는 팝송에 맞춰 춤을 추는 것인데, 역시 우리나라 사람들의 클럽 춤사위를 따라가기엔 서양인이나 베트남 사람들은 역부족이다.

홍양과 나는 맥주 한잔을 시켜놓고 베트남클럽의 분위기를 맘껏 즐겼다. 역시나 홍양은 SNS용 사진이 필요한지 계속 사진을 찍어달라고 부탁한다. 그래 놓고 나름의 미적 감각을 발휘해 사진을 찍어주면 이건 SNS용이 아니라며 타박하고, 또 한 번 시범을 들어가며 나를 찍사의 늪에서 괴롭힌다. 그래도 몇 번의 시도 끝에 맘에 드는 사진이 나왔는지 다시 술을 마시기 시작했다.

홍양은 쉬는 동안에 자신이 겪은 황당한 이야기를 늘어놓는다. 내 생각에 홍양은 그래도 꽤 준수한 외모를 가진 친구이다. 그런데 한국에서 인기가 없는지, 여기에선 수많은 베트남인들이 찝쩍대기에 자신은 베트남에서 살아야겠다며 농담 같은 진담으로 이야기를 시작한다.

"아까 보트에서 계속 저한테 관심 보이던 쪼그만 귀여운 애 있잖아요. 걔랑 보트투어 끝나고 저녁을 먹으러 갔어요. 술도 좀 마시고 같이 노래방을 갔거든요."

이미 난 이 대목에서 아무리 용기 있는 여자라 한들, 잘 알지도 못하는 베트남인과 맥주를 마시고 노래방에 갔다는 것에 내심 놀랐다. 혹 이곳이 인도였으면 더 큰일이 벌어질 수도 있던 상황이었다. 여자라면 특히 조심히 여행을 다녀야 한다.

"근데 노래방에 자기 친구들 두 명이 더 있는 거예요. 그러고선 베트남 여자애 두 명이 들어오는데, 화장을 진하게 한 게 꼭 노래방 도우미 같은 거예요."
"정말? 걔가 널 노래방 도우미급 정도로 취급한 거 아니야?"
"그러니까요! 너무 열 받아서 뛰쳐나올까 어쩔까 하던 중에 오빠 만난 거예요."
"잘했다. 그래서 니가 좀 취기가 오른 상태였구나?"

나름 열심히 공감해주며, 그래도 아직까진 이해할 수 있는 범주였기에 별말 안 했다. 그저 맥주를 마시며 한국에선 무슨 일을 하는지 다음 행선지는 어딘지 소소한 얘기를 나누며 밤 시간을 이어 나갔다.

그러던 중 옆 테이블에 있던 백인 남자 세 명과 동양인 여자 한 명이 같이 마시면 어떠냐고 제안을 해온다. 함께할 사람이야 많으면 많을수록 즐거우니 우리도 그 테이블에 합류했다. 이 테이블은 서로 다른 곳에서 합석에 합석을 더해 이루어진 테이블이었다. 두 명의 이탈리아인, 한 명의 핀란드인, 그리고 한 명의 베트남 현지인 여자였다.

넷과 인사를 나누고, 늘 처음 만난 관광객들이 하듯 각자 나라에 대한 이야기와 농담들, 여기 온 지는 얼마나 됐는가 등의 이야기를 하며 시간을 보냈다. 대화가 지루하다 싶으면 스테이지에 나가 춤을 추고 들어오기도 하며, 늘어가는 빈 병과 함께 우린 한창 취해가고 있었다. 그러던 와중, 여자 둘이 화장실 간 사이 이탈리아 친구가 나에게 말을 걸어온다.

"저 친구 혹시 네 여자친구야?"
"아니."
"그러면?"
"우리는 단지 오늘 아침에 처음 만난 사이야."

내 말이 끝나자마자 이탈리아 친구는 다른 친구들에게 가서 이태리어로 무슨 말을 건넨다. 핀란드 친구가 이태리어를 포함해 5개 국어를 할 줄 알았기 때문에, 셋이 대화를 시작하면 나는 꿀 먹은 벙어리가 되고 만다. 얘기가 끝나고 세 친구가 날 바라보더니 알겠다는 듯 고개를 끄덕이지만 나는 무슨 말인지 모르겠다는 제스처만 취할 뿐이었다.

어색한 침묵과 함께 남자 넷이 맥주만 홀짝거리며 눈치를 살피고 있다. 이 친구들이 무슨 얘기를 나눴을까 궁금해 하며 물어보려던 찰나, 홍양과 베트남 친구가 화장실에서 복귀했다. 그리고 갑자기 세 친구가 일사분란하게 움직인다. 아까 나에게 말을 건 친구는 베트남 친구를 데리고 스테이지로 나가고, 두 친구가 홍양에게 붙어 말을 걸어온다.

"우리 둘 중에 누구랑 술 더 마시고 싶어?

이제야 이 친구들이 무슨 대화를 했는지 알 것 같다. 아마 이탈리아 남자 한 명은 베트남인이 맘에 들었던 것 같고, 이 둘은 홍양에게 관심이 있었나 보다. 하긴 클럽도 문 닫을 시간이 얼마 안 남았으니 장소를 옮기는 게 당연하다. 홍양은 이들의 의중을 전혀 눈치 채지 못하고, 다 같이 놀았으면 한다고 얘기한다. 몇 분간 셋이 실랑이를 하더니 홍양이 난감했는지 베트남 친구를 찾아오겠다며 스테이지 쪽으로 나간다. 그리고 몇 분 안 돼서 아까 나간 둘을 끌고 들어온다.

"오빠! 얘네 뭐하고 있었는지 아세요? 스테이지 구석에서 키스하고 있었어요!"

역시 대단한 이탈리아 남성성이다. 뒤쫓아 온 이탈리아 친구는 홍양이 우리의 분위기를 망쳤다며 농담 섞인 짜증을 낸다. 베트남 친구도 깨진 흥에 기분이 썩 좋진 않은지 계속 다 같이 놀자는 홍양의 말을 들은 체도 안 한다. 그러나 결국 모두 홍양의 성화에 못 이기고 맥주를 더 마시기로 한 뒤, 술을 사들고 해변으로 이동했다. 이동하는 동안 나는 아무것도 몰라요, 하며 계속 다 같이 술을 마시기만을 원하는 홍양에게 자초지종을 설명해주었다.

"얘네들이 여자 두 명이랑 각자 1:1로 더 놀고 싶어서 그러는 거야. 니가 얼른 선택해. 아니면 계속 술 마시려거든 다들 헤어지고 나랑 맥주나 한잔 하든지."

"헐, 진짜 그럼 내가 쟤네 둘 분위기 망친 거예요? 오빠도 그렇게 생각해요?"

"응. 걔들 프라이버시이고 개인적인 일이잖아."

"난 얘들이랑 계속 놀고 싶은데."

위와 비슷한 대화가 해변으로 가는 10분 내내 지속됐다. 답답함을 뒤로한 채 내가 왜 이 친구를 한국인이라는 이유로 케어해주어야 하는가 생각이 들어 혼자 호텔에 들어갈까 고민이 들었지만 그래도 늘 여행 때마다 많은 한국인들의 도움을 받았던 게 생각이 나서 홍양과 계속 함께해주기로 했다.

해변에 도착하니 세 명의 백인들은 자신을 어필하려 함인지 웃통을 벗고 다 같이 바다에 뛰어들자며 객기를 부린다. 스물 하나밖에 되지 않은 친구들이라 그런지 매우 혈기왕성하다. 셋은 바다로 달려들더니 이번엔 한 명씩 붙잡고 바다로 뛰어들려고 한다. 여자 둘은 싫은 척 하면서도, 이 상황이 재밌는지 제 발로 이끌려 나간다. 역시나 남자인 난 거들떠보지도 않는다. 다섯이서 한 10분간 밤바다에서 노는 모습을 지켜보았다.

난 추워서 담요 하나를 꽁꽁 둘러매고 있는데, 다들 참 대단하다. 실컷 놀고 들어오더니 둘은 다시 홍양에게 누구랑 놀고 싶은지 물어본다. 이 정도로 얘들이 노력하는데, 집에 가든 한 놈이랑 놀든 홍양이 하나 선택해줬으면 하는 바람이다. 어쩌면 피곤한 몸을 억지로 이끌고 나온 것이 한계점에 다다른 듯싶다.

"오빠 우선 나랑 화장실 좀 같이 가주세요."

"아휴, 알았다."

둘이 일어나 화장실을 다녀오겠다고 하니 핀란드 친구가 우리 보고 다시 안돌아오겠군 하며 장난을 건다. 홍양이 끈질기게 거절한 효과가 그래도 있나 보다. 조금 걸어서 공중화장실에 들어가니 밤중이라 문이 닫혀 있었다.

그러자 홍양은 갑자기 대로로 나오더니, 맞은편 희미하게 켜진 불빛 쪽으로 마치 불나방처럼 화장실이라며 달려들어 무단횡단을 했다. 아무리 새벽이라 해도 차가 빠른 속도로 다니는 도로에서 정말 아찔한 순간이었다.

홍양을 붙잡고 타지 와서 죽을 일 있냐고 타박하는 것도 잠시, 홍양은 레스토랑 화장실 문이 잠겨 있었는지 간이침대에 누워 곤히 자고 있는 직원을 깨워 화장실 좀 쓰자고 진상을 부렸다. 아무리 외국이라 해도, 민폐도 이런 민폐가 없다. 결국 화장실을 다녀와서 홍양에게 도저히 못 버티겠으니 알아서 하라고 얘기하니, 다시 한 번 해변으로 돌아가자고 한다.

"쟤네 갔을 거야. 어차피 너 숙소에 돌아간다고 생각하는 애들이야."
"뭐예요! 쟤네 약속 했는데 더 안 논다고요?"
"언제 쟤네가 약속했어, 네가 생떼 부리니까 여기까지 온 거지."
"아이 참, 그러면 인사만 하고 나올게요."

갔을 거라고 몇 번을 얘기해도 귓등으로도 듣지 않는다. 결국 해변 입구에 앉아 혼자 다녀오라고 한 뒤 담배 한 대를 꺼냈다. 다녀온 홍양은 아까 키스하던 둘만 남아서 쪽쪽 빨고 난리 났다며, 다들 갔다고 실망한 눈치다. 나도 이젠 술이고 뭐고 들어가 쉬고 싶은 마음에, 마지막 호의로 홍양을 호텔까지 바래다주겠다고 했다. 지도 어플로 홍양의 호텔을 검색해 찾아가는 동안에도 홍양은 그저 들떠서 말을 걸어온다.

"오빠 글에다 저 뭐라고 쓸 거예요?"
"어마어마하게 미친 아이를 만났다고."
"하하하 알았어요. 꼭 읽어 볼게요."

나는 진심이었다. 몇 분 걷다 보니 홍양의 호텔 근처에 왔다. 그래도 미안했는지 다낭에서 만나 밥 한 번 사겠다고 한다. 그런데 주변을 둘러보더니 자신이 알던 곳이 아니라고 한다. 맵에 표시된 호텔 근처를 서너 바퀴 돌고도 자기 숙소를 못 찾는다.

"적어도 네 숙소 가는 길 정도는 알아놓고 다녀라."

1. 마치 사건을 예고한 듯, 홍양의 자체 모자이크.
2. 홍양이 시범을 보인 SNS용 '와이낫 바' 사진.

　　결국 완전 반대편에 있는 동명의 숙소로 가면 그 호텔 직원이 자기 숙소로 택시 태워 보내줄 거라며 다시 왔던 길을 돌아가잔다. 돌아가는 길에 내 숙소가 있어서 그냥 들어갈까도 고민했다. 그래도 인내심을 갖고 반대편까지 함께 걸어가 주었다.

　　그러나 새벽 2시, 당연히 동남아의 작은 호텔 직원이 이 시간에 깨어있을 리 만무하다. 홍양은 그 호텔 직원을 깨워 이 숙소와 이름이 같은 다른 숙소까지 가는 택시 좀 불러달라며 잠이 덜 깬 직원을 괴롭힌다. 뒤에서 여자 직원이 나오더니 나와 똑같이 호텔가는 법 좀 알아놓으라며 화를 낸다. 나 같아도 화가 날 것 같다. 그래도 택시를 잡아주고 타는 곳까지 마중 나와 준 직원에게 홍양은 아까 자신에게 화를 냈다며 고맙다거나 사과의 말도 하지 않고 택시를 타고 가버렸다.

　　도착하면 문자하라고 당부한 뒤, 내가 대신 그들에게 미안하고 고맙다고 인사를 건넸다. 나는 내 숙소까지 들어오면서 홍양의 행동에 너무 분이 안 풀려 맥주 두 캔을 더 사들고 들어왔다. 그렇게 어마어마하게 미친 아이와의 해프닝이 끝이 나고, 몇 분 뒤 홍양에게서 문자가 왔다.

　　[오빠한테는 너무 미안해요. 꼭 다낭에서 식사 한 번 대접할게요!]

하지만 이후 내가 다낭에 머무는 삼 일 동안에도 홍양은 연락 한 번 없었다. 그리고 나는 지독한 몸살감기와 기침을 얻었다. 갑자기 머리 검은 짐승은 거두는 게 아니라는 옛 말이 생각났다.

나 자신에게 집중하기로 결심하다

현지 약국에서 감기약을 바리바리 사들고 다낭으로 가는 슬리핑 버스에 올라탔다. 몸이 아파서 낮에 다녀오려고 했던 사원 일정은 취소를 해버렸다. 타지에서 혼자 몸이 아프면 정말 한국으로 돌아가고 싶은 생각이 간절하게 든다. 그리고 나는 그 어느 때보다도 이기적인 상태가 되는데, 이웃을 맺고 내 글을 열심히 구독해주기로 한 홍양에겐 미안하지만 쓰던 블로그 글을 정지하기로 마음먹은 시점도 바로 이 때이다.

사실 나는 여행을 시작하고 내 블로그에 M에게 이야기하듯 여행의 일상을 편지형식으로 올리고 있던 중이었다. 그러던 중 문득 블로그에 글을 쓰기 위해 계속 와이파이가 있는 숙소를 찾고, 여행 중 생기는 에피소드와 느낌들을 그쪽으로만 맞춰 생각하게 되는 나를 발견했다. 여행의 목적성이 모호해지는 순간, 어쩌면 나 자신의 힐링을 위해 온 여행이 나를 더욱 더 M에게 가두고 있다는 생각이 들어 블로그의 글들을 비공개로 바꾸고 더 이상의 업로드를 중지했다.

내 글들을 봐주길 바랐던 M은 단 한 번도 내 블로그에 들어온 적이 없다. 또한 블로그의 사랑타령이 아니더라도 꾸준히 이메일을 주고받으며 그때마다의 경험을 이야기하고 있던 중이라, 별 의미 없는 업로드라는 생각이 들었다.

다낭으로 가는 길, 와이파이를 제공하는 베트남 슬리핑 버스를 이용해 모든 글을 정리했다. 그리고 좀 더 내 여행에 집중을 하며 맘껏 즐기다가, 중요한 순간에만 메모를 적어 놓은 뒤 이후에 글을 쓰자고 결심했다.

어쩌면 여행을 온 지 일주일 만에 큰 자유로움과 해방감에 취해 이 상황이 극복되었다고 나에게 최면을 거는지도 모르겠다. 하지만 내 의도와 다르게 이후에도 M의 잔상은 계속 나를 쫓아왔고, 혹시 매 순간순간 느끼는 모든 것들을 글로 옮기다 보면 하나의 여행기가 완성되지 않을까 하는 생각이 들어 『감성남자, 힐링여행』이 시작되었다.

물론 이 생각은 아직 M에게서 헤어나지 못했던 그시점에 떠오른 아이디어는 아니다. 첫 글을 써내려간 장소는 여행을 시작하고 한 달이 지나서 도착한 인도 콜카타의 허름한 호텔이다.

어쨌건 이 결심과 무관하게 그때 나는 아픈 몸을 힘겹게 버스에 뉘여, 온몸을 담요로 동여매고 열을 빼고 있었다. 그래도 11시간이나 이동하는 버스 덕분에 심각했던 몸 상태는 점점 호전되어 갔다. 긴 시간 끝에 네 번째 장소이자 베트남에서의 마지막 여행지인 다낭에 도착하고, 버스 스탠드가 내 호텔과 다소 먼 거리였지만 걸어갈 만한 몸 상태인 걸 보니 그날 하루만 더 쉬고 나면 씻은 듯이 병이 나을 것 같았다.

호텔에 도착해 체크인을 하고, 약을 챙겨먹은 뒤 방 안에 누웠다. 머리가 어질어질하지만 수많은 생각들이 든다. 연애하며 내가 아플 때 자취방까지 몸소 찾아와 약과 함께 죽을 사다준 M, 자취생활 중 가장 힘든 순간이었던 혼자 방 안에서 아플 때, 날 챙겨줄 사람이 있었다는 건 큰 축복이었다. 이젠 혼자가 되어 아는 사람 하나 없는 외국에서 몸이 아프니 서럽고 눈물까지 난다.

잠시 동안의 우울함, 그래도 약발은 들었는지 이른 잠에 들어 다음날 아침 7시에 아주 상쾌한 상태로 여행을 시작할 수 있었다. 그러나 당분간은 나에게 집중하기로 한 결심은 변하지 않았다.

내가 이러려고 다낭에 왔나 자괴감 들고 괴로워

나의 베트남 여행에는 아주 큰 도움을 준 성현님이라는 분이 있다. 동남아 배낭여행 카페에 가입해서 인연이 닿은 분인데, 주재원으로 근무하시다가 장기휴가를 내고 나와 여행을 할 뻔한 분이다. 결국 일정이 맞지 않아 함께

할 순 없었지만 베트남에 대해 많이 알고 있는 분이라, 내가 가이드 북이나 별다른 정보 없이도 베트남 여행을 할 수 있도록 도와주신 고마운 분이다. 어쨌든 그날도 이분께서 추천해주신 오행산에 다녀올 생각을 하고 있었다.

다행히 호텔에서 멀지 않은 곳에 오행산이 자리 잡고 있었다. 3㎞, 사실 거지여행에서 이 정도는 매우 걸을 만한 거리이다. 지나가는 차들을 구경하며 잠시 마트에 들러 콜라도 한잔 마시고, 담배도 한 대 피우면서 여유로운 여행자의 기분을 만끽한다.

저 멀리 평지 위에 우뚝 솟은 오행산의 풍채가 보이기 시작하기에, 힘을 내어 오행산까지 빠르게 이동했다. 입장료를 내고, 엘리베이터를 타서 오행산 중턱까지 올라가니 이미 이곳은 아름다운 바닷가 풍광으로 나의 눈을 매료시킨다.

오행산은 마블마운틴이라 불리며, 전체가 대리석으로 된 5개의 산이 모여 있는 곳이다. 그 중에서도 나는 가장 높은 산에 올라왔다. 중국 고대의 철학인 오행설을 따라 그 이름이 지어졌는데, 이름에 걸맞게 자연적으로 형성된 거대한 대리석 동굴 6개, 그 안에 형성된 작은 동굴들, 커다랗게 조각해놓은 불상들이 아름다웠다. 베트남 내에서의 불교의 위상을 여실히 보여주는 곳이었다.

그 외에 4개의 사원과 탑들도 높은 산들과 조화를 이루어 하나의 거대한 불교사원 같은 느낌마저 들게 한다. 각 동굴을 들어설 때마다 아름다운 자연의 힘에 감동할 수밖에 없었고, 그 첩첩 산중에 이렇게 커다란 불상을 조각한 인간의 힘 또한 대단하다고 느껴졌다. 오행산 꼭대기에 올라가서 다낭 바다를 바라보고 있자니 마치 한 마리의 새가 되어 넓은 바다를 바라보는 기분이 들었고, 나는 더할 나위 없이 값진 시간을 그곳에서 보내고 내려왔다.

내려오는 길에 사원에 들러 또 한 번 부처님께 인사를 드리고 가벼운 마음으로 다음 행선지인 용다리를 향해 걸음을 옮긴다. 이곳 오행산에서 용다리까진 6㎞가 넘는 직선 코스이다. 하지만 안 그래도 방금 등산까지 한 나에겐 다소 무리가 있는 거리였다. 가는 길에 택시를 잡아 탈 요량으로, 오행산 앞에 대기 중이었던 호객 택시들은 무시하고 큰 도로로 들어섰다. 호객 택시나 오토릭샤들은 워낙 가격 뻥튀기를 많이 하는 닷에 이런 여행지에서 저런 택시를 타는 게 익숙지가 않다.

그러나 이 결정이 나를 1시간 이상이나 걷게 만들 줄은 꿈에도 예상하지 못했다. 큰 도로로 들어서니 택시는커녕 버스도 한 대 보이지 않는다. 가끔 보이는 택시는 이미 손님이 타고 있었고, 합승을 하고 싶어도 도로 한가운데를 달리고 있는 그들을 잡아 세우기엔 다소 무리가 있었다.

다행히 용다리에 불이 켜지는 저녁까지는 시간이 있어서 잠깐씩 쉬어가며 행군을 이어갔다. 그리고 1시간 만에 내 앞에서 멈춰 서서 손님을 내려주는 택시를 발견하곤 무작정 뛰어가 그 택시를 잡았다. 그래봤자 이젠 1.5㎞도 남지 않은 거리였지만 이미 지칠 대로 지친 다리는 어서 택시를 잡아타라고, 마지막으로 있는 힘껏 달리게 만들어준다. 택시 뒷자석에 털썩 앉으니 기사가 말을 건다.

"많이 피곤해요?"
"죽을 것 같아요."
"어디서부터 걸어왔는데요?"
"마블마운틴이요."

기사가 내 말을 듣더니 깜짝 놀란다. 먼 거리이긴 했나 보다. 그나마 커다란 배낭을 메고 다니지 않은 걸 다행으로 생각했다. 아니 어쩌면 그 배낭이 있었으면 지나가던 누군가가 불쌍하다고 차를 태워줬을지도 모르겠다.

몇 분이나마 그래도 택시에 잠시 앉아서 쉰 덕분에 아주 조금 다리가 회복되었다. 그 와중에 택시기사가 아주 좋은 정보를 주어서 용다리에 대한 기대감이 한껏 커졌다. 바로 토요일 저녁마다 용다리의 용이 약 5분간 불과 물을 번갈아가며 내뿜는 불 쇼가 진행된다는 정보였다. 마침 내가 돌아다니고 있는 오늘이 토요일인 건 천운이 뒤따른 것일 수도 있다는 생각을 문득 해 본다.

용다리에 도착하니 아직 불 쇼까진 2시간가량이 남아 있다. 시원한 커피로

목을 축일 겸, 다리가 잘 보이는 노상카페에 들어가 죽치고 앉아 기다릴 생각이다. 카페에 들어가 좋은 위치를 선점해 용다리를 보며 음악을 감상했다. 잔잔히 흘러나오는 음악과, 다낭 한강을 사이에 두고 반짝이는 용다리는 이제 곧 펼쳐질 불 쇼를 더욱 기대하게 만든다. 마침 내가 자리를 잘 잡은 덕분에 아래에서 물을 내뿜는 용 모양 분수도 그 분위기에 한몫을 한다.

시간이 다가올수록 이 카페엔 자리가 없어서 손님들이 들어왔다가 앉지 못하고 나가는 상황이 펼쳐진다. 2시간이나 걸쳐 VIP석을 차지한 내가 조금은 뿌듯하기도 하다. 그리고 드디어 8시, 용의 입에서 가스가 조금씩 나오더니 불을 입에 머금기 시작한다. 나뿐만 아니라 내 주변의 모든 사람들이 웅성웅성대며 기대감에 가득 찬 눈빛으로 용다리를 바라본다. 그리고 얼마 있지 않아 조그맣게 파이어 볼을 내뿜는 노란색 용다리, 웬 불덩이가 하나가 뿡하고 나오더니……, 그게 끝이다.

마치 서양 신화 속에 나오는 드래곤처럼 모든 것을 다 태워버릴 것 같은 화염을 기대한 나에게, 저 코딱지만 한 파이어 볼은 2시간의 기다림을 자괴감으로 바꿔줬다. 다시 한 번 더 뿡, 그리고 또 한 번 뿡. 주변에 있는 베트남 사람들은 용이 불을 뿜을 때마다 연신 "우와!"를 남발했지만 기대감이 컸던 나에게 이건 그저 애들 불꽃놀이 수준이었다. 차라리 불꽃놀이 세트를 사서 옥상에 올라가 불을 지피는 게 더 재밌을 지경이다.

그 후 용다리는 두 번 정도 더 불을 내뿜고는 물 쇼로 바뀌었다. 불 쇼를 보고 나니 이젠 일말의 기대감도 사라진다. 아니나 다를까 그저 분수처럼 물을 쏟아내는 용다리는 내 앞에 있는 자그마한 돌용이 쏟아내는 물줄기보다 더 없어 보였고, 마치 불타오르던 내 마음에 찬물이라도 끼얹듯 실의에 빠진 나를 더욱 실망시킨다. 이후 한 번의 불 쇼와 물 쇼를 더 진행했으나, 나는 그저 사이다를 하나 시켜 답답한 속마음을 탄산으로 쓸어내렸다.

불 쇼가 끝나고 집에 돌아오는 길엔 택시를 타려다가, 밀려드는 허무함에 귀에 이어폰을 꽂고 그저 터벅터벅 걸어왔다. 너무 피곤하여 씻을 틈도 없이 나는 침대에 누워 잠이 든다. 이렇게 나의 베트남 마지막 여행지는 참 고되고 어정쩡하게 마무리가 되어 버렸다.

1. 오행산은 베트남 내의 불교의 위상을 여실히 보여주는 아름다운 곳이다.

2. 나에게 자괴감을 안겨 준 용다리 불 쇼(좌)와 물 쇼(우).

1. 다낭 대성당. 2. 다낭의 어부들. 3. 싸고 맛있는 베트남 음식.

Chapter 3

점이

역결을 취하여 안느함.

뉴우이어: 캐스팅(Casting) 출구이나 입출에서 배역을 정하는 글

시작하는 연인, 손주호

이젠 하루 동안 하드하게 여행을 달리고 나면 다음날 하루 정도는 쉬어줘야 체력이 회복된다. 어제 일정을 소화하고 나니 오늘은 쉬어야겠다는 생각밖에 들지 않는다. 호텔에서 아침에 라오스 비엔티안으로 넘어가는 버스를 예약하고, 20시간이나 걸리는 버스를 타기 위한 체력을 비축해 두었다. 다음날이면 베트남 여행이 마지막이라는 생각을 하니 한편으론 섭섭했지만, 라오스에 대한 또 다른 기대감으로 설렘을 갖고 잠자리에 든다.

20일이라는 짧은 시간 제한을 두고 동남아를 여행한 게 매우 안타깝다. 여행 난이도로 보나 물가로 보나 2~3개월은 충분히 즐기다 올 수 있던 곳이었는데 동남아 한 바퀴 도는 걸 너무 만만하게 생각하고, 여유로움 없이 이 동네를 다녀야 하는 게 무척이나 아쉽다. 심지어 치앙마이에선 버스를 타고 방콕까지 가는 게 시간상 힘들 것 같아 비행기 표까지 예매해 놓았다.

다음날이 되어 버스 스탠드까지 픽업 차량으로 이동을 하니, 몇 분 지나지 않아 라오스 비엔티안 행 버스가 눈앞에 도착한다. 베트남에게 아쉬운 작별 인사를 고하고 버스에 올라타 마음에 드는 자리를 찾았다. 맨 안쪽에 동양인처럼 보이는 한 남자가 있기에 혹시나 하는 마음에 다가가 인사를 한다.

"안녕하세요."
"어? 한국인이세요?"

이제는 이 말에 익숙해져야 할 듯싶다. 일본인처럼 보이지만 아니라는 설명을 하고, 긴 버스 여행에서 말동무를 만나 참으로 다행이라 생각했다. 그친구의 옆자리에 내 짐을 내려놓고 서로 소개를 했다. 한국에서 수학교육과를 다니며, 여자친구를 두고 의경 제대를 하자마자 여행을 떠나왔다는 이 친구는 24살의 손주호 군, 매우 예의 바른 청년이다. 이후 나는 이 친구를 통해 내 여행의 주조연급의 동료를 소개받는 큰 쾌거도 이뤘다.

주호 군은 엄청난 과자덕후이다. 이동하는 내내 끊임없이 과자가 가방에서 나왔고, 특히 달달한 오레오같은 과자에 환장하는 친구였다. 덕분에 원 플러스 원으로 산 본인이 잘 안 먹는 짠 과자는 내 몫이 됐다. 그다지 군것질을 즐기지 않는 나지만 그래도 그 덕에 배고프지 않게 긴 버스 시간을 보낼 수 있었다.

오랜 연애를 하다가 헤어졌다는 말을 하니 사귄 지 얼마 안 된 친구라, 나에게 궁금한 게 많아 보인다. 권태기는 언제쯤 오는지, 극복은 어떻게 하는지 등 안 그래도 이별로 힘들어 하는 사람한테 민망할 정도로 별의별 걸 다 물어본다. 결국 할 수 있는 최고의 조언은 너무 한 사람에게 목메다간 헤어나 이별을 경험했을 때 엄청나게 견디기 힘들 것이라는 말 뿐이었다.

나도 분명 평생을 함께할 수 있을 거라 믿고 있었다. 물론 어느 책에서는 '한 번도 상처받지 않았던 것처럼 사랑하라'고 하지만 그건 망각을 통해 이별 그 당시의 아픔을 치유하고 난 후의 이야기이다. 솔직히 다신 경험하고 싶지 않은 순간이었고, 사랑하며 살고 있는 우리는 언제나 이별에 대비를 해야 한다는 사실을 이제 알게 되었다.

나에게 집중하기로 한 지 겨우 3일 만에 또 한 번 M을 상기시켜본다. 이 친구처럼 서로 보고 싶어 안달하던 그때를 생각하면 참 많이도 싸우고, 이별 직전의 순간도 여러 번 경험했었다. 그럼에도 불구하고 자고 일어나면 어제의 화는 이미 풀리고 또 보고 싶어서 먼저 문자를 보내던 그 시간들, 주호 군이 여행 동안에 와이파이와 유심 칩에 집착하는 이유를 잘 안다.

잠시 창문을 바라본다. 눈앞에서 흘러가는 풍경을 바라보면 마치 이별이란 출발지를 떠나 알 수 없는 목적지로 가는 시간여행을 하는 듯하다. 제대로 된 목적 없이 여행하는 친구들에게 그게 무슨 여행이냐며 타박하는 어른들이 종종 있는데, 이제 와서 생각해보면 배낭여행에는 꼭 목적이 있어야 하는 게 아닌 것 같다.

물론 목적에 따라 자신의 여행 테마가 확실해지기도 하지만 그 목적성 때문에 놓치고 마는 것들도 많다. 익숙하지 않은 환경에서 그저 한두 시간 시냇가를 바라보며 듣는 새 소리, 루프톱 레스토랑에 앉아 멍 때리고 커피 한 잔, 담배 한 모금과 함께 느끼는 감정들은 너무 확실한 목적을 갖고 오는 이들은 무심코 지나칠 수 있는 매우 낭만적인 순간들이다.

이렇게 슬리핑 버스에 누워 사념을 늘어놓는 것도 마찬가지일 것이다. 그저 생각하는 것만으로도 지루하지 않게 9시간가량 지나 라오스와 베트남 국경지대에 도착했다. 버스에서 내려 베트남에서의 마지막 식사를 위해 이동을 했다. 위생 상태만 보자면 먹어선 안 될 곳같이 보이는 국경지대의 비빔 쌀국수집에 자리를 잡는다.

우리가 생각하는 쌀국수는 보통 국물이 있는 시원한 맛이지만 여기는 조리시설이 마땅치 않아서 그저 삶아온 면에다가 양념장을 비벼 먹는 1,000원가량의 식사였다. 하지만 우린 기대 이상의 맛에 놀랄 수밖에 없었다. 어릴 적 할머니께서 소면을 삶아 그저 간장과 고춧가루 몇 스푼, 참깨와 참기름을 넣고 비벼준 옛날 국수, 그 맛이었기 때문이다. 실제로 파는 주인이 할머니였던 것도 없잖아 작용을 했을까, 바퀴벌레 때문에 잠도 못 잔다던 위생관념에 철저한 주호 군도 한 그릇을 1분도 안 되어 후딱 해치운다.

식사를 마치고 국경을 통과한 뒤, 남은 시간을 밤잠과 함께 달려 라오스의 수도 비엔티안에 도착했다. 새벽 4시, 너무 이른 시간이다. 우린 모기 퇴치제를 뿌리고, 메콩 강 강가에 누워 잠시 더 눈을 붙이기로 했다. 그래도 공기가 맑은 라오스의 새벽 하늘은 수많은 별들이 수를 놓고 있었다. 역시 이런 게 젊을 적에만 경험할 수 있는 여행의 낭만이라고 확신한다.

개인적으론 비엔티안에 볼 게 없다고 이야길 들은 데다 길어진 베트남 여행으로 팍팍해진 일정 탓에 나는 바로 방비엥으로 가는 버스를 예매했다. 주호 군은 원래 1박을 하려고 생각 중이었는데, 내 꼬드김에 넘어가 같이 방비엥으로 넘어가기로 했다.

사실 나 홀로 여행자들에게 룸 셰어를 통해 돈을 아끼자는 말은 십중팔구는 통하는 미끼이다. 주호 군의 의경 동료들이 동남아 여행 중에 오늘 방비엥으로 도착한다는 것도 큰 역할을 했다.

출발 전 요기라도 할 생각으로 길거리에서 팔고 있는 꼬치구이와 밥을 사서 주호군과 나눠 먹었다. 처음에 산 돼지 간 꼬치는 실패였다. 그러나 다음으로 산 삼겹살 꼬치는 정말 환상의 맛이었다. 직화 구이로 구워서 기름도 쫙 빠지고, 돼지 군내도 없는 한 덩이의 꼬치가 800원도 안 되는 아름다운 라오스이다. 배를 채우고, 당 덕후(?) 주호군의 콜라로 입가심을 하고서 우린 방비엥행 버스에 올라탔다.

시작하는 인연, 박경호와 서원일

방비엥에 도착해 미리 예약한 호텔에 체크인을 하고, 인터넷에서 알아본 블루라군과 시크릿 라군, 짚라인 투어를 한 번에 하는 투어 상품을 예약하러 갔다. 한국인이 운영하는 여행사여서 내가 원하는 상품을 쉽게 예약할수 있었다. 심지어 운이 좋았다. 내가 알아본 상품이 신상 투어로 무려 10달러나 되는 거금(?)을 할인해 주는 프로모션을 진행 중이었다. 주호 군과 나는다음날 아침에 출발하는 투어를 신청하고, 저녁 식사를 하러 갔다.

가는 도중 메콩 강 튜빙을 마치고 돌아오는 손주호 군의 의경 동료 박경호, 서원일 군과 우연히 마주쳤다. 2년 동안 계속 봐 온 사이라서 그런지 서로 반가워하는 기력은 보이지 않는다. 나와도 인사를 하고, 저녁 식사 후 간단히 맥주 한잔 하자는 약속을 하고선 각자의 길로 헤어졌다.

주호군과 나는 방비엥에서 꽤나 유명하다는 길거리 샌드위치로 가벼운 저녁을 먹고, 이따가 마실 술집을 물색하러 방비엥 시내 구경에 나섰다. 사실 시내라고 하기엔 너무나 작은 동네인지라, 30분이면 충분히 돌고도 남을 곳이다. 메콩 강을 낀, 다른 동남아 여행지보다 좀 더 정돈된 느낌의 방비엥은 정신없이 돌아가던 내 여행 일정에 잠깐의 휴식 시간을 제공하며 충전의 기회를 갖도록 해준다. 술집을 찾아 돌아다니던 중 작은 나무 다리 위에서 찍은 사진은 마치 지브리 애니메이션에나 나올 법한 배경의 그럴싸한 인증 샷이 되었다.

술집은 찾지 못했지만 시간이 다 되어서, 경호 군과 원일 군을 만나 맥주가 싼 곳을 찾아 돌아다녔다. 불과 100미터도 안 되는 레스토랑이라도 맥주 값은 천차만별이기 때문에 메뉴판을 살피며 제일 싼 레스토랑에 들어가 자리를 잡는다. 솔직히 계산하자면 한국 돈으로 200~500원밖에 차이가 안 나지만 동남아 여행자들에게 그 정도 차이는 꽤 크게 느껴진다. 다들 저녁을 먹고 만난 터라 간단히 프렌치프라이를 안주 삼아 맥주를 마시며 정식으로 인사를 나눴다.

이들은 상당히 족보가 꼬여 있었다. 23살의 빠른 년생 주호 군과 24살의 경호 군은 서로 말을 트고 지냈지만 주호처럼 빠른 23살의 원일 군은 경호에게 형이라고 부르고 있었다. 주호 군과 원일 군은 아직 족보 정리를 못하고 어물쩍 넘어간 상태였다. 이놈의 빠른 년생 때문에 장유유서가 중요한 덕목 중 하나인 한국에선 서열 정리가 항상 문제이다.

나는 위아래로 10살 차이까지는 친구라고 명명하기 때문에 그들의 나이가 전혀 중요치 않았다. 하지만 불과 몇 달 차이로 선후임이 나뉘는 당사자들끼리는 아직 껄끄러운 부분이 남아 있는 것 같다. 결국 긴 토론을 하다가 어떻게든 되겠지 하고선 술이나 마시자며 어영부영 넘어가 버린다.

"그럼 형님 다음 행선지는 어떻게 되세요?"
"저는 방콕에서 인도로 넘어가요."
"인도요? 우와 재밌겠다! 처음 가시는 거예요?"
"아뇨, 예전에 이미 다녀왔어요."
"인도는 어때요?"
"인도라……, 여행할 땐 평생 할 욕 다하고 다니지만 막상 다녀오면 계속 생각나는 여행지예요. 그래서 자꾸 찾게 되는 여행지라고 할까요. 호불호도 크고요."
"저희도 가보고 싶네요."
"그래요? 한국 꼭 가야 하는 거 아니면 같이 갈래요?"

사실 나는 농담 반 진담 반으로 넌지시 던지는 말이었다. 그런데 누구에게나 그렇듯 인도 여행은 여행자들에게 난이도가 꽤 높은 로망의 장소이기 때

1. 1,000원짜리 쌀국수. 그러나 나와 주호는 기대 이상의 맛에 놀랄 수밖에 없었다.
2. '환상의 맛' 직화구이 삼겹살 꼬치가 800원도 안 된다.
3. 강을 건너는 작은 나무다리 위에서 찍은 사진과 풍경은 마치 지브리 애니메이션에나 나올 법한 배경의 그럴싸한 인증 샷이 되었다.

문에, 경호 군과 원일 군은 내 말에 크게 동요하는 것 같았다. 술렁이는 그 둘에게 내가 한마디 더 보탠다.

"경험자가 동행하는 이런 때 가보지 언제 인도를 가보겠어요."

살짝 불이 지펴진 이들의 마음에 기름을 부은 격이다. 자신들이 미리 끊어 놓은 한국행 티켓의 환불규정을 알아보고 결정을 하겠다고 한다.

"고작 15만 원도 안 되는 티켓 가지고 너무 고민하지 마요. 방콕에서 인도로 가는 티켓이 10만 원가량 하니까, 25만 원 주고 인도행 티켓 끊었다고 생각하면 되잖아요. 원래 배낭여행은 충동적이고 감성이 이끌리는 대로 행동해야 재밌는 법이에요."

실제론 아직 하수에 가깝지만 외모만으론 운둔 여행 고수의 냄새가 풍기는 헤어스타일과 복장의 형 하나가 계속 부채질을 해대니 거의 90% 넘어온 듯싶다. 옆에서 주호 군도 내 말을 거들다가, 너도 같이 가자는 말에 자신은 여자친구 때문에 들어가야 한다며 찬물을 끼얹는다. 그러나 군대도 전역했 겠다, 여자친구도 없는 경호 군과 원일 군은 제대로 흔들리기 시작한다. 인도 여행 이야기를 시작한 지 10분이나 지났을까, 얼마 설득도 하지 않았는데 결 국 둘은 거의 인도행을 결정 지어 버렸다.

꼬시기가 끝난 나는 다른 주제를 던지고 여담이나 나누며 술자리를 가졌 다. 다음날 투어에 대해서도 얘기를 하다가 이 둘도 우리 일정에 합류하기로 했다. 정말 앞으로 같이할지도 모르는 두 친구에게 큰 호감을 가지며, 정을 붙여봐야겠다는 생각을 문득 하게 된다.

배낭여행의 큰 매력 중 하나는 사람과 사람간의 만남과 헤어짐이 지속된 다는 것이다. 고작 하루 이틀 만난 사이임에도 낯선 곳에서 만나는 인연은 쉽사리 잊지 않는 법이고, 각자의 길로 헤어질 땐 큰 아쉬움을 뒤로한 채 작별인사를 건네며 뜨거운 안녕을 고한다. 이렇게 회자정리가 무엇인지 확실 하게 느끼게 해주는 배낭여행의 매력을 아는 사람은 이 이유 때문에라도 다 시 여행을 결심하곤 한다.

그러나 동행을 시작하는 순간, 서로에게 정을 붙려는 태도와 상대방이 나 와 다름을 인정하는 관용의 정신 또한 필요하다. 혼자 여행할 땐 신경 쓰지 않아도 되는 부분도 난이도 높은 여행지에선 서로 예민해지며 크게 다가온 다. 이 부분을 잘 견뎌내고 나면 서로가 한 단계 더 성장하며, 끈끈해진다. 그래서 함께 의지하고 이끌어주는 관계가 되기 위해선 나이를 계급으로 보 는 꼰대 짓 따윈 절대 하지 말아야 한다.

다행히 내가 젊게 사는 것인지 이 친구들이 나와 잘 맞는 것인지 모르겠지 만 어린 두 친구들과의 여행은 아주 순조롭게 진행되었다. 앞으로의 여행기 에서도 계속 언급되는 동생들이지만 정말 나에게 큰 도움을 준 고마운 친구 들이다. 그러나 당시엔 앞으로의 일어날 일들은 생각하지 못한 채, 그저 맥주 병을 기울이며 남은 동남아 일정에 집중하며 그 시간들을 우선 함께하기로 했다.

방비엥 에메랄드빛 호수에 빠지다

다음날 아침이 되었다. 예약한 투어를 위해 여행사 앞으로 찾아가니 이미 지프차 한 대가 대기하고 있다. 방비엥행 버스에서 잠깐 마주친 한국인 여자 일행 네 명과 두 명의 프랑스인, 나이 드신 노부부 두 분, 그리고 우리 네 명이 이번 투어의 멤버이다. 방비엥에 도착하면 꼭 가보고 싶었던 곳들만 선정해놓은 투어였기에 출발하는 아침이 설렘으로 가득했다.

첫 번째로 출발한 곳은 아직 많이 알려지지 않은 시크릿 라군, 혹은 블루 라군 3로 불리는 곳이다. 가는 길에 방비엥의 커다란 바위산을 배경으로, 진부하지만 여행에선 꼭 해야 하는 점프 인증 샷을 한 장 남기기도 했다. 얼마 가지 않아 녹색의 맑은 호수가 인상적인 시크릿 라군에 도착했다. 다행히 이른 시간이라 사람도 많지 않았고, 이 장소에서의 일정이 점심까지 이어지는 터라 여유롭게 호숫가를 돌며 분위기를 살폈다.

에메랄드빛 호수는 작은 물고기들이 유유히 헤엄치는 게 육안으로 확인될 정도로 맑았고, 3m는 족히 되어 보이는 깊이의 호수 중앙엔 나무로 묶어놓은 줄과 짚라인(Zipline)을 통해 다이빙을 할 수 있는 장치를 만들어놓았다.

마냥 깊고 차가워 보이는 호수에 아직 그 누구도 들어갈 엄두를 내지 못하고 있다. 내가 용기를 내어 먼저 천천히 걸어 들어가 사람들을 유도했다. 호수는 여름에 자주 가던 산 속 계곡과 맞먹을 정도로 차가운 온도로 나를 맞이했고, 주호 군이 나를 따라 호수에 몸을 담근다.

앞으로 직진하니 첫 입수 때 깊이와 다르게 급격히 가파른 경사가 손 쓸 틈도 없이 나를 깊은 곳으로 끌어당긴다. 깜짝 놀란 나는 허우적대며 다시 호숫가로 헤엄쳐 나왔다. 아직 나오지 않은 주호군을 보니 장난기가 발동한다. 주호에게 다가가 깊은 곳으로 유도하기 위해 거짓말을 한다.

"주호야, 별로 안 깊어. 좀 더 들어가 봐."
"에이, 형 방금 깜짝 놀라서 나오는 거 다 봤어요."

주호가 내 말을 믿지 않는 눈치기에 빠르게 움직여 주호를 호수 안쪽으로 밀어 넣었다. 그러나 관성에 의해 덩달아 나도 깊은 호수 안쪽으로 빠져버린다. 이왕 이렇게 된 이상, 확실하게 시작을 끊자는 생각으로 더 안쪽으로 헤엄쳐 갔다. 호수 중앙까지 도달하니 엄청난 깊이가 느껴진다. 나의 수영 실력 부족으로 잘 뜨지 못하고 물을 먹어댔다. 황급히 개구리 헤엄으로 다시 호숫가로 돌아왔다. 완전한 맥주병 주호는 결국 허우적대다, 바깥으로 나가 구명 조끼를 하나 걸쳐 입고 돌아온다.

경호와 원일이도 호수 안쪽으로 들어왔다. 우리는 주변을 둘러싼 푸른 나무들이 그대로 물든 듯한 녹색의 호수에서 청개구리라도 된 마냥 헤엄치며 놀았다. 호수 깊이를 알고 나니 이젠 다이빙대와 짚라인에 도전할 용기도 생긴다. 한국 계곡에선 할 수 없는 다양한 놀이법으로 시크릿 라군을 즐겼다. 사실 다이빙 대라고 하기엔 허접한, 긴 줄에 매달린 나무 봉을 타고 호수 가운데로 가서 점프를 하는 형태의 기구였지만 다른 곳에선 즐길 수 없는 색다른 경험이기에 더욱 즐거운 시간이 되었다.

우린 시크릿 라군에서 30분 정도 놀다가 근처에 있던 파분동굴도 잠시 들르고, 이후엔 나무 사이사이를 이어놓은 짚라인을 타기 위해 높은 나무 위로 올라갔다. 나도 많은 여행을 다니면서도 짚라인을 타보는 건 이번이 처음이다. 안전장치가 워낙 잘 되어 있고, 한국어를 잘 하는 가이드 덕분에 아주 짜릿한 경험을 할 수 있었다. 마치 타잔처럼 커다란 나무 사이를 흔들리는 줄에 의지해 날아가는 느낌이다. 흥분된 목소리로 "우와아~" 함성을 연발한다. 녹색 호수 위를 와이어에 매달린 채 둥둥 떠다니며 구경하니 내가 구름을 타고 신선놀음을 하는 것처럼 느껴진다.

짚라인을 마친 뒤 투어에서 제공한 점심 식사도 꽤 맛있었다. 고기와 야채를 꽂은 꼬치구이에 동남아쌀밥, 과일, 바게트빵 등이 메뉴로 나왔는데, 양이 많아서 근처에 돌아다니는 강아지들에게 남은 밥을 넘겨줘야 할 만큼 인심이 후한 동네이다.

문득 남은 바게트빵을 물가에 던지면 라군 안에 물고기들이 모여들지 않을까 생각이 든다. 조금 떼어서 호수로 던져보았다. 역시나 호숫가에 모여 있던 물고기뿐 아니라 아래쪽에 있던 큰 물고기들도 모여들어 순식간에 빵의 형체가 사라진다. 꼭 어릴 적 본 TV 프로그램에서 피라냐가 가득한 수조에 고기를 던지면 삽시간에 없어지는 것과 비슷하게 보인다. 나는 계속 빵을 뜯어서 물고기들에게 점심을 제공했다. 이 물고기들은 아마 관광객들이 던져주는 빵을 먹고 살아가는 것이 아닐까 생각해본다.

주호가 액션 캠을 차고 물속에 들어가 물고기들이 밥 먹는 모습을 찍는 건 어떠냐고 아이디어를 냈다. 좋은 생각이었다. 내가 거기에 보태 입에 빵을 물고 들어가서 셀카를 찍으면 동시에 인증 샷도 되는 게 아니냐는 말을 하니 모두들 동시에 수경과 액션 캠을 챙기기에 바빠진다. 결과는 성공적이다. 수많은 물고기들이 내 눈앞으로 달려드는 걸 목격할 수 있었고, 멋진 영상이 완성되었다.

식사를 마치고 휴식과 물놀이를 조금 더 하다가, 두 번째 장소인 블루라군으로 이동했다. 모 TV 프로그램에 블루라군이 소개된 이후 한국인 관광객이 2배 이상으로 급증했다는 이곳에서 한국인들을 만나는 건 식은 죽 먹기이다. 여기가 라오스가 맞나 싶을 정도로 블루라군에는 수많은 한국인들이 관광을 하고 있었고, 그 중엔 본인들이 마치 그 TV 프로그램의 주인공들이라도 된 마냥 주요 기구들을 독점하며 놀고 있는 청년들도 눈에 띄었다.

그래도 이곳에서 제일 유명한 5m 높이의 다이빙 대는 회전율이 빨라 다 같이 즐길 수 있었다. 호수 위로 굵은 가지를 뻗은 커다란 나무로 올라간 뒤 라군 안으로 뛰어드는 기구인데, 그 높이가 밑에서 볼 때랑은 차원이 다르다. 막상 올라가니 심장이 벌렁대면서 과연 내가 뛰어내릴 수 있을까 하는 두려움마저 들 정도로 아주 높은 자연산 다이빙 대이다.

호흡을 가다듬고 첫 발을 내디딘다. 훅 하며 떨어지는 1~2초의 순간, 그리고 순식간에 푸른 호수로 빨려 들어가는 내 몸에서 짜릿한 전율이 느껴진다. 해냈다는 쾌감과 함께 좀 더 과장하자면 앞으로의 여정에 두려움이란 없을 것 같다는 생각까지 일으키게 만든다.

한 번의 경험으로는 부족했는지 다들 몇 번을 더 올라가 다이빙 대에서 뛰어

내렸고, 그것만으로도 블루라군에서의 시간을 충분히 즐긴 듯 했다. 그 와중에 옳지 못한 곳으로(?) 뛰어내려 주호와 경호는 커다란 고통을 겪었다. 원일이는 백 텀블링과 같은 고난이도 기술을 선보이며 주변 사람들의 환호를 받는다. 나도 시도해보려 했으나 몸이 따라주질 않아서 번번이 실패해, 결국 포기했다.

실컷 놀고 난 뒤 벤치에 앉아 잠시 쉬고 있었다. 누군가 와서 경호와 원일이에게 말을 건다. 둘이 여행 중에 만났다는 김모 군이었다. 또 한 번 이렇게 가명을 쓰는 이유는 이후에 밝혀진다. 혼자 여행 중인 김 군은 아직 나이가 불분명했다. 당연히 형으로 보여서 경호와 원일이는 존칭을 쓰고 있었다고 한다. 내가 보기에도 나보다 형으로 보였지만 아직 나와는 통성명 이외엔 소개한 게 없다. 그래도 조금은 여유 있는 여행자의 모습으로 우리에게 맥주도 한 병씩 사주었고, 이따 저녁에 만나 식사와 함께 간단히 술 한잔 하자는 약속을 하고 헤어졌다.

우린 한 시간 넘게 다이빙과 수영을 하며 시간을 보냈지만 아까부터 그네를 독점하고 있던 그 한국 청년들은 내려올 기미를 보이지 않는다. 물론 재밌는 기구가 아니지만 인증 샷을 찍기엔 더할 나위 없는 장소여서 다들 눈독을 들이고 있었다. 우린 모두 그 청년들에게 무언의 압박을 보내기 시작했다. 근데 주변을 살펴보니 우리뿐만이 아니었다. 주변의 모든 사람들이 그들에게 따가운 눈총을 보내고 있었다.

결국 아주 눈치가 없진 않았는지 그 청년들은 기구에서 몸을 내렸고, 소심한 승리를 만끽하며 복귀 5분 전에 우리는 위에 올라가 인증 샷을 찍었다. 우리가 내려오니 너도나도 눈치를 보던 사람들이 와서 사진을 찍기 시작한다. 특히 한국인들이 대다수였는데 역시 남에게 쓴소리 못하는 착한 민족성, 나를 포함한 이곳의 모든 한국인들이 하고 싶은 말을 잘 못하고 사는 소심한 성격의 민족들이다.

라인 클럽은 몸치도 춤추게 한다

숙소로 복귀해 잠시 눈을 붙인 뒤, 김군을 포함해 다 같이 만나 저녁을 먹

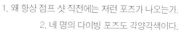

1. 왜 항상 점프 샷 직전에는 저런 포즈가 나오는가.

2. 네 명의 다이빙 포즈도 각양각색이다.

3. 블루라군에서 선보인 원일이의 회전 다이빙.

4. 마치 타잔처럼 커다란 나무 사이를 흔들리는 줄을 타고 날아가는 느낌의 블루라군 짚라인.

5. 오랜 기다림 끝에 쟁취한 블루라군 인증 샷.

으러 갔다. 우린 방비엥의 맛집이라고 소문난 쌈밥집으로 찾아갔다. 한국인들이 좋아하는 맛의 돼지고기 바비큐가 나온다는 이 레스토랑에 대한 기대가 크다. 특히 간만에 제대로 먹는 고기였기에, 이미 한국에서 출발했을 때보다 5kg은 빠져 가벼워진 몸을 보충할 소중한 단백질이었다.

식당에 들어서니 한국인 관광객이 늘어난 만큼 한글 메뉴판도 준비되어 있다. 그 중에서도 단연 눈에 띄는 건 '돼지 젖살'과 '돼지 목살'이었다. 다소 선정적인 메뉴 이름에도 불구하고 인터넷을 비롯한 주변 한국 사람들이 추천한 메뉴였기에 아무런 의심 없이 5인분을 시킨다.

얼마 안 있어 푸짐한 고기가 신선한 채소와 함께 서빙된다. 한 점을 입에 털어 넣으니 역시 기대를 저버리지 않는다. 목살이야 워낙 익숙한 맛이었기에 몇 점 먹고 나서 흥미가 떨어졌으나 젖살은 다르다. 쫄깃한 식감이 한국에선 찾아볼 수 없는 맛이었고, 맥주가 절로 생각나는 완벽한 안주였다. 다른 레스토랑에 비해 다소 비싼 맥주 값이었지만 각 2병씩을 남김없이 비우며 내 몸 곳곳이 쌓여있던 피로감을 말끔하게 씻어냈다.

사실 원래는 블루라군에서 쌓인 피로 탓에 들어가 쉬려고 했다. 하지만 영양보충을 하고 나니 몸이 다시 팔팔해진 기력으로 놀 준비가 되었다고 신호를 보낸다. 우린 맛있게 식사를 마치고, 이 주변에서 제일 유명한 클럽인 사쿠라클럽에 가기 위해 걸음을 옮겼다.

방비엥은 아주 작은 동네여서 모든 놀 거리가 메인 삼거리를 중심으로 모여 있다. 식사를 마치고 몇 걸음 가지 않아 클럽에 도착한 시간은 저녁 8시, 완벽하다. 우리나라와는 달리 11시만 되면 문을 닫는 클럽이기에 8시의 사쿠라클럽은 우리나라의 1시 클럽들과 진배없는 모습을 하고 있다. 서양인과 동양인, 너나 할 것 없이 모두들 즐겁게 술을 마시며 춤을 추고 있었고, 더욱 좋았던 건 우리가 마침 입장한 시간이 '해피 아워'라고 해서 무료 위스키를 나눠주는 시간이라는 점이었다.

한 사람당 한잔씩만 제공하는 위스키였지만 정신없는 틈을 이용해 해피아워가 끝나는 9시까지 공짜 술을 마셔댔다. 내가 얼굴이 팔릴 때 즈음엔 다른 친구들이 가서 여러 잔을 챙겨 오고 하면서 끊임없이 술을 마셨다. 그러나 생각보다 취기가 오르지 않는다. 아마 공짜 위스키에는 탄산음료를 섞어 양을 늘린 것 같다. 그래도 놀기에는 딱 적당한 취기로 방비엥의 밤을 시작한다.

클럽에서는 한국 노래도 가끔 흘러나와 흥을 돋운다. 그래봤자 '강남스타일'과 '젠틀맨'이 전부지만 타국에서 흘러나오는 싸이의 노래는 남녀노소를 불문하고 막 춤을 추게 만드는 국위선양의 노래이다. 춤을 추다가 지치면 자리로 돌아와 맥주를 마시며 목을 축였다.

11시까지 미친 듯이 놀다 보니 어느새 옷은 땀 범벅이 되었고, 몇 푼 안 되는 돈으로 이 밤을 즐길 수 있다는 게 놀라웠다. 사실 우리 일행 중에 자아도취하며 다른 관광객들과 어울려 논 사람은 나뿐이다. 흥분이 가시질 않아 어찌해야 하나 고민하던 중 반가운 소식이 들려온다. 지금부터 3시까지 오픈을 하는 '비바클럽'이라는 곳이 가까이에 있다는 것이다. 결국 나는 서양인 몇몇과 어울려 클럽으로 이동하고, 다른 일행들은 숙소로 돌아갔다.

비바클럽에서도 광란의 밤은 지속됐다. 꽤나 나이를 먹은 듯한 한국인이 내가 노는 모습을 보고 함께 놀자며 커다란 칵테일을 사준다. 알고 보니 나보다 두 살이 어렸던 건 그의 고된 직장생활 탓이리라. 그 보답으로 더 신나게 스테이지 위를 함께 종횡무진하며 이 밤을 불사른다. 춤에는 전혀 일가견이 없지만 그것은 중요하지 않다. 외국인들 사이에서 흥의 민족으로 알려진 한국인이 추는 댄스는 기본적인 춤사위만으로도 그들을 제압할 수 있다.

그 와중에 경호가 다시 놀기 위해 이곳으로 복귀했다. 경호는 마침 우리와 함께 투어를 했던 프랑스 친구 두 명과 재회하여 나를 그 자리로 합석시킨다. 마침 체력도 떨어져서 잠시 앉아서 쉬었다. 나와 경호, 프랑스 친구둘까지 그 어느 때보다도 즐거운 대화를 이어나갔다. 프랑스 친구 두 명은 롤라와 에밀리였는데, 이 둘은 레즈비언 커플이다. 잠시 긴 휴가를 내고 동남아 일주를 하는 중이라고 한다. 이미 많은 시간을 동남아에서 보낸 우리는 이곳저곳을 소개시켜주며 그 둘과 친해졌다.

"나중에 우리 동네에 놀러와!"

"비엥쉬르!" (당연하지!)

프랑스 남부에 사는 이 둘의 고향이 얼마나 아름다운지는 이미 익히 들어 알고 있다. 가끔 내가 프랑스어를 섞어 말하니 너무 잘한다고 칭찬을 해준 다. 그러나 불어 전공을 했다고 하기엔 다소 부끄러운 실력인지라 그저 프랑 스로 가서 살고 싶어 잠깐 공부한 수준이라고 거짓말을 했다.

"프랑스에 와서 살고 싶으면, 정착하는 동안 우리 집에 머물러도 돼."
"정말이야?"
"응. 남는 방이 꽤 많아."

영락없는 톨레랑스의 나라 프랑스이다. 둘은 파리지엔느 깍쟁이들과 달리 너무 순박하고, 오늘 처음 만난 외국인에게 자신의 집을 내어주겠다고 할 정 도로 진정한 관용의 프랑스인들이었다. 물론 인사치레로 하는 이야기일 수도 있지만 정말 프랑스로 가고 싶어 하는 나에게는 더할 나위 없이 고마운 말이 다. 우린 서로 SNS 친구를 맺고 이메일을 교환하며 앞으로 종종 연락하자고 약속했다.

스테이지로 나와 넷이 조금 더 놀다 보니 어느새 이곳 비바클럽도 문을 닫 을 때가 됐다. 롤라, 에밀리와 프랑스식 인사를 나누고, 아직 식지 않은 열기 를 가진 채 우리도 숙소에 돌아왔다. 돌아오는 길에 경호가 형 덕분에 좋은 시간 보냈다며 고마워한다. 롤라와 에밀리 이야기를 하며 자신도 언젠가 프 랑스에 가야겠다며 한껏 기대감에 부푼 모습을 보인다. 그럴 만도 하다. 경호 에겐 이 동남아 여행이 첫 해외여행이다.

"형, 근데 에밀리 너무 귀엽지 않아요? 완전 제 스타일인데."
"하하하. 너 그래서 프랑스에 놀러간다는 거였어?"
"없잖아 그런 것도 있어요. 헤헤."
"근데 어쩌냐. 에밀리랑 롤라 레즈비언 커플인데?"
"예? 정말로요?"

롤라가 경호에겐 이 얘길 안 했나 보다. 그래도 이건 롤라가 해준 이야기니 아직 에밀리에게는 희망을 가지라며 경호를 위로했다. 경호가 에밀리에 대한 마음을 접은 건 반 달 뒤 인도 바라나시에 도착해서 내가그녀들의 SNS를 경호에게 보여주었을 때이다.

-Emily와 자유로운 연애 중-

시원시원한 라오스의 마무리

다음날이 밝았다. 주호는 라오스의 루앙프라방에 꼭 보고 싶은 폭포가 있다며, 아침에 숙소를 떠나고 없었다. 주섬주섬 일어나니 10시가 넘어 있었고, 경호와 원일이도 사정은 비슷했다. 빵집 앞에서 만나자는 문자를 한 뒤, 씻고 나와 약속장소로 이동했다. 오늘은 김군도 방비엥 여행을 함께하기로 했다. 실은 우린 어제 저녁을 먹은 뒤부터 김군을 철저하게 속이고 있다. 나를 경호와 비슷한 나이 또래로 생각하고 있던 김군은 나에게 술도 사주고 정말 형처럼 대해 주었지만 사실 내가 한 살 더 먹었다.

"정말이에요? 우와! 형 정말 동안이시네요."

외관으로는 가늠할 수 없는 나이 덕을 본 건 이번이 처음은 아니다. 말을 꺼내는 순간 나이가 느껴진다고들 하지만 그저 애늙은이 정도로 생각하게 만들면 상대를 속이는 건 일도 아니다. 역시 나는 내가 봐도 동안이다. (재수 없다.) 그리고 이런 여행지에서는 나이와 상관없이 밥을 사주고 술을 사주는 사람이 무조건 형이다. 나와 경호는 전날 있었던 일들을 자랑하며 너희도 와서 더 놀았어야 한다며 거드름을 피웠다. 그러자 김군이 아주 당당한 표정으로 한마디를 꺼낸다.

"난 어제 그 풍선녀랑 잠자리 가졌는데?"
"뭐?"

여기서 풍선녀는 사쿠라클럽에서 돈 아까운 줄 모르고 해피벌룬[1]을 엄청나게 사 가던 라오스 여자이다. 다소 귀여운 외모였지만 무언가 이 동네 클럽 죽순이 같은 느낌이 들어서 별로 어울리기 싫었던 여자였다. 그런데 김군이 이 여자와 하룻밤을 보냈다는 사실은 여기 있는 모두가 놀랄 수밖에 없는 사실이었다. 한국에서 학원 선생님을 하다가 그만두고 잠시 휴가를 왔다는 꽤 얌전해 보이는 김군이었는데, 부뚜막에 먼저 올라가 버린 것이다.

"돈은 안 줬어?"
"200달러 줬어요."
"200달러요?"
"아이고 이 호구 놈아!"

실상은 이러하다. 풍선녀가 맘에 들었던 김군은 우리가 간 뒤에 풍선녀에게 2개의 풍선을 선물했다고 한다. 그리고 더 놀다 보니 둘만 남게 되었고, 둘이 김군의 숙소로 이동해 방으로 들어가려던 차에 풍선녀가 먼저 제안을 했다고 한다. 자기랑 자고 싶으면 200달러를 내라고. 상황이 상황이었던지라 이왕 여기까지 온 김에 200달러가 무슨 대수냐 싶어 돈을 주고 잠자릴 가졌다는 것이다. 알고 보니 그 풍선녀는 숙소 사장과도 인사하고 지낼 정도로 이 일대의 관광객들을 상대로 성매매를 하는 유명한 사람이었다.

"200달러라는 말 듣자마자 난 술이 확 깨겠다."
"맞아요, 저도."

이미 엎질러진 물이고 우리와는 상관없는 김군만의 사정이었으니 뭐라 딱히 할 말은 없다. 이후 경호, 원일이와 함께하는 여행 중에 누군가 호구 짓을 하면 '네가 김군이냐'는 말이 놀리는 말이 되어 버렸다. 어쨌든 일말의 해프닝은 뒤로하고, 우린 그날의 목적지인 뉴이폭포에 가기 위해 스쿠터를 렌트했다. 경호가 스쿠터를 못 타기 때문에 원일이가 운전을 하고, 다른 한 대는

---

[1] 일명 '마약풍선'이라고 하는 아산화질소로 채워 넣은 맥주 한 병 값의 풍선이다. 아산화질소는 흡입할 경우 웃음이 나며 일시적으로 몽롱한 기분이 드는 것으로 알려져 있다. 국내에서는 2017년 7월부터 환각 물질로 지정되어 판매가 금지되었다.

김군과 내가 번갈아가며 운전을 했다.

뉴이폭포는 멀지 않은 거리에 위치해 있었다. 입구에 주차를 한 뒤 10여 분간 산길을 따라 올라가니 그곳엔 장관이 펼쳐진다. 얼핏 봐도 높은 위치에서 시원하게 쏟아지는 커다란 물줄기, 그 아래 맑은 계곡물, 어제 본 블루라군과 매우 다른 느낌의 자연경관이 우리를 맞이하고 있었다.

다행히 많이 알려지진 않은 관광지라 사람도 아주 적다. 우린 누구 하나 빼지 않고 웃통도 벗지 않은 채 계곡을 향해 뛰어들었다. 이런 자연폭포 안에 들어간다는 건 도를 닦을 때나 할 수 있는 흔치 않은 경험이기에 우린 10m도 넘는 절벽에서 떨어지는 폭포수를 맞아보기 위해 발걸음을 옮겼다.

가까이에서 낙수를 쳐다보니 그 위압감이 더 크다. 무지개와 함께 펼쳐진 이 폭포수 아래에는 물의 요정들이 살 것 같은 아름다운 장소가 있었다. 물끼리의 마찰로 인해 사방으로 튀기는 물방울들은 사진에 필터 효과를 넣지 않아도 충분히 예쁜 사진을 찍을 수 있는 공간으로 만들어주었다.

우린 폭포수를 직접 맞으며 마치 도인처럼 보이는 사진을 찍었다. 몸소 체험한 폭포수는 몸을 제대로 가누기 힘들 정도로 파워가 막강했으며, 왜 도인들이 폭포수를 맞고 수행을 하는지 알 수 있었다. 정말 맞는 순간 아무런 생각이 들지 않는다. 그저 목욕탕에 있는 냉탕 폭포수 정도를 생각하고 들어간 내 예상이 빗나갔다.

낙하하는 물과 함께 일어나는 물보라가 펼치는 무지개 계곡, 그리고 속 시원하게 쏟아지는 물들의 경쾌한 소리는 말 그대로 이목을 시원하게 만드는 사이다 같은 시간을 우리에게 선사한다. 계속 놀고 싶었지만 역시 계곡인지라 너무 추운 탓에 아쉬움을 뒤로하고 폭포를 내려왔다. 내려오는 길에 경호가 나에게 말을 건다.

"형, 저희도 주호처럼 폭포 보러 루앙프라방 가려고 했던 건데. 안 가도 될 것 같아요."

경호가 이곳에서 바로 태국 치앙마이로 이동하는 것도 괜찮을 거 같다며 일정을 나와 똑같이 맞추겠다고 한다. 나야 고맙지만 이미 버스도 예약한 상태에서 괜찮을까 싶어, 돌아오는 길에 여행사에 물어보았더니 역시 "노 프로블럼"이라고 한다. 당연히 여행사 입장에선 환불 수수료를 자신들이 물더라도 방비엥-치앙마이와 같은 장시간 버스를 예약하는 게 더 이득인 것이다.

그렇게 둘은 나와 같은 시간에 치앙마이로 이동하는 버스를 예매했다. 이후 우린 탐짱동굴을 보기 위해 또 한 번 스쿠터를 몰았다. 사실 동굴들은 베트남의 오행산 동굴처럼 큰 특색이 없는 이상 거기서 거기이다. 동굴로 올라가는 높은 계단이 너무나 힘들었다는 점을 빼고는 이곳에서의 기억나는 점이 거의 없다.

동굴에서 내려오니 아래쪽에 계곡물처럼 파랗고 차가운 물이 흐르고 있었다. 물가에서 놀고 있던 서양인이 이 물줄기가 동굴에서 나오는 거라 동굴 내부와 이어져 있다는 사실을 얘기해준다. 물놀이라면 어제 오늘 계속 했기 때문에 조금은 지겹기도 했지만 그래도 서양인의 말을 믿고 헤엄을 쳐서 안쪽으로 들어가 보기로 한다.

수영을 잘하는 원일이가 먼저 물속으로 몸을 담갔다. 이어 나도 입수했지만 역시 동굴 내부에서 흘러나오는 물이라 차갑다 못해 춥기까지 하다. 헤엄을 쳐서 동굴 안으로 들어서려는 순간, 나와 원일이가 간과한 사실이 있었으니 바로 그 서양인과 우리와의 피지컬 차이이다. 물살은 너무 강해서 아무리 발버둥을 친다 한들 많은 양을 쏟아내는 동굴의 물줄기를 뚫고 헤엄치기란 여간 쉬운 일이 아니었다.

나는 작은 키 때문에 발에 닿지도 않는 동굴 내부의 어두운 물까진 도저히 공포스러워서 들어가고 싶지 않았다. 나보다 체급이 크고 수영 실력도 월등한 원일이가 시도를 해보려 했으나, 아무리 생각해도 그 서양인이 우리한테 뻥을 친 것 같다. 겨우 3m가량 들어갔을까 결국 원일이도 물살에 몸을 맡겨 다시 바깥으로 나왔다.

물에서 나와 젖은 몸으로 추적추적 걸음을 떼어 스쿠터가 있는 곳까지 오니 폐장 시간이라며 직원이 나가라고 재촉을 한다. 안 그래도 볼 것도 없어서 영 맘에 안 들었는데 직원까지 뭐라고 하니 큰 소리로 오케이를 외치고 나와버렸다. 뉴이폭포의 감동이 컸던 탓인지 모두가 동굴은 너무 별로였다며 한탄을 했다.

우린 스쿠터를 반납하고 숙소 근처에 도착했다. 시간은 어느덧 저녁이 다 되었고, 근처 레스토랑에 들어가 저녁을 먹었다. 식사와 함께 맥주를 한잔 마시니 피로가 풀리며 좀 더 마시고 싶은 생각이 든다.

"우리 사쿠라클럽이나 또 갈래?"
"좋기는 한데 내일 아침에 치앙마이 가는 버스 타야 하잖아요."
"젠장, 맞다. 어쩔 수 없지. 그럼 슈퍼에서 간단하게 맥주 몇 병만 사서 마시자."

라오스에서의 마지막 밤, 결국 간단하게 마시자던 맥주는 새벽 2시까지 이어졌다. 즐거웠던 일정과 추억을 다시 공유하다 보니 시간이 후딱 흘러간다. 그래도 다음날, 용케 아침에 일어나 치앙마이행 버스를 탔다. 서로 다른 버스였던 우리는 치앙마이 터미널에서 보자는 약속을 하고 잠시 헤어졌다. 나는 태국으로 넘어가는 내내 깊은 잠에 빠져들었다.

1. 볼품없는 동굴. 어디를 가든 동굴은 비슷하게 생겼다.
2. 사쿠라클럽의 향락적인 분위기는 몸치도 춤을 추게 만들었다.
3. 뉴이폭포 밑에서 도인처럼 사진을 찍었지만 실제로 맞아보면 정신이 번쩍 들 정도로 파워가 막강하다.

미처 다 보여주지 못한 라오스

1. 시크릿 라군의 전경(상)과 내부(하), 아직 사람들에게 알려지지 않아서 블루 라군보다 좀 더 깨끗하다.
2. 방비엥의 샌드위치는 라오스에 가면 꼭 먹어봐야 할 정도로 유명한 가성비의 끝판 왕이다.
3. 멀리서 찍은 뉴이폭포 전경.
4. 시크릿 라군으로 이동 중에 찍은 사진, 라오스의 자연은 아직 문명의 때가 묻지 않은 채로 아름답게 보존되어 있다.

Chapter 4

안정

1. 바뀌어 달라지지 아니하고 일정한 상태를 유지함.

2. 육체적 또는 정신적으로 편안하고 고요함.

태국의 시작에서 평안을 찾다

라오스에서 태국으로 떠나는 일정은 만만치가 않다. 방비엥에서 다시 수도인 비엔티엔으로 갔다가, 국경지대인 농카이에서 내려 치앙마이까지 가는 버스를 기다려서 타야 하는 30시간이 넘는 일정이다. 대기 시간까지 포함한다면 하루 하고도 반나절은 더 걸리는 일정, 보통 이러한 경우엔 만발의 준비가 필요하다. 특히 한국에서 휴대폰에 담아온 만화책, 영화 등은 이동 시간이 긴 배낭여행에서 아주 유용하다. 그러나 이번 여행에선 그런 준비를 하고 올 시간따윈 없었다. 고작 방비엥에서 출발하기 전에 샌드위치를 사고 버스에 올라탄다.

비엔티안을 거쳐 농카이까지 가는 시간은 그리 오래 걸리지 않았다. 정차 횟수가 적었던 덕분에 6시간 만에 국경에 도착할 수 있었고, 친절한 버스 승무원 덕분에 빠르게 입국심사도 마쳤다. 이제 태국 측 농카이 버스 터미널에서 치앙마이행 버스만 기다리면 된다. 국왕 서거 이후 아직은 추모 분위기인 터미널 안에는 국왕의 영정사진이 커다랗게 자리잡고 있었다. 이전 국왕에 대한 태국 국민들의 사랑이 얼마나 뜨거운가 새삼 확인할 수 있었다. 우리에게도 이러한 지도자가 존재했었는지 잠시 생각에 잠겨본다.

버스가 올 때까지 남은 시간은 6시간 이상이다. 다행히 버스 터미널에서 와이파이가 잡혔다. 그나마 시간을 보낼 수 있는 건덕지가 생긴 셈이다. 그렇지만 배낭여행 중 전자기기를 충전할 수 있는 기회는 흔치 않다. 섣불리 6시간 내내 배터리를 크게 낭비하는 인터넷 서핑을 하다간 정작 필요한 순간엔 휴대폰을 쓰지 못할 수도 있다. 고민 끝에 혹시나 하는 마음으로 농카이 근처에 시간을 내서 다녀올 만한 관광지가 없을까 찾아봤다. 인터넷에서 3㎞ 거리에 불상공원이 자리 잡고 있다는 걸 확인할 수 있었다. 그리 유명한 곳은 아닌 듯싶지만 사진을 살펴보니 킬링타임용으로 다녀오기엔 나쁘지 않을 것 같았다.

배낭을 터미널에 맡기고, 귀에는 이어폰을 꽂고 다시 또 행군 준비를 마쳤다. 그저 큰 길만 따라 쭉 가다 보면 나오는 곳이었기에 길을 찾는 데에는 큰 문제가 없었다. 가는 길은 지루하기 짝이 없었지만 가끔 눈에 띄는 예쁜 상점에 들어가 구경도 하며 천천히 걸음을 옮겼다.

사실 나는 종이 지도를 가지고 현지인들에게 위치를 지속적으로 물어보면서 장소를 찾는 타입이다. 그러나 최근엔 스마트폰의 발달로 종이 지도를 대체할 만한 어플들이 많이 나와서 아주 유용하게 쓰고 있다. 물론 스마트폰 배터리가 다 떨어지면 매우 난감한 상황이 펼쳐진다. 내비게이션 없이는 집 주변조차 돌아다니지 못하는 현대인이 되는 것이다. 그래도 어플리케이션의 정보 업데이트와 GPS의 정확성이 등한시 못할 수준까지 도달했기에, 이 유용성 때문에 나는 어느 순간부터 휴대폰 배터리를 아끼게 되었다.

어플 지도가 표시하는 대로 곧장 걸어가다 보니 커다란 석상 하나가 눈에 들어온다. 드디어 농카이 불상공원에 도착했다. 하지만 공원에 들어가려고 입구에 도달하니 미처 생각하지 못한 변수가 생겨난다. 내가 아직 태국 돈 환전을 하나도 하지 않았다는 점이다. 수중에 있는 돈이라곤 20달러, 이제 와서 환전소를 찾으려고 해도 이 주변은 작은 마을만 있을 뿐 환전할 만한 곳이 존재하지 않았다.

터미널로 돌아가기에는 여기까지 온 시간이 너무 아까웠다. 무작정 매표소에 달러를 내밀어 본다. 조금 손해 보더라도 1달러 정도는 입장료로 지불할 의향이 있었기에, 영어로 거스름돈을 태국 돈으로 줘도 된다며 설명을 했다. 그러나 매표소 아주머니는 영어를 그다지 잘하는 것 같지 않다. 의사소통이 되질 않아 10분가량을 나는 영어로, 그분은 태국어로 서로의 말만 할 뿐이었다. 결국 옆에서 지켜보고 있던 릭샤 기사가 답답했는지 입장료를 내주고 나보고 들어가라고 한다. 뜻밖의 행운이었다. 물론 20깜밖에 안 되는 작은 돈이지만 너무 고마워서 안아주기라도 하고 싶은 심정이다.

무사히 불상공원에 입장해 커다랗게 조각된 불상들을 감상하기 시작했다. 이 불상공원은 여러 개의 거대한 불상들과, 부처의 인생을 코스별로 조각해 놓은 이야기가 펼쳐진 흥미로운 곳이다. 물론 다소 과장된 형태로 표현되어 있었지만 기대 이상으로 나름 볼거리가 가득했다. 부처가 수행을 하는 동안 그를 지켜주었다는 뱀의 이야기가 담긴 제일 커다란 불상 앞에서 인증 샷도 남겼다. 버스를 기다리며 오랜 시간을 보내야 했던 나에게 잠시나마 유익했던 자투리 시간이었다.

커다란 부처 앞에 서니 마음이 편안해지는 느낌이다. 공원 안쪽에 위치한 인공 호숫가에 앉아 고수레를 하는 사람들을 구경했다. 역시 동남아는 불교가 큰 힘을 발휘하는 지역이다. 마음 같아선 나도 한 줌 사서 뿌리고 싶지만 달러밖에 없는 내 주머니를 원망했다.

베푼 만큼 돌려받는다는 사필귀정의 불교 철학에 매료된 건 3년 전 부처의 고향인 네팔 룸비니를 다녀온 이후이다. 그곳에서 나는 일주일간 한국 절에 머물며 잉여로운 시간을 보낸 적이 있다. 긴 여행으로 지친 몸을 이끌고 당시 여행의 막바지에 들렀던 룸비니였다. 그런데 왜인지 알 수 없는 평온함으로 가득 찬 그곳에서 나는 부처가 모셔진 불당 안 구석에 앉아있기를 좋아했다.

온건하게 미소 짓고 있는 부처의 표정을 바라보고 있다 보면 내가 어떻게 해야 착하게 살 수 있을지, 그리고 더 행복해질 수 있을지 고민하게 됐다. 나는 한국에 돌아와 그때의 기억을 잊지 못하고 불교에 대해 조금 공부했다. 수박 겉핥기식의 수학(修學)이었지만 그것은 나의 모태신앙, 날라리 기독교신자였던 내 삶의 방식을 통째로 바꾸어놓았다.

천국과 지옥, 사후 세계에 대한 두려움이 사라지게 만들었고, 현세를 살아가며 내가 쌓은 덕과 업보만큼 어떠한 형태로든 다시 돌아온다는 생각을 하게 됐다. 그리고 나니 좀 더 남에게 상처를 주지 않기 위해 노력하게 되었다. 물론 못된 성깔머리가 단숨에 사라지지는 않았지만 3년 전 여행 전후로 사람들에게 표정이 많이 편해진 것 같다는 이야기를 많이 듣는다. 실은 불교를 믿는다기보단 그 철학을 따르려고 노력하는 편이다. 그래서 이러한 장소에 오면 딩달아 마음이 한결 평온해진다.

호숫가에 모여드는 잉어 떼를 바라보며 멍하니 앉아있다 보니 어느덧 4시가 넘었다. 슬슬 자리를 뜨기 위해 공원 밖으로 걸어 나왔다. 그때 매표소

농카이 불상공원의 커다란 불상들 앞에 서니
덩달아 마음이 한결 평온해진다.

아주머니께서 기다렸다는 듯이 오셔서 돈을 건네준다. 알고 보니 아까 태국
어로 설명하던 그 내용은 20달러를 환전할 돈을 딸이 가져올 테니 조금만 기
다리라는 얘기였다. 지금 나는 그냥 터미널로 돌아가도 되는 입장이다. 하지
만 내 문제를 해결해주려고 노력한 아주머니에게 감사한 마음이 든다. 당장
목도 마르고 살짝 배도 고팠으니, 좋은 환율은 아니었지만 환전을 받았다.

다행히 아까 그 릭샤 기사도 공원 안에 있던 서양인을 기다리고 있던 처지
라, 가지 않고 입구에 있었다. 10바트를 더 보태 고마운 마음을 전달하고, 돌
아오는 길에 편의점에 들러 커다란 커피 한 컵을 사들고 터미널로 복귀했다.

태국은 참 좋은 나라다. 편의점에서 얼음이 담긴 달달한 커피를 컵에 가득
담아 마시는 데에 겨우 17바트, 한화로 600원 정도밖에 안 한다. 물론 개인
적으론 아메리카노를 즐겨 마시지만 카페인이라면 아무래도 상관없다. 한층
편안한 마음으로 터미널에 도착하니 마침 경호와 원일이도 도착해 다음 버
스를 기다리고 있었다.

"요놈들! 언제 왔어!"

"형! 저희는 방금 도착했어요. 먼저 도착해 있었어요?"

"난 여기 온 지 꽤 됐어."

"아, 어디 다녀온 거예요?"

"너무 일찍 도착해서 이 근처에 있는 불상공원에 잠깐 다녀왔어."

"오오, 대박! 대기 시간을 엄청 알차게 보냈네요."

"하하, 나름대로? 너희는 언제 출발이야? 표 줘 봐."

표를 보니 나와 다른 버스이다. 내심 같은 버스이기를 기대했지만 버스 타는 곳의 번호가 달랐다. 그래도 출발 시간이 같아서, 먼저 도착하는 사람이 치앙마이 터미널에서 기다리자고 약속한 뒤 각자의 버스를 타고 이동을 했다.

내가 탄 버스는 트렌스젠더로 보이는 여승무원이 안내를 하는 버스였다. 키도 어깨도 나보다 큰 여승무원이 표 검사를 한 뒤 내 짐을 번쩍 들어 짐칸에 싣는데 내심 놀라지 않을 수 없었다. 버스에서 나오는 밥도 꽤 괜찮은 편이었다. 식사를 마치고 잠이 들 준비를 한 뒤 좌석에 몸을 기댔다.

치앙마이 고산족 트레킹, 쏟아지는 별빛샤워

치앙마이에 도착할 때까지의 시간은 생각보다 지루하지 않았다. 우선은 잠으로 보내는 시간이 대부분이었기 때문에, 일어났더니 이미 목적지에 도착해 있었다. 나는 내리자마자 원일이와 경호를 금방 찾을 수 있었다. 둘은 나보다 30분전에 도착해 시내까지 가는 택시 가격도 이미 알아놓은 상태였다.

우리는 치앙마이에서 1박 2일 고산족 투어를 하려던 참이다. 숙소와 여행사들이 모여 있는 거리 쪽으로 장소를 옮겼다. 꽤나 이른 시간에 도착한 탓에 치앙마이 시내는 이제야 아침을 시작하고 있었다. 마침 택시가 내려준 위치엔 배낭여행족을 위한 트립어드바이저 추천 숙소가 자리 잡고 있었고, 우리는 체크인을 위해 리셉션 카운터 앞에 섰다. 주호가 오늘 저녁에 치앙마이에 도착하므로 4명을 위한 숙소가 필요하다.

-Chiang Mai Long Neck Village Trekking 2days tour / 1300 bat / AM 10:00-

다행히 숙소가 여행사를 겸하고 있어서 하루 묵고 바로 투어를 출발하기도 좋은 위치이다. 숙소 가격도 나쁘지 않았고, 투어도 이 숙소의 여사장이 직접 운영하는 터라 내가 미리 알아온 가격보다 좀 더 싼 값에 진행할 수 있었다. 사실 나는 태국 여행을 자주하는 친구가 강력 추천한 이 트레킹 외엔 태국에 온 다른 목적이 없었다. 우린 삽시간에 베스트 베이스캠프를 만났다.

"아마 다른 여행사 가도 이 가격 안 나올 거야."
"그러게요. 다른 브로슈어들 봐도 여기만큼 싼 곳이 없긴 하네요."
"아니면 숙소라도 좀 더 싼 가격 있나 알아보러 다닐까?"
"음⋯⋯, 형 근데 지금 시간상 바로 트레킹 출발해도 괜찮지 않아요?"

경호의 한마디에 우리 셋은 동시에 시계를 봤다. 9시 30분, 투어가 출발하기까지 딱 30분의 시간이 남아 있었다. 최적의 타이밍이다. 일찍 체크인을 한 뒤에 무엇을 할지 매우 고민되는 상황에서 이 대안이 엄청나게 끌릴 수밖에 없었다. 여사장에게 혹시 오늘 바로 출발이 가능한지 물어보니 일초도 망설임 없이 "Sure"를 외친다.

셋은 잠시 머리를 맞대고 심각한 고민에 빠졌다. 주호를 하루 기다리고 다음날 함께 갈 것인가, 짧은 동남아 일정의 시간 절약을 위해 주호를 버리고 우리끼리 갈 것인가. 하지만 오랜 시간 버스를 타고 이동한 탓에 씻고 싶은 마음도 굴뚝같았다. 경호와 원일이 또한 원래 일정대로 루앙프라방을 가기로 한 것이 이미 어그러진 상태였기 때문에, 하루를 더 앞당기는 건 방콕에서 주호를 만나는 일정에도 차질이 생기는 강행군이다.

시간은 점점 10시를 향해 다가오고 있고 결정을 해야만 하는 상황이 왔다. 그러던 와중 투어 출발을 위한 지프차 한 대가 숙소 앞에 선다. 더욱 촉박해진 우리는 "어떡하지?"만 남발하며 발을 동동 구르고 있다. 그리고 갈등하는 우리를 지켜보던 여사장은 결정적 한 방을 날려 준다.

"한 사람당 100바트씩 깎아줄게요."
"얘들아. 가자."
"푸하하하하! 갑시다! 형 그러면 주호한테는 뭐라고 해요?"

"지금 당장 뭘 보내고 할 상황은 아닌 거 같으니까. 가는 길에 와이파이 잡히는 곳 있으면 내가 알아서 둘러댈게."

우린 빠르게 투어에 가져갈 작은 가방을 준비하고, 앞에 정차해 있는 지프에 몸을 실었다. 이날 저녁에 도착한 주호가 애타게 우리를 찾았지만, 와이파이존이 없어서 연락을 못했다는 거짓말을 지어낸 후문은 비밀로 덮여 있는 우리 셋만의 후일담이다. 혹여 주호군이 이 책을 보더라도 이 부분은 제대로 안 읽고 넘어갔으면 하는 바람이다.

투어는 오전에 식물원을 들러 나비정원을 구경하고, 트레킹 출발을 위해 산 근처 레스토랑에서 점심을 먹고 고산족 마을까지 걸어가는 일정이다. 식물원은 숙소와 꽤 떨어진 곳에 위치해 있었다. 머릿속에 나비정원을 상상해 보면 마치 지상낙원처럼 온갖 꽃들에 둘러싸여, 나비들을 내 뒤에 거느리고 동산을 뛰어 노닐 것 같은 이미지다. 그러나 막상 현실은 너무나 달랐다. 식물원은 남양주 어머니댁에서 조금만 걸어가면 있는 조경가게만 한 작은 사이즈였으며, 큰 기대를 가졌던 나비정원엔 썩어가는 과일이 즐비하여, 나비들이 갇혀 있는 유리 하우스에 불과했다.

그래도 이 투어의 메인은 고산족 마을에서의 1박과 코끼리 라이딩, 매핑강 래프팅이었기에 아직 실망하기에는 이르다. 식물원은 그저 트레킹 코스로 가는 길목에 위치해 잠시 들르는 곳일 거라는 자기 위안을 하며, 우린 바로 산 속 레스토랑으로 이동했다. 왜인지 동남아에서 투어 일정에 식사가 포함이 된 경우엔 항상 부실하기 그지없는 야채볶음밥을 준비해 놓는다. 그래도 등산을 위한 체력을 비축해놓을 필요가 있기에 콜라 한 병을 시켜 입 안에 볶음밥을 털어 넣었다.

식사를 마치고 잠시 담배를 피우러 나오니 이번 투어의 가이드와 다른 일행들이 마침 도착했다. 다 같이 모여 간단히 자기소개를 마치고, 우리 셋은 그들이 식사를 마칠 때까지 기다렸다. 이번 투어를 함께하는 멤버는 약 열두 명쯤 되어 보였고 모두 서양인이다. 그 중에서도 매사에 아주 적극적인 듯이 보이는 스페인 여자 멜리사와, 이름이 잘 기억 안 나지만 4개 국어를 구사할 줄 알았던 프랑스 할머니 한 분이 유독 눈에 띄었다. 다른 일행들은 전부 그

룹을 지어 왔는데 이 둘은 단독으로 투어에 온 사람들이었기 때문이다. 심지어 할머니는 2박 3일짜리 코스를 신청해서 왔다고 한다.

식사가 끝나고 우린 완만한 언덕을 지나 고산족 마을로 가기 위한 등산로에 진입했다. 나는 프랑스 할머니 뒤에 서서 짧게나마 불어와 영어를 섞어가며 대화를 나눴다. 아무래도 연세가 많으신지라 다른 멤버들에 비해 기동성이 현저히 떨어지신다. 심지어 바위를 오르는 중에 뒤로 넘어질 뻔할 상황이 자주 연출되어, 뒤에 따라가던 나는 긴장의 끈을 놓을 수 없었다. 그래도 공경의 자세로 할머니의 뒤에서 서포트를 많이 해 드렸고, 그런 나를 보고 경호는 프랑스 할머니와의 로맨스가 시작됐다며 가는 내내 놀리는 바람에 한 대 쥐어박고 싶은 심정이었다.

등산은 꽤나 힘들었다. 거의 막바지에는 멕시코 아저씨가 쥐가 나는 바람에 잠시 등반을 중지해야 하는 상황도 생겨났다. 그래도 정글 탐험을 마치고 마지막 나뭇가지를 들췄을 때 나타나는 신비한 롱넥족 마을의 모습을 상상하며 힘을 내어 걸음을 옮겼다.

하지만 이번에도 내 머릿속 기대를 저버린다. 마지막 나뭇가지를 들춰내자 보이는 건 트럭 한 대가 지나와도 거뜬할 것 같은 커다란 도로였다. 이럴 거면 시간도 아낄 겸 차 타고 올라오지 왜 사서 고생을 하나 싶었고, 쥘 베른의 『12소년 표류기』를 읽던, 아직 때 묻지 않은 동심에서 벗어나지 못한 내 자신을 보니 허탈한 웃음이 나왔다.

롱넥족 마을 숙소는 대나무로 지어진 공동숙소였다. 짐을 풀고 코끼리를 타기 위해 마을 근처 코끼리 훈련소로 자릴 옮겼다. 낙타는 인도의 자이살메르 사막투어를 하며 타보았지만 코끼리는 이번이 나도 처음이다. 나와 경호가 한 조가 되고, 원일이와 멜리사가 한 조가 되어 커다란 코끼리 위에 올라탔다.

코끼리의 등은 매우 두껍고, 털이 까칠하게 듬성듬성 나 있다. 안정된 자세를 위해 코끼리 어깨에 손을 짚자 뭔가 불쾌한 느낌이 손바닥 전체에 맴돈다. 코끼리가 발을 내디딜 때마다 내가 앉은 부위의 뼈가 움직이는 것이 생생하게 느껴져, 마치 코끼리와 한 몸이 되어 움직이는 것 같다. 하지만 이미 현실과 괴리감이 큰 나의 상상력을 알아차린 덕분에 별 다른 감흥은 없었다. 그저 특별한 체험을 해본다는 것에 의의를 두고 라이딩을 마쳤다.

그래도 목욕을 위해 매핑 강에서 커다란 짐승의 몸을 씻겨주며, 나도 함께 씻는 경험은 꽤 신선했다. 색다른 추억이라 생각해 친구들과 공유하려고 SNS에 사진을 올렸다가, 몇몇 친구들에게 패키지 가족여행 온 관광객이냐며 비웃음을 사고 상처를 받아서 글을 삭제했다. 가끔 나는 O형이 맞나 싶을 정도로 소심함의 결정체이다.

목욕을 하며 거대한 똥덩어리를 싸지르는 코끼리도 신기했으며, 왜 옛날 전쟁에 등장한 이 짐승을 보며 사람들이 그리 놀랐는지도 알 것 같았다. 여행을 하며 종종 마주치긴 했어도 이렇게 스킨십까지 하며 가까워지긴 처음이라 더욱 그러했는데, 친구들 참 너무하다. (책에 이렇게 언급하는 걸 보면 소심한 게 분명하다.) 나는 호기심에 못 이겨 코를 꼭 안았다가, 코끼리가 불쾌해서 내 팔을 물고 안 놔주는 바람에 커다란 피멍이 들기도 했다.

샤워를 마치고 나오니 저녁이 준비되어 있다. 역시나 부실한 야채볶음밥과 커리가 전부이다. 가이드는 뷔페식으로 무제한 제공이라며 너스레를 떨지만 차려진 게 너무 없어서 그저 배를 채우는 수준의 식사를 했다. 그래도 트레킹을 하는 도중 채집해 온 대나무에 쌀을 넣어, 장작불에 구어 내온 죽통 밥은 나름의 디저트로 한몫을 했다. 우리가 식사를 하는 동안 마을 사람들은 캠프파이어를 준비했고, 그 주변에서 취침 전 마지막 일정인 롱넥족 댄스타임이 오늘의 마무리를 위해 기다리고 있었다.

사실 자본의 때가 묻어 보여주기식으로 하는 공연으로밖엔 보이지 않는다. 그래도 막상 공연이 시작되자, 나는 아까 잃은 동심을 다시 일으켜 그들과 함께 춤을 추며 즐거운 밤을 보냈다. 롱넥족의 목걸이가 양쪽으로 덮고 닫는 일체형이라는 사실을 알게 된 건 춤을 추는 도중 그녀들의 목걸이를 잠시 빌렸을 때이다.

소박하지만 나름 질서정연한 마을 사람들과의 춤 속에, 고된 일정의 체중을 말끔히 씻겨 줄 맥주 한잔은 나에게 주는 작은 선물이다. 공연이 끝나고, 나는 쉬기 위해 캠프파이어 근처 작은 벤치에 누웠다. 그리고 하늘을 본 순간, 취기를 빌려 억지로 깨우려 했던 나의 감수성이 저절로 일어난다.

쏟아질 것 같은 별, 진부하지만 이보다 정확한 표현이 없을 것 같다. 순식간에 마음이 편안해진다. 별나라에 홀로 떨어져, 수많은 별무리와 함께 따뜻한 달님 위에 몸을 뉘인 기분이다. 이것은 비단 나만 느끼는 감정이 아닌 듯하다. 다들 조용히 하늘을 바라보며 타오르는 장작 옆에서 이 시간을 만끽하고 있었다.

만약 사랑하는 사람이 별을 따달라는 부탁을 한다면 이곳에 데려올 것 같다. 헤어진 M과 함께 왔다면 참으로 행복했겠다고 생각을 해본다. 일행 중에 있었던 미국인 커플은 이미 서로의 체온을 느끼며 너무나 사랑스러운 모습으로 같은 곳을 응시하고 있다. 담요 하나만 두른 채 이 밤의 가장 낭만적인 순간을 보내고 있는 그들이 부럽기만 하다. 로맨틱과는 다소 거리가 멀었던 M, 만약 이곳에 함께 왔다면 우리도 저 둘처럼 좋은 시간을 보낼 수 있었을까? 애초에 전기 하나 들어오지 않는 치앙마이 고산족 마을에 가자는 제안을 한 방에 뿌리쳤을 것이다.

이별을 하고 여행을 결심한 게 잘한 결정이라는 생각을 한다. 꾸준히 변화하는 M에 대한 감정과, 나의 신경세포 대부분이 이 여행에 포커스를 맞추는 느낌이다. 심지어 M을 만나기 전의 한없이 자유로웠던 나로 다시 돌아가는 기분마저 든다. 불과 2주 만에 이러한 감정을 들게 만드는 '여행'이라는 놈은 결국 내 평생에 걸쳐 계속 함께 하지 않을까? 3년 만에 만난 '여행'이라는 친구와의 보이지 않는 재회는 이곳 치앙마이 별무리 아래에서 새삼스럽게 진행되었다.

1. 나비공원의 나비들.
2. 롱넥족 고산 마을에 가기 위한 트레킹 준비.
3. 마을 환경이 매우 열악하지만 하룻밤을 자기엔 충분하다.
4. 코끼리와 한 몸이 되어 움직이는 것 같다.
5. 코끼리에게 까불다가 팔을 물린 사람이 과연 몇이나 될까?
6. 나는 참 색다른 추억이라 생각했는데…….
7. 롱넥족 마을의 저녁 파티. 공연이 끝나고 하늘에서 쏟아지는 별을 감상하는 것이 치앙마이 고산 트레킹의 하이라이트이다.

격렬했던 투어의 마지막

지난밤 조그마한 대나무 집에서 열두 명 가량이 다 같이 취침을 한 것치곤 아침이 매우 상쾌하다. 오히려 맑은 공기 속에서 자연의 소리를 들으며 잠을 청한 덕분에 그동안 하지 못한 숙면을 거하게 취한 것일지도 모르겠다. 그 와중에 내가 일행 중 제일 늦게 일어나 제대로 씻지도 못하고, 급하게 아침을 먹고 일정을 시작한 게 부끄러울 따름이다.

오늘은 어젯밤과는 다르게 아주 동적인 일정이 우리 앞에 기다리고 있다. 바로 매핑 강 래프팅과 폭포수 체험이었는데, 사실 라오스에서 뉴이폭포를 직접 맞아보고 온 우리에게 폭포수 체험은 그다지 큰 기대를 주지 않았다. 마찬가지로 어제 코끼리를 목욕시킨 매핑 강에서 하는 래프팅이라고 하니, 물살이 생각보다 강하지 않았던 게 기억난다. 원일이와 경호는 방비엥에서 했던 재미없는 튜빙 정도 수준이 아니겠냐며 찬물을 끼얹는다.

하지만 차를 타고 래프팅 시작 장소로 가는 동안 바라본 매핑 강 상류는 우리의 예상에서 크게 빗나가 있었다. 황토색 물살이 거세게 일렁이며, 이 래프팅을 그저 단체관광 중 즐기는 소소한 액티비티로 받아들이면 안 되겠다는 다짐을 하게 만든다. 심지어 흙탕물로 인해 그 깊이조차 가늠하기 힘들었으므로 빠지지 않도록 안전에 유의할 필요가 있었다.

안전장비를 착용한 뒤 첫 조를 선발하는데, 젊은 남자 셋으로 구성된 우리가 먼저 손을 들었다. 한 조엔 가이드 포함 5인 또는 6인으로 구성이 되어야 하므로 한두 명이 더 필요했다. 프랑스 할머니가 스페인어로 멜리사와 잠시 대화를 나누더니 우리 조에 합류한다. 아마 할머니가 등산을 하면서 계속 도움을 준 우리가 믿음직스러워 보이셨나보다. 래프팅 업체에서도 우리를 든든하게 생각한 걸까. 우리 팀 가이드에 웬 꼬마 한 명을 붙여준다. 아마 래프팅 가이드를 한창 배우고 있는 견습생이 아닐까 예상한다.

보트에 올라타고 래프팅이 시작되었다. 처음 몇 분간은 폭풍전야처럼 아주 조용하고, 유유히 흘러가는 강물에 보트를 맡긴 채 노질 한 번 없이 천천히 진행되었다. 한동안은 너무 한적해서 잔잔한 샹송인 'Soul le ciel de

Paris'를 할머니와 부르며 세느강 보트투어라도 하듯 순탄하게 진행했다. 경호는 드디어 나와 할머니의 로맨스가 완성됐다며 깔깔대고 놀려댄다.

'저걸 콱 그냥!'

그러나 고요함도 잠시, 아까 오는 길에 봤던 황토색 커다란 물살들이 보이기 시작했다. 어린 가이드도 긴장했는지 우리에게 보트 끈을 놓지 말라고 당부를 하고선, 본인이 제일 꽉 잡고 있는 듯하다. 그래도 몇 번의 커다란 물살을 헤치고 나니 재밌다며 소리를 지르고, 튜빙과는 비교도 안 된다고 신나하는 우리였다.

흥분된 마음에 떠들며 얘기를 하다가 노질을 게을리했다. 그러다 우리는 바로 앞에 있던 커다란 물살을 보지 못했고 우리 보트는 반 정도 전복해버렸다. 큰 사건이 발생했다. 심지어 가이드 꼬마는 자기가 제일 먼저 보트에서 떨어지더니, 강물에 휩쓸려 우리와 점점 멀어진다. 순식간에 나름의 캡틴을 잃은 우리 배는 어찌할 바를 몰라 비명만 질러댔다.

그러던 와중 설상가상으로 프랑스 할머니도 보트에서 추락한다. 우리는 커다란 위기를 맞았다. 원일이는 할머니를 구하려고 뛰어들었다가 오히려 자기가 끈을 놓쳐서 보트를 이탈하고 도태되어 버렸다. 할머니는 안간힘을 다해 보트 끈을 붙잡으며 살려달라고 외쳐댔고, 우리는 패닉에 빠져버렸다.

사실 나와 경호는 그 와중에 원일이가 떠내려가는 모습이 너무 웃겨서 삐져나오는 웃음을 참느라 힘들었다. 나중에 원일이가 와서 얘기한 바로는 정말 이러다 죽겠구나라는 느낌을 받았다고 한다. 그러나 당시엔 커다란 녀석이 허우적대며 다람쥐통 놀이기구에 매달려 뱅글뱅글 내려가는 모습이 슬랩스틱 코미디가 따로 없었다.

나와 경호가 정말 큰일났구나 깨달은 순간은 물에 빠진 프랑스 할머니가 삶에 대한 강력한 의지로 끈을 부여잡고, 안간힘을 다해 보트로 올라오려고 하는 표정을 봤을 때이다. 거기에 보태 멜리사가 시끄럽게 스페인어를 쏟아낸다. 노를 이용해 보트를 물살에 맞춰 안정시켜야 하는데, 멜리사의 페이스에 말려 보트 안은 비명소리로 가득했다.

다행히 쎈 물살이 계속되진 않았다. 나무에 걸려 잠시 보트가 멈춘 틈을 타 할머니를 구출해내는 데에 성공했다. 한숨을 돌리고 멜리사가 우리 친구랑 가 이드는 어떡하냐며 걱정을 해준다. 그러나 아까 원일이의 모습이 다시 생각난 우리는 수영 잘하니 걱정 안 해도 된다며 폭소를 터뜨렸다. 서로를 격려하며 감정을 진정시키고, 할머니의 상태가 괜찮은지 살펴보았다. 다행히 할머니는 떠내려 오는 동안 바위에 긁혀서 살짝 상처가 난 것 빼곤 멀쩡하셨다.

곧 원일이가 멈춰 있던 우리 보트에 다시 합류했다. 멜리사는 가이드 친구 를 못 믿겠다며 우리끼리 보트를 몰고 내려가자는 제안을 했고, 더 이상 쎈 물살이 없을 거라고 예상한 우린 가이드 꼬마를 버리기로 결정했다. 하지만 조금 내려가다가 결국 비전문가끼리 모는 우리 보트는 바위에 껴서 더 이상 진행이 불가능했고, 그제야 물에 빠진 생쥐 꼴로 터벅터벅 물가를 따라 내려 오는 가이드 꼬마와 합류하게 되었다.

웃지 못할 해프닝이 있었음에도 불구하고 크게 다친 사람 없이 복귀한 걸 자축하며, 뭍에 올라오자마자 수고했다며 다 같이 포옹을 했다. 원일이는 빠 질 때 노를 잃어버려서 물어줘야 하는 거 아니냐며 걱정한다. 경호는 저 가 이드 꼬마 잘못이라며 원일이를 안심시켰고, 이에 거들어 나는 저 친구 시말 서 써야 할 것 같다고 시답잖은 농담을 했다.

래프팅 업체에서 또 한 번의 부실한 점심 식사를 마치고, 우린 폭포수가 있는 계곡으로 이동했다. 다들 래프팅이 재밌었는지 그 얘기가 한창이다. 한 십여 분을 걸었을까, 원일이가 죽을 뻔했다는 허풍을 떨고 있을 때 즈음 폭 포에 다다랐다. 하지만 도착한 곳은 폭포라고 하기엔 그저 경사가 꽤 높은 바위와 거기서 쏟아지는 널찍한 물줄기에 불과했다.

실망을 감추지 못하려던 찰나, 폭포 위에서 놀고 있던 어린아이 한 명이 보 란 듯이 두 발로 서서 폭포수를 서핑하듯 내려온다. 그리고 그 밑에는 깊은 계곡물이 천연의 폭포 미끄럼틀 수영장을 만들어 주고 있었다. 이 모습을 보 니 오늘은 정말 액티비티의 끝장이라는 생각이 든다. 다치기밖에 더하겠냐는 마음으로 내가 제일 먼저 폭포수 위로 올라섰다. 막상 미끄러져 내려오려니 아프진 않을까 걱정도 되고, 첫 타자라는 부담감도 있다.

떨리는 마음으로 폭포수에 몸을 실으니 미끄러운 이끼들이 받쳐주어 계곡 아래로 쏙 들어가 다이빙을 마무리했다. 역시 아주 재밌다. 첫 출발이 좋은 덕분일까, 우리 일행들 모두 한 번씩 폭포 미끄럼을 타고 내려오며 투어의 마지막 일정을 즐겼다. 심지어 프랑스 할머니까지, 방금 래프팅하다가 죽을 뻔했던 그 할머니가 맞나 싶을 정도로 너무나 즐거운 표정으로 미끄럼을 타고 내려오신다.

누구는 액션 캠을 손에 쥐고, 또 누구는 새로운 미끄럼틀 스폿으로 내려오기도 하며, 물놀이에 지친 사람은 커다란 바위에 누워 선탠을 하기도 했다. 다들 곧 끝날 투어가 아쉬운 듯 기분 좋은 시간을 함께한다. 한 시간 가량을 개구쟁이처럼 놀고 바위에 앉아있다 보니 픽업 차량이 도착했다. 기사는 서로 작별인사를 할 시간을 줬다. 짧았지만 뜨겁게 함께했던 모두가 볼을 맞대고 서로를 축복한다. 아마 이번 여행 중 베스트를 꼽으라면 당연히 이 1박 2일의 여정이 세 손가락 안에 들 것이다.

치앙마이 고산 트레킹을 함께한 멤버들.

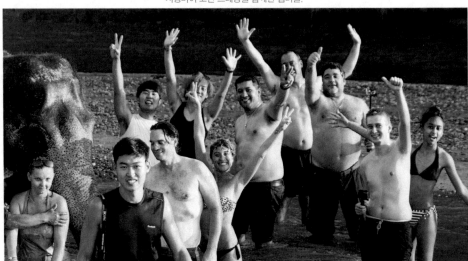

Chapter 5

빈틈

1. 비어 있는 사이.
2. 허술하거나 부족한 점.

You better wake up and pay attention!

인도로 출국하는 비행기를 한국에서 이미 끊어놓은 탓에, 시간이 촉박했던 나는 예약한 방콕행 E-티켓을 들고 치앙마이 공항으로 향했다. 치앙마이는 버스 역할을 하는 지프니의 운영 방식이 독특하다. 정해진 루트 없이 승객을 태우고 돌아다니다가, 가는 길목에 태울 만한 사람이 있으면 승객이 기사와 얘기해 합승을 시키는 시스템이다. 나는 여행사 여사장님의 도움을 받아 첫 승객으로 지프니에 올라탔다. 지프니 기사가 50바트를 안 깎아주려고 하니, 내가 내야 할 50바트를 쿨하게 집어던지며 공항까지 잘 바래다주라고 하는 멋진 여사장님이다.

꽤나 큰돈을 받고 이동하는 터라 지프니 기사도 돌아갈 생각을 하지 않고, 두 명 정도의 승객만 더 합승시킨 뒤 빠르게 공항까지 이동한다. 공항에 도착해 나머지 금액을 지불하고 체크인을 위해 E-티켓을 꺼냈다. 그런데 뭔가 싸한 느낌을 받으며, 내용을 보자마자 생각이 일시정지한다. 다낭에서 술이 알딸딸한 상태로 예매한 티켓이 11월이 아닌 12월 티켓이었던 것이다. 그동안 비행기표를 끊을 때 방심했던 경험은 전무한 탓에 매우 당황스럽다. 멍한 상태로 뚜벅뚜벅 국내선 게이트 쪽으로 걸어가 내가 예매한 현지항공사 창구 앞에 멈춰 섰다.

'그래, 티켓 변경을 하면 된다. 당일 땡처리 비행기도 나오는 판국에, 서너 시간 후 방콕행 비행기 티켓이 없을까.'

없다. 안 그래도 저가 항공사인데 방콕행은 수요가 많아 당일 표는 구할 수도 없거니와, 설령 좌석이 있다고 하더라도 나처럼 급한 사람들을 타깃으로 가격을 3배 이상 뻥튀기 해놓은 상태이다. 비행기 변경 수수료 700바트에 내가 구매했던 가격의 차액까지 지불해야 하는 상황이니, 이건 제주도 편도 티켓을 30만 원에 구매하는 것이나 다름없는 상황이었다.

급하게 환율 계산기를 켜서 휴대폰을 두들거가며 최저가로 이동할 수 있는 방법을 찾았다. 차라리 티켓을 버리고 버스로 이동할까도 고민하며 어플을 두드려 본다. 다행히 다음날 오후 2시 티켓이 다른 시간대보다 싼 가격에 나와 있는 걸 확인했다. 선택의 여지없이 휴대폰을 통째로 직원에게 보여주며 이걸로 바꿔달라고 요구했다. 직원도 내가 다급했던 게 눈에 보였는지 빠른 손놀림으로 예약을 변경해주고 차액 계산을 도와준다.

결국 4만 원 대로 끊었다며 좋아했던 방콕행 티켓은 12만 원이라는 거금(?)으로 훌쩍 뛰어 내 손에 쥐여졌다. 다시 한 번 어플을 돌려 내가 예매한 티켓 가격이 또 올라버린 걸 보며 흐뭇해한다. 이럴 때 보면 나는 정말 별것 아닌 일에 감사해하는 욕심 없는 사람이다.

담배 한 대를 피우며 여유롭게 근처 숙소를 예약했다. 공항을 나와 10분쯤 배낭을 둘러메고 걷다 보니 예약한 호텔에 도착한다. 호텔은 새로 지은 건물이라 아주 깨끗하고, 시설도 좋았다. 오히려 밀린 빨래를 할 시간도 필요했던 터라 이 상황이 잘됐다 싶다. 샤워와 동시에 빨래를 마치고, 빨랫줄을 걸어 옷을 널고 상큼한 기분으로 침대 위에 누웠다.

생각해보니 오늘 일이 너무 바보 같았다는 생각이 든다. 배낭여행이란 예측할 수 없는 일들의 연속이며, 역시 집중력을 잠시라도 놓아버리면 모든 게 엉망이 된다는 걸 새삼 깨닫는다. 내가 좋아하는 영화 중 하나인 '시스터 액트 2'에선 이러한 대사가 나온다.

"If you wanna be somebody, if you wanna go somewhere, you better wake up and pay attention."
"네가 만약 무언가가 되려하거나, 어딘가로 가려고 할 땐, 더 집중하고 정신을 바짝 차려야 해."

아직 내 여행에 집중을 하지 못했다고 생각하니 스스로 부끄러워진다. 지난 한 달을 돌아보면 이별 극복이라는 목표는 어느 순간부터 흐트러지고, 심지어 왜 돈을 써가며 이 험난한 길을 가고 있는가 하는 의문마저 든다. 다시 목표를 구체적으로 설정해야 하나 고민하다가, 문득 깨달음을 얻는다. 나는 여행 중 종종 찾아오는 이러한 질문들을 포착하고, 스스로 답변을 찾기 위해 여행을 하고 있는 건 아닐까 하는 생각이 든다.

역시 배낭여행의 장점 중 하나는 수많은 고민을 하고 사유를 한다는 점이다. 이렇게 엉뚱한 곳에서 사색에 잠기기도 하며, 가끔은 평생을 되뇌던 고민에 대한 대답을 찾고 돌아가기도 한다. 나름의 답변을 구한 나는 호텔 매점으로 내려가 맥주 두 병을 사왔다. 이럴 땐 시원한 맥주 한잔으로 머리를 식히며 생각을 다 쓸어 보내고 잠드는 게 상책이다.

술 마시는 핑계도 참 다양하다. 마침 주호가 자기는 아직 치앙마이에 있으니 야시장이라도 구경하자며 문자를 보내왔다. 샀던 맥주를 매점 냉장고에 보관해 달라고 부탁했다. 주호를 만나기 위해 위치를 검색해보니 내가 있는 쪽과 거리가 멀다. 지프니를 타야 하나 고민하고 있는데, 호텔 리셉션 직원이 망설이는 내 모습을 보고 사정을 묻는다.

"무슨 일 있어요?"
"친구를 만나러 시내로 가야 하는데 너무 멀어요."
"시간이 늦어서 지프니가 안 다닐 텐데. 내 오토바이를 빌려줄까요?"

이런 과잉친절에는 무료로 빌려줄 거냐고 물어봐야 한다. 그랬더니 다행히도 정말 대가 없이 호의를 베푸는 것이었다. 그는 열쇠를 챙겨 주차한 곳까지 바래다주고선, 오토바이를 탈 수 있냐고 물어본다. 나름 대학교 때 스쿠터를 많이 몰아봤다고 하니 이건 좀 다를 거라며 자신의 오토바이 커버를 벗긴다. 배기통이 엄청나게 큰 중대형 오토바이가 등장한다.

객기를 부려 한 번 올라타보았다. 그러나 타자마자 나와 오토바이, 땅바닥과의 이 엄청난 간격, 역시 안 되겠다는 생각이 든다. 그래도 신경써줘서 고맙다고 인사를 건네고, 다시 맥주를 받아 방으로 올라왔다. 주호에게 가는 길이 너무 멀어서 못 간다고 다시 한 번 퇴짜를 놓았다. 이젠 주호에게 좀 미안하다. 방콕가면 팟타이라도 한 접시 대접해야겠다.

맥주를 비우고, 한 것도 없이 피곤했던 하루를 마무리했다. 다음날 나는 제시간에 맞춰 공항에 도착해서 체크인을 마쳤다. 게이트를 들어가며 정신을 차리자고 다짐한다. '시스터 액트'의 대사를 상기하며 검색대에 가방을 올리고, 그 어느 때보다 힘찬 걸음으로 게이트를 통과했다.

"삐삐삐-"
"잠시 와 보시겠어요?"

공항직원이 나를 붙잡는다. 직원이 벨트를 통과한 내 가방 안을 뒤져서 맥가이버 칼을 꺼내 압수한다. 여행 초보처럼 기본적으로 부쳐야 하는 수하물을 들고 게이트로 들어와 버렸다. 아무래도 아직 나는 정신을 못 차렸나 보다.

방콕 좋다고 했던 사람 누구니?

방콕에서 원일이와 경호를 만나러 가는 길은 너무나 수월했다. 미리 찍어준 좌표대로 버스를 타고 이동하니 그 유명한 배낭여행객의 성지 카오산 로드 정 중앙에 도착해 있었다. 둘을 만나 동생들이 체크인 해놓은 3인실에 짐을 풀고, 저녁 카오산 구경에 나섰다. 사실 워낙 유명해진 탓에 비쌀 대로 비싸진 물가는 더 이상 배낭여행객의 성지라는 말이 무색해질 정도이다. 호객은 끊임이 없었고, 내가 그려온 이미지와 사뭇 다른 탓에 실망을 감출 수가 없다.

그래도 거리 곳곳에서 펼쳐지는 라이브 공연들은 나름 볼 만하다. 술집 여기저기에서도 공연을 하고 있었고, 클럽을 방불케 하는 파티 분위기의 시끄러운 바도 있다. 하지만 사람들이 찬양을 마다않는 카오산의 진면목은 여전히 발견하지 못했다. 이젠 그저 '배낭여행'의 이미지 그 자체로 정형화된 것 같다. 많은 영화에서 자유를 갈망하는 주인공이 마지막 종착지로 이곳을 찾아오는 엔딩을 보여주는 것처럼 말이다.

여유가 없던 탓에, 혹은 곧 다가올 인도여행에 대한 기대감 때문에 내가 그 매력을 발견하지 못한 걸지도 모르겠다. 결국 별 감흥 없이 숙소로 돌아왔다. 처음 외국 여행을 하는 경호도 나와 비슷한 느낌을 받았다고 하니 보는 눈은 크게 차이가 없어 보인다.

우린 방으로 돌아와 인도 입국을 위한 E-Visa 발급 신청에나 열을 올렸다. 인도 비자 발급은 생각보다 쉽지 않다. 써야 할 것도 많고, 완성하고 나서는 수정이 불가능해서 세 페이지가 넘는 신청서를 다시 써야 하는 번거로움도 종종 생긴다. 경호도 결국 출국 공항을 잘못 써서 처음부터 다시 쓰는 불상사가 일어났다.

솔직히 인도 비자 발급을 담당하는 사람들이 이걸 정말 꼼꼼히 읽어보고 발급을 해주는 것인지 의구심이 든다. 그렇지만 나도 한국에서 신청서에 성과 이름을 바꿔 입력했다가, 돈 독 오른 인도 대사관에 만 원을 더 내고 현장 수정을 요청하기도 했다. 불안하게 발급을 받는 것보단 재작성을 하는 편이 마음 편하다.

E-Visa 결제를 마치고 일찍 잠이 들었다. 셋은 다음날 점심 먹을 시간 즈음 부스스 눈을 비비고 일어나, 밥을 먹기 위해 방콕 최대의 쇼핑몰인 시암 파라곤 쪽으로 이동했다. 내가 어제 도착하기 전에 둘이 봐 놓은 푸드 코트가 있다며 그곳에 가려는 것이다. 나는 방콕에 대한 정보가 전무하니 둘의 계획에 따라 움직였다.

시암 파라곤 주변은 우리나라 동대문에 여러 쇼핑타워가 몰려 있는 것처럼, 비슷한 형태를 띤 번화가였다. 커다란 빌딩 숲은 여기가 동남아가 맞나 싶을 정도로 세련되고, 현대 건축양식을 자랑한다.

동생들이 봐 놓은 푸드 코트는 MBK 쇼핑센터 지하에 위치한 값싸 보이는 허름한 음식점들이 모여 있는 곳이었다. 하지만 너절한 분위기와는 반대로 식당 한 바퀴를 둘러보니 먹음직스러운 음식들이 가득하다. 그 중에서도 나의 눈에 들어온 건 족발을 올린 덮밥이었다. 콜라겐 들어간 음식이라면 뭐든 잘 먹는 나이기에, 너무나 익숙한 맛일 것 같다. 가격도 한국 돈으로 2천 원밖에 안 되는 착한 점심이었다.

"어쩌죠?"

"뭘 어째?"

"방콕에 있는 동안 여기 또 올 것 같진 않은데, 먹고 싶은 메뉴가 너무 많아요."

인정한다. 나도 곧 태국을 떠나는 사람만 아니었다면 돈을 더 내고서라도 여러 가지 메뉴를 시켜 먹고 싶던 참이었다. 결국 경호는 각각 다른 음식 두 접시를 시켜 먹고 배부르다며 소화시킬 커피를 찾아다녔다. 나도 족발 덮밥을 순식간에 해치우고 1층에 있는 도넛 가게에 가서 아메리카노 한잔을 마셨다.

오늘의 첫 끼를 성공적으로 마치고 우린 윈도쇼핑을 시작했다. 쇼핑센터에는 각종 명품들과 눈에 익은 브랜드들이 보인다. 내가 한국에서 애용하는 브랜드도 많이 보여서 들어갔다가 한국과 별 반 차이가 없는 가격에 혀를 내둘렀다. 말 그대로 윈도쇼핑만 하고 나왔다. 애초에 이쪽으로 온 목적 자체가 쇼핑이 아니었기 때문에 우린 다음 목적지인 아시아티크로 향했다.

전철 출입구를 찾아 지도를 이리저리 보는 도중 콜택시 직원이 우리를 부른다. 어디로 가냐고 묻기에 목적지를 말해주니 200바트에 갈 수 있다며 여기서 기다리라고 한다. 셋은 머리를 굴려 지하철을 셋이 탔을 때의 가격과 별 차이가 없는 금액에 흔쾌히 승낙을 했고, 곧바로 오는 택시를 타고 편안하게 좌석에 앉았다.

하지만 그 직원과 우리와의 대화전달에 문제가 있던 것인지, 아니면 작정하고 우릴 속인 건지 모르겠으나 택시기사가 부르는 값이 터무니없이 비쌌다. 알고 보니 아까 직원의 200바트라는 가격은 콜비용을 의미하는 것이었고, 결국 우리는 울며 겨자 먹기로 전철역 입구까지만 태워다 달라고 한 뒤, 쓰지 않아도 될 돈을 지불했다. 억울함을 토로한들 약자 입장인 여행자는 힘이 없다.

할 수 없이 우린 전철을 타고 목적지인 사판탁신에 도착했고, 배를 타기 위해 선착장으로 이동했다. 아시아티크는 사판탁신 역에서 배를 타고 들어가는 테마도시인데, 아기자기한 상품들과 각종 기념품을 파는 상점들, 그리고 맛집들이 즐비해 있다. 남자 셋이 가기엔 약간 어울리지 않는 듯도 싶지만 그래도 꽤나 살 만한 물건들이 많았다. 나도 여기서 아주 귀여운 하늘색 부엉이 가방을 하나 구입했다. 여행 동안에 작은 가방으로 쓰려고 샀는데, 아까워서 배낭 안쪽에 고이 모셔뒀다가 결국 한국으로 돌아가 친동생에게 뺏겼다.

저녁을 먹기 위해 돌아다니던 중 생맥주를 싸게 파는 집을 발견했다. 셋다 술을 좋아하는지라 피처 한 짝을 시켜 몇 개의 음식들과 함께 깨끗이 비웠다. 술이 들어가니 오늘 저녁을 불사르고 가자는 생각이 든다. 내가 클럽을 가는 게 어떠냐고 제안했다. 심지어 오늘은 불타는 금요일이다.

"우리 게이 클럽 가보지 않을래요?"

경호가 뜻밖의 제안을 한다. 태국이 워낙 게이 클럽으로 유명한 곳이기도 하거니와 자기도 한국에 필리핀 게이 친구가 있는데, 같이 놀면 엄청 재밌다는 것이다. 나와 원일이도 나쁘지 않을 것 같아서 경호의 말에 동의했다. 우리는 아시아티크를 빠져나와 클럽이 즐비해 있는 동네로 전철을 타고 이동했다.

유명한 게이 클럽이 어딘지 인터넷에서 알아보고 그 근처로 갔다. 그곳엔 신세계가 펼쳐져 있었다. 패션 센스가 남다른 게이들이 엉덩이를 좌우로 흔들며 주변을 돌아다니고, 우리가 검색한 클럽도 멀지 않은 곳에 있었다. 한눈에 게이로 보이는 태국인을 따라 클럽 입구로 들어선다. 그리고 일제히 쏠리는 시선, 그들의 눈길이 다소 부담스럽다.

"형 우리 맥주라도 좀 마시고 들어갈래요?"

내 생각에도 지금 정신으로 들어가기엔 조금 힘들 것 같았다. 우리는 다시 클럽을 나와 근처 편의점에 들어가 맥주 코너로 갔다. 하지만 태국에서는 늦은 시간에 맥주를 파는 것이 불법이라고 한다. 이미 술을 진열해 놓은 냉장고는 천으로 막혀 있는 상태였다. 어쩔 수 없이 클럽 바에서 마시는 수밖에 없었던 우리는 편의점을 나와 왔던 길을 되돌아갔다. 그때 갑자기 한 남성이

접근하더니 말을 걸어온다.

"걸? 클럽? 붐붐?"

여기서 붐붐이란 동남아를 비롯한 많은 지역에서 여성과의 잠자리를 의미하는 말이다. 아까의 게이 클럽에서 시선이 꽤나 부담스러웠는지 경호가 그냥 이 사람을 따라가 보자고 한다. 우린 남자 손에 이끌려 10분 정도 걸어 구석에 있는 가게에 들어갔다.

이 남자가 데리고 온 곳은 태국 여자들이 비키니만 입고 스테이지에서 춤을 추면서, 돈을 더 내면 한 명을 선택해 같이 술을 마신 뒤에 원한다면 2차까지 갈 수 있는 퇴폐업소였다. 기분이 좀 이상했지만 이왕 온 김에 맥주나 한잔 하며 처음 보는 신기한 광경이나 구경할 생각으로 자리를 잡았다.

개인적으론 이런 업소에 큰 환멸을 느끼는 1인이다. 결국 구경하는 것도 잠시, 연거푸 맥주만 들이키며 얼른 이곳을 빠져나가고 싶은 마음으로 휴대폰만 만지작거렸다. 두어 병쯤 마셨을까, 유난히 취기가 빨리 오른다. 이미 아시아티크에서 거하게 마신 탓인가 보다. 나는 결국 또 필름이 끊겼고, 전날 기억이 없는 상태로 아침을 맞이했다. 두 동생들의 말을 들어보면 비슷한 클

1. 우여곡절 끝에 구한 방콕행 비행기 티켓.

2. 아시아티크는 반짝이는 조명과 아기자기한 가구들로 마치 유럽의 밤거리에 온 듯한 착각마저 들게 한다.

럽 두 군데 가량을 더 돌았는데, 그때마다 맥주를 새로 시키고 자리에서 골아 떨어졌다고 한다. 내 나이 서른하나, 철이 덜 들었다.

여행자의 천국을 떠나 인도를 향하는 심정이란

누군가에겐 그리도 재밌다는 방콕이 나에겐 그저 인도를 넘어가기 위한 베이스캠프 정도로 끝이 났다. 피곤했던 나는 동생들을 따라 나가지 않고, 숙소에 머무르며 이따 새벽 비행기를 타고 인도로 갈 채비를 했다. 새벽에 방콕 수완나품 공항까지 가는 택시비가 얼마인지 숙소 주인에게 물어보고, 딱 그 정도 남겨놓으니 겨우 길거리 팟타이 한 접시를 먹을 수 있는 돈만 수중에 남는다. 저녁쯤 밖으로 나와 숙소 앞 길거리의 팟타이 가게에서 배고픔을 채우며 지나가는 사람들을 구경했다.

카오산에는 참 여러 부류의 사람들이 존재한다. 나와 같은 백패커, 캐리어를 끌고 오는 관광객, 1일 1마사지를 위해 휴가를 내고 찾아온 직장인, 호객에 정신없는 로컬 피플 등 남녀노소 인종불문 많은 사람들이 모이는 이곳이 카오산의 모습이다. 전에 말했던 것처럼 백패커들의 성지로서의 역할은 이미 다한 것인지도 모르겠다. 하지만 길가에 앉아 식사를 하다 보니 카오산은 사람냄새가 풀풀 나는 새로운 매력이 있었다. 어디를 가더라도 이처럼 각양각색의 사람들이 한데 모인 모습은 보기 힘들 것이다.

감상에 젖어 잠시 구경을 했다. 몇 분 뒤, 동생들이 주호를 만나 숙소로 돌아오는 걸 발견하고 같이 들어갔다. 4인실로 방을 옮겨 다시 뭉친 우리는 방콕의 마지막 밤을 즐기기 위해 한 라이브 클럽을 찾았다. 2층에 자리를 잡아 라이브 밴드의 음악을 감상했다. 돈이 없었던 나를 위해 원일이는 맥주 한 병을 사준다.

"더럽게 노래 못 부르네."
"심지어 전부 태국 노래라서 무슨 소린지도 모르겠어요."
"현지인들한테 유명한 클럽이라더니, 정말 현지 노래만 나오는 것 같아요."
"우리 이것만 마시고 나가자."

장소를 잘못 골랐다고 판단한 우리는 짧은 술자리를 마치고 숙소로 복귀했다. 나는 돌아오는 길에 여행사에 들러 혹시 새벽에 운행하는 밴이 있나 확인을 해보았다. 직원은 곧 출발하는 밴이 마지막 차라며, 공항에서 쉬다가 출발을 하는 게 어떠냐는 제안을 한다. 생각해보니 출국 세 시간 전에 체크인을 하려면 남은 시간이 5시간 남짓 밖에 되지 않았고, 동생들이 잘 때 부산스럽게 나가는 것보단 일찍 가서 공항 노숙을 하는 게 나을 것 같았다. 예약을 하고 숙소로 돌아와서 급하게 짐을 챙겨 동생들과 인사를 나눈다.

"얘들아. 인도에서 보자! 주호는 한국 가면 맥주 한잔 하고."
"너무 급하게 가는 거 아니에요?"
"맞아요. 다른 데 가서 맥주라도 한잔 하고 가시지."
"맥주는 인도에서 또 마시면 되지. 새벽에 급하게 가는 것보단 이게 나을 거 같아."

사정을 얘기하니 동생들도 이해를 한다. 악수를 나누고 동생들을 뒤로한 채 여행사로 찾아갔다. 이미 앞에는 밴이 대기하고 있었다. 먼저 타고 있던 몇몇 외국인들과 함께 수완나품 공항으로 향한다. 공항으로 가는 길에 반짝거리는 방콕의 야경은 나에게 작별인사라도 하듯 화려하게 빛나고 있었다. 한 시간쯤 고속도로를 달리니 깨끗하고 거대한 신설 공항이 눈에 들어온다.

많은 여행객을 반기는 수완나품 공항은 인천 공항 못지않게 편의시설이 완벽하게 갖춰진 곳이다. 편의점부터 시작해 다양한 기념품 가게, 쾌적한 환경까지 노숙하기엔 최적의 장소였다. 나뿐만 아니라 많은 배낭여행족들이 여기저기에서 좋은 자리를 선점해 잠을 청하고 있었다. 나도 택시비를 아낀 돈으로 샌드위치와 우유를 사들고, 구석에 있는 공사 중인 가게 옆 편에 자리 잡는다. 이미 서양인 한 명이 누워 있었지만 널찍한 공간이었기에 내가 누울 자리는 충분했다.

침낭을 꺼내기가 번거로워서 그저 깔개 하나만 펼친 뒤 바닥에 누웠다. 하지만 10분 정도 누워 있으니 바닥의 냉기가 온몸으로 전해진다. 여기서 자다간 입이 돌아갈 것 같다. 잠이 오지 않던 나는 결국 에어쿠션에 머리를 기대고 공항 와이파이를 이용해 시간을 때웠다. 오랜만에 M과 함께 쓰던 어플에도 들어가 함께 찍은 사진을 보기도 하고, SNS에는 무슨 소식이 올라왔나 기웃거리며 비행기 시간을 기다렸다.

스마트폰을 하다 보니 체크인 시간이 금방 다가왔다. 짐을 부치려고 위층으로 올라가니 카운터 주변에 이미 수많은 인도인들이 서 있다. 벌써 인도로 온 듯한 착각까지 들 정도이다. 이들은 체크인부터 분위기가 남다르다. 새치기는 기본, 직원들의 느린 일처리, 문제없다는 듯 고개만 까닥이면 만사가 오케이인 인도가 눈앞에 펼쳐진다.

늘 새롭지만 실제론 변화한 게 없는 인도의 모습이 아른거린다. 나도 살아남기 위해 새치기를 하려는 아저씨를 밀쳐내고 들어가 체크인을 했다. 이후 빠른 걸음으로 출국 수속 게이트로 이동했다. 아무 죄도 없는데 왜 출국심사대에만 들어가면 떨리는지, 가방 수색까지 마치고 이번엔 샌드위치를 먹고 사용한 가글액을 방콕 공항에 반납한다. 자꾸 엉뚱한 곳에서 실수를 연발하는 게 이젠 일상다반사이다.

난이도가 상대적으로 낮았던 동남아에서의 즐거운 추억들을 뒤로하고 또다시 나는 인도를 찾는다. 나중에라도 동남아는 시간적 여유를 갖고 다시 한 번 올 것 같다. 특히 베트남에서의 싼 물가와 놀 거리, 아름다운 도시들이 기억에 남는다. 만약 돈이 없는데 외국 여행을 가고 싶은 사람이 있다면 추천할 것이다. 21일간의 다사다난했던 동남아 3개국 여행, 아쉬움과 후련함이 뒤섞여, 깔끔하게 뒤를 돌아 게이트를 나갈 수 없도록 만든다. 떼는 발걸음 하나하나가 무겁기만 하다.

혹은 다음 목적지 인도에 대한 걱정과 설렘 때문일지도 모르겠다. 인도 여행은 한 번만 한 사람은 있어도 두 번만 한 사람은 없다는 말이 있을 정도로 누군가에겐 최악의 나라이며, 또 누군가에겐 자꾸 추억하게 되는 이상한 나라이다. 특히 배낭여행자들에겐 호불호가 확실한 곳이기에 내 주변에선 거길 또 왜 가냐고 타박하는 사람들도 있었다.

땅덩어리 자체가 워낙 넓고, 역사적으로도 유서 깊은 유적지들이 많이 존재하기 때문에 인도에 가면 방콕과는 다른 의미로 여러 부류의 사람들을 만날 수 있다. 유적지나 건축물들을 둘러보기 위한 사람, 영화 '김종욱 찾기'를 보고 자신만의 김종욱을 찾으러 오는 사람, 거리낌 없이 대마초를 즐기기 위해 오는 사람 등 만나는 사람들과 할 이야기들도 많고, 나름대로 즐길 거리도 다양하다. 나는 확실히 '두 번만 온 사람은 없는' 경우에 속하는 것 같다.

비행기에 올라타자마자 인도 특유의 향이 느껴진다. 앞으로 4시간 뒤 콜카타 공항에서 맞이하게 될 인도의 아침에 대한 두근거림으로 가득한 밤이다. 좌석에 기대에 잠을 청해본다. 그리고 눈을 뜨면 드디어 기다리고 기다리던 인도에 도착을 할 것이다.

자, 이제 시작이야~ 인디아!

도착하자마자 모든 게 딱딱 맞아떨어진다. 화폐개혁으로 인해 환율이 심각하게 요동치던 인도에 도착하자마자 300달러를 환전했다. 바깥 환율이 1달러당 65루피에서 50루피로 폭락했다는 이야길 전해 듣고, 원래는 악명 높은 수수료와 환율로 유명한 콜카타 공항에서 나름 58루피의 환율을 자랑(?)하며 꽤 고액을 환전해서 나온 것이다. 남들은 80달러밖에 하지 못하는데 나는 300달러나 하고 나왔다는 건 분명 좋은 징조이다.

입국을 하자마자 컨베이어 벨트로 달려가 나의 짐을 찾았다. 도둑도 많고 분실 사고도 왕왕 일어나는 곳이기에 재빠르게 짐을 찾아 공항을 뜰 생각이었다. 역시나 배낭 커버는 벗겨져 있고, 자물쇠로 잠가 놓지 않은 지퍼는 열었다가 닫은 흔적이 역력하다.

'내가 그런 곳에 고가의 물품을 넣어 놨을 리 만무하잖니.'

속으로 뿌듯해하며 짐을 갖고 유유히 밖으로 나왔다. 공항을 나서니 꿉꿉하고 지저분한 매연 냄새가 나를 맞이한다. 인도는 대기오염이 심각한 수준이다. 시내로 나가면 이곳보다 더한 공기가 숨을 막히게 할 것이다. 하지만 이 지저분함에 풍덩 빠져야 제대로 인도를 즐길 수 있다. 크게 심호흡을 한 번 하고 버스정류소로 이동했다. 시작부터 완벽하게 첫 차가 나를 맞이하고 있다.

"헬로우! 웰 컴! 재팬?"
"노우, 프롬 코리아! 나이스 투 미 츄!"

반갑게 인사하는 기사 아저씨로부터 이번 인도 여행이 즐거울 것 같다는 인상을 받는다. 나도 밝게 웃으며 탑승한 뒤, 중간 좌석에 짐을 놓고 착석했다. 다소 긴장을 했지만 처음도 아니거니와, 경험 없는 관광객처럼 굴면 분명 또 눈탱이가 날아올 테니 이미 준비한 버스비를 손에 들고 승무원 아저씨를 기다렸다. 이미 알아보고 온 버스지만 그래도 재차 여행자 거리로 가는 버스가 맞는지 옆 사람에게 물어본다. 다른 때와 다르게 환율로 인해 호텔 어플리케이션을 이용하는 게 더 싸다는 정보도 듣고 숙소 예약까지 모든 입국 준비를 마치고 온 상태이다.

버스를 타고 가는 길은 역시 3년 전 인도와 다를 게 없었다. 수많은 사람들, 간혹 맨발로 저 뜨겁고 더러운 도로를 걸어 다니는 게 자연스러운 인도 사람들을 보고 있노라면 여행으로 인해 굳은살과 각질이 단단하게 배긴 내 발은 말 그대로 새 발의 피에 불과해 보인다. 버스는 40분가량을 달려 다운타운에 도착했다. 버스에서 내리자마자 달려드는 릭샤 호객과, 구걸하는 거지들을 뿌리치고 큰 도로가로 나와 버렸다.

"역시 인도다! 그래, 바로 이런 게 인도지!"

도로를 향해 크게 소리쳤다. 오랜만에 만난 친구에게 반가운 인사라도 건네듯 호탕하게 한마디를 던진다. 하지만 릭샤 기사와 거지들은 아랑곳하지 않고 나에게 계속 따라 붙는다. 익숙하다는 듯 아주 도도하게 뒤를 돌아 맵을 켜고 갈 길을 가기 시작했다.

실제론 클랙슨 소리밖에 안 나는 이곳이지만 어디선가 발리우드 노래가 흥겹게 들려오는 것 같다. 콧노래를 흥얼거리며 신나게 발걸음을 떼었다. 호치민에 입국했을 때와는 정말 사뭇 다른 느낌과 다짐으로 콜카타 거리를 거닌다. 숙소가 멀지 않은 거리에 있었기에 가는 길이 어렵진 않았다. 다만 아침부터 계속 들러붙는 사기꾼들과 거지들을 무시하느라 안 그래도 밤잠이 부족했는데, 몇 분 걷지도 않아 기운이 쏙 빠진다.

내가 예약한 게스트 하우스는 아주 전통 있는, 다른 말로 하면 너무 오래되어서 더럽고 냄새나는 고시원형 숙소였다. 주인이 호텔 바우처를 내미니 이상하게 쳐다본다. 그도 그럴 것이 본인들이 올려놓고도, 이렇게 예약을 해서 여길 올 만한 여행객이 드물다는 걸 자신들도 알고 있기 때문이다. 숙소 값을 내라는 말에 이미 웹에서 결제한 영수증을 내미니 꼬리를 내린다. 애초에 내라고 하는 숙소 값부터가 두 배 이상 가격을 뻥튀기해서 말을 했다.

내 방으로 안내를 받고, 문을 열자마자 커다란 바퀴벌레가 후다닥 도망가는 게 보인다. 나는 지저분한 침대에 짐을 내려놨다. 한 것도 없이 팁을 요구하는 직원에게 아직 환전을 안 해서 돈이 없다고 얼버무리며 방에서 내보내고 문을 닫아버렸다.

'휴우.'

한숨부터 먼저 나온다. 가방에서 이날을 위해 준비한 진드기를 퇴치하는 스프레이를 꺼내 침대와 이불, 베개 곳곳에 뿌렸다. 그 냄새가 어찌나 독한지 내 코가 매울 지경이다. 환기할 창문도 없어서 손으로 휘적거리며 공기를 순환시킨 후 피곤한 몸을 침대에 누인다. 오랜만에 온 인도니 정보라도 얻을 겸 예전에 활동하던 인터넷 카페에 들어가 글들을 살펴보았다. 다행히 내 방 앞에 와이파이 단말기가 달려 있어서 빠르게 웹서핑을 할 수 있었다. 사실 3년

1. 어디를 가더라도 카오산 로드처럼 각양각색의 사람들이 한데 모인 모습은 찾기 힘들 것이다.
2. 방콕 수완나품 공항의 인도행 체크인, 벌써 인도에 온 듯하다.
3. 또 한 번 나는 인도를 찾았다. 과연 인도의 매력은 무엇일까?

전만 하더라도 이런 숙소에 와이파이가 있다는 건 상상조차 할 수 없었다.

　-콜카타에서 커피 한잔 하실 분-

눈에 띄는 제목의 글이 하나 보인다. 아마 혼자 여행온 사람일 확률이 높아 콜카타에서라도 함께 여행을 할 생각으로 쪽지를 보냈다.

[방금 콜카타에 도착한 31세 여행자입니다. ^^]
[아…… 저는 뭄바이에서 살다가 잠깐 여기 오게 됐어요.]

인도 거주자라니, 예상외의 답변이 도착했다. 안 그래도 현지 시세나 상황들이 알고 싶었던 차에 잘됐다 싶어, 오후에 만나 커피 한잔을 하며 이것저것 물어볼 생각으로 약속시간과 장소를 정했다. 4시쯤 만나 이분 일정에 맞춰 콜카타를 돌아다니기로 약속하고, 잠이 부족했던 나는 잠시 눈을 붙인다.

미처 다 보여주지 못한 태국

1. 치앙마이 도이 뿌이에 사는 카렌족(롱넥족), 여성이 착용하는 링은 그 수와 종류로 사회적 지위를 나타낸다.
2. 아기자기한 소품들로 꾸며놓은 농카이의 길거리 꽃집, 다양한 공예품들도 팔고 있었다.
3. 인도로 떠나기 전이라, 입장료조차 지불할 돈도 없던 나는 멀리서나마 방콕왕궁의 모습을 사진으로 담아왔다.

Chapter 6

파놉티콘

1. 예전에는 성인(聖人) 또는 학자(學者)에게를 높여 이르는 말이었으나, 현재는 주로 '사람이 태어나 죽으면서 이름을 쓰고 있다.

부러움과 행복 사이에서

[어디 계세요?]
[뮤지엄 옆길에 있어요. 노란색 호일 펌에 눈에 띄는 외모라 찾기 쉬우실 거예요.]

나는 미리 약속 장소에 앉아 있었다. 여행지에서의 새로운 만남은 상대방이 어떤 사람일까 궁금하게 만드는, 소개팅과도 비슷한 감정이 들게 한다.

"어머, 남자분이셨어요?"

작은 키에 평상복을 입은 여자 한 분이 뒤에서 말을 건다. 인도에 거주하는 사람답지 않은 세련된 복장, 심지어 하얀색 블라우스를 입었다. 아마 현지인들과 직접적으로 부딪히는 사람 같진 않다. 나보다 나이가 2살 더 많은 이 누나는 남편의 출장으로 인해 인도에 거주하게 된 뭄바이 새댁이었다.

누나는 뭄바이 부촌에 거주하면서 집 밖으론 위험해서 기사 없인 잘 나가지도 않는다는 인도 아닌 인도의 거주자였다. 그래도 나름 동네 사람들끼린 북인도 여행도 해봤다고 한다. 호기심이 많아서 콜카타에 남편 업무 차 따라왔다가, 구경을 좀 하고 싶은데 혼자 다니기 무서워서 동행을 구했다고 한다.

"나이랑 자기소개를 안 하고 나와서 미안해요. 다른 분한테도 쪽지가 와서 세세하게 다 얘기했다가 읽씹 당하고 상처받아서 그랬어요."

알고 보니 스물일곱 남자 여행자 둘에게 아침에 매몰차게 거절당해서 또 까일까 무서웠다고 한다. 하긴 인도를 여행하는 남자들 중엔 함께 여행하며 느껴지는 미묘한 감정을 통해 연애까지 골인하려는 불순한 의도의 친구들이 꽤나 있다. 누나의 심정이 충분히 이해된다.

"저 쇼핑하는 거 좋아하고, 여자들이랑 맞는 부분이 많아서 같이 다니니 편하실 거예요. 걱정하지 마세요."

"다행이네요. 그럼 혹시 제가 가고 싶었던 핸드메이드숍이 있는데 같이 안 갈래요?"

내 대답을 들은곤 환한 표정으로 부탁하는 걸 보니 걱정이 덜어졌나 보다. 가는 길에 정식으로 자기소개를 했다. 남편 사업 미팅에 따라갔다가 너무 지루해서 도망쳐 나왔다며, 오늘 식사와 커피 값은 자기가 내겠다고 한다. 가난한 배낭여행자의 마음을 이리도 잘 알아주다니 나야말로 고마울 따름이다.

누나가 데리고 간 핸드메이드숍은 고풍스러운 생활용품과 인테리어 소품들을 파는 유명한 가게였다. 내가 꼭 사야 할 물건들은 없었지만 구경하는 재미도 쏠쏠했다. 누나는 나에게 조언을 구하기도 하고, 나 또한 재질이나 용도에 궁금한 게 있으면 대신 물어보고 통역을 해주며, 만난 지 몇 분 만에 쇼핑메이트로서의 역할을 톡톡히 해낸다. 나무 접시 몇 개를 골라 카운터에 올려놓고 숍에서 운영하는 카페에 앉아 잠시 이야기를 나눴다.

"이제 말 편하게 할게! 난 사실 프로필 이름만 보고 여잔 줄 알았어."

"Clarence Jung이요? 안 그래도 제 영어 이름인데, 종종 오해받곤 해요."

"혼자 여행 온 거야?"

"네. 그런데 며칠 후에 라오스에서 꼬신 동생들이 인도로 넘어와서 같이 여행해요."

"정말 멋있다. 나도 그렇게 살고 싶었는데."

주변 사람들에게 자주 듣는 말이다. 이렇게 여행을 하고 다니면 부럽다거나 멋있다, 행복하겠다는 말을 많이 듣는다. 하지만 이런 삶이 과연 동경할 만하고 행복한 생활인지는 아직까지 의문이다. 괜히 멋쩍어진다. 우린 수다 삼매경을 이어갔다. 방금 처음 만난 사람치곤 이야기가 잘 통해서 한 시간을 넘게 서로의 이야기를 꺼냈다.

"이렇게 말도 잘 들어주고, 헤어진 친구가 본인을 얼마나 좋아했을지 짐작이 간다."

"그래요? 하하, 감사합니다."

쓴웃음을 지어본다. 누나의 호텔로 돌아가는 길에 시내에 들러 커튼과 가구들 시세를 좀 알아보았다. 곧 이사를 하는데 새로 이사하는 집에 가구가 없다는 것이다.

"한국에 들고 가지도 못하고 몇 년 쓰다가 버리지 않아요? 차라리 중고로 사시지."
"남편 회사에서 한국까지 옮기는 이삿짐 비용을 다 대줘서 괜찮아."

어쩔 때 보면 이러한 삶이 나야말로 부럽기도 하다. 인도에서의 집 값, 생활비, 심지어 기사와 하우스키퍼 고용 비용까지 회사에서 대주고, 자신들은 큰돈을 모아가며 벌써부터 노후를 대비하고 있다고 한다. 난 예전에 이런 인생이 전혀 부럽지 않았다. 하루하루를 살고 걱정 없이 살아가던 나에게 가장 큰 자극을 준 건 역시 대기업 회사원이었던 M이었다.

호텔에 도착하니 특급 호텔의 위용을 자랑한다. 수영장이 커다랗게 펼쳐져 있고, 커피 한잔 가격은 세금이 붙고 나니 한국 돈 만 원을 넘어간다. 누나가 남편이 퇴근하면 같이 호텔 레스토랑으로 저녁을 먹으러 가자고 하기에 넙죽 감사인사를 올렸다. 가난한 배낭여행자라면 이런 기회가 왔을 때 뻔뻔하게 얻어먹을 줄 알아야한다. 아이스커피를 마시며 대화를 이어가던 중 누나의 남편분께서 도착해 인사를 나누고 옆에 있던 레스토랑으로 자릴 옮겼다.

"가격 걱정하지 말고 마음껏 먹어."
"눈물 날 것 같아요. 이런 고급진 음식이 얼마만인지."
"하하, 혹시 술 좋아해요? 아내랑 같이 다녀줘서 고맙다고 이따 술 한잔 사려고 하는데."
"정말요? 술 엄청 좋아하죠. 이렇게 얻어먹어도 되는지 모르겠어요."
"사양 말고 많이 먹어. 내일도 나랑 여행 다니려면 든든히 먹어야지."
"그럼 감사히 얻어먹겠습니다!"

저녁은 맛있었다. 인도에서 또 언제 이런 사치를 부려보겠나 싶어 웨스트

벵갈식 전통요리를 시켜 우걱우걱 먹었다. 나는 부부에게 호텔 커피, 고급 음식점, 맥주 한잔까지 신세를 지고, 저녁 늦게 게스트 하우스로 돌아왔다. 방으로 들어서자 바퀴벌레가 도망가는 게 눈에 보인다. 문득 빈부격차가 이런 것인가 체감한다. 조그맣고 너저분한 침대에 누워 누나에게 문자를 보냈다.

[오늘 너무 잘 얻어먹었어요. 감사해요!]
[별말씀을.^^ 내일은 인디아 뮤지엄이랑 빅토리아 메모리얼에 가자.]
[거기 입장료는 얼마예요?]
[비용 걱정하지 말고 나와~ 밥도 사줄게. ^^]

철면피를 깔고 또 하루 사치부릴 상상을 하니 잠이 솔솔 온다. 이런 사소한 것에도 즐거워하는 걸 보면 내 마음까지 가난하지는 않은가 보다. 나는 삶에서 상대적 행복이 아닌 나름대로의 소소한 행복을 찾아가며 살아가려고 한다. 혹시 사람들은 이런 생활에서 충분한 만족과 기쁨을 느끼며 지내는 나를 부러워하고, 멋있다고 하는 건 아닐까? 역시 난 누군가로 인해 변하지는 않았나 보다.

'미션 인파서블'과 빅토리아 메모리얼

다음날 우리는 인디아 뮤지엄 입구에서 만나기로 했다. 나는 전날 저녁 오는 길에 봐 둔 도미노 피자에서 콘 피자를 하나 시켜 점심을 기다리고 있었다. 3년 전엔 맥도날드도 찾기 힘들었는데, 도미노 피자라니 괜한 격세지감이 느껴진다. 인도는 분명 변하고 있었다. 하지만 왜 이곳에 살고 있는 사람들은 변하지 않는 것일까?

인도는 올 때마다 항상 새로운 미션을 준다. 나는 이걸 유명한 영화인 '미션 임파서블'과 '인디아'를 합쳐, '미션 인파서블'이라고 부른다. 나에겐 이번 화폐개혁이 그러했다. 구권은 휴지 쪼가리가 되었고, 신권은 시중에 풀리지 않아 환율이 엉망진창이다. 위조지폐와 블랙머니를 타파한다는 명목하에 한 달도 안 되는 사이에 급하게 시행한 정책이다. 심지어 항간에는 정권 유지를 위한 자금 마련이라는 설도 떠돌고 있었다. 인도의 정치·경제 문제가 나에게 직접적인 타격을 준다는 사실이 슬프기만 하다.

피자가 나오고 영수증을 확인하니 3중 세금이 붙어 있다. 언제부터 인도가 이렇게 세금을 마구잡이로 떼어 가기 시작했는지 모르겠다. 부가가치세, 도시세, 서비스세까지 앞으로 인도 여행 중 종종 마주치게 되는 이 3중 세금은 여행하는 동안 아무 레스토랑이나 들어가기 두려웠을 정도로 부담으로 작용했다.

도대체 왜 자기들 팁을 알아서 떼어 가는지 우스울 노릇이다. 하지만 이보다 웃긴 건, 원래 금액에 따로 세금을 붙이는 게 아니라 1중으로 붙은 세금에 다시 2중, 또 2중으로 붙은 것에 3중을 떼는 시스템이라는 점이다. 그래도 내가 시킨 콘피자는 콜라까지 곁들여 세금 포함 120루피, 당시 환율로 2달러 정도밖에 안 되는 싼 가격이었기 때문에 그러려니 한다.

계산을 하려고 카운터에 섰다. 아까 말한 미션 인파서블 중 하나, 수중에 있는 2천 루피 고액권을 어떻게 100루피 지폐로 깨고 다닐까 하는 것이다. 500루피 신권이 시중에 풀리지 않아 인도 상인들도 거스름돈 때문에 꽤나 골머리를 앓고 있을 것 같다.

나름 글로벌 기업이니 슬쩍 2천 루피를 내밀어 본다. 하지만 역시 거스름돈이 없다며 거절을 한다. 짜증이 나서 카드를 내밀었다. 나는 한국의 소상공인들처럼 싫어할 줄 알았는데, 오히려 반기는 눈치다. 자신들도 구권 교환 문제로 한 달 동안 골치가 아팠던 탓에 현금 계산보단 깔끔하게 은행으로 입금이 되는 카드 계산을 더 선호하게 된 것이다. 인도에 카드를 챙겨온 게 뜻밖의 선견지명이 될 줄은 상상도 못했다.

만날 시간이 얼마 남지 않아 피자를 욱여넣고 인디아 뮤지엄 앞으로 갔다. 내가 조금 늦게 왔는지 누나가 먼저 와 기다리고 있었다. 우리는 입장권을 사기 위해 카운터 앞에 섰다. 현지인은 15루피이고 외국인 500루피다. 인도는 항상 이런 식이다. 심지어 최근엔 전국적으로 외국인 입장료를 대폭 인상했다고 한다. 안 그래도 망한 환율에 부들거리는 여행객들에게 실망을 안겨준다.

인디아 뮤지엄은 관공서이니 거슬러 줄 돈 정도는 가지고 있을 것 같았다. 누나는 당당하게 고액권을 내민다. 현지에 사는 누나도 2천 루피를 깨고 다니는 게 골칫거리인가 보다. 하지만 직원은 뻔뻔하게 거스름돈이 없다며 지폐를 거절한다. 서랍 안에 잔뜩 쌓여 있는 100루피 지폐가 눈에 훤히 보이는데도, 관공서 놈들이 더 지독하다. 결국 누나와 나는 실랑이 끝에 오만정이 떨어져 티켓 부스를 나와 버렸다.

할 수 없이 택시를 잡아 타고 두 번째로 가려고 했던 빅토리아 메모리얼로 향했다. 다시 한 번 고액권을 시도했더니, 다행히 이번엔 군말 없이 거스름돈을 챙겨준다. 빅토리아 메모리얼은 인도가 영국 식민지이던 시절에 빅토리아 여왕의 서거를 추억하기 위해 만든 건물로, 타지마할에 버금가는 건축물을 만들라는 영국의 요구에 당시 엄청난 돈을 모금해 지어진 식민 시절의 잔재이다.

지금은 콜카타 젊은 커플들의 데이트 코스로 자리매김한 듯하다. 정원을 둘러보니 인공호수와 예쁜 잔디밭이 대학생 때 파리 베르사유 궁전 정원에 갔을 때 받은 느낌을 줄 정도로 아름답다. 건물 외관 또한 인도와 유럽 건축 양식이 조화를 이루어 3년 전 타지마할을 처음 봤을 때처럼 숭고함까진 아니지만 특별한 느낌을 준다.

건물 안쪽으로 들어서자 빅토리아 여왕의 생전 모습을 담은 동상이 눈에 띈다. 내부는 당시 식민 지배의 역사와 인도의 삶, 그때 그려졌던 그림들을 전시하여 박물관 형태로 꾸며져 있었다. 시설은 열악했지만 전시관을 구경하는 모든 사람들은 흥미롭게 내용을 읽고 역사적 사실에 재미를 느끼며 상상의 나래를 펼친다.

나도 그들과 함께 짧은 영어 실력으로 모르는 단어를 찾아가며 스토리를 파악한 뒤 내부를 돌아다녔다. 역시 수박 겉핥기식으로라도 배경지식을 알고 구경하면 그 유적들이 주는 감동이 배가되어 돌아온다. 내부 사진을 찍고 싶었지만 촬영을 하는 순간 경비원이 다가와 제지를 한다. 그저 눈으로 즐기고 그 감동을 고스란히 머릿속에 간직하는 수밖에 없었다.

1. 빅토리아 메모리얼은 이제 콜카타 젊은 커플들의 데이트 코스로 자리매김한 듯하다.
2. 빅토리아 메모리얼을 그리고 있는 인도의 미대생.
3. 100루피 지폐를 얻은 것에 뿌듯해할 줄은 상상도 못했다.

밖으로 나와 정원을 좀 더 산책했다. 주변에선 몇몇 대학생들이 스케치북을 펼쳐놓고 빅토리아 메모리얼의 모습을 그리고 있었다. 생각보다 그림 실력이 뛰어나서 칭찬을 하며 그들과 잠시 대화를 나눠보니 주변 대학교 미대 학생들이라고 한다. 마음 같아선 예쁘게 그려진 궁전 그림을 그들에게 사고 싶었지만 보관이 힘들 것 같아서 꾹꾹 참고 공원을 나왔다.

누나와 함께 택시를 타고 시내로 갔다. 커피숍에서 아이스커피 한잔을 얻어먹었다. 우린 잠시 수다를 떨며 인디아 뮤지엄에서 건너뛴 시간을 채웠다. 커피를 다 마시고, 뭄바이에 가면 연락하겠다고 약속하곤 작별인사를 건넸다. 이후 일정상 뭄바이에 들를 시간과 여유가 없어 다시 만나지는 못했지만 인도에서의 첫 이틀을 아주 풍요롭게 만들어 준 누나와 그 사부님께 글을 빌어 감사인사를 전한다. 여행을 하다 보면 이렇게 고마운 사람들을 만나는 경우가 종종 있다. 그들에게는 오랜만에 만나는 반가운 한국인이게 베푸는 작은 호의이겠지만 받는 사람에게는 큰 고마움으로 다가온다.

오늘은 와인숍에 들러 2천 루피를 깨며 맥주 세 병을 사들고 숙소로 돌아왔다. 낮에 갔던 도미노 피자에도 들러 지갑에 2천 루피 지폐 딱 하나만 넣어놓고 미안하다며 보여주니, 그들이 조용히 사무실로 들어가 숨겨둔 100루피 짜리 거스름돈을 꺼내온다. 나는 이 사실을 고액권 깨는 팁이라며 사람들에게 전파하기도 했다. 숙소에 돌아와 100루피 소액권 뭉치를 보며 미션에 성공했다는 도취감에 빠져 배시시 웃으며 축배를 든다.

본격적으로 인디아에 빠져들 준비 완료!

전날 먹다 남은 피자 두 조각을 아침에 해장용으로 먹으려고 뚜껑을 닫아 테이블 위에 올려 놓았다. 아침에 나는 잠에서 깨어 허기진 상태로 피자 박스를 열어보곤 괴성을 지르며 던져버렸다. 개봉과 함께 엄지손가락만 한 바퀴벌레 3마리가 후다닥 탈출하는 광경을 목격했기 때문이다. 내가 잠시 이곳의 환경을 잊고 안일하게 피자를 보관했던 걸 원망할 수밖에 없었다.

물론 더 최악의 경우는 이미 그들이 먹고 떠나버린 피자를 아무 생각 없이 먹어버리고 배탈이 났을 경우이지만 그건 상상하기조차 싫다. 이곳은 모르는 게 '약'이 아닌 '병'이 되어 버리는 인도이다. 너무 찝찝한 기분이 들어 이 숙소 화장실에서 세수를 하는 것조차 싫다.

도망치듯 숙소를 빠져나와 근처 레스토랑에 들어가 해장할 거리를 찾았다. 하지만 해장의 개념이 없는 인도 식당에서 내 속에 딱 맞는 해장 음식을 찾기란 하늘의 별따기이다. 온갖 커리로 가득한 메뉴판은 눈을 씻고 찾아봐도 지친 속을 달랠 음식은 코빼기도 보이지 않는다. 결국 레스토랑을 나와 탄산음료 한 병 마시며 나쁜 가스라도 빼야겠다는 생각으로 옆에 있던 구멍가게에 들렀다.

콜라가 냉장고에 있나 확인하려는 순간, 너무나 반가운 음료수 한 병이 눈앞에 들어온다. 바로 '림카'라는 음료수이다. 이 음료수는 오로지 인도에서만 팔고 있는 탄산음료로, 라임과 레몬 주스에 설탕을 잔뜩 넣은 맛이라고 표현하면 될 것 같다. 간만에 이 친구를 마주하니 반가운 마음에 주저 없이 "원 림카!"를 외치고 계산을 마쳤다. 어느 나라에서는 신 레몬으로 해장을 한다는 얘길 들은 적이 있다. 실제로 럼카 한 병을 원 샷 하고 나니 속이 조금 풀리는 것 같다.

상태가 좋아진 나는 3년 전에 산 가이드 북을 뒤적거리며 오늘은 어디를 가볼까 고민했다. 하지만 콜카타엔 볼거리가 너무나도 없다. 예전에 왔을 때에도 아예 건너뛴 기억이 있는데, 이번이라고 해서 다를 건 없었다. 내가 가져온 가이드 북은 별점으로 가야 하는 곳과 안 가도 될 만한 곳을 구별해준다. 물론 개인 취향에 따라 누군가에겐 별 1개짜리도 5개짜리가 될 확률이 드물게 존재하지만 꽤나 보편적 취향에 맞춰져 있는 터라 그 신빙성이 높은 편이다. 콜카타엔 별 5개짜리는 아예 없다.

나는 오늘 별 3개짜리 동물원에 가보기로 결정했다. 입장료만 터무니없이 비싼 관광지보단 인도 사람들의 생활 모습을 보고 싶었다. 오늘은 주말이었기에 특히나 가족 단위의 현지인들이 아이들을 데리고 많이 몰릴 것 같았다. 동물원은 내가 있는 숙소와 꽤나 먼 거리에 있어서 버스를 탈 생각으로 정류장에 섰다. 하지만 버스들이 설 때마다 동물원에 가는지 물어보아도 연신 "노우"라는 대답만 들려온다.

결국 앞에서 계속 얼쩡대는 릭샤들을 거절하는 것도 귀찮았던 나는 걷기로 결심했다. 튼튼한 두 다리 놔두고 무엇 하겠는가. 동물원까지 가는 길은 어렵지 않았다. 다시 한 번 지도 어플의 편리함을 몸소 체험한다. 30분가량 걸으니 20년 전 우리나라 어린이 대공원 정문과 같은 모습의 동물원이 눈앞에 들어온다. 솜사탕과 장난감을 파는 아저씨들, 먹음직스러운 간식거리들에서 올라오는 향긋한 음식 냄새, 어릴 적 부모님의 손을 잡고 방문했던 그곳에서 번데기를 사달라고 조르며 울던 나의 모습이 오버랩되는 꼬마들도 보인다. 추억팔이를 뒤로하고 50루피밖에 안 되는 입장권을 구입해 동물원으로 입장했다.

예상대로 가족끼리 주말을 즐기기 위해 소풍 나온 사람들로 넘쳐나는 동물원이다. 외국인은 수많은 사람들 중에 내가 유일했다. 난 이런 장소를 참 좋아한다. 이런 곳에 혼자 돌아다니면 진짜 그 나라에 온 듯한 느낌이 들기 때문이다. 나를 신기하게 쳐다보는 시선은 덤이다. 어릴 때부터 남의 관심을 받는 걸 좋아하는 나는 이런 시선이 전혀 부담스럽지 않다.

잔디밭에 돗자리를 깔고 앉아 도시락을 먹는 가족들 옆을 지나, 발길이 가는 대로 동물원 구경을 시작한다. 애초에 정말 동물들이 보고 싶어서 온 게 아니기 때문에 안내도를 보고 다닐 이유는 전혀 없다. 천천히 공원을 산책하듯 그들 속으로 빠져든다. 한국에서 볼 수 없었던 신기한 동남아 동물들을 구경하기도 하고, 코뿔소가 내가 구경하는 자리 가까이에 다가 왔을 땐 과감히 셀카봉을 들어 사진을 찍기도 했다. 이런 나를 신기해하며 함께 사진을 찍자고 다가오는 인도인들도 꽤나 많았다. 인도에서는 하얀 동양인에 대한 셀카 요청이 아주 흔하다. 가끔은 이 요청이 귀찮아질 때도 있다.

지나가다 보이는 빵 가게에서 햄버거를 사들고 간단히 점심을 때웠다. 인도 가족들의 주말 일상은 우리나라와 별반 다를 게 없어 보인다. 미지의 나라이면서 이질감이 느껴지는 인도이지만 그들의 실생활 속으로 들어갔을 땐 그들도 우리와 똑같은 인간임을 느낀다. 손으로 식사를 한다 해서 이 사람들이 미개한 종족이라 치부하는 건 다양한 사람들이 공존하는 이 세계에서 아주 시대착오적인 생각이다.

그들의 사는 방식이 내가 살아온 세상과 조금 다르다고 해서 거부감을 느끼고 그들 생활에 빠져들지 못하는 자세는 좋지 않다. 그런 배낭여행은 아무리 많이 다닌다 한들 SNS 자랑용으로 여행사진을 찍어 올리는 가상현실과 별반 다를 게 없다. 가끔은 장 트러블로 고생하는 한이 있더라도 그 속에 풍덩 빠져서 최대한 그들과 비슷한 방식으로 생활을 해보는 게 진정한 여행의 매력이 아닐까 싶다. 현지 약으로 하루면 낫는 자잘한 병들 정도는 크게 두려움을 느낄 필요 없다. 구더기 무서워 장 못 담그는 여행에서 남는 건 사진밖에 없을 것이다. 이왕 여행을 왔으면 관광객이 아닌 여행자가 되어, 무언가 근사한 경험을 담아가고 싶다.

한 가족이 화목하게 도시락을 먹는 모습을 흐뭇하게 바라봤다. 나의 시선을 느꼈는지, 와서 함께 먹자고 하는 그들의 호의를 받아들이고 옆에 앉았다. 아들이 학교에서 영어를 배우고 있는지 나에게 말을 걸어보라며 재촉하는 인도 아빠, 수줍게 "헬로우, 하우 아 유?"를 말하는 꼬마에게 진부하지만 "아 엠 파인 땡큐. 엔 쥬?"를 해주는 건 식사를 대접하는 그들에게 해줄 수 있는 최소한의 보답이다.

내가 외국인이라고 커리를 푸기 위해 준비했던 숟가락을 나를 위해 건네는 할머니, 아무리 따라하려고 해도 결국 손으로 식사하기는 번번이 실패한다. 익숙하게 푸석푸석 날리는 쌀밥을 커리와 함께 조물거려 뭉쳐서 먹는 모습은 볼 때마다 신기하다. 특히 왼손을 전혀 사용하지 않고 능숙하게 로티를 떼어내어, 집게손을 이용해 반찬을 집어먹는 건 정말 힘들다. 결국 나는 양손을 사용했다. 그들과 식사를 마치고 아이와 몇 마디 더 나누다가, 기념 셀카를 찍고 감사인사를 건넸다. 충분히 오늘 하루를 추억할 만한 이야깃거리가 생긴 느낌이다.

소화도 시킬 겸 남은 시간 동안 동물원 구석구석을 돌아다니며, 관심이 없는 조류 구역까지 탐방을 하고 나니 하늘이 어둑해진다. 앞에 잔뜩 대기한 택시 중 한 대를 흥정해 집 근처 시장까지 편하게 도착했다. 시장에 도착하니 한 벌에 35루피, 우리나라 돈으로 700원도 안 되는 가격으로 여행 내내 입을 만한 티셔츠들을 팔고 있었다. 안 그래도 반팔이 부족했던 터라 나에게 어울릴 만한 두 벌을 골라 100루피를 내미니, 아저씨가 한 벌 더 사면 5루피를 깎아주겠다며 귀여운 흥정을 한다. 하지만 두 벌을 빼곤 흥미가 가는 옷이 전혀 없었던 나는 거스름돈 30루피를 받아 득템의 기쁨을 만끽하며 숙소로 들어왔다.

인간은 망각의 동물이다. 나는 아침의 바퀴벌레 사건은 온데 간데 없이 잊고 땀에 젖은 몸을 씻기 위해 화장실 샤워기를 틀어, 단순하고 전형적인 여행자의 모습으로 돌아왔다.

감성남자, 힐링여행 탄생기

원래는 동생들에게 나의 다음 목적지였던 보드가야, 혹은 바라나시에 가서 먼저 기다리겠다고 하고 태국을 떠나왔다. 하지만 생각해보니 동생들은 인도에서 어떻게 기차를 예약하는지, 얼마나 연착이 심한지, 어떻게 목적지에서 잘 내릴 수 있는지 등의 팁들이 전무한 상태였다. 기차표를 예약하고 떠나야 하나 고민을 하다가 동생들에게 문자를 해본다.

[얘들아. 너희 내가 있는 데까지 올 수 있겠어?]
[어떻게 해서든 가겠죠 뭐ㅋㅋㅋㅋㅋㅋ]

내 속도 모르고 천하태평이다. 파타야에서 즐거운 시간을 보내고 있는 동생들은 다음 목적지가 '인크레더블 인디아'라는 사실을 전혀 인지하지 않고 있는 듯하다. 동남아처럼 그저 아무 여행사에 들어가 버스나 기차를 예약하면 픽업까지 무료로 해주는 난이도로 생각하고 있을 것이다. 하지만 인도에서 그렇게 했다간 눈탱이는 물론 심한 경우 사기까지 당할 수 있다.

[너희 올 때까지 콜카타에서 기다릴게.]
[진짜요?ㅋㅋ 고맙습니다.]

리셉션으로 내려가 3일을 더 머무르겠다고 말했다. 솔직히 콜카타에서 더 가볼 만한 곳은 없다. 정확히 말하면 나의 흥미를 끄는 장소가 없다고 말하는 게 맞는 표현일 것이다. 숙소에 머물며 그동안의 일정과 경비들을 체크해 보았다. 항공료를 빼고 쓴 돈이 거의 70만 원이다. 특히 혼자 다니는 여행이라 숙소 값에 대한 걱정을 많이 했는데, 확실히 거지여행을 하고 있었나 보다. 즐길 거 다 즐기며 술, 담배까지 미련 없이 하고 다녔으니 꽤 선방한 편이다. 남은 달러도 충분했고, 만족스러운 정산 결과였다.

다이어리를 펴서 여행을 하며 적었던 메모들을 살펴보았다. 습관적으로 여행에서 겪은 일들과 그때마다 느끼는 감정들을 적어왔는데, 분량과 내용이 글로 풀어내기에 괜찮은 수준으로 적혀 있다. 문득 지금까지 시도해보지 않았던 여행기 작성을 해보면 어떨까 고민이 든다. 하지만 전에도 썼듯이 글을 쓰는 것으로 목적이 전도되어 억지 에피소드를 만들게 될까 봐 다소 걱정은 된다. 하던 대로 메모들만 남기며, 시간이 날 때마다 기록을 글로 옮기겠다는 결심을 하고 동생들이 오기까지 남은 시간동안 동남아 이야기를 쓰자고 마음 먹었다.

블로그에 써놓았던 M에게 쓴 편지들도 참고하며 첫 타이핑을 시작한다. 그동안 있었던 일들이 마치 필름이 돌아가듯 타자 속도에 맞춰 재생된다. 하지만 단편영화인 줄 알았던 시간들이 꽤나 긴 스토리임을 깨닫는다. 그동안 많은 습작들을 써왔기에 글을 쓰는 속도가 많이 늘었다고 생각했는데, 나를 너무 과대평가 했었나 보다. 앞으로 여행과 글쓰기가 쉽지만은 않겠다는 걸 직감했다. 매 순간마다의 기록을 더 자세히 남겨야겠다고 다짐한다.

내가 참 좋아하는 희곡 작가 선배가 글쓰기는 엉덩이와의 싸움이라 했다. 다음날은 나가서 과자 여러 봉지와 물 두 통, 포장이 되어 있는 빵 몇 개를 사왔다. 바퀴벌레 가득한 독방에 틀어박혀, 침대에 앉아 의자에 노트북과 재떨이를 올려놓고 글을 쓴다. 무슨 이야기를 써야 하나 생각이 나지 않을 땐 앞에 놓인 담배 한 개를 집어 들고 실타래처럼 엉킨 머릿속을 정리했다.

가끔은 멍하니 침대에 누워 파란 천장을 바라보며 눈을 식히기도 하며, 오롯이 이틀을 숙소에 갇혀 밀린 글들을 썼다. 하지만 그래 봤자 겨우 블로그의 포스팅을 멈췄던 순간까지밖엔 쓰지 못했고, 글은 이제 겨우 베트남을 벗어나려고 준비 중이었다. 무슨 할 말이 그리 많은 지 콜카타 독방 어두운 조명 아래, 실연당하고 도망 온 남자는 스스로 이별을 극복한 줄 알고 또 새로운 도전을 시도하고 있다.

정신을 차렸을 땐 2일째 저녁 시간을 훌쩍 지난 시간이었다. A4 용지 스무 페이지밖에 안 되는 글을 쓰는 데에 이틀이나 걸린 나의 집중력을 원망했다. 썼던 글을 다듬기 위해 페이지를 내리다 보니 손이 가는 대로 글만 써내려가고 있었지 무언가 대표성을 띨 만한 제목이 존재하지 않았다. 나는 이 여행기의 제목을 붙여 보기로 했다.

몇 분을 고심해보지만 차라리 글 쓸 때가 더 편했다. 한마디로 이 글들을 정의하기엔 뒤죽박죽 늘어놓은 이야기가 정신이 없다. 또 담배 불을 붙여 연기와 함께 깊은 한숨을 내쉰다. 동시에 문득 쳐다본 이 방은 마치 안개가 껴 있는 듯 새하얀 연기로 가득 차 있었다. 언제부터 내가 이렇게 감성적인 로맨티스트였던가 생각해본다.

'감성?'

요즘엔 성별에다가 단어를 합성해 신조어를 만드는 게 유행이다. 초식남,

뇌섹남 등과 같이 '감성'과 '남자'를 합치면 지금 나의 상황과 딱 들어맞을 것 같다. 요즘이라고 하기엔 좀 구식이지만 이 정도 표현이면 충분히 나에겐 최신 트렌드라는 생각을 해본다. 결국 제목을 결정했다.

표현력이 부족한 탓에 내 글들이 감성 젖어 보이진 않지만 내가 여행 중 체감하는 순간들에선 가끔 내가 미쳤나 싶을 정도로 감수성에 빠지는 기억들이 많았다. 마치 사춘기 소녀처럼 모래에 찍힌 내 발자국을 보다가 뚝뚝 떨어지는 눈물을 훔친 기억, 지금 상상해도 웃음이 나와 입가에 미소가 절로 지어지는 순간들, 그리고 글을 쓰며 그 기억들을 상기하다가 또 한 번 눈시울이 빨개지며 차오르는 눈물을 참으려 하는 지금, 나는 참 감수성 깊은 남자였구나 새삼 깨닫는다.

제목을 결정하고 나니 무언가 큰일을 끝낸 느낌에 밀렸던 피로가 한꺼번에 몰려온다. 동생들이 다음날 새벽에 도착한다는 연락을 받고, 조금 이르지만 이 동생들과 함께하게 될 본격적인 인도 여행을 상상하며 꿈속으로 빠져든다. 한 달 전 축 쳐진 기분으로 시작한 동남아 여행과는 다른 느낌으로, 앞으로의 여행이 왠지 기대가 된다.

1. 아름다운 빅토리아 메모리얼의 전경.
2. 신기한 동남아의 동물들, 인도인들도 동물 사진 찍기에 바쁘다.
3. 가족끼리 주말을 즐기기 위해 소풍 나온 사람들로 넘쳐나는 동물원.
4. 인도를 여행하는 사람에게 현지인과의 셀카는 필수 덕목이다.
5. 콜카타에서 묵었던 바퀴벌레 가득한 캐피탈 게스트 하우스, 입구부터 괴이하다.

Chapter 7

규탄

1. 괴로움과 어려움을 이겨내 이르는 말.
11. 함으로 고난당함을이오, 그런 만큼 믿음하는 보람은 있겠지만요. -박경리 『토지』중

시작부터 순탄하지 않은 우리의 인도는

동생들은 새벽 4시에 콜카타에 도착했다. 첫 차가 올 때까지 공항에서 노숙을 하고 온 두 동생은 꾀죄죄한 모습으로 내 앞에 나타났다. 반가운 마음에 그들의 모습이 보이자마자 달려가 고생했다며 토닥토닥 안아준다.

"내 새끼들. 고생했다."
"형……, 빡세요. 인도, 우와! 정말 빡세요."

방금 천국과 같았던 동남아에서 넘어온 동생들이 인도에 도착해서 여기까지 오는 짧은 시간 동안 느꼈을 감정이 무엇인지 십분 이해한다. 여긴 왜 이렇게 더럽고 공기도 탁하냐며 자신들이 마주한 인도의 첫인상을 끊임없이 늘어놓는다. 이미 예상한 모습이지만 어린 동생들이 투정 아닌 투정을 부리는 모습이 마냥 귀엽기만 하다.

동생들은 몸이 꽤나 피로했는지 바로 출발하지 않고 하루만 더 머물고 가자고 나에게 요청한다. 그 마음을 모르는 게 아닌지라 같은 게스트 하우스에 3인실이 있는지 알아보고 곧바로 결제한 뒤 방에 짐을 풀었다. 잠을 많이 잤지만 아침 일찍 일어나 아이들을 맞이한 탓에 평소의 리듬과 맞추기 위해 잠시 눈을 붙였다.

두 시간쯤 자고 일어난 뒤에도 아직 시계는 오전에 머물러 있었고, 마냥 콜카타에서의 시간을 보내기 아까웠는지 경호가 나를 깨우더니 같이 콜카타 구경을 하자고 한다. 징글징글한 콜카타 여행을 또 하는 게 솔직히 귀찮았지만 인도가 초행인 동생들을 물가에 내놓은 아이마냥 두고만 볼 순 없어서, 기차표도 예매하러 나갈 겸 주섬주섬 몸을 일으켰다.

우리와 다른 침대에서 자고 있던 원일이를 깨워보지만 일어날 생각을 안

한다. 상태가 안 좋아 보인다. 좀 더 쉬겠다고 하는 원일이를 두고, 그나마 볼거리가 가득했던 빅토리아 메모리얼로 경호를 안내했다. 가는 길에도 지나치는 모든 광경들이 신기했는지 연신 카메라 셔터를 눌러댄다.

"확실히 이제야 타지에 온 듯한 느낌이 들어요."

경호가 동남아와 사뭇 다른 분위기에 너스레를 떤다. 하지만 가는 날이 장날이라고 하필 오늘은 빅토리아 메모리얼의 휴관일이었다. 피곤한 몸을 이끌고 나온 경호에게 민망하기만 하다. 그래도 외관은 구경할 수 있도록 정원 입장까진 허용했다. 정원 입장료에는 다행히 외국인용 가격이 책정되어 있지 않아서 싼 가격으로 공원에 들어갈 수 있었다.

"여기는 예전에 빅토리아 여왕 서거를 추모하면서 만든 식민 시대의 건물이야."

"타지마할을 능가하는 건물을 짓는다고 만들었고, 당시에 칠백만 루피가 넘게 들었대. 영국이랑 무굴풍의 건축양식을 혼합해서 지었다고 하더라."
"우와, 형 그런 정보는 어디서 얻어요?"

건물에 대해 아는 짧은 지식을 경호에게 얘기해주는 나는 이젠 야매 인도 가이드가 다 됐다. 공원 곳곳엔 여전히 데이트를 즐기는 젊은 인도 커플들이 쌍쌍이 자리 잡고 있었다. 경호가 여자친구가 있으면 이런 곳에 데리고 와서 데이트를 즐기는 것도 이색적일 것 같다고 한다. 경호의 말을 들으니 내가 자주 하는 농담이 생각난다.

나는 가끔 술자리에서 결혼할 사람과 인도여행을 함께 해보면 이 사람이 평생 함께할 수 있는 사람인지 알 수 있게 된다고 말하곤 했다. 물론 극도로 이러한 환경을 싫어하는 M같은 사람이라면 데리고 오는 것조차 일일 테지만 극한 환경에서 서로를 보듬고 배려해주며 화 한 번 내지 않고 다닌다는 건 정말 힘든 일이기 때문이다. 껍데기가 벗겨진 진실된 자신의 모습에 '나에게 이런 모습이 있었나?'라고 의문을 던지게 되기도 한다.

경호에게 절대 여자친구를 데리고 오면 안 되는 곳이라고 당부해준다. 꽤 오랫동안 함께한 친구들끼리 인도 여행을 같이 왔다가 서로 남이 되어 돌아가는 경우도 많이 봐왔다. 그렇기 때문에 사실 인도에서 동행을 만나 함께 다니는 건 웬만큼 죽이 맞지 않는 이상 힘들다. 자신을 많이 내려놓고 상대방을 생각해줘야 하는 일이기에 솔직히 경호와 원일이를 데리고 온 것도 조금 걱정이 된다.

구경을 마치고 공원을 나와 멀지 않은 곳에 위치한 성 바울 성당으로 걸음을 옮겼다. 이 성당 또한 식민지 시절 지어진 인도에서 가장 아름답다는 스테인드글라스가 있는 성당이다. 돌아다니기를 좋아하는 열성적인 경호의 성화에 못 이겨, 거리도 가까우니 함께 들어왔다. 조용한 성당 내부는 말 한마디 꺼내는 것조차 조심스러울 정도로 경건했다. 적막을 깨고 푸드득거리는 소리와 함께 비둘기 한 마리가 열린 성당 문을 통해 들어온다. 이미 성당 안쪽에 많은 비둘기들이 있었으니 별로 놀랄 일은 아니었다.

성당 내부로 들어와 햇빛을 통해 비치는 색색의 스테인드글라스를 보고 있으니 마치 컬러풀한 일본 애니메이션 속으로 들어온 것 같다. 다시 한 번 비상을 하며 그 위를 날아가는 비둘기 한 마리, 메아리가 울리며 전해지는 날개 소리와 비비드한 햇살들을 가르는 비둘기 그림자가 아주 조화롭게 한 폭의 그림을 완성한다.

성당을 나와 다른 곳도 가자는 경호를 말리느라 꽤나 애를 썼다. 원래는 여유롭게 시간을 충분히 갖고 돌아야 하는 인도를 한 달 만에 돌고 집으로 가야 하는 경호 입장에선 하루하루가 아쉬울 만도 하다. 하지만 동생들이 귀국하는 도시인 코치까지의 거리가 만만치 않다. 오래 있어야 그 가치를 알 수 있는 바라나시를 제외하곤 내 여행 스타일에 어울리지 않게 타이트한 일정을 짜놓았다. 돌아오는 길에 인도 도미노 피자가 어떤지 궁금해 하는 경호와 함께 또 한 번 피자를 먹으러 갔다.

"고기 들어간 거 먹고 싶은데, 논-베지 피자 시키면 안 돼요?"
"어차피 나눠 먹을 거니까 상관없어. 근데 여기선 논-베지라고 큰 기대는 하지 마."

주문한 피자가 나오고 비주얼을 보더니 그제야 경호는 인도에서 논-베지란 말이 '고기를 아주 조금 추가하고 가격은 훨씬 비싸게 받는'이라는 의미임을 알게 되었다고 한다. 숙소로 돌아오니 원일이가 여전히 자고 있다. 하루 종일 쉬었는데도 몸 상태가 계속 호전되지 않는다고 한다. 심한 감기일 수도 있지만 뎅기열이 흔한 이곳이니 안심할 순 없었다.

"형이 약 사다 줄까?"
"괜찮아요. 한국에서 가져온 약으로 버티면 돼요."
"현지에서 걸린 병은 현지 약을 먹어야 금방 낫는데."
"하루 동안 땀 한 번 쭉 빼면 다 나을 거예요. 저는 젊잖아요."

농담을 하는 걸 보니 덜 아픈가 보다. 본인의 의사를 존중해 주고 만 21세의 원일이를 믿어보기로 한다. 원래는 기차 예매하는 방법을 둘에게 알려주려고 했으나 시간이 꽤나 늦은 관계로 경호와 야시장에 들러 빵 몇 개로 허기를 채운 뒤, 지겨웠던 콜카타의 진짜 마지막 밤을 보냈다.

1. 콜카타의 야시장. 품질이 조잡하지만 쇼핑할 수 있는 물건들은 다양하다.
2. 경호와 함께 다시 한 번 들른 빅토리아 메모리얼. 처음에는 경호도 인도인들의 사진 요청에 신기해하며, 들뜬 모습으로 사진을 찍었다.
3. 성 바울 성당. 아쉽게도 스테인드글라스 사진을 깜박하고 못 찍었다.

인도에서 공포영화는 비축, 별점도 아깝다!

이번 인도 여행에선 가보지 않았던 도시들을 집중적으로 다녀볼 생각을 했다. 특히 중앙인도는 사람들이 많이 가지 않는 마이너한 플레이스들이 많은 반면, 얘기를 들어보면 숨겨진 보석 같은 유적들이 곳곳에 존재한다는 소문을 들어서 나의 모험심을 자극했다. 하지만 동생들을 꾀어 온 탓에 그래도 인도에 왔으면 한 번은 가봐야 할 곳들을 위주로 코스를 짜다 보니 대다수가 나는 이미 다녀온 도시들이다. 그래서 가이드를 해주는 길에 내가 가보지 않은 도시들이 있다면 들르려고 했다. 다음 목적지, 불교 4대 성지 보드가야가 그러했다.

원래 콜카타에서 기차표를 끊으려면 대도시에만 존재하는 외국인 전용 예매창구로 이동을 해야 한다. 이곳에선 관광객을 위한 쿼터 표를 준비해놓기 때문에 다른 창구보다 표를 구하기 쉽다. 하지만 우린 오늘 저녁에 당장 출발을 해야 하는 입장이라 표가 있을지 의문이다. 그래도 요즘엔 인터넷 사이트에서 기차표 현황을 확인할 수 있어서 우선 표가 있는지 체크를 했다.

SL이 만석임을 확인하고 3A[1]까지 살펴보았다. 하지만 역시 매진이다. 이럴 때는 인도의 기차예매 시스템 중 하나인 딱깔[2]을 이용해야 한다. 딱깔은 기존의 표보다 조금 높은 가격으로 구매할 수 있는 당일표 개념이다. 출발하는 역과 거리가 떨어져 있는 외국인 창구까지 가서 예매하는 게 아픈 원일이에게 다소 부담스러울 것 같았다. 우린 조금 돈을 더 물더라도 근처 여행사를 통해 예약하자고 결정했다.

이미 표 가격은 알아놓은 상태라 값을 흥정하는 데에는 큰 문제가 없을 거라 생각하고 호기롭게 입장했다. 우리가 알아본 가격은 750루피, 여행사를 들렀더니 한 사람당 1,400루피를 부른다. 거의 두 배에 가까운 눈탱이를 치는 여행사

---

1) 인도 기차는 이동구간이 아주 길다. 그래서 관광객들은 보통 침대칸을 이용하는데, 특히 3A와 SL등급을 많이 이용한다. A가 붙은 좌석은 에어컨이 나오고, 반드시 티켓이 있어야 탈 수 있다. 반면 SL의 경우 관리가 부실해 잡상인들과 입석 인도인들이 마음껏 들어온다. 그래서 가격 차이는 거의 두 배에 가깝지만 안전함을 위해 꽤 많은 여행자들이 3A나 2A를 이용한다.

2) 딱깔은 출발일 기준 2일 전부터만 발권이 가능한 티켓이다. 급하게 당일좌석을 예매해야 하거나, 일반좌석이 매진이 된 경우에 웃돈을 주고 끊을 수 있는 따로 빼놓은 쿼터표인데, 성수기엔 이 표조차 구하기 힘든 경우도 있다.

에 혀를 내두른다. 다른 여행사를 들어가니 다행히 한 사람당 700루피를 부른다.

딱깔표가 내가 알아본 일반 표보다 더 싸다는 게 이상했지만 이전 여행사가 너무 심하게 바가지를 씌우려고 했던 탓에 아무런 의심 없이 표를 구매했다. 알고 보니 내가 검색한 750루피는 세 사람을 다 합친 가격임을 표가 프린트된 후 알게 되었다. 또 한 번 여행의 출발선에서 눈탱이를 맞는다.

기차 시간인 밤 10시까진 아직 많은 시간이 남아 있었다. 그래도 마음 편히 표를 예매했으니 킬링타임용으로 영화라도 한 편 보는 게 좋겠다 싶어 근처 영화관에 들어갔다. 상영관이 1개밖에 없는 이 영화관에서 딱 두 영화를 틀어주고 있었는데, 'Saansein'이라는 공포 스릴러 영화와 'Befikre'라는 로맨틱 코미디 영화였다. 솔직히 말하면 포스터만 보고 판단한 장르이다.

상영 시간을 보니 'Saansein'이 먼저 틀어주고, 다음에 'Befikre'를 틀어주었다. 남자 셋이서 로코를 보는 것보단 공포영화를 보는 게 나을 것 같아서 15분 뒤 입장을 시작하는 'Saansein'을 예매했다. 체크아웃을 하고 배낭까지 들고 나온 상태라, 멀리 가지 않고 건물 계단에 앉아 입장을 기다리다가 상영관에 들어섰다.

극장 안이 아주 시원하다. 역시 인도에서 시간 때우기엔 영화관만 한 곳이 없다. 착석을 하고 나니 광고가 나온다. 원일이는 아직 열이 빠지질 않아 이불을 둘러 덮고 수면 준비에 돌입했다. 인도는 광고도 재밌다. 가끔은 "이게 무슨 광고야!"라는 말이 절로 나오게 하는 황당한 광고들도 많은데, 그건 그만큼 인도 사람들이 내가 살아오던 삶과 전혀 다른 문화를 살고 있다는 증거이기도 하다.

하지만 역시 기대되는 오랜만에 인도 현지에서 보는 발리우드 영화이다. 예전에 인도를 왔을 때에도 꽤 많은 영화를 보고 다녔다. 잘 만든 영화의 정의가 '그 나라 언어를 모르더라도, 자막 없이 영상과 연기만으로 스토리를 이해할 수 있는 영화'라고 한다면 나는 발리우드 영화들에 별점 10점을 줄 것이다. 뮤지컬 영화라는 장르 특성도 흥미롭지만 인도는 참 관객들이 이해하기 쉽게 영화를 만든다.

애국가가 흘러나오고 모든 사람들이 일어난다. 최근에 여행자 카페에 올라오는 글들을 보니 영화 시작 전에 애국가가 나올 때 일어나지 않으면 불법이라 외국인조차 잡아간다고 한다. 관절에 무리 가는 일도 아니니 잠시 일어났다가 앉아주었다. 영화가 시작하고, 보기만 해도 귀신이 튀어나올 것 같은 동굴에서 어떤 남자가 그림 하나를 발견하고 헐레벌떡 뛰어나온다,

그러고 보니 내가 공포영화를 못 본다는 사실을 까맣게 잊고 있었다. 한쪽 귀를 막고 실눈을 뜬 상태로 깜짝 놀라는 장면이 나올까 봐 노심초사했다. 나는 귀신을 무서워하기보단 깜짝 놀라는 기분을 극도로 싫어한다. 남자가 그림을 열자 귀신이 튀어 나오며 그 남자의 몸속으로 들어간다. 커다란 사운드와 함께 굉음이 들린다.

"으아악!"

귀신에 휩싸인 남자배우 비명이 아니라 내 소리이다. 아무도 놀라지 않는 영화 초반, 큰 외마디를 지르는 나에게 영화관에 있던 모든 사람들의 이목이 집중됐다. 웬 외국인이 영화를 보다가 깜짝 놀라 소리를 지르니 그 모습이 웃겼나 보다. 다들 내 모습을 보고 폭소한다. 민망한 표정을 지으며 사과를 했다.

"쏘리. 쏘리."
"하하하, 웨얼 아 유 프롬?"

바로 앞에 앉아 있던 청년들이 말을 걸어온다. 인도 영화관의 특징 중 하나가 우리나라와는 달리 정숙주의가 없다는 점이다. 나도 이 영화의 공포감을 조금이라도 덜 겸 그들과 이야기를 나누었다. 공포영화가 맞냐고 물어보니 그렇다고 한다. 어차피 인도 공포영화는 무서워서 보러 오는 게 아니라 엉성한 CG와 분장, 배우들의 메소드 연기를 감상하러 오는 것이니 안심하라고 한다. 그들의 말을 들으니 공포감이 좀 사라진다.

영화를 보는 내내 스토리를 이해하기 위해 경호와 계속 대화를 나눴다. 물론 깜짝 놀랄 것 같은 순간엔 잠깐잠깐씩 숨었지만 앞 청년들의 말을 듣고

나니 그들의 조언이 이해가 간다. 이 영화는 공포영화라기보단 B급 영화에 가까웠다. 사람들은 무서워하기보단 어설픈 귀신의 등장에 낄낄대며 영화를 즐겼고, 나와 경호 또한 80년대에나 있을 법한 배우들의 연기에 어처구니없어 하며 너털웃음을 지었다.

인터미션이 주어지고 내가 왜 이 영화를 선택했나 하는 후회를 하며 잠시 화장실에 다녀왔다. 심지어 발리우드 영화의 최대 장점인 뮤지컬적인 특성도 하나 들어가지 않은 지루한 영화였다. 언제 놀랐었냐는 듯이 영화가 상영하는 내내 이 배우는 이래서 이런 거네, 저 배우는 그래서 죽었네 하며 경호와 열띤 스토리 유추만 이어갔다. 그저 그랬던 영화 상영이 끝나고, 오랜만에 온 인도 영화관에서의 첫 영화가 실패로 돌아갔다.

자고 있는 원일이를 깨워 영화관을 나와 택시를 타고 콜카타 역으로 향했다. 영화를 보고도 출발까지 시간이 많이 남아 있었다. 역에 짐을 맡기고 경호와 나는 기차역 근처 구경에 나섰다. 역 주변은 지저분한 인도 시내에서도 더 더러운 곳이었다. 쓰레기가 나뒹구는 거지 촌엔 음식물 쓰레기를 먹으려는 까마귀가 잔뜩 날아다닌다. 경호는 까마귀가 너무 무섭다며 가던 길을 뺑 돌아 도망치듯 따라왔다. 히치콕 감독의 영화 '새'가 떠오를 정도로 까마귀가 많다. 우린 용기가 나질 않아 더 어두컴컴한 깊숙이는 들어가지 못하고 강 주변을 서성이다가 길거리 음식을 하나씩 사먹으며 남은 시간을 때웠다.

1. 발리우드산 공포 영화 'SAANSEIN'에 배신당했다.
2. 콜카타 역 2층에서 바라본 콜카타 후글리 강과 하우라 철교.
3. 인도의 쓰레기장 주변엔 히치콕 감독의 영화 '새'가 떠오를 정도로 까마귀가 많다.

다행히 열차는 제시간에 출발했다. 기차에 올라타서 원일이에게 제일 윗자리를 양보했다. 제일 아랫자리는 입석을 끊은 인도인들이 엉덩이를 들이밀고 앉는 경우가 허다해서 상당히 불편하다. 나와 경호가 가위 바위 보를 한 결과 내가 중간 자리를 얻었다. 역시나 기차가 운행을 시작하고 옆 칸에 앉아 있던 인도인이 친구들을 데리고 와서 밥을 먹는다고 경호를 괴롭힌다. 옛날에 뭄바이행 열차에서 잠꼬대하는 척 하며 나의 자리를 침범한 인도인을 마구 때린 기억이 문득 떠오른다.

그래도 새벽 5시에 도착하는 일정이니, 당연히 연착하게 될 인도 기차인 걸 감안하더라도 6시나 7시쯤에는 도착을 할 것이라 예상했다. 알람만 맞춰놓고 편안한 마음으로 5시까지 잠들었다. 하지만 오랜만에 만난 인도열차는 나를 배신했다. 기차는 거의 제시간에 가까운 5시 10분에 가야역에 도착했고, 우린 잠금장치를 한 배낭을 급하게 풀어헤치고 부랴부랴 목적지에 내려야만 했다.

心安茅屋穩(심안모옥온), 性定菜羹香(성정채갱향)[3]

가야역에 내리는 모든 사람들이 보드가야를 가는 것이라 해도 무방할 정도로 역 주변엔 아무것도 없다. 그저 보드가야에 가는 사람들을 붙잡는 릭샤 기사들만 무성할 뿐이다. 가이드 북에 나온 가격보다 터무니없이 높은 가격을 부르는 기사들을 무시하며 이해할만 한 수준의 값을 제시하는 오토 릭샤를 찾기란 여간 쉬운 일이 아니었다. 서로 경쟁이 아닌 담합을 하는 기사들 덕분에 있는 대로 열을 받았지만 결국 다른 인도인들과 합석을 하는 조건으로 우리가 원하는 가격을 부르는 기사를 찾았다.

그러나 이 합석은 그냥 돈을 더 주고 편하게 셋이 탈 걸 하는 생각이 들게 만들었다. 욕심 많은 기사는 비좁은 릭샤에 6명을 태우고 금방이라도 옆으

---

3) 마음이 편안하면 초가집도 평온하고, 성품이 안정되면 나물국도 향기롭다. -명심보감 중-

로 넘어질 것 같은 무게로 곡에 운전을 하며 보드가야까지 달렸다. 도착하고 든 생각이지만 기사들이 우리가 제시하는 가격에 왜 콧방귀를 뀌었는지 알 만도 했다. 보드가야까진 꽤 장거리였다. 우린 이 가격으로 무사히 도착한 것만으로도 감사하자며 안도의 한숨을 내쉬었다.

보드가야에는 우리나라 절인 '고려사'가 숙박시설을 겸하고 있기 때문에 내리자마자 고려사를 찾아 돌아다니기 시작했다. 릭샤 기사도 '코리아 템플'이 어디에 있는지 몰랐기에 우린 여러 나라 절들이 모여 있는 사원 구역에 내려 지도를 펴보았다. 한국 절은 사원 구역이 아닌 온 길을 좀 더 돌아가 로컬 시장이 있는 구역쯤에 있었다.

고려사에 도착해 처음 든 생각은 '이러니 릭샤 기사가 모를 만도 하지'였다. 오다가 본 다른 나라 사원들과 다르게 어디서 집을 렌트해도 이것보단 낫겠다 싶은 절이다. 대문으로 들어서자 허름한 법당과, 작게 붙어 있는 숙박용 방들이 제일 먼저 눈에 들어온다. 부처가 태어난 룸비니의 '대성석가사'는 커다란 외관으로 잘 운영하는 반면, 깨달음을 얻은 보드가야의 한국 절은 다 쓰러져만 간다. 운영난에 허덕여 기부금제로 받던 숙박비도 꽤나 높은 가격을 매겨 정찰제 운영을 하고 있었다.

그래도 이곳에서 오랫동안 머물고 계신 보살님의 도움으로 이른 시간임에도 불구하고 도착하자마자 짐을 풀고 아침 식사를 할 수 있었다. 인도와 네팔 템플 스테이의 장점은 시간만 잘 맞추면 삼시세끼를 꼬박꼬박 챙겨준다는 점이다. '대성석가사'와 달리 이곳은 인원이 조촐하다 보니 메뉴 선택권이 숙박을 하는 사람들에게 있었다. 나름 고추장과 된장이 구비되어 있어서 숙박인이 먹고 싶은 메뉴에 맞춰 재료를 사오면 이곳을 관리하는 현지인이 요리를 해주는 형태인 것 같았다.

토스트로 허기진 배를 채우고 우리는 잠시 잠을 청했다. 아무래도 기차에서 자는 잠은 피로가 덜 풀린다. 점심 식사를 하고 일정을 시작할 요량으로 알람을 딱 12시에 맞춰놓았다. 5시간가량 꿀잠을 자고 일어나서, 몸이 개운해진 나와 경호는 점심 식사를 하러 식당으로 나왔다.

"같이 온 친구는 어디 있어요?"

"아파서 점심 안 먹고 좀 더 잔대요."

"저런, 언제부터 아팠길래?"

"인도에 도착할 때부터 계속 열이 났는데, 잘 떨어지지가 않나 봐요."

보살님께서 잠시 원일이의 상태를 살펴보시겠다며 우리 방으로 가셨다. 심각한 원일이의 상태를 보고 자신이 쓰던 침낭과 전기담요를 내어주신다. 후일담이지만 저녁엔 침낭을 돌려달라고 하신 보살님께서, 열이 떨어지지 않는 원일이를 위해 쌀쌀한 밤까지 자신의 것을 내어주신 건 말 그대로 보살님이었기에 가능한 일이었다고 본다.

점심으로 나온 수제비를 먹고 경호와 나는 부처가 깨달음을 얻은 보리수나무가 있는 마하보디 사원으로 걸음을 옮겼다. 가는 길에 비교적 사람이 적은 보드가야 기차 예매 사무소에 들러 가야-바라나시, 바라나시-아그라, 아그라-델리 기차까지 전부 끊었다. 경호는 내가 예매하는 걸 지켜보며 예매 방법을 터득했다.

마하보디 사원은 사진촬영이 불가능했다. 촬영권을 돈 받고 팔긴 했으나 꽤 비싼 가격이라 그냥 짐만 맡기고 사원에 입장했다. 들어가는 입구는 단속이 철저했다. 휴대폰을 몰래 가지고 들어오진 않았는지 검색하고, 금속 탐지기까지 설치되어 있었다. 그래도 입장료가 없어서 금전적인 부담은 없었다.

신발을 벗고 사원 주변으로 들어서자, 부처와 마찬가지로 깨달음을 얻기 위해 수행을 하고 있는 승려들과 불자들이 진을 치고 공부를 하고 있다. 또 다른 한쪽에선 수행 기도를 드리며 뜻을 얻고자 하는 사람들도 있었고, 그 모습이 어찌나 경건하던지 그저 보고만 있어도 눈물이 고여 온다. 과장된 표현으로 보일 수도 있지만 직접 이 광경을 목격하지 않은 사람은 이 느낌을 절대로 이해하지 못할 것 같다.

나는 그동안 어떻게 살아왔는가, 가고 있는 이 길이 과연 맞는 길인가 등의 근본적인 의문들이 들기 시작하며, 무언가 후회스런 삶의 기억들은 없었는지 되짚어보다가 갑자기 눈물이 뚝뚝 떨어진다. 부처가 깨달음을 얻은 곳이라서가 아니라 이 주변에서 수행을 하는 사람들이 만드는 엄숙한 분위기가 이런 생각을 하도록 만든다.

사원을 한 바퀴 돌아 불교 깨달음의 상징인 보리수 나무 아래까지 걸음을 옮겼다. 원조 보리수 나무는 이미 이교도들에 의해 없어진 지 오래고, 이 보리수 나무는 다행히 아주 오래전에 묘목을 스리랑카로 옮겨 심었던 걸 가져와 같은 자리에 다시 심었다고 한다. 나무 주변에도 세계 각지에서 찾아온 수도승들이 진을 치고 앉아 있다. 백인 스님도 종종 눈에 띈다. 내가 합장하며 인사를 할 때마다 온화한 미소로 보답하는 그들처럼 나의 여행이 화평하기만 바랄 뿐이다.

우린 마하보디 사원을 나와 다른 외국 절들을 탐방하기 위해 사원 구역을 찾았다. 일본 절을 시작해 버마 사원과 태국 사원까지, 확실히 우리나라 사원이 초라하게 느껴진다. 태국 사원에선 법당에 둘이 앉아 지친 몸을 잠시 달래며 대화를 나눴다. 영양가 없는 수다를 떠는 우리였지만 조도가 낮은 법당 안에서 우리를 내려다보는 부처님의 시선을 받아 보니 심신이 평안해진다. 사원을 나와 잠시 들른 시장도 다른 인도의 시장들과 달리 시끌벅적하지 않고, 마치 판타지 소설 속에 나오는 마을의 장터처럼 평화롭게 느껴진다. 아마 사원에서 만끽한 평온함 덕분인가 보다.

한국 절로 복귀하니 바라나시에서 잠시 넘어온 나이든 사장님 한 분이 와 계셨다. 원일이도 몸 상태가 많이 좋아졌는지 저녁을 챙겨먹고 있었다. 우리도 식사에 끼어들어 인사를 나눴다. 사장님은 조경업을 하시면서, 시즌이 아닌 겨울에는 배낭여행을 하며 인생을 즐기는 분이셨다. 여행을 좋아하는 사람이라면 참 부러워할 만한 삶이다.

저녁 식사를 마치고 사장님은 자신이 다닌 여행지들을 보여주며 우리에게 자랑을 하신다. 아들과 다녀온 터키 여행은 사진만 봐도 얼마나 좋은 시간이었는지 알 수 있었다. 한참을 수다를 떨다가 사장님께서 야식을 사주신다는 말에 우린 눈을 번뜩였고, 밖으로 나와 치킨을 사들고 와서 배를 채웠다. 역시 공짜로 얻어먹는 음식은 맛있다. 절간에서 이래도 되나 싶지만 닭고기를 뜯으며 즐겁게 하루를 마무리한다. 다음날 우리가 맞닥뜨릴 사건에 대해선 전혀 예상하지 못한 채로.

평안하지 못한 보드가야의 마지막

아침 일찍 일어나 밥을 챙겨먹었다. 원일이도 드디어 컨디션을 회복했다. 역시 열을 내리는 데에는 땀 빼는 게 최고인 것 같다. 우리는 오후 2시쯤에 5시간짜리 기차를 타고 바라나시로 이동할 예정이다. 식사를 마치고, 그동안 아파서 제대로 돌아다니지도 못한 원일이에게 오전에는 사장님과 함께 돌아보고 오라고 얘기했다. 1시까지 복귀해서 바로 출발하면 기차 시간 30분 전엔 도착할 수 있다는 계산이 나온다.

사장님과 원일이가 나가고, 나와 경호는 짐을 정리하고선 잠시 낮잠을 잤다. 먹고, 자고, 또 먹는 것으로 오전 시간을 보낸 경호와 나는 딱 한 시가 되어 관광을 마치고 돌아온 원일이와 사장님을 맞이했다. 사장님은 본인 기차도 3시이니, 릭샤 값도 아낄 겸 넷이 함께 역으로 이동하자고 하셨다. 좋은 생각인 것 같아서 우리는 방으로 들어가 짐을 챙겨 나왔다. 그런 우리에게 사장님이 한마디 하신다.

"천천히 가자. 아직 나랑 원일이는 밥도 안 먹었는데."
"흠, 괜찮을까요? 저희 기차 놓칠까봐 걱정 돼서요."
"20분이면 가는데. 여유롭게 가자."

분명 전날 새벽에 여기까지 왔을 때를 떠올려 보면 20분 이상 필요할 것 같았지만 거절하지 못하고 둘에게 점심 시간을 할애했다. 그래도 30분 전에만 출발하면 연착이 심한 인도의 기차이니, 나름 시간을 맞출 수 있을 것 같았다. 그러나 사장님은 야속하게도 시계만 수시로 보는 나의 마음은 헤아리지 않으시고 느긋하게 식사를 하셨다. 심지어 커피타임까지 가졌지만 전날 치킨까지 얻어먹었으니 기다려 드리기로 했다.

"형, 정말 여유 있어요?"
"모르것다. 솔직히 빠듯하긴 한데, 그 기차가 우리가 탈 열차라면 탈 수 있을 것이고, 못 탈 열차라면 못 타게 되겠지."

가끔 나는 이런 허세 따위를 부린다. '알 이즈 웰'을 마음속에 품고 불안감을 떠올려본다. 기차 30분 전 다 같이 이곳을 떠나기 전에 기념사진을 한 장 찍고, 바깥에 대기 중인 오토 릭샤에 올라탔다. 여전히 나는 시간을 체크하며, 혹시 기차를 놓치면 어떻게 해야 하는지를 떠올리며 평정심을 유지했다.

릭샤는 긴 거리를 달려 딱 30분가량을 소요해 기차역에 도착했다. 하지만 이미 기차 시간보다는 2분이 늦은 상태였다. 혹시라도 기차를 놓쳤을 때의 귀찮음을 경험하고 싶지 않아서 배낭을 메고 달렸다. 다행히 전광판에는 우리 기차 번호가 떠 있었다. 조금만 있으면 도착할 것 같은 예감에 우린 화장실도 가지 못한 채 기차를 기다렸다.

그러나 몇 분 뒤, 갑자기 전광판에서 우리 기차 번호가 사라진다. 전광판은 다음 열차 번호로 바뀌어 반짝이고 있었다. 가끔 연착으로 인해 다음에 오는 열차 먼저 와서 전광판이 바뀌는 경우가 있으니 마음을 가다듬고 표를 가지고 직원을 찾았다. 하지만 예상대로 우리 기차는 이미 우리가 도착하기 2분 전에 떠난 상태였다. 갑자기 온갖 여유를 부리던 사장님이 원망스러워진다.

미안한 기색을 보이시는 사장님을 뒤로한 채, 그다음 열차표를 구할 방법을 강구했다. 경호는 놓친 우리 표를 혹시 환불받을 수 있는지 알아보라며 환불 창구로 보냈다. 나는 입석표를 구할 수 있는 창구로 가서 표를 사기 위해 줄을 섰다. 그래도 5시간은 인도를 여행하며 타는 기차들 중에선 짧은 편에 속하기 때문에 입석이라도 상관없으니 제발 표만 있어 달라고 기도했다.

다행히 사장님이 타는 같은 열차의 입석표를 구했다. 이 일이 진행되는 동안 이미 시간은 꽤 흘러 우리가 타야 하는 기차 시간이 다가와 있었다. 환불 문의를 위해 줄을 기다리는 경호를 끌고 플랫폼으로 다시 돌아왔다. 짜증나는 마음에 놓친 표를 마구 찢어버렸다. 아무리 '알 이즈 웰'이라지만 순간적인 울화에 솔직한 마음을 표현해버리고, 곧바로 도착한 기차에 올라탔다.

원래는 '제너럴 칸'이라고 해서 입석표 승객을 위한 마지막 칸이 존재한다. 하지만 커다란 배낭을 메고 바글바글한 인도인 사이에서 비좁게 가는 건 상상할 수 없는 곤욕이다. 차라리 화장실 옆 탑승구에 자리를 깔고 앉는 편이 나을 것 같아서 SL클래스 중간의 한 구석을 맡아 깔개를 깔고 쪼그려 앉았다. 동생

흔들리는 기차에서 입석으로 가는 건 사진만 봐도 피곤하다.

들도 그저 표를 구했다는 사실에 안도감을 느끼며 불평 없이 함께 자리를 잡았다. 지린내가 진동하는 공간이지만 그래도 개방된 열차 탑승구에서 불어오는 바람이 냄새를 상쇄시켜 준다.

탑승구에 앉아 지나가는 풍경을 바라보았다. 귀에 꽂은 이어폰에선 꽤나 낭만적인 노래들이 흘러나온다. 빠른 속도로 눈앞에서 흘러가는 어느 한적한 시골 마을은 마치 인도라는 신비한 곳으로 나를 이끄는 손길 같다. 입석으로 기차 밖 경치를 바라보니 좌석에 앉아 편하게 바라보는 광경과는 또 다른 느낌을 준다.

담배 한 개비에 불을 붙이며 히피 여행자의 허세를 부려본다. 불어오는 바람에 몸을 맡기고 머리띠를 풀어 머리카락을 흩날렸다. 상쾌한 인도의 겨울 바람은 언제 내가 놓친 기차에 화를 냈었는지 새카맣게 잊게 해주었다. 5시간 내내 인도의 공기를 그대로 들이마시며 풍경을 구경하다 보니 시간은 빠르게 흘러갔다.

바라나시 정션 역에 도착해, 릭샤를 타고 가트[4]주변까지 이동했다. 늦은 저녁이라 흥정은 쉽지 않았다. 심지어 우여곡절 끝에 탑승한 릭샤의 기사가 엉뚱한 장소로 가는 걸 보고 심하게 화냈다. 맵으로 위치를 확인하고 가트 근처에 온 걸 확인한 나는 열 받은 척 하고 돈도 안 낸 상태로 릭샤에서 내려버렸다. 기사가 제발 조금이라도 돈을 주면 안 되겠냐고 15분 동안 따라다닌다. 나는 원래 흥정했던 가격보다 50루피를 덜 주고 그를 떼어놓았다. 이젠 내가 인도인보다 더 지독하다.

바라나시에선 원래 가트 주변 골목 구석구석을 돌아다니며 흥정을 해야 좋은 숙소를 구할 수 있다. 하지만 보드가야를 떠나자마자 다시 아프기 시작한 원일이가 걷는 걸 너무 힘들어해서 그냥 호객꾼을 따라 가 얼른 잠이라도 청할 수 있는 작은 숙소를 구했다. 우린 셋이 누우면 꽉 차는 좁은 침대에 옹기종기 누워 잠이 들었다.

---

4) 가트(घाट)는 인도에서 볼 수 있는 강가의 층계를 뜻한다. 우리가 흔히 '갠지스 강'으로 알고 있는 '강가 강'에는 화장터로 잘 알려진 '마니까르니까 가트'를 포함해 수많은 가트들이 일렬로 늘어서 있다.

Chapter 8

휴식

1. 하던 일을 멈추고 잠깐 쉼.
2. 쉬면서 음식을 먹음.

바라나시의 시간은 그때로 멈춰 있다

다음날 우린 숙소를 옮기러 다시 배낭을 메고 가트를 따라 올라갔다. 오랜만에 맞이한 강가 강은 3년 전과 다름없이 더러웠다. 하지만 이 강을 어머니라 생각하며 신성시하기는 인도인들의 자세는 내가 이곳을 사랑하게 된 이유이기도 하다. 강가 강의 화장터는 언제나 신성함과 동시에 쓸쓸함을 자아낸다. 속세를 씻어내기 위해 보기만 해도 병이 걸릴 것 같은 강가 강에 몸을 담가 수영을 하는 인도인들도 언제나 신기하게 느껴진다.

길게 늘어서 있는 가트들을 따라 올라가다 보니 내가 3년 전 오랫동안 묵었던 '미슈라 게스트 하우스'가 눈에 보였다. 진한 향수를 자극하며 나에게 손짓하는 것처럼 느껴진다. 동생들에게 혹시 이곳에서 지낼 생각이 없냐며 장황하게 미슈라 게스트 하우스의 자랑을 늘어놓았다.

"여기 레스토랑에 바나나 플리터가 진짜 맛있어."
"루프톱 창가에서 마니까르니까 가트를 바라보면 신비로움에 매료될 거야."
"테라스에서 흘러가는 강물만 바라봐도 시간이 절로 간다니까."
"우리 가격만 괜찮으면 여기서 묵자."

결국 동생들은 내 성화에 못 이겨 의견에 동의했고, 우린 계단을 올라 나의 오래전 추억이 깃든 미슈라 게스트 하우스로 들어갔다. 주인장 할아버지는 내가 기억하는 모습 그대로 소파에 앉아 손님을 기다리고 있었다. 숙소를 관리하는 매니저는 바뀐 듯싶었지만 사각형 구조에 가운데가 뻥 뚫린 형태도 여전했고, 복도에 널려 있는 빨래들도 똑같았다.

3년 전 머물렀던 나를 기억할 리는 당연히 없겠지만 주인장에게 그 때의 사진을 보여주며 오랜만이라고 얘기하니 반갑게 맞아준다. 숙소 값도 처음부터 어처구니없는 가격이 아닌 아주 괜찮은 가격을 제시해준다. 심지어 창문이 없는 방 가격으로 테라스가 있는 방까지 제공해주었다. 덤으로 하루에 50루피씩 깎아주겠다고 하니 동생들도 오길 잘했다고 한다. 예전보다 물가가 오르긴했지만 셋이 함께 셰어링하기 때문에 절대 부담스러운 가격이 아니었다.

방에 짐을 풀고 또 다른 추억의 장소, 루프톱 레스토랑으로 바로 올라갔다. 레스토랑의 메뉴판은 바뀐 게 없었다. 심지어 가격까지 똑같았으니 체감하기론 음식 값이 싸다고 느껴질 정도이다. 나는 주방장에게 바나나 플리터가 되는지 물어봤다. 하지만 그는 바나나가 없어서 안 된다 한다. 그러면 다음날은 되겠구나 싶어 배를 채우려고 치킨 커리를 시켰다.

"치킨 커리도 안 돼요."
"예? 왜요?"
"치킨이 없어요."

잠시 당황했지만 뭐가 되냐고 물으니 에그 커리를 포함해 몇 가지를 골라준다. 그다지 먹고 싶지 않은 음식들이다. 나는 물배라도 채우려고 작은 주전자 사이즈의 커피를 시켰다. 동생들은 많이 배가 고팠는지 주방장이 추천한 에그 비리야니와 에그 커리를 시켰다.

요리가 나오는 동안 창문을 열어 내가 심심할 때마다 올라와 구경하던 강가의 풍경을 잠시 감상했다. 정말 우리나라는 1년이 무섭게 창밖 풍경이 바뀌는데, 이곳 바라나시는 언제나 시간이 한 시대에서 멈춰 있는 듯하다. 담배를 꺼내 물고 안개가 자욱한 이곳을 바라보니 내가 계속 그리워하던 인도가뿌연 연기 너머로 비치는 듯하다. 찾을 수 없을 것 같았던 이번 여행의 마지막 그림도 서서히 나타나는 것 같은 착각까지 든다.

30분쯤 기다리니 내 커피가 먼저 나온다. 물 하나를 끓이는데 뭐 이렇게오래 걸리나 싶었지만 물을 올려놓고 다른 요리를 하고 있었겠거니 앉아 있었다. 그러나 다음 요리가 또 30분 뒤에 나왔다. 아무래도 이 주방장은 요리를 동시에 못하고 하나씩 만들어야 하는 느림보인가 보다. 결국 우리는 차례대로 음식을 마치며 다음 사람이 식사를 끝낼 때까지 기다리는 이상한 꼴로점심을 먹었다.

동생들의 말을 빌리자면 음식 맛도 별로라고 한다. 그렇게 자랑을 늘어놓았는데 아이들에게 좀 민망하다. 그러고 보니 점심 시간과 저녁 시간엔 손님이 바글바글하던 이 레스토랑에 개미새끼 한 마리 보이질 않는다. 마침 사장님이 올라와 우리에게 맛이 괜찮냐고 물어본다. 평소 같았으면 "굿굿!" 하고 넘어갔을 텐데 내가 애정이 있는 숙소이고, 앞으로 글을 쓰러 자주 올라올 것 같아서 할아버지를 따로 불러 얘길 해주었다.

"별로예요. 그리고 저 사람 너무 느려요. 할 줄 아는 요리도 별로 없고요."
"알아. 손님 많아지면 저 사람 미치려고 해."

할아버지는 이미 알고 있었다. 최근에 주방장이 바뀌어서 그런 거니 이해해 달라고 한다. 왜 이렇게 손님이 없냐고 하니 내가 가고 1년 뒤에 잠시 레스토랑을 운영을 쉬어서 손님들이 전부 떠나갔다고 한다. 하긴 입소문이 곧 생명인 이곳에서 최근에 문을 다시 연 레스토랑에 손님이 있을 리 만무했다. 하지만 저 주방장으론 절대 다시 예전의 명성을 찾을 순 없을 것 같아서 주방장은 꼭 바꾸라고 애정 어린 조언도 해주었다.

식사를 마친 경호와 나는 다시 병이 도진 원일이를 숙소에 재워놓고 가트 구경이라도 할 생각으로 로비로 내려갔다. 사장님은 혹시 3년 전에 바라나시 템플 투어를 한 적이 있냐고 물어봤다. 전에는 그저 화장터만 구경하며 멍 때리다 시간을 보내고 다음 도시로 이동했기 때문에 그런 투어를 한 기억이 없다. 사장님은 30년간 관광객을 대상으로 템플 투어 해주는 걸 업으로 살고 있는 자신의 친구가 있다며 그를 소개해 주겠다고 한다.

인도인들을 대할 땐 의심부터 하고 보는 나이다. 하지만 가이드 비용도 없고 그저 느끼고 즐거웠던 만큼만 팁을 주면 된다는 사장님의 말에, 경호와 나는 그날의 일정을 템플 투어로 결정했다. 사장님은 누군가에게 전화를 걸더니 몇 분 뒤 정말 사장 할아버지의 친구뻘로 보이는, 젠틀한 복장의 스카프 두른 할아버지가 숙소를 찾아왔다.

서로 인사를 건네고 곧바로 투어를 출발했다. 숙소에서 걸어서 멀지 않은 거리에 있는 사원들을 돌며, 할아버지는 능숙한 영어로 힌두교의 스토리를 설명해주었다. 원래는 현지인밖에 들어가지 못하는 몇몇 사원까지 데리고 들어가서 힌두교의 3대 신인 시바, 비슈누, 브라마의 이야기, 그들의 재탄생, 또 우리가 알 만한 가네쉬, 락슈미 등 유명한 다른 신들의 이야기를 아주 흥미롭게 말해주었다.

개인적으로 힌두교 신화에 꽤 관심이 많았던 터라 이것저것 물어보며 내 머릿속에 있던 짧은 지식들을 정리하는 시간을 가졌다. 특히 내가 부의 여신 락슈미를 좋아한다고하니 루트가 아니었는데도 락슈미가 모셔진 사원을 보너스로 돌아주기도 했다. 실제로 내가 사는 집엔 락슈미 동상을 세워놨다. 할아버지는 이야기를 듣고 껄껄껄 웃으며, 락슈미는 행운의 신인 가네쉬와 함께 있으면 더 궁합이 좋다는 팁도 주었다.

이슬람 사원에도 들러 높은 건물에서 내려다보는 강가 강의 멋진 뷰도 보여주었다. 사랑의 신이 모셔진 사원에선 여자친구가 생기기를 간절히 바라는 경호를 위해 1루피 동전을 신전에 투척하고 나오기도 했다. 두 시간가량 진행된 투어는 시간 가는 줄 모르고 후딱 지나갔으며, 실크가 유명한 이곳 바라나시에서 스카프와 숄을 사야 한다는 내 얘길 듣더니 믿음직스러운 론리플래닛에 나온 실크숍까지 안내를 해주는 가이드 할아버지였다.

실크숍에는 원일이도 함께 와야 하니 시세만 알아보고 곧바로 우린 숙소로 복귀했다. 생각보다 알차고 재밌던 투어에 나와 경호는 대만족을 하였다. 각각 100루피라는 거금(?)을 내놓았다. 심지어 경호는 이분과 좀 더 얘기를 나눠보고 싶다며 할아버지를 모시고 로컬 식당에 가서 저녁 식사를 대접하기도 했다. 나도 오랫동안 역사가 멈춰 있는 이 바라나시에 평생을 살아온 지혜로운 가이드 할아버지와 더 얘기를 나눠보고 싶었지만 체력이 방전된 탓에 방으로 돌아와 보람찼던 하루를 메모하며 첫날 일정을 마쳤다.

강물은 흘러갑니다, 새벽 바라나시를

부지런한 여행 스타일을 가진 경호 덕분에 팔자에도 없는 강가 강 일출 보트 투어를 예약했다. 졸린 눈을 비비고 간단히 물만 묻혀 세수를 한 뒤, 아직 꿈나라에서 헤어 나오지 못하는 경호를 깨워 로비로 내려갔다. 매니저가 보트 주인에게 전화를 걸었고, 곧바로 한 사람이 들어와 자신의 보트로 우리를 안내했다.

가트를 지나가다가 호객을 하는 보트들과 흥정을 하면 최소 한 사람당 100루피를 달라고 했으니, 사장님이 직접 연결해준 이 사람이 제시한 50루피는 이 새벽 시간에 거저나 다름없다. 허름하지만 나름 구색을 갖춘 작은 보트가 숙소 앞 강가에 떠 있었고, 나와 경호는 아직 어두운 가트에서 넘어지지 않도록 조심하며 보트에 올라탔다.

안개가 심하게 낀 새벽의 바라나시의 공기는 아주 무겁고, 스산한 기운마저 든다. 보트 주인이 노질을 시작하자 보트가 우리를 싣고 유유히 강가 강을 떠내려간다. 주변의 오래된 건물과 가트들 탓인지 마치 L놀이공원의 '신밧드의 모험'을 타는 듯한 느낌을 준다. 찍는 사진들도 꼭 그러했다. 이국적 분위기를 물씬 풍기며, 화장터의 나무 단지가 빨갛게 불타고 있는 모습은 우리가 강가 강이 아닌 스틱스 강을 건너는 것 같다는 느낌마저 들게 했다.

주변엔 우리 말고도 일출을 보기 위해 나온 관광객들의 보트가 꽤 있었다. 개중엔 모터를 장착해 여러 명이 단체로 유람을 즐기는 보트도 있었고, 어디선가 들려오는 어눌한 한국어의 인도 가이드가 탄 보트도 있었다. 강가 강에 떠서 바라보는 가트의 모습들은 그동안 내가 알던 가트들과 또 다른 모습이었다. 일찍 나와 몸을 씻는 사람들을 강의 시선으로 바라볼 수도 있었고, 아침을 시작하는 인도인들의 생활상을 여실히 목격할 수 있는 좋은 기회였다. 안타깝게도 안개가 심한 탓에 일출은 볼 수 없었다.

한 보트가 우리에게 다가와 초가 켜진 꽃바구니를 내밀며 강에 띄워보라고 장사를 해온다. 그저 낭만적으로 보트 투어를 즐기기엔 이곳엔 참 많은 호객꾼이 존재한다.

계속해서 "노 머니!"를 외치며 거절했지만 괜찮다며 웃어 보이는 장사꾼을 뿌리치지 못해 결국 하나를 받아들고 강물에 띄웠다.

1. 아스트랄한 분위기의 새벽 바라나시.
2. 미슈라 게스트 하우스는 변함 없이 나를 반겨주었다.

보트가 흔들린 탓에 촛불이 꺼지며 제대로 된 의식도 못해본 채 나의 꽃
바구니는 빛을 잃어버렸다. 하지만 장사꾼의 얼굴엔 '걸려들었어'라는 표정이
눈에 훤히 드러났다. 아까의 웃는 표정은 싹 사라지고 돈을 내놓으라고 한
다. 날강도 같은 그놈 표정을 보니 안 그래도 꺼져버린 내 꽃바구니가 억울해
한바탕 싸우고 싶은 마음이었지만 옆에 있는 경호를 생각해 주머니에 있던
10루피 동전 두 개를 그놈 보트에 집어 던졌다.

"바이바이, 퍼킹 라이어!"
"바이바이!"

그래도 돈을 뜯어내서 좋다고 실실대며 손을 흔드는 배알도 없는 놈이다.
나는 지금 잠을 얼마 못 자서 피곤하고 예민했다. 경호도 마찬가지로 신경이
좀 예민했는데, 나와 좀 결이 다른 듯했다.

"형, 배고파요."

메인가트를 지날 쯤 자신이 트립어드바이저에서 본 맛집이 이 근처에 전부
있다며 내려서 아침이나 먹고 숙소로 들어가자는 경호이다. 보트주인에게 내
려달라고 부탁한 뒤, 값을 지불하고 아침 식사를 위해 골목으로 들어섰다.
하지만 너무 이른 시간이라 봐두었다는 모든 식당들은 문을 닫은 상태였다.
겨우 방금 연 자그마한 식당에 들어가 커피 한잔과 에그 토스트를 시켰다.

경호는 아침부터 그 부담스러운 커리가 배로 들어가는지 치킨 커리와 난

몇 장을 시킨다. 정말 대단한 먹성이다. 하지만 이 식당의 음식 맛은 그다지 별로였다. 그 쉬운 에그 토스트가 맛이 없을 정도면 말 다했다. 이른 아침부터 호객을 하는 이유가 다 있다. 그날 이후에도 이 집 앞을 지나칠 때마다 호객하는 모습을 볼 수 있었다.

숙소로 복귀해 잠시 눈을 붙이고, 오늘 하루는 루프톱에 올라가 글을 쓸 계획을 짰다. 부지런한 경호는 사장님께 추천받은 조금 떨어진 사원들과 바라나시 대학교를 다녀오겠다고 한다. 점심엔 아까 가지 못했던 맛집을 찾아갔고, 역시 아침 식사와 다르게 맛집은 맛집이었다. '스파이시 바이트'라는 이름의 이 식당은 우리들의 아지트가 되었다. 거의 매일 아침 이곳을 찾아 식사를 마치고, 옆에 있는 라씨 집에 가서 디저트를 먹는 게 바라나시에 머무는 9일 간 하루의 시작처럼 반복되었다.

원일이는 식사를 마치고 드디어 내 말을 듣기로 했는지 현지 약을 사왔다. 나도 계속 장에 트러블이 생기는 게, 인도에 오면 자주 겪는 물갈이를 시작하려는 느낌이 들었다. 언제나 약발이 잘 받았던 'Ciprofloxacin 500㎎'을 사서 바로 복용했다. 역시 이틀간 약을 복용하고 나니 언제 그랬냐는 듯 물갈이는 멈췄고, 뜻밖의 변비를 얻었다.

바라나시 일기, 끊임없는 의식의 흐름

숙소로 복귀해 노트북을 들고 루프톱에 올라갔다. 커피는 아침 점심에 두 잔이나 마셨기 때문에 간단히 바나나 플리터에 허니 레몬티를 먹을 생각이다. 오늘은 당연히 되겠지 싶어 주방장에게 바나나를 사왔는가 물었다. 하지만 오늘도 역시 대답은 "노우"였다. 아무래도 이 친구는 해고되어야 할 것 같다.

실패할 확률이 희박한 프렌치프라이로 메뉴를 변경하고 창가에 앉아 노트북을 컸다. 역시 이곳은 글을 쓰기에 최적의 장소이다. 잠시 후 음식이 나와서 글쓰기를 멈추고 있는 그때 2m가 훌쩍 넘는 키의 흑인 한 명이 레스토랑에 들어온다. 가볍게 인사를 나누고 다시 글을 쓰려고 하는데 이 친구가 앉아서 말을 걸어온다.

"어디서 왔어요?"
"한국에서요. 당신은요?"
"스위스에서 왔어요. 반가워요. 제 이름은 아쉬입니다. 예전에 한국에 3개월 동안 살아서 당신이 한국인 걸 알아봤어요."
"그래요? 저도 반갑습니다. Clarence입니다."

아쉬는 제네바 출신으로 모국어인 불어는 물론, 엄청난 영어 실력을 가진 친구였다. 뭘 하고 있었냐고 묻기에 글을 쓰던 중이라고 하니 자신도 글을 쓴다며 매우 반가워한다. 그는 영문과를 전공하고 영어로 자신의 글을 쓰며 세계를 돌아다니고 있는 소설가였다. 물론 이미 다 잊어버린 불어지만 나도 불문과를 전공해 불어를 조금 할 줄 안다고 하니 더욱 반가워한다.

한국에서 머물렀던 덕분에 아쉬는 한국 메신저 아이디도 있었다. 우린 서로 친구 등록을 하고, 이후엔 루프톱에서 글을 쓰다가 자주 마주쳐 친한 친구가 되었다. 아마 아쉬도 나처럼 이 장소를 글쓰기에 좋은 곳이라 생각했던 것 같다. 몇 마디 대화를 더 나누다가 각자의 일을 시작했다. 꽤 오랜시간 동안 글을 쓰고 나니 어느덧 저녁 시간이 되어 슬슬 배가 고파지기 시작한다. 동생들에게 문자를 남겨 루프톱으로 오라고 전달했다.

얼마 있지 않아 방에 있던 원일이가 먼저 올라오고, 경호도 대학교 탐방을 마치고 루프톱으로 올라왔다. 둘에게 아쉬를 소개시켜 주고, 우린 어디서 저녁을 먹을지 머리를 맞대고 고민을 했다. 그런데 오늘따라 유난히 '샨티 레스토랑'의 질기고 질긴 돈가스가 계속 맴돈다. 내가 아는 맛집이 있다며 둘을 데리고 돈가스를 먹으러 추억의 '샨티 레스토랑'을 찾아갔다.

'샨티 레스토랑'은 항간에 떠도는 말로는 일본 여자와 인도 남자가 결혼해 차렸던 레스토랑이라고 한다. 후에 둘이 갈라서면서 일본 여자가 본국으로 돌아가고, 남자 혼자 운영을 하다가 지금은 결국 다른 사람이 인수해 장사를 하고 있다고 한다. 하지만 그 맛은 아직도 건재한 인도의 돈가스 맛집이다.

한국인과 일본인이 많이 찾는 덕분에 한일음식이 어우러져 메뉴판도 두 언어가 적혀 있을 정도이다. 바라나시에 머물다가 고기 맛이 그리우면 종종 찾았던 곳이다. 특히 이 식당의 주 메뉴인 '김치 볶음밥+돈가스'는 단연 최고 이다. 오늘도 어김없이 나는 그 메뉴를 시켰다. 경호도 같은 걸 시키고, 아직 입맛이 돌아오지 않은 원일이는 우동을 시켰다.

음식이 나오고 원일이는 왜 우동면이 스파게티면이냐며 툴툴댄다. 하지만 돈가스는 내가 기억하던 맛 그대로여서 질겅질겅 씹히는 맛이 아주 일품이 다. 김치 볶음밥도 약간 신맛이 돌며 없던 식욕도 돌도록 만든다. 원일이도 우리가 먹는 모습을 보더니 꼭 한 번 먹어보고 싶었다며, 결국 뎅기열이 다 낫고 또 다시 이곳을 찾았다.

배부른 식사를 마치고, 나와 경호는 저녁 가트 산책에 나섰다. 우리 숙소 를 기준으로 메인 가트쪽은 온갖 장사꾼들이 들러붙는 시끄러운 동네이지만 왼쪽으로 걸어가면 한적하다 못해 밤중엔 무섭기까지 한 조용한 가트들이 나온다. 강가 강에서 인증샷을 찍으려면 이쪽으로 오는 게 좋다. 경호도 복 잡하지는 않지만 바라나시라는 걸 한눈에 보여주는 이곳에서 여러 장의 사 진을 찍었다. 우린 좀 더 걸어 강가의 시작점까지 걸어왔다.

이곳에선 인도 아이들이 축구를 하고 있었다. 경호가 사진을 찍으니 같이 하자며 우리를 부른다. 나는 구기 종목엔 영 관심이 없다. 솔직히 말하면 어 릴 적에 왜 그리 공들이 나에게만 날아오는지, 자주 얻어맞았던 탓에 떠 있 는 공들에 대한 공포증이 있다. 여담이지만 그래서 피구는 참 잘한다.

어쨌든 경호는 아이들에게 껴서 축구를 했고, 나는 아이들과 함께 축구를 하는 경호의 사진을 찍어주었다. 한 10분 정도의 짧은 플레이를 하고 경호가 골을 넣어 달밤의 체조와 같았던 축구는 끝이 났다. 아이들과 단체 사진을 찍고 돌아가는 경호의 표정이 밝다. 이럴 때는 나도 경호처럼 어릴 때 배낭 여행을 시작하지 않았음을 후회하게 된다. 생각보다 나는 당시엔 겁이 많았 다. 그리고 배낭여행이라고 하면 유럽 배낭여행이 일반적이었기 때문에 이렇 게 경호나 원일이처럼 동남아나 인도를 돌아볼 생각은 하지도 않았다.

가끔 글에서 체력 탓을 늘어놓으며 어줍잖은 우스갯소리를 하지만 사실 아직 나는 아주 젊다. 그리고 계속 젊게 살려고 노력한다. 가끔은 언제 철이 들 거냐는 핀잔을 듣지만 이미 철이 들었기 때문에 이러고 사는 것이다. 인생이 짧다는 걸 너무 빨리 알아버렸다. 또한 이 젊음의 소중함도 너무나 잘 안다.

나는 다가올 이별이 아파도, 젊기에 또 다시 금방 아물 거라는 생각으로 항상 열정적인 사랑을 해왔다. 그리고 지금 그 상처를 치유하기 위한 이 여행을 하고 있다. 실제로 상처는 조금씩 아픔이 덜해간다. 힐링여행이라는 막연한 목적을 가지고 떠나왔지만 그 막연함에 점점 더 가까워지는 게 느껴진다. 마치 강 건너편에 떠 있는 저 달이 이 강을 건너기만 하면 내 손에 잡힐 것처럼.

불교유적의 폐허 사르나트, 머릿속에 남은 건 '고기 모모'

오늘은 경호가 바라나시 가까운 곳에 위치한 또 하나의 불교 4대 성지, 사르나트에 다녀오자고 한다. 가끔 경호의 저런 부지런함이 여행을 하는 입장에서 배울 점이기도 한 것 같다. '잉여 여행론'을 예찬하는 나지만 종종 이 잉여스러움이 과해져서, 아름다운 풍광을 감상하며 시간을 보내는 것을 넘어 호텔방에 틀어박혀 아무것도 하지 않는 게으름이 되기도 하기 때문이다. 물론 부지런했던 경호도 이곳 바라나시에서 지내는 6일차엔 드디어 '잉여 여행론'의 매력을 알게 됐다며 멍 때리면서 루프톱에 올라가 나와 함께 글을 쓰기도 했다.

사르나트로 출발하기 전에, 모자란 루피를 환전하기 위해 시내로 나왔다. 환율이 그래도 조금씩 안정이 되어 가는지 바라나시에선 100달러짜리로 환전을 하면 6,000루피를 제시하는 곳도 있었다. 운이 좋게도 깨기 힘든 고액권이 아닌 100루피 지폐로 전부 챙겨주는 환전소를 발견했다. 동생들은 각각 200달러씩, 나는 이후에 더 좋은 환율을 만날 수 없을 것 같아 500달러 환전을 마쳤다. 그 찾기 힘든 100루피 지폐가 이곳에 전부 모여 있는 것처럼 그들이 가진 짤짤이의 수량은 어마했다.

딱 오늘 하루만 더 쉬면 정말 나을 것 같다는 원일이를 뒤로하고 경호와 나는 오토 릭샤를 흥정해 곧바로 사르나트로 직행했다. 사르나트는 부처가 제자들에게 첫 설법을 편 곳으로, 지금은 커다란 사탑을 제외하곤 나머지는 폐허가 된 곳이다. 그럼에도 불구하고 불교신자들이 순례를 위해 많이 찾는 덕분에 그 명맥을 유지하고 있다.

사실 난 절도 다니지 않는데 그저 불교철학에 빠져 있다는 이유만으로 누군가 종교를 물어보면 이것저것 설명하기 귀찮아 불교 신자라고 대답한다. 그런 내가 3년 전 부처의 탄생지 룸비니를 시작으로 이번 여행에서 깨달음을 얻은 보드가야, 설법을 읽은 사르나트에 이어 부처가 열반에 든 꾸쉬나가르만 가면 불교 4대 성지는 전부 들른 사람이 된다.

사르나트는 유적군에 세워진 '다멕 스투파'와 '물라간다 꾸띠 비하르 사원' 정도를 제외하곤 볼거리가 거의 없다. 우리가 먼저 도착한 곳은 사원이었다. 이 사원은 스리랑카에 본부가 있는 마하보디 공동체에 의해 지어진 사원으로, 그 내부에는 일본 화가에 의해 그려진 벽화가 인상적이다. 안쪽으론 사슴공원도 있었지만 우린 그곳엔 입장하지 않았다.

보드가야와는 달리 불교 성지라는 느낌보다는 인도인들이 잠시 여가를 즐기러 오는 공원 같은 곳이라 큰 감흥이 오지 않는다. 옆에는 힌두교에서 유명한 종파인 자인교 사원이 있었는데, 사원 직원이 자인교의 교리들에 대해 설명을 해줄 때에는 꽤나 재밌었다. 자인교의 승려들은 수행을 통해 깨달음을 얻을 때마다 입고 있는 옷들을 하나씩 벗는(?)데, 최후엔 나체인 상태로 생활을 하게 되고, 이런 모습은 바라나시 가트 근처에서도 종종 봤기 때문에 자인교 수행자들을 발견하는 건 어렵지 않았다.

자인교 사원을 나와 걸음을 옮겨 사르나트 유적군 매표소로 향했다. 외국인 눈탱이 맞추는 가격은 이미 익숙하다. 경호는 본인 취향이 아닌 유적지에 들어가는 데에 큰돈을 내는 게 아깝다며 건너편에 있던 입장료 10루피짜리 고고학 박물관에 다녀오겠다고 한다. 1시간 뒤에 같은 자리에서 만나자고 약속한 뒤, 나 혼자 유적군에 들어섰다.

유적군에는 많은 불교 성지 순례자들이 모여 예배를 드리는 모습을 목격할 수 있었다. 단체로 우르르 지나가는 승려들도 보였고, 가끔은 산책을 나온 인도인들도 보였다. 폐허가 된 유적지는 마치 망해버린 마을처럼 보이기도 했고, 곳곳을 뒤지면 보물이라도 나올 것 같은 모습이었다. 나는 부서진 유적 위를 폴짝폴짝 뛰어다녔다. 성지순례같다기보단 내가 게임 주인공이 되어 탐험을 하는 느낌이었다.

비단 나뿐 아니라 가족 단위로 산책 나온 인도인들이 슈퍼마리오처럼 부서진 벽돌 사이를 걸어 다니고 있었고, 젊은 인도인들은 셀카를 찍어대며 유적지를 돌아다닌다. 처음 입장했을 때 경건하게 불경을 읊던 신자들과 대조되게, 불교와 동떨어진 삶을 사는 인도인들은 그저 집 근처에 놀러 나오는 곳 정도로 이곳을 생각하는 듯했다.

발을 떼어 부처가 첫 설법을 펼친 곳에 세워진 다멕 스투파로 이동했다. 사탑 근처로 가니 향 냄새가 물씬 풍기며 그 주변을 돌면서 기도를 하는 불자들이 보인다. 이 유적군은 그리 넓지 않음에도 불구하고 세 가지의 모습이 명확하게 나눠진 흥미로운 장소이다. 들어서자마자 사탑을 바라보며 스피커로 시끄럽게 불경을 읊는 예배 구역과 달리 조용하게 한 사람 단위로 경건히 기도를 드리는 이곳은 평화롭게 보이기까지 한다.

나도 신발을 벗고 사탑 주변을 돌며 피워진 향 연기 사이를 헤집고 부처의 가르침이 무엇이었을까 상상하며 그 분위기를 만끽했다. 한 일본인 할아버지 한 분이 젊은 친구가 엄숙한 표정으로 기도를 드리는 모습이 신기했는지 나에게 일본어로 말을 걸어왔다. 하지만 상당히 짧은 나의 일본어 실력 탓에 그저 한국인이라는 것만 알려드리고 대화를 마쳤다. 다시 유적군으로 돌아가 밖으로 나가려는 도중 한 유튜버 인도인의 인터뷰 요청을 받아 잠시 이야기를 나눴다.

"어디서 오셨나요?"
"한국에서 왔습니다."
"인도가 어떤가요?"
"사실은 이번이 첫 방문이 아닙니다. 아마 저는 인도와 사랑에 빠진 것 같네요. 전에 왔을 때와 변함없는 인도의 모습에 항상 흥미를 느낍니다. 사르나트는 이번이 처음입니다."

"이곳 느낌은 어떤가요?"

"또한 흥미롭습니다. 사람들도, 유적지도."

다소 부족한 영어 실력으로 진행한 인터뷰였지만 내가 인도에 느끼는 감정을 한마디로 요약한다면 말 그대로 'Interesting'이다. 다른 나라와 달리 늘 호기심을 자극하는 인도는 일상을 살다 보면 문득문득 생각이 난다. 지루하고 반복적인 일상에서 마치 커리 같은 자극적인 기분전환이 필요한 시기엔 이곳을 떠올린다. 유튜버 친구와 작별인사를 하고 경호를 만나기로 했던 시간보다 10분 정도 일찍 유적군을 나왔다.

경호를 만나 서로가 다녀온 곳에 대한 이야기를 나누고, 저녁 식사를 위해 근처 식당을 찾아보았다. 사르나트 근처엔 티베트 식당이 많다는 이야기를 들어서 사람들에게 물어물어 어느 한 작은 티베트 음식점에 들어갔다. 전력이 부족했는지 정전이 된 어두운 레스토랑 안에는 촛불이 켜있었고, 희미한 불빛에 의지해 메뉴판을 읽어 포크 모모와 텐뚝, 치킨툭파를 시켰다.

모모는 한국으로 따지면 만두이고, 텐뚝은 떡국, 툭파는 칼국수라 생각하면 된다. 베지와 논-베지 메뉴의 가격 차이가 없어서 당연히 우린 논-베지를 시켰다. 하지만 이곳의 진정한 매력은 엄청나게 싼 가격이다. 그리고 기대도 안 했던 엄청난 양의 고기가 충분히 씹는 맛을 즐길 만큼 큼지막하게 들어 있었다.

특히 모모에 들어간 고기는 엄청난 육즙을 뿜어냈다. 내가 지금껏 먹어온 고기만두 중 최소 다섯 손가락 안에 드는 맛이었다. 사르나트에 이걸 먹으러 왔다고 생각해도 아깝지 않을 정도로 맛있는 모모였다. 식사를 마치고 나오는 길에 가이드 북을 보니 역시 사람들이 느끼는 바는 크게 다르지 않은가보다. 내가 생각한 그대로 소개가 되어 있었다. 혹시나 이곳에 들를 사람들을 위해 강력히 추천하며 식당 이름을 적나라하게 소개하고 싶다.

-Friends Corner Tibetan Restaurant 고기모모가 정말 일품! ★★★★★-

1. 17세기 이슬람 황제 아우랑제브가 힌두교의 성지 바라나시에 지은 이슬람 사원 알람기르 모스크, 할아버지의 역사 투어 덕분에 숨겨진 보물들을 만날 수 있었다.
2. 멀리 보이는 다멕 스투파와 폐허가 된 사르나트 유적군, 부처가 다섯 도반들에게 처음으로 설법한 자리에 세워진 기념탑으로 아쇼카 왕에 의해 건설되었다.
3. 사르나트 일대에서 가장 번듯한 불교 사원인 물라간다 꾸띠 비하르, 스리랑카에 본부를 둔 마하보디 소사이어티에 의해 1931년 건설되었다.
4. 경호와 인도의 아이들이 강가 주변에서 달밤의 축구를 즐기고 있다.
5. Friends Corner Tibetan Restaurant의 텐뚝과 고기 모모는 정말 일품이다.

남은 3일간의 바라나시 이야기

　남은 바라나시 일정 동안엔 돌아다니지 않고 그저 한가롭게 가트와 강가를 바라보는 내 여행 스타일로 돌아오기로 결심했다. 물론 이런 것에 불편함을 느끼는 경호를 위해 바라나시에 있는 큰 쇼핑센터인 '아이피씨네몰'과 '빅바자'에 다녀오긴 했다. 원일이도 몸을 완벽하게 회복했다. 혼자 가트를 산책하러 다녀오기도 하고, 내가 줬던 팁대로 화장터 근처에 자리를 잡고 불 구경만 몇 시간 하다가 오기도 했다.

하루는 셋이 전에 소개받은 실크숍에 가서 거금을 쓰고 왔다. 경호와 내가 열심히 돌아다니며 알아본 결과 다른 실크숍에 비해 질이나 가격 면에서 견줄 만한 곳이 없었다. 미슈라 할아버지의 말은 신뢰할 만하다. 저녁엔 원일이의 돈가스 한을 풀어주기 위해 샨티 레스토랑을 또 한 번 찾았고, 슬슬 동생들이 나의 '잉여 여행론'에 물들 때쯤 우리 숙소에 한국인 두 명이 더 찾아왔다.

"안녕하세요! 여기 한국인들이 많이 안 오는 숙소인데, 어떻게 찾아왔어요?"
"아, 안녕하세요. 저흰 삐끼가 데리고 왔어요. 한국 분이 계실 줄은 몰랐네요."
"반가워요. 친구끼리 배낭여행 중이에요?"
"저희는 이런 사람입니다."

둘은 태성이와 하늘이라는 스물여덟 살 동갑내기 친구들이었는데, 얼마 전부터 세계여행을 막 시작한 유튜버라고 소개하며 명함을 내밀었다. 요즘엔 대박 유튜버를 꿈꾸며 여러 가지 콘텐츠를 제작하는 사람들이 확실히 많아지는 것 같다. 불과 몇 년 전만 하더라도 없는 직업이었는데, 이젠 자신을 유튜버라 소개하는 사람이 생길 정도니 말이다.

그들은 인도가 처음이라고 나에게 자문을 구했다. 삐끼를 따라온 숙소에서 이런 소중한 인연을 만났다며 너스레를 떠는 아이들이 하도 질문을 해서, 내가 아는 안에서 이런저런 팁을 주었다. 방송국에서 일을 하다가 돈을 모아 출발했다는 이 친구들은 세부에서 스쿠버 다이빙 강사 자격증을 따서 호주로 넘어가 워킹 홀리데이를 하고, 또 돈을 모아 남은 일주를 하려는 원대한 프로젝트를 진행하고 있었다. 재밌게도 이 둘과 나는 필리핀 세부에서 재회를 하게 된다.

바라나시에서의 마지막 날에는 이제 작별을 고해야 하는 강가 강의 가트를 따라 산책을 했다. 나와 동생들, 아쉬, 태성이와 하늘이, 미슈라에 묵고 있던 모두가 가트로 나와 강가 강의 처음부터 끝까지 걷기 운동을 했다. 언제 또 볼 수 있을지 모를 바라나시에 뜨거운 안녕을 고한다. 이에 보답하듯 바라나시도 색색으로 가트에 널려 펄럭이는 빨래들, 강가 강을 화폭에 담은 작은 전시회 등 그동안 보지 못했던 다양한 볼거리를 제공해주었다.

긴 산보를 마친 우리는 숙소로 복귀해 저녁 기차시간에 맞춰 출발 준비를 마쳤다. 나는 차마 발걸음을 쉽게 떼지 못해 로비에 앉아 사장님과 오랫동안 얘기를 했다. 이 정도가 내가 바라나시에게 할 수 있는 마지막 아쉬움의 표현일 것이다.

"보스(여기 지내는 내내 이것저것 많이 챙겨준 그에게 나는 보스라는 별명을 붙여주었다), 요리사는 꼭 바꿔요."
"그러도록 하지."
"아니면 나한테 방이랑 조금의 월급을 챙겨주면 내가 요리사로 일할게요."
"그럴래? 당장 바꿀 수도 있어."

농담으로 던진 말이었는데 심각하게 받아들이는 사장 할아버지였다. 솔직히 말하면 그런 상상을 아예 안 해 본 건 아니다. 글쓰기 최적의 장소인 이곳에서 공짜로 먹고 자면서, 푼돈이지만 월급까지 받아가며 일하면 재밌겠다는 생각을 했었다. 좋아하는 루프톱 레스토랑에서 일을 하게 된다면 최소한 한국인들의 사랑방으로 만들 자신은 있었다.

하지만 남은 일정과 3개월짜리 짧은 비자가 나의 발목을 잡는다. 우습고도 발칙했던 상상은 그저 사장님과의 대화만으로 웃어넘기며 만족해야 했다. 다음엔 길게 취업 비자를 받아 다시 오겠다며 진담 섞인 농담으로 마지막 인사를 건네며 정든 미슈라 게스트 하우스, 그리고 사랑해마지 않는 바라나시에 이별을 고했다.

언제 또 볼지 모를 바라나시에 뜨거운 안녕을 고한다.
바라나시도 나에게 작별인사를 하듯,
색색깔로 가트에 널린 빨래들이 펄럭였다.

바라나시의 시간은 그대로 멈춰 있다

사진 박경호

Chapter 9

진부

1. 사상, 표현, 행동 따위가 낡아서 새롭지 못함.
2. 참됨과 거짓됨. 또는 진짜와 가짜.

내 슬픈 예감은 틀린 적이 없다

그동안 왜 보이지 않았나 싶었던 인도의 기차 연착이 드디어 우리에게 모습을 드러냈다. 바라나시 역에서 다음 목적지인 아그라행 기차를 기다리던 우리는 2시간 연착 공지를 확인했다. 그래도 이 정도면 꽤 애교스러운 연착이다. 오히려 아침 6시 아그라 도착 예정이 8시로 미뤄지면서 적당한 때에 하루를 시작할 수 있을 것 같다고 생각했다.

하지만 이번 열차는 장시간 연착도 옛날 얘기인가 싶었던 나의 기대를 무너뜨려주었다. 2시간이 더 연착된 것이다. 그동안 동생들에게 이런 사항에 대해 수도 없이 말했기 때문에 생각보다 동생들은 무덤덤해 한다. 이왕 이렇게 됐으니 우린 역에 위치한 식당에 들어가 저녁을 먹고, 2시간 동안 앉아있기 민망하니 짜이[1]도 한잔 시켜 먹었다.

하루면 둘러보는 아그라에 오래 머무를 이유는 없었다. 그래서 다음날 저녁에 델리행 기차도 예약을 해놓았는데, 아직은 기차를 취소해야 할 만큼 연착이 된 상태는 아니었다. 마침내 두 시간을 더 기다려 열차가 도착했고, 그래도 3A로 예약한 덕분에 인도인들과 부대끼지 않고 편하게 갈 수 있었다. 우린 늦은 시간이었기에 곧바로 시트를 펴고 잠을 청했다.

다음날 아침, 4시간이 연착되었으니 10시쯤 도착하겠구나 싶어 9시에 눈을 떴다. 동생들은 이미 일어나 우리 앞 좌석에 탑승한 서양인 승객 둘, 인도인 한 명과 이야기를 나누고 있었다. 주섬주섬 일어나 나도 1층으로 내려갔다. 간단히 그들과 인사를 나누고 경호에게 말을 건다.

"어디쯤 왔어?"

---

1) 홍차와 우유, 인도식 향신료를 함께 넣고 끓인 음료로, 인도인들에겐 커피보다 대중적이다.

"형 놀라지 마세요. 저희 반도 안 왔어요."
"엥? 1시간 뒤에 도착 아니야?"

조금은 당황스러웠다. 내 표정을 읽었는지 앞에 있던 인도인이 나에게 상황을 설명해준다. 요즘 안개가 심해서 북쪽 지방은 특히 연착이 심하다는 것이다. 일찍 일어난 동생들이 짐을 정리하거나 내릴 준비를 하지 않고 여유 있게 이 사람들과 대화를 하고 있던 이유가 따로 있었다. 인도인은 우리의 도착 예정시간이 저녁 5시쯤 될 거라며 자신의 휴대폰 어플을 이용해 정보를 알려주었다.

"망했네."
"형도 포기하고 그냥 같이 수다나 떨어요."

빼도 박도 못하고 델리행 기차는 취소하고 아그라에서 1박을 해야 하는 상황이었다. 결국 체념한 채 이들의 대화에 동참했다. 서양인 둘은 독일 남자들로, 인도에서 처음 만나 같이 여행 중이라고 한다. 사이드 칸에 앉아 있던 인도인은 바라나시 대학에서 엔지니어링을 전공 중인 여대생이었다. 셋은 조드뿌르에 가고 있는 중이었고, 우리보다 10시간은 더 가야 하는 긴 일정이었다.

여대생은 방학을 이용해 고향에 내려가는 중이었는데, 집이 꽤 잘사는 친구처럼 보였다. 독일인들은 우리의 여행 일정을 얘기해주니 매우 흥미로워한다. 두 동생이 인도에 오게 된 계기부터 동남아 여행에서 있었던 일들을 이야기해주니 다들 경청해준다. 우린 서로 여행 정보를 공유하며 각자의 언어로 된 가이드 북을 보여주었고 추천 여행지를 소개했다. 하지만 식상한 대화들로 시간을 이어가다 보니 결국 얘깃거리는 동이 났다. 그때 여대생이 아주 흥미로운 제안을 한다.

"너희 자이뿌르에 오면 우리 집에서 머물러도 돼."
"우린 남자인데 괜찮겠어?"
"생각보다 가족들이 개방적이야. 내가 가이드도 해줄게."

경호의 눈이 번뜩인다. 독일인 두 명은 이미 호텔을 예약해 괜찮다고 말한다. 하지만 경호는 꽤나 의지가 강력했는지 그 여대생의 SNS 아이디를 받아 친구 추가를 하고, 자이뿌르에 가면 메시지를 보내겠다고 한다. 자신의 여행 중 버킷 하나가 현지인 친구 집에서 홈스테이를 하는 것이라고 하니, 이런 열정을 보이는 경호가 이해된다.

나도 사실 이번 여행에서 아마다바드에 사는 부자 친구의 집에서 홈스테이를 하기로 약속을 해놓았다. 3년 전 정말 볼 것 없는 아마다바드에 버스를 갈아타기 위해 잠시 들렀을 때, 커다란 배낭을 메고 낑낑거리며 시내를 돌아다니는 내가 불쌍해보였는지 하루 종일 자신의 차로 시내 곳곳을 여행시켜주고 밥도 사줬던 고마운 친구이다. 나도 그 친구 집에서 머무는 걸 꽤나 기대를 하고 있으니 경호의 모습이 이상해 보이진 않는다.

시간은 흘러 어느덧 점심 시간이 되었다. 경호와 원일이는 바라나시에서 미리 산 빵을 먹고, 나는 기차에서 돌아다니며 판매하는 치킨 비리야니를 사서 먹었다. 인도 기차엔 우리나라 1980~1990년대처럼 간단한 식사나 음료수를 판매하는 상인들이 돌아다닌다. 3A칸엔 철도청 공식 매대만 들어올 수 있다. 동생들에게 기차 음식이 꽤 맛있다고 말을 해주는데도 맛이나 위생 상태가 영 못미덥다며 한사코 음료 외엔 사먹지 않았다.

식사를 마치고 우린 다시 이야길 나눴다. 하지만 여기에 모인 여섯 명 모두 영어가 모국어가 아니다 보니 도착할 때까지 계속 대화가 편하게 이어지지 않는다. 결국 우린 편한 한국어로 아그라에 도착해서 어떻게 할 것인지 중지를 모았다.

"인도까지 와서 타지마할을 안 보고 가는 건 말이 안 되지?"
"그럼요."
"우리, 델리행 기차표는 버리고 아그라에서 하루 묵자. 내일 아침에 타지마할 보고 오후에 출발하지 뭐."
"좋아요. 아그라 가서 오랜만에 맥주나 마셔요."

이래서 인도에선 다음 일정의 기차표들을 미리 끊어놓으면 안 된다. 내가 기차표를 무리해서 구하지 말고, 아그라에서 델리 가는 버스가 자주 있으니

1. 인도의 국민 차 짜이는 인도 전역에서 찾아볼 수 있다. 카스트 제도
   의 비화가 담겨 있는 토기잔은 다른 계급의 사람들과 같은 잔을 쓸
   수 없어서 한 번 사용하고 부수기 쉽게 만들었다.
2. 안락한 3A 기차, SL에 비해 상당히 관리가 잘 되어 있다.

버스를 타고 가자고 하니까 동생들도 동의한다. 멀지 않은 거리이니, 불편함
을 감수하더라도 이번엔 버스를 타는 게 마음 편할 것 같았다.

　결론을 내리고 우린 각자 할 일을 시작했다. 동생들은 휴대폰에 담아온 만
화책을 보고, 나는 3A칸의 안전함을 누리며 맘 놓고 테이블을 펴서 노트북
을 꺼내 글을 썼다. 사실 난 이번에 AC클래스를 처음 타 보았다. 예전 여행
에선 SL보다 상대적으로 가격이 비싸서 이용을 한 적이 없었는데 생각보다
안락하다. 특히 인구수가 많은 지역을 거치는 열차를 탈 땐 인도인들의 엉덩
이 어택이 얼마나 괴로운지 알기에, 입석표 사람들이 들어올 수 없는 AC클래
스가 최고이다.

　한 번 AC클래스를 경험해보니 왜 다들 비싼 돈을 더 주고 여기를 이용하는
지 알 것 같다. SL에선 깔아주지도 않는 시트와 베개, 담요까지 제공을 해준
다. 만약 여름에 인도를 여행하는 사람이라면 쾌적하게 에어컨이 나오는 3A나
2A를 이용하는 게 현명한 선택이다. 심지어 굳이 자물쇠로 배낭을 잠그지 않
아도 비교적 안심할 수 있는 AC클래스는 지불한 돈의 값을 톡톡히 해낸다.

　글을 쓰다 보니 기차는 가다 서다를 반복하며 드디어 목적지인 아그라에
도착했다. 여대생이 말해준 5시보다 1시간이 더 늦은 6시가 되어서야 도착한
열차는 12시간 연착이라는 어마어마한 경험을 선사했다. 경호와 원일이는

귀국하는 비행기가 뜨는 코치에 적어도 3일 전엔 먼저 가 있자는 다짐을 하며 기차에서 내린다. 나도 지겨웠던 아그라행 기차에 작별을 고했다.

타지마할은 우릴 보고 웃지

경호가 기지를 발휘했다. 환불 창구로 가서 얼마 있지 않아 출발하는 델리행 기차표를 환불받아 온 것이다. 전액 환불을 받고 나니 CC클래스[2]로 끊었던 델리행 기차표가 꽤 많은 돈을 우리 손에 쥐어 주었다. 신나는 마음에 숙소 근처에 도착해서는 세금이 잔뜩 붙은 맥주까지 자축의 의미로 마시기도 했다.

우린 다음날 델리에 가는 버스를 예약하고, 아그라 시내까지 들어가야 하니 근처를 배회하는 릭샤들 근처로 갔다. 우리를 보고 날파리처럼 달려드는 릭샤 기사들이 어색하지 않다. 흥정을 하기 위해 대충의 거리를 알아보고 적당선을 찾으니 셋이 60루피면 충분할 것 같았다. 60루피로 흥정을 시작하는데, 기사들이 100루피 이하로는 움직이려고 생각을 하지 않는 것이다. 그러던 중 우리에게 들러붙은 두 명의 기사가 갑자기 경쟁이 붙었다. 아주 바람직한 현상이다.

"식스티? 오케이!"
"경호야, 여기 60에 해준대."
"헤이! 아이 엠 피프티!"
"얘는 50이래요!"

우린 두 기사 사이를 왔다 갔다 하다가, 결국 가격은 40루피까지 내려갔다. 항상 바가지 씌우려는 인도인만 보다가 이런 상황을 맞으니 황당하기까지 하다. 40루피를 제시한 기사의 릭샤에 올라타려고 하는 순간, 경호가 다른 기사와 잠시 얘기를 하더니 파격적인 말을 꺼낸다.

---

2) CC클래스는 1등석 에어컨 좌석칸으로, 운행 중에 간단한 음료와 스낵, 식사를 준다. 모든 기차에 있는 클래스는 아니다.

"형! 이 사람이 버스 예약하는 곳도 들렀다가, 타지마할 근처 숙소까지 가는데 30루피에 해준대요!"

나와 원일이는 40루피 기사를 뒤도 돌아보지 않고 외면하고선 그 기사에게 달려갔다. 손님을 놓친 40루피 기사는 본인도 30루피가 어처구니없는지 더 잡지도 않는다. 그저 우릴 향해 "히 윌 뻑 큐(걔가 너희를 엿 먹일 거야)!"라고만 외쳤다.

우린 30루피 릭샤에 올라타 서로의 지갑을 확인했다. 100루피 지폐를 내밀면 도착해서 다른 소리를 해댈까봐 딱 30루피를 준비하기 위해서였다. 다행히 원일이가 30루피를 갖고 있었고, 우리는 버스 스탠드에 가서 다음날 5시 델리행 버스를 예약하고 타지마할 근처 번화가까지 이동했다. 기사는 나름 호텔 수수료라도 받아 볼 생각으로 호텔을 소개해주겠다며 안간힘을 쓰며 우리를 설득시키려 했으나 우린 이제 더 볼일이 없었다. 정말 30루피만 딱 주고 내리니 기사가 허망해 한다.

릭샤를 뒤로한 채 오늘 묵을 숙소를 찾아다녔다. 근데 오늘따라 일이 술술 풀리는지 우리가 원하는 가격으로 타지마할 입구 바로 앞에 있는 호텔을 곧바로 구했다. 심지어 다음날 타지마할과 아그라 포트를 돌아봐야 하는 우리가 2시로 레이트 체크아웃을 요구하니 그 또한 들어준다. 아그라가 요즘 숙박을 하지 않고 당일치기로 들렀다가 가는 코스로 유명해지니 손님이 정말 없긴 없나보다. 짐을 풀고 호텔 레스토랑에 가서 저녁을 먹곤, 다음날 일정을 위해 휴식을 취했다.

우린 다음날 아침 6시에 일어나 타지마할에 들렀다. 오늘 일정이 빡빡하니 일찍 들러 일출과 함께 그 위용을 자랑하는 타지마할을 보고 아그라 포트에 갈 계획이었다. 새벽 아그라는 안개로 가득했다. 정해진 시간 없이 일출 시간이 곧 개장 시간인 타지마할 앞에서 티켓팅을 하려고 순서를 기다렸다. 경호가 티켓을 사려고 하는데 우스운 일이 일어난다.

"아 유 티벳탄?" (티베트 사람이에요?)
"노노! 코리안!"

오랜 여행으로 까매진 경호를 티베트계 인도인으로 본 것이다. 잘하면 현지인 가격으로 입장권을 살 뻔했다. 곧바로 한국인임을 고백해버린 탓에 1,000루피나 하는 입장료를 자비 없이 냈다. 근데 오늘 날씨를 보니 비싼 값에 부응하는 타지마할을 볼 수 있을지 좀 의문이다. 전에 내가 왔을 때에는 아주 파란 하늘 아래, 거대하게 놓인 타지마할을 보며 큰 감동을 느꼈었다. 그러나 오늘은 한 치 앞도 보이지 않는 궂은 날씨이다.

입장을 시작하고 메인 게이트를 지났다. 하지만 곧바로 보여야 하는 타지마할이 역시나 보이지 않는다. 안개 속으로 몸을 숨긴 타지마할은 형체조차 보이지 않았다. 정원을 지나 아주 가까이 다가가서야 모습이 희미하게 보이기 시작했고, 이건 내가 동생들에게 보여주고 싶었던 타지마할이 아니었다.

"좀 실망스러운데요."
"이건 그때의 타지마할이 아니야. 이 느낌이 아닌데."
"형 이렇게 타지마할을 보고 갈 순 없어요."
"그래. 우리 좀 더 기다리더라도 제대로 보고 가자."

우린 안개가 걷히기만을 기다렸다. 박물관에 가서 시간도 때워 보고, 정원을 하염없이 걸으며 새가 모이를 먹는 모습까지 구경했다. 그러나 안개는 여전히 자욱했다. 해가 이젠 슬슬 중앙을 향해 올라간다. 우린 시간상 포기를 하고 나가야 할 것 같았다. 결국 메인게이트를 지나 돌아서려는 우리에게 갑자기 믿기 힘든 일이 일어난다. 아주 잠시 동안 타지마할이 모습을 드러낸 것이다.

"얘들아! 보인다!"
"얼른 다시 들어가요!"

정말 10분도 안 되는 시간이었다. 우린 드디어 성공했다며 파란 하늘과 어우러진 타지마할을 배경으로 사진을 찍어대기 시작했다. 기다림에 보답이라도 하듯 무굴제국의 왕비 뭄타즈 마할은 우리를 향해 미소 지었다. 사진을 다 찍고 나니 다시 안개 뒤로 숨어버린 그녀가 아속하기만 하다.

무굴의 5대 황제 샤 자한의 아내 뭄타즈 마할, 그녀에 대한 사랑으로 지어진 이 타지마할은 인도하면 가장 먼저 떠오르는 랜드 마크로서 많은 사람들에게 회자되고 기억된다. 그녀를 향한 마음이 후세에 지구가 멸망하는 그날까지 거대한 인도라는 나라를 대표하는 건축물로 자리매김하다니. 샤 자한은 이 사실을 알았을까? 예전에 온 타지마할과는 사뭇 다른 느낌으로 나의 감성을 자극한다. 오히려 안개로 자신을 가리고 수줍게 인사를 하는 오늘의 타지마할이 더 매력적으로 보였던 건 지금의 나이기 때문일 것이다.

살짝 아쉬웠던 타지마할을 뒤로하고 숙소로 복귀했다. 버스 시간이 얼마 남지 않아서 아그라 포트는 들를 시간이 없었다. 우린 점심을 먹고 바로 버스 정류장으로 갔다. 버스 시간 한 시간 전에 도착을 했는데, 검표원이 우리 표를 보더니 바로 출발 대기 중이던 버스를 태워준다. 어차피 아그라에서 더 할 일이 없던 우리에겐 고마운 일이다.

마지막으로 탑승한 탓에 기사 옆에 있는 간이 좌석에 앉게 되었다. 그러자 인도인들의 엄청난 시선이 쏟아진다. 아무래도 의자가 옆을 향해 있으니 유난히 다른 때보다 더 쳐다본다는 느낌이 든다. 신기하게 우릴 구경하는 인도

1. 안개 속으로 모습을 숨긴 타지마할.
2. 드디어 안개가 걷히고, 신이 났는지 춤까지 췄다. 보수 공사로 인해 완벽한 타지마할을 보지 못해 아쉽다.

인들을 뒤로하고 셀카까지 찍었다. 델리에 가는 동안 엉덩이가 좀 아팠지만 고속도로를 달리니 3시간 만에 목적지에 도착할 수 있었다. 우린 버스에서 내리자마자 델리의 유명한 여행자 거리인 빠하르간즈로 이동했다.

나는 델리가 싫어요!

사실 나는 델리 대학교에서 공부를 하고 계신 한 스님께서 아주 좋은 환율로 환전을 해주시겠다는 말을 듣고 동생들의 환전을 위해 델리행을 결정한 것이다. 곧 베트남으로 가신다는 스님은 달러가 많이 필요했던 탓에, 내가 환율로 징징대는 카페글을 보고 감사하게도 먼저 연락을 해주셨다. 나는 이미 바라나시에서 많은 환전을 했기 때문에 큰 필요가 없었다. 그러나 동생들이 좋은 환율로 환전을 할 기회기도 하고, 인도의 수도는 그래도 한 번 와보는 게 좋겠다 싶어서 정말 오기 싫었던 델리를 다시 왔다.

3년 전 나는 이곳 델리의 빠하르간즈를 향해선 오줌도 안 싸겠다고 다짐했다. 내가 인도에 오자마자 사기를 당한 곳이 빠하르간즈이기 때문이다. 여기는 여행 초반 눈탱이 법칙의 시작점이기도 하다. 나름 인도에 왔으니 헤나를 해보고 싶었던 나는 길거리에 깔려 있는 헤나 가게 중 하나를 골라 한 달이 지속된다는 색으로 헤나를 했었다.

가격표에 헤나 튜브당으로 가격이 책정되어있는 걸 보고 500루피 정도면 충분하겠구나 싶어 나의 오른팔 전체를 헤나로 도배했다. 약 1시간에 걸쳐 예술혼을 불태운 헤나 가게 여주인은 꽤나 만족스러운 모양으로 내 오른팔을 완성시켜 주었다. 그리고 돈을 지불하기 위해 가격표를 펼쳤을 땐, 아까의 가격이 아닌 1인치당 가격으로 바뀌어 있는 걸 확인할 수 있었다. 나중에 이야길 들어 보니 이곳 빠하르간즈의 전형적인 수법이었다. 두 가지 가격표를 준비해 시작할 때와 돈을 낼 때 다른 가격표를 보여준다는 것이었다.

그걸 몰랐던 나에겐 5천 루피, 우리나라 돈으로 10만 원 정도에 해당하는 돈이 청구되었고, 다른 한국인들에게 추천을 해주겠다는 조건으로 겨우겨우 3천 루피까지 깎고 돈을 지불했다. 이 일로 나는 욕을 하며 인도를 시작했고, 심지어 한 달이 간다는 혜나는 2주도 안 되어 전부 지워졌다. 그녀가 말한 한 달은 잘 안 씻는 인도인들 기준의 한 달이었다. 이랬던 빠하르간즈에 내가 다시 올 줄은 상상도 못했다.

그래도 쇼핑거리가 즐비한 이곳은 처음 인도에 발을 디딘 백팩커들이 인도 여행 중 대충 입고 다니다가 버려도 될 정도로 착한 가격의 옷들을 정찰제로 판매한다. 나는 시장에 들러 남은 일정을 위해 50루피 반바지 두 벌을 구매했다. 물론 잘 찢어진다는 단점은 어쩔 수 없다. 쇼핑을 마치고 우린 환전을 약속한 한식당으로 걸음을 옮겼다. 식당 사장님은 스님이 우리를 기다리다가 시간이 늦어 돈을 맡기고 가셨으니 자신에게 돈을 건네주면 된다고 한다.

1달러당 66루피라는 엄청난 환율로 환전을 하고, 돈도 생겼으니 간만에 한식을 먹기로 했다. 우린 김치찌개와 계란말이를 시켰다. 깔끔하고 정갈한 반찬들과 함께 나온 한식은 역시 타지에서 먹는 고향 음식이라 그런지 맛있다. 와이파이 신호도 강해서 우리가 그날 묵을 호텔도 예약하고 편한 마음으로 식당을 나올 수 있었다. 다음날 아침에 스님이 다시 오신다는 얘길 듣고 그 다음날 다시 방문하여 법의를 입고 멋들어지게 담배를 물고계신 스님을 만날 수 있었다. 합장을 해 반갑게 인사를 한다.

"덕분에 동생들이 좋은 환율로 환전을 하게 됐네요. 감사합니다."
"별 말씀을요. 나이가 많은 분인 줄 알았는데 생각보다 어리시네요?"
"저요? 하하하. 서른하나입니다."
"아이고 실수할 뻔했네요. 생각보다 나이가 많으셨군요. 허허허!"

호탕하게 웃어 보이시는 스님은 예상했던 성직자의 이미지와 다르게 매우 쿨하고 멋있는 분이었다. 연신 감사인사를 드리고 우리는 자리로 돌아가 늦은 아침 식사를 했다. 식사를 하며 다음 일정들에 대해 잠시 얘길 나눴다.

"나는 이제 내 친구 만나러 암다바드에 가보려고 하는데."
"형, 저는 자이뿌르에 가고 싶어요."
"그 여대생 만나러?"
"아니에요! 제 스타일도 아닌데요."

"알았어, 농담이야. 그럼 원일이는?"

"저도 우선 자이뿌르엔 가고 싶은데, 형 옛날 사진들 보고 나니 조드뿌르에도 가보고 싶어요."

인도에선 약 2주가 지나면 여행에 용기가 붙어 자신이 가고 싶은 여행지가 생기고 개인 취향에 맞춰 잠시 흩어지는 시기가 생긴다. 우리에게 딱 그 시간이 도달한 것 같았다. 델리를 기점으로 우리들은 서로 가고 싶은 도시들이 달라졌고, 동의하에 약 5일간의 자유 시간을 갖기로 했다. 출국하기 전에 들르기로 한 다만이라는 도시에서 만나기로 하고, 서로의 기차표를 따로 적은 뒤 식당을 나와 외국인 전용 예매 사무실에 찾아갔다.

각자 예약 시트를 작성하고 차례를 기다렸다. 그런데 인도 사람들은 정말 일 처리가 느리다. 그리고 일하다가 너무 딴 짓을 많이 한다. 그렇다 보니 교대로 밥을 먹는 시간엔 대기하는 사람들이 바글바글해진다. 다행히 우린 현지 점심 시간 전에 온 덕분에 서로의 목적지표와 다만까지의 표를 빠르게 끊을 수 있었다.

그러나 문제는 다만에서 코치로 가는 표였다. 동생들이 12월 28일 출국인 탓에, 크리스마스 시즌이 걸려서 휴양지인 남쪽 도시들의 표가 전부 매진이었던 것이다. 사실 식당에서 이미 확인하고 왔지만 외국인 쿼터표가 남아 있을 거라는 희망으로 온 것이기에 불안하긴 했었다.

역시 표는 존재하지 않았다. 우린 뒤로 가서 어찌해야 하나 머리를 맞대고 고민을 했다. 나는 예전 기억을 더듬었다. 그리고 웨이팅표라는 게 존재한다는 걸 생각해냈다. 웨이팅표란 돈을 내고 예약을 걸어 놓은 상태에서 취소표가 생기면 대기 번호가 당겨지는 시스템의 기차표이다. 보통 50번대까지는 잘 빠지는 편이니 이거라도 해놓자고 얘기한 뒤 번호표를 다시 뽑았다.

그러나 우리가 번호표를 뽑자 이들의 점심 시간이 시작되었다. 오후 2시, 이들은 왜 이렇게 점심을 늦게 먹는지, 우린 똥줄이 타기 시작한다. 특히 비행기를 예매해놓고 그때엔 꼭 출발을 해야 하는 경호와 원일이가 표를 끊지 못할까 봐 더욱 긴장한다. 최대한 웨이팅이 적은 날짜를 찾으니 23일의 3A표가 그나마 13번인 걸 확인했다. 시트를 작성한 뒤 안절부절 차례를 기다렸다.

점심 시간이 겹친 탓인지 처음에 왔을 때 30분이면 충분했던 대기 시간은 2시간이 걸려서야 우리 차례가 되었다. 웨이팅을 걸기 위해 자리에 앉아 시트를 내밀었다. 그러자 직원이 이 사무실에선 웨이팅 표를 구할 수 없으니, 나가서 오른쪽으로 쭉 걸어가서 웨이팅표 사무실로 가라 하는 것이다. 2시간이 통째로 날아갔다.

어차피 시스템은 똑같으니 하려면 할 수 있지만 원칙을 고집하는 직원도 미웠고, 웨이팅을 알아보려고 전산으로 같이 검색을 해줘놓고 여기 말고 다른 곳으로 가야 한다고 말을 해주지 않은 검색대 직원도 미웠다. 융통성이라곤 찾아볼 수 없는 일처리였지만 어쩌겠는가. 이곳은 인도이다.

웨이팅표를 사기 위해 역을 나와 담당 사무실까지 걸어갔다. 심지어 제대로 가는 게 맞나 싶을 정도로 거리가 꽤 된다. 가는 도중 인도인들에게 물어보면 자기가 아는 여행사로 데리고 가려고 속이질 않나, 릭샤를 타면 데려다주겠다고 하질 않나, 갈수록 우리의 짜증은 더해만 갔다.

다행히 우여곡절 끝에 찾은 사무실에서 젊은 인도인 남자가 도와준 덕분에 문제없이 표를 구할 수 있었다. 웨이팅 티켓이라는 게 조금 불안했지만 주변에 있던 인도인들도 이 정도면 당연히 풀릴 거라며 조언을 해준 덕에 상쾌한 마음으로 사무실을 나왔다.

그날 낮 전체를 기차표 예매로 다 날려버린 탓에 우리는 별로 한 게 없음에도 불구하고 상당히 체력적으로 지쳐 있었다. 그래도 표를 구했다는 안도감에 시원한 맥주가 당겼던 우리는 저녁을 먹으며 한잔 들이킬 수 있는 곳으로 가자는 데에 중지를 모았다. 그나마 술집들이 몰려 있는 델리의 강남, 코노트 플레이스로가는 지하철을 탔다.

코노트 플레이스는 꽤나 화려했다. 인도치곤 고가의 브랜드들이 잔뜩 입점해 있었고, 여기저기에서 술을 파는 바들도 많이 보였다. 물론 술값이 싸지만은 않았지만 인도에서 이 늦은 시간(?)에 마음 놓고 술을 마실 수 있다는 게 신기하다. 근처를 구경하느라 정신없던 우리는 이 동네에서 가장 유명한 빵집에도 우연히 들어가 엄청 맛있는 타르트도 구입해서 나왔다.

음주 겸 식사를 할 수 있는 식당들을 찾다가 우연히 'Sports Club'이라는 곳을 발견했다. 우린 이곳에서 정말 색다른 제안을 받았다. 메뉴판을 살펴보고 있는 우리에게 직원이 조심스럽게 무언가를 물어본다.

"혹시 내일 LGBT 파티가 있는데, 오지 않을래?"
"LGBT라면 레즈비언, 게이, 바이섹슈얼, 트렌스젠더를 말하는 거니?"
"응."

"우와! 동성애가 불법인 인도에 이런 게 다 있다?"
"그러게요. 역시 수도는 다른가 봐요."
"태국에서 못 갔던 게이 클럽을 여기서 한 번 가볼까?"
"하하하, 재밌겠네요. 좋아요."

다음날 밤에 다시 올 것을 약속하고 우린 다른 식당으로 발걸음을 옮겼다. 멀지 않은 곳에 '해피 아워'로 생맥주를 싸게 파는 식당을 발견하고 들어가 피자와 맥주를 시켰다. 주위를 살펴보니 꽤나 비싸 보이는 패밀리 레스토랑 급의 식당인 듯했다. 생일 잔치를 하는 가족들도 보였고, 오붓하게 데이트를 즐기는 커플들도 보인다.

"분위기를 보건대, 여기 아무래도 3중 택스 붙을 것 같은데."
"근데 오늘 너무 지쳤어요. 그냥 여기서 먹어요."
"하루쯤은 사치 부려도 될 것 같아요."
"그……, 그럴까?"

나는 얼마나 붙을지 모를 세금에 다소 긴장되었다. 그래도 나온 음식의 맛은 꽤 괜찮았다. 맥주도 간만에 마시는 생맥주라서 그런지 톡 쏘는 맛이 일품이었다. 원일이와 나는 한잔씩 더 시켜 오늘의 힘들었던 나날을 위로했다. 이유를 모르겠지만 당시 갑자기 요도염으로 의심되는 병에 걸린 경호는 소변을 보고 오면서 너무 아프다며 앞으로 술은 자제해야겠다고 한다.

요도염이라니. 내 생각엔 경호가 바라나시에서 빨래가 마르질 않아서 딱 하루 노팬티로 돌아다닌 적이 있는데, 지저분한 인도 환경 탓에 병이 걸리지 않았나 추측해본다. 어쨌든 우린 영수증을 받아 확인을 하고 예상했던 3중 택스가 붙은 가격을 지불했다. 생각보다 큰 지출이 아니었다. 식당을 나와 숙소로 복귀해 아까 산 달콤한 타르트로 하루를 마무리했다.

댈리는 인도의 다른 도시에 비해 지하철이 잘 되어 있다.

델리관광 패키지!?

오늘은 본격적인 델리 관광을 하기로 했다. 그나마 델리는 지하철이 잘 되어 있기 때문에 오토 릭샤 흥정을 하지 않아도 여기저기를 돌아다닐 수 있어서 정신적인 체력 소모가 덜할 거라 생각했다. 부지런한 경호가 미리 알아놓은 덕분에 길은 수월하게 찾을 수 있었다. 하지만 델리는 넘쳐나는 사람들과 복잡한 거리 탓에 지하철부터 목적지까지 가는 길이 사람과 차들로 가득 차 있다. 서로 부대끼지 않고는 지나가지 못할 정도이다. 어딜 가도 사람 많은 인도이지만 역시 수도는 다르다.

우리의 첫 번째 목적지는 레드포트였다. 레드포트 또한 타지마할과 마찬가지로 건축을 좋아하는 황제 샤 자한에 의해 지어진 요새이다. 그의 건축물답게 햇빛에 비춰 빨갛게 빛나는 성은 보는 순간 감탄사가 절로 나온다. 이런 성에 꼭 와보고 싶었다는 경호는 비싼 입장권을 끊어서 내부로 들어갔다. 외관을 보는 것만으로도 만족스러웠던 나와 원일이는 성 주변을 돌며 한 바퀴 산책을 했다.

레드포트는 정말 거대하다. 출구에서 입구까지 가는 릭샤가 운행할 정도로 긴 성벽은 이 주변에 사는 사람들에게 이보다 좋을 수 없는 산책로가 되어 줄 것 같았다. 터벅터벅 걷고 돌아오니 30분이 훌쩍 지나 있다. 성 주변엔 내 생각처럼 가족 단위나 젊은 델리 학생들이 주변을 배회하는 게 눈에 띈다.

성 옆에는 사람이 많이 없어서 꽤 여유 있게 구경할 수 있었다. 가는 길에 물을 하나 사들고 성 외곽에 앉아 사람들을 살펴봤다. 인도인들은 자신들을 구경하는 나를 신기해하고, 또 나는 그런 그들을 관찰하는 진풍경이 펼쳐진다. 민망한 마음에 눈인사를 건네면 그저 대답 없이 째려보기만 한다.

왜인지 인도인들의 눈빛은 공격적인 시선으로 느껴진다. 많은 관광객들과 애길 나눠보면 나와 똑같이 생각하는 사람이 적지 않다. 가만히 앉아만 있어도 스트레스가 쌓이는 인도에 사는 사람들이라 그런 걸까? 생각해보면 여유가 넘치는 남인도 사람들에게선 그런 느낌을 받지 않는다. 안 그래도 북적이는 인도에 작은 자리나마 차지하고 있는 관광객들에 대한 경계 어린 시선은 아닐까 생각해본다.

오랜 기다림 끝에 경호가 레드포트 관광을 마치고 나왔다. 그래도 본인이 원하는 곳을 본 듯 비싼 입장료임에도 만족하는 경호였다. 우린 다음 목적지인 자마 마스지드로 향했다. 마스지드는 이슬람 사원을 뜻하는데, 이곳 델리의 자마 마스지드는 샤 자한의 마지막 작품으로 칭해지기도 한다.

인도에서 가장 큰 규모의 이슬람 사원이기도 하기에 볼 가치는 충분했다. 다만 우리가 도착했을 때 예배 시간이 겹친 터라, 사원 앞에 앉아 잠시 기다렸다. 무슬림 꼬마들이 우리에게 호기심 어린 눈빛으로 다가온다. 경호가 가지고 있던 한국 사탕을 쥐어 주니 귀엽게 땡큐를 외친다.

아빠를 따라서 예배를 드리러 왔는데 지루해서 바깥에 앉아 놀고 있었다며 잘 안 되는 영어로 설명을 해주는 모습이 영락없는 아이들이다. 어릴 적 할머니를 따라 교회로 예배를 드리러 가면 유소년부 친구들과 예배 땡땡이를 치고 놀이터에서 숨바꼭질을 하던 나의 어릴 적 모습과 흡사하다. 아이들과 사진도 찍고 짧은 대화를 나누다 보니 예배 시간이 끝나서 입장이 가능해졌다.

자마 마스지드는 입장 자체는 무료이지만 휴대폰이나 사진기를 들고 들어가려면 돈을 내야 했다. 우린 서로 교대로 물건을 맡아주며 안에 들어가 내관을 구경하고 나왔다. 역시 샤 자한의 작품답게 웅장함이 느껴지는 건물과,

40m가 넘는 탑은 볼 가치가 충분했다. 구경을 하는 도중 일본인이 나에게 일본어로 말을 걸며 사진을 찍어달라고 요청했다. 그걸 본 원일이가 이젠 완벽한 일본인이 다 되었다며 나를 놀리기도 했다.

사원을 구경하고 나오니 거의 저녁 시간이 다 되었다. 그날의 마지막 목적지로 정했던 까믈라 나가르로 가기 위해 지하철로 이동했다. 까믈라 나가르는 델리 대학교의 '대학로' 개념으로, 고등 교육을 받은 젊은 대학생들이 넘쳐나는 곳이다. 우리가 도착하니 하교 시간이 지난 직후라 집으로 돌아가는 인도 학생들을 많이 만날 수 있었다. 대학교 내부를 구경하고 싶었지만 이미 끝나고 문을 닫을 시간이라 들어가지는 못하고, 외관들을 구경하며 델리 대학가 주변을 배회했다.

가는 길에 푸드 트럭에 들러 인도 학생들처럼 프라이드 모모를 먹고 본격적으로 중심가를 향해 이동했다. 가는 길목에 지나가는 학생을 붙잡고 길을 물어보면 아주 능숙한 영어로 길을 설명해준다. 역시 교육을 받은 학생들은 다르다. 곧 인도를 이끌 인재들이 될 이들과 조우하고 나니 역시 영어 공부의 중요성을 새삼 느낀다.

아주 못하지는 않지만 그렇다고 유창하지도 않은 영어실력 때문에 여행을 하면서 외국 사람들과 더 심도 있게 이야기하고 싶어도 못했던 상황들이 가끔 있었다. 비단 취업을 목적으로 하는 영어가 아니더라도 글로벌 시대를 살아가면서 온 세계 사람들과 막힘없이 대화를 나눌 수 있을 정도로 회화실력을 키웠더라면 더 좋았을 걸 하는 작은 후회를 해본다.

델리의 대학로는 활기로 가득 차 있었다. 술을 금기시하는 분위기 탓에 우리나라처럼 술집이 즐비해 있는 대학로가 아닌 너무나 건전해 보이는 모습으로 그들은 캠퍼스 생활을 만끽하고 있었다. 기타를 치며 노래를 부르는 무리들, 술잔 대신 짜이 잔을 들고 깔깔대며 재밌는 대화를 나누는 학생들, 마치 1970~1980년대의 우리나라 대학가가 이러한 분위기가 아니었을까 하는 상상이 들 정도이다. 다소 촌스러워 보이기도 하지만 마치 옛날로 시간여행을 하는 느낌을 받는다.

1. 레드포트의 외관(좌)과 내관(우), 샤 자한의 작품이다.
2. 자마 마스지드(좌)와 익살스런 표정의 무슬림 꼬마들(우).

우리도 작은 커피 가게로 들어가 데이트를 즐기는 캠퍼스 커플 옆 테이블에 앉아 간단한 요기를 하며 오늘 일정을 정리했다. 간만에 여러 개의 장소를 동시에 돌고 나니 온몸이 피로하다. 돌아오는 길에는 델리 대학생들과 셰어링해서 릭샤를 타고 역까지 이동했다. 흥정할 필요도 없이 로컬 가격으로 정해진 돈을 내고 편하게 지하철까지 왔다. 숙소에 도착해, 씻고 나온 동생들에게 오늘 파티에 갈 건지 물었다.

"맞다. LGBT 파티 가려고 했었죠."
"근데 이렇게 피곤해서 갈 수 있겠어?"
"전 오늘 그냥 쉴래요."

전날 약속한 파티에 가야 할 시간이 됐지만 우리의 상태가 영 말이 아니었다. 침대에 몸을 누인 채 잠시 고민했다. 바로 잠이 들었다면 안 가려고 했는데 막상 씻고 나오니 덩달아 피로도 씻겨 나간 듯하다. 생각해보면 보수적이기로 유명한 인도에서 이런 파티를 경험한다는 것 자체가 재밌을 것 같다. 한 번 더 힘을 내어 나가기로 결심했다. 동생들은 이미 반쯤 잠이 들어 너무 늦게 들어오지 말라고 얘기하고선 대답이 없다. 옷을 주워 입고 코노트 플레이스로 이동한다. 델리에서의 LGBT 파티, 기대가 된다.

Chapter 10

진보

1. 정도나 수준이 나아지거나 높아짐.
2. 진귀한 보배.

뉴델리에서 만난 진짜 '뉴' 인도

코노트 플레이스로 도착해 파티 장소로 걸어가다 보니 다른 식당과 술집들은 이미 문을 닫고 거리는 쥐 죽은 듯이 썰렁했다. 정말로 파티를 하고 있을까 의심이 드는 시간이었지만 용기를 내어 찾아가 보기로 했다. 다행히 한번 와봤던 곳이라 쉽게 찾을 수 있었다. 전날 우리를 초대한 호스트 인도인이 나를 기억하고 반갑게 맞이해준다.

"왔구나! 다른 친구들은?"
"너무 피곤해서 잠들었어."
"괜찮아. 환영해!"

8,000원 가량의 클럽 입장료를 내고 드링킹 쿠폰을 받았다. 어느 나라를 가든지 이건 공통인가 보다. 자신이 초대했으니 특별히 하나 더 챙겨주는 센스도 있다. 그들은 웃으면서 맞이하고 있지만 나의 표정엔 긴장한 모습이 역력하다.

한국에 있는 게이 클럽은 공연에서 트랜스젠더 역할을 맡아서 가본 적이 있다. 하지만 외국에서는 처음이고, 더군다나 인도 게이 클럽이라니 어떤 분위기일까 궁금한 반면 무섭기도 하다. 나에게 인도 사람들은 그다지 좋은 인상이 아니어서 혹시 뉴스에서나 나올 법한 일들이 벌어지면 어쩌나 걱정이 된다. 하지만 나 자신을 믿고 조심스레 발을 내딛었고, 입장과 함께 인도 특유의 깔랑대는 음악 소리가 들려온다. 심지어 클럽 리믹스라 흥겨움을 넘어 상당히 특이하다는 느낌마저 든다.

이곳에는 내가 알지 못했던 새로운 인도가 있었다. 인도에서 여장을 한 레이디보이들이 구걸을 하는 모습들을 봐오긴 했다. 하지만 여기에 있는 드래그 퀸, 트랜스젠더들은 그 차원이 달랐다. 지금까지 봐온 어떤 인도 여자들보다도 하늘거리는 드레스를 입고, 두꺼운 화장으로 검은 얼굴을 가렸다. 음악에 맞춰 끼를 발산하는 그, 혹은 그녀들은 보수적인 인도에서 음지 속에 숨어 있던 억울함을 마음껏 발산한다.

또한 이곳에 온 게이들은 그동안 촌스럽게만 느껴졌던 인도 남자들과는 다르게 뉴욕 한가운데에 떨어뜨려놓고 모델이라고 해도 손색이 없을 정도였다. 멋들어지게 입은 옷차림하며, 꾸미고 나온 형색 또한 남달랐다. 깔끔하게 다듬은 수염과 눈썹, 그들의 피부에 알맞은 BB크림까지 바르고 자신들만의 파티를 즐기고 있었다. 물론 모든 사람들이 그런 건 아니었지만 역시 게이들은 자신들을 그루밍할 줄 아는 멋진 남자들인 것 같다. 트레이닝복에 대충 손에 잡힌 민소매를 입고 나온 내가 부끄러울 정도였다.

그들의 세계에 뜬금없이 뛰어든 하얀 동양인이 신기하고 흥미로워서 많은 사람들이 말을 걸면 어쩌나 조금 걱정했는데, 정말 그동안 받았던 인도인들의 눈길들이 무색해질 정도로 이곳에선 아무도 나에게 관심을 가져주지 않는다. 오히려 이전과는 반대로 이상한 나라의 엘리스라도 된 듯, 그 어느 인도에서도 볼 수 없었던 모습들을 매우 놀라하며 구경하는 완연한 구경꾼이 되었다.

스스럼없이 남자끼리 키스를 하고, 커플 댄스를 추고, 가끔은 보기 민망할 정도의 수위까지 올라간 그들의 스킨십은 한국에서 갔던 클럽과도 분위기가 상당히 달랐다. 그동안 억제되었던 것들을 오늘 하룻밤 동안 마음껏 발산하려는 듯 그들의 대담한 모습이 나에게는 기이하게까지 느껴졌다. 나는 이곳에서 거의 투명인간이었다. 나를 초대했던 호스트 친구가 가끔 올라와서 놀아주긴 했는데, 섣불리 이 세계에 다가갈 수 없어서 민망한 마음에 맥주만 홀짝홀짝 마셔댔다.

"어디서 왔어?"

한 드래그 퀸이 다가와 나에게 말을 걸었다. 이렇게 가까이에서 이들과 마주친 건 처음이다. 좋지 않은 피부를 감추기 위해 두껍게 화장한 얼굴, 체구가 작긴 했지만 그래도 영락없는 남자임이 느껴지는 골격, 여자처럼 목소리를 내려고 하지만 걸걸한 음색까지 아직은 내가 친근하게 먼저 다가가긴 힘들 것 같은 형색이었다.

한국에서 왔다고 하니 자신은 다즐링에서 이 파티를 위해 먼 길을 왔다고 한다. 이 친구는 내가 너무 심심해 보였다며, 같이 춤추고 놀자고 나를 스테이지로 손을 이끌어 불러냈다. 이미 구경하는 것만으로도 만족하고 있었지만 이 친구를 따라 좀 더 용기를 내보기로 했다. 전혀 알지도 못하는 인도 노래들이었지만 리듬에 맞춰 어설픈 춤 실력으로 음악에 몸을 맡기기 시작했다.

솔직히 여장남자와 함께 춤을 추는 것이 아무렇지 않지는 않았다. 거부감이 다소 느껴졌으나 철저히 숨기고 손을 잡고 턴을 돌기도 하면서 스테이지를 휘저었다. 역시 클럽에선 그저 구경하는 것보다 이렇게 노는 게 더 재밌는 건 사실이다. 춤을 추다 보니 몇 명의 인도인들이 더 붙어서 함께 놀았고, 나또한 이 세계에 조금씩 물들어가고 있었다. 처음 듣는 노래이지만 열심히 흥얼거리며 춤을 췄다. 또 한 명은 자신을 따라 춤을 추면 된다며 유행하는 인도 댄스를 알려주기도 했다.

한 20분가량을 이들과 춤을 추느라 진땀을 쏙 뺐다. 우리나라 클럽처럼 눈치만 슬금슬금 보고 부비부비나 하는 분위기보단 역시 이렇게 신나게 놀아줘야 클럽에 온 뽕을 뽑은 느낌이다. 하지만 오늘 하루 종일 바깥을 돌아다니다가 온 탓에 체력이 바닥이다. 아까 한 장 더 받은 쿠폰으로 맥주를 교환해 소파로 가서 잠시 휴식을 가졌다.

나와 함께 놀던 친구들은 지친 기색 없이 계속 춤을 추고 있다. 혼자 소파에 앉으니 아까와 마찬가지로 또 다시 투명인간이 된다. 이젠 아무도 관심을 가져주지 않는 게 섭섭하기까지 하다. 나름 외모에 대한 자부심도 있는데, 나는 게이들이 좋아하는 취향이 아닌가 보다. 쉬다가 또 나가서 놀기를 반복하며 그동안 알지 못했던 인도의 모습 속에 취했다.

그러던 중 새벽 1시 반쯤 되어 갑자기 클럽의 음악과 조명이 모두 꺼지더니 일대가 조용해진다. 인도에서는 흔한 정전이지만 뉴델리같이 큰 도시에서 그럴 리는 없고, 무슨 일이 생긴 게 분명했다. 나를 초대했던 호스트 친구가 올라와 힌디어로 무슨 말을 하자 클럽에 있던 모든 사람들이 일제히 바깥으로 나가기 시작한다. 멍해진 나에게 호스트 친구가 다가온다.

"경찰이 왔어. 밤 오픈을 신고하지 않아서 더 놀 수 없게 되었어."
"그래? 왜 미리 신고를 안 한 거야?"
"인도에서는 동성애가 불법이거든. 그들은 절대 승인하지 않아."

심지어 벌금까지 내야 하는 상황이라며 문제가 심각하다고 한다. 음지에 숨어 몰래 활동하는 그들이다 보니 충분히 납득이 가는 상황이다. 밖에선 방금 왔다가 제대로 놀지도 못하고 나와 버린 게이들의 컴플레인이 계속됐다. 나는 다음날 기차를 위해 일찍 돌아가 쉴 필요도 있었으니, 절제하지 못하고 새벽까지 노는 것보단 이렇게라도 흐름이 끊긴 게 다행이다. 이미 새로운 인도를 경험했다는 것만으로도 만족한다.

한국도 상당히 보수적인 사회라 게이에 대한 시선이 곱지 않은 게 사실이지만 이곳에 비하면 조금씩 진보하는 사회임은 분명하다. 법적으로 문제가될 수도 있는 인도에서 이러한 문화를 만났다는 것만으로도 나에겐 매우 짜릿한 시간이었다. 그 나라에서 금기된 것들에 대한 시도, 여행 중이기에 가능한 것들이다.

호스트 친구가 ATM에 벌금을 출금하기 위해 간다고 한다. 그의 도움을 받아 로컬 프라이스로 릭샤를 타고 숙소까지 돌아올 수 있었다. 원일이가 예상보다 일찍 돌아온 나를 보곤 이유를 물어본다. 일일이 설명하기 귀찮았던 나는 다음날 기차 일정을 위해 일찍 돌아왔다고 얼버무렸다. 아니면 쫄깃했던 경험은 나만 간직하고 싶었던 걸까? 델리에서의 마지막 밤이 지나간다.

빠르나나 빠빠, Dancing in the train!

다음날 낮에는 동생들이 한국에 있는 사람들에게 줄 기념품을 사는 시간을 가졌다. 내 생각에 인도 기념품으로 누구에게나 부담스럽지 않게 줄 수 있는 건 H사에서 나온 립밤이 최고다. 동생들도 내 말을 듣고 인터넷으로 알아보더니 이만한 선물이 없다는 데에 동의한다. 다른 장소보단 관광객 거리라 일컫는 빠하르간즈에서 사는 게 확실히 싸게 먹힌다. 심지어 한국인들에게는 소폭 할인된 가격으로 판매하는 숍도 볼 수 있었다.

동생들은 립밤을 포함해 가족들을 위한 수분크림, 풋케어 제품들을 포함해 꽤 많은 선물을 구매했다. 나도 분위기에 휩쓸려 여행 동안 근육통이 생길 때 쓸 연고를 하나 사기도 했다. 하지만 바르기만 해도 화끈거리는 강력한 약효 탓에 이후 가뜩이나 더운 동남아에선 쓸 일이 없었다.

내 구매 욕구를 가장 자극한 물건은 역시 옷이다. 전에도 이곳에서 옷을 사서 잘 입고 다니다가, 버리지 않고 한국까지 가져와 평상복으로 입고 있다. 이번에도 몇 벌 구매해야겠다고 다짐했다. 도떼기시장처럼 좌판에 깔아놓은 옷들을 보면 동묘가 생각난다. 제일 싼 가게를 골라 세 벌을 구매했다. 디자인은 아주 촌스럽지만 어차피 배낭여행자는 패션과 거리가 멀 수밖에 없다. 편안하고 실용적인 게 최고다.

옷들을 보자 나보단 원일이와 경호의 구매 욕구가 더 자극된 듯했다. 경호는 한국에서는 상상할 수도 없는 값에 네 벌의 바지를 사고, 원일이는 가짜 A브랜드 재킷을 샀다. 키가 크고 비율이 좋은 둘에게 잘 어울렸기 때문에 충분히 합리적인 소비였다고 본다. 이럴 때는 아무 옷이나 걸쳐도 예쁘게 보이는 키 큰 친구들이 부럽기만 하다.

오늘은 서로가 각자의 여행지로 헤어지는 날이다. 경호와 원일이는 우선 자이뿌르로, 나는 인도 친구를 만나기 위해 아마다바드로 이동한다. 이동 시간이 길고 출발지가 델리라는 이유 때문에 나는 3A 좌석을 끊었다. 동생들은 SL을 끊었는데, 그래도 같은 기차여서 기다리는 시간 동안 저녁 식사와 남은 쇼핑을 함께할 수 있었다.

"사기꾼 조심하시고! 바가지 조심하시고! 건강 조심하시고!"
"보고 싶을 거예요, 형."
"다만에서 만나요!"

영화 '타짜 2'에서 고광렬의 말투를 따라하며 동생들에게 작별인사를 건넸다. 거의 한 달가량을 함께 다닌 동생들이었기에 아주 잠깐이지만 헤어지는

1. 옷파는 도떼기시장(상)을 보고있으면
   우리나라의 동묘가 생각난다. 생필품을
   모아놓고 파는 곳도 있다(하).
2. 델리 LGBT파티에서 만난 친구들, 맨 왼
   쪽의 호스트 친구는 벌금을 내야해서
   그런지 표정이 밝지가 않다.

시간이 매우 애틋하게만 느껴진다. 그래도 막연한 두려움은 사라진 동생들
이니 처음 콜카타 공항에서 시내까지 오던 그때와 다르게 걱정이 크게 되진
않는다. 정말 내가 얘기한 대로만 다만에 돌아와 주길 바랄 뿐이다.

이번엔 어떤 사람들과 같은 칸에 타게 될까 하는 기대감으로 기차에 올라
타 내 자리를 찾아갔다. 나의 인도 여행 마지막 3A였지만 영어로 대화를 나
눌 수준의 사람이 함께 타서 지루하지 않은 시간을 보낼 수 있을 것이란 기
대이다. 하지만 내 예상과는 다르게 스무 명 정도의 여자 인도인들이 단체
관광이라도 가는 듯 내 주변 자리를 꿰차고 있었다. 아마다바드까지 가는 기
차가 SL만큼이나 쉽지 않고 소란스러운 여정일 것임을 직감하게 해준다.

내 자리엔 다른 누군가가 앉아 있었다. 정중히 표를 보여주니 별 말 없이
일어나 자신의 자리로 간다. 그래도 SL처럼 입석 사람들이 앉아 있는 경우
는 없다. 최소한 자기 자리가 있는 사람들인 게 다행이다. 3A니 평소 같으면
배낭을 신경 쓰지 않았겠지만 이번에는 좌석 밑에 넣고 자물쇠로 잠근 뒤 자
리에 앉았다.

수많은 인도 여자들 사이에 성별이 구별 안 되는 하얀 동양인 한 명이 앉

으니 다들 신기하게 쳐다본다. 실제로 인도에 있는 동안 여자냐고 물어보는 사람도 꽤 많았다. 머리띠까지 하고 있으니 더욱 그렇게 오해할 만했다. 앞에 앉아 있던 이모뻘쯤 되어 보이는 아주머니가 먼저 말을 걸어온다. 북인도에선 여성이 먼저 말을 거는 경우가 거의 없는데, 적극적으로 다가오는 걸 보니 남인도 사람일 수도 있겠다는 생각이 든다.

"안녕하세요."
"반가워요! 어디서 왔어요?"
"한국에서 왔습니다."
"남자? 여자?"
"남자예요."
"오우! 미안합니다."
"괜찮아요. 자주 그런 오해 받습니다. 남인도에서 오셨어요?"
"아니요. 우리는 네팔에서 왔어요. 모두 동네 친구들이에요."

외관상으론 인도, 스리랑카, 네팔 사람들이 잘 구분이 안 가니 내가 오해를 한 것이었다. 하긴 행여나 남인도 사람이라고 해도 이 보수적인 북쪽에서 사리[1] 하나 두르지 않고 있는 게 이상하긴 했다. 인도로 여행을 왔다고 하는 이 네팔 여인들은 나와 대화를 나누는 이 아주머니를 제외하곤 모두 영어를 단 한마디도 못하는 사람들이었다. 지루하지 않게 이런저런 이야기를 나누며 장시간을 이동할 수 있을 거란 기대는 물 건너갔다.

그래도 다들 친근하게 바라보며, 물어보고 싶은 게 많은 표정이다. 하지만 의사소통이 되질 않으니 긴 대화가 이어지질 않는다. 그나마 와이파이가 잡혀 있을 때 받아온 '테트리스'가 나를 지루하지 않게 만들어주었다.

저녁 8시쯤 되었을 때 네팔 여인들은 저녁을 먹기 시작했다. 나도 저녁을 일찍 먹은 탓에, 음식 냄새를 맡으니 조금 배가 고팠지만 식사를 파는 상인이 지나가질 않아 한 끼는 참고 넘길 생각이었다. 그러자 아까 나에게 말을

---

1) 가늘고 긴 섬유로 되어 있는 인도, 파키스탄 등 남아시아 지역의 여성 전통의상

건 아주머니께서 일회용 접시에 자신의 음식들을 조금씩 나눠 담아준다.

"네팔 음식이에요."
"오! 감사합니다."

사실 네팔 음식은 인도 음식과 별반 다르지 않다. 여러 장의 난과 묽지 않은 커리, 정체는 알 수 없지만 상당히 짜 보이는 몇몇 반찬들이 놓인 접시를 받아 들고 그들과 마찬가지로 손을 이용해 식사를 시작했다. 상당히 어설픈 손동작이지만 양손을 이용하니 어렵지 않게 먹을 순 있었다. 이들도 콜카타에서 만난 가족들과 마찬가지로 단지 오른손만 사용해 먹는데 아주 능수능란하다.

시장이 최고의 반찬이라고 했던가, 입맛에 맞지는 않았지만 한 그릇을 싹 비웠다. 내가 먹는 모습을 흐뭇하게 바라보는 이들을 배신할 수 없어서 맛있다고 얘기했다. 마지막으로 옆자리에 앉아 있던 할머니가 건네주신 생선 맛이 나는 디저트까지, 네팔 여인들과의 저녁 식사를 마무리했다.

아주머니는 옆에 있는 할머니가 자기 손자와 비슷한 나이처럼 보여서 매우 궁금해 한다며, 내 나이와 하는 일 등을 물어보며 할머니를 위해 통역을 해주었다. 그래도 보디랭귀지라는 만국 공통어가 있으니 기본적인 내 소개를 하는 데에는 큰 문제가 없었다.

이야기를 마치고 노트북을 꺼내 밀린 글을 쓰는 데에 집중했다. 이어폰을 끼고 음악을 틀었다. 메모들을 참고하며 아직 태국도 벗어나지 못한 글을 써 내려간다. 집중력이 부족한 나는 글을 쓰는 데에 긴 시간이 걸리는지라, 그 때마다의 메모와 사진들을 보며 무슨 일이 있었는지 떠올리며 조금씩 손가락을 움직인다.

잔잔한 음악은 나의 부족한 집중력을 보완해주는 역할을 한다. 주변이 시끄러우면 정말 아무것도 생각이 나질 않는다. 그러나 갑자기 어디선가 여러 명의 커다란 노랫소리가 들려온다. 네팔 여인들이 옆 칸에 모여 노래를 부르며 춤을 추는 것이었다. 우리나라 공공장소에선 상상도 할 수 없는 일이지만 이곳 인도에선 공공연하게 일어나는 일상이다.

뭐라 할 수도 없고 딱히 사람들이 잘 시간도 아니니 문제 삼을 일이 아니었다. 다만 글을 쓰려고 마음먹은 나에게만 방해가 되는 상황이었다. 음악을 더 크게 키워 소리를 상쇄시켜보려 했지만 스무 명이 동시에 부르는 노랫소리에는 나의 이어폰 음량이 턱없이 부족했다. 결국 글쓰기를 포기하고 노트북을 정리해 다시 가방에 넣는 순간, 아까 그 아주머니가 다가와 나의 손을 붙잡고 일으켜 세웠다.

"댄스? 코리아! 코리아 댄스!"

나를 모두가 한데 모인 칸 한가운데로 인도하더니 노래를 부르며 춤을 추라고 강요한다. 매우 당황스러웠다. 사실 아주 조금은 예상했던 시나리오였다. 결국 우리나라 아리랑과 비슷한 가락 소리로 들려오는 그녀들의 떼창에 맞춰 대접받은 저녁 식사에 보답이라도 하듯 수줍은 한국 춤사위를 잔망스럽게 보여주었다. 그 어느 때보다 길게 느껴졌던 댄스타임이 끝나고, 돌아가려는 도중 한 여인이 나를 막아서고 또 한 번 추라고 노래를 시작한다.

노래라도 좀 바꿔줬으면 다른 춤을 췄을 텐데, 차라리 '강남스타일'을 부르며 내가 직접 추는 게 더 나을 지경이었다. 느린 템포 때문에 '말춤'은 그 모양새가 제대로 나오지도 않았고, 긴 노래를 감당하기 위해 팔자에도 없던 개다리 춤까지 선보이며 또 한 번의 댄스타임을 마쳤다. 이쯤 되면 보내줄 만도 한데 아까 그 여인이 또 나를 막아선다.

도저히 안 되겠어서 같이 추자며 그녀의 손을 이끌어 가운데로 끌고 나왔다. 처음엔 손사래를 치며 질겁하다가 결국 성화에 못 이겨 같은 노래에 맞춰 함께 춤을 춘다. 그나마 민망함이 덜했지만 얼른 끝나서 자리로 돌아가고 싶은 마음뿐이었다. 다시 한 곡이 끝나고 수많은 네팔 여인들의 박수를 받으며 자리로 복귀했다. 딱히 한 건 없는데 기가 다 빨린 느낌이다.

그녀들의 파티는 내가 자리를 뜨자 곧 끝이 났다. 내가 파이널 무대였나 보다. 순식간에 조용해진 우리 칸은 모두들 잘 준비로 분주했다. 돌변한 분위기에 잠시 당황했지만 LB[2]이었던 나는 오히려 일찍 잠드는 그녀들이 반갑기만 했다. 물론 MB가 올라가면서 나도 더 이상 다른 일을 하지 못하고 침대에 누워야 하는 상황이었지만 전날의 클럽 후유증으로 피곤했기에 일찍 잠들 수 있을 것 같았다. 심지어 아까의 상황 때문에 정신적 체력 소모도 심하다.

잠시 화장실을 다녀온 사이 내 시트와 이불이 친절하게도 그녀들에 의해 가지런히 깔려 있었다. 역시 이 사람들은 인도인이 아니구나 하는 생각이 든다. 확실히 피로가 쌓여 있었는지 눕자마자 잠이 온다. 내가 도착하는 시간 한 시간 전으로 맞춰놓은 알람이 울릴 때까지 나는 잠들었다. 내가 깨어났을 땐 그녀들이 전부 떠난 조용한 열차만이 나를 맞이하고 있었다. 아무도 없는 열차 칸에 기차소리가 쓸쓸하게 울린다.

"투둥, 투둥."

인도는 Yes, 인도인은 No!

3년 만에 도착한 아마다바드는 여전했다. 아마다바드는 너무 볼거리가 없어서 많은 여행자들이 그냥 지나치는 도시이다. 나도 버스 탑승을 위해 들렀다가 반나절 동안 시내를 돌아보고 다신 안 와야지 했던 곳인데, 나의 인도인 친구 파반이 이곳에 살고 있다. 정말 오랜만에 친구를 만날 생각만으로 또 한 번 이곳을 찾았다.

역에 도착해 파반에게 연락을 하려고 와이파이가 되는 레스토랑을 찾아다녔다. 하지만 너무 이른 아침이어서 문을 연 곳이 없다. 숙소를 먼저 구할까 고민하다가 파반이 자신의 집에서 묵게 해주겠다고 얘기했으니, 차라리 전화통화를 먼저 해서 픽업을 나오게 하는 게 낫겠다는 생각을 했다. 주변 사람들에게 용기를 내어 전화기를 빌렸고 파반과 연락이 닿았다. 하지만 파반의 영어 실력이 썩 좋지 않다는 사실을 잠시 잊고 있었다. 아무리 설명해도 자

---

2) SL과 3A등급 기차 안쪽은 UB(Upper bed, 윗침대), MB(Middle bed, 중간침대), LB(Low bed, 아래침대)로 나눠져 있다. 낮에는 MB를 접어서 LB에 좌석처럼 앉아 간다.

꾸 딴 소리만 하는 파반이 답답해, 휴대폰을 빌린 남자에게 영어로 설명하고 인도어로 얘기해줄 것을 부탁했다.

인도인들의 특징은 상대방이 한 말을 제대로 파악하지 못해도 알아들은 척을 한다는 것이다. 내 대신 통화를 해주더니 파반이 다시 연락을 준다고 했다며 끊어버리고 "노 프로블럼"이라며 기다리고 있으라는 것이었다. 내 휴대폰이 작동이 안 되서 빌려달라고 한 걸 알아듣지 못한 것 같다. 다시 영어로 내 상황을 설명하였지만 어버대며 딴 소리를 한다.

휴대폰 빌려준 것도 고마운데 더 이상 민폐를 끼치고 싶지 않아서 그저 알았다고 땡큐를 했다. 오늘은 와이파이되는 숙소를 잡아 파반과 연락을 한 뒤에 상황을 해결해야겠다고 생각하며 자릴 피했다. 사실 내가 도움을 요청하는 모습을 보고 신기해하며 구경하려고 몰려드는 인도인들이 부담스러웠다.

무거운 배낭을 메고 숙소들이 몰려 있는 지역까지 지도 어플을 보고 걸어갔다. 태국이나 베트남이었다면 와이파이 잡히는 곳에서 호텔 시세를 알아보거나, 아싸리 예약까지 하고 왔겠지만 인도에서는 게스트 하우스를 들어가 흥정으로 숙소를 구하는 게 훨씬 싸게 먹히기 때문에 잘 이용하지 않는다.

하지만 내가 간과한 사실은 아마다바드는 관광객들이 자주 찾아오는 도시가 아니라는 점이었다. 가이드 북을 참고해 가격이 저렴하다는 도미토리 형식의 게스트 하우스를 찾아갔더니 비수기인 지금에도 터무니없는 가격을 부르는 것이었다. 흥정으로 반값까지 깎아낼 수 있는 인도라는 점을 감안해 깎아달라고 얘기했지만 픽스드 프라이스라며 할인을 완강히 거부한다. 게스트 하우스가 이곳밖에 없는 것도 아니니 호기롭게 그곳을 박차고 나왔다.

그러나 역시 아마다바드이다. 와이파이가 되는 숙소를 찾기가 너무 힘들었다. 심지어 가격들도 방금 뛰쳐나온 그 숙소와 별반 다를 것이 없었다. 결국 카드결제가 가능하고 와이파이가 잘 잡히는 중급 호텔에서 1,000루피 싱글룸 하나를 잡았다. 이 호텔은 내가 여행 동안 묵었던 숙소 중에 요금이 기장 비싸고, 최고로 고급스러운(?) 호텔이 되었다.

파반에게 연락을 하니 지금 일이 너무 바빠서 7시 이후에 연락을 주겠다고 한다. 알겠다고 대답하고선 아직 시간이 많이 남았던 터라 요기라도 할 겸 짐을 풀고 바깥으로 나왔다. 근처에 3년 전에 갔던 패스트푸드점 'Hav Funn'이 눈에 띈다. 당시에 너무 맛있었던 음식점으로 기억한다. 고민할 것 없이 바로 식당에 들어섰다. 전에 파반이 데리고 가준 곳이었지만 어차피 메뉴가 햄버거 종류이기 때문에 주문하는 게 어렵진 않았다.

하지만 또 내가 기억하지 못했던 건 이곳이 채식 주의자를 위한 패스트푸드점이었다는 점이다. 맥도날드에서 처음 먹어봤던 채식 햄버거가 너무 맛없던 기억이 있었기에 가급적 이 메뉴는 피하고 싶었다. 그래도 3년 전 나의 혀를 믿어보기로 한다. 주문한 음식이 나오고 한 입을 베어 문 순간 우려했던 일이 일어났다. 입 안에 퍼지는 고수향과 텁텁함, 음식 남기는 걸 싫어하는 성격이라 억지로 다 먹긴 했지만 상당히 괴로웠다.

'그땐 너무 배가 고파서 뭐든 맛있게 느껴졌나?'
'내 돈이 아니고 남이 사준 거라 맛있었나?'
'맛이 없었는데 사준 사람을 배려한다고 맛있는 척을 했던 것인가?'
'하루 종일 배낭을 메고 돌아다니다가 힘든 상태에서 먹어서 그런가?'

결론은 내려지지 않았지만 여러 가지 상황을 고려하면 내 뇌가 잘못 기억할 만도 했다. 실패한 점심 겸 아침을 뒤로하고, 숙소로 돌아와 다음 여행지 준비에 열을 올렸다. 어차피 파반네 집에 가면 당연히 와이파이가 안 될 것이고, 다음으로 계획한 곳이 워낙 마이너한 여행지라 호텔을 잡아놓고 이동하는 편이 더 수월할 것 같았다. 역시 비주류 여행지는 숙소 값이 만만치 않았다. 싼 숙소를 계속 알아보고 여행지 정보를 저장하다 보니 어느덧 파반에게 연락이 올 시간이 다 되었다.

[파반, 일 끝났어?]
[아직이야. 호텔 주소를 나에게 주면 끝나고 찾아갈게.]

주소를 전송하고, 바깥으로 나가면 연락을 못하니 그저 방 안에 박혀 있는 수밖에 없었다. 오랜 기다림 끝에 파반은 인디아 타임(?)을 지켜 11시가 다

되어서야 자신의 친구를 동반해 내 호텔에 도착했다. 기다림으로 인한 짜증보다는 반가운 마음이 먼저 들었다. 서로 안으며 인사를 나눴다. 저녁을 못 먹고 기다리던 나를 위해 파반은 예전에 데리고 갔던 채식 전문 호텔 레스토랑으로 자신의 차를 운전해 가주었다.

파반은 채식 주의자였다. 인도엔 워낙 많은 사람들이 채식 주의자라 놀랄 일도 아니다. 음식을 주문하고 그동안의 안부를 물으며 서로 짧은 영어로 대화를 나눴다. 파반은 겨우 스물일곱 살인데 벌써 집안끼리 정략 결혼도 하고, 아이까지 둘이나 있는 상태였다. 우리나라에선 결혼을 하고 자식이 생기면 SNS에 웨딩 사진과 아기 사진으로 도배를 하는데 파반은 그런 포스팅이 없었던 터라 전혀 몰랐던 사실이었다.

축하를 건네며 아이 사진을 보는데 똘망똘망하니 귀엽기 그지없었다. 파반은 부잣집 아들답게 새로 차도 뽑고, 지금은 아마다바드에서 정치인으로 발돋움하기 위해 의원실에서 비서로 일하고 있다고 말해주었다. 우린 그동안의 소식을 나누며 오랜시간 동안 저녁 식사를 하며 회포를 풀었다. 전에 말했던 대로 너희 집에서 묵어도 되냐고 물으려다가, 아무래도 가족이 함께 사는 집에 외간 남자가 자고 가는 게 민폐를 끼치는 느낌이 들어서 그냥 내가 있는 호텔에서 하루를 더 묵고 출발하는 게 나을 것 같았다.

"그렇게 여행하다보면 힘들지 않아?"
"정말 즐거워. 다만 배낭이 너무 무거워서 힘들 뿐이지."
"3년 전처럼? 하하."

1. 춤을 추는 네팔의 여인들.
2. 파반(우)과 파반의 친구(좌).
3. 기차에서 얻어먹은 네팔 음식.
4. 말은 잘 통하지 않았지만 네팔의 여인들은 마치 이모들처럼 나를 챙겨주었다.

"하하하, 맞아. 그때 네가 힘들어하는 나를 차에 태워주고 관광도 시켜줬지."

"근육통이 있다면 내일 내가 다니는 호텔 스파에 같이 가자."

"정말이야? 기대된다! 몸이 너무 무거웠어."

식사를 마치고, 다음날 다시 연락하겠다는 파반과 작별인사를 한 뒤 호텔로 들어와 잠이 들었다. 인도 고위층들만 가는 호텔 스파라니 너무 기대가 된다. 밀린 글을 쓰며 하루를 보내고, 혹시 연락이 오거나 호텔에 파반이 도착했는데 내가 없으면 곤란하니 6시 이후로 바깥엔 나가지도 않았다.

1시간, 2시간, 계속 기다렸지만 파반은 연락이 닿질 않는다. 메시지를 보내도 읽고 대답이 없어서 의도적으로 무시를 하는 듯한 느낌이 든다. 평일이라 일이 바빠서 대답을 못하나 생각해봤지만 SNS에 포스팅은 하는 걸 보니 그냥 만나기 싫거나 귀찮았던 것 같다. 뭐라고 한마디 하려는데 갑자기 경호에게서 연락이 왔다. 나는 지금 일어나는 일들을 하소연했다. 그러자 경호가 하는 이야기도 가관이었다.

[저도 그 자이뿌르 여대생이 뒤통수 쳤어요.]

[걔는 또 왜?]

[자기 어머니가 병원에 입원했다는 둥 계속 핑계를 대면서 연락을 끊더라고요.]

[그럼 아예 못 만난 거야?]

[네, 저는 숙소에서 만난 러시아 아저씨랑 동행해서 다니고 있어요.]

이런 게 인도인들의 민족성인가 싶다. 경호의 말을 들으니 위로가 되며 이 상황이 받아들여진다. 인도를 진짜 아는 사람들은 인도나 인도인에 대해 아름답게 미화한 책들을 절대로 믿지 않는다. 그냥 이 사람들의 성격이 원래 이렇다. 모든 인도인을 싸잡아 욕하고 싶진 않지만 오죽하면 '인디아 타임'이라는 말까지 나오겠는가. 차라리 파반보다 거짓말이라도 핑계를 대는 조드뿌르 여대생 쪽이 더 나아 보인다.

밤 11시가 되고, 파반의 뒤통수를 확신한 나는 길거리 음식으로 요기나 할 생각으로 어두운 밤거리를 나섰다. 하지만 너무 늦은 시간이라 먹거리 확보에 실패했다. 쓸쓸한 마음으로 담배나 한 갑 사들고 방으로 들어오는 길에 인도인 남자 여럿이 모여 무언가를 기다리는 모습을 발견했다. 잠시 앉아서 담배도 한 대 태울 겸 그들 옆으로 가서 불을 붙였다.

"안녕! 어디서 왔어요?"
"안녕하세요. 한국에서 왔어요. 당신들은 뭘 기다리는 거예요?"
"친구의 결혼식 파티를 기다리고 있어요."
"그렇군요."

짧게 자기소개를 마치고 잠시 대화를 나눴다. 자신들 성씨가 인도의 유명 배우 '칸'과 같다며 인도 영화 이야기를 나눴다. 내가 생각보다 인도 영화들을 많이 알고 있으니 놀라는 눈치다. 담배를 다 피우고, 외국인과 사진 찍기를 좋아하는 그들과 셀카 몇 방을 남기고 작별인사를 했다.

"한 시간 정도 우리와 기다렸다가 함께 파티에 가는 건 어때요?"
"미안해요. 나도 정말 가고 싶지만 시간도 늦고 몸도 피곤해서. 호텔에 들어가 생각 좀 해보고 다시 나오든지 할게요."
"그래요. 우린 여기에 계속 있을 겁니다."

물론 다시 나와 파티를 갈 생각은 추호도 없었다. 파반의 태도와 참 비교가 된다. 거절을 잘 못하는 한국인인지라 싫다고 얘기해도 될 것을 이런 식으로 얘기하는 나도 참 웃기다. 호텔에 들어와 생각해보니 파반의 태도를 언짢게 생각하는 것보단 이런 게 인도의 문화인가 보다 하고 다름을 인정하는 게 내 정신 건강에 도움이 될 것 같다.

숨겨진 보석 같은 도시를 발견한다는 건

나는 다만으로 가기 전에 버려진 유네스코 문화유적 짬빠네르와 가까운 바도다라에 들를 생각이다. 아침 기차여서 서둘러 호텔을 나와 아미디바드 기차역으로 걸어갔다. 살년서이 도시에는 다신 안 올 것 같다. 뒤도 돌아보지 않고 승강장으로 향한다. 아마다바드에서 바도다라까진 2시간밖에 걸리지 않는 짧은 거리라 연착만 하지 않으면 오전 중에 도착해 짐을 풀고 시내 구경도 할 수 있을 것 같았다. 다행히 기차가 제시간에 도착했고 아주 적절한 시간에 미리 예약한 호텔에도 당도할 수 있었다.

숙소 자체가 별로 없기 때문에 그나마 싼 호텔을 예약했는데, 올라가는 엘리베이터가 80년대 미국 흑백 영화에나 나올 법한 수동식 여닫이 엘리베이터였다. 이게 어떻게 고장 없이 아직도 작동하나 싶을 정도로 올라가는 모습이 아주 힘겹다. 하지만 다른 인도인들도 잘 타고 다니는 모습을 보니 크게 신경 쓰이지 않는다. 호텔에서 남은 싱글방이 없었는지 침대가 두 개 딸리고 창문이 있는 객실로 업그레이드받았다. 그래봤자 거기서 거기지만 넓어진 공간 덕분에 짐을 풀어놓기는 편했다.

시간상 멀리 가지는 못하고 근처에 있는 락슈미 빌라스 궁전에 가기로 결정했다. 19세기에 지어진 이 궁전은 당시 600만 루피라는 거금으로 지어졌는데, 이 지역의 왕이었던 가족이 지금도 살고 있는 화려한 궁전이다. 심지어 정원은 골프장과 결혼식장으로 개조해 벌어들이는 돈이 쏠쏠할 것 같다. 한마디로 조상 덕을 제대로 보는 인도의 금수저라 칭하면 되겠다.

다소 비싼 입장료였지만 영어 오디오 가이드 MP3를 나눠주며 커피나 음료를 공짜로 마실 수 있는 쿠폰까지 챙겨준다. 이 성의 주인께서 대접하는 커피라며 쿠폰을 주는 직원의 모습을 보니 마치 테마파크에 들어온 듯한 느낌이 든다. 이 느낌은 오디오 가이드를 트는 순간 더 확고해졌다. 웅장한 배경음악과 함께 고급진 어휘를 구사하는 성우가 영국식 영어로 설명을 해주는데, 내가 마치 게임 속 궁전에 들어온 느낌이 든다. 이런 숭고미가 물씬 풍기는 유적지를 개인적으로 좋아하지만 이런 옵션까지 붙으니 입장료가 전혀 아깝지 않다. 입장권 또한 기념품이 될 만큼 두꺼운 종이 엽서로 만들어져 있었다.

입구를 지나 성의 바깥으로 나오니 성 뒤편과 판이하게 다른, 웅장함과 아름다움이 느껴지는 락슈미 빌라스의 모습이 드러난다. 서유럽과 약간의 이슬람 스타일이 결합된 사라센 스타일, 그리고 인도의 예술을 접목한 건축 스타일을 보니 영국에서 보았던 버킹엄 궁전에도 밀리지 않는 찬연함이 느껴진다. 특히 널따란 정원이 앞으로 펼쳐져 있어서 그 아름다움이 더 배가되는 것 같다.

오디오 가이드를 따라 왕궁 로비로 들어서니 나의 감상하는 자세부터가 달라진다. 상당히 고상한 여행자인 것처럼 팔짱을 끼고, 우아한 발걸음으로 복도를 유유히 걷는다. 내가 마치 중세시대의 귀족이라도 된 것처럼 배경음악에 맞춰 왕궁 내부를 천천히 감상했다. 입구의 조각상, 왕의 접견실, 아이들을 키우던 방, 무기 전시실까지 오디오 가이드를 들으며 구경을 하니 시간이 아주 빠르게 지나갔다.

설명도 아주 훌륭했다. 각 방들의 용도와 역사, 유물의 종류를 설명해 주는데, 영어를 썩 잘하지 못하는 나도 쉽게 알아들을 정도였으니 말 다했다. 궁의 내부 정원에서는 분수가 아기자기하게 틀어져 있었고, 그 옆에는 왕이 대접한다는 그 커피집이 자그맣게 자릴 잡고 있었다. 이곳에 앉아서 글을 쓰면 없던 이야기도 술술 나올 것 같다. 노트북을 가지고 나오지 않은 나를 원망했다.

커피를 마시고 마지막 가이드 장소로 발걸음을 옮겼다. 스테인드글라스가 찬란하게 비쳐 들어오는 사진 전시실이었는데, 그 가운데에는 화려한 샹들리에가 자리 잡고 있었다. 여기가 진정 인도의 유적지가 맞나 싶을 정도로 눈이 부시다. 사진이 너무 찍고 싶었지만 왕궁 내부는 촬영이 금지되어 있어서 매너를 지켰다.

잠시 앉아 내부 정원을 둘러보니 나도 이렇게 부잣집 자제로 태어났다면 어땠을까 하는 생각을 해본다. 나도 아주 전형적인 흙수저 집안에서 태어난 터라 돈을 많이 벌고 싶다는 생각을 종종 하기도 했다. 하지만 그만큼 돈에는 책임감이 따르는 것이고, 나처럼 자유로움을 좋아하는 사람이 그 제약들을 견뎌낼 수 있었을까 싶다. 뮤지컬 '엘리자벳'의 여주인공처럼 자유를 갈망하는 새장 속의 새라고 울어댔을 것이다.

골프장에도 한 번 들어가 보고 싶었지만 주말이라 라운딩을 즐기는 인도 상류층들이 많아 입장이 불가능하다는 말을 듣고, 아쉬움을 뒤로한 채 궁전을 나왔다. 궁을 다 구경하고도 시간이 조금 남아 있었기에, 다음날 짬빠네르로 가는 표를 미리 예매할 생각으로 버스 터미널에 들렀다.

"짬빠네르에 가는 내일 티켓을 예약하고 싶어요."
"짬빠네르 버스는 로컬 버스라 당일에만 판매합니다."

계획은 항상 어그러진다. 그러나 이왕 여기까지 온 김에 새로 지어진 버스 터미널 건물에서 윈도 쇼핑이나 할 생각으로 1층에 위치한 옷 가게에 들어섰다. 바도다라가 이렇게 발전한 도시인 줄은 상상도 못했다. 워낙 한국인들이 안 오는 도시인지라 아무것도 없을 거라고 예상했으나 이 건물은 한국 멀티플렉스와 흡사한 용도로 쓰이고 있었다. 3층에는 커다란 영화관과 오락실이 있었고, 2층엔 고급 음식점들이 즐비해 있었다.

내가 들어간 옷 가게도 인도판 유니클로라고 칭해도 될 정도였다. 생각보다 세련된 옷들을 판매하고 있었고, 결국 윈도 쇼핑만 하려고 했던 나도 너무 예쁜 티셔츠 두 벌과 마블 히어로들이 그려진 트레이닝 바지 한 벌을 샀다. 물론 캐릭터 사용 승인을 전혀 받지 않은 짝퉁 같았지만 가격이 너무나 착했다. 티셔츠 두 벌에 한국 돈 5천 원 가량, 바지까지 해서 만 원도 안 되는 돈이었다.

기분 좋게 쇼핑을 마치고, 3층으로 가서 볼 만한 영화가 있으면 딱 한 편을 보고 호텔로 돌아가면 될 것 같았다. 마침 콜카타에서 안 봤던 로맨틱 코미디 'Befikre'가 상영 중이었다. 얼마 전에 경호가 문자로 이 영화를 자기 혼자 자

1. 락슈미 빌라스는 아주 고풍스럽다. 내부 사진을 찍지 못해서 아쉽다.

2. 인도에 멀티플렉스 영화관이 생기다니 신기할 따름이다.

이뿌르에서 봤는데, 기대 이상으로 재밌었다며 호평 일색이었다. 한 시간 뒤이긴 했지만 나는 이 영화를 보기로 결심했다. 예매를 마친 뒤 호텔로 돌아가 짐을 놓고, 이번 여행의 두 번째 인도 영화 관람을 위해 영화관으로 돌아왔다.

애정하는 인도 영화가 생겼다, 'Befikre'

요즘 건망증이 심해지는 것 같다. 내가 호텔에 두고 나온 짐 중에 영화표가 있었음을 깨달은 건 영화관 입장을 위해 입구에 섰을 때이다. 다시 돌아가 표를 갖고 오자니 앞부분을 통째로 못 볼 것 같다. 다행히 매표를 도와주는 직원이 아까와 같은 사람인 걸 확인했다. 나를 기억하냐고 물으니 그렇다고 대답한다. 테러의 위협이 적잖은 인도라 표가 없으면 검은 옷을 입은 보안요원이 들여보내 주지도 않는다.

"실수로 변기에 영화표를 넣고 물을 내려버렸어요. 혹시 다시 내 자리를 뽑아줄 수 있나요?"

오랫동안 여행을 하다 보니 뻔뻔함만 늘어간다. 원칙상으로 불가능하다며 매니저를 불러주었다. 사실 본인 영어가 수월하지 않아서 나를 떠넘기는 듯한 느낌이 다분히 든다. 의도치 않게 진상 고객이 되어 버렸다. 매니저에게 아주 곤란해 하는 표정을 지으며 이 영화가 꼭 보고 싶다고 말을 하니 상영관을 안내해준다.

"만약 당신 표를 누군가가 가지고 오면 자릴 비켜줘야 해요."
"당연하죠. 그럴 일은 없을 겁니다."

다행히 내 자리가 어딘지 기억하고 있었기 때문에 역시 내 자리엔 아무도 앉아 있지 않았다. 하지만 영화가 시작하고 아무리 봐도 'Befikre'가 아닌 것 같다. 심지어 만화영화이다. 예고편인가해서 더 살펴보았지만 주변엔 가족 단위로 아이들을 데리고 관람을 하러 온 인도인들로 가득했다. 매니저가 상영관을 잘못 알려준 게 분명했다.

그냥 이거라도 볼까 잠시 갈등을 했지만 아무리 그래도 인도 만화영화를 보고 싶지는 않았다. 결국 다시 관객들에게 민폐를 끼치며 복도로 나와, 매니저에게 이 영화가 아니고 '베피크레'라고 얘기했다. 하지만 내 힌디어 발음이 이상한지 계속 엉뚱한 이야기만 한다. 마침 건너편에 있는 상영관 안내판에 내 영화 시간과 제목이 지나가는 걸 보고 저 영화라고 손가락질했다. 매니저는 다시 내가 기억하는 자리로 안내를 해주었다.

"다시 한 번 말하지만 다른 사람이 오면 일어나서 나와야 합니다."
"노 프로블럼!"

그럴 가능성이 전혀 없음을 확신하기에 그들이 좋아하는 "노 프로블럼"을 외쳤다. 다행히 아직은 영화가 시작하기 전 광고가 나오는 타이밍이었고, 국가에 맞춰 상영 전 의식(?)을 마치고 무사히 처음부터 영화를 관람할 수 있었다.

'Befikre'는 첫 장면부터가 '이거 인도 영화 맞아?' 싶을 정도로 충격적이었다. 영화의 배경은 프랑스 파리였고, 온갖 사람들이 키스를 하는 장면으로 시작한다. 결론부터 얘기하자면 근래 본 인도 영화 중 가장 최고였다. 특히 OST는 한국에 오자마자 바로 인도 사이트에 접속해 돈을 주고 다운로드받을 정도로 감미로웠다. 영상미 또한 역시 파리 현지 촬영이라 그런지 그동안 봐온 인도 영화들 중 단연 돋보였다.

스토리는 너무 뻔히 예상되는 내용이었지만 그래도 꽤나 유쾌하고 즐거웠다. 발리우드의 진수인 춤 또한 예술이다. 인도의 춤과 서양식 스포츠 댄스가 적절히 섞여 아주 신선하게 다가왔다. 한국에서 개봉이 되었으면 하는 소망이 있지만 그럴 가능성은 다소 희박할 것 같았다.[3] 기회가 된다면 DVD를 구해서 영어자막으로라도 정확한 내용이 알고 싶을 정도이다.

스토리를 간략하게 얘기하자면 남자 주인공과 여자 주인공은 파리에서 만나 사귀다 헤어지고, 지금은 친한 친구가 된 사이이다. 하지만 상대방이 새로운 사

---

3) 한국에 와서 찾아 본 결과, 미국에서는 'Carefree'라는 제목으로 개봉을 했었다.

랑을 시작하는 모습을 보고, 자신들이 정말 사랑했었음을 깨닫고 재결합을 한다는 진부한 이야기이다. 예전 발리우드 영화처럼 비유적으로 표현하지 않고 아주 진한 키스신은 기본, 세미 누드에 가까운 베드 신이 적나라하게 나오기까지 했다. 보수적인 인도가 아주 조금씩 변화하는 게 느껴지는 참신한 영화였다.

옆자리에 앉은 사리 입은 할머니도 아무렇지 않게 관람을 하는 걸 보면 이제 다른 인도 영화들도 이 정도 수위까진 올라왔다는 걸 예상할 수 있었다. 평생 변하지 않을 것 같았던 인도가 꿈틀대는 것이 느껴진다. 피부로 느껴지는 영화 예술의 진보는 다른 시각으로 인도를 바라볼 수 있도록 해주었고, 만약 또 3, 4년 뒤에 인도를 찾게 된다면 어떤 모습으로 변해있을지 벌써부터 기대가 됐다.

영화가 끝난 후 나오는 쿠키 영상이 상당히 재밌었다. 인도 전통복을 입고 본래 우리가 알던 발리우드 영화의 전형적인 춤사위로 엔딩을 선보인다. 나는 엔딩 크레딧이 다 끝날 때까지 자리를 지켰고, 화면이 꺼진 후에도 강한 여운 탓에 쉽사리 자리를 뜨지 못했다.

남자 주인공이 여자 주인공을 보내주는 장면에선 나와 헤어진 M이 갑자기 생각나서 눈물까지 흘렸다. 러브스토리를 감상하니 아주 오랜만에 M이 떠오른다. 진한 감동과 함께 돌아오는 길, 우리나라에서 한창 유행했던 닥터피시에 들러 긴 여행으로 딱딱하게 굳은 발을 물고기들에게 맡기고 잠시 피로를 풀었다. 언제 끝날지 모르는 이 걸음이 M을 잊기 위한 힐링여행이었음을 다시 상기하는 시간이었다. 숙소에 와서 나는 간만에 M에게 메일을 보냈다.

어린아이처럼 중세의 유적을 누비는 남자

오늘은 도시 전체가 유네스코 세계문화유산인 짬빠네르를 다녀올 생각이다. 바도다라 북동쪽으로 47㎞ 거리에 있는 짬빠네르는 한때 구자라트의 주도였다. 사실 관광객들이 바도다라에 오는 건 이곳을 보기 위함이기도 하다. 1484년 술탄 미흐무드 베가라가 전략적으로 중요한 무역 거점이라 판단해 이곳을 점령하고, 마스지드 유적군을 포함해 수많은 요새와 건축물을 건설했다. 그러나 1535년 무갈족에게 넘어간 뒤 도시가 쇠락하기 시작하면서 지금은 폐허만 남아 다 무너져가는 도시가 되었다.

하지만 이러한 고 유적지를 좋아하는 나에게는 아주 흥미로운 볼거리이다. 1시간가량 버스를 타고 이동하니 마치 커다란 산 한 덩이를 떼어놓은 듯한 높은 언덕과 요새가 보이기 시작한다. 버스에서 내려 무작정 사람들에게 물어 유적군을 찾아갔다. 마스지드들 사이가 워낙 거리가 길어서 가이드 북에선 반나절 정도 오토 릭샤를 빌려 다닐 것을 추천했지만 나에게는 튼튼한 두 다리가 있으니, 이정표를 보며 걸어 다닐 생각을 했다.

마스지드에 도착하자마자 엄청난 요금폭탄을 맞았다. 설마 입장할 때마다 내야 하나 싶어서 물어보니 다행히 이 입장권 한 장으로 모두 돌아볼 수 있다고 한다. 솔직하게 말하면 처음 들어선 마스지드는 영 볼 게 없었다. 책에서 설명한 것처럼 웅장하지도 않았고, 자그마한 건물이 마치 어두컴컴한 화장실을 방불케 했다. 괜히 왔나 싶은 마음이 들며 이정표를 따라 오랫동안 걸어가니, 드디어 내가 보고 싶어 하던 형태의 마스지드가 펼쳐졌다.

딱 봐도 정말 오래된 건물이구나 싶은 이 건물은 '뀨다 마스지드'로 각양의 이슬람 무늬로 조각이 되어 있었다. 그 무늬가 커다란 건물 전체를 뒤덮고 있어서, 그 당시 기술로 어떻게 이런 정교한 조각을 해냈는지 신기할 따름이었다. 첨탑 위까지도 올라갈 수 있다고 책에 나와 있어서 올라가보려고 시도를 해보았지만 문이 굳게 닫혀 있었다.

유적지임에도 불구하고 많은 사람들이 마치 집 앞 공원을 산책 나오듯 내부에서 서성이고 있었다. 심지어 어떤 가족들은 유적지 구석에 돗자리를 깔고 피크닉을 즐기기까지 한다. 짬빠네르는 외국인 관광객이 많이 찾는 곳이 아니라서, 나는 완전 그들의 주목 대상이 되었다. 사진을 찍자고 다가오면 또 거절을 못해서 수많은 사람들과 사진을 찍어야 할 것 같다. 황급히 다른 마스지드로 이동했다.

그날 여행의 진수는 길게 뻗은 모래밭을 지나 세 번째로 방문한 마스지드에 있었다. 시내 반대 방향으로 오랫동안 걸어야 나오는 먼 곳이라, 사람이 한 명도 없는 으리으리한 마스지드 하나가 나를 반기고 있었다. 바로 '나기나 마스지드'이다. 심지어 다른 마스지드에서 볼 수 없었던 기하학적 무늬들이 매우 묘하게 느껴졌고, 무엇보다 내가 전세를 낸 것처럼 홀로 시간 제한 없이 관람을 할 수 있다는 사실이 매력적이었다.

건물 한 바퀴를 크게 돌아보며 신비로운 무늬를 감상했다. 외관을 본 뒤, 내부로 들어갔다. 사실 내부는 다른 마스지드들과 별반 다른 게 없었다. 혹시나 하는 마음에 첨탑으로 올라가는 문을 살짝 밀어보았다. 운이 좋았다. '끼익' 하며 열리는 첨탑문이 그렇게 반가울 수 없다. 어두운 내부를 뱅글뱅글 돌며 올라가는 과정이 너무 조용해서 조금 무서웠다. 하지만 꼭대기에 도착했을 때 시원하게 불어오는 바람은 모든 걸 잊게 해준다.

아무도 없는 마스지드 꼭대기에서 신이 나 뛰어다녔다. 찍는 사진마다 예술작품이었고, 뒤로 펼쳐진 언덕은 역광임에도 불구하고 아주 좋은 피사체이자 배경이었다. 누가 들고 도망갈까 봐 해보지 못했던 타이머 촬영도 마음이 드는 사진이 나올 때까지 여러 장 찍었다. 정말 오랜 시간을 이곳에서 혼자 셀카놀이를 하며 신나게 놀았다. 나 홀로 여행에선 늘 외로움과 부끄러움 때문에 제대로 방방 뛰어다니지 못했는데, 이곳 '나기나 마스지드'에서는 유적지 원숭이처럼 건물 사이를 뛰어다니며 나만의 시간을 즐겼다.

체력이 받쳐주질 못해 숨이 차서 슬금슬금 첨탑 계단을 내려와 시간을 확인하니 약 1시간가량이 흘러 있었다. 이렇게 나 혼자 흥분해서 놀아보는 게 여행을 시작한 뒤 처음이라 기분이 좋았다. 이정표를 따라 몇몇 마스지드들을 더 들르기도 했지만 '나기나 마스지드'만큼의 감흥이 안 온다. 마지막으로 제일 유명하다는 '자마 마스지드'까지 들러 이슬람과 힌두교 양식이 혼합된 유명 조각들을 구경하고 바깥으로 나왔다.

갈증이 나서 지나가는 아이스크림 아저씨에게 달려가 두 개를 순식간에 해치웠다. 중세 시대 인도에 떨어진 나는 마치 어린아이와 다름없었다. 달달한 게 들어가니 기분이 좋아지면서 오늘 여행은 성공했다고 느껴진다. 정류소로 돌아가는 길에 동네 꼬마들이 나를 무척 신기해하며 셀키를 찍자고 졸라대는 바람에 시간을 나소 지체했다. 하지만 복귀하는 버스가 수시로 있어서 늦지 않게 돌아올 수 있었다.

아침 일찍부터 여행을 시작한 덕분에 일몰까지 아직 시간이 남아 있었다. 터미널에서 멀지 않은 곳에 위치한, 우리나라로 따지면 '어린이 대공원' 같은 '사야지 바그라는 공원에 들렀다. 물론 이곳에도 유명한 박물관이 있기는 하지만 흥미가 없어서 건너뛰었다. 사야지 바그는 그저 산책을 하는 것만으로도 꽤 가치가 있었다. 수많은 인도 가족들과 커플들, 학생들이 바람을 쐬고 있었고, 조깅을 하는 인도인도 만날 수 있었다. 인도의 일상 속에 들어온 느낌이 든다.

공원에 있는 천문학관에 들어가 영상을 관람하기도 했다. 상당한 영어 실력의 부잣집 아이들이 부모님과 나누는 대화가 꽤 수준이 높았다. 명왕성이 지금은 태양계에서 벗어난 걸 아버지가 설명해 주니 아이들은 아빠는 그걸 어떻게 아냐며 신기해한다. 너무 귀여워서 칭찬을 해주니 수줍게 "땡큐" 하고 대답한다. 어릴 적에 나를 이곳저곳에 데리고 다니며 많은 경험을 시켜주신 부모님이 생각난다. 나도 이 아이들처럼 꽤 똘똘(?)했었는데…….

여기에 사는 사람처럼 문방구에 들러 내가 좋아하는 락슈미 수첩도 하나 샀다. 길거리 음식점에서 볶음밥을 시켜 허기진 배를 달래고 천천히 방으로 복귀했다. 정말 긴 하루를 보냈다. 하지만 체감상으론 짧게 느껴졌던 알찬 하루, 부지런한 여행을 하고 나니 근면의 아이콘 경호가 생각난다. 슬슬 동생들이 보고 싶어진다.

1. 우리나라의 '어린이 대공원' 같은 '사야지 바그', 인도 사람들의 일상을 엿볼수 있었다.

2. 충동구매로 산 수첩과 잡동사니, 한국에서도 잘 쓰고 있다.

3. 'Befikre'의 포스터.

짬빠네르 빠우거드 고고학 공원

사진 정희찬

Chapter 11

차비

1. 차를 타는 데에 드는 비용.
2. 어떤 일이 되기 위하여 필요한 물건, 자세 따위를 미리 갖춤.

남자는 영웅담을 늘어놓기 마련이다

동생들을 다시 만날 날이 다가왔다. 3년 만에 온 다만이었다. 3년 전에 만났던 다만 친구에게 메시지를 보냈다. 인도에 다시 오면 꼭 들르겠다는 약속을 했으니. 이번 다만행도 그 이유가 컸다. 하지만 앞서 파반에게 뒤통수를 맞았던 것처럼 이 친구도 메시지를 읽기만 하고 답장조차 보내오지 않는다. 이쯤 되면 인도인들은 약속을 소중하게 생각하지 않는다고 결론 짓게 된다. 아니면 내가 정말 다시 올 거라곤 생각하지 못한 걸까.

하지만 다만에 갈 이유는 꼭 이것이 아니더라도 많다. 구자라뜨 주에서 유일하게 술이 합법인 지역이고, 주류세도 붙질 않아서 술값이 싸다. 그리고 해변에서 지프에 줄을 묶어 매단 낙하산을 타고 하늘을 나는 패러글라이딩 또한 이유가 된다. 이 경험은 뇌리에 강하게 남아 있는 추억 중 하나이다. 나는 동생들에게 이 경험을 꼭 선사하고 싶었다.

내가 있는 바도다라와 다만은 멀지 않다. 잠깐 기차를 타고 만화책을 보다 보니 다만에서 가까운 바삐 역에 금방 도착했다. 바삐 역에서는 합승 택시가 다만까지 운행을 하고 있어서 싼 가격으로 시내까지 갈 수 있다. 도착해서 동생들이 있는 숙소를 어떻게 찾아야 하나 잠시 고민했지만 마침 다만 초입에서 당황스러우리만큼 금방 동생들을 만났다.

"형! 왔어요?"
"내 새끼들! 야 근데, 너네 나 올 시간 알고 있었어?"
"아뇨. 근데 형이 얘기했잖아요. 다만이 쪼그마한 마을이라, 돌아다니다 보면 금방 마주칠 거라고."
"그래도 이 정도로 바로 만날 줄은 몰랐지."

정말 좁은 마을이긴 하나. 동생들이 잡은 숙소는 택시 하차장과 매우 근접한 허름한 게스트 하우스였다. 체크인을 마치고 바로 술을 사러 주류숍에 들어갔다. 역시 유일한 합법지역답게 눈에 밟히는 게 술집이다. 구자라뜨 주 인도인들은 쉬는 날 이곳으로 휴가를 온다. 그래서 다만엔 알코올 중독자들도 넘쳐난다.

재회를 축하하는 의미에서 스트롱 맥주 한 병씩을 사들고 들어와 과자 몇 봉지를 안주 삼아, 떨어져 있는 동안 서로의 이야기들을 풀어냈다. 누구나 자신의 여행이 제일 힘든 법이다. 마치 남자들이 자신이 다녀온 군대가 제일 빡세다고 말하는 것과 비슷하다. 하지만 경호가 말을 꺼내는 순간 나와 원일이는 입을 다물 수밖에 없었다.

"저 경찰서 다녀왔어요. 인도인한테 폭행당해서 경찰한테 신고했거든요."
"뭐? 왜 폭행당했어?"
"릭샤 기사였는데, 하루 종일 관광지 투어를 하려고 가격 소부 보고 잘 돌아다녔는데 막판 가서 말을 바꾸는 거예요."
"네가 먼저 때렸어?"
"그러면 안 되죠. 어이가 너무 없어서 약속한 돈밖에 못 준다고 버티니까 갑자기 제 코를 툭툭 건들면서 시비를 거는 거예요. 그래서 주변에 경찰 좀 불러달라고 얘기했죠. 그때까지도 계속 떳떳하게 부르려면 부르라고 버티더라구요."
"그래서 경찰서까지 같이 갔어?"
"다행히 주변 사람들이 지금까지 상황을 설명해주니까 경찰이 저랑 기사를 경찰서로 데리고 가더니, 저보고 얘가 감옥에 가길 바라냐고 물어보는 거예요. 그래서 당연하다고 얘기했죠. 그리고 나도 한국에서 의무경찰 하다가 왔다고 하면서 사진을 보여주니까 반가워하면서 제가 원하는 대로 해주겠다는 거예요."
"푸하하! 의경 근무한 게 또 이렇게 도움이 되네?"
"경찰이 내 편 들어주니까, 갑자기 그 새끼가 울면서 나한테 빌기 시작하는 거예요. 인도어로 뭐라 뭐라 하는데 뭐, 봐달라고 하는 거였겠죠. 근데 너무 황당한 거예요. 방금 전까지 꼿꼿하던 사람이 그렇게 나오니까."
"그래서 어떻게 했어?"
"저도 일이 복잡해질 것 같고 해서 그냥 봐줬어요."
"잘했다. 어차피 외국에선 우리가 약자야."

"그러고선 원래 가격보다 싸게 돈 줬는데 막상 서에서 숙소까지 돌아오는 릭샤 값이 너무 많이 나와서 결국 똔똔이었어요. 경찰도 나보고 셀카 같이 찍자고 그러고."

경호는 아주 스팩터클한 경험을 하나 인도에서 얻어갔다. 내가 네팔인들과 춤추고 놀았던 이야기, 원일이가 아름다운 조드뿌르에서 멋진 셀카를 남겨온 이야기는 비교도 안 되는 수준이다. 우린 잠시나마 떨어져 있었던 서로의 시간을 공유하며 기분 좋게 다만에서의 첫날 밤을 보냈다.

다음날 패러글라이딩을 하러 릭샤를 타고 모띠다만으로 이동했다. 다만은 크게 두 개 구역으로 나뉘는데, 숙소와 술집들이 있는 더러운 나니다만과 그나마 해변이 깨끗하고 조용한 모띠다만이다. 도착해서 간단하게 새우 요리를 시켜 낮술을 마치고, 해변으로 나와 다만에 오면 꼭 경험해야 하는 해변 패러글라이딩을 하러 갔다.

동생들은 패러글라이딩이 첫 경험이라 매우 떨려 한다. 예전보다 100루피가 오른 가격이었지만 나는 강력하게 권유했다. 셋은 지프차에 올라탔고, 첫 타자는 원일이였다. 무거운 원일이가 낙하산을 장착하고, 지프가 빠르게 달리니 점점 몸이 뜨면서 하늘을 거닐기 시작한다. 원일이는 소리를 지르며 우리에게 손을 흔들어 보인다.

"우와! 형 이거 안 했으면 정말 후회할 뻔했어요."
"내가 왜 꼭 오자고 했는지 알겠지?"

두 번째 타자인 경호도 마찬가지였다. 아주 좋은 경험을 했다며 즐거워하는 모습을 보니 내가 다 뿌듯하다. 나도 그때의 느낌을 또 느끼고 싶어서 탑승을 했지만 예전만큼 진한 감동이 오진 않는다. 역시 첫 경험이 최고인 것 같다. 동생들은 해변을 거니는 낙타에도 탑승해 자이살메르에서 하지 못한 낙타 사파리의 한까지 풀었다.

해변 견학을 니온 인도 초능학생들이 우릴 발견하고 구경하기 위해 다가온다. 아이들은 우리가 먼저 다가가니 도망을 다닌다. 외국인 여행자가 잘 찾지 않는 곳에서 노는 우리가 궁금했는지, 우연찮게 민생을 살피러 나온 다만 시장과 시청 직원들이 우리에게 말을 건다.

"어디서 왔나요?"
"한국에서 왔어요."
"이분은 다만 시장님이에요."
"우와! 다만 정도 큰 도시의 시장이면 꽤 유명한 사람 아니야?"
"재밌네요. 이런 사람도 다 만나고."
"시장님이랑 사진 한 장 찍을 수 있을까요?"
"그럼요. 우리도 당신들과 사진을 찍고 싶어서 왔는 걸요."

시장님과 기념사진까지 남기며 우리는 이곳 모띠다만에서의 추억을 가슴 깊이 아로새겼다. 실컷 시간을 보내고 나니 다시 술이 고파진다. 이곳 모띠다만은 워낙에 타국사람들이 오지 않는 동네라서, 인도인들이 우리와 함께 술을 마시고 대화를 나누고 싶어 한다는 장점이 있었다. 즉, 공짜 술을 얻어 마실 수 있다. 아니나 다를까 해변을 걷다 보니 우리에게 손짓을 하며 자신의 술을 나눠주는 인도인들을 만날 수 있었다.

형제끼리 가족 여행을 왔다는 이 친구들은 우릴 반갑게 맞이해주었다. 물론 그들은 이미 살짝 취한 느낌이 있었지만 우리가 빨리 마시고 진도를 맞추면 그만이다. 계란 요리를 안주로 시켜주고 꽤나 후한⑺ 대접도 받았다. 술이 떨어지면 자신들의 차로 잠깐 이동해 양주를 사오고, 공짜 술 잔치에 우린 신이 났다. 나는 이 가족들 중 지마라는 친구와 친해져서 그의 다른 친구들도 소개받고, 우리끼리 바닷가 멀리까지 나가서 진흙싸움을 하며 매우 즐거운 시간을 보냈다.

여행이 길어지니 아무래도 술이 많이 약해진 것 같다. 이날도 숙소까지 어떻게 들어왔는지 기억이 안 난다. 메모조차 남겨놓지 않아서 글을 쓰는 데에도 큰 어려움이 있었다. 술을 오랜만에 마시기도 했지만 부어라 마셔라 하며 달린 탓에, 자고 일어나니 다음날 점심이었다. 동생들은 내가 필름이 끊긴지도 몰랐다며, 아주 정상적으로 숙소에 들어왔다고 했다. 그나마 안심이 된다.

"근데 형 그건 기억나요?"

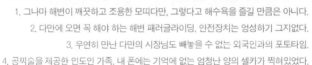

1. 그나마 해변이 깨끗하고 조용한 모띠다만, 그렇다고 해수욕을 즐길 만큼은 아니다.
2. 다만에 오면 꼭 해야 하는 해변 패러글라이딩, 안전장치는 엉성하기 그지없다.
3. 우연히 만난 다만의 시장님도 빼놓을 수 없는 외국인과의 포토타임.
4. 공짜슬을 제공한 인도인 가족, 내 폰에는 기억에 없는 엄청난 양의 셀카가 찍혀있었다.

"뭐?"

"형이랑 놀던 지미가 아무래도 게이인 것 같았어요. 형을 엄청 좋아하더라고요."

"진짜야? 난 재밌게 놀았던 거밖엔 기억 안 나."

"인도인치고 엄청 잘생겼는데, 썸 타볼 생각 없어요?"

"이것들이 아무 말이나 막 던지네."

동생들의 농담이 어처구니없어서 한 대 쥐어박았다. 그래도 동생들이 아니었으면 큰일 날 뻔했을지도 모르겠다는 생각을 했다. 위험한 인도에선 함부로 정신줄을 놓으면 안 되는데, 믿음직한 동생들이 있어서 모든 걸 잊고 행복한 시간을 보내고 있다. 하지만 우리가 잠시 잊고 있었던 큰일이 하나 있었으니, 바로 코치까지 가는 기차표를 아직 구하지 못했다는 점이다.

우리는 무사히 코치까지 갈 수 있을까?

오늘은 대망의 '코치행 따깔 기차표 끊기'라는 엄청난 미션을 수행하는 결전의 날이다. 혹시나 하는 마음에 웨이팅 리스트를 확인했지만 역시 크리스마스 시즌답게 표는 풀리지 않았다. 아침 일찍 일어나 바로 예매창구로 달려갔다. 나야 한국에 돌아가야 할 이유가 없으니 다만에서 좀 더 머무르다가 표가 풀리면 이동해도 상관이 없었다. 하지만 이 기차표를 구하지 못하면 경호와 원일이는 영락없이 30시간짜리 입석 기차를 타고 가야 하는 상황이다.

번개보다 빠른 속도로 예매 시트를 작성해 창구가 오픈하기만을 기다렸다. 우리가 1등으로 도착해 첫 줄을 맡은 건 그만큼 우리에게 이 표가 중요하다는 것을 의미한다. 표를 못 구해도 어쨌든 방법이 생길 거라며 동생들을 안심시키려고 해봤지만 특히 원일이는 긴장한 모습이 역력했다. 끊으려고 했던 담배까지 나에게 빌려 뻑뻑 피워대며 초조함을 여과 없이 표현한다. 드디어 창구 문이 열리고, 우리가 얼마나 조급해보였으면 직원조차 바로 시트를 빼가며 빠른 속도로 표를 조회해준다. 기다리는 1초, 2초가 너무 길게만 느껴진다.

"지지직, 지지직."
"예에에에! 된다!"

우리의 표가 인쇄되는 소리가 들리고 셋은 동시에 환호성을 질렀다. 심지어 뒤에서 기다리고 있던 인도인들까지 함께 축하해준다. 원일이는 한층 표정이 밝아지며 오늘은 미친 듯이 술을 마시겠다며 광란의 밤을 예약한다.

돌아오는 발걸음이 아주 가벼웠다. 우린 아침 겸 점심을 먹으러 다만에 있는 동안 거의 베이스캠프처럼 갔던 '튤립 레스토랑'으로 헤헤거리며 이동했다. 인도에선 참 이렇게 작은 일에도 감사하게 된다. '튤립 레스토랑'이 우리의 단골이 된 건 유일하게 와이파이가 되는 레스토랑이었으며, 호텔 레스토랑임에도 불구하고 택스 프리인 다만이라 가격이 비싸지 않다는 이유였다.

기분이 좋았던 우리는 진수성찬을 주문한 뒤, 코치에서 묵을 숙소까지 예약을 마치고 편안한 마음으로 식사를 했다. 나와 경호보다도 한 시간을 일찍 나가 줄을 맡아놓은 원일이가 기특하기 그지없었다. 식사를 마치고 주류 숍으로 이동해 오늘 하루 종일 마실 술들을 잔뜩 샀다. 동생들에게 이 지역에서 유명한 럼주인 '올드 몽크'를 소개해주고, 한국에 가져가서 친구들이나 가족들과 한 번 마셔보라며 추천해주었다. 나도 동생들이 떠나고 남은 여행 동안 마실 생각으로 작은 병 하나를 샀다.

낮부터 간단히 술을 마시며 다시 한 번 우리의 승리를 자축했다. 그러나 다들 아침 일찍 일어난 탓에 저녁 시간이 조금 지나서 곧바로 잠들어버렸다. 다음날엔 기차 시간을 기다리며 큰 맥주 한 캔씩을 사서, 해변가에서 음악을 틀어놓고 마시며 다만과의 작별을 고했다. 역시 다만에서는 이렇게 진탕 술만 마시며 놀아줘야 제 맛이다.

합승택시를 타고 기차역으로 이동해 우리 기차를 기다렸다. 하지만 연착이나 취소가 빈번한 인도 기차이기에 긴장의 끈을 놓을 순 없다. 그때, 갑자기 우리 기차 안내 표시가 전광판에서 사라진다. 혹시나 해서 10분을 기다렸는데도 돌아오지 않는다. 우린 너무 깜짝 놀라서 선로 위를 뛰어 넘어 창구로 달려갔다.

"기차가 취소된 건가요?"
"왜 우리 기차 표시가 꺼진 거죠?"
"연착인가요?"
"저희 이거 못 타면 큰일이에요."
"진정하세요. 연착 때문에 다음 열차가 먼저 와서 순서를 바꾸느라 끈 거예요."

놀란 가슴을 쓸어 내렸다. 역무원의 말을 듣고 조금 안심했지만 여전히 우린 예민했다. 30분 뒤, 기차가 도착하고 드디어 우린 모든 것을 내려놓았다. 30시간은 매우 긴 시간이지만 나는 UB에서 거의 기절 상태로 이동했다. 긴장이 풀린 내 몸은 말을 듣지 않았고, 20시간 동안 시체처럼 누워서 잠만 잤다. 내가 일어난 후 동생들은 내가 죽은 줄 알았다며 우스갯소리를 건넨다. 그래도 덕분에 잠깐만 버티면(?) 동생들 여행의 마지막 종착지인 코치에 도착한다. 집으로 돌아간다는 아쉬움으로 가득한 표정, 우린 그동안의 여행 소감을 나눴다.

"인도 여행 재밌었어?"

"네. 다음에 또 오고 싶어요."
"형이 캐리해준 덕분에 너무 즐거웠어요."
"나도 너희가 행복해하니 너무 뿌듯하다."

아직 이별의 시간까지 3일이 더 남아 있었지만 다가오는 동생들의 출국일에 또 다시 혼자가 된다는 생각을 하니 마음이 싱숭생숭하다. 그저 창밖을 바라보며 아주 가까워진 우리가 함께하는 시간이 조금만 더 늦게 흘러가길 바랄 뿐이다.

여유가 넘치는 남인도에서의 이틀

밤늦게 도착한 코치에서 문제가 생겼다. 너무 늦게 호텔에 온 탓에 직원들이 전부 퇴근을 한 것이다. 숙소 문을 두들기고 소리를 쳐도 아무도 나오지 않는다. 혹시 뒷문이 있나 싶어서 돌아가보니 호텔방들이 나왔다. 하지만 레스토랑과 겸해서 운영을 하는 이 숙소는 레스토랑이 문을 닫으면 호텔 리셉션도 문을 닫는 모양이었다.

혹시 직원이 묵는 숙소가 따로 있나 싶어서 방문들을 살짝 밀어보며 열린 방이 있나 탐색했다. "체크인!"이라고 외치고 다녔지만 여전히 호텔은 조용하다. 심지어 곤히 자고 있던 인도인 커플이 깜박하고 문을 잠그지 않았는지, 그들의 방에 난입하는 실례까지 범했다. 2층으로 이동해 방 하나를 확인하니 문이 열려 있다. 그리고 아무도 없이 웬 엑스트라 베드 하나가 깔려있는 게 영락없는 3인방이다.

"얘들아. 혹시 우리 늦게 도착할 줄 알고 이 방만 열어놓고 준비해놓은 거 아닐까?"
"에이 인도인들이 설마 그 정도로 센스가 있으려고요?"
"하긴 그건 그래. 근데 세 명인 거 알고 침대 하나도 더 깔아놓은 거 아닐까?"
"정말 이 정도의 센스를 발휘했으면 전 이 호텔에 팁까지 줄 생각이 있어요."
"형, 우리 이제 어쩌죠?"
"어차피 잠은 자야 하니, 그럼 메모 하나 남겨놓고 여기서 자자."

다들 내 말에 동의했다. 좀 더 얘기를 나누다가 자고 싶었지만 피곤했던 우리는 바로 곯아 떨어졌다. 다음날 친절한 여직원이 우리가 너무 곤히 자고 있어서 깨우지 않았다며, 그 방은 에어컨이 있는 특실이라 우리 방이 아니라고 한다. 역시 그들에게 방을 준비해놓는 센스 따윈 없었다. 늦게나마 체크인을 도와주겠다며 우릴 원래 방으로 안내해주었다.

넓고 쾌적한 방에서 좁은 방으로 옮기려니 상당히 아쉽다. 혹시 우리가 묵은 방에서 계속 지낼 수 없냐고 물으니 추가요금이 있다고 한다. 하지만 아직 여행이 많이 남은 나는 돈을 아낄 필요가 있었다. 동생들은 매우 그 방을 원했지만 미안한 마음으로 거절을 했다. 그러자 원일이가 자신이 좀 더 환전을 해서 형 돈까지 부담할테니 에어컨 방에서 묵자는 제안을 해온다. 고민할 필요 없이 "콜!"을 외쳤다.

"저는 돈을 내지 않는 도비이니 바닥에 있는 엑스트라 베드는 제 것입니다. 샤워도 제일 마지막에 하겠습니다. 청소도 해드릴깝쇼?"

동생들이 내 농담에 크게 웃는다. 나도 솔직히 시원하고 상쾌한 방에서 묵게 된 게 기분은 좋다. 우린 안심하고 짐을 풀어 헤치고, 오늘의 일정을 위해 바깥으로 나왔다. 코치가 마지막 여행지가 된 동생들의 쇼핑을 위해 이곳에서 가장 큰 쇼핑몰인 '루루몰'에 갔다가, 주류숍에 들러 크리스마스 축하를 위한 맥주를 사올 계획이다.

'루루몰'은 우리나라로 따지면 이마트 수준의 아주 큰 쇼핑센터이다. 버스와 배를 이용해 루루몰로 이동했다. 코치는 여러 개의 섬으로 되어 있는 도시라서 섬과 섬 사이를 버스처럼 운행하는 정기 여객선이 있다. 바다를 가로질러 가기 때문에 오토 릭샤보다 빠르고, 값도 매우 싸서 육로를 이용하는 것보다 합리적이다. 친절한 인도 여학생들의 도움을 받아 버스를 타고 루루몰의 위치까지 쉽게 찾을 수 있었다.

"확실히 남인도가 좀 더 사람들이 프리하고 여유가 있어 보여요."

경호가 우리 호텔의 여직원과 남인도 사람들을 경험하더니 말을 꺼낸다. 실제로 인도 대륙에서 북쪽과 남쪽 사람들의 차이는 확연하다. 남쪽은 외국 문물도 많이 접하고 기독교인 비율도 꽤 높은 편이라 상당히 사람들이 오픈되어 있다. 인구 밀도도 다른 곳에 비해 낮은 편이라 그런지 여유와 융통성도 있다.

나는 누군가가 인도 여행 일주를 추천해달라고 하면 정신없는 북인도부터 돌고 남인도로 넘어가라고 얘기한다. 남인도의 진주라 불리는 고아같은 경우는 옛날부터 서양 히피들의 천국으로도 유명했다. 코치 또한 워낙 유럽으로 취항하는 노선이 많아서 외국인 여행객이 상당하다. 가족 단위로 오는 사람들도 많고, 아무래도 다른 인도보다 매우 안전한 편이다. 나도 이번에 코치는 처음 와봤는데, 경호와 비슷한 생각을 하고 있다.

루루몰로 들어서자 그 규모에 다들 깜짝 놀랐다. 우리가 가려고 했던 마트만 존재하는 게 아니라 오락실부터 시작해 아이스링크, 실내 놀이기구들, 푸드코트까지 있었다. 우린 마트에 들르기 전에 점심을 먹고, 소화를 시킬 겸 오락실에 들렀다. 오락실에 반가운 '펌프' 오락기가 있길래 나도 몇 판 즐겼다. 한국에서 어릴 적에 꽤 많이 해왔던 게임이라 나는 꽤 실력이 좋다. 난이도가 높은 음악을 고르고 몇 판을 하고 나니, 인도인들이 그 모습이 생소하면서 신기했는지 다들 몰려와 구경하고 있었다. 다 마치고 나니 박수를 치며 악수까지 청한다. 마치 내가 발리우드 스타라도 된 것 같다. 색다른 경험이다.

1. 코치 사람들에게 여객선은 버스나 다름없다.
2. 북인도에 비해 여유로운 남인도 사람들.
3. 거대한 규모의 '루루몰'(좌), 펌프게임을 하는 나를 인도인들이 신기해하며 구경한다(우).

신나게 오락을 마치고 본래의 목적이었던 쇼핑을 위해 마트로 이동했다. 사실 이곳으로 출발하기 전에 해산물 시세를 알아볼 생각으로 잠시 수산시장에 들렀는데, 외국인에 대한 바가지가 심하기로 유명한 코치 수산시장은 역시 가격이 만만치 않았다. 마트에 들어서서 해산물 코너로 이동해 가격을 보니 역시 눈탱이라는 확신이 선다. 여기서 해산물을 사가서 조리만 해달라고 할까 고민하다가 보관의 문제도 있고 해서 포기했다.

　경호와 원일이가 한국에 가져갈 기념품들을 고르는 사이 나는 안주거리를 쇼핑했다. 이제 곧 헤어지는 두 동생들과 타국에서 보내는 크리스마스 이브, 매우 아쉽기도 하지만 마지막 밤인 만큼 더욱 푸짐하고 맛있는 안주로 밤을 지새우고 싶었다.

　쇼핑을 마치고 루루몰을 나와서 주류숍을 찾아다녔다. 보통 '와인숍'이라고 치면 지도앱에 나오기 때문에 검색을 해봤지만 그 거리가 상당하다. 심지어 술을 판매하는 시간이 정해져 있기 때문에 조금 늦으면 빈손으로 돌아와야 하는 불상사가 일어날 수도 있다. 우선은 선착장으로 가는 버스를 타고 주류숍이 보이면 차를 세워서 내린 뒤, 술을 사서 다시 버스를 타는 방향으로 결정을 했다. 마침 길게 줄이 늘어선 조그마한 가게를 발견할 수 있었고, 우리는 한 사람당 4병씩, 엄청난 양의 맥주를 사서 들어왔다. 숙소에 도착해 짐을 정리하고 본격적으로 술자리를 시작했다.

　"아이구, 너네 가면 나 외로워서 어쩌냐."
　"형 원래 혼자 여행 잘 하고 다녔잖아요."
　"그래도 한 달 반가량을 동행이 있는 상태로 다니다 혼자가 되면 얼마나 힘든데."
　"너무 걱정하지 마세요. 그리고 아직 이틀이나 더 남았는데요."
　"우리가 여행한 시간도 이렇게 금방 갔는데, 이틀은 눈 깜짝 할 사이 아니겠나?"
　"맞아요. 사실 저도 너무 가기 싫어요."
　"나랑 스리랑카 같이 넘어가자. 경호는 복학하니 그렇다 쳐도 원일이는 괜찮잖아."
　"에이 저도 이제 돈도 다 떨어지고, 한국 가서 취직해야죠."

"원일이 계속 학교 다닐 거야?"

"솔직히 잘 모르겠어요."

사실 지면상에 풀지 못했지만 우린 그동안 종종 술자리를 가지며 서로의 살아온 이야기, 인생과 미래에 대한 심도 있는 대화를 많이 나눠왔다. 인도라는 나라는 참 신기한 나라이다. 서로의 치부까지 오픈하게 되는 극악의 환경을 조성해주는 나라인지라, 이렇게 친해지고 가까워진 동생들을 보내고 다시 혼자 여행을 한다는 것이 마치 연인과 헤어지는 느낌마저 들게 한다.

우린 그동안 섭섭했던 점들, 고마웠던 것들을 서로 솔직하게 터놓으며 즐거운 시간을 보냈다. 경호도 요도염이 다 나아서 나와 원일이의 진도에 맞출 수 있었다. 마지막 기념 셀카도 찍었다. 예상했던 것보다 우리의 마지막 술자리는 너무나 흥겨웠다. 결국 남겨놓고 다음날 마시려고 사놓은 술까지 모두 소비를 하며 젊은 여행자 세 명의 크리스마스 이브 밤이 흘러갔다.

세 친구의 아주 평범한 마지막 이야기

확실히 전날 무리해서 마시긴 했다. 우리 셋 다 숙취에 시달릴 수밖에 없었다. 물이 더러워서 그런지 인도 맥주는 다음날 숙취가 너무 심하다. 한국에서 마시면 아주 멀쩡할 양 정도만 먹었음에도 불구하고, 다음날 누구도 상상할 수 없을 만큼 힘들다. 우린 해장을 할 필요가 있었다. 나와 경호가 사르나트에서 먹은 티베트 음식 이야기를 원일이에게 자주 한 탓에 원일이가 한국으로 돌아가기 전엔 꼭 먹어봐야겠다며 적극적으로 식당을 찾았다.

마침 우리 숙소 주변에 꽤나 호평 일색인 티베트 음식점이 있어서 그곳으로 찾아갔다. 유명한 만큼 손님들도 가득했다. 뚝바와 뗀뚝, 모모 등을 푸짐하게 시켜서 나눠 먹었다. 역시 한국인의 해장에는 국물음식만 한 것이 없다. 여전히 머리가 지끈거리긴 했지만 쓰라리던 속도 따뜻한 스프가 들어오니 좀 진정이 되는 듯싶었다.

식사를 마치고 오늘은 중국식 어망이 있는 해변가를 가보았다. 해변은 관광지답게 기념품 가게들이 즐비해 있었다. 특히 코코넛으로 만든 원숭이 조각은 너무 귀여워서 나도 이곳이 마지막 여행이었다면 분명 샀을 것이다. 중국식 어망은 바닷가에 커다랗게 설치된 그물을 바다로 내렸다가 빠르게 끌어올려 물고기를 잡는 형태의 낚시 도구이다. 물론 지금은 형식적으로 보여주기 위한 관광 상품이 되어버린 지 오래이다. 마침 그물을 내리는 시간이었는지 여러 명의 인도인들이 작업을 하고 있었지만 올라온 물고긴 자그마한 놈 두세 마리에 불과했다.

볼거리가 크게 없었다. 몇 분 해변가를 거닐고 나니 여행이 끝이 난다. 해산물에 도전해볼까 잠시 고민했지만 그마저 위생 상태와 터무니없는 가격 때문에 포기했다. 결국 숙취도 심하고 피곤한 우리는 숙소로 돌아가 쉬자는 의견에 중지를 모았다. 다시 숙소로 돌아가던 중 원일이의 휴대폰에 문자가 한 통 온다.

"형, 비행기 시간이 연기됐대요."
"너희 새벽 비행기라, 원래 공항에 가서 노숙하려고 했잖아."
"6시간이나 미뤄졌는데요? 아무래도 하루 더 묵고 가야 할 상황이에요."
"하루가 더 생겼네?"
"형, 코치에서 유명한 거 좀 없어요?"

그나마 코치는 인도의 고전연극인 까타칼리가 유명하다. 다음날 밤까지 여유가 생긴 동생들에게 이 말을 해주니 예매를 하고 돌아가자며 극장에 들렀다. 남인도 까타칼리 극장은 매우 깔끔했다. 물론 오래된 극장들도 있었지만 우리는 전날 선착장으로 가는 동안 봤던 최신식 극장을 선택했다. 예매를 마치고 숙소로 돌아와 이른 저녁을 먹었다.

이번엔 나도 조금 사치를 부려 해산물을 시켜봤다. 코치가 속해 있는 주인 께랄라 주 스타일의 양념을 곁들인 새우 요리와 생선구이이다. 가격도 수산시장에서 부르는 가격과 비교해 나쁘지 않은 편이라 과감하게 음식을 주문했는데, 그 수준이 기대 이상이었다. 물론 요리에선 인도 특유의 향신료 냄새가 강하게 났다. 하지만 그동안의 음식들과 다르게 버터 향과 섞여 꽤 향긋하게 느껴진다.

생선과 새우를 잘라서 한입 베어 물었다. 약간 매운 맛이 돌면서 오븐에서 노릇하게 구워진 새우와 생선 속살이 매우 부드러웠다. 맛있는 해산물 요리를 접하고 나니 기분이 좋아진다. 외국에서 음식을 시킬 때에는 항상 도전에 도전을 거듭하기 마련이다. 심지어 이 요리는 가격이 현지 물가에서 보면 싼 요리가 아니었기 때문에 리스크도 컸지만 결과는 대성공이었다.

우린 흐뭇하게 식사를 마치고 각자의 할 일을 하며 시간을 보냈다. 인도와의 이별, 사람과의 이별이 점점 다가왔지만 오히려 무언가를 더 하려고 아등바등하기보다는 그저 시간을 여유롭게 보내며 한국으로 돌아갈 준비를 했다. 동생들도 내 여행 스타일에 완벽하게 전염이 된 듯하다.

다음날, 동생들에겐 예정에 없던 1박이라 우린 서로 다른 호텔 체크인을 위해 각자 이동을 했다. 나는 이미 도미토리 형식의 숙소를 예약한 상태이다. 극장 앞에서 만날 시간을 정하고 나는 멀지 않은 숙소로 걸어가 짐을 풀고 쉬다가 밖으로 나왔다. 다 같이 만나기로 한 시간에 맞춰 미리 극장 앞으로 갔다. 하지만 동생들이 약속 시간이 지나고 몇 분을 기다려도 오질 않는다. 걱정되는 마음에 숙소로 돌아와 와이파이를 켜고 문자를 보냈다.

[너네 왜 안 와.]

답장이 오질 않는다. 혹시 숙소를 못 찾고 있나 싶어서 걱정이 된다. 인도에서는 가끔 어플에 호텔 가격을 싸게 올려놓고 주소를 관광지 근처나 이동이 용이한 위치로 거짓말을 해놓는 경우가 있어서, 혹시 그 사기에 걸린 게 아닐까 싶었다. 한 30분이 지나고 드디어 문자가 왔다. 역시 내 예상이 맞았다. 인도를 떠나기 하루 전날 마지막까지 사기를 당한 동생들이 역시 인도라며 탄식을 한다.

다행히 다른 게스트 하우스 사장이 헤매는 동생들을 보고 그 사기 친 호텔과 직접 통화를 해주고 길을 설명해서 릭샤를 타고 이동할 수 있었단다. 시내와 떨어진 외곽에 위치한 호텔은 시설까지 최악이라며 컴플레인을 넣고 싶다고 경호가 팔짝 뛴다. 어차피 고쳐지지 않는 인도인들의 특성이니, 그저 호텔 리뷰에 다른 피해자가 나오지 않도록 잘 적어놓기만 하라고 얘기해주었다.

우린 연극 관람 시간이 얼마 남지 않아서, 곧바로 극장에서 보자고 한 뒤 다시 밖으로 나왔다. 씩씩대며 도착한 동생들을 위로하며 극장으로 들어섰다. 까타칼리는 미리 좌석을 예매해놓지 않으면 관람객이 많아서 나쁜 자리에서 관극을 해야 한다. 다행히 우린 전날에 예매를 해놓은 덕에 꽤 좋은 자리를 맡을 수 있었다.

까타칼리는 배우의 분장 모습까지 관람사항에 포함된다. 천연염료를 사용해 까만 피부를 하얗게 바꾸고, 마치 중국 경극과 비슷하게 화장을 한다. 배우는 표정이 한층 더 과장이 될 수 있도록 특히 눈과 입을 도드라지게 분장을 했다.

분장쇼는 한 시간 동안이나 지속되어 다소 지루했다. 가이드 북에는 분장쇼를 오히려 더 좋아하는 관객들도 있다고 쓰여 있어서 꽤나 기대감을 가졌지만 그저 멍하게 뚱뚱한 인도 배우가 느긋하게 분칠하는 모습을 보기엔 한 시간이 너무 길다. 관객들이 한두 팀씩 서서히 입장을 하고, 본격적인 공연이 시작될 때쯤엔 객석이 가득 찼다. 굵은 저음의 영어 설명이 시작되며 까타칼리가 시작한다.

처음엔 인도 여인들이 제의의 시작을 알리는 댄스를 춘다. 연극이라는 장르가 제사 의식에서 시작한 만큼 인도에서도 이 까타칼리는 세레모니적 성향이 강한 공연이다. 사실 배우들의 댄스 실력이 영 형편없었다. 수준 높은 공연이라고 보기엔 그저 관광지에서 매일 기계처럼 공연하는 배우들이었다. 특히 나처럼 좋은 공연을 접할 기회가 많은 사람에겐 단점밖에 보이지 않는 공연이다.

여인들의 댄스가 끝나고 아까 분장했던 배우들이 나와서 본격적인 쇼를 시작한다. 할아버지 악사의 북 소리에 맞춰 표정을 바꿔가며 연기를 하는 두 배우, 몸 동작은 과하지 않다. 스펙터클한 동남아식 공연을 기대하는 사람이라면 아주 지루해 할 수도 있을 공연이다. 그래도 인도의 힌두교 신화의 한 이야기를 풀어내는 두 배우의 연기가 아주 능숙하다. 성우가 영어로 간간히 설명을 곁들어주니 따분하지만은 않는다.

까타칼리는 배우의 표정이 상당히 중요하다. 이것을 나바라사스라고 하는데, 표정으로만 사람의 여러 가지 감정을 표현하는 특이한 연기법이다. 그저

1. 우리의 마지막 셀카(상), 그렇게 나는 산타와 함께 뻗어버렸다(하).
2. 코코넛으로 만든 원숭이 조각, 코치가 마지막 여행이었다면 샀을 것이다.
3. 께랄라주 스타일의 양념을 곁들인 새우 요리, 한국 돈 7,000원가량이다.
4. 지루했던 까타칼리 공연(상)과 분장쇼(하), 한 번 정도는 볼만하다.

희로애락 수준의 단순한 표현이 아니라 성욕, 질투, 이별의 슬픔 등 구체적인 표정의 구분이 마치 규칙처럼 정해져 있어서 그것을 얼굴로만 표현하는 그들을 보며 무슨 감정인지 맞추는 것도 까타칼리의 또 다른 재미다. 물론 나야 전공 시간에 배운 내용이었기 때문에 그것을 이해하고 있지만 비전공자에게는 다소 생소한 내용이다.

본 공연이 끝나고 나바라사스에 대한 걸 배우가 직접 나와서 보여주며 설명해준다. 이 공연장도 참 바보 같다. 사전에 설명해주고 공연을 시작했다면 관광객들도 이해를 하고 재밌게 봤을 텐데 이걸 끝나고 보여주니, 그제야 동생들은 이해를 하며 "아!" 하고 감탄사를 연이었다.

두 시간가량의 공연이 끝나고 수고한 배우들에게 박수를 보낸 뒤 함께 사진을 찍고서 공연장을 나왔다. 둘에게 소감을 물으니 따분하고 지겨워서 죽는 줄 알았다고 한다. 어쩐지 극장에서 벗어나고 싶어 하는 동생들의 걸음걸이가 매우 빨랐다. 우린 간단하게 저녁을 먹고, 다음날 아침에 공항으로 가는 버스가 정차하는 정류소에서 보자고 한 뒤 각자의 숙소로 이동했다.

아라비아해의 추억

DAMAN

KOCHI

Chapter 12

이별

1. 서로 애틋하게 이별함. 또는 그런 이별.
11. 전선으로 나가는 사람에게 석별과 감격을 표시하는 것이었다. -염상섭, 『취우』 중

숙소로 돌아오니 나와 같이 방을 쓰는 사람들이 모두 와 있었다. 나를 포함해 남자 둘, 여자 둘로 구성된 맴버이다. 가볍게 인사를 하고 내 침대에 올라가 짐을 풀었다. 나는 동생들이 돌아가고 나면 3박 4일간 이곳에 머무르면서 글을 쓰다가 다음 지역으로 갈 생각을 했다. 짐을 푸는 동안 나의 룸메이트들은 여행 이야기를 하고 있었다.

"나는 다음 목적지로 네팔에 갈 생각이야."
"난 이미 그곳에 다녀왔어."
"정말? 안나푸르나에도 갔다 왔어? 정보 좀 줘."
"아니. 카트만두만 있다가 와서 안나푸르나에 대한 정보는 몰라."

함께 여행을 한다는 여자 둘이 내가 예전에 갔던 ABC 트레킹에 대해 궁금해 한다.

"3년 전에 내가 다녀왔는데. 알려줄까?"
"오, 그래? 내려와서 이야기를 해줘."

나는 아래로 내려와 건너편에 다른 남자 룸메이트 옆으로 가서 자리를 잡고 앉았다. 우선 서로 소개를 했다. 여자 두 명은 독일에서 인도로 자원봉사를 하러 왔다가, 잠시 장기 휴가를 내고 여행을 다니고 있는 클라라와 라리사였고, 브라질인인 남자는 전 세계를 돌아다니며 사진을 찍는 제쉬라는 친구였다.

소개를 마치고 본격적으로 코스에 대해 설명을 해주었다. 두 친구는 흥미롭게 받아 적으며 이것저것 물어본다. 내가 다녀왔을 당시 세르파를 해주었던 친구의 페이스북도 알려주며, 영어를 잘하는 친구니 한 번 연락해 문의하라고 말해주었다. 직접 연결을 해준 거니 수수료도 떼지 않고 서로에게 이득이 되는 장사였다. 우리가 대화를 나누는 동안 제쉬도 능숙한 영어로 대화에 끼어들며 다 같이 재밌게 대화를 나눴다.

트레킹 이야기가 끝나고 각자의 다음 계획들과 그동안 다녀왔던 여행지에 대해 말을 꺼냈다. 제쉬는 정말 많은 나라를 돌아다닌 친구였다. 특히 말솜씨가 매우 현란하여 얘길 나누는 내내 웃음이 끊이질 않았다. 때론 인도에 대한 욕을 하면서 서로가 공감할 만한 부분들에 대해 화제를 꺼내기도 했다. 처음 만난 우리의 주제거리는 무궁무진했다. 오랫동안 대화를 나누던 도중 제쉬가 라리사에게 말을 건다.

"근데 왜 이렇게 코코넛 냄새가 나는 거야?"
"하하. 사실 내가 머리에 코코넛 오일을 발라서 그래. 냄새가 심하니?"
"괜찮아. 그런데 코코넛 오일을 머리에 바른다고?"
"웅. 우리 가족들은 트리트먼트를 이걸로 해왔어. 몸에 바르면 보습효과도 좋아."
"정말? 나도 한 번 발라 봐도 될까?"

오랜 여행으로 발과 다리 피부가 상당히 건조해지고 메말랐던 내가 부탁을 했다. 라리사는 자신이 가진 오일을 배낭에서 꺼내 나에게 건넨다.

"이거 요리할 때 쓰는 거 아니니?"
"맞아. 하지만 우리집에선 항상 이걸 발라왔는 걸."
"그래서 라리사가 이렇게 뚱뚱해진 거야. 하하. 너도 곧 뚱뚱해질 거야!"

클라라가 라리사를 저격해 농담을 던진다. 우리는 전부 자지러졌다. 사실 둘 다 실제로는 뚱뚱한 편이 아니기에 이런 농담을 할 수 있었다. 이에 응수하기 위해 라리사가 너는 코끼리 다리를 가지고 있다고 하면서 태국에서 찍은 코끼리 사진을 꺼내 "하이, 클라라"라고 놀리며 우스운 분위기를 이어나갔다.

내 몸에 바른 코코넛 오일은 향긋하게 달콤한 냄새를 풍겼다. 이때 제쉬가 브라질에서 가지고 온 치유의 돌을 꺼내 상처 부위나 멍에 바르면 좋은 돌이라며, 코끼리 다리를 풀어주는 데에도 탁월하다고 클라라에게 준다. 다들 거짓말하지 말라고 제쉬를 농담조로 비난했지만 이 친구의 태도는 완강했다. 돌에 대해 설명을 하는데 말발이 상당해서 우린 참인지 거짓인지 확인 불가능한 이야기를 경청하며 제쉬의 말에 빠져들고 있었다. 만약 제쉬가 이 돌을 돈 주고 사라고 하면 당장에라도 살 기세였다. 제쉬는 우리에게도 하나씩 선물로 주겠다며 두 개를 더 꺼내어 나와 라리사에게 주었다. 정말 효능이 있는 돌인지 아니면 어디서 주워온 돌인지 육안으로 구분이 안 되는 선물이었지만 그 마음이 너무 고마웠다.

"너희 혹시 럼주 좋아하니? 나도 뭔가 보답해야 할 것 같아."
"당연하지!"

나는 다만에서 사온 '올드 뭉크'를 꺼내어 공용 부엌에 있는 컵을 가지고 와 셋에게 따라주었다. 다들 한입 맛보더니 너무 향긋하고 맛있다며 감탄한다. 어디서 구했는지 물어보기에 인도에서 가장 유명한 럼주이고, 다만에 가서 사면 가격도 저렴하다고 말해주었다. 클라라가 올라가는 길에 들러서 사가야겠다며 다만의 위치를 물어본다.

우리는 럼주를 나눠 마시며 아주 유쾌한 시간을 보내고 있었다. 술기운이 오르니 이야기의 수위도 높아지며 점점 더 분위기가 고조된다. 그렇게 럼주가 떨어져 갈 때까지 시간을 보내다가, 잠시 바람을 쐬러 바닷가로 다녀오자는 제쉬의 제안에 우린 방 키를 챙겨 숙소를 나와 멀지 않은 해변으로 걸음을 옮겼다. 산책을 하는 도중에도 네 명의 수다는 끝이 없었고, 바닷가 한 바퀴를 돌아 숙소에 다시 도달했을 때 제쉬는 상당히 놀랄 만한 말을 꺼냈다.

"우리 오늘 넷이서 다 같이 껴안고 자는 게 어때?"
"그럴까? 그런데 우리 숙소엔 큰 침대가 없잖아?"
"우리 앞에 있는 방이 킹 사이즈 침대야. 아까 봤는데 아무도 없고 문은 열려 있었어."

네 명 중 이 말에 놀라는 건 나밖에 없는 듯하다. 정열의 나라 브라질 사람이라 그런지 이런 부탁을 서슴없이 하는 제쉬도 놀라웠고, 너무 쿨하게 오케이를 하는 클라라와 라리사에게도 놀랐다. 분위기에 휩쓸려 나도 괜찮다고 대답은 했는데 실제론 그렇지 않았다. 상당히 어색한 상황에 당황해, 숙소에 들어가서도 어찌해야 하나 고민을 했다. 이런 눈치를 제쉬가 알아차렸는지 불편하면 먼저 들어가서 베개와 끌어안고 자도 된다며 장난을 친다. 뭔가 나를 소위 영어권에서 말하는 'Loser'로 보고 도발을 하는 듯한 느낌이 든다. 마음을 먹고 나도 커다란 침대가 있는 방으로 걸음을 옮겼다.

제쉬와 클라라는 이미 모종의 거래가 끝났는지 자연스럽게 손을 잡고 침대 위로 올라간다. 나도 라리사와 함께 침대에 올라가 서로를 끌어안으며 잘 준비를 했다. 커다란 침대 위에는 제쉬, 클라라, 나, 라리사 순으로 각자의 파트너와 포옹을 하고 누워 있었다. 기분이 이상야릇했다. 나쁜 기분은 아닌데 이 문화가 정말 익숙하지 않다.

당연히 잠은 오질 않았고, 잠시 뜬 눈으로 지새고 있으니 옆에서 클라라와 제쉬가 키스를 하는 소리가 들려온다. 불이 다 꺼져서 보이진 않았지만 이 사운드는 분명히 키스 소리이다. 나도 찌질한 남자로 보이지 않게 라리사에게 키스를 해야 하나 고민하던 찰나, 제쉬와 키스를 하던 클라라가 돌아누워 나의 뒤를 안는다. 이런 분위기가 이어지면 분명 상상도 못할 일이 벌어질 것 같아 정신을 차리고 셋에게 말을 했다.

"미안해. 나는 보수적인 한국인이라 이런 분위기가 익숙하지 않아. 나는 방으로 돌아가서 편하게 잘게."

다들 대답이 없었지만 나는 주섬주섬 침대를 빠져나와 방으로 돌아왔다. 결국 'Loser'를 택했다. 내가 나간 그 방에서 어떠한 일들이 벌어질지는 생각하기도 싫다. 물론 나도 혈기왕성한 청년이지만 동시에 영락없는 한국 사람이다. 혹은 서양인에 대한 거부감이었을까? 아니, 차라리 단 한 사람과 둘만의 시간을 보내고 싶어 하는 로맨티스트라 포장하고 싶다.

가방에서 담배를 꺼내어 2층 테라스로 장소를 옮겨 자리를 잡고 불을 붙였다. 로맨스에 대한 생각을 하니 문득 M이 떠오른다. 내 생에 가장 낭만적으로 사랑했던 순간들, 이별을 경험하고 여행을 시작한 지 두 달가량이 지났다. 이제 처음보다 상당히 무뎌진 M에 대한 감정들, 힐링을 위해 여행을 결심한 게 옳은 선택이었음을 확신한다. 하루가 멀다 하고 이메일을 보내는 빈도도 이젠 급격하게 줄었다.

여행을 하다 보면 별의별 일들이 다 생긴다. 항상 새로운 경험들을 제공한다는 측면에서 여행은 심심하게만 돌아가던 일상에 활력을 불어넣는 일임은 분명하다. 그리고 그 신선한 경험들로 인해 과거의 좋지 않은 기억들도 점차 사라진다. 마치 지금 내뿜는 담배 연기가 코치의 하늘 위로 올라가 서서히 사라지는 것처럼 말이다.

방으로 복귀해 아무도 없는 조용한 방에서 잠이 들었다. 새벽에 조용히 다시 방으로 들어오는 그들의 인기척을 느끼긴 했지만 다음날 한국으로 떠나가는 동생들을 마중 나가기 위해 일찍 일어나야 했던 나는 일어나지 않았다.

홀로 여행의 끝판 왕, 고독 즐기기

아침에 룸메이트들을 마주치면 민망할 것 같았는데 다행히 다들 곤히 자고 있었다. 숙소에서 제공하는 간단한 조식을 챙겨먹고 동생들을 마중 나왔다. 동생들은 이미 짐을 챙겨 버스정류소에 나와 있었다. 버스가 올 때까진 10분 정도의 시간이 남아 있었고 우린 작별인사를 나눈다.

"한국 가면 보자."
"형도 남은 여행 건강하게 잘 하고 오세요."
"덕분에 인도 여행 너무 재밌었어요."

버스는 예상보다 금방 왔다. 나는 아쉬운 마음에 동생들과 함께 버스에 올라타 잠시 더 이야기를 나눴다. 어느 여행지가 가장 인상에 남았는지, 한국에 가면 제일 먼저 뭘 먹고 싶은지 물었고, 원일이에게는 지금이라도 늦지 않았으니 나와 더 여행을 하자는 농담 같은 진담도 건넨다. 버스 기사가 출발을 위해 돈을 걷으러 올 때까지 아쉬운 마음을 1분 1초라도 달래고자 했다.

마지막으로 뜨겁게 포옹을 하고 그들을 떠나보냈다. 라오스에서 나를 만나 계획에도 없던 인도까지 함께 오게 된 이번 나의 여행의 주조연급 친구들, 우린 한 달 반 동안을 함께하면서 좋은 추억을 많이 만들었다. 다시 현실로 돌아가는 이 친구들을 떠나보낼 때 느끼는 감정은 오롯이 여행자만 느낄 수 있는 것이기에 더 없이 값지다. 빙구미 넘치는 자유영혼 경호, 나이에 맞지 않게 든든한 털보 원일이는 정말 이번 여행에서 얻게 된 커다란 재산이다.

버스가 시야에서 보이지 않을 때까지 손을 흔들었다. 그리고 사거리에 홀로 남겨진 나 자신을 발견한다. 배낭여행의 신비한 매력 중 하나를 꼽으라 한다면 바로 회자정리, 하지만 이별의 순간은 홀로 다니는 여행자에겐 너무 잔인하다. 특히 그들과 함께한 시간이 길면 길수록, 서로의 발가벗겨진 모습까지 봐온 우리에겐 애틋한 감정만 남는다. 심지어 지금 나는 M과 이별하던 순간이 오버랩되는 느낌마저 든다.

30분가량을 사람과 차만 가득한 거리에 앉아 멍하게 지나가는 것들을 바라보았다. 영화에 나오는 한 장면처럼 나만 슬로우 모션으로 움직이는 기분이다. 커다란 무언가를 잃어버린 것 같은 상실감에 움직일 수가 없었다. 잠시 동안 얼마나 많은 담배를 피워댔는지 기억도 나지 않는다.

정신을 차리고 기분전환을 위해 해변가로 나가 걷다 보니 또 눈물이 난다. 나는 정말 어쩔 수 없는 사회적 동물인가 보다. 사람들과 함께 있을 때 행복하고, 누군가와 사랑을 할 때 가장 밝은 표정을 짓는다. 베트남 무이네에서 겪었던 사무치는 외로움이 또 한 번 나를 덮쳐온다. 하지만 확실히 그때의 나와는 분위기가 사뭇 다르다. 여행의 경험치가 오르고 잠깐 사이에 꽤 많은 성장을 하면서 이 외로움을 즐길 준비를 할 수 있을 것 같다.

숙소로 복귀해 SNS에 동생들을 떠나보내는 심정을 포스팅했다. 다음 목적지인 탄자부르로 가는 기차를 탈 때까지 남은 이틀하고 반나절 동안 헤일처럼 덮쳐온 쓸쓸함 안에서 허우적거릴 대비를 했다. 코치를 여행해야겠다는 생각을 버린 지는 오래이다. 두 갑의 담배와 바나나, 과자, 물을 사들고 들어와, 내 침대 옆에 자그맣게 마련된 공간에 모두 때려 넣었다.

숙소 2층 테라스는 내가 이 외로움을 즐기기에 충분한 공간이었다. 심지어 아침 식사도 숙소에서 해결할 수 있었으니 이보다 좋은 조건이 없다. 나는 남은 시간 동안, 눈을 뜨면 테라스로 나가 떠다니는 구름과 바다를 바라보며 시간을 보냈고, 배가 고프면 내려와 바나나와 과자를 집어먹었다.

충분한 시간이 없는 여행자가 나를 본다면 그저 상실감에 빠져 의미 없게 하루하루를 보내는 한심한 여행자로 볼 것이다. 하지만 나는 아무것도 안 하며 여행을 한다는 모순적 말의 의미가 무엇인지 알 수 있었다. 물론 한국에서도 충분히 즐길 수 있는 잉여로움이지만 이 느낌은 '타국'에서 홀로 되었기 때문에 경험할 수 있는 희귀한 감정이다. 밤이 되면 모기기피제를 온몸에 바르고 반짝이는 별들을 바라보다가, 잠이 오기 시작했을 때 방으로 들어와 자면 그만이었다. 말로 설명할 수 없는 기분, 그렇게 나는 외로움과 남은 시간을 함께했다.

정확하게 말하면 외로움을 즐겼다. 이어폰에서 흘러나오는 음악에서 슬픈 노래가 나오면 잠시 눈시울을 붉혔다가, 댄스 음악이 나오면 리듬에 맞춰 춤을 추기도 하며, 남들이 보면 정신 나간 사람처럼 볼 수도 있을 만한 행동들을 했다. 실제로 독일 여자들이 체크아웃한 뒤 새로 들어온 인도인은 나를 이해가 안 된다는 듯 질문을 했다.

"나랑 저녁 먹으러 나갈래?"
"아니. 나는 계속 테라스에 있을 거야."
"왜 여행을 와서 아무데도 나가지 않고 숙소에만 하루 종일 머무르는 거야?"
"난 지금 외로움을 느끼고 있어."

그 친구는 뭔가 더 말을 하려다가 입을 다문다. 테라스로 올라가는 나에게 그저 "그래, 이따 보자"라고 말해주는 그가 고마웠다. 그렇게 나는 홀로 여행의 고난이도 미션인 '고독 즐기기'를 수행했다. 아직 무언가 부족해 보이고, 너무 철저한 대비를 한 느낌도 든다. 하지만 앞으로의 여행도 더 남았고 언제든 기회는 주어질 수 있다. 이틀 후 기차역으로 출발하며 나는 정신을 차리고 쓸쓸함의 파도 속에서 빠져나왔다. 그리고 배낭을 동여매고 길을 나선다. 내가 더 단단해졌음을 느낀다.

남인도의 여인들

기차역이 너무 생소하다. 보통 코치를 오거나 떠날 때 이용하는 에르나꿀람 역이 아니라 상당히 시내에서 동떨어진 위치였다. 물론 내가 가는 목적지 자체가 한국 사람들이 잘 가지 않는 도시였지만 역 자체가 마치 간이역 같은 느낌이 드는 건 불안하다. 기차가 도착하는 시간을 알리는 전광판도 없어서 매우 당황스럽다.

표를 들고 어쩔 줄 몰라 하고 있으니 참견하기 좋아하는 인도인들이 주변에 모여든다. 하지만 먼저 말을 거는 사람이 없다. 내가 먼저 경찰에게 다가가 표를 보여주며 몇 번 플랫폼에서 기다려야 하는지 물어보았다. 그제야 사람들이 다가와 내 표를 슬쩍 넘겨보며 적극적으로 역무원에게 묻고 정차하는 위치를 설명해준다. 역 자체는 조촐한 시설이지만 역시 인구가 많아서 어딜 가나 사람이 넘쳐난다. 시민들의 안내를 받고, 약 한 시간가량 남은 시간 동안 벤치에 앉아 기다리기 시작했다.

"어디서 왔는가?"
"아, 한국에서 왔습니다."

옆에 앉아 있던 할머니 한 분이 나에게 말을 건다. 확실히 남인도라서 개방적이라는 게 느껴진다. 심지어 젊은 인도인들보다 어휘 수준도 높다. 어순이나 문법은 전혀 맞지 않지만 단어들로 대화를 이어갈 수 있는 수준이었다.

"혼자?"
"네."
"가족은 어디에 있어?"
"전부 한국에 있어요."
"여자 형제? 남자 형제?"
"여자 동생 한 명이 있어요."
"여행은 가족이랑 함께 해야지. 여동생 하나라 외롭겠네. 나는 자식만 6명이야."
"오우, 가족이 많으시네요."
"모여 사는 가족 덕분에 나는 외롭지 않아."

할머니는 본인의 가족 이야기를 하시며 나의 기다리는 시간이 지루하지 않도록 해주셨다. 나에게 가족의 소중함과 자식의 중요성과 필요성에 대해 설명하시며, 자신은 오랜만에 여자 형제를 만나러 가는 길이라고 하신다.

"그래서 자네는 어디로 가는가?"

"탄자부르로 갑니다. 여기 티켓에 적힌 기차예요."

"지금 이 기차구만. 얼른 타게나."

"그래요? 감사합니다. 가족들과 좋은 시간 보내시길 빕니다."

기차를 보니 확실히 관광객들이 많이 이용하지 않는 열차라는 걸 느낄 수 있었다. 보통은 알파벳으로 기차명이 쓰여 있고 열차 번호도 크게 표시가 되어 있는 그동안의 기차들과 다르게 번호는커녕 기차 이름도 인도어로 쓰여 있어서, 자칫 잘못하면 눈앞에서 내가 타야 할 열차를 떠나보낼 뻔했다. 할머니 덕분에 무사히 탄자부르행 기차를 탈 수 있었다.

아직 조용한 열차 칸, 내 옆자리엔 인도인 가족이 앉아 있었다. 초등학생쯤으로 보이는 딸과 아들이 외국인이 올라타니 신기하게 바라본다. 가볍게 눈인사를 건네고 자리를 잡았다. 이번엔 SU[1]좌석이라서 천장이 높고 뭔가 안정감이 있는 좌석이다. 아이들은 내가 궁금했는지 하는 행동 하나하나를 유심히 관찰한다. 특히 남자아이는 아예 내 코앞까지 다가와 배낭에 잠금장치를 설치하는 나를 바라본다.

아이가 귀여워서 얼마 전에 펌프를 했던 오락실에서 뽑았던 산타인형을 꺼내주었다. 어차피 가지고 다니면 나에겐 짐밖에 되지 않는 물건이다. 크리스마스가 조금 지났지만 아이는 인형을 받아들고 배시시 웃으며 좋아한다. 아이의 아빠와 엄마도 고개를 까닥이며 고맙다는 인사를 한다. 그러나 누나가 동생을 부러워하는 눈치다. 오는 길에 거스름돈 대신에 받았던 초콜릿을 주머니에서 꺼내 손에 쥐여 주었다. 누나의 표정이 밝아진다. 포장을 뜯어 자신의 동생과 나눠먹는 모습이 너무 순수해 보인다.

남매의 환한 미소를 보니 내 마음까지 편안해진다. 부모들은 나에게 고마웠는지, 목적지를 묻더니 탄자부르까진 자신들이 기차에 있으니 걱정하지 말고 편안하게 쉬라고 한다. 도착하면 깨워주겠다는 말에 나는 맘 편히 잠을 잘 수 있었다.

---

1) SL과 3A등급 기차는 안쪽의 LB, MB, UB 외에, 기차 오른쪽 사이드로 침대 두 개를 더 설치해서 SU(Side Upper, 사이드 위), SL(Side Low, 사이드 아래) 자리가 더 있다. 인기가 많아서 예매하기 어렵다. SU를 접지 않아도 시트가 높아 낮에는 SL에 좌석처럼 앉아 간다.

인도인 가족 덕분에 아침 시간에 맞춰 일어나 탄자부르에 도착했다. 역 앞으로 나와 미리 봐두었던 숙소까지 거리를 확인하고 걸어가기 위해 지도어플 내비게이션 기능을 켰다. 하지만 그때 한 릭샤가 나의 시선을 붙잡는다. 바로 여자 오토 릭샤 기사였다. 아무리 남인도라지만 이런 모습은 흔치 않은 진풍경이다. 신기한 마음에 사진을 찍고, 호기심에 이끌려 2㎞밖에(?) 안 되는 거리지만 이번엔 릭샤를 탔다. 숙소 이름을 이야기하니 워낙 전통 있는 숙소라 기사도 바로 알아차리고 운행을 시작한다.

"여자 릭샤 기사를 처음 봤어요."
"하하하하. 아무래도 릭샤 기사는 남자가 대부분이지요."

기사는 호탕하게 웃어 보인다. 남편이 오토바이 사고로 먼저 세상을 떠나고, 남겨진 아이들을 키워야 하는 입장이라 어쩔 수 없이 일을 하는 거라고 한다. 이야기를 들으니 역시 어머니는 강하다는 생각이 든다. 인도의 여걸이 따로 없다. 짧은 거리라 80루피에 흥정하고 출발했지만 기사 아주머니와 마찬가지로 혼자서 나와 여동생을 키워내신 우리 어머니가 생각이 나서 100루피를 주고 거스름돈을 받지 않았다.

짧은 주행이었지만 인도에 대한 색다른 시각을 안겨준 릭샤를 떠나보내고 숙소에 들어선다. '아쇼카 롯지'라는 숙소였는데, 확실히 45년 전통을 자랑하듯 예스러운 인테리어의 장식품들과 리셉션이 나를 맞이한다. 다행히 숙박비의 흥정이 필요 없이 고정된 가격표가 붙어 있었고, 방을 안내받아 짐을 풀었다. 싱글방이라 침대와 가구들이 단출했지만 관리가 잘 되어 있어서 화장실을 비롯한 내부가 꽤 깔끔했다.

오늘은 어디를 나가기보단 내가 이곳 탄자부르를 찾은 이유인 마라타 궁전 단지와 브리하디슈하라 사원에 대한 정보를 수집하고, 밀린 글을 쓰자는 생각으로 방 한쪽 구석에 놓인 테이블에 자리를 잡았다. 작은 방이었지만 상당히 안정감이 있고 편안함이 느껴지는 구조이다. 하지만 인터넷이 안 되는 탓에 내가 참고할 수 있는 자료라곤 지도와 가이드 북이 다였다. 다행히 탄자부르의 유적지들은 숙소에서 멀지 않은 곳들에 위치해 있었다.

인도에는 우리가 생각하는 것보다 많은 유네스코 세계문화유산들이 존재한다. 특히 인도에 있는 문화유산들은 지저분한 인도와 상반되게 우아함이 느껴진다. 커다란 건축물들이 고상한 자태를 뽐내며 나를 내려다보는 듯한 신비로움을 가지고 있다. 그래서 어느 순간부터 여행하는 길에 있는 유네스코 문화유산들을 찾아다니기 시작했다. 언젠가는 유적지들에 대한 공부를 한 뒤 견학을 목적으로 인도를 다시 찾을까 생각 중이다.

정보 수집을 마치고 식사거리를 사러 앞에 있는 시장에 나갔다. 간만에 로컬 푸드를 먹을 생각으로 인도인들이 많이 있는 길거리 음식점에 들어갔다. 치킨 비리야니가 먹고 싶었는데, 갖고 나온 돈이 40루피 정도 모자란다. 사장처럼 보이는 할머니가 내가 돈이 모자란 탓에 그냥 비리야니를 시키니, 쿨하게 치킨을 얹어주며 또 먹으러 오라고 얘기한다. 남인도 후한 인심에 잠시 감동했다.

식당 위생 상태가 그다지 좋지 않았지만 나도 주변 인도인들과 다름없는 모습으로 점심 식사를 했다. 저녁에는 이 집에서 닭강정처럼 보이는 양념 닭 튀김과 콜라를 사갖고 들어와 간만에 '치콜'을 즐겼다. 공식적으론 인도 여행의 마지막 여행지가 된 이곳, 탄자부르의 밤이 깊어만 간다.

1. 빙구미 넘치는 자유영혼 경호(좌), 나이에 걸맞지 않게 든든한 털보 원일이 (우). 이번 여행에서 얻은 소중한 인연들이다.
2. 인도에서 흔치 않은 여자 릭샤 기사.

지루한 하루인 줄만 알았던 오늘은

오늘은 마라타 궁전단지를 돌아볼 계획이다. 탄자부르와 이 궁전단지는 드라비다(남인도) 역사 속에서 북쪽 바라나시까지 힌두문화를 전파한 쫄라 왕조가 세운 도시와 유적물이다. 한때 탄자부르는 9세기 후반부터 13세기까지 쫄라 왕조의 고대 수도였다. 인도에 탄자부르식 예술이라는 장르가 존재할 정도로 그들이 인도 문화사에 기여한 바는 아주 크다. 그래서 궁전단지로 가는 길에도 수많은 공예품과 회화 가게들이 즐비해 있다.

입장료를 내고 단지로 들어서자 가장 먼저 눈에 띄는 표지판은 왕의 접견실이었던 '두르바르 홀'이었다. 안으로 들어서자 아직 완벽하게 복원되지는 않았지만 보존 상태가 깨끗한 접견실이 나를 맞이하고 있었다. 마치 우리나라 사극에서 보던 것처럼 왕의 의자가 홀 가운데에 놓여 있고, 뒤에는 왕의 그림이 그려져 있었다. 벽면에는 힌두교의 전설을 묘사하는 기하학적 무늬들로 꾸며져 있다.

접견실에서 나오니 몇몇 작은 박물관들이 싼 입장료를 받으며 그때 당시의 유물들을 전시해놓고 있었다. 그러나 낙후된 진열장 속에 한데 모아놓은 느낌이라 관람하기가 상당히 힘들었다. 궁터 안쪽에는 커다란 종탑이 자리 잡고 있으며, 중앙 쪽으로 돌아오면 사라스와띠 마할 도서관과 영상홍보관이 마련되어 있다. 이 도서관은 19세기 '세르포지 2세'가 후손들에게 물려준 가장 값어치 있는 유산으로 꼽힌다고 한다.

잠시 영상홍보관에서 탄자부르에 대한 홍보영상을 관람했다. 거창하게 탄자부르에서 볼거리들을 설명해주는데, 역시 영상은 믿을 게 아니라는 생각이 든다. 방금 보고 나온 궁전단지가 상당히 아름다운 유적인 것처럼 편집을 해서 음악과 내레이션을 곁들여 보여준다. 사실 그동안에 내가 다녀온 유네스코 세계문화유적들이 강한 인상을 심어주었던 것에 비하면 이곳은 크게 흥미가 가지 않는다. 다음날 가려고 했던 빅템플도 이 정도 수준이면 인도에서의 마지막 여행지가 실패로 남을 게 분명하다.

궁전단지 자체는 내가 기대한 만큼의 감동을 주진 못했지만 이곳에서 산수공에 동접시는 매우 만족스러웠다. 공작무늬가 새겨진 탄자부르풍 장식품이었는데 가격도 매우 합리적이었고, 하나밖에 남지 않았다고 가격도 깎아주었다. 나는 박물관보단 쇼핑을 좋아하는 타입의 여행자인가 보다. 윈도 쇼핑을 하는 재미도 쏠쏠하다.

숙소로 돌아오는 길에는 가이드 북에 나온 박쥐 똥이 가득한 궁전 지하 길에도 들렀다. 하지만 내가 휴대폰 조명을 켜자마자 갑자기 기이한 소리와 함께 바깥으로 날아드는 박쥐 떼에 소스라치게 놀라서 100m도 들어가지 못하고 비명을 지르며 나왔다. 깜짝 놀라는 걸 싫어해서 공포영화조차 보지 못하는 나로서는 도저히 들어갈 엄두가 나질 않았다.

박쥐 떼의 습격으로 인한 충격이 꽤 컸나 보다. 정신이 멍하다. 밥을 먹질 않아서 그런가 싶어 가이드 북에 나온 채식 레스토랑에 가서 저녁을 먹을 요량으로 장소를 옮겼다. 식당에 들어서서 영어 메뉴판을 받아든다. 하지만 전혀 음식의 정체를 알아차릴 수 없는 메뉴판 설명 때문에 결국 제일 잘나가는 게 뭔지 물어보고 그 요리를 시켰다.

사실 인도 식당에서는 메뉴 추천을 잘 받지 않는다. 외국인이 오면 바가지를 씌울 생각만 가득한 인도인들이라, 알아듣지 못하는 영어로 이것저것 시키도록 유도하기 때문이다. 하지만 그때는 그걸 가릴 정신상태가 아니었다. 가격이 맘에 들진 않았지만 종업원의 말을 믿어보기로 했다.

역시 운이 따라주지 않는 날이었다. 인도 향이 가득한 맛없는 요리가 나왔다. 하긴 생각해보면 고기를 좋아하는 내가 채식 주의자 식당에 온 것 자체가 모순이다. 나 자신을 한탄하며 꾸역꾸역 저녁 식사를 마치고, 입가심을 할 림카 한 병을 사들고 숙소로 복귀했다.

머피의 법칙처럼 실망 가득한 하루를 마치고 나니 전신이 피곤하다. 방으로 들어와 침대에 몸을 뉘였다. 일찍 잠들기 위해 10시 반쯤부터 불을 끄고 멀뚱멀뚱 시간을 보냈다. 이어폰을 귀에 끼우고 음악을 감상하는데, 한 11시부터 어디선가 폭발음이 들려온다. 당시 이 지역에 정치지도자 격 여성이 죽고, 첸나이를 비롯한 남동쪽에서 지속적으로 폭동이 일어나고 있다는 소식을 들었는데 그게 아닐까 예상을 했다.

밖으로 나가지 말아야지 하며 계속 누워 있는데, 폭발음이 끝날 기미가 보이질 않고 거의 50분가량 지속되었다. 혹시 전쟁이라도 난 건 아닐까 불안해하며 조심히 문을 열고 폭음의 정체를 확인하기 위해 바깥으로 나왔다. 하지만 내 눈앞에 펼쳐진 것은 탄자부르 하늘 전체를 수놓고 있는 불꽃놀이였다. 아름답게 터지는 폭죽 소리를 내가 오해하고 있던 것이었다. 여행 중 인도에서는 처음 보는 불꽃놀이를 멍하니 감상하던 그때, 오토바이를 탄 청년들이 작은 폭죽을 손에 쥐고 도로를 달리며 소리를 지른다.

"해피 뉴 이어!"

그랬다. 여행이 길어지다 보니 날짜 관념이 없이 '내일', '내일 모레' 따위로 날짜 계산을 하고 있던 터라 오늘이 12월 31일이라는 사실을 까맣게 잊고 있었던 것이다. 뭔가 기대하지도 않았던 상황이 눈앞에서 펼쳐지고 있으니 꽤 이득을 본 느낌이다. 그래도 미리 알았더라면 숙소 근처의 행사장이라도 가서 인도인들과 함께 카운트다운이라도 했을 텐데, 이미 12시가 가까워지고 있어서 폭죽의 근원지를 찾아갈 시간까지는 없었다. 숙소 복도에는 나뿐만 아니라 다른 인도인들도 나와서 폭죽을 구경하고 있었다. 12시가 얼마 남지 않았을 때에는 어딘가에서 들려오는 카운트다운 소리에 나도 속으로 숫자를 세며 신년을 맞이했다.

"3, 2, 1, 해피 뉴 이어!"
"해피 뉴 이어."

옆에서 함께 구경을 하던 인도인에게 인사를 건넸다. 폭죽은 더 격렬하게 탄자부르 이곳저곳의 하늘을 장식하고 있다. 한국에서도 자주 보는 불꽃놀이지만 인도에서 맞이하는 신년이라는 점이 나에겐 의미 있게 다가온다. 한 해의 새 출발을 타지에서 시작한다는 것은 다가온 새해가 더욱 기대가 되도록 만들어주었다. 돌아가면 모든 것이 새로워진다는 두려움과 동시에 두근거림으로 가슴을 벅차는 '해피 뉴이어'이다. 이별 극복을 위한 여행, 한국으로 돌아갔을 때에는 더욱 자유로운 상태의 한 남자로서 새해를 맞이한다. 저 폭죽과 함께 나의 지난 아픔들도 공중분해되길 바란다.

커다란 신전, 커다란 생각

실패의 기운이 엄습하는 탄자부르 여행의 이튿날이 밝았다. 큰 기대를 버리고 걸음을 옮긴다. 걸어서 15분이면 가는 곳이었기에, 아주 가벼운 마음으로 찾아간 브리하디슈하라 사원은 기도객들과 방문객들로 문전성시를 이루고 있었다. 복장에 혹시 문제가 있나 싶어서 입장하는 문을 지키고 있는 직원에게 물으니 괜찮다고 한다.

우선 입장료가 없다는 점이 아주 마음에 들었다. 무료 입장이 가능한 대신에 신발을 맡기는 비용이 따로 있었지만 딱히 분실을 해도 상관이 없는 신발이었던지라 다른 인도인들과 마찬가지로 사원 옆에 줄줄이 놓여있는 신발들 사이로 내 신발을 두었다. 혹시 누군가 내 신발을 훔쳐가더라도 내가 맨발로 돌아오지 않아도 될 만큼 버려진 신발들도 많았다. '그래봤자 사원이 얼마나 멋있겠어'라고 생각하며 뜨거운 바닥을 맨발로 총총거리며 메인 템플 구역으로 입장하였다.

"우와!"

짧은 탄성이 저절로 내질러진다. 기대감이 없었던 때문이라기보다 정말 커다란 사원 규모에 놀랄 수밖에 없었다. 왜 브리하디슈하라 사원을 '빅템플'이라고 칭하는지 단번에 이해가 된다. 64.8m, 81.3톤에 달하는 이 사원은 그동안의 내가 유적지를 방문해온 이유인 숭고함과 거대함을 정확하게 충족시켜주었다.

이 사원은 이른 아침과 오후, 해 질 녘, 저녁에 사원 색깔이 판이하게 달라져서 유명하기도 하다. 내가 방문한 시간은 딱 오후와 해 질 녘의 중간이었기에, 사원은 마치 불에 타는 것처럼 샛노랑색과 주홍색의 경계를 넘짓하며 빛나고 있었다. 아침에 오면 그 색이 핑크빛으로 물들며 그 색감이 더욱 아름다움을 더한다고 했는데, 나는 도저히 그 시간에 일어날 자신은 없었다. 하지만 지금 본 색감과, 크기에서 오는 감동은 내가 타지마할을 처음 봤을 때의 느낌과 견주어도 손색이 없을 정도로 진하다.

사원의 디테일도 빅템플에 탄복할 수밖에 없게 만들었다. 사원 외벽에는

1010년 당시 댄서, 시인 등의 이름과 주소가 새겨져 있다. 이는 인도의 현대 기술로도 조각하기 힘든 수준이라고 한다. 나 또한 자칭 예술가라 칭하는 입장으로서 이러한 대우를 받는다면 사원을 지은 왕과 모시는 신에 대한 충성심이 절로 생길 것도 같다.

햇빛에 노출되어 있던 바닥이 너무 뜨거워서 걷기가 힘들 정도였지만 천천히 사원 주변을 돌았다. 벽들에 새겨진 신들의 조각상은 없던 신앙심도 불러일으킬 만큼 위용 넘치게 방문객들을 내려다보고 있었고, 그들에게 기도하기 위해 길게 늘어서서 경건한 마음으로 향을 피우는 인도인들의 모습 또한 그 분위기에 한몫하고 있었다. 이건 마치 보드가야 마하보디 사원에 방문했을 때 불교 신자들이 자아내던 감명과 비슷했다.

각각 다른 신을 모시고, 완벽히 다른 두 종교가 주는 느낌이 이 정도로 비슷한 기분이 들도록 하는 이 현상에 대해 의문이 든다. 어쩌면 '신'은 본래 존재하는 것이 아니지만 신자들의 기운이 모여 그 실제를 만들어내고, 현대과학으로는 설명이 불가능한 일들을 만드는 커다란 무형의 에너지가 아닐까 생각해본다. 내가 하는 생각들이 마치 "간절히 원하면 온 우주가 나서서 도와준다"는 허무맹랑한 화법처럼 보일 수도 있지만 이 넓은 세상을 탐험하다 보면 점점 우리가 사는 세계의 이치를 조금씩 알 것 같은 기분마저 든다.

나는 모태신앙이던 종교를 바꾸고 불교철학을 실천하며 살기로 했다. 그러나 종종 독실한 기독교 신자이신 할머니의 기도가 나에게 전달되는 느낌을 받기도 한다. 누군가 보면 나를 이단이라 욕할 만한 발언이지만 이 개인적인 경험은 종교에 대한 나의 생각을 폭넓게 만들어준다. 이러다가 도인이 되겠다며 산에 들어가게 되는 건 아닐까 우스운 생각을 한다.

잠시 사원과 떨어진 곳에 앉아서 전체적인 풍채를 감상했다. 하지만 인도인들은 실물로 처음 보는 낯선 외국인을 가만히 두질 않는다. 사진을 찍자며 다가오는 수많은 인도인들의 요청에 몇 번 찍어주다가 지쳐서, 내가 앉아 있는 동안 쉴 새 없이 사원에 대해 장황한 이야기를 늘어놓는 한 청년에게 이곳 가이드를 받는 게 나을 것 같았다. 그는 내 부탁에 흔쾌히 나를 이끌어 사원을 함께 돌아주며 설명을 해주었다.

사원에서 앞쪽으로 조금 나오니 길이 6m, 높이 3m의 거대한 난디상이 있었다. 인도에서 가장 거대한 난디상이라고 하는 소 모양의 동상은 하나의 암석 덩어리로만 조각되었다고 하는데, 그 무게만 25톤에 달한다고 한다. 오른쪽으로 조금 더 가니 내가 미처 발견하지 못한 자그마한 박물관도 있었다. 이 친구에게 부탁하지 않았다면 깜박하고 지나칠만한 소규모 전시실이다. 이곳에는 사원 벽에서 추출한 조각과 그림이 전시되어 있었는데, 영어로 그 역사와 이야기들이 상세하게 설명되어 있어서 사원에 대한 이해도를 높이는 데 큰 역할을 해주었다.

이 친구는 사원 벽을 한 바퀴 돌면서 힌두교 신들에 대해서도 재밌게 설명해준다. 특히 시바신의 성기를 형상화한 '링가'에 대한 이야기는 이전에 바라나시에서도 들었던 것이지만, 이 친구는 그 할아버지와 다르게 아주 가볍고 유쾌한 방식으로 스토리를 풀어갔다.

"요니와 링가[2]를 이렇게 많이 만들어놓다니, 사실 인도는 성적으로 개방된 나라야. 우리는 성기를 숭배하고 있어."
"하하하! 정확하네."

인도인에게 이런 이야기를 직접 듣는 상황이 너무 유쾌해서 나는 결국 웃음을 터뜨렸다. 이것이 남인도 특유의 자유분방함일 수도 있겠지만 요즘 인도의 젊은 이들이 생각하는 힌두교는 기성세대들의 그것과 아주 다르다는 걸 알 수 있었다.

이 친구는 자칫 지루할 뻔했던 사원 색이 변하길 기다리는 시간을 즐겁게 만들어주었다. 가이드를 다 받고 나니 정말 사원은 불에 타는 듯 빨갛게 변해 있었다. 마지막으로 사원을 배경으로 재밌는 사진을 한 장 찍어주고서 작별인사를 했다. 처음 사원을 발견했을 때의 감동을 시작으로 숙소로 돌아갈 시간이 될 때까지, 딱 한군데를 둘러봤음에도 불구하고 정말 오늘 하루의 여행은 완벽했다. 나의 인도 여행 마지막 도시였던 탄자부르는 인도를 이번 여행지에 다시 한 번 넣었던 나의 선택이 옳았음을 증명해주었다.

---

2) 인도에서 힌두교 이전 토착 종교에서 숭배되던 남근 숭배는 힌두교에 편입되면서 시바신의 상징인 링가(Linga)로 정착했다. 그리고 힌두교 제례에서 이 링가는 여성의 원리인 요니(Yoni) 위에 자리 잡고 있다. 링가와 요니를 표현한 석상들은 힌두교 사원 및 인도 전역에서 쉽게 발견할 수 있다.

1. 퐐라왕조가 세운 마라타 궁전단지.
2. 빅템플, 브리하디슈하라 사원.

굿바이 인디아!

다음날 나는 인도 영화를 좋아하는 사람들은 다 아는 그 영화, 'Chennai Express'와 이름이 같은 열차에 몸을 실었다. 우리나라에서도 유명한 '옴 샨티 옴'의 샤룩 칸과 디피카 파두콘이 주연을 했던 2013년도 영화인데, 우리나라에서는 제18회 부천국제판타스틱영화제에서 상영을 한 적이 있다. 나도 그때 가서 관람을 했었다. 그래서 그런지 딱히 영화와 관련된 에피소드가 있는 건 아니지만 왠지 반가운 느낌이다.

챈나이까지는 얼마 걸리지 않았다. 잠시 앉아서 바깥을 구경하니 이미 열차는 종착지에 도착했다. 지하철도 꽤 잘 되어 있고, 인프라가 상당히 발달한 도시였기에 예약한 호텔까지 이동하는 데에도 큰 어려움이 없었다. 그런데 이 말은 그만큼 챈나이에 볼거리가 없다는 걸 의미하기도 한다. 저번에 왔을 때에도 스리랑카로 싸게 갈 수 있는 도시 정도로만 지나친 곳이기에 이번에도 여행 생각은 전혀 없다.

호텔에 짐을 풀고, 저녁 식사를 마치고 들어와 좁은 방에서 그동안의 인도 일정을 정리했다. 총 13개 도시를 돌았고 그 중 다섯 군데는 처음 간 도시였다. 비자 기간도 한 달 반가량 더 남아 있었고, 원래는 예전에 돌지 못했던 중앙인도에 다녀올 생각이었다. 그러나 화폐개혁 때문에 여행 초반부터 너무 질려버려서 일찌감치 스리랑카행 비행기를 끊어놓은 상태이다.

환율은 이제 안정권으로 들어왔지만 나의 인도 방문은 이번이 마지막일 것 같지 않아서 과감히 스리랑카행을 결심했다. 특히 스리랑카는 전에 왔을 때 스쿠버 다이빙 자격증을 따기 위해 갈레에만 약 일주일 동안 있다가 와서 아쉬움이 큰 나라였다. 이번엔 22일이라는 장기간 동안 스리랑카 여러 곳을 둘러볼 예정이다.

일찍 잠을 청하고 다음날 체크아웃 시간에 맞춰 챈나이 공항으로 이동했다. 사실 비행기 시간까진 12시간이나 남아 있었으나, 공항 로비에서 밀린 글을 쓰며 시간을 보낼 생각으로 아주 일찍 공항으로 왔다.

나에겐 스리랑카 여행 후 계획해놨던 또 하나의 일정이 있었다. 바라나시에서 만났던 유튜버 하늘이와 태성이와 필리핀 세부에서 재회한 뒤, 그들이 호주로 떠나기 전에 일을 하며 강사교육을 받고 있는 다이빙 센터에서 나도 워킹 스튜던트로 일하며 자격증을 따려는 것이었다. 왠지 여행을 하면서 돈을 벌 수 있는 매력 있는 커리어일 것 같은 느낌이 들었기 때문이다.

스리랑카에서 세부로 가는 비행기를 예약하기 위해 공항에 위치한 항공사 사무실을 찾았다. 불행히도 직항이 없어서 말레이시아 쿠알라룸푸르를 들렀다가 가야했지만, 오히려 날짜를 조절하여 쿠알라룸푸르 여행을 하고 출발하는 것도 좋은 생각일 것 같았다. 늦게 예약을 하는 탓에 티켓값을 다소 비싸게 지불했다. 하지만 오히려 너무 미리 끊어놓는 건 시시각각으로 변화하는 배낭여행일정에 차질을 줄 수 있다는 신념이 있었기에 기분 좋게 티켓팅을 마쳤다.

인도 공항은 보안이 철저해서 티켓이 없으면 아예 들어가질 못한다. 공항 내부로 들어가기 위해 이티켓을 꺼내놓고 입구에 들어섰다. 인도 경찰에게 표를 보여주고 들어가려고 하는데 경찰이 나를 가로막는다.

"시간이 아직 안됐어요."
"알아요. 들어가서 기다릴 거예요."
"12시간이나 남았어요. 우리는 3시간 전에만 공항에 입장이 가능해요."
"바깥에는 콘센트도 없고 식당도 없잖아요. 들어가게 해주세요."
"안됩니다. 일찍 들어가서 뭘 하려고요?"

경찰의 태도가 완강했다. 사실 이런 상황을 예상하지 못한 건 아니다. 입구를 바꿔 다른 경찰에게 시도해본다. 하지만 다른 입구도 상황은 마찬가지였다. 상황을 지켜보던 다른 인도인이 일찍 들여보내면 폭탄을 설치할 수도 있어서 3시간 전에만 입장이 가능하다며 설명을 해주었지만 나는 황당했다.

딱 봐도 외국인 백팩커처럼 보이는 나에게 똑같은 적용을 하는 경찰이라니, 하지만 원칙이 그러하다니 그들에게 융통성을 기대하는 건 오히려 여행객으로서 예의가 아닌 것 같다. 혹시나 하는 마음으로 여기서 입장까지 남은 9시간을 기다리겠다고 불쌍한 표정을 지어봤다.

"그럼 그렇게 하세요."

"아……?"

"식사를 할 수 있는 레스토랑들은 왼쪽으로 가면 많이 있어요."

이 정도면 내가 포기를 하고 '로마에 왔으면 로마법을 따라라'는 말을 실천할 수밖에 없었다. 결국 벤치에 자리를 잡고 앉았다. 옆 커피숍에서 커피 한 잔을 사서 밀린 글을 쓰기 시작했다. 다행히 노트북을 가득 충전해온 상태라 9시간을 기다리는 데에 문제가 없었다. 공항와이파이를 이용하려면 폰 번호 인증을 해야 해서, 주변 인도인들에게 폰을 빌려 인증을 한 뒤 인터넷도 이용했다. 여행 도중 이렇게 장시간동안 엉덩이를 붙이고 글을 쓴 게 처음이었지만 이것 말고는 다른 할 일이 없었다.

집중을 하며 글을 쓰다 보니 생각보다 시간은 빠르게 흘렀다. 잠시 저녁을 먹으러 식당에 다녀오기도 하면서 나는 끝끝내 9시간을 버텨냈다. 공항 내부에 들어서니 엄청나게 피로가 몰려온다. 덕분에 체크인을 마치고 스리랑카 콜롬보행 비행기 출발시간을 기다리는 동안 단잠을 잘 수 있었다. 하지만 또 그 탓에 막상 비행기를 타고서는 뜬눈으로 기내에서의 시간을 보내야했던 건 나의 불찰이다. 물론 구형 비행기의 시끄러운 엔진소리도 불면에 크게 한 몫 했다. 길지 않은 운항이었지만 나는 상당히 지친 몸 상태로 콜롬보 공항에 아침 6시가 되어 도착했다.

번외 1: 경호와 원일이의 조드뿌르

* 본래 삽입 계획이 없었는데, 사진을 정리하다 너무 예뻐서 넣지 않을 수가 없었습니다. 인도를 마치는 페이지를 기념하며 두 개의 사진 에피소드를 추가했습니다.

번외 2: Train of India

사진 박경호

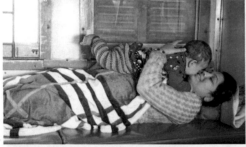

Chapter 13

비탈길

1. 산이나 언덕 따위가 기울어진 곳.

1+. 비탈이 너무 가팔라 민 지게를 올리와도 한 번 쉬어야만 하는 지리다. -김춘복, 「쌈짓골」중-

실론항에 취하다

내가 콜롬보 공항에 도착해 깨달은 큰 실수는 이곳에서 머무를 숙소 예약을 하고 오지 않았다는 것이다. 그리고 또 한 가지, 스리랑카 공항은 인도 루피를 스리랑카 루피로 환전해주지 않는다는 것이다. 안 그래도 피곤한 상태에 설상가상으로 바보 같은 짓을 하고 나니 짜증이 솟구친다. 그렇다고 달러를 공항에서 환전하자니 환율이 너무 좋지 않다.

잠시 생각을 정리하며 담배라도 피울 생각으로 공항 밖으로 나왔다. 하지만 아무리 찾아도 흡연구역이 보이지 않았고, 결국 씩씩대며 공항으로 다시 입장하려고 하자 스리랑카 경찰이 나를 잡는다. 공항 입장권을 사든지 E-티켓을 보여 달라고 하는 것이다. 결국 폭발해서 애꿎은 경찰에게 짜증을 부렸다. 그래도 다행히 스리랑카 사람들은 인도인보다 친절하다. 상황을 설명하니 미안하다며 들여보내준다. 괜히 이 사람들에게 화풀이를 한 듯한 느낌에 내가 오히려 미안해진다.

다시 공항내부로 들어와 차근차근 하나씩 해결을 하려고 순서를 정리했다. 우선은 당장 콜롬보 시내로 가야 하므로 버스비가 필요하다. 내 수중에는 인도 돈 1,000루피 가량이 있었다. 하지만 환전소들은 예상대로 환전을 거절했고, 난 손에 돈을 덜렁덜렁 들고 다니며 '나의 환전을 도와주세요'라는 눈빛을 사람들에게 보내며 돌아다녔다.

인도와 왕래가 잦은 스리랑카라서 그런지 한 여행사 직원이 혹시 환전 때문에 곤란하면 자신이 환전을 해주겠다고 한다. 구세주를 만난 것 같아서 "땡큐"를 연발하며 그에게 환전을 했다. 약간 공식처럼 스리랑카 루피는 인도 루피의 딱 두 배 정도의 환율이라는 걸 기억하면 눈탱이를 맞지 않고 환전을 할 수 있다. 물론 착한 스리랑카 사람들이라 직원은 애초에 눈탱이를 칠 생각조차 없었던 것 같다.

수중에 돈이 들어오니 카페인이 당긴다. 2층 카페로 가서 커피를 한잔 사마시고 다음 문제인 호텔 예약을 고민했다. 하지만 돈 문제를 해결해서 그런지 긴장이 풀려 갑자기 엄청난 졸음이 쏟아진다. 이른 시각이었으므로 한숨 돌린 후 숙소 문제를 해결해도 될 것 같았다. 결국 짐 위에 발을 올려놓고, 담요를 꺼내 콜롬보 공항에서 잠시 노숙을 했다. 주변이 시끄러웠음에도 불구하고 3시간가량을 아주 곤히 잘 수 있었다.

잠에서 깨고 내 머릿속에서 숙소 문제가 잠시 사라졌었나 보다. 공항에서 시내로 가는 187번 버스를 타기 위해 바깥으로 나와 버렸다. 그리고 버스에 올라타서 표 값을 지불하고 버스가 출발할 때, 내가 호텔을 예약하지 않고 와이파이존을 벗어났음을 깨달았다. 숨이 턱 막히며 가슴이 답답해진다. 여행의 시작을 바가지로 시작하지 않으니 또 다른 시련이 나에게 닥치고 있는 것인가 하는 기분마저 든다. 한 시간 뒤 버스는 시내로 도착했으나, 나는 와이파이존을 찾아 터미널 근처를 배회했다. 그러나 무료 와이파이는 코빼기도 보이질 않았고, 무거운 배낭은 내 어깨를 점점 지치게 만들었다. 결국 한 가게 앞에 주저앉아 나 자신을 한탄한다.

"아, 이게 뭐하는 짓이냐. 한두 번 여행하는 것도 아니고. 왜 자꾸 이런 초보적인 실수를 하냐. 어휴 답답해!"
"하이, 굿모닝!"

앉아 있던 가게의 주인이 다가와 인사를 한다. 스리랑카 사람들이 관광객들에게 인사를 잘하고 친절한 사람들인 걸 알고 있지만 지금은 즐겁게 인사를 받아줄 기분이 아니었다. 내가 똥 씹은 표정을 하고 있으니 주인이 가게 문을 열면서 무슨 문제가 있느냐고 물어본다.

"와이파이존을 못 찾아서 호텔 예약을 못 하고 있어요."
"저런, 우리 가게 와이파이를 켜 줄게요. 잠시만요."

주인은 이내 가게에 들어가 단말기를 켜고 내 휴대폰에서 신호를 찾아 비밀번호를 알려준다. 정말 감동이다. 인도에서 사람들에게 시달리다가 와서 그런지 이런 친절이 익숙하지 않다. 스리랑카 사람들의 태도가 나의 마음을 울린다. 와이파이를 잡고 멀리까지 이동할 에너지는 없어서 근처에 있는 싼 호텔 예약을 마쳤다. 고맙다는 말을 건네고 호텔을 찾아 길을 나서려는 순간, 가게를 돌아보니 이곳은 통신사 대리점이었다.

"혹시 심카드 파나요?"
"그럼요. 관광객이 쓰기 좋은 한 달짜리 데이터 패키지도 있어요."

안 그래도 거의 한 달가량 되는 일정이라 심카드를 살 계획을 하고 있었는데, 호의를 베풀어준 이 가게에서 개통하지 않을 이유가 없다. 다행히 내가 현재 가진 금액 내에서 개통이 가능했고, 개통하는 순간까지 사장님은 친절하게 안내해주었다. 스리랑카 여행의 시작을 활짝 열어준 사장님께 너무 고마웠다.

즐거운 여행을 하라며, 혹시 여행 중에 문제가 생기면 자신에게 연락하라며 전화번호까지 알려주는 이 분에게 고마운 사람을 만나면 선물하려고 한국에서 가지고 온 복주머니를 선물했다. 사장님은 아주 밝은 표정으로 와이프가 좋아할 것 같다며 고맙다고 얘기한다. 하지만 오히려 감사한 건 나다. 많은 여행자들이 인도에서 스리랑카로 넘어오면 이들의 자상함에 감동하곤 한다. 한편으론 혹시 불교 국가라서 '카르마'에 대한 선행의 실천일까 생각해보기도 하지만 그것보다 그저 선의를 베풀기 좋아하는 스리랑카 사람들의 민족성이라 정의해본다.

아까보다 한층 가벼워진 마음으로 숙소에 도착해 짐을 풀고 앞으로의 스리랑카 여행이 아주 즐거울 것 같다는 상상을 해본다. 외롭지 않은 여행을 위해 혹시 나와 같은 기간 동안 동행을 할 여행자가 있는지 인터넷 카페에 들어가 보았다. 운이 좋게도 딱 하루 뒤에 도착해서 4일간 바이크 여행을 계획 중인 한 친구를 발견할 수 있었다. 나는 그동안 오토바이로 여행지를 돌아다녀 본 적은 없다. 한편으로는 꽤 낭만적일 것 같다고 느껴진다. 그 친구에게 문자를 보냈다.

[같이 바이크여행 해요!]

친구를 만나러, 200km 질주

다음날 만난 이 친구는 콜롬보와는 다소 떨어진 네곰보에서 머무르고 있었다. 네곰보엔 바이크 렌탈숍이 많이 몰려 있기 때문에 내가 그곳으로 이동하는 편이 더 나았다. 네곰보까지는 콜롬보 역에서 기차표를 끊어서 쉽게 갈 수 있다. 우리나라 지하철처럼 생긴 기차지만 출입문이 열린 채 운행을 하는 네곰보행 열차는 출입구에 앉아 바깥 구경을 하는 소소한 재미도 있다. 50분가량 이동해 도착한 네곰보, 이곳은 해변 도시였다. 바닷가 도로를 따라 걸으니 기분이 상쾌해진다. 몇 분 뒤, 이 친구가 머무르고 있는 숙소에 도착해 인사를 나누고 소개를 했다.

"성함은 어떻게 되세요?"
"장민성입니다."
"저는 정희찬입니다. 여행 많이 다니시나 봐요?"
"예, 조금요. 여기 전에는 몰디브에 다녀왔어요."

인도 여행을 하는 사람들 중에서 돈이 꽤 여유가 있는 사람들은 가까운 몰디브에 종종 다녀오기도 한다. 그런 부류의 사람이겠거니 하며 서로에 대해 이런저런 얘기를 나눴다. 짐이 상당히 간소했던 민성 군은 자주 외국 여행을 다닌다고 한다. 이 친구가 상당한 여행 고수임을 알게 된 것은 갈레에 도착해서 술을 한잔 했을 때다.

"어디 계획한 곳이라도 있으세요?"
"저는 장기간 동안 스리랑카에 있어서 상관없어요. 근데 우선 갈레에 친구를 만나러 다녀와야 하는데 혹시 갈레부터 먼저 갈 수 있을까요?"

사실 스리랑카에는 나의 학군단 동기인 상원이 형이 해상가드 일을 하면서 머무르고 있었다. 우리는 다른 학교였지만 서로의 학교가 인접한 덕분에 종종 만나서 교류를 해왔다. 심지어 훈련생 시절 같은 방에 배정된 적이 있던 상원이 형과 나는 다른 동기들보다 꽤나 친하다. 해병대 장교로 임관했던 상원이 형은 전역 후 바로 일을 시작했는데, 해상가드는 아프리카 수에즈 운하를 지나는 한국 선박에 올라타 해적들로부터 배를 지키는 임무를 수행하는 일종의 경비대 같은 직업이다.

갈레포트를 베이스캠프로 승선을 하고 있는 걸 알았던 나는 이번에 스리 랑카에 오면 형을 만나기로 약속을 했었다. 하지만 내가 도착한 후 메시지를 보내도 답장이 없어서 아무래도 형이 배에 타고 있을 때 내가 온 것이라 생각하고 있었다. 그러던 중 다행히 그날 아침 갈레포트에 도착했다는 연락을 받을 수 있었고, 형이 일주일 뒤에 또 승선을 위해 말레이시아로 가야 한다는 답장을 해왔다. 민성 군과의 바이크 여행도 계획되어 있던 나는 그래서 갈레가 여행 계획에 있으면 먼저 가자고 권유했다.

"상관없어요. 원래 제가 생각했던 루트에서 거꾸로 돌리기만 하면 돼요."

우린 오늘의 목적지를 갈레로 합의하고 더 적극적으로 렌탈숍을 찾아다녔다. 가까운 곳에서 상태가 좋은 바이크를 두 대 보유한 한 렌탈숍을 찾을 수 있었다. 멀리까지 운행을 하지 않는다고 거짓말을 하고선 우린 3박 4일간 바이크를 빌렸다. 민성군의 여권과 나의 배낭을 숍에 맡기고, 이곳 네곰보에서 200㎞가 넘는 거리의 갈레포트까지 출발할 준비를 마쳤다.

대학교 때 스쿠터를 몰고 다녔기 때문에 바이크를 운전하는 데에는 큰 문제가 없다. 하지만 이런 장거리 운행은 처음이라 다소 긴장이 된다. 심호흡을 하고 안전운행을 기원하며 바이크의 손잡이를 당겼다. 시원한 바람을 맞아가며 네곰보와 콜롬보 시내를 달린다. 가는 길에 잠시 마트에 들러 마스크와 수경을 사서 눈과 피부를 보호했다. 원래는 고글이나 안경을 살 생각이었는데, 가격이 만만치 않은 탓에 싸구려 수경으로 대체해야만 했다.

한 시간에 한 번씩 쉬어가며 갈레까지 일직선으로 뻗은 도로를 이용해 해변을 따라 쭉 내려갔다. 최근에 갈레까지 뚫린 스리랑카 유일의 고속도로가 있었지만 오토바이는 들어갈 수가 없어서 어쩔 수없이 국도를 이용해야만 했다. 그래도 시내구간을 지나 차가 없을 땐 80㎞/h가 넘는 빠른 속도로 운행을 할 수도 있었다. 본래 나도 스릴을 즐기는 사람이다. 한쪽 귀에는 이어폰으로 음악을 틀어놓고 신나게 바이크 운행을 했다. 얼굴에 먼지가 가득 낀 상태로 갈레에 도착했을 때에는 오후 7시가 넘은 저녁이었다. 상원이 형이 반갑게 나를 맞이한다.

"야, 너네도 대단하다. 그 먼 거리를 오토바이를 타고 온 거야?"
"죽는 줄 알았어. 난 이제 나이가 있어서 이런 여행은 너무 힘들다. 근데
우리 진짜 오랜만이다! 형은 어째 몸이 더 좋아졌다?"

갈레포트 근처에서 만난 상원이 형은 몸만 더 근육질로 키웠지 말투나 호
쾌한 성격은 8년 전과 다름없이 여전했다. 이런 타지에서 친구를 만나면 그
반가움이 배가되는데, 그것도 8년 만이라 그런지 마치 20대 초반의 까불거리
던 우리로 돌아간 느낌이었다. 형은 근처 맛집으로 우리를 데려가 저녁을 사
주었다. 식사를 하고 우린 간만에 술잔을 기울일 생각으로 주류숍에 들러,
맥주 여러 병과 럼주 한 병을 사들고 형네 숙소로 들어왔다.

"이 친구는 카페를 통해 만난거? 신기하다. 요즘엔 이런 식으로도 여행하
는구나."
"워낙 인터넷 동호회가 잘 되어 있으니까."

형과 민성 군을 정식으로 인사시켰다. 민성이에게 허락을 구하고 바로 말
을 놓은 상원이 형 덕분에 나도 덩달아 민성이와 말을 놓았다. 민성이는 다행
히 우리 사이에 잘 스며들어 대화를 나눴다. 여행을 좋아하는 남자 셋이 모
이니 이야기가 끊이질 않는다. 알고 보니 민성이는 대학원을 다니면서 틈틈
이 돈을 모아 시간이 날 때마다 짧게 짧게 여행을 다니는 스타일이었다. 그래
서 짐이 적을 수밖에 없었고, 배낭여행과는 그 성격이 다르지만 실로 엄청난
숫자의 나라를 다녀온 여행 초고수였다. 심지어 소위 말하는 '금수저'도 아닌
데 여행계획을 저렴하게 잘 짜서 이곳저곳을 돌아다니는 똘똘한 친구였다.

나와 상원이 형이 가보고 싶은 나라를 말할 때마다 민성이는 자신의 경험
담을 이야기했고, 우리는 끊임없이 나오는 이야기보따리에 시간이 가는 줄
몰랐다. 심지어 서로가 가보지 않았을 것 같은 나라를 말해보자며 대결을
하니, 내가 가장 가 본 나라 수가 적은 하수 중 하수였다. 특히 아프리카 일
대를 돌아다니는 상원이 형은 내 평생 들어본 적도 없는 나라에서 겪은 일들
을 풀어냈고, 여행을 좋아하는 사람이라면 이 자리에 앉아있는 것만으로도

흥분될 만한 대화주제가 계속 이어졌다.

"그래서 지부티에는 내리자마자 항구에 술집들이 쫙 있고, 안에 들어가면 외국선원들을 상대로 장사하는 흑인 여자들이 막 말도 걸어. 나무로 만들어진 술집은 오래되어서 냄새도 많이 나고, 완전 옛날 느낌 그대로야. 발전이 없어."

"이야! 진짜 어릴 때 항해게임 속에서만 봐오던 항구주점들이네? 그런 곳 입출국 도장들은 어떻게 생겼어?"

"저기 내 여권 있으니까 직접 봐."

나와 민성이는 상원이 형의 여권을 구경했다. 빼곡하게 찍힌 생소한 아프리카 국가들의 스탬프, 덕지덕지 붙어 있는 비자들에는 그동안 SNS로만 소식을 접하던 상원이 형의 삶이 고스란히 담겨 있었다. 신기하면서도 한편으론 부러운 듯, 신이 나서 남의 여권을 구경하는 이런 모습이 누가 보면 이상하게 느껴질 정도이다. 나는 호기심 많은 어린아이처럼 초롱초롱한 눈빛으로 한 장, 한 장 넘겨보며 사진까지 찍었다.

우리 셋은 새벽까지 코가 비뚤어지도록 술을 마셨다. 이야기를 풀어내는 것에 지쳐 잠이 들어버릴 만큼 행복하고 유쾌한 갈레의 밤을 보냈다. 결국 다음날 민성이는 다음 지역으로 출발하지 못하고 하루를 더 묵었다. 나는 8년 동안 만나지 못했던 벗과의 해후를 일찍 끝내고 싶지 않아서, 이후 민성이와의 동행을 포기하고 4박 5일간 상원이형의 숙소에 머무르며 함께 시간을 보냈다.

1. 민성(우), 8년 만에 만난 상원이 형(중).
2. 스탬프로 가득한 상원이 형의 여권,
   지부티(우)는 정말 생소한 나라였다.
3. 문을 열고 출발한 콜롬보-네곰보 기차
   (상), 정차 중엔 새가 들어온다(하).

갈레에서 시간을 보내는 동안 나와 상원이 형은 매일 해변가 클럽에서 열리는 파티에 참석해 새벽까지 놀다 들어왔다. 아무래도 갈레는 서양인들이 많이 오는 관광지이다 보니 파티 문화가 활성화되어 있는데, 상원이 형의 말에 따르면 이곳 클럽들은 요일을 번갈아 가면서 매일같이 파티를 연다고 한다. 심지어 현지인들은 들어오지 못하도록 입구에서 막기 때문에 치안적인 부분도 해결된 파티이다. 역시 현지에 살고 있는 사람이 있으니 할 거리가 많아진다. 파티 장소까지 내가 빌린 바이크로 상원이 형이 길 안내를 해주며 이동하니 수월하게 갈 수 있었다.

첫째 날 간 파티는 우나와투나비치에서 열린 파티였다. 민성이는 다음날 다른 지역으로 아침 일찍 출발해야 하는 관계로 숙소에서 쉬겠다고 한다. 결국 우리 둘만 해변가로 이동했다. 파티장은 멀지 않은 곳에 있었다. 여권을 보여주고, 시끄러운 음악이 쿵쿵대는 클럽에 들어선다.

엄밀히 말하면 낮에는 레스토랑이었던 곳인데, 테이블을 전부 치우고 DJ 테이블을 설치해서 만든 조촐한 클럽이었다. 입장과 함께 곧바로 주변 스캔에 들어갔다. 대다수는 서양인들이고, 아주 가끔씩 동양인이 보이지만 한국인처럼 보이는 사람은 없었다. 특히 우람한 몸의 서양 남자들이 많이 있었는데, 이유가 궁금해서 상원이 형에게 물어보았다.

"저 사람들은 도대체 누구야?"
"쟤네들 200% 해상가드들이야. 나처럼."
"요즘엔 임금이 싼 후진국 사람 선호하는 거 아니었어?"
"아마 러시아 애들일 걸?"

단번에 납득이 갔다. 요즘엔 한국인 가드를 쓰면 인건비가 많이 들다 보니 관리자 급을 한 명 남기고 네팔, 스리랑카 사람으로 대체하는 추세라고 한다. 하지만 아무래도 무역하는 업체가 서양쪽이면 네팔 사람보다는 러시아인을 선호하는 것이다.

스리랑카는 동아프리카 해상을 지나기 전에 도달할 수 있는 가장 안전한 곳인 데다, 갈레는 해상무역상 좋은 위치에 있어서 전 세계의 해상가드업체 대다수가 이곳에 근거지를 둔다. 또한 서핑과 스쿠버다이빙의 천국으로 알려진 만큼 상대적으로 해양스포츠를 즐기는 서양에서 많이 놀러온다. 가끔 보이는 동양인들도 말을 걸어 보면 서핑을 즐기러 온 일본인들이 대다수이다. 나도 다이빙 자격증을 이곳에서 땄으니 말 다했다.

내 기억 속의 우나와투나는 '세계 10대 다이빙 포인트'라고 해서 왔는데, 그냥 가격이 좀 싸고 한국에서 볼 수 없는 물고기가 있다는 것 빼곤 크게 다를 바가 없는 곳이었다. 요즘 '세계 N대'라고 인터넷에 소개된 정보치고 그다지 믿을만한 게 없다. 그래서 이젠 직접 내 눈으로 확인하기 전까진 잘 신뢰하지 않는 편이다.

"오늘 유난히 사람이 없네."
"엥? 이게 없는 거야? 그럼 많을 땐 도대체 어느 정도라는 거야."
"클럽 내부에 발 디딜 틈도 없을 정도야. 오늘 우나쪽엔 사람 많이 안 오고 저 위쪽에 히카두와로 다 갔나 보다."
"거긴 어디야?"
"너 콜롬보에서 내려오면서 도로에 레스토랑이랑 술집들 쫙 깔려 있는 거 봤지? 거기가 히카두와야."
"아! 여기서 한 10㎞정도 떨어진 곳?"

최근엔 이곳보다 히카두와 해변이 더 핫하다고 한다. 특히 우나와투나 해변 모래사장이 해수면 상승으로 많이 쓸려 내려간 이후, 파티에 있어서는 히카두와쪽이 해변이 더 넓고 지대가 높은 편이라 클럽수도 많아지고, 사람이 몰리는 추세라고 한다. 결국 오늘은 적당히 술만 마시며 분위기만 살핀 후, 새벽 2시까지만(?) 놀고 숙소로 들어왔다.

다음날, 민성이가 나가는 걸 마중해주며 네곰보에서 보자며 작별인사를 했다. 나와 형은 점심 식사 후 해변으로 나왔다. 모래사장을 거닐며 태닝을 즐기고, 형네 숙소에서 챙겨온 핀과 수경을 이용해 스노클링도 했다. 확실히 예전에 비해 깊은 물까지 들어가도 모래 때문에 시야가 제한적이고 물고기도 많이 안 보인다. 영 재미가 없어서, 물에서 나와 해변가를 산책했다. 간만에 내가 자격증을 딴 숍에 들어가 주인과 인사를 나누고, 예전의 우나와투나가 가졌던 명성을 상기시키기도 했다.

저녁 시간이 되어서 숙소로 복귀한 뒤, 식사를 마치고 잠시 체력을 비축했다. 그리고 11시쯤 우린 오토바이를 타고 드디어 히카두와로 이동했다. 30분을 달려 도착한 히카두와는 메인 스트리트로부터 사람들로 북적이며 완연한 관광지 분위기를 자아낸다. 오토바이를 주차시키고 클럽에 들어서자, 전날과는 판이하게 다른 분위기에 놀랄 수밖에 없었다.

수많은 사람들, 확실히 성수기의 스리랑카는 자유로움이 가득한 즐거운 곳이다. 전 세계에서 몰려온 사람들이 각양각색의 패션과 헤어스타일을 하고 한껏 술에 취해 음악에 맞춰 몸을 흔들고 있다. 성별·인종을 떠나 한데 어울려 신나게 떠들고, 때론 합석을 하면서 새로운 친구를 사귀는 설렘을 느끼기도 했다. 나와 상원이 형도 적당히 술을 마시고 놀다가 아르헨티나에서 온 여자 분과 프랑스에서 온 남자 분 테이블에 합석해 이야기를 나눴다.

"나는 스리랑카 현지 여행사에서 일하고 있어요."
"나는 서핑하러 왔는데, 산책 중에 이곳이 재미있어 보여서 들어왔습니다."
"그럼 둘도 여기서 서로 처음 만난 사이에요?"
"네. 둘은 커플인가요?"
"하하하! 아뇨, 군대에서 만난 친구입니다."
"오, 미안해요! 둘이 친해 보여서 오해를 했습니다."

정말 재밌는 광경이었다. 나와 상원이 형을 사귀는 사이로 오해한 것이다. 아무렇지 않게 처음 만난 사람들과 이런 이야기를 나눌 수 있는 이 분위기가 너무 좋다. 실력과 관계없이 이럴 때 보면 그래도 짧게나마 영어회화 공부를 해놔서 참 다행이다. 어차피 영어권 국가 사람들을 만나지 않는 이상 서로의 영어실력은 필수 배려사항이다. 그러므로 적당히 어휘만 익힌다면 외국에서 남들과 대화하는 데에 큰 문제가 없다.

이렇게 만나는 친구들과 하는 대화는 거기서 거기이기 때문에 적당한 대화센스만 겸비한다면 누구나 흥거운 시간을 보낼 수 있다. 영어로 대화하는 것에 대한 두려움을 떨쳐내고 짧은 실력이라도 내뱉기 시작하는 건 배낭여행자에게 있어 꽤 기본적인 소양인 것 같다.

예전에 어디선가 들은 이야기이지만 유독이 한국 사람들이 언어에 대한 두려움 때문에 자신의 실력을 잘 발휘하지 못한다는 말을 들었다. 우리가 자유형만 할 줄 알아도 수영을 할 줄 안다고 말하는 것처럼, 외국어도 문법을 틀리고 어휘를 완벽하게 구사하지 못하더라도 할 줄 안다고 생각하고 내뱉기 시작하면 그 두려움을 떨쳐낼 수 있다. 나도 오래전에 이 방법으로 첫 말문을 텄다. 물론 예전에도 말했듯이 깊은 대화주제로 들어가면 다소 힘겹다. 그러나 온갖 손짓을 섞어가며 비슷한 단어로 대체하다 보면 상대방도 알아듣는다. 답답하게 느끼는 건 순간이다.

언젠가 한국에서 일하고 싶다는 아르헨티나 여자 분이 우리가 한국 사람처럼 보여서 말을 걸게 됐다고 한다. 언제나 그러했듯 내가 하고 있는 여행에 대한 이야기를 꺼내며 대화를 이어갔고, SNS 친구도 맺어서 셀카를 찍어 올리기도 했다. 프랑스인 남자 분은 나의 불어 실력에 공부가 더 필요할 것 같다며 격려 차원에서 맥주를 한 병 사주기도 했다.

취기가 알딸딸하게 오를 시점엔 댄스 플로어에 나가 잠시 춤을 추며 술을 깨기도 했고, 용기가 오른 나는 더욱 적극적으로 음악에 맞춰 스테이지를 휘저었다. 평소에 최신 팝송을 많이 들어놓은 것이 또 이럴 때 도움이 되기도 한다. 아무래도 귀에 익은 노래일수록 박자 맞추기도 쉽고, 가사 내용에 알맞은 댄스를 구사한다.

시간 가는 줄 모르고 놀다 보니 어느덧 세 시가 훌쩍 넘은 시간이 되었다. 상원이 형과 나는 아쉬움을 뒤로한 채 밖으로 걸음을 돌렸다. 하지만 오토바이 키를 꺼내기 위해 주머니를 뒤지는 순간, 내가 너무 열심히 춤을 추다가 열쇠를 분실했다는 걸 알게 되었다. 당황스럽다. 사실 침착하게 대응하려고 했으나 주변 릭샤 기사들이 옆에서 자꾸 참견하고 떠들어대는 탓에 더욱 정신이 없었다.

1. 사람이 가득한 히카두와 해변 클럽(좌). 친구도 사귀었다(우).
2. 성수기의 스리랑카 해변은 서양인들로 가득하다.
3. 사실 몸이 좋은 상원이형과 사진을 찍기
   싫었으나…… (생략). 최대한 작게 삽입!

"열쇠 기사를 불러줄까?"
"지금 부르면 가격이 비싸."
"릭샤를 타고 우선 숙소로 가는 건 어때?"

방법이 없으니 우선 한 명에게 부탁해 열쇠 기사를 불러달라고 했다. 마침 내 상황을 지켜보던 클럽 가드가 카운터에 접수된 분실물이 없나 물어보고 왔는지, 열쇠 하나가 바닥에서 뒹굴기에 손님이 카운터로 갖다 줬다는 말을 전한다. 나의 열쇠임을 확신하고, 호출을 취소해달라고 하고선 다시 입장해 카운터로 갔다.

역시 내 열쇠다. 확실히 외국인들만 손님으로 받는 곳이다 보니 이러한 문제들은 쉽게 해결이 되는 듯하다. 내가 운전을 하면 음주운전이라, 술을 마시지 않은 상원이 형이 운전을 했다. 국제운전면허가 없는 형이었지만 다행히 복귀하는 길엔 경찰이 없었고, 우린 무사히 도착해 침대로 안착했다. 오늘은 그저 흥에 취해 기분 좋은 잠자리를 가졌다. 하지만 이놈의 국제운전면허 때문에 나는 다음날 엄청난 홍역을 치르게 된다.

매드맥스: 분노의 도로

갈레에서의 시간이 빠르게 흐르고, 우린 다시 작별의 시간을 맞이했다. 또다시 만날 그날까지 몸 건강히 지내라고 서로를 축복하며 상원이 형과 인사를 마쳤다. 운전 조심하라며 신신당부하는 형을 뒤로하고 네곰보로 가는 직선도로에 올라섰다. 사실 나도 혼자 장거리를 오토바이로 달려야 하니 꽤나 걱정이 된다. 면허가 있지만 아무래도 타국에서, 그것도 차량이 좌측통행을 하는 스리랑카에선 운행이 제일 어려운 과제이다.

다행히 콜롬보까지 오는 과정은 직진만 하면 되므로, 뒤에서 추월하는 차량들을 조심하며 쭉 액셀을 당겼다. 지루함을 달래기 위해 음악을 틀어놓기도 하며, 가끔 풍경이 좋은 곳에는 멈춰 서서 사진을 찍고 흡연도 하며 여유롭게 운행을 했다.

하지만 콜롬보쪽으로 들어서니 역시 수도라서 차도 많고, 신호도 계속 걸린다. 지도어플이 알려준 도로는 그저 거리상으로 가까운 곳을 찾아주다 보니 이러한 사정을 감안하지 않는다. 답답한 마음에 맵을 살폈다. 그러자 아주 조금 돌아가는 길이지만 일직선으로 뻗은 네곰보행 도로가 눈에 띄었다. 심지어 해변을 운행하는 기차와 함께 놓인 도로라 꽤나 낭만적인 드라이브를 할 수 있을 것 같다. 나는 운전대를 틀어 그 도로로 향했다.

예상은 적중했다. 가끔 뒤에서 달려오는 기차의 흥거운 경적소리, 넓게 펼쳐진 스리랑카의 바다, 그리고 바다와 이어지는 정글 늪지대 느낌의 개천들이 눈앞에 펼쳐진다. 중간 중간 멈춰서 사진을 찍어가며 바이크 여행의 맛을 한껏 만끽했다. 심지어 신호등도 없는 도로라 쭉 뻗은 길에선 제한속도를 넘어 스피드를 즐기기도 했다.

하지만 문제는 바로 이것이었다. 이런 도로사정 탓에 경찰이 단속을 나와 있던 것이다. 물론 눈이 좋은 덕분에 멀리 보이는 갈색 제복의 경찰을 보자마자 속도를 줄이고 첫 단속을 맞이했다. 아무래도 나는 외국인이다 보니 그들의 타깃이 되기가 쉽다. 그래도 단속 앞에선 속도를 지키고 있었고, 당당했던 나는 면허증 제시를 요구하는 경찰에게 트렁크에 넣어둔 면허를 내밀었다. 경찰 아저씨는 내 면허를 보더니 인상을 찌푸리며 나에게 말을 건넨다.

"면허 유효기한이 지났습니다."
"네?"
"유효기한이 지났다고요. 여권 보여주세요."

내가 완벽하게 간과하고 있던 사실이 있었다. 국제운전면허의 유효기한은 1년이었다. 내가 이 면허를 발급 받은 건 3년 전이다. 골치 아픈 일이 생겼구나 싶었지만 나는 다행히 침착함을 잃지 않았다. 머리를 재빠르게 굴려 면허 중 미소유의 처벌이 무엇인지 물어보았다. 물론 영어를 전혀 못하는 척을 하며 "노 라이센스 하우? 하우?"라고 어설프게 물어보는 것도 잊지 않았다.

경찰에 말에 의하면 벌금과 오토바이 압수가 처벌이라고 한다. 물론 오토바이를 찾아가는 건 렌탈숍의 몫이고, 내가 대여를 한 숍은 이곳에서 10㎞ 정도만 더 가면 되는 곳이었다. 사실 조금만 더 가면 반납을 마치고 더 이상의 수고를 피할 수 있을 것 같았다. 여권을 제시하라는 경찰에게 거짓말을 시작한다.

"노 패스포트. 호텔, 네곰보!"
"안 됩니다. 여권 주세요."
"마이 프렌드 컴! 에어포트! 아이 고! 마이 호텔 패스포트!"

최대한 발음을 이상하게 하며 징징대니 경찰이 잠시 당황하는 것 같다. 그러나 연신 안 된다며, 오토바이에서 내려 택시를 타고 호텔에 가서 여권을 가지고 올 것을 요구했다. 결국 나는 최후의 수단을 썼다. 바로 뒷돈이다. 여권을 꺼내는 척 하면서 지갑에서 2,000루피를 꺼내고 남은 돈을 가방 깊숙이 숨겼다.

"투 따우전? 마이 프렌드 컴! 프리즈. 노 타임!"

사실 네곰보는 공항과 가까운 곳이다 보니 친구가 곧 공항에 와서 마중 가야 한다는 게 그럴싸한 핑계거리이다. 물론 말도 안 되는 영어 설명이지만 2,000루피를 실물로 내밀며 봐달라고 하니 경찰의 눈에서 갈등하는 게 느껴진다. 난 이때다 싶어 면세점에서 사온 담배를 한 갑 꺼냈다. 최후의 일격을 날리기 위함이었다.

스리랑카는 담배 값이 우리나라보다 비싸다. 물가가 상당히 낮은 스리랑카에서 5,000원이 넘는 담배 한 갑은 아무래도 섣불리 살 수 없는 물품이다. 스리랑카 국산 담배 한 개비를 우리나라 돈 500원 가량에 판매를 하고 있는 판에 외제담배 한 갑을 내미는 나에게 경찰은 흔들릴 수밖에 없다. 결과는 성공이었다. 사탕을 받은 아이처럼 해맑게 웃으며 2,000루피와 담배 한 갑을 받는 그의 표정이 어찌나 가증스럽던지, 그래도 끝까지 나도 "땡큐!"를 외치며 다시 오토바이에 올라탔다. 역시 돈이면 뭐든지 통하는 동남아이다. 그래도 이제 조금만 가면 마음 편히 반납을 할 수 있다는 생각을 하면, 신년 액땜이라 치고 이 정도면 기분 좋게 낼 수 있는 금액이었다.

나는 다시 운행을 시작했다. 하지만 이번 새해 액땜은 고작 이 정도로 넘어가지 않았다. 한 5㎞ 정도 갔을까, 이번엔 단독 단속이 아닌 한 무리의 경찰이 대기를 하고 있었다. 뇌물로 순순히 넘어갈 상황이 아닌 것 같다. 그러나 또 3만 원 가량의 벌금을 내는 게 너무 아깝고 화가 난다. 가난한 배낭여행자라면 이 3만 원이 동남아 지역에선 얼마나 큰돈인지 다들 알고 있을 것이다.

"면허증 보여주세요."
"저 이미 저쪽에서 벌금 냈어요."

당시의 내가 왜 그랬는지 모르겠지만 나는 그 말과 동시에 더욱 세게 속도를 내어 도주를 시작했다. 아마도 겨우 5㎞만 가면 반납인데, 뒷돈을 건네준 지 얼마 지나지도 않아 또 돈을 쓰게 생겨서 너무 억울하고 분통했던 것 같다. 내가 부끄러운 이 이야기를 꺼내는 까닭은 어떤 이유를 막론하고 경찰의 검문에는 꼭 응하라는 걸 경각하기 위해서이다.

빠르게 달리는 나를 설마 따라오겠냐는 일말의 안일함도 존재했다. 그러나 경찰에게 불응하고 도주하는 외국인은 그들에게 충분한 추격 대상이었다. 팔자에 없던 경찰과의 추격 신이 시작되었다. 뒤에서 쫓아오는 경찰 오토바이의 소리를 들으니 나도 모르게 더 속도를 내고 복잡한 길로 고불고불 이동하기 시작한다. 그냥 멈춰서 응하면 될 것을 왜인지 오히려 더 도망을 가야겠다는 생각이 든다. 상황이 주는 긴장과 급박함으로 사리판단을 잘못해도 크게 잘못했다.

결국 성능이 훨씬 좋은 오토바이와 주행 스킬도 뛰어난 경찰에게 따라잡히고 말았다. 당연한 수순이다. 한껏 화가 나 있는 경찰의 표정을 보니 이제야 사태의 심각성을 깨닫는다. 여권을 제시하라며 격하게 응수하는 경찰에게 '난 아무것도 몰라요'라는 순진한 표정으로 벌금을 이미 냈다며 차근차근 설명했다. 이번엔 확실한 영어로 또박또박 말을 건넸다.

"패스포트!"

나의 침착함에도 불구하고 감정이 격해진 건 오히려 경찰 쪽이었다. 하긴 내가 주행하던 모습은 그저 순수하게 몰라서 갔다고 받아들이기엔 어려운, 누가 봐도 도주였기 때문이다. 우선 경찰을 진정시키기 위해 순순히 여권을 주었다. 그리고 난 바로 주 스리랑카 한국 대사관에 전화를 걸었다. 이 상황에서 어떻게 해야 할지, 혹시 범죄자로 수감되는 건 아닐까 싶어 급하게 머릴 굴린 거였다. 자초지종을 설명하니 대사관의 답변은 나를 더욱 당혹케 만든다.

"잘못하셨네요."
"네?"
"잘못하신 거라고요. 스리랑카에서는 몇 번을 걸리든 계속 벌금을 내서야 해요."

그저 경찰이 하라는 대로 응하라는 게 그들의 답변이었다. 경찰을 바꿔줄 테니 좋은 방향으로 회유를 좀 해달라고 부탁했다. 하지만 별일 아니라는 듯, 당황하고 긴장한 자국민을 방관하는 태도와 말투는 여전했다. 물론 '로마에 가면 로마법을 따르라'는 말처럼 내가 잘못한 사실은 부정할 생각이 없다. 하지만 최소한 위로의 말이나 최대한 도움을 주려는 모습을 보이길 바랐는데, 내가 너무 많은 기대를 했나 보다.

모 프로그램에서 네팔 지진 때, 중국이나 미국의 조치와 너무 다른 한국에게 애국심을 배반당한 느낌을 받았다는 한 패널의 말이 십분 공감되기도 한다. 결국 오토바이를 압수당하고 렌탈숍의 사장이 나를 픽업해 반납 장소까지 이동했다. 언젠가 외국에서는 최소한 여권만 뺏기지 않으면 해결할 여지가 많아진다는 말을 들은 기억이 있어서 경찰에게 여권은 받아내어 돌아와, 처벌의 시간만을 기다렸다.

사장이 압수당한 오토바이를 찾아오는 시간 동안 얼마나 가슴 졸였는지 모른다. 사장은 면허증도 없으면서 왜 운전을 하냐며 질타했다. 아무렇지 않은 척 하려고 노력했지만 쉽게 마음처럼 되질 않는다. 그나마 나의 긴장을 풀어준 건 사장의 딸이 한국 드라마의 열성적인 팬이라는 사실이었다. 그를 기다리는 동안 한국어를 공부하고 싶어 하는 딸에게 짧게나마 한국어 강의를 해주고, 한국 드라마와 웹툰 이야기를 하며 시간을 보냈다.

화난 사장이 돌아오면 그나마 딸에게 잘해준 게 도움이 되지 않을까 하는 작은 기대감으로, 친근함을 크게 내비쳤다. 다행히 딸과 사장 부인에겐 내 마음이 통한 것 같다. 저녁 시간이 다가오자 따뜻한 스프를 내밀며 긴장을 풀라고 하는 그들이었다. 물론 스프를 먹고 부인의 요리 실력을 칭찬하는 것 또한 잊지 않았다.

그렇게 나 스스로 마인드 컨트롤을 하려고 노력하며 길게만 느껴졌던 두 시간가량이 지나니 사장과 사장 아들이 압수당한 오토바이를 찾아 돌아온다. 씩씩대며 나에게 다가오는 사장을 보자마자, 그가 화를 내기 전에 딸 칭찬부터 먼저 내뱉어버렸다.

"딸이 매우 영리하네요. 한국어를 알려주었는데 너무 잘 알아들어요. 한국 드라마도 좋아한다면서요?"
"내 딸이랑 얘기했어요?"
"네. 정말 똑똑해요. 좋은 딸을 두셨네요."

역시 딸 칭찬을 아끼지 않으니 금세 화가 풀어지는 듯하다. 옅은 미소를 보이며 자기도 자랑스럽다고 쑥스러워한다. 그의 부인도 지원사격에 나서며 잘 해결되었냐며 내 대신 먼저 상황을 물어봐주었다. 사장은 그래도 할 말은 해야겠는지 이 사건에 대한 운을 띄운다.

"도망을 가면 어떡합니까?"
"벌금을 냈는데 또 잡혀서 이미 냈다고 하고선 온 거예요."
"아니에요. 도망친 거라고 경찰이 그랬어요. 당신은 감옥에 가야 해요."

솔직히 도망쳤다는 경찰의 말이 그에겐 더욱 신빙성이 있었을 것이다. 하지만 최소한 여권은 받아왔으니 나도 할 수 있는 한, 말을 해야겠다는 생각이 들었다. 사실 나는 상당히 감정에 휘둘리는 성격이다. 그러나 이런 상황에선 오히려 이성적이고, 당황하지 않는 기지가 발휘되기도 한다. 너무나 당당하고 뻔뻔스럽게 난 변호사를 선임하고, 대사관에 당장 전화를 해서 이 상황을 정면 돌파하겠다는 의지를 밝혔다.

"경찰이 내 여권도 가져가지 않았으니, 난 당장에 비행기표를 끊어서 다른 나라로 갈 수도 있어요."

사장의 표정에서 내가 적반하장 격으로 행동하는 것에 당황하는 게 느껴진다. 순간적으로 나는 그의 의도를 읽어냈다. 내가 '감옥'이라는 말에 당혹스러워하면 나에게 바가지로 돈을 뜯어내려고 하는 것이다. 의심스런 눈으로 전화기를 들어 대사관에 전화하는 모션을 취했다. 그러자 사장은 "스톱! 스톱!"을 외치며 나를 말린다. 이 모습을 보니 더욱 내 생각이 확고해졌다. 그는 한숨을 푹 쉬더니 나에게 말을 건넨다.

"혹시 200달러 있어요?"
"왜요? 경찰에게 뒷돈으로 설득하려고요?"
"200달러면 가능해요."
"그렇다면 나는 그 200달러로 비행기표를 구해서 다른 나라로 갈게요."
"잠깐, 잠깐."

오히려 상황이 사장 쪽에 불리하게 작용하기 시작했다. 사장은 잠시 생각하는 척을 한다. 물론 나도 30일 비자까지 끊어서 들어온 스리랑카에서 당장 출국할 생각은 전혀 없다. 그러나 이건 아무리 봐도 이미 경찰 설득을 마치고 벌금까지 다 내서 모든 문제가 해결된 상황처럼 보인다.

"그럼 100달러 있어요? 그 정도면 말을 해 볼만 한데."

솔직히 나도 직감만 가지고 계속 으름장을 놓기엔 조금 마음이 졸리기도 했다. 별 도움이 될 것 같지 않았지만 혹시나 하는 마음에 휴대폰 녹음기를 몰래 켜놓고 다시 대화하기 시작했다.

정말 이 도로가 100$ 낭만페이의 가치가 있었을까?

"정말 100달러면 되나요?"

"그럼요."

"제가 출국할 때 문제도 없고요?"

"문제없어요."

"좋아요."

결국 나 또한 잘못한 게 있으니 액땜의 액수가 커진 거라고 자기위안하며, 그에게 100달러를 건넸다. 이렇게 이번 여행 중 손꼽히는 순간이었던 경찰과의 추격전 사건은 마무리 되었다. 조금 있다가 민성이도 시간에 맞춰 숍에 도착을 하고, 모든 반납 과정을 마치고 나니 다리에 힘이 풀린다. 힘겨웠던 하루를 숙소 근처 레스토랑에 들러 피자와 맥주로 마무리했다. 민성이에게 오늘 있었던 스펙터클한 사건을 얘기하니 그만하면 싸게 먹힌 거라며, 나를 위로해주며 피자와 맥주 값을 내주기도 했다.

"민성아. 근데 넌 면허증 갱신해왔어?"

"아뇨. 솔직히 말하면 저도 면허증 없었어요."

"진짜? 근데 왜 한 번도 안 걸렸어? 난 두 번이나 걸렸는데."

"전 외국인처럼 안 보이려고 마스크 착용하기도 했어요. 그리고 시내 쪽에는 단속 없던데요?"

"아……?"

허망하다. 그냥 어플이 가라는 길로 갈 걸 그랬나 보다. 낭만은 무슨 개뿔, 값비싼 낭만페이를 치렀다. 그냥 130달러를 내고 술자리에서 떠들 수 있는 재밌는 에피소드를 산 것이라 생각하며 나 자신을 토닥여본다.

Chapter 14

중화

1. 서로 다른 생활을 가진 지역 사이에 각각의 생활을 엮거나 그 중간을 메개함.

2. 세계 문명의 중심이라는 뜻으로, 중국 사람들이 자기 나라를 이르는 말.

천공의 성 시기리야

민성이는 다음날 낮 비행기로 한국에 돌아갔다. 나는 지난밤 일로 기력이 소진되어 다음 여행지로 출발할 기운이 나질 않는다. 게스트 하우스에 하루를 더 묵겠다고 얘기한 뒤 네곰보 바닷가를 산책하면서 시간을 보냈다. 사실 갑자기 나쁜 일이 생기고 나니 스리랑카에 정이 떨어진다. 그저 빨리 다른 나라로 돌아가고 싶은 마음이 들기도 하고, 차라리 네곰보에서 장기간 머무르면서 밀린 글을 쓸까도 고민했다.

숙소로 돌아와 별 생각 없이 게시판을 살펴보는 중, 눈에 띄는 메모가 하나 있다. 바로 스리랑카 여행 동행을 구하는 한 남성의 메모였는데, 그 루트가 마침 내가 얼마 전 다녀온 갈레를 제외한 곳들이었다. 메신저를 이용해 그에게 메시지를 보냈다. 숙박비를 아끼고 심심하지 않게 여행을 다닐 수 있으니 꽤 괜찮은 일이다. 저녁 시간에 맞춰 함께 식사를 하며 일정을 논의해보자고 약속을 정한 뒤, 우린 리셉션에서 만나 전날 갔던 레스토랑으로 걸음을 옮겼다.

이 친구 이름은 나이쥬로 나이는 나보다 세 살이 어렸다. 중국인이라고 말하니 다소 편견 어린 시각이 작용했지만 혹시나 하는 걱정은 넣어두었다. 우린 일정을 맞춰보았다. 그가 들고 온 커다란 중국어 가이드 북에 자신이 가고 싶은 곳을 빼곡하게 테이핑 해놓은 걸 보니, 나랑은 여행 스타일이 잘 맞지 않을 것 같다는 생각이 든다. 그래도 딱히 갈 곳을 정해놓은 상태가 아니었던 나는 최대한 그의 일정에 맞추기로 했다.

우린 다음날 아침에 터미널에서 만나, 시기리야에 있는 라이언락을 보기 위해 버스를 타고 이동하기로 약속하고 헤어졌다. 이튿날 나는 시간을 맞춰 버스 터미널로 나왔고, 그에게 연락을 취했다. 하지만 나이쥬는 약속 시간보다 10분가량 늦게 나왔다. 슬슬 불안감이 엄습한다.

'에이, 기분 탓이겠지.'

버스를 탑승해 나이죠와 서로의 여행 스타일에 관한 이야기를 나눴다. 나는 가난한 배낭여행자라서 돈을 최대한 아껴야 한다고 하니 자신도 그러고 싶다고 얘기한다. 나는 가는 길에 숙소를 예약하며, 가장 싼 게스트 하우스를 선택해 보여주면서 룸 셰어를 하자고 제안했고 나이죠도 그 말에 동의했다.

나이죠는 나처럼 활발한 성격은 아닌 것 같다. 몇 번의 대화가 오가고선 그저 이어폰을 꽂고 자신의 할 일을 했고, 나도 그런 태도에 그러려니 각자 음악을 들으며 담불라(시기리야 근처 도시)까지 이동을 했다. 몇 시간 후 버스가 목적지에 도착하고, 우린 릭샤를 타고 숙소로 이동해 체크인을 한 방으로 들어섰다. 그러자 갑자기 나이죠가 불쾌감을 표한다.

"무슨 문제 있어?"
"침대가 하나뿐이네?"
"응. 2인용 더블 침대야. 아까 보여줬잖아."
"난 1인용 두 개가 있는 곳을 선호해."

아까 예약할 땐 가만히 있더니 왜 이제 와서 이러는지 모르겠다. 그렇다면 담불라까지만 참고, 다음 여행지인 캔디에선 2층 침대나 싱글 두 개가 있는 방을 구하겠다고 말하며 사과를 했다. 사실 다소 어처구니가 없었다. 짐을 풀고 각자의 시간을 보내며, 난 밀린 빨래를 하면서 아무 일 없는 예사로운 저녁을 보냈다.

다음날 숙소주인에게 라이언락으로 가는 가장 좋은 루트를 물어보니 릭샤를 대절해서 반나절 동안 다녀오는 게 제일 좋다는 추천을 한다. 사실 여행자가 담불라에 오는 이유는 딱 두 가지뿐이다. 하나는 시기리야 라이언락이고, 다른 하나는 숙소 근처에 위치한 세계문화유산 중 하나인 담불라 석굴 사원이다. 시기리야 숙소는 담불라에 비해 다소 가격이 있는 편이라 많은 여행자들이 담불라에 묵으며 당일치기로 라이언락에 다녀온다.

시기리야는 5세기경의 스리랑카 수도로 당시의 왕인 카사파가 아버지를 죽이고 뒷일이 두려워 200m가 넘는 바위산인 라이언락에 궁전을 지어놓아 '하늘궁전'이라고 불리기도 하는 곳이다. 물론 지금은 터만 남아서 그곳에 새겨진 벽화가 대표적인 유적지이지만 많은 사람들이 그저 라이언락의 자태와 풍광을 보기 위해 들르는 게 일반적이다.

"라이언락 입장료가 비싸네."
"내 가이드 북은 라이언락을 보려면 옆에 있는 돌산으로 가래. 입장료가 더 싸고 볼거리도 많다고."
"그래? 그럼 거기로 갈까?"

우린 릭샤를 불러 시기리야까지 이동했다. 돌산에 도착해 다소 가파른 길을 30분가량 등산해 올라가니 나이죠의 말대로 멋진 경치가 펼쳐진다. 평지에 우뚝 솟아 커다랗게 자리한 돌산은 그 자태만으로도 이곳이 난공불락의 궁전이었음을 감히 추측하게 만든다. 나는 시원한 바위산 꼭대기에서 라이언락을 배경으로 많은 사진을 남겼다.

잠시 바닥에 앉아 자연이 주는 신비로움과 아름다움을 내 눈동자에 담아낸다. 여기서 바라보는 시기리야의 지평선은 사방 각각이 모두 다른 느낌을 자아낸다. 우리나라에선 찾아보기 힘든 '지평선'의 생소함이 주는 감동이었을 수도 있다. 한쪽에선 돌에 뿌리를 박고 자라고 있는 나무들이 돌산이 아닌 숲속에 들어온 기분이 들게 한다. 그리고 또 다른 한쪽은 완만한 경사로 뻗은 지면과, 그걸 잇는 돌산이 부드럽게 지평선을 감싸는 느낌을 받는다. 라이언락이 있는 방향에선 지평선의 맥을 끊는 듯한 라이언락의 거대함 때문에 답답한 마음이 든다.

정말 돈이 아깝지 않은 눈 호강이다. 우린 실컷 구경을 마치고 천천히 산을 내려와, 대기하고 있던 우리 릭샤 기사를 찾아 다시 숙소로 복귀했다. 가는 길엔 라이언락이 잘 보이는 도로에서 잠시 멈춰 사진도 찍으며, 기분 좋은 마음으로 돌아가고 있었다. 그러다 문득, 다음날 바로 캔디로 떠날 예정이니 아까 언급한 담불라 석굴사원에 들르는 것도 좋겠다는 생각이 든다.

"나이죠, 숙소로 가는 길에 있는 석굴사원에 들러서, 기사에게 추가요금을 조금 주고 보는 건 어때?"

"난 불상에는 관심이 없는데. 돈이 아까워."

"그럼 괜찮다면, 30분 정도만 앞에서 기다려주면 혼자 빨리 보고 나올 테니 해줄 수 있겠어?"

"산에 올라 갔다 와서 나는 매우 피곤해."

살짝 빈정이 상했다. 개인주의가 팽배한 중국에서 자랐으니 자신만 생각하는 거라는 선입관이 고개를 내민다.

'참, 나랑 여행스타일이 안 맞는구나.'

"그럼 네가 너무 피곤해서 얼른 들어가야 하니, 잠시 앞에서 사진만 찍고 갈 수 있도록 1분만 정차해줄 수 있겠니?"

솔직히 숙소에서 멀지 않기 때문에 나만 먼저 내려서 구경한 뒤 천천히 걸어와도 된다. 하지만 나도 얄미운 나이죠의 태도를 비꼬고자 다소 어른스럽지 못한 언사를 내뱉었다. 그런 내 의도를 아는지 모르는지 알았다고 한다. 나는 정말 그 앞에서 사진만 잠깐 찍고 다시 올라탔다. 나이죠는 릭샤에서 내리지도 않았다. 이때부터 우린 서로의 성격으로 인해 삐걱댄다는 걸 느끼기 시작했다. 역시 여행에서 잘 맞는 동행을 찾기란 연애하기만큼이나 어려운 일이다.

1. 바위산 꼭대기에서 바라보는 시기리아의 지평선은 **1**
   사방 각각이 모두 다른 느낌을 자아냈다.
   2. 급하게 찍은 담불라 석굴사원 외관.

내 귀에 캔디, 꿀처럼 달콤했니?

캔디로 이동하는 과정에서도 나이죠는 이해하기 힘든 행동을 보인다. 다음 숙소를 구하는 과정에서 나에게 동의도 구하지 않고 자기 멋대로 숙소를 결제한 뒤, 일방적으로 룸 셰어를 하자는 것이었다. 너무 황당해서 말도 안 나왔지만 나이죠가 구한 방이 그나마 싼 방이라는 걸 알고, 그에게 돈을 지불했다.

결제 전에 먼저 상대방에게 동의를 구하는 게 최소한의 예의가 아닌가 싶다. 기본 상식선을 벗어난 행동 때문에 매우 불쾌했지만 여행 중에 얼굴 붉히는 게 싫어서 어른스러운 척을 했다. 도착해 보니 그래도 방이 아주 깔끔하고, 요리도 해먹을 수 있는 구조라 숙소 자체에 대한 불만은 없었다.

이번에 도착한 캔디는 스리랑카 중부에 위치한 실론 왕조의 마지막 수도로 전통무용공연이 대대로 내려오며 그 명맥을 잇고 있는 도시이다. 우리가 흔히 알고 있는 '실론티'가 바로 스리랑카의 옛 이름인 '실론'에서 비롯된 것인데, 한때 인도와 함께 영국의 식민 지배를 받다가 1948년 영국연방의 일원으로 독립하며 현재의 이름으로 변경한 역사를 가진 나라다.

캔디는 보통 스리랑카 여행 중에 라이언락을 보고 누와라 엘리야로 가는 도중 잠시 들르는 일정으로 많이 선택한다. 특히 캔디에서 누와라 엘리야로 가는 기차의 풍경이 너무나 매력적이라, 이 때문에 요즘엔 꼭 들르는 관광도시로 자리 잡았다. 물론 1807년 만들어진 인공호수와 부처님의 치아가 보관되어 있다는 불치사도 볼거리 중 하나이다.

우린 이곳에서 1박 2일을 보내기로 하며 도착한 당일에 바로 전통 춤 공연을 보러 가기로 했다. 숙소에 짐을 풀고 가까운 곳에 위치한 공연장에 가서 미리 예약해 좋은 자리를 맡았다. 공연 시간까진 아직 4시간가량 남아 있었기에 각자의 시간을 보내고 30분 전에 공연장 앞에서 만나자고 내가 먼저 제안했다. 여행 스타일이 다른 이 친구와 같이 시간을 보내는 건 아무래도 곤욕이다.

점심 식사를 하러 간 나이쬬를 뒤로하고 나는 인공호수 쪽으로 걸음을 옮겼다. 호수는 사실 그다지 볼거리가 없었다. 크기도 작을 뿐더러 산책하기엔 호숫가를 뺑 둘러 나 있는 도로의 소음이 꽤나 방해거리다. 호수 주변을 거닐다 보니 동네 슈퍼마켓 느낌의 상점을 발견하고, 저녁을 숙소에서 해먹을 생각으로 조촐한 쇼핑을 했다. 미운 놈 떡 하나 더 준다고 나이쬬에게도 문자를 보낸다.

[저녁은 내가 숙소에서 해줄게. 같이 먹자.]

작은 마트치곤 꽤 많은 상품들을 판매하고 있었다. 나는 M사에서 나온 꽤 유명한 조미료인 치킨 스톡과, 한국에서 싼 가격으로 구할 수 없는 코코넛 오일을 구매했다. 그 외 야채들을 소량으로 구매해 오늘의 저녁 메뉴를 동남아 스타일 프라이드 누들로 결정했다. 처음 보는 물건들을 구경하는 재미에 시간이 매우 빠르게 흘러간다. 어느덧 공연 시간이 다가와, 쇼핑을 마치고 약속장소로 발걸음을 옮겼다.

우리 자리는 무대가 아주 잘 보이는 두 번째 줄이었다. 공연은 꽤 흥겹다. 스리랑카의 전통 춤 자체가 텀블링과 같은 과격한 동작이 많아서 마치 서커스를 보는듯한 느낌으로 공연을 관람했다. 공연의 하이라이트는 불로 달궈진 길을 맨발로 걷는 불 쇼였는데 이건 정말 기에에 가까운 퍼포먼스였다. 가루를 하늘에 흩날리고 불을 붙이면 커다란 불이 솟아오른다. 마치 드래곤이 불을 내뿜듯, 공중에서 타오르는 불이 멋들어진다. 그리고 그 가루들을 바닥에 준비된 돌 위에 뿌리고 불을 붙이면 불길이 생겨나는데, 그 위를 배우들이 쇼를 펼치며 빠르게 왕복한다. 혹시 별로 뜨겁지 않은가 싶어서 가까이 가보았는데 그 열기가 대단하다. 불 쇼를 마지막으로 한 시간 반가량의 공연이 끝나고, 우린 숙소로 복귀했다.

나는 도착하자마자 요리 준비를 시작했다. 어느덧 자취생활이 13년 차에 들어서다 보니 웬만한 요리는 뚝딱 해낸다. 더군다나 난이도가 쉬운 면 요리라 짧은 시간 내에 한 끼를 완성할 수 있었다. 다진 마늘과 양파, 각종 채소를 넣어 볶고, 살짝 끓인 면을 투척해 치킨 스톡과 함께 코코넛 오일을 이용하니 동남아 특유의 향긋함이 올라온다. 코코넛 오일 자체가 살짝 달짝지근한 향이 있기 때문에 마늘과는 조금 궁합이 맞지 않는 듯했다. 그래도 치킨 스톡 덕분에 그럴싸한 맛은 갖춰졌다.

피클과 함께 식탁으로 음식을 내왔다. 나이죠도 내 요리에 꽤 만족하는 듯하다. 우린 하나도 남기지 않고 순식간에 저녁을 해치웠다. 여행을 하면서 처음 한 요리치곤 성공적이었다. 이제 뒷정리와 설거지를 할 차례이다. 모든 재료값도 내가 지불하고 요리까지 하는 수고를 겸했으니, 눈치껏 나이죠가 하지 않을까 하는 바람이 있었다. 하지만 나이죠는 단번에 내 기대를 부순다. 배를 쓸어내며 방으로 슬금슬금 들어가더니 먼저 씻고 나오겠다고 한다.

결국 설거지도 내가 하게 됐다. 그릇 위로 떨어지는 물줄기를 보며 잠시 생각했다. 네곰보로 돌아온 이후 여행들이 상당히 무미건조하고, 즐겁지 않다고 느껴진다. 아마 여행스타일이 심각하게 맞지 않는 동행이 문제인 것 같다. 차라리 한국인이면 술이라도 한잔 하면서 대화해볼 텐데, 나이죠와는 그런 것도 불가능하니 참으로 답답하다.

설거지를 마치고, 샤워를 하고 나온 나이죠와 다음날부터 누와라 엘리야에서 묵을 숙소에 대한 이야기를 나눴다. 그러나 역시 뭔가 삐걱댄다. 위치 문제부터 가격, 심지어는 평점에도 문제를 삼기 시작한다. 결국 답답해진 나는 나이죠에게 기분이 나쁘지 않도록 조심스럽게 물어보았다.

"나이죠, 혹시 누와라 엘리야부터는 따로 숙소를 잡고 각자 여행을 하지 않을래?"
"음, 좋아. 그렇게 하자."

본인도 서로가 원하는 여행 방식이 다르다는 걸 느낀 것 같다. 뭔가 큰 문제가 해결된 것 같다. 어떨 때는 혼자 하는 여행이 더 편한 순간이 있다. 막힌 변기를 뚫은 듯한 해방감에 나는 잠시 바라도 가서 맥주 한잔 하고 오겠다고 하고, 밖으로 나와 쾌청한 저녁 공기를 쐬었다. 그저 시원하게 목을 축일 맥주 한잔이 절실했다. 그러나 시내로 나오니, 즐비해 있을 줄 알았던 바들이 전혀 보이지 않는다. 확실하게 말하면 모두 문을 닫은 상태이다. 지나가는 현지인을 붙잡고 물어보았다.

"혹시 와인숍이나, 지금 열고 있는 바가 근처에 있나요?"
"오우, 오늘은 포야데이[1](홀리데이)라서 모든 술집이 문을 닫아요."

사실 나는 포야데이가 무엇인지 몰랐다. 하지만 홀리데이라서 술을 팔지 않는다는 건 정확하게 알아들었고, 가는 날이 장날이라고 간만에 술 한잔 하려고 하니 그마저 따라주질 않아 김이 샜다. 아쉬운 마음을 뒤로한 채 돌아서려고 하는 나에게 그 사람이 조용히 말을 건다.

"제가 운영하는 호텔에서 몰래 바를 열어줄 수 있는데, 괜찮다면 갈래요?"
"당연하죠! 조용히 마시다가 가면 되는 거죠?"
"마실 만큼만 주문해서 지불하고 미리 내놓으면 돼요. 경찰이 오면 어제 사놓은 걸 마시는 거라고 하세요."

마치 시트콤 같이 웃긴 상황이다. 멀지 않은 그의 호텔로 따라가 레스토랑 구석에서 맥주를 시켜놓고 혼술을 즐겼다. 내 모습을 보고 호텔에 묵고 있던 아일랜드 투숙객 한 명이 어떻게 술을 구했는지 물어본다. 몰래 자초지종을 설명하니 그도 주인에게 요청해, 함께 앉아서 맥주를 마셨다. 우린 여행 이야기를 나누며 새벽까지 즐겁게 대화를 나누었다. 역시 여행에선 만나는 사람이 참 중요하다.

같은 중국인, 다른 느낌

다음날 아침은 예정대로 나이죠와 함께 누와라 엘리야로 가는 기차를 탔다. 관광객으로 가득 찬 기차는 발 디딜 틈조차 없었다. 역시 미리 예매를 해놓지 않으면 이 시즌에는 앉아서 가기가 힘들다. 그래도 오른쪽 창가 쪽을 바라볼 수 있는 곳에 배낭을 내려놓아 앉을 수 있게 만들고 한 자리를 잡았다.

---

1) 스리랑카의 중요한 불교 의식 중 하나로, 매월 음력 보름날 행해지는 금욕과 참회의 행사이다. 이날 모든 신도는 육식과 음주를 금하고, 흰 옷을 입고 독경을 하거나 설법을 듣는다.

역이 지나갈수록 탑승하는 사람은 넘쳐나는 반면 일어나는 사람은 한 사람도 없다. 불편한 상태였지만 1시간 정도를 달리니 본격적인 산길이 나온다. 2,000m 고도 사이를 달려 정글을 지나, 탁 트인 실론 밭이 눈에 보이기 시작했다. 함께 기차를 탄 사람들의 입에서 동시에 탄성이 나온다. 4시간의 긴 여정이지만 눈 호강을 실컷 할 수 있는 이 기차는 스리랑카 여행의 필수 코스라 해도 과언이 아니다.

녹색으로 산등성이를 물들인 차밭은 우리나라 보성의 느낌과 사뭇 다르다. 차분하게 정렬된 느낌이 아닌 야생에서 자라고 있는 자연 그대로의 모습을 담고 있었고, 연신 셔터를 눌러댔으나 달리는 기차와 꽉 찬 사람들 사이에서 그 묘한 풍경을 찍어내긴 힘들었다. 착석해 있는 스리랑카 현지인들의 도움을 받아 몇 장 건지긴 했으나 아무래도 직접 찍은 사진이 아니라 그런지 내가 원하는 구도의 사진들이 나오지 않았다.

한 시간가량을 시력이 좋아지는 듯한 느낌을 받으며 초록의 풍경을 바라보았다. 바깥 구경이 지겨워질 때 쯤, 마침 기차여행에서 빼놓을 수 없는 한 사람이 좁은 통로를 비집고 들어온다. 옛날 우리나라 기차에서도 "오징어, 땅콩 있어요!"를 외치며 먹거리를 판매하는 사람들이 있었던 것처럼, 스리랑카의 기차에선 그 정겨운 소리를 다시 들을 수 있었다. 상인들은 알아들을 수 없는 음식명을 외치지만 재창 스타일만큼은 내가 기억하는 그 소리와 매우 흡사했다. 정말 땅콩을 팔고 있는 상인도 있었고 사과, 망고 등의 과일을 파는 사람도 있었다.

망고 상인에게 한 봉지를 사서 먹어 보았다. 그의 망고 깎는 솜씨가 속도며 테크닉 면에서 예사롭지가 않다. 심지어 먹기 좋게 기다란 모양으로 잘라주기까지 했는데, 한 입 베어 무니 내가 한국에서 먹던 망고와 다르게 아주 신선했다. 달콤함은 덜했지만 오히려 약간의 시큼함이 내 침샘을 자극한다. 결국 다음에 온 고로케 비슷한 음식을 파는 상인에게 점심 식사를 사게 만들기까지 했다.

긴 시간을 달려 도착한 '나누오야 역'에선 마치 썰물이 빠져나가듯 거의 모든 관광객들이 기차에서 내렸다. 나와 나이죠도 그 틈에 떠밀려 역전까지 나

1. 서커스같은 스리랑카 전통 춤 공연
   (상), 불쇼는 기예에 가까웠다(하).
2. 누와라 엘리야행 숲 속 기찻길에서
   바라본 실론 밭은 눈 호강이었다.

오게 되었고, 우리는 곧바로 누와라 엘리야로 가는 버스를 타기 위해 정류소로 이동했다. 버스도 기차와 마찬가지로 카오스 상태이다. 혼자였다면 재빠르게 올라타 자리를 잡고 앉아서 짧게나마 편하게 갔겠지만 나이죠가 행동을 매우 굼뜨게 한 탓에 그를 기다리다가 결국 자리를 못 잡았다. 이젠 나이죠가 뭘 해도 미워 보인다. 그렇게 불편한 버스를 30분가량 달리고 나니 목적지에 도착했다. 나와 나이죠는 직감적으로 여기서 헤어지는 것이 적당하다는 결론을 내린다.

"난 여기서 다음 여행지를 다시 설정하려고."
"그래, 남은 여행 잘 하고 가길 바란다."

나는 이미 혼자서 묵을 호텔을 버스에서 예약했었다. 우린 그래도 잠시나마 함께했던 시간을 기억하자며 인증샷 하나를 남기고 쿨하게 작별을 고했다. 세상 이렇게 맘이 편할 수가 없다. 묵은 체증이 내려가는 느낌이다.

나이죠와 헤어지고 천천히 도로를 따라 걸어갔다. 나의 호텔은 버스 터미널에서 멀지 않은 곳에 있었다. 어렵지 않게 찾은 호텔은 마치 옛날 공포게임에서나 나올 것 같은 음침하고 어두운 분위기의 3층까리 목조건물이었다. 오를 때마다 삐그덕대는 계단을 올라 방을 안내받고, 우선 편하게 침대에 몸을 뉘었다. 보기와는 다르게 잠자리만큼은 꽤 편하게 느껴진다. 물론 다시 혼자 여행을 하게 된 것에 대한 해방감일지도 모르겠다. 잠시 피로한 몸을 뉘여 낮잠을 청했다. 주변에서 다소 시끄러운 소리가 나서 일어났을 땐 저녁이 다 된 시간이었고, 나는 저녁을 먹기 위해 주섬주섬 방 밖으로 나왔다.

소란스런 소리의 정체는 호텔 테라스에서 나는 대화 소리였다. 누굴까 궁금한 마음에 담배도 한 대 피울 겸 테라스로 나가 보았다. 동양인 두 명과 스리랑카인 한 명이 함께 떠들며 피자에 맥주를 한잔씩 하고 있었다. 가볍게 인사를 하니 그들은 이미 술이 좀 올랐는지 같이 앉아서 함께 먹자고 제안을 한다. 뻔뻔하게 나도 저녁 값을 아낄 수도 있고, 공짜 술도 얻어먹을 절호의 기회인 듯싶어서 바로 오케이를 하고 한 자리를 차지했다. 간단하게 소개를 하고, 대화를 나누며 음식을 얻어먹었다.

"우린 중국에서 온 보석 상인들이에요."
"저는 스리랑카 학교에서 수학을 가르치는 선생님입니다."
"아, 저는 여행을 다니면서 글을 쓰고 있어요."

여행기를 쓴다는 건 누구에게나 흥미로운 일인가보다. 모두들 내 이야기를 궁금해 한다. 공짜로 얻어먹는 값을 해야겠다 싶어 그동안의 여행들에 대한 썰들을 풀어가기 시작했다. 중국인 보석 상인들도 보석 구매 때문에 많은 곳을 돌아다니지만 아무래도 여행으로 다니는 게 아니다 보니 집중하고 내 이야기에 귀를 기울인다. 스리랑카 선생님은 여행을 자유롭게 다닐 수 있는 부유한 국가에서 태어난 게 너무 부럽다며 자신의 신세를 한탄하기도 했다.

중국 친구들의 이름은 알렉스와 수이로 자신들이 스리랑카에서 구매한 보석들을 보여주면서 중국에서 비싸게 팔리는 여러 가지 컬렉션들을 자랑하기도 했다. 내가 보석들에 관심을 보이니 수이가 나에게 질문을 한다.

"한국에는 Gem merchant(보석 상인)가 없니?"
"잘 모르겠어. 하지만 주변에서 본 적은 없어."

"하긴 우리도 거래처에서 한국인을 만난 기억이 없네."

"네가 한 번 시작해 보는 건 어때?"

"아마 세관 때문에 힘들걸? 없는 이유가 다 있는 거 아니겠어?"

"우리도 세관에 걸리지 않으려고 몸 여기저기에 숨겨서 들어가. 크기가 작아서 걸릴 확률이 낮거든. 여기랑 여기, 그리고 여기."

알렉스가 보석 숨기는 팁을 주면서 엉뚱한 부위를 가리켜 큰 웃음을 자아낸다. 어디인지는 상상에 맡긴다. 유쾌한 시간들을 보내며 이야기를 나누던 중, 곧 다가오는 '새해'에 대한 주제가 나왔다.

"우리나라도 중국과 같은 날에 새해를 보내."

"정말? 그렇다면 너는 새해에도 계속 여행을 하고 있니?"

"응. 아마 스리랑카 어딘가에 있지 않을까? 너희는 중국으로 돌아가?"

"나(수이)는 중국으로 돌아가고, 알렉스는 우리가 장기렌탈한 집에서 혼자 보내."

"나는 이곳에 온 지 얼마 안 돼서 보석 시장을 돌아다니면서 매물을 구해야 하거든."

"난 아직 어디로 가야 할지 정하지 못했어."

"그렇다면 나와 같이 가는 건 어때? 가서 만둣국도 해먹고 함께 새해를 보내자."

"정말 그래도 괜찮겠어?"

"집이 상당히 넓어. 수이가 가면서 방도 하나 남아서 괜찮아. 네가 머무르고 싶을 때까지 있어도 돼. 근데 주변에 정글 말고는 아무것도 없어, 하하."

정말 끌리는 제안이었다. 사실 밀린 글이 너무 많아서 한 곳에 머무르며 잠시 글을 쓰는 시간을 가질까도 고민을 하던 차였으니, 공짜로 묵을 장기 숙소가 생긴다는 것은 넝쿨째 굴러온 호박이었다. 알렉스가 자신은 말이 좀 많고, 외로움을 많이 타는 성격이라 안 그래도 수이가 가고 나면 심심해서 어쩌나 걱정이었다고 한다. 뜻밖의 행운에 나는 다음 목적지를 고민할 것 없이 젬시티인 '라트나뿌라'로 정했다. 그들에게 숙소 주소와 연락처를 받고, 누와라 엘리야에서 이틀을 더 머무르다가 이동을 하겠다고 약속했다.

가끔 배낭여행 중에는 이런 예상하지 못한 운수가 따르기 마련인데, 그래서 장기적인 계획을 세우는 것이 늘 무의미하다. 충동적 계획 변경과 그에 따른 새로운 일화의 시작은 여행에서 자유로움을 찾는 데에 필수적 요소라는 생각이 든다. 고마운 마음에 내가 가서 식사와 청소를 책임지겠다고 했다.

"하하하. 내가 보석 상인을 하기 전에 식당에서 일을 했었어서 요리도 잘 해. 걱정하지 말고 몸만 와. 청소도 집 주인이 알아서 해준다고."

내가 그곳에 가서 할 일은 아마 설거지밖에 없는 듯하다. 나이죠와는 판이하게 아주 호탕하고, 사람을 좋아하는 두 명의 중국인 덕분에 돈도 아끼고 편히 글을 쓸 수 있는 시간이 주어졌다. 그들에게 고맙다는 인사를 연신 건네며, 남은 피자와 맥주를 나누며 즐거운 밤을 보냈다.

이 거대한 호수를 돌아, 너에게 돌아갈 수 있을까?

전날 맥주를 마시고 잔 덕분에 낮잠 시간을 가졌음에도 불구하고 매우 안정적인 시간(?)에 수면을 취할 수 있었다. 그렇다 보니 오늘은 새벽 5시쯤 자동으로 눈이 떠졌다. 하지만 이 시간엔 딱히 어딘가로 이동을 할 순 없다. 30분가량을 뒤척이며 고민하다가, 누와라 엘리아에 있는 그레고리 호수 주변을 산책하기로 마음먹는다.

누와라 엘리야는 스리랑카의 대표적인 차 생산지로 해발 1,868m에 달하는 고지에 위치하고 있다. 그 때문에 밖으로 나오니 아침 공기가 꽤 쌀쌀하다. 겉옷을 하나 입고 약 5분 정도 걸어 호숫가로 들어섰다. 차밭들이 광대하게 깔린 산들 사이에 커다란 그레고리 호수가 아름답게 자리 잡고 있다. 새벽 물안개가 살짝 낀 호수는 더욱 감상적인 산책을 즐기기 좋은 환경을 만들어준다. 그레고리 호수의 도로 쪽은 입장료를 내고 들어가야 하는 반면, 아직 도로 정비가 안 된 산 쪽 산책로는 무료로 들어갈 수 있다. 도로 쪽에는 식당들이나 수상스포츠를 즐길 수 있는 시설들이 마련되어 있지만 그저 지금처럼 자연을 느끼며 산책을 하려는 사람에겐 오히려 산 쪽 길이 나아 보인다.

귀에 이어폰을 꽂고 호수 주변을 돌기 시작했다. 아무도 없는 호숫가에서 평소 걸음의 반도 안 되는 속도로 맑은 공기를 마시며 감상에 빠져본다. 감미롭게 귓가를 홀리는 조용한 음악들을 들으며 대자연 속 한가운데를 거니니 조금만 슬픈 음악이 나와도 눈시울이 붉어진다. 이런 감성이야말로 내가 분명 한국을 떠나 타지에서 여행을 하고 있다는 걸 실감하게 해주는 것들이다.

마치 영화 속 주인공처럼 한창 우수에 젖어 있을 그때, 귀에서부터 내 심장을 쿵쾅거리게 만드는 노래 한 곡이 흘러나온다. 아이유의 '첫 이별 그날 밤', M이 나와 이별하면서 자신의 심정이라며 들려주었던 노래이다. 한국에서 이 노래를 들으며 얼마나 울었는지 모른다. 나는 결국 더 이상 걷지 못하고 그 자리에 주저앉았다. 흐르는 눈물을 주체할 수가 없어서 호수를 바라보며 멈춰 있었다.

상당히 오랜 시간 동안 M에 대한 생각을 잊고 있었다. 왜 하필 지금 이 시점에 이 노래가 흘러나와서 나의 심정을 자극하는지, 정말 너무한 선곡이다. 하지만 예전과는 다르게 목 놓아 울지 않는다. 그저 조용히 뺨 위로 흘러내리는 빗줄기 같은 눈물만 닦아내고 있었다. 그리고 보니 어느 순간부터 M과의 이메일 교류도 매우 뜸해지며 상당 시간을 내 여행에 집중하고 있다는 걸 알게 되었다. 이별의 아픔이 점점 치유가 된다는 걸 느낀다. 평생 아플 것만 같았던 이 감정들이 조금씩 머릿속에서 지워지고 있던 것이다.

감수성이 풍부하고, 느껴지는 감정을 가감 없이 표출하는 나의 성격은 좋은 점인 것 같다. 기쁜 감정은 오래가는 반면 슬픔은 시간이 모든 걸 해결해주기 때문이다. 심지어 여행을 시작한 지 2개월 반 정도 지나 이렇게 많이 극복하게 될 줄은 상상도 못했다. 왠지 지금 M에게 오랜만에 메일을 보내야겠다는 생각이 든다.

휴대폰을 들어 편지를 적기 시작했다. 직감적으로 이 메일은 나의 마지막 메일이 될 것 같다는 느낌이 든다. 혹시 애초에 M이 나에게 이메일을 제안했던 이유는 다시 이어질 거라는 희망이 아닌, 감정 극복으로 힘들어 하는 나를 위한 잠시의 기다림이 아니었을까? 나만의 오판이라 생각하기엔 M과 그동안 나눴던 편지의 내용들이 그 추측을 더 굳건히 해주기도 한다.

[새벽 호숫가를 거닐다가 네 생각이 났어. 안개 너머로 사라지는 호수 건너편의 저 커다란 산처럼, 이제 내가 이 이별을 슬슬 극복하는 게 느껴진다. 안

이 거대한 호수를 돌아, 너에게 돌아갈 수 있을까?

개가 걷혀서 다시 그 산이 보인다 한들 이 호수를 내가 헤엄쳐 건너가거나 다시 돌아가기엔 너무 거대한 호수 크기에 엄두가 나지 않을 것 같아.]

덤덤히 써내려간 이메일에는 짧지만 많은 메시지를 담아냈다. 큰 한숨과 함께 '보내기' 버튼을 누른다. M도 나의 심경을 십분 이해할 것이다. 우린 많은 시간과 추억을 공유했으며, 나라는 사람에 대해 누구보다 잘 알고 있고 나 또한 M이 어떠한 사람인지 잘 알고 있다.

애꿎은 돌 여러 개를 주워 기분이 풀릴 때까지 호수 한가운데에 계속 던졌다. 마치 그동안의 아픔들을 이곳 그레고리 호수에 모두 던져놓고 가는 의식을 치르는 듯, 그리고 수면 위로 생기는 물살들은 잔잔히 일렁이며 나를 위해 춤을 추고 있는 것 같다. 어느 정도 감정을 추스르고 다시 산책을 시작했다. 머릿속엔 아무 생각도 들지 않는다. 그냥 내 다리가 걷고 있기에 이동을 하고 있다. 시간이 꽤 많이 흐른 걸 깨닫지도 못한 채, 정신이 들었을 땐 아까 보이는 호수 건너편의 산 아래 서 있는 나를 발견할 수 있었다.

미필리마나, 뜻밖의 여정

아침 일찍부터 일정을 시작한 덕분에 호숫가를 전부 거닐고 난 뒤에도 거우 10시밖에 안되었다. 사실 오늘 나는 '세상의 끝'이라고 불리는 '호튼 플레인즈'를 다녀올 생각을 하고 있었다. '호튼 플레인즈'는 950만 평 이상의 광활한 평야로 스리랑카에서 자생하는 식물과 동물 등이 많이 서식하여 자연문화유산에도 등

재된 곳이다. 그러나 비싼 입장료 탓에 갈등이 많이 되는 목적지이기도 했다.

우선은 버스 터미널로 걸음을 옮겼다. 사람들에게 물어물어 가는 방법을 알아보니 다들 한 번에 가는 버스는 없다고 얘기한다. 가뜩이나 갈까 말까 고민 중인 곳인데, 귀찮은 버스 환승까지 해야 한다니 뭔가 나와는 인연이 없는 곳이라는 생각이 든다.

'쩝, 호튼 플레인즈 안 가면 오늘은 뭐 하지?'

궁리하며 담배를 피우다가 오늘은 한 번 내 여행 운에 도박을 해보기로 결정했다. 여행 중 갈피를 못 잡을 때 종종 쓰는 방법인데, 바로 이름만 보고 마음에 드는 아무 버스나 올라타서 종점까지 갔다가 그대로 버스를 타고 오는 모험이다. 터미널에 가득 들어선 버스들을 유심히 살펴보았다. 어떤 버스를 탈까 고민을 하는데 유난히 한 버스가 눈에 들어온다. 관광객은 한 명도 타지 않았고 스리랑카 사람들만 타고 있는 버스였다.

'저걸 타면 완벽한 로컬 플레이스로 갈 수 있을 거야.'

'MEEPILIMANA'라고 쓰여 있는 나의 모험심을 자극하는 버스에 올라탔다. 우선 어플에서 지명을 검색해 위치를 확인했다. 이곳은 마침 '호튼 플레인즈'로 가는 길목에 있는 마을이다. 잘하면 종점에 도착해 다른 버스를 타면 원래 목적지를 갈 수도 있겠다는 생각에, 스리랑카 현지인들 사이에 한 자리를 잡아 버스에 앉았다.

버스가 운행을 시작했다. 낯선 도로로 들어선 버스는 구불 길 사이를 비집고 들어가고, 도로는 산에 나 있다 보니 길이 평탄하거나 직선으로 뻗어 있질 않다. 멀미가 나기 시작한다. 울렁대는 속을 부여잡고 도대체 어디로 가는 건가 어플을 확인했다. 지금 나는 지도에조차 나오지 않는 맹지로 이동하고 있었다. 이러다가 너무 낯선 곳에 떨어지는 건 아닐까 걱정이 드는 순간, 눈앞에 아주 흥미로운 풍경이 펼쳐진다.

어릴 적 드라마 '전원일기'에나 나올 법한 스리랑카의 시골 마을이 나오기 시작한 것이다. 타고 내리는 승객 모두 이곳까지 웬 관광객이 찾아왔나 싶은 지 아주 신기하게 쳐다본다. 순박해 보이는 사람들 사이에 덩그러니 놓여 있으니 특별한 모험가가 된 느낌이 든다.

종점까지는 길지 않은 운행이었다. 버스에서 내려, 적어도 조그마한 간이 터미널이라도 있기를 기대했는데 그저 황량한 깡촌에 불과하다. 하지만 주변은 산과 밭이 한데 어우러져 듬성듬성 보이는 시골집들이 꽤 그럴싸한 풍경을 자아낸다. 혹시 주변에 볼거리가 있을까 싶어 맵을 잠시 확인했다. '호튼 플레인즈' 방향으로 약 3㎞를 걸어가면 커다란 저수지 하나가 있는 게 보인다.

'3㎞면 걸을 만하네.'

도로를 따라 이동했다. 신기하게도 마을을 벗어나니 완벽한 산길이 나온다. 커다란 나무가 우거진 숲속 길이 마치 삼림욕을 즐기고 있는 듯한 느낌마저 들게 한다. 중간에 작게 노점상을 연 상인들은 반가워하며 인사를 한다. 휘파람을 부니 '숲속을 걸어요'라는 동요가 절로 나온다. 맑은 공기를 만끽하며, 계속 걸어 저수지에 도착했다.

오늘의 여행 운은 꽤나 트였나 보다. 산 속 중간에 커다랗게 자리한 이곳은 마치 소양강 댐에 갔을 때처럼 수려한 절경을 자랑하고 있었다. 푸른빛을 띄며 반짝이는 호수가 녹색의 산과 어울려 장관을 이룬다. 마침 저수지 주변엔 시장도 열리고 있어서 소소한 구경거리도 덤으로 얻을 수 있었다.

아름다운 풍경에 넋이 나가 사진을 찍으며 계속 앞으로 걸었다. 이러다가 목적지까지 걸어가는 건 아닐까 싶지만 사실 걸어서 '호튼 플레인즈'까지 가는 건 말이 안 된다. 하지만 이 길을 산책하는 과정과 시간들이 너무 유쾌했다. 그냥 가슴이 이끄는 대로 내딛는 발자국 하나하나가 자유를 만끽하게 해준다.

얼마나 갔을까, 미니버스 한 대가 내 앞에 서더니 타라고 손짓한다. 또 새로운 이야기가 펼쳐질 것 같다는 느낌이 불현듯 든다. 스리랑카인은 친절이 몸에 밴 사람들이라 괜찮다는 생각으로 경계심 없이 버스에 올라탔다. 가끔 나의 이런 담력은 어디서 생기는지 모르겠다. 버스에 들어서니 다들 박수로 환영해준다. 이 버스는 스리랑카의 한 대가족이 대절해 가족여행을 가는 버스였다.

"어디 가는 길이에요?"

"목적지는 없어요. 운이 좋으면 호튼 플레인즈를 갈 거라는 기대감으로 정처 없이 걷고 있었는데, 마침 당신들을 만났네요!"

"하하하, 우리는 뉴질랜드 팜에 가는 중이에요. 거기까진 우리와 함께 가요."

사실 내가 걷고 있는 이 산길 근처에 '암베웰라 팜'이라는 유명한 관광지가 있는 건 확인을 했었다. 그러나 '뉴질랜드 팜'은 처음 듣는다. 나를 태워준 아저씨가 관광객들보단 로컬 사람들에게 유명한 농장이라는 팁을 준다. 커다란 웅덩이를 끼고 있는 이 농장은 농작물도 생산하는 곳이었고, 스리랑카에서 가장 유명한 우유 브랜드의 생산지이기도 했다. 어차피 확실한 목적지를 정해놓은 게 아니니 나도 함께 '뉴질랜드 팜'에 가겠다고 말했다.

"우리는 페튤라 가족이에요. 어디서 왔어요?"

"한국에서 왔습니다."

"무슨 일을 하고 있어요?"

"배우를 하다가 지금은 글을 쓰려고 여행을 하고 있어요."

"배우라고요? 여기 이 여자분이 스리랑카에서 유명한 여배우예요!"

좌석에 앉아있던 페튤라 가족의 첫째 딸이 다리를 꼬고 앉아 손을 흔들어 인사한다. 중견 배우쯤 되어 보이는 나이에 확실히 여배우의 포스가 느껴지는 분이었다. 화려한 꽃무늬 드레스에 머리엔 선글라스를 올리고 도도한 모습으로 앉아 있었다. 물론 나는 전혀 모르는 사람이지만 스리랑카에서는 이름을 말하면 다들 알 만한 배우라고 한다. 반가운 마음에 악수를 청했다.

"배우면 노래도 잘 하겠네요?"

여배우의 한마디에 갑자기 다들 박수를 치며 노래를 한 곡을 요청한다. 춤과 노래가 중요한 인도, 스리랑카 문화권 배우에겐 노래 실력이 필수인가 보다. 휴대폰을 살피며 내가 부를 만한 영어 노래를 찾기 시작했다. 마침 'Fly to the moon'이 리스트에 있는 걸 확인하고 음악을 재생해 BGM 삼아 노래를 시작했다. 버스에 태워준 것에 대한 보답이라 생각하며 열창을 한다.

노래가 끝나니 우레와 같은 함성과 박수를 보내주는 고마운 가족들이다. 나도 가만히 있을 수 없어서 여배우인 이모 페튤라에게 답가를 요청했다. 역시 그녀는 부끄러워하지 않고 바로 노래를 시작한다. 스리랑카 노래여서 알아듣진 못했지만 마치 우리나라의 트로트와 같은 음색으로 멋들어진 노래를 선사하는 이모 페튤라였다.

가족들과 즐거운 시간을 보내다 보니 금방 농장에 도착했다. 페튤라 아빠는 외국인 가격이 비싸니 자신들이 표를 사다주겠다며 기다리라고 했다. 그러고 보니 이 무리에 섞여서 들어가면 새카맣게 탄 피부 덕분에 로컬 피플이라고 우겨 싼 가격에 들어갈 수도 있을 것 같다. 하지만 페튤라 아빠가 일행이라고 설명해도 검표원은 외국인임을 단박에 눈치 채고 나를 막아섰다. 결국 차액을 지불한 채 농장에 들어섰다.

농장은 길게 직선 코스로 길을 내어 방문객들이 편하게 구경할 수 있도록 되어 있었다. 밭에는 무슨 농작물인지 쓴 팻말이 있고, 듬성듬성 젖소나 돼지 등의 가축들을 구경할 수 있는 축사들도 방문객들에게 개방되어 있다. 그러나 무엇보다도 저수지와 산, 널따란 밭이 이루는 풍경이 아주 평화롭게 느껴지며 내 마음에 안정을 가져온다. 농장 이곳저곳을 둘러보며 사진을 남겼다. 농장에서 갓 나온 따뜻한 우유와 요구르트를 맛보기도 했는데, 그 맛이 너무 신선해서 몇 잔 마시지도 않았는데 포만감과 상쾌함으로 온몸이 가득 찼다.

즐겁게 농장투어를 마쳤다. 페튤라 가족은 아이들이 있던 탓에 구경 속도가 많이 느렸다. 그들에게 감사인사와 함께 작별인사를 건네고 혼자 먼저 농장 밖으로 나왔다. 슬슬 집에 돌아갈 시간이 된 듯싶어 지도를 보고 복귀 길을 찾아본다. 다행히 멀지 않은 곳에 'Ambewela Railway'라고 쓰인 기차역이 있었고, 그 방면으로 쭉 이동했다. 가는 길도 참 예쁜 풍경들로 가득하다. 더불어 만나는 사람마다 반갑게 인사를 건네는 것도 나의 행군을 즐겁게 만들어 준다.

몇 분 후, 역에 도착했다. 아기자기한 간이역처럼 보이는 암베웰라 역이 또 한 번 시선을 끈다. 아무래도 이 동네는 걸음이 닿는 곳곳이 그림 같은 볼거리를 제공하는 신기한 지역 같다. 역에 들어가 기차 시간을 확인하니 꽤 많은 시간을 기다려야 했다. 혹시 누와라 엘리야로 가는 버스가 없는지 역무원에게 물어보니 기찻길 옆에서 한 시간에 한 대씩 오는데, 방금 하나가 떠나서 오래 기다려야 할 것이라고 알려준다. 다리도 아프니 앉아서 버스를 기다리면 되겠다 싶어 역무원이 알려준 방향으로 이동을 했다.

기찻길 옆 한 구석에 표시는 되어 있지 않았지만 사람들이 많이 모여 있는 걸 보고 이곳이 버스 정류소임을 확신했다. 정류소 주변에선 야채 상인이 호객행위를 하며 장사를 하고 있었다. 야채 아저씨는 내가 꽤 지쳐보였는지 자신의 집에서 물을 떠다주었다. 마시면 분명 물갈이 설사를 할 비주얼이었지만 그 호의가 고맙기도 하고 실제로 갈증이 심했기에 무작정 한잔을 들이켰다. 실제로 다음날 설사에 시달린 건 후일담이다.

야채 장수 아저씨는 참 친절했다. 밥은 먹었냐고 짧은 영어로 물어보더니 당근을 하나 씻어서 건네준다. 오히려 아까 줬던 물보다도 깨끗할 것 같은 생각에 감사히 받아들어 한입 베어 물었다. 나는 원래 한국에서도 생 당근을 잘 먹지 않는다. 하지만 아저씨가 건네준 당근 맛이 정말 달았다. 생 당근이 이렇게 맛있었나 싶을 정도로, 받은 한 개를 뚝딱 해치우니 아저씨는 내 모습을 보고 집에 가서 먹으라며 작은 당근 네 개를 챙겨준다.

고마운 마음에 내가 보답할 수 있는 게 뭐가 있을까 하다가 그 아저씨가 호객을 위해 외치는 소리를 따라하며 함께 장사를 해주었다. 주변에 있던 모든 사람들이 나의 모습을 보더니 배꼽이 빠질 듯 웃기 시작한다. 아무래도 어눌한 싱할라어로 우리나라로 따지면 '당근이 세 개 천 원! 감자가 한 개 오백 원!' 따위의 말을 웬 외국인이 외치고 있는 모습이 웃겨 보였나 보다.

아저씨는 몇 개의 단어를 더 알려주며 본격적으로 날 부려먹기 시작했고, 실제로 그 모습이 신기해서 지나가는 차 몇 대가 나를 통해 야채를 사 가기도 했다. 한편으론 뿌듯하기도 했다. 야채 장사로 시간을 보내다 보니 내가 타고 갈 버스가 도착했고, 아저씨는 일당이라며 감자를 두 개 더 챙겨주었다. 아침 일찍 일어나 하루를 아주 알차게 보낸 나는 곧바로 숙소로 복귀해 아저씨가 준 당근으로 허기를 채우고 피곤한 몸을 뉘었다. 무리한 여행 덕분에 금세 잠이 든다.

1. '전원일기'에나 나올 법한 시골, Meepilimana.

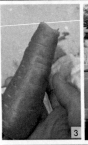

2. 페툴라 가족과 방문한 암베웰라 뉴질랜드 팜, 저수지와 산, 널따란 밭이 이루는 풍경이 아주 평화롭게 느껴진다.

3. 버스를 기다리며 만난 야채가게 상인들(우), 얻어먹은 당근은 내가 평생 먹어본 생 당근 중 제일 맛있었다(좌).

4. 누와라 엘리야의 모든 곳은 셔터만 누르면 무조건 그림이 된다. 걷다보니 도착한 이름 모를 저수지들(좌), 농장에서 멀지 않은 곳에 위치한 암베웰라 기차역(우).

Chapter 15

가족

1. 친족 관계에 있는 사람들의 집단. 또는 그 구성원.

1+. 이들 가족에게 끝없는 용기와 무애를 주십시오. -이정환, 『쌋감』 中

라트나뿌라 정글 라이프

체크아웃을 마치고, 이틀 전에 나를 초대한 알렉스를 다시 만나기 위해 라트나뿌라행 버스를 찾아 몸을 실었다. 다행히 관광객이 많이 찾는 도시가 아니다 보니 자리는 넉넉했다. 물론 외국인은 나뿐이다. 굽이굽이 산길을 지나 4시간 만에 라트나뿌라에 무사히 도착할 수 있었고 곧바로 알렉스에게 문자를 보냈다.

[라트나뿌라에 도착했어.]
[좋아. 마침 나도 시내에 나와 있어.]
[그래? 내가 그쪽으로 찾아갈게.]
[아니야. 어차피 나도 집으로 들어가는 길이니 릭샤를 타고 마중 나갈게. 조금만 기다려.]

몇 분 뒤, 알렉스가 도착하고 반갑게 나를 맞이해준다. 오늘 매입 일정은 끝났으니 같이 바로 숙소로 복귀하자고 한다. 릭샤에 알렉스와 몸을 싣고, 가는 길에 여행어플을 켜 보니 정말 여긴 아무것도 없는 도시다. 심지어 릭샤는 숲속 길로 들어서더니 복잡한 길을 따라 정말 정글 한가운데 있는 커다란 저택에 우리를 내려주었다. 글쓰기에 집중하기엔 참 좋을 것 같다.

주인장 아주머니가 나와서 우릴 맞이해주고 알렉스가 날 친구라 소개시켜준다. 라트나뿌라의 지역유지쯤 되어 보이는 인상의 집주인 아주머니는 아주 인자한 모습으로 환영을 한다. 인사를 마치고 집 안으로 들어서니 앞으로의 더 남은 일정을 위해 쌓인 여독을 풀기에도 참 좋은 환경이었다. 넓은 거실과 소파, 아늑한 방과 언제든 요리를 해먹을 수 있는 취사환경 등 이보다 좋은 작업공간이 없었다.

짐을 풀고 밖으로 나와 주변을 둘러보았다. 사방이 열대우림으로 둘러 쌓여 있다. 아무래도 이곳에서의 열흘은 아주 평온한 '정글 라이프'가 될 것 같다. 오늘은 알렉스가 들어오면서 사온 닭고기를 이용해 닭볶음탕을 요리했다. 마침 한국에서 갖고 온 라면 스프가 남아 있어서 조금 넣어봤더니 아주 반가운 맛을 내준다.

도착 당일은 첫날인 만큼 일찍 잠을 청하고, 나는 본격적으로 다음날부터 글을 쓰기 시작했다. 배가 고프면 남은 재료를 이용해 밥을 해먹으며, 네곰보에서 샀던 홍차 티백을 개봉해 커피를 대신할 카페인으로 삼았다. 또한 면세점에서 사온 담배도 꾸준히 소비하며 아주 순탄한 글쓰기를 진행했다.

저녁이 되어 이 집의 실제 주인인 '미스터 딜하라' 씨가 도착했고 인사를 나눴다. 이어서 딜하라 가족의 네 딸도 집에 도착했다. 그들은 나에 대한 호기심을 내비치며 잠시 얘기를 나눌 수 있는지 물어본다. 나는 밖으로 나와 마당에 앉아 딸들과 담소를 나누었다. 막내딸이 제일 궁금했는지 먼저 말을 건다.

"어디서 왔어요?"
"한국에서 왔어요."
"한국이요? 장구미 나라에서 왔다고요? 오 마이 갓!"
"네, 그런데 장구미가 뭔가요?"

알고 보니 네 딸이 우리나라 드라마 '대장금'의 열성적인 팬이었던 것이다. 심지어 셋째 딸은 한국어 공부도 조금씩 하고 있는 상태였다. 주변에 한국에서 돈을 벌어 스리랑카로 복귀해 식당이라도 하나 열고 여유 있는 삶을 사는 사람들이 많다고 한다. 이미 알고 있는 이야기였지만 한국에 대한 애정을 표하니 나도 아주 반갑다.

"한국어를 배우고 싶다면 내가 공부를 도와줄게요."
"정말로요? 우와! 감사합니다."
"이보다 좋은 네이티브 선생님이 어디 있겠어요."

실제로 머무르는 동안 나는 조금씩 과외를 해주기도 했다. 네 딸이 알렉스나 수이보다 영어를 상대적으로 능숙하게 하는 내가 맘에 들었던 것 같다. 잠깐 동안의 대화를 마치고 방으로 복귀해 하루를 마쳤다. 다음날부터는 왜

인지 모르게 딜하라 가족의 대접이 달라졌다. 이튿날 새벽까지 글을 쓰고 낮에 소파에서 잠이 들어 있는 나를 막내딸이 깨우더니 점심을 먹었냐고 물어본다. 방금 일어났다고 하니 지금 점심 식사를 하려던 참인데, 자신의 집으로 와서 식사를 하라고 한다. 나도 배가 고프고, 장도 보지 않은 탓에 먹을 반찬도 없어서 초대에 응했다.

딜하라 부인은 스리랑카 가정식으로 한 상을 꾸려 나를 대접해 주었다. 다소 짜게 느껴졌지만 맛은 나쁘지 않았다. 특히 멸치보다 조금 큰 생선과 칠리를 볶아 만든 반찬은 한국의 멸치볶음과 매우 흡사했다. 저녁에 글을 쓰다가 배가 고프면 밥과 함께 먹을 생각으로 딜하라 부인에게 요청해 조금 받아놓았다.

이러한 딜하라 가족의 융숭한 대접은 매일 계속 되었다. 그래서 알렉스가 딱히 장을 봐오지 않아도 언제나 나의 허기를 해결할 수 있었다. 나의 생활 패턴을 알게 된 딜하라 부인은 시간에 맞춰 음식을 준비해주는 성의까지 보여주었다. 매일같이 달라지는 메뉴에 나는 팔자에도 없던 스리랑카 가정식을 한껏 즐길 수 있었고, 고마운 마음에 내가 가지고 온 남은 복주머니와 한국에서 쓰던 튼튼한 가방을 딸들에게 선물하기도 했다.

시간이 갈수록 그들은 나를 가족처럼 받아들였고, 딜하라 부인은 딸밖에 없는 집에 첫째 아들이라도 들어온 듯 항상 웃는 모습으로 나를 돌봐주었다. 사실 나를 초대해 준 알렉스와는 생활 패턴이 맞질 않아서 저녁 시간 외엔 거의 마주칠 일이 없었다. 알렉스가 자신과 다른 대우를 받는 나를 은근히 질투하며 농담을 던지기도 했으나, 내가 딜하라 가족들과 잘 지내서 다행이라며 남은 기간도 내 집처럼 편하게 지내라고 나를 안심시켜 주었다. 그렇게 즐거운 스리랑카의 정글 라이프를 즐기는 중 민족의 대명절, 설날이 다가왔다.

정글 뿐이던 집 근처, 글 쓰기엔 아주 좋은 장소이다.

"해피 뉴 이어!"

낮에 일어나 글을 쓰고 있는데 일을 일찍 마치고 온 알렉스가 잔뜩 장을 봐 갖고 들어왔다. 옆에는 또 다른 중국인 여성분도 있었다. 알렉스와 같은 보석 상인인 로즈라는 친구였다. 중국 보석상끼리 서로 정보 공유를 해야 하므로 잘 아는 사이라고 한다. 마침 알렉스가 마켓에 갔다가 로즈를 만나서 집으로 데려와 다 같이 설날을 보낼 생각을 한 것이다.

요리를 잘하는 알렉스가 본격적으로 음식을 할 준비를 시작한다. 뭘 만들어 먹을지 모르겠지만 아침에 부엌에 들어갔을 때 이미 밀가루 반죽을 비닐로 덮어 숙성시켜놓은 것을 보고 만두이겠거니 예상해본다.

로즈가 테이블에 오늘 매입한 보석들을 올려놓고 보증서와 대비를 하며 감정을 하고 있었다. 그 모습이 신기해서 보고 있으니 로즈가 구경을 하겠냐며 보석한 개를 건네준다. 중국에 가면 캐럿당 몇 천 달러 이상에 판매가 된다는 블루 사파이어였다. 아직 주얼리로 만들어지지 않은 보석들은 사실 초라하기 그지없었다. 손톱보다 작은 크기로 마치 게임 속에 나오는 진화 아이템처럼 생기기까지 했다. 내가 별 흥미를 보이지 않자 로즈가 보석을 보는 방법을 알려준다.

"보석은 빛에 비춰봤을 때 그 진가가 발휘하는 거야."
"차이가 많이 나?"
"그럼, 창문 쪽으로 그걸 들어서 햇빛을 통과시켜 봐."

로즈의 말대로 해보았다. 그러자 사파이어의 파란 빛이 마치 미러볼에 비쳐 사방으로 펼쳐지듯 내 눈을 뒤덮는다. 범위가 크진 않았지만 확실히 햇빛을 통해 바라본 사파이어는 영롱하고 아름답게 빛이 난다. 종로 보석상들이 매장에 아주 밝은 조도를 유지하는 이유도 바로 이러한 이유인가 보다.

다른 보석들도 받아 구경을 하다 보니 어느새 맛있는 냄새가 부엌에서 솔솔 풍겨온다. 보석 구경을 마치고, 가만히 놀고 있기는 뭐해서 부엌 주변을 기웃거리며 도와줄 일이 없을까 살폈다. 그랬더니 로즈가 나에게 알렉스를 믿고 기다리면 알아서 잘 해놓을 거라며, 같이 담배나 피우러 나가자고 얘기했다.

"근데 몇 살이야? 잘 생겼다."
"하하, 고마워. 나는 서른둘이야. 너는?"
"서른다섯이야."
"오우, 훨씬 젊어 보여!"

둘의 훈훈한 대화가 계속된다. 짧은 쇼트커트에 활동성 높은 옷을 입은 로즈는 확실히 실제보다 나이가 더 어려 보였다. 험난한 세계 각국의 도시들을 돌아다니며 보석 상인을 하는 게 여자로서는 쉽지 않은 일일 텐데 그녀가 멋있게도 보인다. 실제로 얘기를 나누면 나눌수록 로즈는 여장부의 포스가 느껴지는 말투와 행동을 하고, 개인적으로 참 호감이 가는 스타일이다. 로즈가 영어 실력이 짧은 탓에 긴 얘기를 나누진 못했지만 잠깐의 대화만으로도 충분히 그녀의 매력이 느껴졌다.

담배를 다 피우고 들어가니 알렉스가 우리 둘을 부른다. 만두소를 만들었으니 같이 만두를 만들자는 것이었다. 예상대로 우리나라에서 설날에 떡만둣국을 먹듯 중국에서도 만두를 빚어 먹나 보다. 자기가 동그랗게 반죽을 떼어 밀대로 만두피를 만들어 우리에게 넘기면 만두를 빚으라고 한다.

"차라리 반죽을 넓게 편 상태로 그릇을 이용해 잘라내어 피를 만드는 게 어때?"
"오우! 좋은 생각인데? 어떻게 그런 아이디어를 냈어?"
"우리 할머니가 쓰던 방식이야."
"한국에도 만두가 있어?"
"우리도 새해엔 같은 음식을 만들어 먹거든."

능숙하게 만두를 만들어 보여주었다. 둘은 내가 잘 빚는다며 칭찬을 아끼지 않는다. 하지만 내가 우리나라 만둣국에 들어가는 모양으로 만두를 만드니 알렉스가 양쪽을 붙이지 말고 길게 늘어뜨려 달라고 얘기한다. 만둣국이라면 내가 만든 모양이 더 나을 텐데, 우선은 알렉스가 시키는 대로 만두를 빚어냈다.

세 명이 달라붙어 만두를 만들기 시작하니 많은 양의 반죽이 금방 동이 난다. 셋이 먹고도 충분히 남을 만한 양이었다. 이미 야채와 고기들을 만두소로 다 써버린 알렉스가 국을 어떻게 끓이려고 하나 의문을 가지려던 차에, 팬에 코코넛 기름을 두르더니 완성된 만두를 올리고 튀기기 시작했다. 군만두를 만들려고 하는 것이다.

참고로 스리랑카의 밀가루는 정제가 된 상태가 아니라서 그 식감이나 맛이 아주 투박하다. 전에 남은 닭볶음탕에 수제비를 만들어 먹어봤더니 군내도 심하고 밀가루 특유의 텁텁한 맛이 심하게 느껴졌었다. 그걸 아는 알렉스는 만두를 구워 그 문제를 해결하려는 것이었다. 아주 좋은 아이디어이다. 코코넛 기름으로 군만두를 해먹는 것은 한국에선 상상할 수 없는 사치지만 스리랑카이기에 이런 음식이 가능했다.

노릇노릇하게 구워진 군만두를 접시에 담아내니 그 모양도 냄새도 너무 먹음직스러워 보였다. 테이블로 가져와 로즈와 내가 먼저 시식을 하였다. 정말 내가 기대하던 군만두의 맛이 정확하게 난다. 어느 요리 프로에서 '튀김은 신발을 튀겨도 맛있다'라는 말을 들은 적이 있는데, 확실히 내가 걱정했던 군내도 전혀 나지 않는 최고의 군만두였다. 오히려 코코넛 향이 도는 것이 동남아 퓨전음식 같기도 했다.

알렉스도 곧바로 한 접시를 가져와 함께 식사를 시작했고, 스리랑카 라트나뿌라의 어느 정글에서 동양인 세 명이 설날 음식을 만들어 먹는 진풍경이 펼쳐진다. 그동안의 설날엔 느껴보지 못했던 참신한 기분이다. 타지에서 살아가는 한인들이 왜 명절에 다 같이 모여 합동차례를 지내고 음식을 나눠먹는지 알 것 같다. 사실 외국에서 설날을 맞은 게 이번이 처음이 아니다. 하지만 무슨 대사라고 호들갑 떠나며 보통의 일정처럼 보내기 일쑤였는데, 이렇게 모여서 새해를 축하하는 일이 생각보다 즐거운 일이라는 것을 새삼 느낀다.

주인집인 딜하라 가족에게도 대접하고 싶어 남은 만두들을 마저 튀겨서 예쁘게 접시에 플레이팅했다. 요리는 사실 알렉스가 다 했는데 생색은 내가 낸다고, 딜하라 부인을 불러 오늘이 'Chinese and Korean New Year's Day'라서 전통 음식인 샤오롱바오, 만두를 우리가 '함께' 만들어 가지고 왔다고 했다. 부인이 너무 고맙다며 딸들을 불러 감사인사를 시킨다.

다들 처음 보는 음식에 신기해하며 한입씩 집어먹고 그 맛에 감탄한다. 내가한 거라곤 만두를 빚는 것뿐이었지만 왠지 모를 뿌듯함이 느껴진다. 음식 나눔도마치고 설거지까지 끝낸 뒤 홍차를 나눠 마시며 입가심까지 완벽하게 마무리했다. 조촐하지만 나름 의미가 있었던 스리랑카에서의 설날은 이렇게 흘러갔다.

보석보다 찬란한

솔직히 이곳에 머무르면서 열흘이면 충분히 밀린 글을 다 쓰고 갈 줄 알았다. 하지만 내가 글 쓰는 속도도 느리고 집중력도 낮은 탓에 내 기행문은 겨우겨우 인도에 도착한 정도였다. 그러나 시간은 가차 없이 흘러가고 결국 콜롬보로 복귀해야 하는 날이 당장 다음날로 다가왔다.

알렉스를 비롯해 딜하라 가족들도 나에게 워낙 잘 대해준 덕분에, 비록 글의 진척은 더뎠지만 라트나뿌라의 정글 라이프는 어느 여행의 날들보다 즐겁고 행복했다. 특히 딜하라 가족들과는 너무 가까워져서 주변에 사는 미스터딜하라의 형제들과도 몇 번 만나 식사도 함께했다. 나는 정말 첫째 아들이라도 된 듯 그들과 정이 많이 들었다. 하지만 이별의 날은 다가왔고, 이 관계의정점은 내가 오늘 그들 형제의 집으로 초대를 받으면서 시작됐다. 낮에 글을쓰고 있는 나에게 셋째 딸이 다가와 말을 건다.

"내일 콜롬보로 가지요? 우리가 당신을 위해 파티를 준비했어요. 우리 아빠 형제, 아루나 기억하죠? 그의 집에서 우리 가족 모두가 당신이 저녁에 오기를 기대하고 있어요."
"정말? 그럼 이따 저녁에 함께 가자!"

매우 기대가 되었다. 참 고맙고 좋은 사람들이다. 저녁 시간을 기다리며남은 시간동안 최대한 많은 진도를 나가기 위해 온전히 글쓰기에 집중했다. 6시가 되자 미스터 딜하라의 두 동생이 오토바이를 타고 집에 도착했고, 나와 셋째 딸은 그들의 뒤에 타서 5분 정도를 달려 아루나의 집에 도착했다.

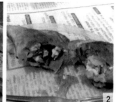

1. 딜하라 부인에게 대접 받았던 스리랑카 가정식.
2. 설날을 맞아 빚은 군만두, 꽤 그럴싸하다.

이미 그들의 가족이 모두 나와 기다리고 있었고, 엄청난 환대와 박수로 나를 맞이한다. 낮 시간에 늘 우리 집 마당에서 일광욕을 하시던 딜하라 집안의 할머니와 할아버지, 두 동생의 부인과 그 아이들, 심지어 미스터 딜하라의 다른 두 형제까지 와 있었다. 알고 보니 슬하에 딸만 셋인 딜하라 씨는 형제가 남자만 일곱이라는 엄청난 반전이 있었다.

다소 부담스러운 인원에 잠시 놀랐지만 반갑게 웃으며 인사를 하고선 집으로 들어가 전부 소개를 받았다. 소개 시간만 3분 이상이 걸린 것 같다. 내가 이름을 말하고 한국에서 왔다고 자기소개를 하니 셋째 딸이 끼어들어 소개를 덧붙인다.

"장금이에 나온 사람이야. 배우랑 작가를 하고 있대."

사실 셋째 딸에게 내가 옛날에 사극에 출연했을 때 찍은 사진을 보여준 적이 있는데, 아마 그걸 보고 '대장금'에 출연했다고 오해하고 있었나 보다. 다시 이래저래 설명하는 것도 길어질 것 같아서 반박하지 않고 고개만 끄덕였다. 그런데 이 집의 아이들도 '대장금'의 팬들이었고, 조용히 종이를 갖고 오더니 사인을 해달라고 한다. 민망하고 부끄러워서 유명한 배우가 아니었다고 하는데도 꼭 사인을 받고 싶다고 한다. 마지못해 오래전에 만들었던 내 사인과 그들의 이름을 써주었다.

수많은 딜하라 가족들이 소파를 중심으로 원형으로 쭉 서서 나를 구경하고 있다. 마치 팬 미팅 현장을 방불케 한다. 이러한 관심이 오히려 나에 대한 호기심인 동시에, 애정이라 받아들이고 이 파티를 즐기기로 마음먹었다. 아루나의 부인은 나를 위해 탁자에 저녁상을 푸짐하게 차려주었고, 자신들은 저녁을 먹었다며 내가 먹는 모습을 지켜보겠다고 한다. 시선들이 은근 부담되었지만 마음을 단단히 먹고 감사한 마음으로 식사를 시작했다. 할머니는 먹는 방법과 음식들을 소개해주시며 마치 손자가 오랜만에 놀러온 것처럼 나를 꾸준히 챙겨주셨다. 물론 스리랑카 말로 말씀하셔서 한마디도 못 알아들은 건 함정이다.

"우리 할머니가 당신을 너무 좋아하셔요. 마치 여자처럼 예쁘다하시네요."
"하하, 칭찬이지? 난리 파띠(고마워요, 할머니)! 저도 당신이 좋아요."

내가 기억하고 있던 그들의 언어로 마음을 전하니 가족들이 타밀어[1]를 잘한다며 좋아한다. 천천히 저녁을 즐기며 가끔 그들이 묻는 질문에 대답도 하고, 한국에 대해 궁금해 하는 것들을 얘기해주었다. 셋째 딸이 내 말을 타밀어로 통역해주며 정말 팬 미팅을 하듯이 가족들과 즐거운 시간을 보냈다. 디저트로 커피와 우리나라 술떡 비슷한 느낌의 빵을 먹고 배부른 식사를 마무리했다.

그들의 한국 사랑은 대단했다. 아이들은 이영애 책받침을 보여주며 스리랑카에서 '대장금'이 얼마나 인기가 많은지 알려 준다. 심지어 딜하라 형제의 막내 딜샨은 한국에 가서 일을 하려고 공부하고 있다고 한다. 그가 공부하고 있는 공책을 교정해주면서 한국어 이야기도 나누었다. 한국에 갈 비용 마련을 위해 지금은 보석상 중개업을 하고 있다는 딜샨은 나이 차이도 나와 많이 나지 않아서 말도 잘 통했다. 그렇게 기분 좋은 시간을 보내는 중 할머니가 손녀에게 뭔가 말씀하시니 다들 박수를 치며 좋아한다.

"할머니가 당신이 노래하는 걸 듣고 싶으시대요."
"뭐? 갑자기?"
"와! 짝짝짝!"

판은 이미 깔린 듯싶다. 사실 나도 그들에게 무언가 보답하고 싶었기에, 갑작스러웠지만 목을 가다듬고 휴대폰에서 음악을 찾아 바로 노래를 할 준비

---

1) 스리랑카의 공식 언어는 싱할라어이지만 전체 인구의 약 20% 정도는 타밀나두 등의 남인도와 가까운 관계로 타밀어도 같이 사용한다. 스리랑카 공용어로도 지정되어 있다.

를 했다. 영어 노래를 들려드릴까 하다가 셋째 딸이 어차피 다들 영어를 잘 못하니 한국 노래를 듣고 싶다고 한다. 나름 한국적인 선율의 음악이 좋을 것 같아서 내 애창곡이기도한 뮤지컬 '서편제'의 '연가'를 부르기로 결심했다.

그래도 연극영화과에 다니던 시절 자주 연습했던 곡이라 무리 없이 소화를 해냈고, 노래가 끝나자 큰 박수 소리와 함께 가족들의 환호를 받았다. 할머니께서 내 목소리가 너무 좋다고 하신다며, 셋째 딸이 앙코르를 외친다. 발라드와 댄스 중 장르만 정해 달라고 하니 발라드가 더 좋다고 하기에 또 한 번 나의 애창곡, 임창정의 '소주 한 잔'을 노래했다. 가족들은 진심을 다해 나의 공연에 갈채를 보내왔고, 그들의 후대에 난 몸 둘 바를 몰라 했다.

공연(?)이 끝나고 나도 아루나에게 답가를 부탁했다. 그는 잠시 부끄러워하더니 노래를 시작한다. 그리고 곧이어, 가족 전체가 다 같이 나를 바라보며 한 목소리로 노래를 부른다. 온전히 나 한 명을 위해 답가를 해주는 그들, 큰 감동이었다. 행복에 겨워 눈물이 날 뻔했지만 꾹꾹 참았다. 노래가 끝나고 감사의 박수를 보내니 바로 손자 손녀들이 '대장금' 주제가인 '오나라'를 합창하기 시작한다. 나도 흥에 겨워 한국 춤사위를 보이며 아이들의 재롱잔치로 너무 흐뭇한 시간들을 보내고 있었다.

조촐한 이별파티를 즐기다 보니 어느덧 시간이 많이 흘렀다. 딜샨은 나에게 주고 싶은 선물이 있다며 방으로 가서 무언가를 가지고 온다. 하얀색 상자였는데 그 정체를 알 수가 없었다. 그는 내 옆에 앉아 상자를 열었고, 나는 소스라치게 놀랐다.

엄청난 보석들이 반짝이며 내 시선을 강탈한다. 딜샨은 자신이 판매하고 있는 '스피넬'이라는 보석들이라며 이 중 마음에 드는 한 개를 골라 가져가라는 것이었다. 너무나 고마운 그들의 진심에 심장이 두근댄다. 예상치 못한 귀한 선물까지 받게 된 상황에 처하니 내가 그들에게 가족처럼 진심을 다해 다가갔던 시간들이 보상을 받는 느낌이다. 물론 젬시티인 라트나뿌라에선 쉽고 싸게 구할 수 있는 선물이겠지만 그건 중요하지 않다. 그들의 마음이 나에게 고스란히 전달되고 있다는 게 중요했다.

정말 이런 귀한 선물을 받아도 되냐고 재차 물었지만 그들은 꼭 주고 싶다며 보석 상자를 내 앞에 더 가까이 가져온다. 감사한 마음으로 하나씩 들어 색상을 살피다가 딥블루 색의 라운드로 각진 스피넬 하나를 골랐다. 딜샨은 역시 보는 눈이 있다며, 아주 비싼 색상이라고 농담을 하며 보석이 손상되지 않도록 포장지에 고이 담아 나에게 주었다. 모두에게 고맙다고 말하며 딜샨과 할머니를 꼭 안아드렸다.

　슬슬 집에 돌아갈 시간이 다가와 마지막으로 가족들과 사진을 남기고, 한 명씩 잡고 작별인사를 건넸다. 가족들은 집을 나설 때에도 모두 마중을 나와 주었고, 아쉬운 안녕을 고하며 언제가 될지 모르는 다음 만남을 기약했다. 다시 집으로 돌아와서 두 형제에게 마지막 인사를 한 뒤, 황홀하고 행복한 마음을 감추지 못한 채 집 안으로 들어섰다.

　"무슨 좋은 일 있었어?"
　"응, 알렉스! 딜하라 가족이 나를 위해 고별파티를 열어줘서 다녀왔어. 이것 봐, 스피넬도 선물 받았어!"
　"좋은 일이네! 내가 한 번 봐줄까?"

　나는 받은 선물을 알렉스에게 보여주었다. 알렉스는 핀셋으로 보석을 이리저리 살피고 저울에 무게를 달아보더니 아주 상태가 좋다며, 한국에 가면 100달러가 넘는 가격에 팔 수도 있다고 얘기해주었다. 그 말을 듣자 네곰보에서 냈던 벌금 100달러가 문득 떠오른다. 물론 가족들의 마음을 가격에 견줄 건 아니지만 뭔가 나의 허무했던 지출이 다시 고스란히 돌아온 듯한 묘한 느낌이 든 것이다.

　난 이 스피넬을 한국에 돌아와 팔지 않고 고스란히 나의 보물 상자 속에 보관하고 있다. 기회가 된다면 펜던트로 만들어 소중히 그들과의 추억으로 기념하고 싶다. 스리랑카에서의 마지막, 나는 어느 때보다도 포근한 밤을 보냈다. 다음날 늦게 일어난 탓에 아쉽게도 가족들에게 인사를 건네지 못한 채 콜롬보로 떠나왔지만 딜하라 가족의 집 문틈에 자그맣게 남긴 쪽지에는 내 진심을 담아 이렇게 적어냈다.

Thanks to my Sri Lanka family!
(고마워요, 나의 스리랑카 가족들!)
See you again. I will come back someday.
(내가 돌아오게 될 언젠가, 꼭 다시 만나요.)
I am sorry to go without "good bye."
(작별인사 못하고 가게 되어 아쉬워요.)
As you know, I am a lazy bone haha.
(알다시피 내가 너무 게을러서요, 하하.)
Take care! I was very happy with family.
(잘 지내요! 가족과 함께여서 너무 행복했습니다.)
-XOXO Clarence-
(-사랑을 담아 클라렌스가-)

보고싶은 나의 스리랑카 가족들, 이들과는 여전히 SNS를 통해 종종 연락한다.

미처 다 보여주지 못한 스리랑카

1. 달리는 누와라 엘리야행 기차에
서 볼 수 있는 풍경, 나도 앉아
서 갔다면 좋았을 텐데.

사진 정희찬

2. 이른 아침 그레고리 호숫가의 풍경, 산지라 그런지 해가 일찍
뜨는 느낌이었다. 마치 오후에 찍은 사진처럼 나왔다.

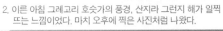

Chapter 16

의정

1. 사람들 사이에 꽃이지는 관계,

2. 당근이 등을 타고 뽑아오리고.

모성애를 자극하는 허당

원활한 출국을 위해 출국 하루 전날 콜롬보에 와서, 첫날 묵었던 숙소에 하루 더 묵고 다음날 말레이시아행 비행기에 탑승했다. 출국심사를 기다리며 잠시 잊고 있었던 벌금사건 때문에 혹시나 하는 마음으로 조마조마했지만 다행히 아무 일도 일어나지 않았다. 이른 아침 나는 말레이시아 쿠알라룸푸르(이하 KL)에 도착하였고, 또 새로운 여행지에 걸음을 내딛는다.

이번엔 실수 없이, 호텔 예약과 남은 스리랑카 루피를 말레이시아 링깃으로 바꾸는 것까지 완벽하게 마치고 입국했다. 후덥지근한 날씨였지만 또 다른 설렘으로 인해 미리 예약한 숙소로 이동하는 걸음은 가볍기만 하다. 나는 공항철도를 이용해 빠르게 시내까지 이동했고, 예약한 숙소도 금방 찾을 수 있었다. 현장에서 카드로 결제가 가능하다는 정보를 확인하고 예약한 곳이기 때문에 편안한 마음으로 리셉션에 들어섰다.

"카드 안 돼요."
"왜요? 분명 사이트에서 확인하고 예약했어요!"
"현금으로 가지고 오세요. 신용카드로 ATM에서 돈을 인출할 수 있어요."
"이 카드는 인출이 안 되는 카드예요. 예약 사이트에 카드가 가능하다고 쓰여 있었잖아요!"
"하여튼 안 됩니다. 그리고 인출이 안 되는 카드가 어디 있어요?"
"정말이라니깐요. 내가 이 카드를 계속 사용해왔는데 그걸 모르겠어요? 의심스러우면 같이 가서 확인해볼래요?"

완벽하게 준비한 줄 알았던 KL의 첫 일정부터 꼬이기 시작한다. 직원은 내가 하도 재촉을 하니 그럼 직접 보여 달라며, 은행들을 돌아다니며 내 카드가 출금이 안 되는 것을 확인했다. 당연히 신용카드였던 내 카드는 외국에서 출금이 될 리 만무했고, 세 번째 은행인 OCBC에서는 여러 번의 시도 끝에 불가능하다는 걸 확인하곤 직접 직원에게 가져가 왜 안 되는지 물어보기까지 한다.

"말레이시아 신용카드는 출금이 되지만 아마 한국카드라서 안 되는 것 같네요."

결국 호텔직원은 사장에게 전화를 걸더니 정상적으로 예약을 취소해주겠다고 하고선 날 두고 가버렸다. 황당하고 어처구니없었지만 어쩔 수 없이 다른 호텔을 구하는 수밖에 없었다. 방금 그 직원에게 혹시 와이파이를 쓸 수 있는 곳이 근처에 있는지 물어보니 자기 회사 주변에는 와이파이존이 없다고 답해준다.

"난감하네요."
"음, 제가 핫스팟 기능으로 테더링을 해줄게요. 호텔을 예약하세요."
"정말요? 고맙습니다!"

덕분에 나는 다른 호텔을 찾아 빠르게 예약을 마치고, 직원에게 감사인사를 하고선 은행을 나왔다. 그리고 호텔에 도착하고 잠시 후.

"또 카드가 안 돼요? 여기 적혀 있잖아요!"
"우리가 잘못 올렸나 봐요."
"나 원 참……"

또 실패였다. 이상하게도 말레이시아 숙소들은 예약 사이트에 카드결제가 가능하다고 써놓고, 막상 가면 안 되는 숙소가 많은 것 같다. 허탈한 걸음으로 주변을 배회했다. 그러나 막상 또 와이파이를 찾을 방법이 떠오르질 않아서 결국 OCBC 은행직원에게 한 번 더 도움을 요청하기로 했다.

"저기 정말 미안한데요……"
"왜요? 호텔이 또 카드가 안 된대요?"
"네, 하아……"
"미리 사이트에서 결제를 하는 게 더 나을 거예요. 다시 핫스팟을 열어줄게요."

친절하고 밝은 미소로 또 한 번의 도움을 주는 직원이 너무 고마웠다. 은행 근처 차이나타운 안에 위치한 4인실 도미토리 숙소를 미리 결제해서 예약을 한 뒤, 직원에게 다시 말을 걸었다.

"예약했어요. 고마워요.
"천만에요. 어디에 예약했어요?"
"차이나타운에요."
"여기서 가까워요! 다행이네요. 어디서 왔어요?"
"한국에서요. Clarence에요. 한국 이름은 희찬이구요."
"저는 J라고 해요. 말레이시아는 처음이에요?"
"네. 3일 정도 머무르다가 필리핀 세부로 출발해요. 아시아 일주 중이거든요.
"멋있네요!"
"저, 혹시 링깃 환전도 도와줄 수 있어요?"
"그럼요. 제가 직접 처리해 드릴게요. 따라오세요."

뻔뻔하기 그지없었지만 나는 J에게 환전까지 도움을 받았다. 하지만 J의
호의는 여기서 끝이 아니었다. 환전을 마치고 J가 나에게 건넨 한마디는 '혹
시?'라는 마음이 들 정도로 날 설레게 만든다.

"어차피 내일부터 주말인데, 제가 오늘 저녁부터 KL 가이드 해드릴까요?
자가용도 있어서 편하게 다닐 수 있을 거예요."

당연히 마다할 이유가 없었다. 감사인사와 함께 그날 저녁 식사 대접을 약
속했다. 메신저 아이디를 교환하고 우린 약속 시간을 잡았다. 귀여운 미소와
친절한 응대로 나에게 다가온 J, 갑자기 느껴지는 묘한 끌림이 나에게 새로
운 감정과 에너지가 생기도록 만든다. 연애를 막 시작할 때처럼 전기가 통하
는 느낌은 아니다. 하지만 은은하고 수줍게, 나와 J의 첫 만남은 시작되었다.

쿠알라룸푸르는 사랑을 싣고

J를 만나기로 한 저녁까진 시간이 많이 남아 있었다. 나는 숙소와 가까운
마스지드 자멕에 다녀오기로 마음먹었다. 이슬람 사원을 뜻하는 마스지드
자멕은 1909년에 세워진 KL에서 가장 오래된 사원이다. 우아한 자태로 유연

한 곡선미와 돔 등의 회교문화 특징을 여실히 드러내는 건물인데, 사원에 도착을 하니 그날은 정말 날이 아닌 모양이었다. 공사 중이라 진입이 불가능하다는 것이다.

결국 걸음을 돌려 멀지 않은 곳에 위치한 국립 이슬람 사원과 이슬람 아트 뮤지엄으로 이동했다. 사실 크게 기억나는 게 없다. 깔끔하고 현대적으로 내부를 꾸며놓긴 했지만 이슬람 문화권에 대해 큰 호기심이 없는 나로선 흥미가 가지 않는 킬링타임용 관광지이다. 결국 빠르게 관람을 마치고 나와서 근처에 있는 공원을 산책하며 시간을 때웠다. 그래도 공원이 잘 조성되어 있어서 종종 조깅을 하는 서양인들도 볼 수 있었고, 사슴공원과 새공원도 둘러보며 천천히 산책을 즐겼다.

J의 퇴근시간에 맞춰 OCBC 은행까지 슬금슬금 걸어갔다. 은행 1층에 있는 커피숍에서 아이스 아메리카노 한잔을 시켜서 거의 원 샷을 하다시피 들이켰다. 간만에 섭취하는 온전한 커피로서의 카페인이었기 때문에 아주 빠른 속도로 내 몸에 흡수가 되는 것 같다. 어쩌면 J와 데이트를 한다는 사실에 다소 긴장해서 그런 걸지도 모르겠다.

말레이시아에서는 유심칩을 구입하지 않았기 때문에 연락할 방법이 없어서 무작정 입구에 앉아 J를 기다렸다. 얼마 후 직장 동료들과 함께 퇴근하는 J를 발견하고 일어나서 앞으로 다가갔다. J는 동료들과 내가 알아들을 수 없는 언어로 대화를 나누었고, 동료들이 나를 한 번 보고 씩 웃으며 인사를 하곤 사라진다. J는 차를 다른 역에 주차해놓았다며 지하철로 걸음을 옮긴다. 우린 전철 안에서 더 대화를 나눴다.

"말레이시아 사람들은 이슬람교를 믿지요?"
"많이 믿고는 있지만 전부는 아니에요. 저희 집도 불교인걸요."
"그렇군요. 당신은 말레이시아 사람처럼 보이지 않는데, 아까 중국어를 쓰는 걸 봤는데 중국인인가요?"
"부모님이 중국에서 넘어왔어요. 나는 여기서 태어나서 말레이시아인이에요."

그러고 보니 다양한 인종과 민족이 한데 모여 사는 이곳은 마치 '아시아의 미국' 같다. 아시아의 딱 중앙에 위치해, 많은 나라에서 넘어온 사람들이 어울려 하나의 나라를 구성하고 있는 말레이시아, 종교도 다양하게 분포되어 각자의 고유 영역이 존재하지만 서로의 라이프를 존중하고 큰 트러블 없이 함께 더불어 살아간다. 어쩌면 이슬람이 70%를 이루는 나라임에도 불구하고 우리나라보다 더 오픈마인드의 사람들일지도 모르겠다.

J는 낮에 내가 어디를 다녀왔는지 궁금해 한다. 나는 그날의 에피소드들을 이야기해주었다. 그러자 J는 사실 KL에는 볼거리가 없으니 다음날은 조금 외곽으로 빠져서 바투동굴에 다녀오는 게 낫겠다고 얘기해주었다.

"그나저나 저녁은 뭘 먹을까요?"
"라시르막 드셔보셨어요? 말레이시아 전통음식인데."
"아뇨, KL에 오늘 도착해서 아직 뭐가 맛있거나 유명한지 전혀 몰라요."
"제가 자주 가는 라시르막 집이 있어요. 첸돌도 맛있고요."
"하하, 다 처음 들어보는 음식이름이에요. 좋아요. 거기로 가요."

주차장이 있는 지하철 역에 내려, J의 차를 타고 가까운 쇼핑몰로 이동했다. KL 중심지는 아무래도 관광객들이 많다 보니 물가도 비싸고, 돌아다니기에도 복잡하다고 한다. 여기에 살고 있는 J가 있으니 로컬 프라이스에 맞춰 관광할 수 있어 안심이다.

J가 나를 데리고 간 곳은 백화점 지하 식품관을 방불케 했다. 내가 알 만한 브랜드들도 꽤 많이 입점해 있었고, 우린 현지 음식 전문점처럼 보이는 한 레스토랑에 들어가 자리를 잡았다. 나름 분위기가 고가의 식당처럼 보여서 메뉴판을 받아들고 잠깐 긴장했다. 그러나 막상 살펴보니 예상했던 것보다 훨씬 저렴한 가격이어서 깜짝 놀랐다.

"이 정도면 가격이 꽤 싸네요?"
"우리한테는 비싼 가게예요. 한국이랑 물가 차이가 있고, 아무래도 로컬 피플을 대상으로 하는 곳이다 보니 체감상 저렴하게 느껴지시나 봐요."

생각해 보면 J를 만나러 오기 전에 잠시 돌아다닌 차이나타운에서는 크게 가격이 싸다는 느낌을 받지 못했다. 물론 한국의 2/3 정도 되는 가격이라 실제로는 꽤 괜찮은 물가였지만 아무래도 내가 인도나 스리랑카를 돌다가 온 가난한 여행자라 그런지 마냥 쓰고 돌아다니기엔 부담스런 물가였다. 하지만 이곳은 전체적인 퀄리티나 장소도 괜찮고, 가격조차 한국의 반값 정도라 해도 과언이 아니었다.

우리가 시킨 라시르막[1]은 비록 비주얼이 다소 떨어졌지만 입 안에 넣는 순간 내가 좋아하는 코코넛 밀크의 향이 진하게 풍겨오면서 오롯이 동남아 현지에서만 느낄 수 있는 풍미를 경험할 수 있었다. 상당히 기름진 음식이라 살이 찔 것 같지만 새로운 식문화를 접했다는 점에서 식사에 대한 만족도가 높았다. 식사를 마치고 '첸돌'이라고 하는 말레이시아식 빙수도 시키려고 했으나 재료가 부족한 탓에 주문이 안 된다고 하여서 다음으로 미루기로 했다.

"덕분에 맛있는 식당에서 배부르게 먹었네요."
"내일도 제가 좋은 곳들 많이 데려다드릴게요. 술은 좋아하세요?"
"그럼요! 알코올중독 수준인걸요."
"저도 소주 좋아해요! 그러면 저희 집 근처에 제가 자주 가는 바가 있는데, 가서 맥주 한잔 더 하실래요? 내일부터 주말이라 저도 시간이 괜찮아요."
"당연히 좋죠."
"저녁도 얻어 먹었으니, 술은 제가 살게요. 이미 키핑해 놓은 맥주가 있어요."
"그렇다면 더더욱 가야죠!"

J의 차를 타고 밤의 KL 도로를 달려 조용한 곳에 위치한 한 술집을 찾았다. 확실히 J의 단골 술집이라 그런지 주인 누님께서 반갑게 인사한다. 파란색 조명으로 깔끔하게 인테리어한 이곳은 대다수가 중국 출신 말레이시아인 손님인 것 같았다. 여기저기서 들려오는 중국어와 중국 노래, 내가 마치 아주 개방적인 중국 현지 술집에 온 듯한 착각마저 든다. 재밌는 건 노래방 기계가 있어서 손님들이 테이블에 앉아 돌아가면서 노래를 부를 수 있는 시스

---

1) 코코넛 밀크와 생강, 레몬 등을 섞어 함께 요리한 말레이시아 전통 쌀밥이다. Nasi는 밥을, Lemak은 기름을 의미하는데, 일반적으로 멸치, 오이, 볶은 땅콩 등을 양념소스와 함께 섞어 비벼먹는다. 그 외 자신의 입맛에 맞게 치킨이나 오징어를 추가할 수도 있다. 말레이시아 사람들이 즐겨먹는 현지식사이다.

템이었다는 점인데, 나도 한 곡 부를까 하다가 중국 노래는 문외한이라 건너뛰었다.

J와 함께 주문한 맥주를 마시며 여러 얘기를 나눴다. 일을 시작한 지는 3년 정도 되었고, 나이는 스물일곱이라고 한다.

"여동생도 있는데 싱가포르에서 승무원을 하고 있어요. 저는 영국에서 대학 공부를 마치고 돌아와 OCBC 은행에 취직했고요."
"영국이요? 저도 고등학교 때 영국에 잠시 공부하러 다녀온 적이 있어요!"
"어디에 있었어요? 저는 런던에 있었거든요."

우린 영국이 또 공통분모가 되어 대화를 순조롭게 이어갔다. 심지어 J도 여행을 좋아해서 휴가 때마다 동생에게 부탁해 표를 얻어 외국으로 다닌다고 한다. 많은 나라들을 돌고 온 나에게 흥미를 느끼며 질문 하나를 던진다.

"여행은 어떻게 시작하게 되었어요?"
"사실 옛 연인과 헤어지면서 충동적으로 시작한 여행이에요. 역시 상처를 극복하는 데에는 여행만한 게 없을 것 같아서요."
"많이 힘들었겠네요. 지금은 좀 어때요?"
"이젠 많이 극복했어요. 여행 덕분에 당신과 같은 사람도 만나고 좋네요."
"저도 당신이 귀엽기도 하고, 또 유쾌해서 이 시간이 좋아요. 웃는 게 너무 예뻐요."

우린 서로의 이야기를 늘어놓으며 아주 달콤한 시간을 보냈다. 구석에 놓인 다트게임을 함께 하기도 하면서, 술이 취해서 헛손질을 하는 나를 보고 놀리기도 하는 J였다. 늘어가는 술병에 이제 슬슬 서로의 집으로 돌아갈 시간이 다가오는 걸 느꼈고, 집이 가까운 J가 먼저 들어가면 나는 택시를 타고 들어가겠다고 했다.

"어차피 여긴 경찰이 없어서 괜찮아요. 제가 숙소까지 바래다줄게요."
"음주운전인데 괜찮겠어요?"
"사실 자주 하는 걸요. 운전할 정도는 되니까 걱정하지 마세요."

한국이라면 당연히 대리를 부르라고 질타했겠지만 말레이시아 사정은 좀 달라보였다. 나도 편하게 돌아가는 편이 좋으니, 그럼 조심히 운전해서 차이 나타운 앞까지만 바래다달라고 부탁했다. J는 차에 타서 음악을 틀고 운행준비를 한다.

시동을 걸고 도로로 나서자 뻥 뚫린 밤의 KL 도로는 아주 한적하다. 둘 다 아무 말 없이 앞만 보고 있었다. 그러다가 도로에 적응한 J는 지그시 나를 쳐다보며 깜찍한 웃음을 보인다. 분명 이 사람도 나에게 호감이 있다는 확신이 선다. 나는 살며시 손을 뻗어 기어를 잡고 있는 J의 손에 살포시 얹었다. 수줍은 듯 옅은 미소를 보이는 J, 술기운에서였는지 더욱 이 감정이 격하게만 느껴진다.

"나 좀 흥분된다."
"나도."
"혹시 근처에 둘이 묵을 수 있는 호텔 없을까?"
"찾아보면 있을 거야. 괜찮겠어?"
"나 J 너랑 이 밤을 함께 보내고 싶어."

대답이 돌아오진 않았지만 J도 암묵적으로 동의를 하고 있다는 게 느껴진다. 신기하다. 그동안 외국을 여행하다가 이렇게 누군가와 설레는 감정을 공유하는 경우가 없었기에, 그것도 서양 문화권도 아닌 말레이시아에서 이런 기분이 들 거라곤 상상도 못했다.

잠시 차를 세우고 근처에 있는 호텔을 검색했다. 운이 좋게도 차를 주차한 바로 옆에 우리나라 모텔 정도 되어 보이는 작은 호텔이 있었다. 예약을 마치고 차에서 내려 J의 손을 잡고 건물로 들어섰다. 체크인을 마치고 방으로 들어와 서로의 얼굴을 마주본다. 씻고 뭘 할 겨를 없이 나는 J에게 다가가 키스를 시작했다. 술이 조금 취해서 그런지 더욱 이 분위기가 감미롭고 편안하게 느껴진다.

알코올은 사람에게 용기를 북돋아 주는 것 같다. 한국에선 내가 이렇게 적극적인 사람이 아님에도 불구하고 이 상황의 하나하나를 리드해가는 모습을 보인다. 몇 분간의 키스를 끝내고 내가 먼저 화장실로 들어가 씻고 나왔다. 그리고 속옷만 입은 채 침대에 누워 J를 기다렸다. 문 너머로 들리는 J의 샤워 소리, 그리고 곧이어 커다란 수건만 두른 채 화장실을 나서는 J, 물에 살짝 젖은 J의 머리카락은 섹시하게까지 느껴졌다. 나는 일어나 J의 손을 이끌어 침대로 인도한다. 서로 마주보고 앉아 다시 또 달콤한 키스를 시작했다. 그렇게 KL의 첫날밤은 날 새로운 상대에게로 인도해주었다.

자세한 얘기를 쓸 순 없지만 나와 J는 그날 밤 아주 황홀한 시간을 함께 보냈다. 다음날 아침에 부스스한 모습으로 '굿모닝'을 건네는 J의 모습은 너무나 귀여웠다. 커피 한잔을 타서 J에게 준다. 잠시 술이 취하지 않은 상태로 대화를 나누고, 각자 씻고 나온 후 가벼운 키스를 하고선 우린 방을 나섰다. 여전히 꼭 잡은 J의 손, 많이 피곤할 테니 차이나타운까지 바래다주겠다고 한다. 그리고 자신도 집에 들어가 어머니한테 얘기를 하고 저녁에 다시 나오겠다고 한다.

숙소까지 오는 내내 별 대화가 오가진 않았지만 나는 J의 마음을 느낄 수 있었다. 혹시 서울이 아닌 다른 곳에서 시작하게 된 이 관계가 타국의 분위기에 취해 잠시 드는 감정은 아닐까 생각해보았지만 꼭 그런 것 같지만은 않다. 차이나타운에 도착해 서로의 입술을 느끼고, 이따 연락하겠다는 말과 함께 나는 숙소로 복귀했다.

확실히 몸이 피로한 상태이긴 한 것 같다. 아주 포근한 마음으로 나는 좀 더 눈을 붙일 수 있었고, 서너 시간 정도 자고 일어나 J의 문자를 확인했다. 여동생이 집에 와서 가족들과 저녁을 먹고 차이나타운으로 데리러 가겠다는 문자가 와 있다. 짧은 일정으로 KL에 온 것이 다소 후회가 된다.

1. 가는 날이 장날이다. 공사 중인 마스지드 자멕.
2. KL의 공원은 산책하기 참 좋다.
3. 말레이시아의 대표적인 현지식, 라시르막.
4. 국립 이슬람 사원의 외관.

짧지만 강렬했던 우리의 시간은

잠이 깬 나는 저녁까지 J를 기다릴까 고민하다가, 짧은 KL 일정을 허투루 보내고 싶진 않아서 전날 J가 추천한 바투동굴을 다녀와야겠다고 마음먹었다. 가벼운 복장으로 숙소를 나와 동굴까지 운행하는 열차를 타기위해 KL Central 역으로 이동했다.

바투동굴은 KL 북쪽에 위치한 석회암 동굴로, 거대한 힌두교 사원과 제단이 모셔진 곳이다. 가는 방법은 어렵지 않아서 금방 입구까지 갈 수 있었다. 도착하자마자 거대한 금색 신상이 나를 반긴다. 그리고 그 옆으로 이어지는 272개의 가파른 계단을 올라야 바투동굴까지 도달할 수 있는데, 그 길이 아주 험난하다. 비단 나뿐만 아니라 이곳을 방문하는 모든 관광객들이 이 계단에 아주 힘겨워 하는 것이 느껴진다.

몇 분에 걸쳐 드디어 도착한 꼭대기에선 시원한 바람이 불어온다. 그리고 뒤를 돌자 나를 맞이하는 KL 시내의 스카이라인이 고생해서 올라온 보람이 느껴지도록 해준다. 사원 내부에선 제사가 한창이다. 이곳의 또 다른 즐거움은 동굴 주변에 서식하고 있는 원숭이들을 만날 수 있다는 것인데, 경계심이 없는 이 원숭이들은 관광객들에게 과일을 받아먹으며 아주 친근하게 사람들 바로 앞까지 다가온다. 나도 원숭이들과 함께 사진 몇 장을 찍고 내려왔다. J가 추천한 대로 나름 볼거리 가득한 바투 동굴은 KL 여행의 필수 코스임은 틀림없었다.

내려오는 길에 멋진 풍경을 배경으로 셀카를 찍고 그날의 짧은 일정을 마쳤다. 한 건 별로 없었는데 시간은 훌쩍 지나 저녁 시간이 다 되어갔고, 근처에 있는 인도 음식점에서 탈리를 시켜서 한 끼를 마쳤다. 간만에 인도 음식을 먹으니 은근 반갑기도 하다. 나는 저녁에 J가 오겠다고 했으니 숙소로 다시 복귀했다. 도착해 와이파이를 잡아 J에게서 온 문자를 확인했다.

[오늘 밤에는 KLCC에 들러서 사진을 찍고, 볼링장에 같이 가자. 볼링 잘 쳐?]
[잘은 못 치는데, 좋아해! 그럼 볼링장 갔다가 또 어제 그 술집 가서 맥주 마실까?]

[좋아! 나는 한 30분 뒤에 도착할 거야. 이따 봐.]

그래도 KL까지 왔는데, 랜드 마크인 KLCC 타워 앞에서 인증 샷 하나 정도는 남겨줘야 하지 않겠는가. 얼마 지나지 않아 J가 도착했다고 문자를 보냈고 나는 숙소를 나와 다시 J의 차에 탑승했다.

"보고 싶었어."
"나도."

살짝 입을 맞춘다. 우린 마치 한 쌍의 커플처럼 보인다. 비록 2박 3일간의 꿈같은 연애라 할지라도 나에게 정성을 다해 대하는 J와 함께하는 순간순간을 남자친구처럼 해주고 싶었다. 물론 J 또한 나에게 아주 잘 해주었다.

우린 곧바로 KLCC로 이동해 조명으로 반짝이는 타워 앞에서 빠르게 사진을 찍고 볼링장으로 이동했다. 어차피 이따 또 술을 마시려면 J의 집 근처로 가는 게 편했으므로, 복귀 길에 위치한 한 쇼핑몰로 들어가 데이트를 했다. 서로 합의하진 않았지만 우리가 함께하는 이 시간들을 꼭 특별하게 보낼 필요가 없다는 것은 같은 생각이었던 것 같다.

우린 마치 오랫동안 만난 연인처럼 편안하게 데이트를 하며 즐거운 시간을 보냈다. 볼링장에서 서로에게 장난을 쳐가며, 음료수를 걸고 내기 볼링을 치기도 했다. 의외로 J가 볼링을 잘 쳐서 나의 패배로 첫 게임을 마쳤지만 다음 게임에서는 팝콘을 걸고 나에게 20점의 어드밴티지를 주고 시작했다. 공까지 바꿔가며 최선을 다한 결과, 두 번째 게임에선 내가 승리를 따냈다.

서로가 스트라이크를 칠 때면 하이파이브를 하면서, 누가 보면 영락없는 국제연애 커플로 보였을 것이다. 그렇게 볼링장 데이트를 마치고 우린 또 다시 전날 왔던 술집으로 이동을 했다. 그날은 주인 누님이 나도 알아보고선 인사를 건넨다.

"내가 오늘은 노래 불러줄게."
"정말? 아는 중국 노래 있어?"

물론 아는 노래는 없었다. 하지만 안재욱의 '친구'라는 노래가 중국 버전으로 만들어졌던 걸 기억하고 있어서 노래명을 인터넷에 검색해 한자로 적어 직원에게 전달했다. 물론 한국어로 노래를 했지만 J에게 내 마음을 전달하고 싶었다. 그런 내 마음을 알아차렸는지 J도 중국어로 나와 한 소절씩 나눠 부르며 듀엣을 함께했다.

사랑이 날 떠날 땐 내 어깰 두드리며
보낼 줄 알아야 시작도 안다고

(중략)

눈빛만 보아도 널 알아
어느 곳에 있어도 다른 삶을 살아도
언제나 나에게 위로가 돼 준 너

노래 가사와 우리의 상황이 딱 맞아떨어지진 않았지만 그래도 J가 확실히 나에게 위로가 되어준 건 분명하다. 우리의 노래를 듣던 다른 중국 친구들도 호흡을 맞춘 우리에게 박수를 보내준다. 아주 짧은 시간이었지만 마치 애인처럼 함께해 준 J에게 고마운 마음뿐이었다. 우린 맥주를 나눠 마시며 앞으로의 내 일정에 대해 이야길 나눴다.

"이제 어디로 가?"
"필리핀 세부로 가서 워킹 스튜던트를 하면서 다이빙을 배울 거야."
"얼마나 있을 예정인데?"
"글쎄. 반년 정도?"
"오랫동안 있는구나. 그러면 4월 정도에 내가 친구들과 함께 세부로 여행 갈게."

빈말이라도 참 고마웠다. 어떠한 생각으로 나를 대하는 J인지 궁금했지만 물어보지 않았다. 연애 문제로 힘들었던 나에게 단비처럼 다가온 J와의 시간이 더없이 소중했다. 다음날엔 한국 식당에 가서 삼겹살에 소주를 한잔 하자고 한다. J는 마침 한식당들이 모여 있는 한인 타운이 멀지 않은 곳에 있다고 말해준다.

1. 어마한 계단의 바투동굴(좌), 정상에서 본 KL스카이라인(우).
2. 바투동굴의 말썽쟁이 원숭이.
3. 동굴 내부가 의외로 크다.
4. KL타워를 사람과 함께 한 프레임에 잡기가 상당히 힘들다.
5. 아! 이게 얼마만의 삼쏘인가!

그리고 또 한 번의 밤, 이틀을 외박하는 것이 다소 부담스러울 수도 있었겠지만 J는 그날도 술을 마시고 나와 또 시간을 보내주었다. 이번 여행에서 잊지 못할 아름다운 추억을 선물받은 것 같아서 J의 모든 게 소중하게 느껴진다. 다음날엔 15시간 후 밤 비행기로 세부에 가야 하는 나를 위해 일찍 일어나 근처 커피숍에서 간단하게 브런치를 먹고 하루 종일 데이트를 해주는 J였다.

체크아웃 시간에 맞춰 내 숙소에 들러 짐을 싣고 이동을 했다. 역경 끝에 예약한 내 숙소는 우습게도 단 한 번의 숙박도 하지 않고 마치 코인라커처럼 사용되었다. 그래도 내가 J와 연락을 하기 위한 베이스캠프의 역할을 해준 곳이다. 시설이 나쁘지 않아서 만약 KL에 다시 오게 된다면 또 예약할 것 같다.

체크아웃 후 딱히 관광지에 가거나 특별한 일들을 한 건 아니다. KL 시내를 드라이브하고, 큰 쇼핑타워에 가서 내가 옷을 고르는 걸 도와주며 아주 평이한 일상을 보냈다. 그리고 약속한 대로 저녁엔 삼겹살에 소주를 한잔 하며 즐거운 시간을 보냈다.

"너랑 헤어지기 싫다."

"내가 세부로 놀러가서 또 보면 되지."

"KL에서의 일정을 짧게 잡은 건 내 실수였어."

"또 만나게 될 거야. 메신저로 계속 연락하고 지내자."

점점 이별의 시간이 다가온다. 과연 우리는 다시 만날 수 있을까? 한눈에 반한 사이는 아니었지만 내가 KL에 머무는 동안 날 아주 편안하게 해준 J가 나에게 미치는 영향은 생각보다 큰 것 같다. 지극정성으로 날 케어해준 덕분에 나는 J에게 빠져들게 되었고, 이별로 인한 상처가 치유될 쯤 만나 나에게 오래도록 기억될 2박 3일을 선물한 J는 어느새 내 마음 한편을 차지하고 있었는지도 모른다.

다음날 출근을 해야 하는 J였지만 끝까지 나를 공항까지 바래다주고 작별 인사를 해주었다. 수속을 하면서 필리핀에 입국을 하기 위해선 아웃티켓이 있어야 한다는 조건 때문에, 급하게 싱가포르로 가는 버릴 표를 예매했다. 우리는 출국심사대 앞에서 꼭 끌어안으며 이별을 고했다.

비행기에 탑승해 피곤한 몸을 뉘이니 금세 잠이 들었다. 술이 깸과 동시에 기상을 했을 때에는 창밖의 필리핀 새벽 바다가 나를 맞이하고 있었다.

필리핀 생활, 과연 시작할 수 있을까?

짐을 찾고 바로 공항 와이파이를 찾아 하늘이와 태성이에게 도착 문자를 보냈다. 미리 받아 놓은 동생들이 일하고 있던 다이빙 센터 주소를 택시 기사에게 보여주니 망설임 없이 출발한다. 이동하는 길에 주변을 둘러보니 확실히 KL과는 다르게 발전이 덜 된 도시라는 느낌이 강하게 든다.

얼마 전 친구에게 말레이시아 인프라가 잘 되어있는 것 같다고 문자를 하니, 얼마나 낙후된 지역을 돌아다니기에 말레이시아가 기본시설이 갖춰졌다고 말하는 거냐며 답장이 왔다. 실제 지금까지 다녀온 나라들이 여행 난이도가 낮은 지역들은 아니다. 특히 릭샤나 택시 이용을 지양하는 여행자들에겐 교통편 이용이 아주 큰 과제이다.

편의시설이 전혀 없는 지역에선 서울만큼 살기 좋은 도시가 없구나 하는 생각마저 든다. 이곳 세부도 그러한 느낌이 든다. 무너져 가는 건물들과, 운행하는 게 신기할 정도로 노후된 자동차들을 보니 필리핀에서의 생활이 쉽지만은 않겠다.

"형 진짜 오랜만이에요! 어떻게 잘 찾아오셨네요?"
"다행히 택시 기사가 여길 알더라고. 이렇게 또 만나니 너무 반갑다."
"아, 이분이 여기 사장님이세요. 사장님, 전에 말씀 드렸던 형입니다. 워킹스튜던트로 일하고 싶다고 했던."
"사장님 안녕하세요. 일전에 문자드렸던 정희찬입니다."
"그래요. 반갑습니다. 우선 올라가서 짐 풀고 쉬다가 저녁에 얘기 나눠요."

센터의 사장님은 첫인상이 나쁘지 않았지만 날카로운 눈매를 보니 꽤 깐깐할 것 같은 분이다. 곧바로 하늘이에게 2층 직원방 안내를 받고 방으로 올라와 짐을 풀어헤쳤다. 어차피 오랫동안 머무를 예정이니 내 생활 패턴에 맞게 물건들을 배치한다.

"그동안 어떻게 지내셨어요?"
"바라나시에서 같이 다니던 동생들이랑 인도 여행 쭉 하다가, 스리랑카랑 말레이시아 들러서 여기 왔지. 너네는 잘 지냈냐? 태성이는 어디 갔어?"
"지금 다이빙 나갔어요. 저녁 시간 되면 돌아올 거예요."
"그래도 너희가 여기 있으니 든든하다. 일은 할 만 해?"
"어차피 저희야 3개월 반짝 일하고 자격증 따서 호주 넘어갈 거니까요. 형 저는 이제 내려가서 일하고 있을게요. 좀 쉬시다가 이따 봐요."

하늘이가 내려가고 나는 침대에 누워 잠시 휴식을 취했다. 전날 술을 좀 마신 탓에 노곤하니 잠이 잘 온다. 어떻게 시간이 갔는지도 모르게, 기상을 하고 나니 이미 저녁 시간이 다 되었다. 식사를 하려고 내려간 로비에는 태성이가 센터로 복귀해 짐을 정리하고 있었다.

"태성이! 이야, 이젠 다이버가 다 됐네?"
"형님! 언제 오셨어요?"
"너 일하러 나가 있을 때 도착해서 좀 쉬고 있었어."

"세부에서 형님을 다시 보게 될 줄이야! 마침 저녁 시간이니 식사하면서 더 얘기 나눠요. 저는 정리하고 갈게요."

마무리를 하고 오겠다는 태성이를 뒤로하고 식당으로 이동했다. 역시 한국인을 대상으로 하는 센터다 보니 식당엔 푸짐한 한식이 차려져 있다. 하늘이와 내가 앉아 세팅을 마치니 태성이도 곧바로 합류해 식사를 하며 그간의 근황들을 공유했다. 간만에 만난 동생들이라 어찌나 할 얘기가 많던지 식사를 마치고도 우린 계속 담소를 나눴다.

"저희는 인도 자이살메르 사막에 갔다가, 네팔에 가서 형님이 소개해준 포터랑 ABC²⁾에 다녀왔어요."
"역시 ABC는 평생에 한 번 정도는 가봐야 할 곳이지?"
"맞아요. 그런데 정말 딱 한 번만 가면 될 것 같아요."
"하하, 코스가 만만하진 않지."

둘은 무용담을 늘어놓으며 내가 오래전에 다녀온 여행지들을 추억하도록 만들어주었다. 나도 스리랑카에서 있었던 무면허사건들을 비롯해, 그동안 좋았던 여행지들을 알려주기도 했다. 간만에 수다꽃을 피우며 맥주도 한잔 곁들인다. 마침 사장님이 오늘은 숙소에 돌아오지 않는다고 문자를 보내셨고, 우리는 더욱 안심하며 소주까지 꺼내 와 거하게 놀기 시작했다.

"그래서 영상 편집은 좀 하고 있는 거야?"
"아뇨. 찍어놓은 건 많은데 도저히 시작할 엄두가 안나요. 일하고 나면 피곤해서 저녁엔 침대에 뻗어버리니까요. 통 진도가 나가질 않네요."
"나도 글을 너무 안 써서 미치겠다. 한국에 돌아가서 전부 써야 할 판국이야."

여행을 하면서 무언가를 동시에 한다는 건 참으로 힘든 일 같다. 특히 유튜브를 기반으로 작업을 하고 있는 이 친구들은 열악한 창작 환경과 속 터지

---

2) 다른 에피소드에서도 나왔던 ABC는 Annapurna Base Camp의 줄임말로, 우리가 흔히 네팔 히말라야 트레킹이라고 부르는 코스 중 제일 유명하고 대중적이다. 해발 4,130m에 위치한 베이스캠프로, 등반속도에 따라 7~10일정도 소요해 다녀올 수 있다.

는 인터넷 속도로 인해 당연히 진행 속도가 느릴 수밖에 없었다.

나는 그동안 동생들이 찍어온 영상들을 구경하며 옛 기억들을 소환했다. 마치 다시 한 번 그곳에 간 듯한 느낌이 든다. 우린 새벽까지 대화를 이어갔다. 그렇게 필리핀 세부에서의 첫날밤을 보내고, 다음날 아침에 나는 사장님과 대면해 일 이야기를 시작했다. 근무 조건과 교육 등에 대한 설명을 듣다가, 사장님은 나에게 아주 큰 갈등을 야기하는 조건을 하나 제시한다.

"1년 이상 일할 수 없으면 함께하기가 좀 곤란해요."
"1년이요? 헉, 조금 생각 좀 해봐야 할 것 같은데요."

동생들에게 단기 근무가 가능할 거라는 말을 듣고 온 상태라 이건 좀 고민을 해야 할 부분이었다. 내가 그동안의 경력들을 어필하며 사장님을 설득해보려고도 노력했으나, 사장님의 태도는 완강했다. 특히 또 다른 워킹 스튜던트가 곧 한국에서 온다는 것을 보아, 사장님에겐 다른 믿는 구석이 있는 듯하다. 다음날 저녁까지 시간을 달라고 요청한 뒤, 한국에 1년간 복귀하지 않을 경우에 대한 상황을 정리하며 하루를 보냈다.

계속 한국에 있는 집을 비워둔 상태로 집세를 내야 하는 상황, 아직 해결하지 않고 온 집안의 대소사 등 1년이라는 긴 시간을 타지에서 보내는 것은 타협이 불가능한 문제였다. 결국 반년 정도는 가능할 것 같다는 결론을 냈고, 다음날 사장님에게 넌지시 물었다. 그러나 사장님의 생각은 변함이 없었고, 나는 다른 대책을 마련할 필요성이 있었다. 예상하지 못한 문제로 깊은 고뇌에 빠진 나를 보더니 하늘이가 조용히 다가와 팁을 준다.

"형, 이 근처에 다이빙 센터들 많아요. 워킹 스튜던트가 워낙 월급도 짜고 장기간을 근무해야 돼서 인력이 늘 부족하대요. 혹시 6개월만 근무할 수 있는 다른 센터가 있는지 한 번 찾아보세요."

급하게 노트북을 켜서 검색을 해보았다. 역시 하늘이의 예상은 적중했다. 세부를 비롯해 가까운 보홀이나 보라카이에서도 많은 센터들이 워킹 스튜던트를 구하고 있었던 것이다. 6개월을 조건으로 제시하는 보홀의 센터 한 곳을 발견해 문자를 보냈다. 우선 직접 방문하라는 답변이 곧바로 왔고 나의 갈등은 의외로 쉽게 해결이 되었다.

하늘이와 태성이를 불러 몰래 이야기를 하고, 사장님께는 싱가포르로 돌아갈 거라고 거짓말을 한 뒤 보홀로 갈 준비를 마쳤다. 배를 타면 한 번에 갈 수 있는 곳이기에 쉬는 날을 맞춰서 동생들과 시간을 보낼 수도 있는 최적의 장소이다.

다음날 아침, 사장님께 감사인사를 드리고 동생들의 마중으로 다시 세부 공항까지 돌아왔다. 작별인사를 마치고 택시를 타서 선착장으로 이동했다. 나는 새롭게 설레는 마음으로 배에 올라탔고, 필리핀 바다를 가로질러 세부 남쪽에 위치한 아름다운 섬 보홀로 향한다. 바다는 푸른색으로 청명하게 빛나고 있었다. 보홀에서의 생활이 이 바다처럼 아름답고, 쾌청한 날씨만큼 문제없이 흘러가길 바랄 뿐이다.

내가 필리핀고 작별하게 된 이유

보홀 선착장에 도착하니 내가 일하기로 한 센터의 사장님께서 직접 픽업을 오셨다. 사장님은 나이가 지긋하게 드신 할머니셨다. 한국의 1세대 다이버이기도 한 사장님은 영락없는 여장부의 모습이다. 모레 손님이 오는 관계로 장을 봐야 하는 상황이라, 나오신 김에 나를 데리고 커다란 몰로 이동했다.

"통화했을 땐 남자분이셨는데, 그분은 사부님이세요?"
"아니, 우리 센터에서 강사를 하고 있는 동생이야. 나는 다음 주에 서울로 갈 거야. 실질적으로 같이 일할 사람이니 친하게 지내."

다혈질이고 말이 없어서 금방 가까워지긴 어려울 거라는 경고도 하신다. 이때까진 어느 정도인지 가늠할 수 없었다. 장을 마치고 일터로 복귀해 강사와 인사를 나눴다.

"네가 일하기로 한 애야?"
"안녕하세요! 정희찬입니다."

자신보다 어린 나를 보고 초장부터 말을 놓는 게 꼰대의 냄새가 심하게 난다. 나이는 마흔쯤 된 것 같은데, 이 강사와의 생활이 순탄치 않을 것 같다. 간단히 근무조건 등을 설명해주곤 방으로 안내를 해주었다. 오늘은 늦었으니 짐부터 풀고, 내일부터 아침 7시에 출근하면 된다고 한다.

　강사와 사장님 두 분 모두 영어를 전혀 하지 못하기 때문에 내 주 업무는 통역과 번역 등이 될 것 같았다. 다음날 아침 출근해 근처에 다이빙 포인트들을 확인하며 근무지의 정보를 공부했다. 강사는 사무실에 같이 앉아 있는 동안 정말 말 한마디 없다. 가끔 내가 궁금한 게 있어서 말을 걸어도 대답조차 하지 않는다. 좀 이상한 사람이라는 느낌이 들었지만 사장님이 경고한 사항도 있으니 그냥 넘어갔다.

　그렇게 하루가 지나고 셋째 날부턴 본격적인 손님맞이가 시작되었다. 필리핀 현지 스태프들과 손발을 맞추어 도착한 사람들을 방으로 안내했다. 강사가 스태프들에게 전달하는 내용도 통역을 해주며 순조롭게 일처리를 했다. 다이빙 동호회에서 왔다는 이 손님들은 연령대가 꽤 다양하고, 전문적으로 다이빙을 취미 삼고 있는 사람들이었다. 다이빙 포인트들에 대한 질문에도 막힘없이 대답하며 성공적으로 응대를 했다. 아무래도 손님들은 젊은 직원이 편한지 강사보다는 나에게 많이 말을 건다.

　"그런 걸 네가 왜 대답해?"
　"네? 혹시 제가 뭐 잘못 대답한 게 있나요?"
　"네가 신경 쓸 부분이 아니잖아?"

　일을 시작한 지 얼마 되지 않았기 때문에 본인보다 당연히 정보가 부족한 건 인정한다. 하지만 객관적인 내용을 토대로, 질문한 손님에게 대답을 해주는 게 뭐가 잘못된 건지 전혀 모르겠다. 왠지 조목조목 대답했다간 말대꾸한다고 뭐라 할 분위기가 감지되어, 그저 앞으론 강사님께 여쭤보고 직접 대답하시도록 하겠다고 말했다. 워킹 스튜던트가 원래 이렇게 적극적으로 일을 하면 안 되는 건가 하는 의문마저 든다.

　이 강사와의 문제는 끊임없이 생겨났다. 분위기 업을 위해 사장님께 혹시

로비에 음악을 틀어놔도 되냐고 여쭙고 음악을 틀었다. 하지만 강사는 근무시간에 왜 음악을 듣냐고 화를 낸다. 나도 맞서서 싸우려다가 괜히 사이만 틀어질 수도 있을 것 같아 그냥 사과하고 조용히 음악을 껐다.

그날 저녁 시간엔 발목 부분이 찢어졌는지 연고를 발라달라고 부탁하기에 어쩌다 다치셨냐고 걱정 어린 말을 건넸다. 그러나 이 강사는 말을 하는 게 귀찮은 건지 대꾸도 하질 않는다. 오죽하면 민망해하는 나를 위해 사장님이 대신 대답을 해주셨다. 상태가 심각하니 병원을 가보는 게 좋을 것 같다고 걱정하시는 사장님에게 연고를 바르면 나을 거라고 그냥 참겠다고 한다. 그래도 사장님의 성화에 떠밀려 병원으로 출발을 하고, 강사가 영어를 못하니 나를 대동했다. 역시 가는 내내 말 한마디 하지 않는다.

병원에서 그의 행태는 정말 가관이었다. 애초에 현지 스태프들에게 대하는 태도에서도 아주 무례하고 인격적으로 대하지 않는다는 게 느껴졌었다. 하지만 나름 필리핀에서는 엘리트 집단에 속하는 의사와 간호사들에게 하는 행동들도 아주 무례하다. 웨이팅이 너무 길다고 여자 간호사를 주먹으로 때리는 행동, 한국어로 직원을 재촉하며 "아 이 ××들 정말!" 하고 절차를 무시한 채 막무가내로 들이대는 모습, 의사가 이미 진료를 보고 있어서 기다려야 한다고 하니 갑자기 진료실로 난입하려는 무례함까지. 때문에 결국 필리핀 직원이 이러시면 안 된다고 그를 막아선다. 무식하게 날뛰는 강사 때문에 오히려 옆에서 통역을 하는 내가 다 민망할 정도였다.

"강사님, 그렇게 하시는 거 아주 무례한 거래요. 그만하셔야 될 것 같아요."

보다 못한 내가 한마디 했다. 이 미친놈을 진정시키려면 우선은 뭐라고 해야 할 것 같아서 간호사에게 드레싱과 소독 정도는 할 수 있냐고 물었고, 결국 강사를 침대에 눕히고 상태를 확인하도록 만들었다. 의사 진료는 아니었지만 그래도 이렇게 된 원인을 알아야 하는 간호사가 질문을 해서 그대로 통역을 해주었다.

"어쩌다가 이렇게 되신 건지 물어보는데요."
"……."
"다이빙하시다가 산호초 같은 데에 긁히신 거예요?"

"......"

"아니 대답을 해주셔야 정상적인 진료를 할 거 아닙니까. 원래 말이 없으시다고 사장님께 듣긴 했는데, 필요한 말은 하셔야 할 거 아니에요."

솔직히 머리끝까지 화가 나서 소리를 지르고 싶었지만 애써 침착함을 유지하며 물어보았다. 결국 자기 실수로 배 모서리에 찍혀 찢어진 거라고 실토하여, 나는 간호사에게 통역을 해주었다. 본인의 과오를 인정하기 싫어서 대답을 안 한 건지 뭔지 그 속내를 알 수가 없다. 사실 별로 궁금하지도 않다.

소독을 마치고 방수밴드로 상처를 덮은 뒤, 강사는 의사 진료를 받으면 돈이 비싸진다며 일어나려고 한다. 나도 본인 상처지 내 사정이 아니니까, 간호사들에게 설명을 하고 이 정도만 해줘서도 된다고 말을 해주었다. 상태를 봤던 간호사가 의사에게 진료를 받고 약 처방을 받는 게 좋을 것 같다고 추천을 했지만 내가 통역을 해준다 한들 씨알도 안 먹힐 것 같아서 괜찮다고 말했다. 사실 그냥 썩어 문드러져서 다이빙 생활을 그만뒀으면 좋겠다는 나쁜 생각까지 했다. 그래도 인지상정이라 파상풍 예방 주사 정도는 맞고 가시는 게 좋겠다고 설득해서 그를 의자에 앉혔다. 주사를 맞는데도 왜 이렇게 아프냐며 불평을 해대는데 그냥 입 다물고 지켜봤다.

내가 다 피곤했던 밤이 지나고 다음날, 그가 새벽 5시쯤 나를 깨웠다. 태풍이 왔다며 창문을 다 내리고 같이 조치를 취했다. 사무실로 내려와 현지 날씨 기사를 번역해주니 현지 스태프들이 오면 오늘 가려고 했던 곳이 입장을 할 수 있는지 물어보라고 한다. 처음 도착한 직원에게 오늘 상황을 물어보고 대화를 나눴다.

"No, it can't. But Alona beach is possible." (거긴 안 돼요. 하지만 알로나 해변은 돼요.)
"Are you sure? Okay. (확실하죠? 알았어요.) 강사님, 알로나 비치는 된다고 하네요."
"야! 그걸 네가 왜 신경 써?"
"네?"
"아휴, 됐다."

아무리 이해를 하려고 해도 거의 정신병자에 가까운 강사의 언행에 내가 정신병에 걸릴 것 같다. 더 이상 말도 섞고 싶지 않아서 스태프들과 다이빙 준비를 하러 나와 버렸다. 손님들이 하나 둘씩 기상하고, 강사는 알로나 비치로 포인트를 변경해야 할 것 같다고 설명한다. 결국 그렇게 할 거면서. 그는 나에게 무슨 열등감이라도 느끼는 것처럼 보인다.

이 사람의 이해불가 행동의 정점은 그날 오후, 자신이 영어를 잘못해서 픽업시간에 선착장을 나오지 않은 렌트카 사건에서 발발했다. 급하게 내가 렌트카 회사에 전화해 당장 승합차 한 대를 보내달라고 하여 빠른 수습을 했다. 그다음, 예약을 어떻게 한 건지 알아야 잘못 예약된 걸 취소할 수 있어서 누가 예약을 한 건지 강사에게 물었다.

"야 이 씨, 너는 정말 뭐야? 내가 예약했다, 왜? 네가 그걸 알아서 뭐하게?"
"왜 화를 내세요. 어떻게 예약을 했는지 알아야 취소를 하든지 할 거 아니에요."

결국 본인이 분을 못 이기고 밖으로 나가버린다. 강사는 아무래도 자신의 실수에 대해 잘 인정을 못하고 다혈질이 심한 성격 같다. 내가 사장님을 쳐다보며 제가 뭘 잘못한 거냐고 억울함을 토로하니 원래 저런 친구니 이해를 하라고 토닥이신다.

도저히 분이 안 풀려서 사장님에게 그동안 있던 일들을 하소연하며 부엌에서 폭풍 열변을 토했다. 점차 저 성격에 적응될 거라며 다독여주시지만 사장님까지 한국에 가시면 이렇게 들어줄 사람도 없고 어떻게 계속 여기서 일해야 할지 모르겠다며 넌지시 그만두고 싶은 마음을 전했다. 하지만 내가 영어를 할 수 있는 유일한 한국 인력이라 사장님께선 나를 계속 설득하신다.

사장님께 좀 위로를 받으니 그래도 분이 좀 풀려서 밖으로 나왔다. 사무실에 앉아 J에게 문자를 보냈다. 나는 그동안 J와 계속 연락을 취하고 있었다. 이런 상황이 되니 누군가에게 더 위로를 받고 싶은 마음이 간절하다. 그동안의 이야기를 들은 J는 얼마나 힘들었냐며, 자기가 세부로 나를 보러 꼭 가겠다고 한다.

[나 차라리 KL로 다시 돌아갈까? 너무 보고 싶어.]

[일 그만두고 오는 게 가능해?]

[시작한 지 얼마 되지 않아서 괜찮아.]

[그러면 예전에 끊어놓은 싱가폴행 티켓으로 돌아와서 버스타고 와! 싱가 포르는 말레이시아랑 육로로 연결 되어 있어.]

[오, 맞다! 그 티켓이 있었구나! 생각나게 해줘서 고마워.]

아주 좋은 방법인 것 같다. 곧바로 인터넷에 접속해 항공사에서 온 이메일을 확인했다. 마침 티켓의 날짜가 바로 다음날이다. 버리려고 했던 싱가폴행 티켓이 J를 재회하는 데에 교두보가 될 것이라곤 생각도 못했다.

그만두려면 오늘 얘길 해야겠다 싶어 마음을 단단히 먹었다. 다이빙이 다 끝나고 식사 시간에 맞춰 손님들과 함께 돌아온 강사는 사무실 의자에 앉아서 아무 말도 하지 않는다. 나도 아무 말 없이 기분 나쁜 표정을 짓고 있으니 본인이 먼저 말을 건다.

"너 나랑 계속 일하려면 성격을 좀 고쳐야겠는데."

"안 그래도 그것과 관련해서 좀 말씀드릴 게 있는데요. 저도 앞으로 계속 일을 하려면 어느 정도 맞아야 하는데, 저도 좀 힘들 것 같아서요. 마침 내일 싱가폴행 티켓을 끊어놓은 게 있어서 바로 출발할 수 있을 것 같아요. 영어 잘하고 성격 맞는 친구 찾으시길 빌게요."

"내일? 당장?"

"네, 정말 운이 좋게도 날짜가 안 지났네요."

"흠, 알았다. 어차피 그만두는 마당에 그래도 좋은 마음으로 잘 돌아가. 다른 다이버들한테 이상한 얘기 하지 말고."

"인터넷 동호회 같은 곳에 비방 글 올리고 하는 타입 아니니 걱정 마세요. 사장님께는 제가 잘 말씀 드릴게요."

"야, 그런 게 네 문제라는 거야."

"기분 나쁘셨다면 죄송합니다. 제가 한국에서 일을 하다 보니 자기 주도적으로 일하는 게 버릇이 돼서 그래요. 사회생활 하는 데에는 아주 큰 도움이 되는 성격이라 문제없습니다. 그럼 알았으니까 강사님이 얘기하세요. 저도 사장님께는 민망하고 죄송해서 어쩌나 했는데 잘됐네요."

사실 글로 쓴 말투보다는 좀 더 허허거리며 강사가 기분이 나쁘지 않도록 말을 잘 건넸다. 더 얘길 나눠봤자 도움될 것 같지 않아서 자릴 박차고 나왔다. 마침 손님들이 나와 함께 술을 한잔 하고 싶어 하서서 그 자리에 합석해 기분 좋은 얘기만 나눴다. 이제 직원도 아니고 잠깐 무료로 일을 도와줬던 방문객의 입장이니 눈치가 보이지도 않는다. 손님들도 내가 여행하는 이야기를 들으며 아주 좋아했다. 나중엔 연락처도 서로 교환해 한국에서 보기로 약속했다.

다음날, 사람들과 술을 잔뜩 마시고 늦게 자서 아침에 좀 힘들었지만 첫 배가 뜨는 시간에 맞춰 선착장에 도착해 세부 공항으로 무사히 갈 수 있었다. 안 좋았던 기억을 모두 세부에 훌훌 털어버린다. 나는 J를 만나러 다시 KL로 돌아간다. 들뜬 마음으로 싱가포르행 비행기에 몸을 실었다.

1. 유튜버 태성이와 하늘이의 명함.
2. 그렇게 나는 청운의 꿈(?)을 안고 보홀로 출발했지만.
3. 늘 흐리던 필리핀이 이날은 유난히 맑았었다.
4. 유일하게 건진 필리핀 사진, 보홀 다이빙 센터 앞 해변이다.

상륙 전에 알면 좋은 말라카 이야기

역사

말레이반도의 남서부의 말라카 해협에 위치한 말라카는 말레이시아에서 가장 오래 된 도시입니다. 1400~1500년대 사이, 말라카 술탄 시대를 통해 동서양이 만나는 바다의 실크로드라고 불리우던 말라카는 해양 교통의 중심 항구도시였습니다.

1511년, 포르투갈에 의해 말라카 왕국이 멸망하고, 이후 아시아 최초의 유럽 식민지로 가톨릭 선교의 거점으로 만들었습니다. 1641년에는 네덜란드가, 1824년부터는 영국이 통치하였고, 20세기 중반에 이르러서야 말레이시아로 돌아올 수 있었습니다.

1. 에이 파모사(A' Famosa)

에이 파모사는 1511년 침략한 포르투갈 함대의 요새로 동남아시아에서 가장 오래된 유럽 건축물 중 하나입니다. 영국이 지배를 하면서 요새화 유지를 경계해 파괴 명령을 내렸고, 전부가 파괴되진 않아 일부분이 여전히 역사적 의미를 가진 채 보존되고 있습니다.

2. 스타더이스(Stadthuys)

말라카의 중심부 광장에 위치한 건물로, 1650년 네덜란드가 사무실로 세운 곳입니다. 현재는 말레이시아의 붉은광장이라는 별명이 있습니다.

3. 크라이스트 처치 (Christ Church)

18세기에 지어진 건물로, 말레이시아에서 가장 오래된 개신교 교회입니다. 포르투갈의 말라카 점령 100주년을 기념해 1753년에 완공된 이 건물은 원래 흰색이었으나, 옆에 있는 스타더이스 색에 맞춰 네덜란드풍으로 빨간색이 칠해졌습니다.

4. 세인트 폴 교회 (St. Paul's Church)

세인트 폴 교회는 말라카의 역사적인 교회 건물로, 1521년에 지어졌습니다. 동남아시아에서 현존하는 가장 오래된 교회 건물이기도 합니다.

5. 존커 워크 스트릿 (Jonker Walk Street)

존커 워크 스트릿은 말라카의 차이나타운 거리입니다. 네덜란드가 지배하는 동안 하인들이 살던곳으로, 네덜란드어로 존커가 하인이라는 뜻입니다. 부유한 중국계 말레이인들이 거리 사업과 더불어 거주를 하면서 중국과 말레이시아가 공존하는 페라나칸 문화가 형성되었습니다.

자, 이제 육지로 상륙하라!

6. 해양 박물관(Maritime Museum)

말라카에서 가장 많은 방문객이 방문하는 박물관으로, 말라카 해협에서 침몰한 포르투갈 무역선 플로르 드 라 마르 호가 모티브입니다.

Chapter 17

상류

1. 배에서 육지로 오름.
2. 번화와 이로작용에 좋은 자리공의 뿌리를 한밤에서 이르는말.

거지여행 하기엔 너무나 먼 당신

싱가포르에 오랫동안 머무를 이유는 없다. 이번 여행은 맛집 탐방이나 쇼핑에 목적이 없는 만큼, 물가가 비싼 이곳은 여행하기 좋은 장소가 아니다. 애초에 필리핀 입국을 위해 급하게 끊은 티켓이다. 필리핀에서 페소로 환전했던 100달러 중 남은 돈을 싱가포르 달러로 바꾸니 한국 돈으로 5만 원 정도 되었다. 카드결제가 가능한 숙소에 머무르면 이곳에 체류하는 동안은 그 정도 돈으로 충분할 것 같았다.

[나 싱가포르에 도착했어. 숙소도 잡았고.]
[어서 와! 육지로 돌아온 걸 환영해.]
[나는 3일 뒤에 KL로 가는 버스를 탈 예정이야.]
[안 그래도 네가 도착하는 날부터 휴가를 냈어. 말레이시아의 유명한 여행지인 랑카위에 같이 가려고. 숙소 값을 아끼기 위해 내 친구들도 섭외했어! 괜찮지?]

확실히 KL에만 있기엔 J가 회사생활을 하고 있어서 기다리는 낮 시간들이 아깝긴 하다. 나의 심정을 헤아려주고 적극적으로 여행지를 알아봐 준 J에게 너무나 고마웠다. 함께 가겠다고 대답을 한 뒤, 그들과 같은 시간의 비행기를 구매했다. 우리나라의 제주도쯤으로 생각하면 되는 랑카위는 육로로 못 간다. 나는 J와 잠시 더 대화를 나누다 잠에 들었다.

싱가포르 일정은 2박 3일이었다. 첫날엔 숙소에서 푹 쉰 뒤 둘째 날에 머라이언이 있는 바닷가에 다녀오는 걸로 일정을 잡았다. 나는 다음날 아침 일찍 일어나 싱가포르 관광 준비를 마치고 숙소를 나섰다. 지하철이 잘 되어 있는 싱가포르니 이동하는 데에는 별 문제가 없다. 돈이 좀 많았다면 맛집들도 좀 가보고 싶었지만 그만한 여유가 없었다.

지하철에서 내려 시내를 걸었다. 정말 서울만큼이나 빌딩숲으로 둘러싸인 싱가포르는 흥미로워 보이는 게 하나도 없다. 삭막하고 답답하게 느껴지기까지 하는 도심을 걷다 보니 체력이 급격하게 저하된다. 머라이언이 있는 바닷가는 금방 찾을 수 있었고, 빨리 사진만 찍고 벗어나자는 생각으로 걸음을 재촉했다.

여행을 하다 보면 자신과 궁합이 잘 맞는 장소는 따로 있기 마련이다. 아무래도 싱가포르는 나와 맞지 않는가 보다. 도착을 하니 머라이언은 천막으로 두른 채 공사 중이었다. 허탈한 마음이 든다. 그래도 바닷가를 배경으로 사진을 한 장 찍고 이왕 여기까지 왔으니 소형으로 제작해놓은 머라이언 분수대도 찍었다.

이렇게 복귀하는 건 너무 아까워서 전날 검색해놨던 장소들 중 무료 전망대가 있다는 아이온 스카이에 들러야겠다는 생각을 했다. 거리가 좀 있었지만 어차피 남는 게 시간이니 걷기로 마음을 먹는다. 가는 길에 장난감 박물관이 있어서 잠시 들렀다. 하지만 비싼 입장료와 대조적으로 기대 이하였기 때문에 기억에 남는 건 별로 없다. 좁은 전시 공간에 다닥다닥 붙어 있는 전시품들과, 어두운 조명 탓에 제대로 구경할 수조차 없었다. 레고 박물관 같은 즐거움을 기대한 나의 예상은 어긋났다.

박물관을 나와 더운 날씨에 목이라도 간단히 축일 겸, 싱가포르 슬랭이라는 유명한 칵테일을 마시러 찾아갔다. 나름 전통 있는 가게로 싱가포르 가이드 북에 항상 등장하는 곳이다. 하지만 이 또한 탐탁지 않다. 오랜 기다림과 비싼 칵테일 값을 지불했지만 크게 맛있다는 생각이 들진 않았다.

땅콩 껍데기를 바닥에 그냥 버리는 재미있는 풍습과, 옛 모습 그대로의 인테리어가 구시대적 분위기인 듯해서 적당한 낭만도 기대했지만 그냥 관광객으로 가득 찬 시끄러운 술집에 불과했다. 이쯤 되면 이 도시 자체가 나와 안 맞는다는 생각이 든다. 아이온 스카이도 그냥 넘기고 숙소에 가서 글이나 쓸까 잠시 고민했다. 그러나 낮 시간이 너무 많이 남은 걸 확인하고, 결국 억지 걸음으로 건물까지 도착했다.

아무 기대감 없이 도착한 아이온 스카이 55층, 낮은 기대감 혹은 무료 입장이라는 점 때문이었을까 엘리베이터에서 내려 들어서는 순간 오늘 하루 종일 날 피로하게 만든 싱가포르에 대한 인상이 싹 바뀐다. 아이온 스카이는 층 전체가 통유리로 되어싱가포르의 시내 사방을 둘러볼 수 있는 멋진 장소였다. 창문에는 하얀색 스티커로 글귀가 쓰여 있기도 했고, 어느 방향인지 알려주는 길잡이도 있었다.

나는 말레이시아 방향 스티커를 가리키며 이따 J에게 보낼 요량으로 셀카도 한 장 남겼다. 둘러보는 시간은 길지 않았지만 누군가가 싱가포르에서 볼 만한 것을 추천해달라고 하면 난 주저 없이 이곳을 꼽을 것 같다. 나오는 길에는 갤러리도 만들어놔서 예술작품들을 감상할 수 있도록 해놓기도 했다.

오늘의 관광은 이 정도면 충분한 것 같다. 아이온 스카이 주변이 쇼핑센터로 가득해서 잠시 들어가 구경도 했지만 비싼 물가 탓에 그다지 사고 싶은 물건은 보이지 않았다. 숙소로 복귀해 편의점 도시락을 하나 사들고 들어와 간단한 저녁을 먹었다. 상당한 지지리 궁상이다.

빨리 이곳을 벗어나 KL로 가서 J를 보고 싶은 마음만 가득했다. 다음날 아침, 말레이시아행 버스를 타는 곳으로 갔다. 곧바로 KL로 가기엔 이동 시간이 너무 길고, 랑카위에 가는 날까지 약 4일 정도가 더 남아 있었기에 말레이시아 남쪽 도시를 들를 계획을 세웠다. 도시 전체가 유네스코 세계문화유산으로 지정된 말레이시아의 남쪽 도시, 말라카로 가는 버스를 탄다. 나는 점점 J와 거리상으로 가까워짐을 느낀다.

1. 고층 건물로 가득한 싱가포르는 마치 강남에 온 것 같았다. 삭막하고 답답하다.
2. 흐린 하늘의 마리나 베이 샌즈.
3. 하필 방문한 날에 머라이언이 공사중이었다(좌). 옆에 소형으로 제작해놓은 머라이언 분수대를 찍었으나 너무 초라하다(우).

1. 좁은 공간과 어두운 조명 탓에 제대로
   구경하기 힘든 장난감 박물관.
2. 고풍스런 인테리어의 싱가포르 슬랭 바.
3. 싱가포르를 여행하며 유일하게 마음에
   들었던 아이온 스카이.
4. 아이온 스카이를 나오는 길에 있는
   갤러리도 볼 만하다.

말라카에서 보낸 사흘의 긴 이야기

사실 말라카 여행에 대한 기대감은 좀 있다. KL로 가기 전 시간을 때우기 위해 들르는 도시였지만 인터넷으로 사진들을 봤는데 딱 내 스타일의 도시였기 때문이다. 시내에는 기다랗게 강이 흐르고, 강가 산책로를 따라 그려진 아기자기한 그림들과 노상카페, 또한 우리가 경주에 가서 역사를 배우듯, 말레이시아의 역사 도시이기도 한 곳이라 볼거리가 가득할 것 같았다. 14세기 서양 대항해 시대의 함선들은 이곳 말라카를 거쳐야만 동쪽에 도착할 수 있었다. 즉, 말라카는 서양인들이 처음 접하는 동양이었던 곳이고, 지금도 그 흔적들이 고스란히 남아 있다고 한다.

버스 터미널에 도착해 사람들에게 물어 시내까지 가는 버스에 탑승했다. 미리 예약해놓은 숙소 근처에서 내려 우선 체크인을 했다. 주변을 둘러보니 정말 내가 생각했던 분위기 그대로이다. 바로 옆으로 흐르는 강물과 고풍스러운 다리. 숙소를 잘 잡은 듯하다. 심지어 방이 남는다고 에어컨 방으로 업그레이드까지 해주었다.

짐을 풀고 J에게 문자를 보내니 예전에 먹으려다가 못 먹은 '첸돌'이 말라카에서 유명하다며 정보를 알려준다. 또한 맛집을 검색해 알려주기까지 했다. 원래는 2박만 하고 올라가려고 했으나, 도착 첫날부터 아주 마음에 들어서 하루를 더 추가했다.

첫날밤은 시원하게 맥주로 시작했다. 내가 묵는 숙소 레스토랑이 숙박을 하는 사람에게 맥주를 할인하고 있었기에 멀리까지 나갈 필요가 없었다. 심지어 매일 밤마다 라이브 공연을 열고 있어서 이만한 노천 술집을 찾기도 힘들다. 이번 말레이시아 여행은 운이 틔었는지 그 보기 힘들다는 반딧불이가 술집 마당에 커다란 나무에서 반짝인다.

맥주를 한잔 들이켰다. 무대에선 말레이시아인이 팝송을 연주하며 감미롭게 노래를 부른다. Natalie Cole의 'L-O-V-E'를 부를 때에는 촬영을 해서 J에게 보내기도 했다. 나는 말라카의 분위기에 취하며 아름다운 밤을 보낸다.

L, is for the way you look at me

(L은 당신이 날 바라보는 방법)

O, is for the only one I see

(O는 내가 바라보는 오직 한 사람)

V, is very, very extra ordinary

(V는 아주 특별한 걸 의미하죠)

E, is even more than anyone that you adore

(E는 심지어 당신이 갈망하는 그 누구보다 사랑할 수 있다는 거고요)

본격적인 말라카 여행은 다음날부터 시작되었다. 첫날은 말라카 강 투어를 할 계획이다. 말라카 강에는 리버 크루즈가 있는데, 40분 동안 9㎞ 정도 되는 물길을 거슬러 올라간다. 가격도 15링깃으로 저렴한 편이라 부담이 없었다. 탑승을 위해 해양박물관 앞까지 걸어서 이동했다. 가는 동안에도 말레이, 포르투갈, 네덜란드, 영국의 문화가 조화롭게 얽힌 신기한 집들로 가득하다.

입장료를 내고 곧바로 대기 중인 크루즈를 타고 통통거리며 배가 출발하니 꼭 테마파크에 온 느낌이다. 배를 타고 가는 내내 사진 찍기에 바빴다. 워낙 강 주변이 예쁘고, 화려한 원색의 벽화들이 펼쳐져 있기 때문에 이 배를 타면 마치 한 편의 만화영화를 보는 듯한 느낌이 든다.

왕복 운행을 끝내고 배에서 내려 J가 추천한 밥집이 있는 존커 스트리트를 찾았다. 다행히 강변의 카페들과 연결이 되어 있어서 쉽게 찾을 수 있었다. 이곳에는 귀여운 미술관, 골동품점, 특색 있는 식당들이 많다. 내가 들어간 식당은 '존커88'이라는 어묵국수 집이었는데, 맛집답게 줄이 아주 길다.

오랜 기다림 끝에 맛본 국수도 가격 대비 만족도가 꽤 높다. 전날 맥주를 마신 탓에 속이 아직 풀리지 않았는데, 국물이 진하고 느끼해서 해장에는 탁월했던 메뉴 선정이었다. 식사를 마치고 디저트를 먹기 위해 첸돌 가게를 찾았다. 코코넛 밀크와 굴라라는 자연식 시럽, 판단잎 즙으로 만든 녹색 젤리를 얼음과 함께 비벼 먹는데, 역시 우리나라 빙수와 비슷하다. 식사부터 디저트까지 깔끔하게 마치고 나니 힘이 난다.

두 번째로 간 관광지는 '에이 파모사'이다. 말라카를 점령한 포르투갈이 지은 거주지 겸 요새인 '에이 파모사'는 성벽 두께가 3m나 되는 요새와 다양한 용도의 건물들 집합이다. 지금은 네덜란드와 영국의 침략으로 성문과 성당한 채만 남은 폐허이지만 거친 느낌의 빨간색 벽들이 세월의 흔적과 전투의 순간들을 보여준다. 가까이 다가가서 보니 마치 녹이 슨 벽돌처럼 보인다. 아주 고풍스럽게 풍화가 되었다. 성문을 지나 계단을 오르니 언덕 위로 세인트 폴 성당이 보인다. 다 무너져가는 벽만 남아 있었지만 그래도 이곳이 상당히 단단한 요새였다는 걸 느낄 수 있었다.

요새 아래로 내려가니 말라카 민족박물관이 있다. 알다시피 박물관에는 큰 관심이 없어서 지나쳐 내려왔다. 옆에는 크라이스트 처치가 있었는데, 이곳은 말레이시아에서 가장 오래된 교회이다. 거대한 기둥과 시계탑에서 네덜란드 스타일이 고스란히 느껴진다. 교회 앞에선 엄청난 수의 인력거들이 대기를 하고 있었다. 말레이시아와 페낭에서만 볼 수 있는 '트라이쇼'라는 인력거인데, 손님이 타면 크게 음악을 틀어놓고 말라카 관광을 시켜준다.

심상치 않은 건 인력거의 외향이다. 피카츄, 헬로키티, 도라에몽 등의 캐릭터와 엄청나게 화려한 조화들, 온갖 나라의 깃발들로 지붕과 좌석을 치장해놓았다. 트라이쇼를 타고 말라카의 골목골목을 돌아다니면 엄청난 부끄러움은 내 몫이 될 것 같다. 가끔 일본 관광객들이 호기심으로 타는 걸 봤는데, 본인들도 꽤 무색했는지 사람이 많은 곳을 지날 땐 얼굴을 가리고 고개를 숙이고 있었다.

하루를 알차게 보내고 숙소에 도착하자마자 뻗어버렸다. 강가 카페에서 커피라도 한잔 할까 고민했지만 또 편의점 도시락 하나만 앉아서 먹고 돌아왔다. 다음날에는 강가를 산책하며 낮 시간을 보내다가, 큰 쇼핑몰을 발견하고 들어가 구경을 했다. 흥미로운 볼거리는 없었지만 갑자기 눈에 한 상점이 들어왔다. 바로 헤어숍이다.

난 사실 머리발을 많이 받는 스타일이다. 하지만 배낭여행을 하면서는 호일펌을 하는 게 관리하기가 쉬워서 엉망진창인 헤어스타일을 유지하고 다녔다. 긴 여행을 하다 보니 이제는 머리카락이 묶일 만큼 길이가 길었다. 왠지 J에게 깔끔하고 멋진 헤어스타일로 나타나고 싶은 마음이 든다. 물론 너저분한 헤어도 마음에 들어 했던 J였지만 내가 자신을 위해 긴 머리를 깎고 나타난다면 얼마나 감동할지 궁금하다. 펌과 염색으로 상한 머리를 싹 잘라내고 스포티한 스타일로 변신을 마쳤다. 간만에 시원한 머리를 하고 나니 나 또한 자기만족이 된다.

그렇게 둘째 날에는 꽃단장을 마친 다음날, KL로 출발하는 버스를 타기 위해 다시 버스 터미널로 이동했다. 배낭을 메고 이동하는 중 이 책의 표지로 쓸 만한 멋진 사진을 건지려고 강가에 커다란 DSLR을 들고 사진을 찍는 한 관광객에게 휴대폰을 주고 사진을 부탁했다. 나름 사진을 취미로 삼고 있는 사람이 아닐까 하는 기대로 요청을 했다. 하지만 결국 아무짝에도 쓸모없는 사진들만 찍힌 건 말라카에서의 소소한 에피소드이다.

150링깃으로 섹시함을 얻다

KL로 복귀하는 길은 4시간 정도로 길지 않았다. 터미널에서 차이나타운에 있던 예전 숙소까지 오는 과정도 순탄했고, J의 일이 끝나기만을 기다리면 된다. 도착했다는 문자를 보내고 숙소 리셉션 앞에 섰다. 사실 다음날부터 랑카위에 가기 때문에, 숙소에선 전에 왔던 내 얼굴을 알아보고 짐을 맡긴 채 랑카위를 다녀와서부터 결제하라며 호의를 베풀어주었다.

짐도 맡겼지만 어딜 다녀오기엔 애매한 시간이라 근처에서 사람 구경이라도 하려고 차이나타운 거리로 나섰다. 차이나타운엔 참 특이한 사람들이 많다. 몇 년간 씻지 않은 듯한 행색의 노숙자, 마치 마약에 찌든 것처럼 보이는 눈이 풀린 사람들도 종종 보인다. 그러나 내가 이곳에 다니면서 제일 무서웠던 사람은 밤낮 구분 없이 골목에서 지나가는 사람들에게 성매매를 하는 트랜스젠더들이었다.

차별적 이야기를 하려는 게 아니다. 말레이시아의 이 누나들은 내가 지나갈 때마다 성희롱적 발언을 일삼는다. 심지어 하루는 내 엉덩이를 더듬는 과감한 행동까지 보여서 그 길목으로는 지나가는 것조차 꺼려진다. 그래서 이번에 머무는 동안엔 최대한 그 길은 피해 다니려고 했다. 무서운 골목 옆을 돌아서 다른 골목으로 들어섰다. 이 골목엔 문신숍들이 즐비해 있었다.

난 그동안 문신을 기피해 온 경향이 있다. 아무래도 한 번도 해보지 않은 것에 대한 두려움도 있고, 깨끗한 피부에 영구적인 무언가를 새긴다는 게 꺼려져 막연히 피했다. 하지만 하고 싶은 순간도 많았다. 가끔 내가 원하는 스타일과 일치하는 문신을 한 여행자들을 보면 너무 멋지다는 생각이 든다. 더군다나 여행을 다니다 보면 한국보다 싼 가격에 할 수 있는 기회도 아주 많아서 그 유혹을 뿌리치는 것이 힘들다.

30대에 들어서면서 어차피 짧은 인생인데 남이 볼 수 없는 곳에라도 작은 문양 하나 정돈 괜찮지 않을까도 생각한다. 그러나 아무래도 첫 시작을 끊기가 쉽지 않았다. 그러던 중 우연히 들어선 골목이 문신숍들이 가득하고, 각종 샘플들을 전시해놓고 호객행위를 하고 있으니 구경이라도 해볼까 하는 생각이 든다. 관심을 가지니 역시나 호객꾼이 들러붙는다.

"무슨 문양을 원해요?"
"그냥 구경하고 있어요. 할 생각은 없고 샘플 사진만 좀 보려고요."

부담스러웠던 나는 한 발 내뺐다. 하지만 예전부터 늘 하고 싶었던 문양의 사진이 유독이 눈에 들어온다. 내가 한 샘플을 유심히 쳐다보고 있으니 맘에 들면 들어가서 가격만 알아보라고 낚시질을 한다. '그럼 견적만 내볼까?'라는 생각으로 숍으로 들어섰다. 차이나타운에 있는 가게이니 위생 상태가 좋지 않고 지저분할 것이라 예상했는데 생각보다 깔끔하고 쾌적한 환경에 놀랐다.

어떤 모양을 원하는지 타투이스트에게 설명을 해주고 인터넷에서 모양을 검색해 마음에 드는 한 문양을 골랐다. 직원은 바로 출력을 해서 어디에 문신을 할 건지 물어본다. 팔이나 목, 아니면 여름에 반바지를 즐겨 입으니 종아리 쪽에 하면 괜찮을 문양이었지만 아무래도 첫 문신이라 평소엔 보이지 않는 곳에 할 생각이다. 고민을 하다가 속옷만 입어도 보이지 않는 허벅지 부분이 좋을 것 같아서 그 부분을 가리키며 얼마 정도 하는지 물어보았다.

처음에는 300링깃을 부른다. 9만 원 정도에 가까운 돈, 한국에서 친구가 하는 문신숍에서 봤던 가격보단 쌌지만 동남아에서 여행 중 하기엔 다소 비싸 보인다. 내가 다음에 하겠다며 나가려고 하자 급하게 200링깃으로 가격을 깎는다. 이런 상황이 연출되면 내가 한 번 더 깎았을 때의 가격이 아주 합리적인 값이 된다. 150링깃이면 생각해보겠다고 말하니 잠시 고민하는 척을 하더니 그렇게 하겠다고 한다. 나를 이끌고 침대로 가는데, 뭔가 커다란 결정을 순식간에 해버린 느낌이 든다.

"잠깐잠깐, 처음이라 무서워요."
"괜찮아요. 안 아파요."
"정말 예쁘게 잘 해주실 거죠?"
"절 믿어보세요."
"시간은 얼마나 걸려요?"
"쉬운 문양이라 금방 끝나요. 30분?"

갑작스런 상황에 당황스러워서 끊임없이 질문을 하게 됐다. 그래도 이왕 이렇게 된 거, 나의 결정을 믿기로 한다. 침대에 누워 타투이스트에게 몸을 맡겼다. 너무나 긴장이 되고 떨린다. 뽀얀 속살을 드러내고, 본격적으로 모양을 본뜨고 기계를 들이댄다. 소리부터 상당히 공포스럽다. '지이잉'거리는 소리가 마치 영화 '쏘우'의 한 장면처럼 들려왔고, 눈을 질끈 감고선 다가오는 고통에 대비했다.

첫 작업이 시작되고 역시 생각 이상으로 아프다. 약간 따끔거리는 정도일 거라 생각했는데, 그 따끔거림이 아주 아주 길게 지속된다고 생각하면 될 것 같다. 가차 없이 진행되는 문신 작업에 온몸에선 식은땀이 흐른다. 물론 내가 긴장해서 그런 탓이 크겠지만 타투를 새기는 30여 분가량이 제발 일찍 끝나기만을 바라고 있었다.

고통스런 시간이 끝나고, 크림을 발라주더니 그 위에 랩을 씌운다. 딱지가 생기면 떼지 말고 바셀린을 바르면 좋다고 한다. AS가 필요하면 찾아오라고 명함도 주었다. 예쁘게 잘 나왔나 확인해 보고는 싶었지만 피가 철철 나는 허벅지를 보고 싶지 않아서 우선은 밖으로 나왔다. 걸을 때마다 계속 뭉뚝하게 다리가 저려 와서 제대로 걷질 못한다. 절뚝거리며 숙소로 복귀해 조심히 바지를 내려 상태를 보았다.

피로 점철되어 있는 허벅지이지만 모양만큼은 아주 마음에 든다. 엉덩이의 굴곡을 따라서 평행을 이룬 모양새가 생각보다 섹시하게 보이기까지 하다. 나는 요즘 샤워할 때마다 하길 잘했다는 생각을 한다. 물론 그 과정이 너무 아파서 다신 하지 않을 것이다. 나의 처음이자 마지막 문신은 상당히 만족스럽게 완성되었다.

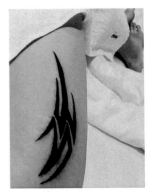

너무 아팠지만 결과가 만족스럽다.

미처 다 보여주지 못한 말라카

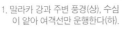

1. 말라카 강과 주변 풍경(상), 수심이 얕아 여객선만 운행한다(하).
2. 타기 부담스러울 정도로 화려한 트라이쇼 인력거.
3. 매일 라이브 공연이 열리는 숙소 레스토랑, 방을 잘 잡았다.
4. 표지사진은 개뿔, 그냥 망했다.
5. 팥빙수와 비슷한 첸돌, 올챙이처럼 생긴 젤리를 넣어서 먹는다.

Chapter 18

도전

1. 더 낫고 좋은 상태나 더 높은 단계로 나아감.
2. 일이 어떤 방향으로 진개됨.

자, 떠나자! 랑카위로!

잠시 방에서 휴식을 취하다가 J를 만나기 위해 밖으로 나왔다. J는 날 보자마자 깔끔해진 나의 헤어스타일을 보고 매우 흡족해한다. 뿌듯하다. 하지만 아직 문신의 고통이 계속 되어서 J가 나의 걷는 모습을 보더니 어디 다친 게 아닌지 걱정한다. 문신을 했다고 하면서 바지를 살짝 내려 보여주니 예쁘게 잘 됐다며 호들갑이다.

"태어나서 처음 한 문신이야."
"정말? 용기가 있네! 나도 문신을 해보고 싶었거든. 내 친구 중에 마치 갱스터처럼 문신으로 온몸을 도배한 친구가 있어. 걔가 여기에 문신한 걸 봤는데, 생각보다 예쁘더라고."

J가 쇄골 부분을 가리킨다. 레터링 정도를 해보려고 생각했으나 막상 하려니 두려워서 못하고 있다고 한다. 어버버거리다가 해버린 문신이지만 내 자신이 자랑스러워진다. 장소를 옮겨 J와 함께 저녁을 먹고, 다음날부터 떠나는 랑카위 여행의 플랜을 얘기했다.

"내 친구를 포함해 총 5명이 함께 갈 거야. 숙소랑 차를 빌리는데 더 싸게 공유를 하려고 친구들을 모집했어."
"가면 뭐가 있어?"
"커다란 돌산이랑 케이블카도 있고, 바다에서 놀 수도 있고. 그리고 네가 좋아하는 술에 세금이 붙지 않는 지역이라 마시고 놀기에도 좋아. 담배도 마찬가지고."
"와우! 나를 위한 곳이구나? 하하, 우리나라 제주도라는 곳과 비슷한 거 같은데 물가는 오히려 KL보다 싼 거네?"
"응! 제주도랑 비슷한 곳 맞아. 그래서 KL 사람들이 많이 놀러가는 여행지야."

기대가 많이 된다. 오늘은 저녁을 먹고 J의 집으로 가기로 했다. 부모님과 함께 살기는 하지만 지금은 아버지가 첩의 집으로 가시고 동생도 비행 중이라, 어머니만 있어서 괜찮다고 한다. 아빠가 첩이 있다는 사실을 쿨하게 밝히는 것도 신기한데 만난 지 얼마 안 된 친구를 집으로 데리고 가는 자유분방함에 다시 한 번 놀란다. 우리나라에선 상상할 수 없는 일이다. 어머니께는 영국 유학 시절에 만난 친구라고 소개해놨다고 말을 조심하라며 경고해준다.

J의 차를 타고 집에 도착해 어머니께 인사를 드리고 방으로 안내받았다. J의 집은 단독주택으로, 2층으로 되어 있는 구조였다. 집이 크지는 않지만 상당히 깔끔하고 중국식으로 잘 꾸며놓은 집이다. 조상신을 모시는 제단도 있고, 얼마 지나지 않은 설날의 흔적들도 곳곳에서 눈에 띈다. J의 어머니는 영어를 전혀 할 줄 몰라서 나와 긴 얘기를 하지 않고 방으로 들어가셨다. 나는 J에게 큰 가방을 빌려 짐을 쌌다. 현지인 친구들과 함께하는 여행이라니 아주 설렌다.

짐을 다 싸고 일찍 잠자리에 들었다. 비록 남의 집이긴 했지만 나는 아주 푹 잠들었다. 다음날 아침, 어머니께서 차려주신 중국 가정식을 챙겨먹고, 두근거리는 마음으로 J의 친구들을 기다렸다. 몇 분 뒤 허름한 차 한 대가 들어온다. 한 여자분이 밝게 웃으며 J에게 인사를 하며 내린다. J는 곧바로 나에게 친구를 소개시켜 준다.

"반가워. 나는 랜스야."
"내가 어제 말했던 바로 그 갱스터야. 하하."

J가 말했던 문신으로 온몸을 감싼 친구가 랜스라는 걸 단번에 알 수 있었다. 랜스는 중국어를 전혀 하지 못하는 중국계 말레이시아인이었다. 혹시 말레이시아어를 하는지 물어보니 자신은 영어를 쓴다고 한다. 물론 '망글리시'라고 하는 말레이식으로 변형된 특이한 발음을 구사하지만 아주 못 알아들을 만큼은 아니었다.

영어 발음은 둘째 치고 랜스에게서 풍겨져 나오는 포스가 장난이 아니다. 팔을 휘감고 있는 컬러풀한 문신, 다리 전체를 뒤덮은 기이한 문양, 심지어

손가락 마디마다 새겨진 미용 도구 아이콘은 랜스의 직업을 유추하는 것도 어렵지 않게 해주었다. 랜스는 바로 J의 헤어스타일리스트이다.

나머지 J의 친구들을 만나기 위해 우린 공항까지 이동할 택시를 불렀다. 엄밀히 말하면 어플을 이용해 택시가 아닌 주변에서 픽업을 해줄 일반차량을 부르는 시스템이다. 공항에 도착해 나머지 친구들인 에스더와 샹캉을 소개받았다. J의 은행 동료인 이들은 J의 여행 친구들로 어딜 가든지 함께하는 베스트 프렌드라고 한다.

랑카위까지는 비행기로 1시간 반 정도밖에 소요되지 않았다. 랑카위는 말레이시아 반도 북서부, 인도양과 말라카 해협이 만나는 지점에 태국과 국경을 접하는 곳에 위치한 섬이다. 고대 말레이어로 독수리를 뜻하는 헬랑, 갈색을 뜻하는 카위가 합쳐져 헬랑카위라고 부르던 것이 지금의 랑카위가 된 것인데, 그래서 독수리 모양 동상들도 곳곳에서 발견할 수 있다.

도착하자마자 느껴지는 동남아 휴양지 특유의 분위기가 나를 사로잡는다. 렌터카 직원들이 호객행위를 하고, 호텔 전단지를 나눠주는 모습이 영락없는 관광지이다. 우리도 한 업체를 선택해 차를 구경했다. 이곳에 머무르는 3박 4일 동안 우리의 발이 되어 줄 동력이니 신중하게 살펴보며 한 대를 골랐다.

곧바로 차량이 도착하고 운전 실력이 좋다는 에스더가 차를 몰아 숙소까지 무사히 이동해 체크인을 마쳤다. 방이 세 개에 거실에는 커다란 소파가 있는 깔끔한 리조트였다. 베란다로 바깥을 보니 이용객이 자유롭게 입장할 수 있는 풀장도 있다. 커다란 침대가 있는 두 개의 방에 각각 에스더와 랜스, 나와 J가 쓰도록 배려를 해주고 샹캉은 작은 침대가 있는 방을 배정받았다. 어차피 놀다 보면 네 방, 내 방 상관없이 자고 싶은 곳에서 자게 되겠지만 우선은 각자 방에 짐을 풀었다.

우린 근처 중식 레스토랑에서 간단히 점심 겸 저녁을 먹고, 오늘 마실 술과 안주를 사러 시내에 나왔다. 시내 여행자거리 주변엔 커다란 면세점들이 들어서 있고, 말레이시아 사람뿐 아니라 서양인들도 곳곳 눈에 띈다. 해변가에 위치한 이 길은 현지인들보단 외국 관광객이 많이 오는 곳이라고 한다.

면세점에 들어서니 역시 술과 담배들이 제일 많은 비중을 차지하고 있다. 우린 보드카와 맥주, 스파클링 와인, 김 스낵과 과자 몇 봉지, KFC 치킨을 사서 숙소로 복귀했다. 어차피 본격적인 쇼핑은 마지막 날 하려고 했기 때문에 지금은 오늘 먹고 마실 양식들만 구매해도 충분했다.

다 같이 술판을 벌이며 자기소개를 했다. 사실 J의 친구들은 한 번 만난 적이 있기 때문에 구면이기도 하다. 랜스는 J의 직장동료들을 만난 건 처음이라 어색하게 인사를 건넨다. 술이 한두 잔 들어가니 긴장이 풀려서 시시콜콜한 얘기를 나눈다. J가 나를 처음 소개했을 때 깜짝 놀란 이야기, 둘이 사귀는 사이냐며 놀리는 랜스의 짓궂은 농담, 직장에서 일어나는 동료 간의 에피소드 등 이야기꽃을 피워가니 서로 많이 친해졌다. J도 내가 자신의 친구들과 친하게 지내니 마음에 든 눈치이다.

술자리를 마치고 새벽이 다 되어서 각자의 방으로 들어왔다. J와 나는 침대에 누워 조금은 취기 어린 시선으로 서로를 바라보며 키스를 나눴다. J가 보고 싶어서 다시 KL로 온 나, 그리고 필리핀에서 힘들었던 나를 위로해주기 위해 여행을 계획한 J, 참 괜찮은 관계라는 느낌이 든다. 사랑스러운 눈빛으로 J를 쳐다보니 쑥스러운 듯 수줍게 웃는다.

J와의 스킨십이 점점 진해지고 우린 처음 만났던 그날처럼 사랑을 나누었다. 아직 서로에게 익숙하지 않은 몸이지만 마치 많은 것을 알고 있는 커플처럼 여러 가지를 시도해본다. 다른 방에 사람들이 있어서 제약이 조금 있었지만 수위가 높은 하룻밤을 만들고 있는 우리였다. 내 문신이 아물지 않은 것도 J는 많이 배려를 해주었다. 우린 서로를 꼭 끌어안고 잠이 들었고, 다음날 서로의 팔이 포개져 있는 상태로 잠이 깨어 굿모닝 키스를 짧게 나누고 밖으로 나왔다.

소파에는 랜스가 자고 있다. 아무래도 처음 만난 에스더와 한 침대에서 자는 게 불편했나 보다. 랜스를 깨우고 에스더와 샹캉도 연이어 깨웠다. 본격적인 관광이 시작되는 오늘이니 다들 게으름 없이 일어나 나갈 준비를 한다. 오늘은 오리엔탈 빌리지로 가서 케이블카를 타고 랑카위에서 제일 높은 산인 맛 친창 산에 올라갈 예정이다.

오리엔탈 빌리지는 별도의 입장료가 없지만 케이블카를 비롯한 각각의 기구마다 정해진 요금이 있는 테마파크이다. 준비를 마치고 에스더가 또 운전을 해서 30분 정도 가니, 압도적인 높이로 산꼭대기까지 이어진 케이블카가 눈에 띈다. 빌리지 중앙의 커다란 연못가에는 말레이시아 스타일과 어우러진 유럽풍의 건물들이 여러 가지 기념품을 팔고 있었다. 귀여운 수공예품부터 각종 물놀이 기구, 전통 의상을 판매하는 가게들도 눈에 띈다.

우린 케이블카 티켓을 끊어 탑승구로 이동했다. 이 케이블카는 세계에서 두 번째로 높다고 한다. 맛 친창 산을 따라 해발 709m까지 올라가는데, 정상까지는 28분 소요된다. 높은 위치에서 뻥 뚫린 통유리로 된 케이블카 때문에 다들 공포에 사로잡힌다. 그러한 두려움이 없는 나는 케이블카를 흔들며 J와 친구들을 놀렸다. 몇몇 구간은 약 42도가 넘는 가파른 경사라서 다들 아찔하게 느끼는 것 같다.

사진을 찍고 구경을 하다 보니 어느덧 케이블카가 정상에 도착했다. 정상에는 양쪽에 전망대가 있고, 랑카위에서 두 번째로 높은 봉우리와 이어주는 브리지가 있다. 다리를 건너니 가끔 가다 유리로 된 구간들이 600m가 넘는 낭떠러지를 비춰주기도 한다. J의 친구들은 고소공포증이 심해서 다리까지 오진 못했다. J는 나를 위해 함께 다리를 건너 주었다. 내 손을 꼭 잡고 아래를 보지 않기 위해 안간힘을 썼지만 나는 용기 있게 성큼성큼 건너갔다. 마치 구름 위를 걷는 짜릿한 경험이다.

다리를 건너서 보이는 랑카위의 바다는 에메랄드빛으로 아름답게 빛나고 있었다. 마치 지금 J와 함께하는 좋은 추억이 저 바다의 색처럼 느껴진다. 그린라이트처럼 즐거운 시간들을 보내는 우리, 마침 상쾌한 바닷바람이 산 위로 불어온다. 시간이 이대로 멈췄으면 좋겠다.

구경을 마치고 다시 친구들이 있는 곳으로 넘어왔다. 다들 빨리 내려가자며 성화라 아쉬움을 뒤로한 채 다시 밑으로 내려왔다. 그 외에도 트릭아트 미술관이나 4D 체험관 등 즐길 거리들이 많이 있었고, 마치 동심으로 돌아간 듯 어린아이처럼 신나게 뛰어다녔다. J도 그런 모습을 보며 귀엽다는 듯이 나를 쳐다본다. 나보다 나이가 어린 J이지만 역시 철이 덜 든 나를 보며 모성 본능이 자극되나 보다.

랑카위에서의 시간이 너무나 빠르게 흐른다. 우린 저녁을 먹고 또 술을 사서 숙소로 복귀했다. 아직 이틀이 더 남았지만 이 순간이 지나가는 게 너무나 아쉽다. 그날밤은 서로가 쉽게 꺼낼 수 없는 이야기들을 나누며 진지한 대화를 이어갔다. 덕분에 J의 친구들과도 빠른 속도로 가까워졌고, 특히 랜스는 참 나와 비슷한 가정환경에서 자라온 친구라 공감되는 부분이 많아서 새벽이 다 되도록 깊은 대화를 이어갔다. 둘이 유일한 흡연자라는 사실도 친해지는 데에 한몫했다. 테라스에서 둘이 담배를 피다가, 랜스는 참 고마운 말을 해준다.

"난 일을 그만두고 쉬고 있어. 시간이 많으니 J가 회사에 있는 동안엔 내가 널 케어해줄게."
"정말? 안 그래도 KL로 돌아가서 무료한 시간을 어떻게 보내야 하나 걱정했는데. 고마워!"
"낮엔 나와 함께 KL 곳곳을 돌아다니다가, 저녁엔 J와 만나서 또 놀자. 나도 요즘 정신적 휴식이 필요했거든."

J로 인해 만난 이 친구들과도 참 좋은 인연을 맺어갔다. 좋은 친구들을 소개해준 J에게 참으로 감사한다. J에 대한 호감도가 점점 올라가는 게 느껴지며, J에게 잘해야겠다는 생각이 드는 밤이었다.

파도 위를 달리는 우리의 관계

셋째 날, 우리는 랑카위 바다를 찾아왔다. 가는 길에 나는 수영복을 하나 구매해서 입었다. 옷 모양을 따라 새카맣게 탄 얼굴과 목, 옷에 가려졌던 하얀 몸과 대조되는 나의 모습을 보더니 J가 웃음을 터뜨린다.

나는 어릴 때부터 물을 참 좋아했다. 땀이 많음에도 불구하고 늘 바다에 가는 여름이 제일 좋아하는 계절이었고, 그래서 더운 나라들을 여행하는 지금도 언제든 바다로 뛰어들 수 있는 날씨이기에 매우 즐겁다. J와 랜스, 나 셋은 수영복을 입고 도착하자마자 바다로 뛰어들었다.

물이 생각보다 맑다. 너무 차갑지도 않고, 시원하게 몸을 적셔주는 랑카위 바닷물에서 우린 막역한 친구들처럼 신나게 놀았다. 물싸움도 하고, 예쁜 자갈을 찾으러 물속으로 헤엄쳐 들어가기도 했다. 남해 정도 되는 깊이의 랑카위 바다는 물놀이를 하기 딱 좋은 깊이였다. 시원하게 펼쳐진 수평선 위에는 파란 하늘과 폭신해 보이는 구름들이 떠있다. 그리고 그 아래, 바다 위를 빠르게 달리는 제트스키도 볼 수 있었다.

"J, 우리 저거 타볼래?"
"제트스키? 나는 무서워서 못 타."
"운전은 내가 할게. 저기 보이는 섬까지 타서 가보자."
"난 겁이 많은데."
"괜찮아. 나를 꼭 잡고 타면 돼."

반신반의하는 J의 손을 이끌고 제트스키 렌탈숍으로 들어갔다. 우린 구명조끼를 입고 해변에 주차되어 있던 제트스키를 타고 먼 바다로 나갔다. 수영존을 벗어나 본격적으로 오토바이를 타듯 손잡이를 세게 당겼다. 파도를 뛰어 넘으며 점프하는 제트스키가 매우 짜릿하다. 생각보단 속도가 나오지 않았지만 바닷바람이 강하게 불면서 넘실대는 파도 위를 달리니 체감 속도는 아주 빠르게 느껴진다.

J와 나는 소리를 지르며 신나했다. 파도를 따라 가다가 옆으로 핸들을 틀면 물살이 강하게 튀면서 우리를 덮친다. 높은 파도를 만나 방향을 틀었을 때에는 제트스키가 거의 옆으로 넘어질 뻔한 아찔한 경험도 했다. 물에 빠진 생쥐 꼴이 된 우리는 깔깔대며 바다 위에서 서로를 바라보았다. 의외로 좋아하는 J의 모습을 보니 뿌듯하다.

해변의 사람들이 개미처럼 작게 보이는 먼 바다까지 달려온 우리는 잠시 멈춰서 키스를 나눴다. 깊고 넓은 바다 한가운데서 입을 맞추니 분위기가 아주 로맨틱하다. 씨익 웃어보이고선 다시 바다 위를 질주한다. 해변에서 얼핏 보았던 작은 무인도까지 이동해 섬 주변을 한 바퀴 돌았다.

"이런 무인도에서 둘이 같이 살면 재밌겠다."
"너와 함께라면 나도 할 수 있을 것 같아."

기분이 좋았지만 부끄러운 마음에 대꾸 없이 볼에 뽀뽀를 해주곤 다시 속력을 냈다. 실컷 놀다 보니 시간을 알리는 깃발이 해변에서 펄럭인다. 빠르게 달려서 무사히 시간에 맞춰 해변에 도착했다. 제트스키에서 내리니 긴장이 풀리며 피곤함이 몰려온다. 막상 놀 때는 몰랐는데 내리고 나니 아주 몸이 피로해지는 격렬한 스포츠임을 알 수 있었다. 뒤에서 날 꼭 잡고 있던 J도 다리가 휘청거리는지 나가는 도중 바다에서 넘어지기도 했다. 내 손에는 빨갛게 까진 상처도 나 있다.

"손에 작은 상처가 났네?"
"원래 제트스키를 타면 파도랑 바닷바람에 까져서 엄지손가락 부분에 상처가 나."
"오호 신기하다."

바다에 오면 자주 제트스키를 탄다는 랜스가 이유를 알려준다. 우리가 재밌게 놀고 온 모습을 본 랜스가 자신도 타고 싶었는지 15분만 빌려서 타고 오겠다고 한다. 어차피 혼자타도 가격은 같으니 나에게 이번엔 뒤에 타보겠냐고 물어본다.

"나 랜스랑 한 번 더 타고 와도 될까?"
"당연하지. 랜스를 꼭 붙잡고 타고 와."
"너희 둘 뭐야! 그냥 혼자 탈래."
"하하하! 미안 미안, 얼른 가서 타자."

괜히 심술이 난 랜스가 익살스럽게 장난을 친다. 바닷가로 나와 다시 한 번 제트스키로 수면을 달린다. 뒤에 매달려 타니까 확실히 내가 직접 몰 때보다는 스릴이 덜하다. 그래도 짧은 시간 동안 격렬한 운동을 한 셈이니, 다 타고 내렸을 땐 나도 온 몸이 풀려서 J처럼 넘어지고 말았다.

물을 싫어하는 에스더와 샹캉은 신나게 노는 우리를 해변가에서 바라보며 대리만족만 하고 있었다. 둘을 끌어내서 바다로 빠뜨리려고 장난을 쳤다. 그러나 몸무게가 많이 나가는 둘을 끌고 바다로 들어가는 게 힘이 부친다. 평소 때였으면 어떻게 해서든 성공을 시켰겠지만 방금 제트스키를 타서 그런지 체력이 부족해 반도 못 끌고 와 녹다운이 되었다.

체력 보충을 위해 저녁을 먹으러 근처에 있는 레스토랑에 들어갔다. 딱히 맛있는 음식을 먹는 건 아니었지만 몸이 지쳐서 그런지 뭐든지 맛있게 느껴진다. 식사를 마치고 다시 힘을 내었다. 이번엔 근처 면세점으로 들어가 쇼핑을 시작했다. 딱히 살 물건이 없었던 나는 오로지 술들에만 눈독을 들이며 오늘 마실 주류 쇼핑을 했다.

엄청난 양의 맥주를 구매하고 숙소로 복귀하여 오늘 하루를 마무리 지었다. 확실히 외국 친구들과 술을 마시다 보면 한국 사람이 술을 잘 마시는구나 하는 걸 느낀다. 얼마 마시지도 않았는데 이미 취해서 해롱대는 그들을 발견하는데, 심지어 맥주 두 캔 정도로 취해버리는 이 친구들을 보니 애초에 술을 잘 못하나 하는 생각까지 든다. 마지막 날인 만큼 거하게 취한 친구들과 두런두런 얘기를 나누다 보니 새벽 4시가 넘어간다. 각자의 방에 들어온 우리는 곧바로 곯아떨어졌다. 매우 피곤했던 나도 그저 J를 끌어안고 깊은 잠에 빠졌다.

다음날 우린 모두 체크아웃 시간까지 일어나지 못했다. 결국 직원의 방문에 급하게 숙소를 나와야만 했고, KL로 복귀하는 비행기 시간까지 여유가 있던 우리는 체크아웃 후 면세점 쇼핑을 더 했다. 직장생활을 하는 친구들은 휴가 복귀를 하면서 팀원들에게 줄 기념품과 초콜릿을 사고 있다. 역시 사회생활은 한국이나 여기나 다를 바가 없나 보다.

내가 현금이 부족한 탓에 랑카위에서 쓴 경비 지불을 위해 친구들이 쇼핑한 물건들을 내 카드로 결제했다. 일명 말레이시아 카드깡(?)이다. 자신이 나를 위해 쓴 경비는 괜찮다며 극구 사양하는 J를 설득해 제 값을 지불하느라 진땀을 빼기도 했다.

낭만적인 경험과 소소한 행복을 준 랑카위의 시간은 쏜살같이 지나갔다. 우린 그날 저녁비행기로 복귀했고, 나는 J의 집에서 하루를 더 묵고 다음날 아침에 지하철을 타고 숙소로 복귀해 저녁까지 침대에 뻗어버렸다. 역시 타이트한 여행을 하기엔 이제 체력이 달린다. 결국 랑카위에서 복귀한 다음날 하루를 통으로 날려버렸다.

1. 랑카위 도착! 비행기에서 내려다본 풍경.

2. 숙소가 아주 괜찮았다. 가족여행으로 오기에 참 좋을 것 같다.

3. 맛 친창 산을 오르는 케이블카, 세계에서 두 번째로 높은 케이블카이다.

4. 랑카위에서 두 번째로 높은 봉우리와 이어주는 브리지(상). 가끔 유리로 된 구간들이 600m가 넘는 낭떠러지를 비춰주기도 한다(하).

5. 맛 친창 산 정상에서 바라 본 에메랄드빛 랑카위 바다.

KL는 단지 J를 보기 위한 일정이기에, 다른 나라로 출국 예정도 없는 상태에서 J 없는 KL의 낮은 잉여스러움의 끝장판이다. 이왕 KL에 머무르게 되었으니 혹시 잠깐잠깐 다녀올 만한 곳들이 없을까 싶어 KL central 역에 있는 관광센터를 찾았다. 인터넷 정보보다는 아날로그식 가이드 북을 선호하는 편이라 직접 정보를 얻어서 계획을 짜는 게 편하다. 지도와 가이드 북을 받아서 숙소로 돌아왔다. 4인용 도미토리였던 숙소에는 새로운 멤버 한 명이 들어와 있었다. 근데 왠지 생김새와 영어 악센트를 봤을 때 한국인이 아닐까 의심이 된다.

"익스큐즈 미, 유 프롬 웨얼?"
"코리아! 웨얼 아 유 프롬?"
"어? 한국인이셨어요? 저도 한국인이에요!"
"아? 아까 옆방 사람하고 일본어로 인사하길래 일본인인 줄 알았네!"
"그냥 서로 인사만 나누고 있어요. 이 숙소에 있는 동안 한국인이 온 거 본 적이 없는데, 한국인이신 거 같아서 말 걸어봤어요."
"그래요. 반가워요. 여기 얼마나 있었는데?"
"얼마 전까지 계속 머물다가 세부랑 싱가포르에 다녀온 뒤 다시 복귀했어요."

나이가 지긋하게 드신 이 아저씨는 직장 은퇴 후 해외 여행들을 계속 다니신다는 어르신이었다. 본인이 젊을 때는 외국 여행을 하는 게 쉽지가 않았지만 요즘엔 동남아 정도는 여유롭게 다닐 수 있으니, 자식들을 다 키워놓고 이제는 노후생활을 즐기고 있다 하셨다. 많은 여행지를 다니려면 역시 배낭을 들쳐 메고 도미토리에서 묵는 편이 경비를 줄이는 가장 좋은 방법이라, 적지 않은 나이이심에도 불구하고 백팩커들이 찾는 숙소들을 선호하신다고 한다.

"여기에는 얼마나 계실 계획이세요?"
"난 내일 모레 아침에 말라카에 갔다가, 구경하고 다시 돌아와 한국으로 갈 거야."
"말라카요? 제가 싱가포르에서 올라오면서 들렀는데, 정말 좋아요! 볼거리도 한 곳에 몰려 있어서 하루 이틀이면 충분히 구경도 할 수 있고요."

"그래? 정보 좀 주게. 자네는 얼마나 여기에 있는데?"

"저는 아직 출국 계획이 없는데, 아마 한국으로 돌아가기 전에 다음 주쯤 대만이나 홍콩 정도 들렀다가 돌아가지 않을까 싶어요. 오늘은 따로 계획 없으세요?"

"난 KLCC 옆 공연장에서 말레이시아 전통 춤 무료 공연을 한대서 거기나 가보려고. 아, 참 말 편하게 해도 되지?"

"아 그럼요. 제가 훨씬 어린 걸요. 혹시 괜찮으시면 저도 거기 동행해도 될까요?"

"물론이지."

나는 초면부터 나이가 많다고 말을 놓는 어른들을 극도로 싫어한다. 나 자신부터도 바로 말을 편하게 하는 걸 싫어하지만 모 인터넷에서 본 '꼰대가 되었다는 증거' 중 하나가 바로 자신보다 나이가 어리다는 걸 안 순간 곧바로 반말을 하는 거라고 한다. 그러나 우리 엄마만큼이나 연세가 드신 어르신인 데다, 여행지에서 만난 한국인 청년이 반가운 마음에 나도 모르게 나온 말투이시겠거니 생각하고 오늘의 여행을 동행하기로 마음먹는다.

공연장으로 가는 동안 나는 어르신께 '사장님'이라는 호칭으로 부르며 여러 이야기를 나눴다. 전형적인 한국 어르신답게 나에 대한 호구 조사도 빼먹지 않으신다. 나는 말라카에서 내가 묵었던 숙소와 곳곳의 관광지 정보를 드렸다. 휴대폰에 저장해놓은 사진들을 보여드리니 잘 선택한 것 같다며 좋아하신다. 두런두런 이야길 나누다보니 어느새 공연장에 도착했고, 입장 순서를 받아놓은 뒤 잠시 담배를 피우러 밖으로 나왔다. 센터 와이파이를 이용해 J에게 문자를 보낸다.

[헤이 J, 나 지금 공연 보러 왔어.]
[무슨 공연?]
[KLCC 옆 센터에서 하는 전통 춤 공연이야. 한국인 한 명을 만나 같이 왔어.]
[KL에 살고 있는 나도 처음 듣는데? 역시 관광객이 다니는 곳은 많이 다르다.]
[그러게. 나도 네가 서울에 오게 된다면 관광지에 대해선 잘 모를 거야.]
[원래 다 그런 법이지. ㅋㅋ]

어디서 배웠는지 J는 'ㅋㅋ'를 입력해서 보낸다. 나중에 숙소에 가서 연락한다고 문자를 보내고 입장을 위해 다시 센터로 들어왔다. 어르신과 나는 앞쪽으로 자리를 잡고 공연을 즐겼다. 쇼는 여자 진행자가 나와서 춤들에 대한 설명을 영어로 해주고 댄서들이 나와서 그 춤을 선보이는 순서로 진행이 된다. 어르신께 간단한 통역을 해드리면서 말레이시아의 전통 춤들을 구경했다.

의외로 무료 공연치고는 퀄리티가 매우 높다. 댄서들의 실력도 좋고, 말레이시아가 다국적, 다민족이 모인 나라이다 보니 그 전통의상들을 구경하는 재미도 쏠쏠하다. 공연을 마친 후에는 관객 이벤트로 말레이시아 원주민들이 쓰던 전통 사냥 도구로 풍선을 맞추면 선물을 주는 행사도 한다. 나는 조금 부끄러워서 내뺐는데, 오히려 어르신은 상품이 궁금하다며 먼저 손을 들어 무대로 올라가 상품을 받아오셨다. 상품은 부채와 볼펜 따위의 간단한 것들이었지만 나름 기념이 될 만한 물품이었다.

마지막에는 관객을 비롯한 모든 사람들이 무대로 올라가 'Essence of Malaysia'라는 곡에 맞춰 뱅글뱅글 돌며 춤을 추었다. 이 노래는 꽤 멜로디가 좋아서 한국에 와서도 계속 생각이 나서 노래를 찾아보기도 했다. 알고 보니 'Yuna'라고 하는 말레이시아의 유명 작곡가가 만든 곡이라고 한다.

원곡의 편안함을 살리면서 댄스로 편곡한 노래의 멜로디에 맞춰 전 세계 사람들이 다 같이 춤을 추니 괜한 감동이 밀려온다. J로 인해 이미지가 좋아진 말레이시아이기도 했지만 정말 수많은 국가의 사람들이 이곳 KL에 모여 함께 손을 잡고 있는 이 모습이 감격스럽다. 더욱 가까워지고 좁아지는 이 지구를 여행하고 다닐 수 있다는 사실에 새삼 감사하다. 지금 하고 있는 여행의 수많은 사건들과 이야기들이 'Essence of Malaysia' 노래에 맞춰 주마등처럼 지나가는 느낌이다.

노래가 끝나고 서로에게 인사를 건넸다. 다음에 나는 말레이시아 전체를 여행할 생각으로 다시 올 것이다. 공연장에서 나오니 J에게 곧 퇴근한다는 문자가 와 있다. 어르신을 먼저 보내드리고 나는 J의 회사 근처로 발걸음을 옮겼다.

"많이 기다렸지? 저녁으로 뭐 먹을까?"

"혹시 주변에 초밥집 있어? 내가 제일 좋아하는 음식인데 최근에 계속 못 먹었어."

"당연히 있지. 내가 다니는 체육관이 있는 건물에 유명한 스시집이 있어. 가자."

J의 차가 주차되어 있는 역으로 이동해, 차를 타고 커다란 건물로 들어섰다. 레스토랑들이 모여 있는 층으로 이동하니 아주 깔끔하게 여러 가지 음식을 파는 가게들이 눈이 띈다. KL은 우리나라만큼이나 이런 쇼핑몰 건물들이 참 잘 되어 있다.

일식 레스토랑에 들어서 메뉴판을 살펴보았다. 나는 가격을 보고 깜짝 놀랐다. 우리나라의 반값도 안 되는 초밥 가격이다. J에게 아무래도 KL에 있는 동안 초밥만 먹어야겠다며 농담을 했다. J가 처음 만났을 때 라시르막 가게에서 말한 것처럼, 이 정도면 말레이시아에서는 꽤 비싼 레스토랑이라고 한다. 나는 부담 없이 내가 먹고 싶은 초밥들을 주문했다. 본격적으로 초밥을 먹기 위해 옆에 비치된 물티슈를 까서 손을 닦았다.

"그거 쓰면 추가요금을 내야 해!"

"뭐? 물티슈가 공짜가 아니야?"

"한국에서는 물티슈가 무료로 제공돼?"

"당연하지! 아, 근데 이미 포장을 뜯어버렸어."

"어쩔 수 없지. 괜찮아."

문화충격이다. 너무 당연하게 달라고 하면 주는 물티슈에 요금이 부가된다니. 물론 내가 다니던 나라들이 워낙 낙후된 지역들이어서 물티슈는커녕 티슈라도 있으면 다행인 음식점들이 많았다. 심지어 여기는 처음에 한 병만 제공하는 녹차도 더 마시고 싶으면 돈을 내야 한다. 마치 저가 항공사가 비행기 값을 낮추고 부가서비스 옵션들을 징수하는 느낌이다.

어차피 나의 목적은 초밥이니 녹차나 물티슈 따윈 필요 없다. 주문한 음식이 하나하나 나오고 나는 소리를 질렀다. 이게 얼마 만에 먹어보는 초밥인지, 손이 가는 대로 폭풍흡입하기 시작했다. 맛도 나름 괜찮다. 고급 레스토랑이니 해산물을 먹고 탈이 나진 않을 것이다. J도 내가 잘 먹는 모습을 보더니 랜스와 한 번 더 오자고 한다.

"그나저나 오늘 공연은 어땠어?"

"생각보다 너무 괜찮았어. 댄서들이 춤도 잘 추고, 전통의상들도 보고. 마지막엔 무대에 올라가서 춤도 췄어."

"네가? 하하, 재밌었겠다."

"응, 나도 좀 부끄러웠어. 그나저나 남은 KL에서의 일정을 어떻게 해야 할지 모르겠어. 낮에는 네가 일을 하고 있으니까. 숙소에서 밀린 글이나 써야 할까."

"랜스가 지금 쉬고 있으니까 같이 돌아다녀 달라고 해 봐."

"맞다! 랜스가 랑카위에서 얘기했었는데. 근데……, 괜찮겠어?"

"괜찮아. 랜스는 나랑 제일 친한 친구야. 차도 있으니까 같이 KL이랑 주변 구경 좀 하고 다녀."

J가 소개해준 랜스 덕분에 지루하지 않게 시간들을 보낼 방법이 생겼다. 실제로 랜스는 다음날부터 나를 로컬 피플들만 알고 있는 명소들에 데리고 다니며 구경시켜주었다. 하지만 이번 KL 일정의 실질적 주제는 바로 '먹거리'이다. 점심은 랜스와 스시집 투어를 하고, 저녁엔 셋이 모여서 내가 먹어보지 못했던 음식들을 먹으러 다녔다. 소위 말해 KL에서의 '먹방'을 시작한 것이다.

첫날 J와 스시를 시작으로, 두 번째로 딤섬과 덤플링을 먹었다. 중국계 말레이시아인들답게 자신들이 자주 가는 중식 레스토랑으로 나를 데리고 갔다. 종류가 너무 다양해서 이것저것 시켰다. 나는 로티번에다가 고기를 채워넣어 쪄낸 특이한 형태의 만두가 제일 맛있었다. 바깥쪽은 마치 소보로같은 단 맛이 나는데, 한입 베어 무는 순간 짭짤한 고기 맛이 느껴지면서 말 그대로 '단짠'을 동시에 경험하게 해주는 찐빵 같은 음식이다. 육즙이 풍부하게 흘러나오는 만두는 뜨거운 걸 잘 먹지 못하는 나임에도 기본 양에 더 추가를 해서 먹을 정도였다.

다음날은 스팀보트라고 하는 말레이시아식 샤브샤브를 먹었다. 정확히는 야채, 해물, 고기, 면 등을 담백한 육수에 살짝 데쳐 먹는 말레이시아 대중음식이다. 일본의 샤브샤브나 태국의 수끼와 비슷하다고 보면 될 것 같다. 전골 냄비에 육수를 끓여 한 가지씩 또는 한꺼번에 데쳐서 소스를 찍어 먹는데, 처음 먹어보는 나를 위해 가운데 칸막이가 있는 냄비를 이용해 매운 맛과 순한 맛을 동시에 맛볼 수 있는 반반메뉴를 시켰다.

우리나라에서 샤브샤브를 먹고 나면 칼국수와 볶음밥을 해주는 것처럼 이곳에서도 2인분만 시키고 마지막에 면과 밥을 넣어 먹는 게 일반적이라고 한다. 재료를 넣고 조금 있다가 전골 냄비의 뚜껑을 여니 육수가 보글보글 끓으며 각종 재료들이 알맞게 익어서 푸짐하게 펼쳐진다.

개인마다 작은 국자가 제공이 되기 때문에 자신의 입맛대로 건더기를 건져 먹을 수 있다. 육수를 추가로 부어달라고 하면 직원이 와서 넉넉하게 더 보충해준다. 다행히 육수는 추가요금이 없다. 몇 접시 퍼서 먹다 보니 아무리 먹성 좋은 사람도 포기하고 젓가락을 내려놓을 정도로 양이 많다. 결국 밥은 포기한 채, 면만 조금 넣어서 익혀 먹었다. 이날은 소화를 시키느라 밤잠을 설쳐야만 했다.

한 번은 전에 먹었던 라시르막의 길거리 버전을 경험했다. 고급 레스토랑에 가서 먹은 라시르막처럼 올라가는 메뉴가 정해진 게 아닌, 내가 직접 먹고 싶은 반찬들을 골라 넣어서 마지막에 결제를 하는 시스템이었다. 치킨, 감자조림, 멸치볶음 등을 올리고 테이블로 가지고 왔다. 역시 내 입맛은 길거리 음식에 더 잘 맞는다. 레스토랑보다 이곳에서 먹은 라시르막이 더 맛있다.

J가 현지 물가로 비싼 음식을 계속 먹는 게 다소 부담스러웠는데, 내가 이런 음식도 잘 먹어주어서 고맙다며 팔을 쓰다듬는다. 혹시라도 한국에 J가 오면 내가 더 맛있는 음식들을 대접해주어야겠다는 생각이 든다. J와 랜스, 나 셋은 마치 옛날부터 단짝친구였던 것처럼 매일 저녁에 만나 식사를 함께 했다. 종종 타워 맥주도 한잔씩 걸치며 하루의 피로를 풀어내기도 했다. 덕분에 오랜 여행으로 빠졌던 살들이 도로 쪄버렸다.

먹느라 정신없이 보낸 평일이 지나고 불금이 되었다. 그날의 먹방은 바쿠테라는 음식이었다. 이름이 흡사 '바퀴벌레'와 비슷해서 별로 끌리진 않았으나 J를 믿고 가보기로 한다. 사실 바쿠테는 싱가포르 음식이다. 돼지고기를 진한 국물에 고아 만든 바쿠테는 우리나라 갈비찜의 좀 더 진한 버전이라고 생각하면 될 것 같다.

마늘과 각종 향신료를 함께 넣고 끓여 칠리소스나 땅콩소스를 찍어먹는데, 레스토랑 내부는 돼지 잡내를 잡기 위한 재료들 때문에 마치 한약방 같은 냄새가 진동한다. 의외로 입맛에 잘 맞아서 밥까지 추가로 시켜 싹싹 긁어먹는 나를 보더니 J가 한국에 올 때 인스턴트 바쿠테를 사다주겠다고 한다. 후식으로 레스토랑 2층에 있는 카페에 가서 코코넛 주스도 한잔 마셨다. 바쿠테로 텁텁해진 입이 개운하게 씻겨나가는 느낌이다.

마지막 먹방은 치맥이었다. 전에도 갔던 한국타운, 암팡 구역에 가니 눈에 익은 한글 간판들이 보인다. 말 그대로 '치맥'이라는 가게명의 레스토랑에 들어갔다. 말레이시아에서 한류열풍이 지속되면서 '치맥', '삼소' 정도는 젊은 사람들 사이엔 유행하는 단어가 되었다고 한다. 이날은 랑카위에 갔던 멤버 모두가 나를 위해 모여 주었다. 어쩌면 송별회 비슷한 느낌이었을지도 모른다.

'치킨은 진리'라는 말이 있을 정도이니 이 맛에 대한 설명은 생략을 해도 무관할 것 같다. 치킨을 먹다가 랑카위 멤버들이 나에게 갑자기 서프라이즈라며 웬 문서들을 내민다. J도 내가 이걸 보고 무슨 얘길 꺼낼지 은근 기대하는 눈치이다. 나는 그들이 건넨 종이들을 살펴보았다. 그것은 한 달 반 뒤, 서울로 오는 비행기 E-티켓과 자신들의 일정이 적힌 계획표였다.

"네가 우리 관광 일정을 함께 짜주면 좋을 것 같아서 갖고 왔어."
"잠깐, 너희들이랑 J가 곧 한국으로 온다는 거야?"
"마침 특가상품이 있어서 바로 결제를 했어. J가 아무래도 너에게 푹 빠져 있나 봐."

J를 쳐다보니 '놀랬지?' 하는 표정으로 멍해진 나를 쳐다본다. 꽤나 감동적이다. 사실 요 며칠간 나는 마지막이 될지도 모르는 여행지를 물색하다가, 오

1. KL먹방, 오른쪽으로 순서대로 초밥, 코코넛 주스,
스팀보트(상). 바쿠테, 타워맥주(하).
2. 전통 춤 공연 Essence of Malaysia, 무료라 더 매력적이다.

늘을 기준으로 이틀 뒤에 대만으로 떠나는 비행기표를 예매했다. 시간이 흐
르고 흘러 어느새 코앞으로 다가온 나와의 이별선물로 J와 친구들은 'See
you again'을 준비해 준 것이다.

나는 J를 꼭 안아주었다. 사랑은 다른 사랑으로 잊는다고 했던가, 만난 지
얼마 되지 않았지만 나에게 지대한 관심을 보여준 J, 그리고 이별이 아쉬워
또 한 번의 만남을 위해 한국 여행을 택해준 J와 그 친구들에게 너무나 감사
했다. 그저 한여름 밤의 꿈처럼 소중한 추억거리로 끝날 줄 알았던 나의 생
각을 흔들어놓는다. 한국에 곧 가겠다는 J의 말들은 빈말로 던지는 농담거리
가 아니었다.

물론 나도 이 관계를 아무렇지 않게 생각한 건 아니었다. J 덕분에 즐거운
시간들을 보낸 건 사실이다. 기쁜 마음으로 그들을 맞이하기로 했다. 치맥을
즐기며 한국에서 일정들을 살펴주고 계획을 짜주었다. 한국 일정을 정리하고
우린 다시 만날 약속과 함께 작별인사를 했다. 곧 볼 친구들이니 아쉬움이나
슬픔은 없다. 말로는 설명할 순 없지만 여행자이기에 경험할 수 있는 신기한
감정이라는 생각이 든다. J와 나, 랜스는 J의 집으로 과일소주 몇 병을 사들
고 들어와 잠시 동안의 이별에 대한 아쉬움을 달래며 주말 밤을 보냈다.

나에게 잭팟이란 있을 수 없다

공식적으로는 우리의 마지막 날이 되어 버린 KL의 일요일이 밝았다. 잠이 덜 깬 상태로 부스스하게 J의 집 소파에서 일어났다. 나는 전날 술을 마시다가 너무 피곤해서 새벽에 소파에서 잠들었다. 랜스도 다른 소파에서 곤히 자고 있었고, J는 이미 일어나 씻는 소리가 들린다. 마지막 날이라고 해서 딱히 할 게 있었던 건 아니지만 뭔가 그냥 보내기엔 아쉽다. 마침 씻고 나온 J가 아직 물기가 가시지 않은 머리를 말리며 밖으로 나온다.

"오늘 뭐 할 거야? 일요일이라 내일 출근을 위해 쉬는 게 나을까?"
"어차피 새벽 비행기니까, 나는 너를 공항까지 바래다주고 출근하면 돼. 어제 겐팅 하이랜드에 가보고 싶다고 했잖아."
"겐팅 하이랜드?"
"응. 카지노에 한 번도 가본 적이 없다며. 그래서 나랑 랜스가 겐팅 하이랜드에 데리고 가기로 했는데."
"맞아. 좋은 아침이야 모두."

랜스가 눈만 감고 우리가 하는 대화를 듣고 있었는지 손을 들어 대답을 해준다. 겐팅 하이랜드,[1] 이름이 너무 생소해서 몰랐는데 전날 내가 카지노에 가보고 싶다고 했던 건 기억난다. 말레이시아판 작은 라스베이거스라고 랜스가 설명을 덧붙인다. 마지막 날을 어떻게 보내야 하나 고민했는데 단번에 해결이 되었다. 나와 랜스도 씻고 나와서 나갈 준비를 마쳤다. J의 어머니가 준비해두시고 나간 점심 식사를 먹고 차에 올라탔다.

겐팅 하이랜드는 KL에서 한 시간 정도 차를 타고 가야 하는 위치이다. 애초에 높은 고원에 있다는 말을 듣고 얇은 바람막이를 준비했는데, 위로 올라갈수록 확실히 추워진다. 빙글빙글 산길 도로를 따라서 올라갔다. 하이랜드 꼭대기까지 이어진 케이블카는 담력이 좋은 나도 아찔하게 느껴질 정도이다.

---

1) 해발 2,000m에 위치한 리조트 단지로 온갖 먹거리와 쇼핑센터, 테마파크, 카지노 등이 모여 있는 복합놀이 문화공간.

어느 정도 올라가니 공연 정보가 담긴 커다란 전광판들이 보이면서 확실히 유흥을 위한 공간임을 실감하도록 해준다. 창문을 여니 시원한 산들바람이 불면서 차가운 공기가 들어온다. 가는 도중 보게 된 온도계엔 섭씨 19도라고 쓰여 있다. 사시사철이 여름인 말레이시아를 생각한다면 19도는 아주 추운 날씨이다.

주차장이 있는 정상 부근에 올라오니 이게 안개인지 구름인지 구분이 가지 않는 흐린 시야가 앞을 가린다. 주말에는 KL을 비롯한 말레이시아 사람들, 외국인 관광객들이 전부 이곳을 찾기 때문에 주차하는 것조차 힘들다고 한다. 우리도 주차장 구역을 돌고 돌다가 1시간 만에 겨우 출차하는 차량 뒤에 서서 주차를 할 수 있었다.

차에서 내려 겐팅 하이랜드로 들어서니 마치 북유럽에 온 듯한 시원한 날씨이다. 내부엔 재밌어 보이는 놀이기구들이 즐비해 있는데, 마술 쇼와 아이스 스케이팅 쇼를 관람할 수 있는 공연장도 마련되어 있다. 영국 런던, 이탈리아 베니스, 미국 타임스퀘어, 스위스 알프스 등의 전 세계 주요도시를 본뜬 테마 파크도 펼쳐져 있다.

우린 우선 한국 브랜드 K치킨에 가서 배고플 때 간식으로 먹을 치킨을 시켜놓았다. 치킨 집에 들어서니 말레이시아 내에서 치맥의 인기를 실감할 수 있었다. 식사 시간이 아님에도 불구하고 기본 30분 이상 대기해야 자리를 잡을 수 있을 정도였고, 포장 주문도 밀려 있는 탓에 꽤나 오래 기다려야 우리 순서를 맞을 수 있었다.

치킨을 사서 카지노에 들어섰다. 처음 보는 풍경에 얼떨떨하다. 게임을 즐길 수 있는 카드를 구입해서 우리나라 5만 원 정도를 충전했다. 사실 테이블 게임보다는 슬롯머신이 꼭 해보고 싶었다. 주저 없이 슬롯머신이 모여 있는 구역으로 이동한다. 내가 아는 슬롯머신은 그저 그림 맞추기인 줄 알았는데, 실제의 슬롯머신들은 그렇지 않았다. 각 게임기마다 맞추는 그림의 규칙이 존재했고, 나는 아무것도 모르고 제일 마음에 드는 테마의 슬롯머신을 골라 자리에 앉았다. 카드를 투입해 버튼을 마구 눌러대니 랜스가 그렇게 하는 게 아니라며 규칙을 알려준다.

"커다란 용 세 마리가 나오면 잭팟이야. 한 마리가 나오면 포인트를 5배로 주는 게임이 시작되고, 네가 쓰는 포인트에 따라서 그 베팅 금액이 달라져. 이건 20링깃 버튼이고, 이건 50링깃……."

"랜스, 이런 거 어떻게 잘 알아?"

"내 전 남자친구가 도박 중독이어서 여기 자주 왔었거든."

"헐?"

J가 그동안 랜스에게 이상한 남자들만 꼬였었다고 설명을 덧붙인다. 랜스는 화려한 문신만큼이나 어마어마한 남자들을 만났다고 한다. 나는 설명을 듣고 좀 더 신중하게 게임에 임했다. 포인트로 환산하니 얼마 되지 않아 보였는데, 금액을 알고 나니 내가 쓰고 있는 돈이 얼마나 부질없이 날아가고 있었는지 알 수 있었다.

이미 초반에 아무 버튼이나 눌렀을 때 삽시간에 4만 원가량을 날린 상태였다. 만 원밖에 남지 않은 상황이었지만 조금 더 신중하게 게임에 임했다. 하지만 그 실력이 어디 가겠는가, 결국 남은 돈도 없어졌다. 도박이라는 것은 정말 무섭다. 왠지 규칙을 알고 나니 조금만 더 하면 딸 수 있을 것 같다.

둘의 만류에도 불구하고 5만 원 정도를 더 충전해서 게임을 시작했다. 처음 3만 원가량은 아까와 마찬가지로 허무하게 날려버리고 말았다. 그러나 2만 원가량 남았을 때 나의 화면을 채우는 커다란 용 2마리, 랜스가 소리를 지르며 10배의 보상이 들어오는 찬스이니 아주 천천히 버튼을 누르라고 말해준다. 미인이 옆에 앉아야 돈이 들어온다는 말도 안 되는 미신으로 J를 내 옆에 앉힌다.

침을 꿀꺽 삼키고 버튼을 신중히 누른다. 왠지 이 기회를 날려버리기엔 아쉬움이 많다. 15번의 스톱 버튼에 나의 돈을 회수하느냐 마느냐가 달려 있다. 13번은 엉뚱한 그림만 나와서 기회를 날려버렸다. 그러나 14번째 누를 때 갑자기 '탱탱탱탱탱탱' 소리와 함께 늘어나는 포인트가 멈출 기약도 없이 계속 올라가기 시작한다.

"잭팟은 아닌데, 용 한 마리랑 더블 포인트 두 개가 붙어서 엄청 올라갈 거야. 잘하면 잃은 돈도 다시 따겠는 걸?"

랜스가 옆에서 대충 금액을 예상해준다. 정말 잭팟을 맞은 사람은 이 종소리가 인생역전의 소리와 같겠다는 생각을 해본다. 수십 초간 소리가 계속되더니 드디어 포인트 상승이 멈춰 선다. 한국 돈 10만 5천 원 정도에서 멈춰 선 포인트, 왜 사람들이 도박에 빠지는지 알 것 같다.

"여기서 멈춰야 해."
"맞아. 네가 좋아하는 커피 두 잔 값을 벌었잖아."
"그…… 그런가?"

분명 내가 더 딸 거라는 희망을 갖고 게임을 진행했다면 방금 딴 5천 원은 커녕 다시 10만 원을 날릴 게 뻔했다. 만약 나 혼자 들어왔다면 절제를 하지 못했을 수도 있다. 그러나 J와 랜스가 커피를 구실 삼아 말리니 왠지 설득이 된다. 직원을 불러 영수증을 받아 게임을 멈췄다. 커피 값을 벌었다는 기분에 신이 난다. 몇 푼 안 되는 돈이지만 확실히 돈을 따고 나니 엔도르핀이 분비되는 것 같다. 도박에 중독된 사람들이 왜 돈을 잃고 상실감에서 헤어 나오지 못하는지 십분 이해가 간다.

우린 바깥으로 나와 시원한 공기를 마시며 아까 싸온 치킨을 깠다. 전날 남은 소주와 집에서 가져온 맥주를 음료 삼아 함께 즐겼다. 구름이 많은 탓에 풍광을 구경할 순 없었지만 나름대로 수다의 시간을 즐기며 나의 마지막 KL을 셋이 함께했다. 저녁이 되어 KL로 복귀했을 때에는 이제 출국까지 12시간, 체크인 시간을 생각하면 9시간도 안 남은 상태였다.

1. 휘황찬란한 겐팅 하이랜드의 내부, 어두워서 사진이 잘 안 나왔다.

2. 가격이 비쌈에도 불구하고, 한국의 K브랜드 치킨 인기가 대단하다. 노상에서 치소, 치맥 한잔!

3. 잃은 돈을 다시 찾기 직전, 일확천금은 나와 거리가 먼가 보다.

미처 다 보여주지 못한 KL

1. KL은 한국만큼 쇼핑몰이 잘 되어 있다. 마침 설날을 맞아 장식이 화려하다.
2. 식막했던 싱가포르와 달리, KL은 공원들이 잘 조성되어 있어서 답답한 느낌이 덜하다.
3. 말레이시아 철도국 건물, 건너편에는 1911년에 영국인들이 남기고 간 KL 기차역이 있다.

4. 이슬람교가 70%인 만큼, KL 곳곳에 이슬람 문화가 퍼져 있다. 국립 사원의 내부와 이슬람 아트 뮤지엄의 전시품.

5. KLCC앞에서 찍은 퍼블릭 뱅크, 간만에 KL의 하늘이 맑았다.

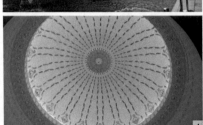

Chapter 19

애정

1. 사랑하는 마음.
2. 불쌍하게 여기는 마음. 또는 구슬픈 심정.

KL에서의 마지막 J

잠시 눈을 붙이려고 했으나 잠이 오질 않는다. 뒤척이며 시간을 보내다가 결국 일어나서 바깥으로 나와 담배에 불을 붙였다. J와 당분간 헤어져야 한다는 사실이 아쉽기만 하다. 마치 오래된 커플이 데이트를 하듯, KL에서의 J와 지냈던 시간들은 연애, 그리고 실연으로 지친 나의 마음을 완벽하게 치유해주었다. 어쩌면 J와 마찬가지로 직장인이었던 M과 한국에서 함께 보내던 이런 일상에 대한 향수일지도 모르겠다. M에 대한 그리움도 많이 사라진 듯하다. 긴 여행 기간 동안 걸어온 거리만큼 멀어지는 M과의 추억들을 이제는 놓아줄 때가 된 것 같다.

"잠이 안 와?"
"응? 나 때문에 깬 거야?"
"아니야. 나도 잠이 안 와서."

J가 내가 나오는 소리를 듣고 따라 나왔다. 아마 나와 비슷한 마음이 아닐까 싶다.

"조금 있으면 떠나네."
"KL에서의 시간이 너무 빠르게 흘렀어. 너와 헤어지는 게 너무 슬퍼."
"걱정 마. 우린 곧 한국에서 볼 거잖아."
"응, 그래서 마음이 덜 아프다. 너무 고마웠어. 네 덕분에 KL에서 행복했어."
"나도 행복했어. 한국에서 곧 보자."

우린 서로의 마음을 담아 진한 포옹을 했다. 잠시 아무 말 없이 KL에서의 마지막 밤의 정적을 느꼈다. 밤이라서 다소 선선한 날씨였지만 마음만은 따뜻하게 느껴진다. 타들어가는 담배만 바라보며 조용히 잠깐의 이별을 덤덤히 받아들인다. 몇 분이 흘렀을까, 텔레파시가 통했는지 서로를 바라보곤 또한 번 포옹을 하고 집 안으로 들어왔다.

1층 소파에는 랜스가 자고 있다. 나와 J는 함께 손을 잡고 방으로 올라갔다. J의 방에 들어서서 문을 잠그고 너나 할 것 없이 키스를 시작한다. 서로의 옷을 벗겨주며 침대에 쓰러졌다. 그 어느 때보다 정성스럽게 J와 살을 맞댄다. J의 손길, 향기, 살결까지 내 기억에 담아내었다. 이 순간만큼은 서로가 잊지 않기 위해 몸부림친다. 오늘 밤은 서로를 마음속에 아로새기며 시간을 보냈다.

나는 씻고 나와서 잠시 숙면을 취할 수 있었다. 다음날 새벽, 일어나서 대충 모자만 쓰고 공항으로 출발했다. J는 조용히 운전만 하고 나도 옆자리에서 눈만 껌벅거리고 앞만 응시했다. 피로감으로 인한 적막일수도 있겠지만 꼭 그런 것만은 아닌 듯하다. 쓸쓸하고 고요한 공기를 느낀 랜스도 뒷자리에서 휴대폰만 바라보며 우리의 눈치를 살핀다.

공항으로 가는 길이 짧게만 느껴진다. 라디오에서 신나는 음악이 흘러나오지만 웃고 떠드는 사람은 없다. 마침내 공항에 도착했을 때 "드디어 도착했네"라는 J의 한마디가 잠잠한 분위기를 깼다. 트렁크에서 배낭을 내리고 둘에게 작별인사를 한다. 슬픈 눈으로 나를 바라보는 J를 보고 있자니 나의 마음 또한 아려온다. 나는 마음을 굳게 먹고 돌아섰다.

체크인 카운터에 짐을 붙이고 쓸쓸히 타이베이행 비행기가 오기만을 기다렸다. 아무 생각도 들지 않는 공허한 아침, 비록 짧은 시간이지만 KL에서의 추억은 영원할 것이다. 우린 다시 만날 거라는 걸 알고 있다. 하지만 거리적 제약과 주변 환경으로 인해 상당히 불안한 우리, 과연 어떻게 될까?

청승맞은 남자, 여행의 마지막 타이베이로 가다

아직 술이 완전히 깨지 않았고 매우 지쳐 있는 상태였기 때문에 타이베이로 가는 비행기 안에서는 별 생각 없이 잠에 들 수 있었다. 이제 다시 J와의 추억을 잠시 접어두고 새로운 여행을 시작할 때가 왔다. 입국 수속을 마치고 공항에서 시내로 가는 버스에 몸을 실었다. 대만의 날씨는 가랑비가 추적추적 내리는 데다 춥기까지 하다. 내가 그동안 더운 나라만 있다가 와서 그런지 버스를 타는 길에 노출된 팔 위로 떨어지는 빗방울이 차갑게만 느껴진다.

시내 터미널과 예약한 도미토리의 거리가 멀지 않아서 다행이다. 버스가 목적지에 도착하고, 곧바로 긴팔 바람막이를 입고 솔찬히 내리는 빗속으로 들어와 걷기 시작한다. 귀에는 이어폰을 꽂고 약 1.5㎞가 되는 타이베이 거리를 걸었다. 날씨 때문인지 괜히 기분이 센치해지면서 조용한 발라드가 당긴다.

또 한 번의 청승을 떨어본다. 그래도 비가 자주 내리는 대만의 건물들은 1층을 안쪽으로 당겨서 비를 맞지 않고 도보를 걸을 수 있도록 만들어냈다. 직접 맞지 않고도 비오는 분위기만 낼 수 있는 참 좋은 도시이다. 마치 M과 이별하고 나서 도착한 호치민에 비가 내리고 있을 때와 비슷한 느낌이다. 밀려드는 공허감과 외로움, 이미 KL에서 대만 여행 정보도 받아놨는데 아무것도 하기 싫고 무기력하다.

타이베이에서 남은 시간은 일주일 정도, 대만으로 출발하기 전에 KL에서 한국으로 돌아오는 비행기 티켓도 끊었다. 드디어 길고 긴 이 여행을 마무리해야겠다는 마음이 든 것이다. 사실 금전적인 문제가 컸다. 수중에 남은 100달러, 그나마 비빌 언덕이라곤 한국에 가서 엄청난 비용이 청구가 될 신용카드만이 나에게 남은 전부였다.

비단 여행 자금 문제가 아니더라도 슬슬 여행이 지겨워지는 느낌도 들었다. 그리고 이번 여행의 목적이 완연하게 힐링이었던 만큼, 나의 마음이 다시 현실로 돌아갈 만큼 치료가 되고 준비를 마쳤다는 생각이 든다. 그래서 KL 다음 목적지를 한국과 가까워지는 대만으로 정한 것이기도 했다.

타이베이에는 도착한 날부터 시작해 4일간 비가 내렸다. 가랑비로 시작한 비는 굵은 장대비가 되어 나의 무기력함을 변명해주는 좋은 핑계거리가 되었다. 이번 숙소가 도미토리 형식이었지만 개인 공간을 커튼으로 나눠서 쓸 수 있었던 곳이라는 점은 내가 반 평도 안 되는 침대에 나 자신을 가두고 히키코모리처럼 있도록 하는 데에 큰 역할을 했다.

비가 그칠 때까지 나만의 공간에 머무르며 바깥에서 들리는 빗소리를 배경음악 삼아, J와의 문자로 서로의 허전함을 채워갔다. 가끔 배가 고파서 1층에 있는 편의점으로 나가 도시락을 사오고, 저녁엔 깊은 잠에 들기 위해 맥주나 럼주를 사오는 것 말고는 바깥으로 나가질 않았다.

M과 이별하고 힘들어서 술로 밤을 지새우던 그때와 다를 게 없었다. 그래도 확실히 함께한 시간이 다른 만큼 이별로 인한 고통이 계속되지 않았던 게 참 다행이다. 잦아드는 빗방울 소리와 함께, 드디어 4일 째 저녁에 한없이 울 것 같던 하늘은 나에게 밖으로 나가보라는 듯 낙루를 그쳤다.

사람이 많은 번화가로 나왔다. 지독한 외로움을 달래기 위한 외출이었기에 복잡한 곳에서 아무 생각 없이 보드카나 맥주 따위를 마시며 시간을 보내고 싶다. 돌아다니다 보니 음악이 크게 틀어진 한 클럽이 눈에 띈다. 기도에게 입장료와 음료들 가격을 물어보니 일찍 입장한 사람들에게는 무제한으로 믹스 보드카를 제공한다고 한다. 지금 나에게 딱 맞는 장소인 것 같다.

클럽에 들어서기엔 이른 시간이어서 테이블도 많이 비어 있고 사람도 적었다. 그래도 술이 무제한으로 나온다는 메리트가 있으니, 그저 몸이 이끌리는 대로 들어온 이름 모를 타이베이의 클럽 한구석 바에 자리를 잡는다. 입장료가 꽤 비쌌던 덕분인지 나 혼자 왔는데도 커다란 타워형 피처에 믹스 보드카를 부어서 얼음을 넣어준다.

시끄러운 음악이 나의 정신을 흐트려놓는다. 어떤 음악이 흘러나오는지는 전혀 관심이 없다. 청각보다는 내 생각에 집중을 하다 보니 멍하게 술잔만 바라보고 있을 뿐이다. 여행의 막바지에 접어들다 보니 수많은 생각이 든다.

'정말 M과의 이별은 깨끗하게 잊힌 것일까?'
'앞으로 한국에 가면 무엇을 해야 할까?'
'J와의 관계는 계속 이어질 수 있을까?'
'나는 정말 다시 현실로 돌아갈 준비가 되었는가?'

꿈처럼 흘러가버린 그동안의 여행길이 필름처럼 내 머릿속을 흐른다. 몽환적으로 지나가는 기억의 단편들이 조금의 취기와 더불어 나를 더 감성적으로 만든다. 익숙한 풍경을 벗어나 전혀 다른 환경의 타국을 여행한다는 것은 마치 꿈을 꾸는 것과 같다. 아주 오랫동안 머릿속에 남게 되는 꿈, 그리고 여행에서 만나는 모든 사람들은 꿈에서 만나는 등장인물일 가능성이 높다. 현실로 돌아갔을 때에는 아무리 그들과 다시 만나고 연락을 한다고 해도 그때 만났던 그 감정은 사라진다. 그저 함께 공유한 꿈의 시간들을 추억할 뿐이다.

나는 한국으로 돌아가 새로운 발을 내딛고 또 새로운 사랑을 꿈꾸게 될 것이다. J와의 사랑도 그렇게 될 것 같은 두려움이 막연하게 든다. 옛날 광고의 모 카피처럼 나의 사랑은 언제나 목말라 있다. 물론 내가 완벽한 로맨티스트는 아니다. 꿈이 깨어나기 일보 직전, 나는 어떠한 사랑을 원하는지 진지하게 고민해본다.

평생의 인연을 믿으며 모든 관계에 진지하게 임해왔던 세월, 하지만 결국 실패를 해왔던 나의 연애사에 이젠 슬슬 힘이 부친다. 물론 그동안의 연애로 인해 배운 점도 많고 경험한 것들도 많다. 그러나 옛 연인과의 짧은 필름으로 남겨두기엔 내가 사랑을 위해 보낸 그 시간들이 너무나 아깝고 안타깝다. 나는 언제쯤 붉은 실로 연결되어 있는 나만의 사람을 만나게 될지, 혹시 평생 만나지 못하는 건 아닐지 무척이나 두렵다. 우울함에 빠져 고뇌하던 나에게 누군가 익숙한 언어로 말을 걸어온다.

"한국인이시죠?"

정신을 차리고 나를 호출한 그 사람을 바라보았다. 한국인 세 명이 나를 빤히 쳐다보며 나의 대답을 기다리고 있었다.

"네, 한국인이에요."
"아까부터 혼자 깊은 생각에 빠져서 술만 드시고 계셔서. 궁금해서 말 걸었어요. 저희가 워낙 오지랖이 넓어서, 헤헤. 저희도 대만에 잠깐 출장 온 한국인이에요. 괜찮으시면 합석하실래요?"

혼자 서글픔에 빠져드는 것보단 한민족끼리 수다를 떨며 털어내는 편이 더 나을 것 같아서 제안에 응했다. 그들은 제주도에 있는 회사에서 출장을 왔다고 한다. 내가 왜 혼자 클럽에서 술을 마시고 있었는지, 이 여행을 결정하게 된 계기는 무엇인지, 그동안 있었던 수많은 일들을 이야기하니 다들 경청하며 흥미로워한다. 그 중 유독이 눈을 반짝거리며 내 얘길 들어주는 한 사람이 있었다. 아까 나에게 먼저 말을 먼저 걸었던 또 다른 누군가, H라고 칭하겠다.

나의 공허감 때문이었을 수도 있지만 착각은 자유라 하지 않는가. H가 왠지 나에게 호감을 갖고 있다는 느낌을 받았다. 모레 아침 비행기로 떠난다는 그들은 다음날 점심으로 품화원 뷔페에 갈 거라는 정보를 주었다. 마침 나도 환전한 돈이 얼마 없어서 생각보다 비싼 대만 물가 때문에 현금이 좀 더 필요했다.

"혹시 카드깡을 해서 식사 자리에 껴도 될까요?"
"그럼요! 더 머무르시려면 100달러로 부족하시잖아요."
"대만에서 아주 유명한 맛집이래요. 같이 가요."

그들은 흔쾌히 승낙했다. 우린 늦은 밤까지 함께 술을 마셨다. 사람들과 간만에 익숙한 한국어로 두런두런 이야기를 하다 보니 울적함이 사라지고 다시 힘이 난다.

숙소 앞에 서 있던 수세미 파는 마네킹.
밥이나 술을 사러 나올 때마다 흠칫 놀랐다.

핑시선은 또 다른 사랑을 싣고?

점심에 만날 약속을 미리 하고, 전날 H의 메신저 아이디를 받아놓았다. 식사를 하기로 한 품화원 레스토랑은 타이베이에서 가장 큰 뷔페식당이라고 한다. 저녁에 가면 랍스터 요리 한 마리를 포함해 많은 해산물 뷔페를 즐길 수 있는 곳이다. 대략 5만 원 정도의 돈으로 꽤 좋은 퀄리티의 호텔 요리를 맛볼 수 있다.

우리는 평일 점심에 왔기 때문에 랍스터 요리는 없었지만 3만 원 정도 비교적 싼 값으로 식사를 할 수 있었다. 해산물이 주 메뉴이지만 파스타, 피자, 바비큐와 같은 다른 음식도 맛볼 수 있다. 내가 좋아하는 스시 종류가 많지 않아서 다소 아쉽긴 하다. 그래도 갓 잡은 신선한 해산물로 요리사가 바로 회를 떠서 내놓기 때문에 맛의 퀄리티는 최상이다. 그 외에도 꼬치와 튀김 요리까지 풍성한 점심 식사를 마쳤다.

"오늘 남은 오후랑 저녁에 뭘 해야 할지 모르겠어요."
"저희가 여행을 온 게 아니다 보니 관광계획을 짜오지 않았거든요."
"하긴 그렇겠네요. 혹시, 저는 오늘 핑시선 여행을 가려고 했는데 같이 가실래요?"

핑시선 여행은 타이베이 메인 스테이션에서 루이펀 역으로 이동해, 시간표에 맞춰 핑시선 라인에 있는 마을들을 돌아다니는 대만에서 아주 유명한 여행 테마이다. 길고양이들의 천국인 폐광 마을 허우통, 천등을 날리기 위해 꼭 들르는 스펀과 핑시, 대나무 마을 징통까지 타이베이 주변의 유명 관광지를 하루 만에 돌 수 있는 여행이다.

내가 가보고 싶었던 곳은 허우통과 스펀 정도여서 남은 반나절로 충분히 돌고 올 수 있다. 다들 내 계획대로 움직이기로 결정했다. 카드깡을 마치고 그들에게 돈을 받았다. 우리나라 돈으로 약 10만 원 가량, 숙소를 이미 카드 결제하고 난 후이므로 남은 일정을 소화하는 데에는 충분했다.

우린 레스토랑을 나와 메인 스테이션으로 이동해 루이펀으로 출발했다. 다행히 다들 이지카드[1]가 있어서 손쉽게 움직일 수 있었다. 루이펀에서 기차 시간표를 확인해가며 대충 계획을 짜니 딱 내가 가고 싶었던 허우통과 스펀에 들렀다가 복귀하면 되는 일정이다. 다소 낡았지만 알록달록 귀여운 핑시선 열차가 도착하고, 우린 첫 목적지인 허우통으로 향했다.

---

[1] 교통카드 겸 생활문화카드, 편의점, 식당 등 많은 곳에서 결제가 가능한 대만의 직불수단.

사실 나는 고양이를 무척이나 좋아한다. 키우던 고양이도 있었지만 안타깝게도 무지개다리를 건넌 이후로 이별의 상처도 두렵고, 여행을 좋아하는 나는 집사가 될 자격이 없다 생각해 지금은 혼자 살고 있다. 그러나 고양이만 보면 정신을 못 차리는 전형적인 애묘인이다.

이런 나에게 길고양이 마을 허우통은 심장을 어택당할 만큼 흥분되는 곳이다. 허우통에 도착하자마자 역의 랜드 마크인 고양이 역장 조형물이 눈에 띈다. 곧바로 사진을 찍었다. 마을로 이동하는 길목도 고양이 사진과 캐릭터로 가득하다. 이 허우통은 원래 몰락하는 탄광촌이었는데, SNS에 고양이 사진을 올리면서 유명세를 탔고 마을 사람들이 자연스레 고양이들을 받아주면서 그 수가 더 늘어나 '고양이 마을'로 유명해졌다.

마을 입구부터 한 마리가 우리를 반긴다. 마치 '우리 마을에 잘 왔다옹'이라고 말하는 것 같다. 초입부터 눈길을 떼지 못하고 한참을 머물렀다. 정신을 차리고 본격적으로 마을 투어를 시작했다. 허우통은 워낙 작은 마을이라 둘러보는 데에는 그리 긴 시간이 필요하지 않다. 하지만 나는 고양이 찾기와 사진 찍기에 여념이 없어서 어떻게 시간이 가는지도 모르게 행복한 표정으로 돌아다녔다. 마치 증강현실로 만든 포켓몬 게임을 하듯 마을 이곳저곳에 돌아다니고 숨어 있는 고양이들을 찾아 헤매느라 진땀을 뺐다.

"고양이랑 같이 사진 찍어드릴까요?"

H가 휴대폰을 들어 촬영을 권유한다. 마다할 이유가 없다. 여러 고양이들과 함께 사진을 찍고 캐릭터의 표정을 따라하면서 인증 샷을 남기기도 했다. H가 나에게 이 정도로 고양이를 좋아하는 분인지 예상을 못했다며 고맙게도 여기서 저녁까지 먹고 좀 더 시간을 보내자고 동료들에게 제안해준다.

마을 회관에도 들렀는데 그곳도 고양이들로 넘쳐난다. 정말이지 심쿵해서 기절할 뻔했다. 마을에서 제공하는 고양이 스탬프를 내 수첩에 남겼다. 마지막으로 탄광촌 역사를 담은 박물관도 들렀지만 오로지 나에게 흥미가 가는 건 이곳의 고양이들뿐이었다. 더 이상 있다가는 내가 심장마비로 죽을 수도 있으니, 얼른 저녁을 먹고 스펀으로 이동하자고 H가 농담을 한다.

우린 사람들이 몰려 있는 국수 가게로 들어가 고기가 잔뜩 들어간 국수 한 그릇씩을 시켰다. 내가 싫어하는 고수향이 심하게 났지만 왠지 먹을 만하게 느껴진다. 아무래도 고양이 효과가 아닐까 생각해본다. 이미 해는 뉘엿뉘엿 지기 시작했고, 빠르게 저녁을 먹고 역으로 이동했다.

"저 때문에 허우퉁에서 너무 많은 시간을 보낸 거 아녜요?"
"아니에요! 어차피 천등을 날리려면 저녁 시간이 좋잖아요. 괜찮아요."

우린 기차를 타고 다음 목적지인 스펀으로 향했다. 스펀으로 가는 기찻길은 재밌게도 선로를 사이에 두고 천등 가게가 즐비해있는 이색적인 풍경이 펼쳐진다. 기차에서 내리니 수많은 천등 가게들이 호객행위를 하면서 손님을 끌어 모은다. 한국인들이 많이 오다 보니 각 천등색의 의미가 담긴 한국어 안내판도 준비가 되어 있다.

어차피 모든 가게가 가격이 똑같으니, 기찻길 중앙에서 예쁘게 사진이 나올 만한 곳을 골라 천등 하나를 구입했다. 우리 넷은 붓을 들어 색깔별로 돌아가며 자신이 바라는 소원들을 천등에 적었다. 나는 특히 이번 여행기의 출판과, 새로운 사랑을 만나는 데에 온 정성을 들여 기원을 담았다.

완성된 천등 아래에 직원이 불을 붙여주고 천등이 열기로 부풀어 오른다. 우린 천등을 들어 사진을 찍고 염원을 담아 하늘 위로 날려 보냈다. 맑은 날씨 덕분에 천등은 하늘 높이 올라 아름답게 반짝였고, 우리의 천등을 비롯한 수많은 천등들이 스펀의 저녁 하늘을 수놓으니 가히 장관이었다.

스펀에는 천등 말고도 유명한 폭포가 하나 있지만 너무 늦은 시간이라 들를 수는 없었다. 우린 다시 루이펀으로 가는 기차를 탔다. 핑시선은 좌석이 우리나라 지하철처럼 되어 있다. 그래서 다들 일렬로 앉아 이동했다. 모두가 피곤한 기색이 역력하다. 나도 잠시 눈을 붙였다. 한 시간 반이 넘는 복귀길이니 쉴 시간은 충분하다.

눈을 감고 오늘의 행복했던 기억을 더듬는다. 기운이 없어서 움직이는 것조차 힘들었던 사흘을 상쇄시킬 만큼 알차고 즐거운 시간이었다. 역시 익숙

1. 귀여운 허우통의 고양이들. 가끔은 다친 고양이들도 볼 수 있었다. 심쿵사 주의.
2. 고양이 마을답게 관련 조형물들을 마을 곳곳에서 발견할 수 있다.
3. 염원을 담아. 천등에 정성스럽게 적어 날려보냈다. 꼭 소원이 이루어지길 바란다.

한 언어로 내가 갖고 있던 고민들을 사람들에게 풀어내니 속에 있던 답답함이 해소되고 새로운 여행이 가능했던 것 같다.

클럽에서 청승떨던 나를 구제해준 H에게 감사하다. 그리고 오늘 나의 에너지를 최대치로 끌어올려준 허우통의 고양이들, 괜히 미소가 지어진다. 고양이 생각에 허허실실 웃다가 기분 좋게 잠이 들었다. 약 40분 뒤, 기차가 거의 도착할 때 즈음 눈을 떠보니 내 옆에 앉아 있던 H가 내 어깨에 머리를 기대고 잠들어 있었다.

마지막 나 홀로 여행 이야기

루이펀에 도착해 소란한 소리에 다들 잠에서 깨어 자연스럽게 일어났다. 내 어깨에 기대있던 H에게는 살짝 뒤척여 도착을 알렸다. 잠에서 깬 H와 서로 눈을 마주치고 민망해서 배시시 웃기만 한다. 우린 타이베이 메인 스테이션까지 다시 이동해 작별인사를 했다. 술을 한잔 더하자고 하고 싶었지만 내일 출발해야 하는 그들을 위해 다음을 기약했다.

숙소에 와서 와이파이를 연결하니 J의 문자가 많이 와 있다. 오늘 핑시선 여행을 다녀온 사진들을 보내주니 고양이들이 너무 귀엽다며 자신도 가보고 싶다고 한다. J와 이러저러한 문자를 주고받는 도중 오늘 여행을 함께한 일행들도 숙소에 도착했는지 H에게서 문자가 왔다.

[오늘 덕분에 알차게 보냈어요.]

[별말씀을요. 저야말로 혼자 심심할 뻔했는데 H씨 만나게 되어서 재밌게 여행했네요. 내일은 몇 시 비행기예요?]

[아침 10시예요. 희찬 씨는 한국에 언제 돌아오세요?]

[4일 뒤엔 돌아가요. 드디어 길고 긴 여행이 끝나네요.]

[저도 그렇게 여행 다니면 참 좋을 텐데.]

[직장인이 여행하기가 쉽지가 않죠.]

[그러게요. ㅠㅠ]

[희찬 씨! 한국에 도착해서 쉬시다가 금요일에 제주도로 오세요. 주말이니까 제가 관광시켜 드릴게요. 요즘엔 저가항공이 많아서 싸게 오실 수 있어요.]

역시 내 예상은 틀리지 않았던 것 같다. 내가 난봉꾼 스타일은 아니지만 아무래도 언어적으로 소통의 한계가 있는 J보다는 편하게 한국어로 대화할 수 있던 H에게 호감이 간 건 사실이다. 근데 또 KL에 있는 동안 나를 물심양면으로 챙겨준 J가 곧 한국으로 나를 만나러 오기도 한다. 내 마음을 잘 모르겠다.

한국에 돌아가면 깨어버리는 꿈같은 여행에서 이런 고민을 하는 것도 참 사치스럽다. 결국 충동에 따라, 마지막 여행지는 제주도로 장식을 하겠다며 H에게 방문을 약속했다. 그 와중에 J는 한국에 가면 뭘 먹고 싶은지 캡처를 해서 나에게 전송한다. 마치 양다리를 걸치고 있는 남자 같은 느낌이 들어서 마음이 영 불편하다.

H에게 전화번호를 받았다. 계속 두 명과 대화를 나누는 게 멀티가 안 되는 나로서는 힘이 든다. 결국 피로가 많이 쌓여 먼저 자겠다고 한 뒤 수작질을 그만두었다. 역시 난 이런 게 체질상 맞지 않다. 맥주를 사와서 복잡한 마음을 달래고 잠을 청했다. 다음날 일어났을 때엔 J의 굿모닝 문자와 H의 대만 출국 문자가 와 있었다. 내가 문자를 한 뒤 다시 돌아올 답장들을 피하고 싶어서 나름 머리를 써 문자를 보내본다.

[굿모닝! 난 오늘 예류랑 지우펀에 다녀올 거야. 곧 출발해. 돌아오면 문자할게.]

[조심히 들어가시고, 한국 가면 연락하세요! 전 오늘 예류랑 지우펀 가려면 지금 나가야 해서, 숙소에 복귀하면 와이파이 잡고 문자 다시 할게요!]

팔자에도 없는 짓을 하려면 에너지 소모가 크다는 걸 깨닫는다. 실제로 오늘은 예류와 지우펀에 가려고 했으니 거짓말은 아니었다. 타이베이에 있는 동안 꼭 가보려고 했던 곳이기에 이미 가는 정보는 알아두었다. 보통은 예류-진과스-지우펀으로 이어지는 일명 '예진지 코스'를 간다. 하지만 나는 게으름 때문에 출발시간이 늦기도 했고, 마치 패키지처럼 급하게 다니는 것보단 마음이 끌리는 두 곳을 여유롭게 구경하는 편이 더 좋다.

예류는 대만 북쪽 해안에 위치한 기암괴석공원이 있는 지역이다. 이곳은 파도의 침식과 암석의 풍화로 희귀하고 신비로운 지질 경관을 자랑한다. 메인 스테이션 근처에 있는 버스 터미널에서 한 시간 반 정도 걸린다. 배차 간격도 짧아 차를 눈앞에서 놓쳐도 약 15분 정도만 기다리면 된다. 심지어 버스에서는 와이파이가 되기 때문에 심심하지도 않았다. 좌석에 앉아 와이파이를 켜니 J와 H에게서 답장이 와 있다. 지금 답장을 하면 도착할 때까지 문자를 해야 하니, 우선은 읽지 않고 보류해 두었다.

예류에 도착하니 가랑비가 내리고 있었다. 우선은 점심을 먹기 위해 근처 중식당을 찾았다. 나름 바닷가라서 해산물 요리가 유명하지만 예산이 적은 나는 그냥 새우 볶음밥으로 주린 배만 채운다. 공원까지 가는 길은 어렵지 않다. 그리고 찾아가는 관광객들도 많아서 그들만 따라가면 된다. 입구에 도착하니 여기저기에서 한국어가 들려온다. 패키지 여행상품으로 이곳을 들른 단체 관광객 같다. 입장이 겹치면 사진 찍는 것도 오래 기다려야 하고 내부에서 이동하는 것도 불편하니 바로 표를 끊고 공원에 들어섰다.

바닷바람이 꽤 많이 분다. 이곳에서 제일 유명한 바위는 여왕머리 바위인데, 옆에서 본 모습이 마치 클레오파트라와 닮았다고 해서 지어진 이름이다. 사람들이 몰리기 전에 그곳으로 이동했다. 여왕머리 바위는 생긴 지 약 4천 년이 되었다. 침식작용이 심해서 곧 부서진다는 이야기도 있다. 바위에 도착하니 이미 다른 단체 관광객들이 줄을 서서 사진을 찍으려고 기다리고 있었다. 나도 뒤에 설까 고민하다가 눈으로만 담고, 멀찍이서 그 외견만 사진을 찍었다. 멀리서 보니 빛을 받아 그늘진 모양까지 완벽한 얼굴 모양이다. 머리를 틀어 올린 모습, 높은 콧등까지 역시 예류지질공원의 명물이라 할 만하다.

장소를 옮겨 천천히 공원 내부를 둘러보았다. 정말 신기하게 생긴 바위들이 많다. 버섯 모양, 하트 모양, 표범 모양 등 자연이 만들어낸 기묘한 풍경에 놀라움을 금치 못한다. 귀차니즘을 이겨내고 오길 잘했다는 생각이 든다. 공원은 생각보다 넓었다. 걷다 보니 아래쪽으로 내려가는 계단이 하나 나온다. 해안가를 따라서 길게 이어진 산책로였는데, 메인 관광 로드가 아니다 보니 나 말고는 사람이 없다.

조심히 길가에 들어섰다. 수풀도 우거져서 마치 '인디아나 존스'의 주인공이 된 느낌이 든다. 가볍게 내리던 비도 그쳐서 공기가 상쾌하다. 바위를 찰싹 찰싹 때리는 파도가 하얀 거품을 일면서 눈과 귀를 즐겁게 해준다. 해안의 끝까지 이어진 이 산책로는 뜻밖에 발견한 명소이다. 사람들이 기암괴석들에만 몰려 있을 때 여유롭게 바다를 거닐며 기분 좋은 바람을 쐴 수 있는 나만의 경로였다.

1. 다양한 예류지질공원의 기암괴석, 오른쪽으로 순서대로 여왕 머리, 버섯(상), 표범, 하트 모양(하) 바위.
2. 우연히 발견한 산책로(좌), 눈과 귀를 즐겁게 해주는 경쾌한 파도 소리는 덤이다(우).

먼 길을 한 바퀴 돌고 오니 어느덧 두 시간 이상이 훌쩍 흘렀다. 지금 딱 지우펀으로 출발하면 홍등으로 수놓은 아름다운 저녁 시간에 맞춰 도착할 수 있을 것 같다. 공원 밖으로 나와 관광센터에 들어가 지우펀에 가는 방법을 물어봤다. 친절한 직원이 버스를 한 번 갈아타서 가면 된다고 설명해준다.

우선 예류에서 여러 군데로 이동하는 버스들이 즐비한 커다란 사거리까지 이동했다. 갈아타는 정류소는 나와 함께 내린 대만 여대생의 도움을 받아 쉽게 찾을 수 있었다. 지우펀으로 가는 버스를 타고 정확히 어디서 내려야 하는지 잘 모르기 때문에, GPS를 켜고 내가 이동하는 경로를 살펴보면서 갔다. 하지만 지우펀에 도착하니 그럴 필요가 없었던 것 같다. 버스는 산길을 굽이굽이 이동하는데 여기가 바로 지우펀의 시작이구나 싶은 장소가 나온다.

버스에서 내려, 홍등가가 있는 곳으로 이동하기 위해 높은 계단을 올랐다. 이 마을의 모든 거리는 계단으로 이루어져 있다. 사실 이곳이 관광지로 자리매김 할 수 있었던 것은 영화 '비정성시'와 애니메이션 '센과 치히로의 행방불명'의 배경이 되었기 때문이다. 개인적으로 지브리 스튜디오 만화의 팬인지라 여기에 꼭 와보고 싶었다.

메인 거리에 들어서니 사람들로 북적거린다. 아기자기한 찻집들이 늘어서 있고, 빨갛게 불이 켜진 긴 계단은 내가 애니메이션에서 봤던 바로 그 풍경이다. 확실히 이곳엔 한국인보다 일본 사람이 많다. 여기저기서 들리는 일본어로 인해 여기가 대만이 아닌 것 같다는 착각까지 든다.

지나가는 길에 '황금지향'이라고 쓰여 있는 홍등이 눈에 띈다. 이곳이 금광마을이었다는 것을 증명해주는 듯한 글자가 과거 향수에 젖도록 만들어 준다. 이 길을 사람들은 '수치루'라고 부른다. 산발이 된 머리카락처럼 험하게 늘어진 길이라는 뜻으로, 그 이름값을 하는 것 같다. 아름다운 홍등길을 배경으로 사진을 한 장 찍고 계단을 내려와 옆길로 나왔다.

수치루를 벗어나니 마치 옛날 우리나라의 달동네 같은 풍경이 나온다. 어딘가에서 계 란 장수가 소리치며 다닐 것 같은 분위기에 진한 그리움이 느껴진다. 한 노점상에서 대만의 유명한 간식거리인 '평리수'를 팔고 있다. 파인애

플잼이 들어있는 과자인데, 대만을 다녀온 사람들이 꼭 사온다는 선물 중 하나이다. 이제 여행 막바지에 들었으니 한국에 돌아가면 친구들에게 줄 생각으로 나도 세 박스를 구매했다.

이제 타이베이에 돌아가야 하는 시간이 되었다. 정류소에 가니 엄청나게 많은 사람들이 줄을 서 있다. 막차시간에 가까운 늦은 밤이라 다들 숙소로 돌아가려고 하는 것 같다. 자칫 잘못했다가는 직행 막차를 놓치는 귀찮은 사태가 일어날 수도 있다.

하지만 운이 좋았다. 방금 온 버스에서 사람들이 모두 타고 난 뒤에 '원 피플! 원 피플?'을 외치는 검표원의 소리가 들려, '히어! 원 피플!'을 외치며 버스로 곧장 뛰어갔다. 주변에 혼자 온 여행자는 나밖에 없었나 보다. 버스 맨 앞자리에 편하게 앉아 무사히 돌아갈 수 있었다. 돌아가는 길에 언덕배기로 보이는 지우펀의 모습도 가히 장관이었다. 빨강과 하얀색 불빛으로 반짝이는 지우펀은 마치 또 오라는 듯 작별인사를 건넨다.

숙소에 도착하니 몸이 상당히 피곤하다. 침대에 짐을 풀고 복도로 나왔다. 와이파이를 잡자마자 J와 H를 비롯해 수많은 단체방 문자까지, 휴대폰이 끊임없이 울려댄다. 우선 둘에게 도착했다고 문자를 했다. 늦은 시간이라 내일 다시 연락하겠다고 보내고 다른 메시지들을 살펴보았다. 수많은 메시지 중 하나가 눈에 띈다.

[희찬아! 너 대만이냐? 나도 지금 가족들이랑 대만이야!]

뼈 속까지 연극 배우, 대학로 선배 경태 형의 문자였다.

사람이 넘쳐나는 수치루(우), 홍등가의 가게는 '센과 치히로의 행방불명'에서 본 그대로였다(좌).

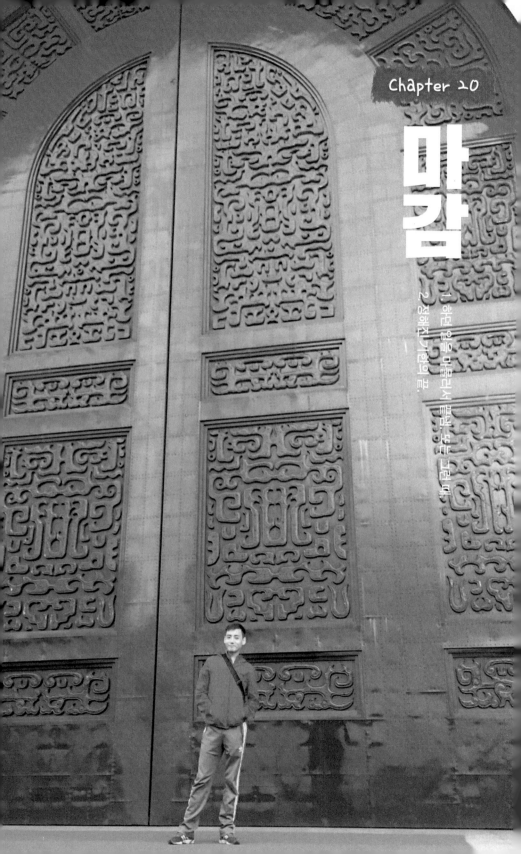

Chapter 20

마감

1. 하던 일을 마무리서틀냄. 또는 그런때.

2. 정해진 기한의 끝.

가정이 있는 남자의 대만 여행

"형님! 한국 아닌 곳에서 보니까 또 엄청 반갑네요!"
"그러게 말이다. 어떻게 딱 시기가 맞아서 만나게 됐네."

다음날 푹 쉬다가 저녁때쯤 형님을 만났다. 한국에서 종종 술자리를 가지면서 볼 때보다 오랜 여행 끝에 대만에서 만나니 더욱 반가웠다. 형수님과 두 딸도 구면인지라 가볍게 인사를 나눴다. 우린 저녁을 함께 먹으며 그동안의 안부를 물었다. 형수님은 셋째를 임신해 있었고, 형님은 이번에도 딸이라며 괴로워한다. 꽃들에 둘러싸여 살아야 하는 운명이시라며 농담 아닌 위로를 건넨다.

"그러면 한국에는 언제 돌아가냐?"
"내일 모레 갑니다. 형님은요?"
"나돈데? 별다른 일정 없으면 내일 같이 여행하자. 우린 온천 가려고 하는데."
"좋죠! 남은 기간 동안 뭘 해야 하나 고민 중이었는데. 잘됐네요. 타국에서 술도 한잔 하고?"
"콜이지."

형님의 숙소 위치를 알아내고, 다음날 아침에 찾아가겠다고 약속한 뒤 헤어졌다. 우린 각자 지하철을 타고 돌아갔다. 마지막 일정에 동행이 생겨서 참 다행이다. 지하철은 금방 숙소 근처에 도착했고, 나는 개찰구를 나서기 위해 카드를 찾았다. 그 순간, 가방이 상당히 가벼운 게 느껴진다. 여권과 카드, 돈이 전부 들어 있던 지갑을 분실한 것이다.

그래도 긴 여행 동안 이런 상황에서 침착성을 유지하는 방법은 터득한 것같다. 바로 숙소로 돌아가 여권 재발급을 받고 비행기 시간을 늦추는 법을 검색해야겠다고 마음먹는다. 정신을 차리고 신용카드도 정지시켜야 한다. 혹시나 하는 심정으로 역무원에게 내가 어느 역에서 출발했는지 알려주고 지갑을 통째로 잃어버린 것 같다고 얘기를 하니 그 역으로 전화를 넣어준다.

'그동안 찍었던 입국 도장들하고, 모아 놓았던 입장권들······. 아이고, 아까워!'

역무원이 통화를 마치는 순간 놀라운 일이 벌어졌다. 대만 시민이 지갑을 습득해서 역에다가 맡겨놓았다는 것이다. 급하게 다시 그 역으로 돌아갔다. 내 지갑은 단 한 푼도 없어지지 않은 채 내가 잃어버린 그대로 역에 맡겨져 있었다. 대만 사람들의 시민의식에 대해 한 번 더 생각해보게 되며, 이미지가 상당히 좋아진다.

고맙다는 인사와 함께 주변 상점에서 먹을 것을 좀 사서 갖다 주니, 자신들이 찾아준 게 아니라 괜찮다며 극구 거절을 한다. 몇 번을 권하다가 괜히 내 손이 민망해질 것 같아서, 다시 한 번 감사인사를 하고 숙소로 돌아왔다. 스리랑카나 인도에서 잃어버린 게 아니라 천만다행이다. 다음날 경태 형을 만나 이 사건을 이야기해주니, 일본의 식민 지배를 받았던 것이 시민성에도 영향을 미친 것 같다고 한다. 듣고 보니 그럴싸하다.

우린 지하철을 타고 신베이터우에 있는 대중 노천 온천탕으로 이동했다. 도심과 가까운 이곳은 한국의 모 여행 프로그램에서도 다녀간 적이 있는 유명한 온천이다. 불과 우리나라 돈으로 1,500원 정도 밖에 되지 않는 금액으로 즐길 수 있기 때문에 관광객뿐 아니라 주변 타이베이 시민들도 많이 찾는다. 특히 노인들이 많은데, 남녀 혼탕이기 때문에 반드시 수영복을 입어야 한다.

온천에 들어서니 총 세 개의 온탕과 두 개의 냉탕으로 이루어져 있는 유황 온천이었다. 금액이 워낙 싸다 보니 탈의실은 부실하고, 사물함도 아주 작다. 그래도 시간을 나눠서 입장을 하는 덕분에 수질은 꽤 깨끗했다. 온탕은 위로 갈수록 물이 뜨겁다. 나는 오랫동안 온천욕을 즐기지 못하고, 온탕과 냉탕을 번갈아 가면서 몸을 식히고 익히고를 반복했다. 대만 노인 분들은 어떻게 저 뜨거운 1번 탕에 오랫동안 앉아있는지 신기하다. 입장 시간 제한이 끝나고 바깥으로 나오니 몸은 벌겋게 삶아져 있었다.

"여보, 다음은 어디로 갈 거야?"
"우리? 망고빙수 먹으러 갈 거야."

알다시피 나는 맛집 탐방엔 그다지 관심이 없다. 형님도 나와 같은 모양이었다. 나랑 중정기념당, 희극원에 다녀올 테니 먹고 싶은 걸 먹고, 쇼핑하다가 저녁에 만나 같이 야시장에 가자고 형수님께 말한다. 사실 일행 중에는 경태 형 가족 말고도 형수님의 친언니와 친구도 있었기에, 우리가 오롯이 아이들을 봐야 하는 상황은 아니었다.

"알았어. 희찬 씨도 있으니."

형수님은 마지못해 허락을 하셨다. 여자들의 쇼핑과 아이들에게서 해방된 경태 형은 드디어 나의 시간이 왔다며 소리를 지르며 신나한다. 우린 지하철로 서너 정거장 되는 중정기념당까지 걸어갔다. 중정기념당은 중화민국의 초대 총통이었던 장제스를 기념해 1980년에 건설한 기념관이다. 그 옆에는 대만의 예술의전당이라 생각하면 되는 양청원이 있다. 천생 연극인 경태 형에겐 참새가 방앗간에 들르는 것과 진배없었다. 양청원은 기념당을 사이에 두고 전통적인 디자인을 자랑하며 웅장하게 서 있었다. 마치 중정기념당을 지키는 두 마리의 붉은 호랑이 같아 보이기도 한다.

넓게 펼쳐진 기념당 광장은 서 있는 것만으로도 속이 다 시원해진다. 경태 형도 이게 진정한 여행이라며 아주 좋아한다. 우리는 희극원 지하에 있는 서점을 구경하고, 광장에서 춤을 추는 대만 청년들을 감상하기도 했다. 저녁이 되니 서서히 조명이 들어오면서 양청원과 기념당 광장이 더욱 아름다워진다. 기념당에 올라가니 큰 광장이 눈앞에서 멋지게 펼쳐진다. 마침 기념당 문을 닫을 시간이 2분밖에 안 남아서 빠르게 둘러보고 건물을 내려왔다.

"야, 이제야 정말 여행 온 기분이 든다."
"애들이 있으면 확실히 자기 시간이 줄어들죠?"
"줄어들기만 하겠냐. 그냥 없어. 애들한테 따로 시간을 할애해야 할 지경이야."
"이제 셋이나 되니 돈 많이 벌어야겠네요."
"말도 마라. 안 그래도 앞으로가 정말 걱정이다."

1. 중정기념당(상)과 양청원(하).
2. 저녁 시간의 기념당 광장은 낮과 또 다른 느낌을 준다.
3. 먹거리 포장마차가 늘어선 닝샤 야시장(상), 조카들을 사로잡은 오락 거리의 게임들(하).

생계형 연극인의 삶은 고단하기만 하다. 나는 결혼 후에도 지금 같은 삶을 살 수 있을지 의문이 든다. 특히 경태 형처럼 아이까지 있는 걸 상상하면 그 그림이 그려지지도 않는다. 각자의 걱정을 가진 대만의 남자 둘, 잠깐 동안 여행의 즐거움을 충분히 만끽하고 가족들에게 돌아갔다. 형수님을 만나 택시를 타고 야시장으로 이동했다.

우리가 있던 곳에서 가까운 야시장은 '닝샤 야시장'이었는데, 다른 야시장들에 비해 현지 느낌이 물씬 풍기는 야시장이다. 특히 여긴 먹거리 포장마차들이 늘어선 풍경이 일품이다. 하지만 많은 사람들을 비집고 들어가야만 구경을 할 수 있는 곳이었고, 아이들과 임산부가 있는 관계로 오랫동안 머무르지 못했다. 저녁에 마실 맥주와, 어울릴 만한 꼬치 안주만 몇 개 사서 오락 거리 쪽으로 빠져 나왔다.

갑자기 두 조카의 눈이 휘둥그레진다. 아이들은 게임을 하고 싶다며 엄마와 아빠를 조른다. 결국 성화에 못 이겨 한 판을 시켜줬다. 둘은 공을 몇 번 던지더니 게임이 생각보다 잘 안 되는지 흥미를 잃고 우리에게 공을 넘겨주었다. 나와 경태 형이 게임을 시작한다. 누군가 아이들과 남자의 심리는 같다고 했던가, 오히려 두 딸보다 더 신나며 게임을 즐겼다. 심지어 여러 판을 플레이 한 끝에 장난감 네 개를 획득해 조카들에게 선물했다.

그날은 경태형의 숙소로 함께 들어와 편하게 마시다가 자고 갈 예정이었다. 그러고 보니 내 여행의 마지막 밤이다. 오랜 여행 끝에 귀국하는 나를 자축하기도 하며, 타지에서 만난 친구와의 반가움을 나누며 즐거운 시간을 보냈다. 다행히 아이들은 하루 종일 돌아다닌 탓에 피곤했는지 일찍 잠이 들었다. 어른들끼리 시간을 보내며 그동안의 여행 이야기, 소감 등을 나누며 마지막 밤을 장식한다.

여행은 나에게

다음날 나는 숙취와 함께 숙소로 복귀했다. 비행기 시간이 달랐던 경태형과는 한국에서 만남을 기약하고 헤어졌다. 나는 오늘 저녁 비행기로 한국 땅을 밟는다. 124일간의 꿈만 같았던 시간이 끝나고 다시 현실로 돌아가는 날, 그동안 별의별 일들이 많았다. 짐을 싸놓고 체크아웃을 기다리는 동안 여행의 발자취를 정리해본다.

9개의 나라를 돌았고 40개의 도시를 방문했다. 내 인생에 이 정도로 오랜 시간을 여행한 게 처음이다. 3년 전 인도와 네팔, 스리랑카를 여행했던 84일을 넘어 기록을 경신하며 또 한 번의 큰 추억거리를 만들었다. 특히 이별의 상처를 치유하기 위해 시작한 여행, 이따금 생각나는 M에 대한 기억들은 왕왕 나를 슬프게 만들었다. 그리고 새롭게 만난 J와 H, 이 여행의 끝은 과연 어디가 될지 짐작할 수 없다.

소중한 친구들도 생겼다. 경호와 원일이를 비롯해 하늘이, 태성이, 민성이까지 한국에 가면 이 여행을 함께 추억할 동료들이 생긴 것은 큰 이득이다. 그리고 무엇보다, 완벽하지 않지만 이별에 대한 기억도 대다수가 사라졌다. 힐링을 목적으로 여행을 선택했던 나의 과거에 후회하지 않는다.

새로운 사랑을 시작할 준비도 충분히 된 것 같다. 물론 M에게 길들여졌던 습관과 기억들은 쉽게 없어지진 않을 것이다. 『어린 왕자』의 여우가 왕자와 놀 수 없었던 이유인 길들여짐, M과 서로 관계를 맺었던 시간들은 아무리 지우려고 해도 지워지지 않는 나의 일부분이 되었다.

"너는 아직까진 다른 사람들과 마찬가지로 특별한 것 없는 한 명의 사람이야. 그래서 나에겐 네가 필요하지 않고, 너도 마찬가지겠지. 난 세상에 수많은 다른 여우들과 별 다를 게 없는 한 마리의 여우야. 하지만 네가 날 길들인다면 우리 관계는 달라지게 돼. 너는 나에게 이 세상에 단 한 명뿐인 사람이 될 거야. 그리고 난 너에게 세상에 단 하나뿐인 여우가 될 거고."

-생텍쥐페리, 『어린 왕자』 중 여우의 말-

서로 원치 않는 이별로 인해 그 아픔과 책임은 서로에게 전가되었다. 어린 왕자가 장미에게 소비한 시간처럼 서로에게 물을 주었고, 서로를 유리 덮개로 씌워주었다. 서로가 불평을 들어주고, 허풍을 들어주고, 때로는 침묵까지 들어준 그 시간들은 서로가 서로의 것이었기 때문에 가능했던 일들이다. 우리가 함께한 시간만큼 서로에게 길들여져 있었다.

『어린 왕자』에서는 "네가 길들인 것에 넌 언제나 책임을 지는 거야"라고 이야기한다. 이제야 M이 왜 나에게 그렇게 메일로 미안하다고 했는지 조금은 알 것 같다. 그러나 결국 책임질 수 없도록 쓰여 버린 우리의 이야기, 그나마 존재했던 이 여행 덕분에 나는 더 단단해졌다. 여행 초반에 수없이 생각나던 M은 갈수록 그 빈도수가 줄어들었고, 사랑이라 포장하기엔 섣부를 수 있지만 J와도 좋은 시간을 보냈었다.

마지막 글을 쓰는 도중 울컥하는 나를 보면 역시 내가 감성 깊은 남자임을 상기한다. 나는 이 여행의 어린 왕자로 존재했다. 수많은 사람을 만났고, 보고 느꼈던 모든 시간들 하나하나가 소중하다. 물론 배운 것도 많다. 내가 첫 글을 써내려간 순간과 지금의 생각은 판이하게 달라졌고, 걸어온 거리만큼 성숙했다는 것이 느껴진다.

이 꿈에서 깨어나서도 그 꿈이 현실과 연결될 수 있을까 하는 의문은 언제나 여행이 끝나면 드는 생각이다. 그래서 사실 난 이번에 이 여행기를 쓴 것을 아주 잘한 짓이라 생각한다. 여행이라는 꿈과, 현실이 어떻게 연결될 것인가에 대한 구체적인 기록이 된 『감성남자, 힐링여행』, 에피소드를 만들어내려고 오버액션을 하지도 않았고, 그저 담담하게 있었던 이야기들만 써내려갔다. 그럼에도 불구하고 참 많은 이야기들이 나에게 펼쳐졌고, 그 순간들은 내가 살아 숨 쉬고 있다는 걸 깨닫게 해주었다.

'나를 찾는 여행'이라는 게 말도 안 되는 미사여구라고 단언하던 내가 부끄러워진다. 결국 나에게 여행은 내가 이 세상에 존재한다는 것을 몸소 느끼기 위해서, 어느 시기가 될 때마다 떠날 수밖에 없었던 자기증명이었던 것이다. 이 연결고리 때문에 나는 마약같은 여행을 계속해 왔었다.

자기증명의 다음 이야기가 또 언제 펼쳐질지는 나도 모른다. 언제든 내가 필요로 하는 순간에 나는 또 미련 없이 떠날 것이다. 혹은 나를 증명해 줄 새로운 누군가를 만나서 더 이상의 여행을 하지 않을지도 모르겠다.

나는 금수저도 아니고, 번듯한 직장이 있는 사람도 아니다. 연극이 하고 싶어서 무작정 대학원 시험을 봤고 잘 다니던 직장을 때려쳤다. 평범한 사람으로 살아갈 수 있는 순간도 많았지만 결국 돌아가지 않았다. 끊임없이 내가 살아있다는 걸 느끼려고 수많은 작업들을 해왔다. 결국 잡다한 기술들만 늘어서 굶어 죽기 딱 좋은 상태(?)가 되어버린 건 슬프지만 말이다.

너저분한 커리어를 바탕으로 아직은 원하는 때에 일을 하고 돈을 당겨서 훌쩍 떠나는 게 가능하다. 여행은 수많은 증명법 중에서 가장 확실하고 간단한 방법이다. 하지만 그래서 끝난 여행은 더욱 꿈같이 느껴지나 보다. 나는 또 한국에 돌아가서 나를 찾아 헤맬 것이다. 그리고 나를 사랑해 줄 누군가를 만나려고 노력할 것이다. 평생을 철들지 않은 상태로 이렇게 방황하며 살다가 죽을 것 같다.

예전에 친구들과 이야기를 하다가, 인생의 마지막 순간이라는 주제에 대해 내가 한 대답이 있다. 암 따위의 병으로 시한부 선고를 받으면 들어놨던 보험으로 돈을 받아서 진통제만 잔뜩 사가지고 세계여행을 출발하겠다고 했다. 이번 여행은 비록 이별극복이라는 목표로 출발을 했지만 나는 이 여행을 통해 새로운 사실을 깨닫고, 그 사실을 몸소 체험했다. 나에게 여행이란 이런 존재였나 보다.

생각을 정리하다 보니 출국 시간이 다가온다. 서른둘, 124일의 미몽을 헤매던 시간을 마무리 짓는다. 안녕, 또 만나자 여행아.

Chapter 21

애필로그

1. 같은 일을 여러 차례 반복해야 할 때 맨 처음 대강 해야 낸 것.

1+. 결국 이 책은 애필이나 마찬가지이다. 나는 지금까지의 과정을 분명 또 반복할 것이다.

그런 의미에서 이 애필로그는 아예뭔 쓰지 않는 게 더 나았을지도 모르겠다.

3월의 제주, H

[H씨 저 제주도 도착했어요!]

한국에 도착해서 잠시 짐을 정리하고 쉬다가, 곧바로 제주도로 출발했다. 제주도에 놀러 와 본 지도 오래됐고 어차피 여행의 연장선상이라 생각하면 마음이 편하다. 그동안 쌓인 마일리지도 쓸 겸, H의 호의도 있으니 여독이 풀리기 전에 바로 와 버렸다. 물론 H에 대한 관심도 한몫 작용했다. 서울에서 출발하기 전에 미리 문자를 해놨기 때문에, H는 내가 도착하고 얼마 지나지 않아 공항에 도착했다.

"어떻게 여행은 잘 다녀오셨어요?"
"아직 한국에 온 게 실감이 안 될 정도예요. 잘 지내셨어요?"
"한국에 왔으면 문자라도 주시지. 섭섭하게 제주도 오기 이틀 전에 문자하기예요?"
"아, 미안해요. 한국 도착해서 정신도 없고, 정리할 게 많아서 그랬어요."
"농담이에요. 숙소는 어디로 잡으셨어요?"

나는 호텔 이름을 알려주었다. H의 차에 올라타서 내비게이션을 찍으니 공항에서 1시간 반이 넘는 거리에 있는 먼 호텔이었다. 역시 제주는 내가 생각하는 것보다 넓고, 차 없이는 절대 다닐 수 없는 곳이다. 가는 동안 H가 한국으로 돌아간 뒤 대만에서 있었던 일들을 이야기해주었다. 찍은 사진들을 보여주니 자기도 출장에서 짬을 내서 좀 놀러 다닐 걸 그랬다며 다음에 꼭 대만에 한 번 더 가야겠다고 한다.

H는 한국에 도착해서 밀린 일들을 처리하느라 정신이 없었다며, 주말까지 반납할지도 모르는 상황이었는데 내가 제주도에 온다는 말을 듣고 같이 갔던 동료들이 나오지 않아도 된다고 했다고, 고맙다는 말을 전한다. 덕분에 오늘도 금요일이지만 칼퇴근을 해서 올 수 있었다고 한다.

우린 해안가 도로를 따라 달렸다. 그동안 외국에 있다 와서 그런지 눈앞에 펼쳐진 남해안 또한 왠지 낯설다. 아직은 꿈에서 깬 후 비몽사몽한 느낌의 상태인가 보다. 사실 내가 무슨 생각으로 H를 만나러 제주까지 온 건지 모르겠다. 4월에 한국에 나를 보기 위해 오는 J도 남아 있고, 돌아오면 몰래 한 번 보기로 한 M과의 관계 정리도 있었다.

애정결핍 걸린 사람처럼 사랑을 찾아 또 한 번 비행기를 탄 내가 우습다. 그래도 빈말로 던지고 거절할 수도 있었는데 자신의 일처럼 주말을 할애한 H에게 고맙다. H는 내가 미리 잡아놓은 숙소로 도착해 짐을 푸는 걸 도와주었다.

"어디 가고 싶은 곳 있으세요?"

"사실 제주도는 어릴 적에도 와 봤고, 수학여행도 와서 유명한 관광지들은 이미 가봤어요. H씨도 보고 바닷가 바라보며 술이나 한잔 하려 온 거죠, 뭐."

"오! 그러면 회 좋아하세요?"

"없어서 못 먹는 거 아닌가요? 헤헤."

"그럼 제가 자주 가는 횟집 소개해 드릴게요. 여기서 멀지도 않아요. 바닷가에 위치한 곳인데, 반찬도 너무 잘 나오고 가격도 괜찮은 편이에요."

"좋아요. 저녁으로 같이 회 먹으러 가요. 저는 택시 타고 오면 되니까요."

짐을 다 정리하고 밖으로 나와서 H의 차에 탔다. 나도 운전을 할 줄은 알지만 아무래도 남의 차를 운전하는 것보단 안전하게 H에게 핸들을 맡기는 게 나을 것 같다. 차에 올라타서 스리랑카에서 있었던 일을 이야기 해주니 나는 절대로 운전시키면 안 되겠다며 웃는다.

횟집은 정말 최고였다. 서울에서 상상할 수 없는 가격으로 엄청난 만찬이 준비되었다. 제주도에서 맛볼 수 있는 일명 '딱새우'를 비롯해 전복, 온갖 종류의 회들이 끊임없이 나오며 눈과 혀를 즐겁게 만들어 준다. H와 나는 제주도 소주를 시켜 나눠 마시며 즐거운 시간을 보냈다. 물론 운전을 해야 하는 H는 잔만 따라놓고 거의 마시지 않았다.

"희찬씨가 마음에 들어 해서 다행이에요."

"그래도 H씨 단골집이라서 사장님이 더 잘 챙겨 주는 거 같아요."

"저도 워낙 회를 좋아해서요. 희찬씨, 내일은 뭐 할까요?"

"아까 오다 보니까 서커스 공연장이 있던데, 오랜만에 한 번 보고 싶어요. 같이 가주실 수 있어요?"

"좋아요. 저도 제주도에 살기만 했지 그런 곳에 가본 적은 없거든요."

"기대됩니다."

"내일 저녁엔 제 친구들하고 같이 술 한잔 하실래요? 제가 술을 잘 못하니 심심하지 않게 술 상대 해달라고 부탁하려고요. 어색하지 않으시면 제가 연락해 볼게요."

"저도 사람 만나는 거 좋아해요. 이제 H씨 친구들도 소개받는 건가요?"

H는 친구들이 주당들이라 나보다 더 잘 마실 수도 있다며 경고를 한다. 남은 회와 소주 한 병을 해치우고 우린 식당을 나왔다. 제주도까지 왔으니 본인이 계산하겠다는 H를 말리고 내가 계산을 하려고 승강이를 하다가, 다음날 친구들과 마실 때 술값을 내가 부담하는 걸로 합의를 보고 H에게 회를 얻어먹었다.

택시를 타려고 했으나 본인이 술을 한잔도 마시지 않았으니 바래다주겠다고 한다. 나는 H의 차를 얻어 타 숙소까지 안전하게 올 수 있었다. 마음 같아선 방에서 같이 한잔 더하고 자고 가는 게 어떠냐고 물어보고 싶다. 하지만 지금은 여행 중이 아니고 현실에 돌아와 한국인을 만나는 것이니 말이 튀어 나오려는 것을 꾹꾹 참았다. 내일 연락하겠다고 한 뒤 숙소로 돌아와 방에서 혼술을 즐기며 제주도의 첫날밤을 마무리했다. 다음날 나는 점심이 다 되어서 졸린 눈을 비비며 일어나 H에게 연락했다.

[왜 이렇게 늦게 연락하셨어요. 기다리고 있었잖아요.]

[미안해요. 어제 숙소에서 혼자 한잔 더 했거든요.]

[오늘도 마셔야 하는데. 너무 무리하시는 거 아니에요?]

[괜찮습니다. 언제쯤 오시나요?]

[천천히 나갈 준비하고 계세요! 저는 이미 준비를 다 해서 지금 출발하면 딱 맞게 도착할 거예요.]

나는 귀찮은 몸을 일으켜 출발 준비를 했다. H는 금방 도착했다. 우린 공연장으로 이동해 10분 뒤에 있는 공연을 예매했다. 연세가 지긋한 단체 관광객 어르신들도 서커스를 관람하기 위해 대거 기다리고 있다. 입장을 시작하고 우리는 사이드 자리에 있는 자리 두 번째 좌석에 앉아 공연 시작을 기다렸다.

"저 서커스 진짜 오랜만에 봐요."
"저는 제주도 살면서 처음 온 거라 아예 처음이에요."
"역시 서울 살다 보면 서울 촌놈이 되는 것처럼 제주도 사람들도 마찬가지군요."
"오히려 그 지역에 사는 사람들은 지역 관광지에 무뎌지는 것 같아요."

확실히 그러하다. 여행을 다니면서도 실제 살고 있는 사람들은 주변에 그다지 관심이 없었고, 나도 서울에서 자주 다니는 곳 빼곤 관광지에 대해 아는 것이 거의 없다. 4월에 J와 친구들이 오면 어떻게 가이드를 해주어야 하나 고민도 된다. 잠시 얘기를 나누다 보니 큰 음악 소리와 함께 공연이 시작된다.

서커스는 스펙터클하면서도 의외로 감동적인 부분들도 많았다. 공중곡예를 하는 남녀를 관람할 때에는 눈물도 찔끔 나올 뻔했다. 중국인으로 구성된 서커스 단원들에게서 어릴 때부터 곡예를 위해 엄청나게 훈련을 해왔다는 게 느껴진다. 위험천만한 순간에서 눈 하나 깜짝하지 않고 공연을 펼치는 그들에게 큰 박수를 보내주었다.

공연이 끝나고 단원들이 모두 무대 앞으로 나와서 퇴장하는 우리를 마중해준다. 가까이에서 보니 정말 어려보이는 친구들도 있다. 참 대단하다. H와 공연에 대한 감상을 나눴다. 처음 보는 서커스인데 생각보다 볼거리가 다양해서 즐거웠다고 한다. 나도 어릴 때 전국순회를 하는 서커스단을 보러 간 기억이 새록새록 하다니까 나이를 속인 게 아니냐며 웃는다.

"근데 친구들은 언제 오기로 했어요?"
"공연 끝나면 연락한다고 얘기했어요."
"아니면 대형마트에서 먹거리를 사서 제 숙소에서 편하게 마시는 건 어때요?"

"그것도 좋은 생각이네요!"

"근데 제주도에도 대형마트 있어요?"

"제주도 너무 무시하시는 거 아니에요? 당연히 있죠!"

"하하, 농담한 거예요. 친구들 연락해보세요. 어차피 제가 묵는 숙소가 펜션처럼 되어 있어서 요리도 할 수 있고, 침대도 두 개 있으니까 자고 가도 되고요."

H의 친구들을 빌미로 나는 마음에 있던 말을 꺼낸다. 오늘은 토요일이니 부담스럽지 않을 것 같아서 한 제안이었다. H는 친구들에게 문자를 하더니 다들 오케이했다며 좋아한다. 시간 약속을 잡고 우린 마트로 이동해 술과 안주거리를 잔뜩 샀다. 중간에 H의 친구들을 만나 인사를 나누고, 다 같이 숙소로 이동을 했다. H와 만난 지 얼마 되지 않았는데 벌써 친구들을 소개받는 게, 아직 내가 여행 중이라 생겨나는 마술 같은 일 같다.

우린 도착하자마자 술자리를 시작하고, 게임도 하면서 좋은 시간을 보냈다. 여행에서 우연히 만난 H와 나의 이야기를 흥미로워 하며 친구들은 앞으로 제주도에 자주 놀러오라고 부탁한다. 술기운이 올라 H를 보러 매주 왕복하겠다는 이야기를 꺼내니 다들 소리를 지른다.

H의 친구들이 꽤 유쾌하고 사람들이 좋아서 분위기가 좋았다. 외국에서 만난 한국인들과 즐겁게 술자리를 가지는 듯한 느낌마저 든다. 우린 새벽이 되어 슬슬 잠이 올 때까지 술을 마셨다. H도 잘 못 마시는 술을 꽤나 들이킨 느낌이다. 이불을 펴고 잠을 잘 준비를 한 뒤, 다음날 체크아웃을 위해 알람을 맞췄다. 잠자리를 어떻게 나눠야 하는지 고민을 하던 중 H의 친구가 말을 꺼낸다.

"침대가 두 개니까 H랑 오빠가 각각 주무세요. 저랑 얘는 바닥에서 잘게요."

여긴 꿈같은 여행지가 아닌 현실이었다. H와 한 이불을 덮고 자는 발칙한 상상을 했던 나의 정신이 번쩍 든다. 코치에서 독일인과 껴안고 자다가 '나는 보수적인 한국인'이라며 자리를 피했던 게 엊그제 같은데, 참 여행 동안 많은 게 바뀌었다. H와 각자 싱글 침대에 누웠다. 침대방과 거실을 분리하는 문도 활짝 열어서 안전성을 보장했다. 당연히 아무 일도 없었다. 오히려 술을 마셔서 잠만 잘 왔다.

다음날 주섬주섬 일어나 라면을 끓여 먹고는 체크아웃을 했다. 남은 음식과 물들은 H의 친구들이 가져갔다. 둘은 대중교통이 다니는 동네까지만 태워다주면 알아서 가겠다고 한다. 차를 타고 그들을 내려준 뒤, H와 나는 출국 시간까지 뭘 할지 잠시 고민했다. 관광지를 가기에도 애매하고, 일찍 가서 기다리자니 너무 남는 시간이 많다.

"그럼 공항 가기 전에 제주도 해안가 드라이브시켜주세요. 사진도 좀 남기고."
"좋아요! 저 사진 찍는 거 좋아해요. 사진 많이 찍어드릴게요."

곧바로 해안도로로 나와서 시원하게 불어오는 제주도 바람을 맞으며 드라이브를 했다. 3월의 제주는 생각보다 춥다. 나름 한국의 남단이고 봄 시즌이라, 아주 따뜻할 거라 예상하고 반팔을 입고 나온 걸 후회하게 만든다. 결국 도중에 긴팔과 외투를 꺼내서 입고 말았다.

예쁜 장소가 나오면 차를 멈춰 세우고 사진을 찍었다. 인물 사진 찍는 걸 좋아한다는 H는 혹시 몰라서 준비해 온 DSLR 카메라를 이용해 내 사진을 멋들어지게 찍어주었다. 하지만 나의 짧은 키 때문에 마치 아동복 모델처럼 나와 버린 건 말 그대로 웃프기만 하다. H는 그래도 사진이 잘 나왔다며 꼭 프로필 사진으로 해놓으라고 당부한다.

공항으로 가서 H와 작별인사를 했다. 짧은 시간이었지만 H 덕분에 내 여행의 매듭이 지어진 느낌이다. 서울에 놀러오면 연락하라는 말을 남기고 게이트로 들어섰다. 비행기를 기다리며 문자를 보냈지만 운전 중인지 H에게 답장은 오지 않았다. 비행기에 탑승해 휴대폰을 끄고 잠시 눈을 붙였다. 짧은 비행이지만 비행기만 타면 자려고 했던 버릇이 있어서 그런지 금방 잠이 든다. 서울에 다시 도착해 휴대폰을 켜니 H에게 답장이 와 있다.

[저도 집에 도착했어요. 즐거운 시간이었어요. 연락 자주 해요! 저도 서울에 놀러갈게요.]

답장을 하려고 키패드를 잡는 도중 또 하나의 메시지가 왔다. 사진과 함께 전송된 다른 메신저의 신호음, 스팸이겠거니 하며 삭제를 위해 들어갔다.

[한국 대사관 앞이야. 네 생각이 나서 암팡에 한국 음식 먹으러 왔다가 찍었어. 얼른 4월이 왔으면 좋겠다. 보고 싶어.]

J의 메시지였다. 아직 여행의 여파가 남아서 꿈속을 헤매며 J와 H를 두고 내가 제대로 정리를 안 하고 있었던 것 같다. 정신을 차려 H에게 하려던 문자를 멈추고 J에게 답장을 했다.

[나도 보고 싶어.]

4월의 서울, J

이후 내가 답장을 보내지 않고 나서 H와의 연락은 더 이상 닿지 않았다. 나도 이젠 꿈에서 깨어나 정리의 날들을 가지려고 한다. 그리고 시간은 흘러 벚꽃이 흐드러진 4월 초, J와 친구들이 한국에 오는 때가 되었다. 나는 그들을 마중하러 인천공항에 먼저 나왔다. 다행히 연착 없이 KL에서 출발한 비행기가 도착하고 반가운 얼굴들이 게이트에서 나온다. J는 환한 얼굴로 웃으며 나를 맞이한다.

"오랜만이야. 다들 잘 지냈어?"
"보고 싶었어! 드디어 우리가 한국에 왔네."

그들은 한껏 한국 여행에 대한 기대에 부풀은 모습으로 공항을 나선다. 미리 잡아놓은 동대문의 숙소로 이동해 짐을 풀고, 저녁을 먹기 위해 떡볶이 집으로 이동했다. 에스더는 쇼핑할 만반의 준비를 한 듯 자신이 한국에서 사고 싶은 물품 목록을 나에게 보여주면서 어디서 살 수 있는지 물어본다. 이 친구들이 직장 생활 도중 짬을 내서 여행을 오는 데 얼마나 많은 준비와 계획이 필요한지 새삼 알 것 같다. J도 나를 보기 위해 방문한 목적이 크지만 나름 하고 싶은 일들이 많은 눈치였다.

"한국에 벚꽃은 피었어?"

"응, 정말 좋은 시기에 왔어. 고작 일주일 정도 만개하는데, 딱 맞춰 와서 다행이야."

"나는 한국에서 벚꽃 구경을 하고 애견 카페에 방문하고 싶어."

J와 친구들이 한국에 머무는 동안 내 모든 일정을 맞추기는 힘들겠지만 그래도 나에겐 그들을 어느 정도 가이드해 줄 의무가 있다. J에 대한 호감과 관계 없이 KL에서 이 친구들이 나에게 베푼 호의에 대한 보답을 해야 하기 때문이다.

저녁을 먹고 헤어지면서 벚꽃 구경과 애견 카페를 함께 방문할 날을 정했다. 뭔가 아쉬워하는 눈치를 보이는 J를 뒤로 한 채 나는 집으로 발길을 돌린다. 내가 자취를 하고 있다는 걸 알고 있는 J였기에, 누구라도 알아차릴 시그널을 보냈지만 의도적으로 무시하고 내 갈 길을 갔다.

사실 나는 J와 멀어지려고 마음을 먹었다. H와 연락을 안 했던 것처럼 J와의 꿈에서도 완벽하게 깨어나려고 한다. 나는 일부러 J가 방문하는 기간에 맞춰 다른 일정들을 잡고 스케줄 조정을 했다. J에게 미안하다며 양해를 구하고, 그래도 중간 중간 시간을 할애해 놓은 이유는 앞서 언급한 의무감에 의해서였다.

이틀 뒤 사람이 바글바글한 여의도를 피해 벚꽃 구경을 위해 알아두었던 석촌호수공원으로 그들을 데리고 갔다. 사시사철이 여름인 말레이시아에서 온 친구들은 분홍색으로 활짝 핀 호숫가를 보더니 소리를 지르며 사진 찍기에 바쁘다.

J와 나는 꽃길을 걸으며 여유로운 산책을 즐겼다. 가끔 뷰가 좋은 지점에서는 멈춰 서서 서로의 사진을 찍어주며 한국에서의 추억을 남긴다. J는 나와 둘이 셀카를 찍고 싶어 했다. 몇 번은 내가 직접 찍어주겠다고 단 둘만의 사진을 피했지만 내가 너무 오버하는 것 같아서 결국 호수에 띄워 진 고무 백조를 배경으로 한 장을 남겼다.

우린 점심을 먹고 애견 카페로 이동했다. 동물을 좋아하는 J가 강아지들을 끌어안으며 너무나 좋아한다. 예전에 나였다면 그런 J를 사랑스럽게 바라보고 함께 놀았겠지만 나는 커다란 개들이 달려드는 것에 질색을 하며 그저 테이블에 앉아 커피만 마셔댔다.

불과 한 달 사이에 멀어진 우리의 물리적 거리만큼 나의 마음도 J에게서 멀어진 것 같은 느낌이 든다. 어쩌면 꿈에서 벗어난다는 핑계로, 외국인과의 장거리 연애를 피하려 했던 내 마음이 여실히 드러나고 있었는지도 모른다. 그래도 J는 친구들과 함께 한국에 놀러 와서 좋은 시간을 보내고 있다고 스스로를 위안해 본다.

다음날 나는 늦잠을 자고 일어나 밀린 집안일을 하느라 낮에 J와 친구들을 만나지 않았다. 저녁엔 친구들과 술자리가 있는 관계로 준비를 마치고 시내로 나섰다. 오랜만에 만난 친구들과 그동안의 나의 여행은 어땠는지 담소를 나누며 좋은 시간을 보내고 있었다. 한 친구는 내가 여행을 가 있는 동안 연애를 시작했다고 자랑을 늘어놓기도 한다.

"그래서 넌 요즘 M이랑 연락은 하고 사냐?"
"그냥 한국에 와서 시간 좀 보내다가 문자 한 통 보내긴 했어."
"답장 왔어?"
"응. 사실 너희 보기 전에 한 번 만났어."
"진짜? 어떻게 됐는데?"

떨어져 있는 잠시 동안 M은 많이 변해 있었다. 나와 연애를 끝내고 M은 이제 안정적인 직장인을 만나고 싶다고 얘기했다. 회사생활로도 많이 힘들어했었는데, 그 사이에 팀을 옮겨서 표정도 많이 밝아졌다. 오히려 마음 정리가 안 된 쪽은 나인 것 같았다.

언젠가 나에게 다시 돌아오고 싶다던 M은 더 이상 없었다. 내가 무슨 미련이 남아서 M에게 한국에 도착했다고 문자를 보냈는지 후회스럽기까지 했다. M과의 저녁 식사를 마치고 돌아오는 길에 우리의 추억이 가득했던 커플 어플을 드디어 탈퇴하고 지울 수 있었다. 친구로 남자고 하는 M에게 무슨 대답을 해야 할지 몰라 씁쓸한 웃음만 남긴 채 헤어졌다.

"그래서 다시 연애 시작할 순 있겠냐?"
"난 언제나 사랑을 찾아 헤매지."
"꼴값 떨고 있네. 헤어지고 나면 술만 처마시면서. 이번엔 여행이라도 다녀왔으니까 이 정도지."

연애 경험이 많진 않지만 나는 누군가와 헤어지고 난 후에는 최소한 사귄 기간의 반은 지나야 다음 연애를 시작할 만큼 어파가 오래간다. 페인처럼 살진 않지만 매일 술을 (처)마시는 것도 사실이다. 여행 덕분에 금방 극복한 걸 부정할 수 없어서 입을 다물고 무안해하고 있는데, 마침 J에게 문자가 왔다. 내가 있는 술자리에 자기도 끼고 싶다는 문자이다. 친구들에게 자초지종을 설명하고 양해를 구하니 당연히 보고 싶다고 부르라 한다.

"이거 여행 다녀오더니 카사노바 다 됐네."
"헛소리 하지 마라."

J는 얼마 되지 않아 도착했다. 친구들에게 인사를 시켜주고 J를 내 옆에 앉혔다. 다행히 내 친구 중 중국어를 잘하는 친구가 있어서 본인들이 영어로 묻기 어려운 질문을 통역을 하며 스스럼없이 대화를 나누고 금방 친해졌다. 몇몇 친구들은 짧은 영어로 이것저것 J에게 물어보며 은근히 나와의 관계를 조사하는 느낌이 든다. 그럴 때 마다 J는 나의 팔을 쓰다듬거나 팔짱을 끼는 과감한 행동을 보인다. 나는 의도적으로 스킨십을 피했다. J는 이런 행동을 보이는 나를 보며 시무룩한 표정을 짓는다.

술자리는 나름 화기애애한 분위기로 끝이 났다. 나는 J와 함께 택시를 타고 J의 숙소까지 바래다주었다. 택시 안에서는 애정행각을 시도하는 J를 밀쳐내는 바람에, 도착하는 순간까지 서로 창밖만 바라보며 어색한 분위기로 가야만 했다.

다음날 스리랑카에서 만났던 민성이를 불러 술을 한잔 했다. 이날 술자리에선 J의 자리를 나와 떨어지게 배치해서 앉은 뒤, 오랜만에 만난 민성이와 한국어로 대화를 나눴다. 그러면서도 J와 친구들이 한국에서 처음 접해 보는 술과 안주들을 소개해주며 철저히 단절되어 보이지는 않도록 행동했다. 하지만 결국 J의 섭섭함은 자리를 마치고 돌아가는 길에 폭발했다.

"나 오늘 너희 집에서 자고 갈래."
"호텔에서 편하게 자. 우리 집은 침대도 좁고 불편해."
"단 둘이 술 한잔 더 하고 싶어서 그래."

내가 본인과 거리를 두려고 함을 느꼈는지 결국 여기까지 와버렸다. 나도 그냥 이렇게 어영부영 관계를 마무리 짓지 않고 J를 보내는 것은 찜찜하다. 차라리 술을 마시기 시작한 지금 탄력을 받아 더 마시고 용기를 내어 꺼내기 힘든 내 본심을 말하는 편이 나을 것 같았다.

소주와 안주를 사 들고 집으로 들어섰다. 둘은 상을 펴고 앉아서 한동안 아무 말 없이 서로의 생각을 정리했다. 몇 분이 흘렀을까, 먼저 말을 꺼낸 건 J였다.

"한국에 와 보니 네가 많이 변한 것 같아."
"……."
"무슨 이유인지 말해줄 수 있어? 혹시 내가 뭔가를 잘못한 거니?"
"아니야. 너는 잘못이 없어."
"그렇다면 왜 이렇게 나와 멀어지려고 하는 거니?"

선뜻 대답이 나오지 않았다. 연거푸 애꿎은 술잔만 들이키다 세 잔째에 드디어 타 들어 가는 목구멍으로 한숨을 크게 내쉬며 J에게 말을 꺼낸다.

"나에게 있어서 여행은 꿈만 같았어. 너와의 시간도 꿈처럼 달콤하고 행복했지. 그리고 한국으로 돌아와 현실을 마주하게 되었어. 연락을 계속 하는 동안에도 외로움이 가시지 않는 걸 느꼈고, 비로소 꿈에서 깨어났다는 사실을 알게 되었지."
"……."
"현실적으로 거리적 제약이 너무 크다는 걸 느껴. KL에서 너를 만났을 때에는 정말 한국 생활을 포기하고 말레이시아로 넘어갈 생각도 했었는데. 지금은 잘 모르겠어."

"알아, 기억해. 너는 외국에서 살고 싶다고 했으니까. 여행을 편하게 다닐 수 있는 KL이 좋다고도 말했었고."

KL을 떠나기 전 겐팅 하이랜드에서 술을 마시며 랜스, 나, 그리고 J가 함께 나눈 대화를 떠올린다. 말레이시아 한류열풍으로 인해 내가 KL로 오면 한국어 강사를 해도 좋을 것 같다고 했었다. 그리고 정말 그 당시에는 꽤 구미가 당기는 방법이기도 했다.

하지만 한국으로 돌아온 뒤, 내가 얼마 만나지 않은 J를 위해 말레이시아까지 가야 하는가 의문이 들었다. 그리고 몸이 멀어지면 마음도 멀어진다고 하는 것처럼, J에 대한 감정 또한 점점 식어갔다. J는 그 간극을 좁히기 위해 한국행을 택했지만 이미 나는 이 꿈에서 벗어나고 싶은 마음이 자리 잡은 상태였다.

"나도 직장과 가족, 내 집을 포기하고 한국으로 올 수가 없어. 우리가 농담삼아 얘기했던 것처럼 OCBC 한국지사도 없고."

"서로의 현실적 문제가 보이는 것 같아."

잠시 슬픈 눈으로 서로를 바라보며 이별을 암시한다. 그래도 이렇게 나를 보기 위해 기꺼이 한국에 와 준 J에게 고마울 따름이다. 그저 받기만 한 것 같아 미안하다고 사과를 했다. 그러자 J는 괜찮다는 말만 건네고 빈 술잔을 바라본다. 잠잠히 무거운 공기만 흐르는 가운데, J는 한마디를 덧붙이며 우리의 관계를 정리한다.

"네 뜻을 알겠어. 나도 고맙고 미안해. 그래도 마지막 부탁인데, 오늘은 너의 옆에서 자고 가도 될까?"

조용히 고개를 끄덕였다. 우린 일어나 서로를 꼭 끌어안았다. 그리고 침대로 가서 서로의 손을 맞잡고 잠이 들었다. 다음날 아침까지 우리에겐 아무 일도 없었다. 아주 깔끔하게 끝이 난, 서로를 위한 이별이었다.

J와 친구들이 한국에서 지내는 동안 나는 더 이상 그들을 만나지 않았다. J는 종종 자신이 놀러간 관광지의 사진을 보내고, 맛집을 물어보는 정도의 문자만 보내왔다. 그들이 떠나가는 날엔 공항까지 바래다주고, 다음에 내가 또 여행을 시작하면 KL에서 보게 될 날을 기약하고 우린 헤어졌다.

무거운 마음으로 집에 돌아오며 J와 나눈 문자들을 지우려고 메신저에 들어갔다. 메신저에는 J의 마지막 문자가 와 있었다.

[너와 함께 했던 순간들 잊지 못할 거야. 네가 얼마나 많은 고민을 했을지, 나도 그 상황을 충분히 이해해. 사실 서울에 도착하는 순간부터 나와 멀어지려는 너를 느꼈어. 하지만 나는 너와 KL에서 있었던 일들을 기억하고 있어. 너에게 여행은 꿈이었지만 나에겐 실재였으니까. 그래서 더 섭섭하게 느꼈던 것 같아. 하지만 네가 우리를 위해 최선을 다하고 있다는 건 알 수 있었어. 너무 고마워. 그래도 내가 너를 사랑했다는 사실은 기억해주었으면 좋겠어. 그리고 우린 여전히 친구로 남아 있을 거야. 좋은 추억을 선물해줘서 고마워. 마지막으로, 사랑해!]

문자를 읽다가 고개를 들어 애써 흐르려는 눈물을 막는다. 여행이 끝난 지금도 여전히 나는 사랑의 미몽에선 헤매고 있었다. 이번 힐링여행은 확실히 끝이 났지만 감성남자의 사랑을 찾기 위한 여행은 끊임없이 계속될 것 같다.